Die Schwarze Armee

Santiago García-Clairac

Die Schwarze Armee

DAS REICH DER TRÄUME

Aus dem Spanischen
von Hans-Joachim Hartstein

ISBN 978-3-8339-3595-4

© 2008 Baumhaus Verlag GmbH
Frankfurt am Main

Die spanische Originalausgabe erschien 2006 unter dem Titel
„El Ejército Negro – El Reino de los Sueños"
bei Ediciones SM, Madrid.
© 2006 Santiago García-Clairac / Ediciones SM
Alle Rechte vorbehalten.

Dieses Werk wurde veröffentlicht mit der freundlichen Unterstützung
der „Dirección General del Libro, Archivos y Bibliotecas
del Ministerio de Cultura de España".

Dieses Werk wurde von Ediciones SM an den Baumhaus Verlag
vermittelt durch die Literaturagentin Martina Nommel.

Covergestaltung: Götz Rohloff
unter Verwendung einer Illustration von Marcelo Pérez
Satz: Nikolaus Hodina
Redaktion: Anja Bauseneick
Herstellung: Ortrud Müller

Gesamtverzeichnis schickt gern:
Baumhaus Verlag GmbH
Ludwigstraße 33–37
D-60327 Frankfurt am Main
http://www.baumhaus-verlag.de

5 4 3 2 1   08 09 10 11 2012

Für meinen Sohn Roberto Santiago und seine Frau Cristina Alcázar.
Für alle, die sich anders fühlen.
Für alle, die Träume haben, die ihnen helfen, besser zu werden.
Für alle, die für die anderen das Beste wollen.

Wir leben in zwei Welten.
In der Realität formen wir unseren Charakter,
im Reich der Träume entdecken wir das Beste in uns.

Erstes Buch
Die Stiftung

I
Arquimaes,
der Weiseste aller Weisen

Die erste Seite der Legende von Arturo Adragón, dem kühnen Ritter, dem Anführer eines sagenumwobenen Heeres, dem Begründer eines mythischen Reiches der Gerechtigkeit, eines Reiches frei von Kriegen, Tyrannei und Hexerei, wurde in jener Nacht geschrieben, als zwanzig Soldaten auf die Ortschaft Drácamont zuritten.

In schwere, weite Mäntel gehüllt, bis an die Zähne bewaffnet und geschützt durch Panzerhemd, Helm und Schild, waren die Reiter in einer Mission unterwegs, die nur im Schutz der Dunkelheit durchgeführt werden konnte.

Die Straßen waren schlammig und menschenleer. Ein paar Hunde kreuzten den Weg der Soldaten und ergriffen lautlos die Flucht, so als witterten sie die nahende Gefahr. Ratten ließen von verfaulten Essensresten ab und verkrochen sich in ihren dunklen Löchern, nur um den Reitern nicht zu begegnen. Der Geruch des Todes lag in der Luft.

Die Soldaten wussten, dass die Bewohner des kleinen Dorfes Drácamont sie durch die spaltbreit geöffneten Türen und Fenster beobachteten. Doch sie waren sich ihrer Macht so sicher, dass es sie nicht kümmerte.

Den schwierigsten Teil ihrer Mission hatten sie bereits hinter sich: Sie waren heimlich in König Benicius' Ländereien eingedrungen, ohne von dessen Männern entdeckt zu werden. Natürlich schwebten sie noch immer in Lebensgefahr, doch derartige Risiken waren im Sold und in ihren Treueschwüren inbegriffen.

Die einfachen Bauern von Drácamont hielten sich lieber von den Soldaten fern. Sie wussten, dass es besser war, sich ihnen nicht in den Weg zu stellen. Stattdessen schickten sie in dieser finsteren, unheilvollen Nacht Stoßgebete zum Himmel, die Soldaten mögen schnell wieder abziehen.

„Wir werden bald nach Hause zurückkehren", versprach Hauptmann Cromell seinen Leuten. „Wenn alles gut geht, bekommt jeder von euch eine ordentliche Belohnung."

Zur selben Zeit wurde außerhalb des Dorfes, in der Nähe des Friedhofs, im Innern eines alten Turmes fieberhaft gearbeitet.

Die Gehilfen des Alchemisten Arquimaes hatten die Fensterläden geschlossen, damit das Kerzenlicht keine Aufmerksamkeit erregte und sie vor neugierigen Blicken geschützt waren.

Arturo, Arquimaes' junger Schüler, goss eine zähe schwarze Flüssigkeit in einen kleinen Glasbehälter. Dann tauchte der Meister einen Federkiel in die Tinte und begann, auf das vor ihm liegende gelbliche Pergament zu schreiben.

Mit ruhiger, sorgfältiger Hand reihte Arquimaes wunderschöne Buchstaben aneinander und erschuf ein harmonisches, wohlgeordnetes Ganzes voller Geheimnisse. Einen kryptischen Text, den kein Sterblicher je würde entziffern können, da Arquimaes ihn in einer von ihm selbst erdachten Geheimsprache verfasste – so wie es alle Alchemisten zu tun pflegten, wenn sie ihre Entdeckungen schützen wollten.

Auf einmal jedoch störten beunruhigende Geräusche die Stille: das aufgeregte Schlagen von Flügeln, das Geklapper von Pferdehufen auf dem Straßenpflaster, gebrüllte Befehle, das Scheppern von Rüstungen, Schwertern und Schilden ...

Sofort begriffen die Bewohner des alten Turmes, dass Gefahr drohte. Der Klang von Stahl bedeutete immer Gefahr.

Arquimaes hörte auf zu schreiben und schon wurde die Tür zu seinem Arbeitszimmer aufgestoßen. Eine Woge eiskalter Luft drang herein und mit ihr mehrere Soldaten, die die Gehilfen des Alchemisten grunzend aufscheuchten, vor sich her stießen und gefangen nahmen.

„Keine Bewegung!", brüllte Hauptmann Cromell mit gezücktem Schwert und Zornesröte im Gesicht. „Wir handeln auf Befehl des Grafen Eric Morfidio!"

Ohne darüber nachzudenken, dass er gegen die erfahrenen Krieger keinerlei Chance hatte, stellte sich der junge Arturo den Soldaten in den Weg.

„Was tut ihr denn da?", schrie er aufgebracht. „Ihr könnt doch nicht einfach hier eindringen! Dieses Laboratorium ist heilig! Arquimaes steht unter dem Schutz von König Arco de Benicius!"

Einer der Soldaten hob sein Schwert, doch eine mächtige Stimme hinderte ihn daran, es auf den Jungen herabsausen zu lassen: „Halt ein! Wir sind nicht zum Töten hergekommen! Nur wenn es nicht anders geht …"

Graf Morfidio hatte soeben den Raum betreten und damit dem Jungen in letzter Sekunde das Leben gerettet. Der stämmige Edelmann mit dem zerzausten Haar und dem dichten grauen Vollbart wandte sich langsam Arquimaes zu, der die Szene still beobachtet hatte. Cromells bewaffnete Männer warteten in Habachtstellung, jederzeit bereit, sich auf den Erstbesten zu stürzen, der es wagte, sich vom Fleck zu rühren.

„Deine Männer sollten lieber keinen Widerstand leisten, Alchemist", drohte der Graf. „Geduld ist nicht gerade meine Stärke, wie du weißt."

„Was willst du, Graf?", fragte der Weise in einem Ton, der die Anwesenden zusammenzucken ließ. „Was ist das für eine Art, in das Haus eines friedfertigen Mannes einzudringen? Hast du dich jetzt etwa darauf verlegt, unschuldige Menschen zu überfallen?"

„Wir wissen, dass du Magie betreibst. Es liegen Anschuldigungen gegen dich und deine Gehilfen vor. Wenn sich diese Vorwürfe als wahr herausstellen, wirst du auf dem Scheiterhaufen sterben."

„Magie? Die einzige Magie, die wir hier betreiben, ist die Herstellung von Medizin", entgegnete Arquimaes spöttisch.

„Mir ist zu Ohren gekommen, dass du eine wichtige Entdeckung gemacht hast. Du wirst jetzt mit mir auf meine Burg kommen und von nun an unter meinem Befehl stehen."

„Ich stehe unter dem Schutz von Arco de Benicius", widersprach Arquimaes. „Ich werde nirgendwohin gehen!"

„Du weißt, dass du dein Verbrechen früher oder später gestehen wirst. Diese geheime Formel, die du so gut zu schützen weißt, kommt einem Verrat gleich", erklärte Morfidio.

„Meine Entdeckung verstößt gegen keines der Gesetze der Wissenschaft."

„Das habe ich zu entscheiden, du verdammter Alchemist! Ich lasse nicht zu, dass deine Entdeckung in die falschen Hände gerät", fauchte Morfidio und betrachtete dabei neugierig das Tintenfässchen, das Arquimaes eben noch benutzt hatte. „Du versuchst, dich gegen mich und gegen König Benicius, deinen Herrn, zu verschwören …"

„Ich verschwöre mich gegen niemanden!"

„… und wenn du dich erst mal unter meinem Befehl befindest, wirst du mir alles verraten … Wie ich sehe, ist auf der Feder noch frische Tinte", sagte der Graf, ergriff den Federkiel und schwenkte ihn hin und her, sodass ein paar Tropfen auf den Boden fielen. „Was hast du da eben geschrieben?"

„Selbst wenn du es wüsstest, würde es dir nichts nützen", antwortete Arquimaes in dem Versuch, den Grafen von seiner Idee abzubringen. „Deine teuflische Zauberformel suchst du hier vergeblich … Ich bin kein Zauberer und auch kein Hexenmeister. Ich bin Alchemist!"

„Mein Herr wird dir niemals eine seiner Formeln verraten!", schrie Arturo plötzlich, rot vor Empörung.

Kaum hatte Arturo diese Worte ausgesprochen, schlug ihm Cromell mit voller Wucht in den Magen, sodass der Junge auf die Knie fiel und ihm der Atem wegblieb.

Seiner Sache sicher, trat Morfidio an den Weisen heran, versetzte einem der Stühle einen heftigen Tritt und sagte dann leise, fast im Flüsterton: „Provoziere mich nicht, du Verräter! Wenn du dich weiterhin weigerst, lasse ich alle deine Gehilfen vor deinen Augen köpfen, angefangen mit diesem aufsässigen Bengel da."

Arquimaes begriff, dass der barbarische Graf nur einen Vorwand suchte, um seine Drohung wahr zu machen. Alle Welt wusste, dass Morfidio genauso blutrünstig war wie jene Bestien, die sich seit geraumer Zeit des Nachts auf die Suche nach Menschenfleisch machten und jede Gelegenheit nutzten, um ihren Appetit zu stillen.

„Lieber sterben wir, als deiner Forderung nachzugeben!", rief Arturo, der auf dem Boden lag. „Ich werde Arquimaes mit meinem eigenen Leben verteidigen, wenn es sein muss!"

„Das kannst du haben, mein Junge", sagte Morfidio, packte Arturo, der immer noch nach Atem rang, und zog ihn gewaltsam hoch. „Schau her, Arquimaes, ich meine es ernst!"

Mit diesen Worten zog er seinen Dolch aus der Scheide und stieß ihn Arturo mit einer raschen Bewegung in den Bauch. Völlig ungerührt, so als schnitte er sich bei einem Festschmaus ein Stück Fleisch vom Braten ab.

Entsetzt musste Arquimaes mit ansehen, wie sein Schüler mit einem dumpfen Aufprall zu Boden stürzte.

„Das wird dir eine Lehre sein!", sagte der Graf und richtete die Spitze des blutgetränkten Dolches auf den Alchemisten. „Rette ihm das Leben mit deiner Medizin, wenn du kannst. Überleg es dir gut! Es ist besser für dich, mir dein Geheimnis anzuvertrauen. Sonst bist du der Nächste!"

„Du bist ein Ungeheuer, Graf Morfidio!", entgegnete Arquimaes, während er den Arm um Arturo legte und versuchte, das Blut zu stillen, das aus der tiefen Wunde floss. „Ich rufe die Mächte des Guten an! Mögen sie sich deiner Bosheit entgegenstellen! Möge dich deine verdiente Strafe ereilen!"

Graf Morfidio verzog das Gesicht zu einem hämischen Grinsen. Die Verwünschungen des Alchemisten beeindruckten ihn nicht. Er war ein Mann der Tat und erreichte immer, was er wollte.

„Kraft meiner Autorität ordne ich an, dass all das hier beschlagnahmt ist!", rief er. „Soldaten, nehmt alles, was diesem Mann gehört, und bringt es auf die Burg!"

„Hütet euch davor, irgendetwas anzurühren!", knurrte Arquimaes, außer sich vor Zorn. „Der schlimmste Fluch wird denjenigen treffen, der es wagt, auch nur einen einzigen Gegenstand von seinem Platz zu bewegen!"

Die Soldaten rührten sich nicht, aus Angst, Arquimaes' Drohung könne wahr werden. Da trat Graf Morfidio einen Schritt nach vorn und schlug mit seinem Schwert auf einige der Gegenstände ein. Dann setzte er die Spitze seiner Waffe dem Alchemisten an die Kehle und drückte so fest zu, dass sie drohte, sie zu durchbohren.

„Ich will, dass du freiwillig mitkommst. Es sei denn, du ziehst es vor, das Schicksal deines Schülers zu teilen!"

Als die Soldaten sahen, wie unerschrocken ihr Herr war, gehorchten sie schließlich seinem Befehl und zwangen die Gehilfen, alles auf die Karren zu laden.

In kurzer Zeit war das Laboratorium so gut wie leer. Sämtliche Bücher und Pergamente, die der Alchemist im Laufe mehrerer Monate geduldig beschrieben hatte, befanden sich nun im Besitz des Grafen.

Zum ersten Mal befürchtete Arquimaes, Graf Morfidio könnte sich tatsächlich die Geheimformel aneignen. Beim bloßen Gedanken daran überlief ihn ein kalter Schauer.

„Tötet die Männer! Ich will keine Zeugen!", brüllte Morfidio und stieß sein langes Schwert in die Brust eines der Gehilfen. „Und werft die Leichen in den Fluss!"

Die Soldaten stürzten sich auf die anderen Männer, die keinerlei Widerstand leisteten, spießten sie mit ihren spitzen Waffen auf und bereiteten ihrem Leben in wenigen Sekunden ein Ende.

Voller Entsetzen versuchte der älteste Diener, über die Treppe zu flüchten und nach draußen zu entkommen. Doch Cromell verfolgte ihn laut brüllend. Ein paar Augenblicke später kam er zurück. Die Klinge seines Schwertes war blutgetränkt.

„Das hier hatte er unter dem Hemd versteckt", sagte er zu seinem Herrn. „Ein Pergament."

Morfidio entrollte das Dokument und begutachtete es eingehend.

„Aha, jetzt haben wir einen weiteren Beweis für deine Schuld!", rief er triumphierend.

Vier Soldaten zwangen den Weisen und seinen Schüler, auf einen Karren zu klettern. In ihrer Brutalität standen sie ihrem barbarischen und grausamen Herrn, der vor keinem Hindernis haltmachte, in nichts nach. Die Ratten und Hunde hatten gut daran getan, ihnen rechtzeitig aus dem Weg zu gehen.

„Zurück zur Burg!", befahl Graf Morfidio, als ein wildes Heulen durch die Nacht drang. „Es ist dunkel und in der Dunkelheit ist dieses Land gefährlich. Hier ist nichts mehr zu tun … Brennt den Turm nieder! Es soll nichts übrig bleiben von diesem vergifteten Tempel der Hexerei!"

Arquimaes musste mit ansehen, wie mehrere Männer unter Hauptmann Cromells Führung das Labor, das er mit so viel Mühe aufgebaut hatte, niederbrannten. Schweigend schaute er zu, wie seine Arbeit ein Raub der Flammen wurde. Wut und Verzweiflung stiegen in ihm auf.

Der Weise presste eine Hand auf die Wunde des Jungen. Tränen traten ihm in die Augen, als er sah, wie die Soldaten die Leichen der anderen Gehilfen in den Fluss warfen.

Dann machte sich der Tross auf den Weg zur Burg des Grafen Morfidio. Zurück blieben ein Anblick der Verwüstung und eine Rauchsäule, die bis zum Himmel reichte.

Nicht ein einziges Fenster der umliegenden Häuser hatte sich geöffnet, niemand war ihnen zu Hilfe geeilt. Das Dorf lag in tiefster Dunkelheit da, so als trüge es Trauer. Niemand wagte es, dem Grafen Morfidio die Stirn zu bieten. Niemand stand dem Alchemisten bei, der mehr als einmal das Leben von Kranken oder Verletzten gerettet hatte.

Während sich die Soldaten entfernten, schwang sich ein schmächtiger Mann mit Froschaugen und riesigen Ohren, der sich bis dahin im nahen Wald im Unterholz verborgen gehalten hatte, auf sein Pferd und ritt auf König Benicius' Schloss zu.

Noch ahnte Graf Morfidio nicht, dass seine Schandtat eine Reihe schrecklicher Ereignisse entfesseln würde, die den Lauf der Geschichte verändern und eine außergewöhnliche Legende hervorbringen sollte.

II

DER BÜCHERNARR

Ich heiße Arturo Adragón. Ich lebe mit meinem Vater in der Stadt Férenix, in der Stiftung. Wir befinden uns im 21. Jahrhundert, heute ist ein normaler Tag und ich muss zur Schule.

Jeden Morgen, wenn ich aufwache, sage ich mir denselben Satz laut vor, damit ich weiß, wo ich bin. Meine Träume sind so unglaublich echt, dass es mir manchmal schwerfällt, mich in der Realität zurechtzufinden.

Letzte Nacht hatte ich wieder so einen Traum. Mit Soldaten, mittelalterlichen Burgen, Zauberern, Alchemisten; ich erlebe diese Traumgeschichten so intensiv, dass ich beim Aufwachen jedes Mal total erschöpft bin, so als wäre das alles wirklich passiert. Es ist schrecklich ... Ich weiß nicht, was ich dagegen tun kann.

Manchmal glaube ich, ich werde langsam verrückt.

Während mein Kopf noch voll ist von den Erinnerungen an letzte Nacht, gehe ich unter die Dusche, drehe den Hahn auf und warte darauf, dass mich das warme Wasser aus dem Reich der Träume in die Realität zurückholt, aus dem Mittelalter in die Gegenwart.

Ich schaue in den Spiegel. Der Drachenkopf ist immer noch da: auf meiner Stirn, zwischen den Augenbrauen. Genauso wie die merkwürdigen schwarzen Flecken auf meinen Wangen.

Ich sehe damit wie eine lächerliche Vogelscheuche aus und ich fühle mich anders als der Rest. Meine Mitschüler sorgen dafür, dass ich mich jeden Tag daran erinnere. Auch die Menschen, denen ich begegne, erinnern mich daran, wenn sie sich hinter meinem Rücken zuflüstern: „Der arme Junge!" Und das Schlimmste daran ist, sie haben recht: Ich sehe wirklich furchtbar aus.

„Hallo, Drache", begrüße ich ihn wie jeden Tag. „Alles in Ordnung? Verschwindest du denn nie?"

Wahrscheinlich bin ich dazu verurteilt, mein Leben lang ein seltsamer Vogel zu sein. Die Einzigen, die mich ertragen, sind mein Vater und die Menschen, die zusammen mit uns in der Stiftung leben. Meine einzigen Freunde.

Ich schrubbe mir gründlich Wangen und Stirn, in der Hoffnung, dass diese verdammten schwarzen Flecken und der Drachenkopf endlich verschwinden. Doch ich weiß, dass das nicht geschehen wird. Ich weiß, dass sie mich bis ans Ende meines Lebens begleiten werden. Ich werde für immer jemand sein, auf den alle Welt mit Fingern zeigt, so viel ist sicher.

Manchmal habe ich schon darüber nachgedacht, im Zirkus aufzutreten. Wenigstens dann würden die Leute mich als etwas Normales betrachten. Ein Junge, der wie ein Werbeplakat aussieht, mit einem Drachen auf der Stirn, würde die Menschen neugierig machen. Sie würden Eintritt bezahlen, um sich vor Lachen auszuschütten, wie über Clowns oder Missgeburten. Bestimmt hätte ich mehr Erfolg als die Frau mit Bart oder der Elefantenmensch zusammen.

Ich verspüre am ganzen Körper ein Kribbeln, das ich nicht loswerde und das mich langsam nervös macht. Schon seit ein paar Tagen ist es da, und meine Haut ist total gerötet, weil ich mich die ganze Zeit kratzen muss. Komisch, aber irgendwie habe ich das Gefühl, die Flecken haben sich weiter ausgebreitet, sind mehr geworden ... Jetzt bedecken sie bereits den äußersten Rand meiner Wangen und auch auf der Nase gibt es schon ein paar. Es wird immer schlimmer!

Während ich mich anziehe, muss ich wieder an meinen Traum von letzter Nacht denken. Was haben diese Träume bloß zu bedeuten? Sie sind wie die Hieroglyphenschriften, die mein Vater seit Jahren sammelt und vergeblich zu entziffern versucht. Meine Träume sind fantastische Abenteuer, die ich mit niemandem teilen kann. Das Merkwürdige ist, dass es darin immer um dieselben Figuren und Themen geht ... Wie Kapitel in einem Fantasy-Roman. Die letzte Nacht war jedoch die schlimmste von allen. Nie zuvor habe ich von etwas so Schrecklichem und Gefährlichem geträumt!

Ich öffne meinen Rucksack und schaue nach, ob ich alles für die Schule eingepackt habe. Die Bücher, die ich heute nicht brauche, nehme ich heraus. Ich vergewissere mich auch, dass ich meine Hefte, den Kugelschreiber, einen Bleistift und den Radiergummi dabeihabe. Alles in Ordnung.

Bei meiner täglichen Kontrolle stelle ich mir gerne vor, ich würde meinen kleinen Rucksack packen, um an einen fernen Ort zu reisen. Doch ich weiß, dass das unmöglich ist. Pure Fantasie. Es gibt ein paar Menschen und Dinge in dieser Stadt, die mir viel bedeuten: meinen Vater, die Erinnerung an meine Mutter, die Stiftung, Sombra … Vielleicht ist es nicht viel, aber das alles ist mir sehr wichtig. Es ist das Einzige, was mich interessiert. Ansonsten würde ich dieses triste Leben nur zu gerne hinter mir lassen.

Bevor ich gehe, nehme ich das Buch vom Nachttisch, das ich gestern zu Ende gelesen habe. Es ist die Geschichte von König Artus, meinem Lieblingshelden.

Langsam gehe ich die Treppe hinunter. Plötzlich stürmt mir Sombra, der Assistent meines Vaters, wie ein Wirbelwind entgegen und rennt mich fast über den Haufen.

„Was ist los, Sombra?", rufe ich entgeistert.

Er beachtet mich gar nicht und rennt einfach weiter, als wäre er hinter etwas her.

„Du verfluchte Ratte!", brüllt er und schlägt dabei immer wieder mit einem Besen auf den Boden. „Wenn ich dich noch einmal hier erwische, schlag ich dich tot!"

Völlig außer Atem bleibt er auf dem Treppenabsatz stehen, lehnt sich gegen die Wand und wischt sich den Schweiß von der Stirn.

„Es werden immer mehr. Wir müssen was dagegen unternehmen", brummt er, während er nach Atem ringt. „Diese Ratte hat sich über ein Manuskript aus dem 10. Jahrhundert hergemacht! Zum Glück bin ich gerade noch rechtzeitig gekommen."

„Beruhige dich, so schlimm ist das doch nicht."

„Nicht so schlimm? Soll das ein Witz sein? Findest du es etwa in Ordnung, dass diese Biester unsere Bücher auffressen?"

„Nein, natürlich nicht …"

„Als ich gesehen habe, wie die Ratte das Pergament angefressen hat, bin ich so wütend geworden, dass ich …"

„Sag mal, Sombra, hast du Papa heute schon gesehen?", unterbreche ich ihn.

„Er sitzt in seinem Arbeitszimmer, ist früh aufgestanden …"

„Wie geht es ihm?"

„Noch genauso wie gestern. Ist nicht besser geworden, glaub ich. Übrigens, er will keine Medikamente nehmen, und deshalb …"

„Ich werde gleich zu ihm gehen, vielleicht kann ich ihn ja dazu bringen."

„Hast du gut geschlafen, Arturo?", fragt Sombra mich unvermittelt.

„Ja, sehr gut … Wie immer."

Ein leichtes Lächeln huscht über sein Gesicht, und ich weiß, dass er meine Botschaft verstanden hat. Sombra ist wie ein zweiter Vater für mich. Manchmal habe ich das Gefühl, er versteht mich sogar besser als Papa.

„Schönen Tag noch", sagt er und entfernt sich mit seinem Besen in der Hand.

Ich gehe in die große Bibliothek im zweiten Stock. Die Regale dort sind vollgestopft mit wertvollen und unersetzbaren Büchern, die meine Familie im Laufe vieler Jahre gesammelt hat. Es ist wirklich ein außergewöhnlicher Ort, eine Bibliothek voll mit Werken aus dem Mittelalter. Hier habe ich den größten Teil meines Lebens verbracht. Das ist meine Welt.

Ich gehe zu einem Regal und stelle das Buch über König Artus an seinen Platz zurück. Bevor ich hinausgehe, nehme ich mir eins über Königin Ginevra heraus, das ich bereits mehrmals gelesen habe, und stecke es in meinen Rucksack. Ich finde ihre Geschichte toll. Vielleicht werde ich eines Tages sogar einen Roman mit denselben Figuren schreiben.

Dann gehe ich in Papas Arbeitszimmer.

Er sitzt in der hintersten Ecke, über den langen Holztisch gebeugt, umgeben von Büchern und Blättern, in der Hand hält er einen Füllfederhalter. Er spricht mit sich selbst – oder mit den Büchern, was fast dasselbe ist – und sieht furchtbar aus. Er trägt einen mehrere Tage alten Bart und seine Haare stehen wirr von seinem Kopf ab. Irgendwie erinnert er mich an einen dieser Weisen aus den Fantasy-Geschichten. Er scheint ganz in seiner Arbeit versunken, so als gäbe es nichts anderes auf der Welt.

„Wie geht es dir, Papa?", frage ich und gehe zu ihm.

Etwas überrascht, mich zu sehen, hebt er den Kopf.

„Arturo, was machst du denn schon hier, um diese Zeit?"

„Aber Papa, es ist fast neun …"

Wie ein Kind, das bei etwas Verbotenem erwischt wurde, steht er auf und zieht die langen Vorhänge zurück. Das grelle Licht blendet ihn und er muss die Hand schützend vor seine Augen legen.

„Es geht mir gut, mein Sohn. Wirklich."

„Gestern Abend hattest du Fieber. Du musst etwas dagegen nehmen, sonst wird es noch schlimmer."

„Kein Grund zur Sorge. Ich fühle mich ausgezeichnet. Außerdem kann ich es mir nicht erlauben, krank zu werden. Ich muss die Arbeit hier zu Ende bringen … Ich bin fast fertig damit!"

„Kannst du mir nicht endlich sagen, was das für eine Arbeit ist, an der du schon so lange sitzt?", frage ich.

„Wenn ich etwas Konkretes habe, wirst du der Erste sein, der es erfährt."

„Versprochen?"

„Versprochen."

„Papa, ich mache mir Sorgen um dich. Ich habe Angst, dass du irgendwann verrückt wirst."

Er steht auf und streicht mir über den Kopf, so wie er es immer tut, wenn er mir etwas sagen will. Dann berührt er die Flecken auf meinem Gesicht, so als würde er versuchen, sie abzuwischen.

„Ich bin nicht verrückt, Arturo. Man könnte den Eindruck haben, ich wär's, aber ich bin es nicht. So etwas darfst du nicht denken."

„Ich weiß …"

„Hör zu! Wir wissen Dinge, von denen die anderen keine Ahnung haben. Wir sind keine Hexenmeister und auch keine Zauberer … Wir sind Wissenschaftler, Forscher. Wir wissen, dass es unbekannte Mächte auf dieser Welt gibt, die Einfluss auf uns haben, ohne dass wir das verhindern können. Ich spreche nicht von Hexerei und solchen Dingen, ich spreche von dem, was wir denken, was wir fühlen und was wir wissen. Und das alles ist hier drin!" Er zeigt auf die Holzregale. „All das Wissen befindet sich in diesen Büchern!"

„Übertreibst du da nicht ein bisschen?"

„Was nicht in diesen Büchern steht, existiert nicht", sagt er mit einer Bestimmtheit, die mich zusammenzucken lässt. „Was nicht in diesen Büchern geschrieben steht, ist es nicht wert, dass man darüber spricht. Bücher sind die Seele und das Gedächtnis der Welt."

Ich wage nicht, ihm zu widersprechen. Ich weiß, dass die Leidenschaft meines Vaters für Bücher stärker ist als jedes Argument. Sein Leben ist mit ihnen verbunden. Einerseits bewundere ich ihn dafür, aber andererseits erschreckt es mich auch. Manchmal habe ich Angst, genauso zu werden wie er: ein Büchernarr.

„Ich muss in die Schule", murmele ich.

„Gut, dann wünsche ich dir einen schönen Tag. Wenn es so weit ist, werde ich dir von meinen Fortschritten erzählen", sagt mein Vater leise. Dann taucht er wieder ein in die Welt der Pergamente und Buchstaben. „Früher oder später werde ich finden, wonach ich suche!"

Bevor ich hinausgehe, drehe ich mich noch einmal um. Ich weiß, dass sich Papa längst wieder in der geheimnisvollen Welt der Buchstaben befindet, im Universum der Wörter. Manchmal glaube ich, dass mein Vater eigentlich einem Buch entstammt, dass er im Arbeitszimmer eines Schriftstellers geboren wurde … oder in einem Tintenfass.

„Ach, übrigens, du hast ja bald Geburtstag", ruft er mir hinterher, als ich schon den Türknauf in der Hand habe. „Wünschst du dir etwas Besonderes?"

„Och, nein, ist mir egal … Irgendwas …"

Ich schließe die Tür und lasse ihn allein in seiner Welt.

Unten treffe ich Mahania, die Frau von Mohamed, unserem Hausmeister. Sie öffnet gerade die große Eingangstür. Mahania ist eine kleine, nicht gerade kräftige Person, die ihre Arbeit mit derselben Energie verrichtet wie früher, als sie noch jung war. Ich habe sie immer bewundert, irgendwie erinnert sie mich an meine Mutter.

Das ist seltsam, denn ich habe meine Mutter nie kennengelernt. Sie starb nämlich in derselben Nacht, in der ich geboren wurde. Mahania ist neben meinem Vater der letzte Mensch, der sie lebend gesehen hat. Vielleicht ist das ja der Grund, weshalb ich sie so gerne mag.

Außer durch Papas Geschichten kenne ich Mama eigentlich nur durch das, was mir Mahania über sie erzählt hat. Offenbar gibt es viele Ähnlichkeiten zwischen uns. Unsere Augen hätten denselben traurigen Ausdruck, sagt sie. Ich glaube, das bedeutet, dass Mama genauso gelitten hat wie ich.

„Hallo, Mahania", begrüße ich sie.

„Wird's nicht langsam Zeit für die Schule?"

„Ja, ich bin schon spät dran. Papa geht es nicht besonders, Mahania. Ich glaube, er hat immer noch Fieber."

„Ich weiß, Sombra hat mir erzählt, dass es ihm gestern schlecht ging. Keine Sorge, ich kümmere mich um ihn", beruhigt sie mich. „Geh nur, ich bin ja hier, ich pass schon auf, dass nichts passiert. Du weißt ja, wie er sich aufregt, wenn der Tag näher kommt ..."

„Danke ... Und Mohamed?"

„Er ist zum Flughafen gefahren, um einen neuen Gast abzuholen. Einen Antiquitätenhändler, glaub ich."

„Ach ja, Señor Stromber. Papa hat ihn eingeladen, einige Tage in der Stiftung zu wohnen. Ich glaube, es geht um etwas Geschäftliches."

„Hoffentlich kommt was dabei raus. Bei der finanziellen Situation gerade ...", seufzt Mahania. „Wollen wir hoffen, dass dieser Señor Strumbler alles in Ordnung bringt."

„Stromber, Mahania, der Mann heißt Frank Stromber. Und um das Geld müssen wir uns keine Sorgen machen, das wird sich bald regeln. Ganz sicher. Papa kennt sich aus."

„Ja, und die von der Bank auch."

„Die von der Bank? Von was für einer Bank?"

„Ach, nichts, nichts ... War nur so dahergesagt. Los, ab in die Schule mit dir, um deinen Vater kümmere ich mich schon. Mach's gut."

Ich sehe Mahania neugierig an und warte auf eine Erklärung. Aber sie lässt mich einfach stehen, summt irgendein Lied, das ich nicht kenne, und verschwindet in ihrer Hausmeisterwohnung.

Was verheimlicht sie mir? Setzt die Bank meinen Vater etwa unter Druck?

Der Straßenlärm draußen holt mich in die Realität zurück und erinnert mich daran, dass es außerhalb der Stiftung noch ein anderes Leben gibt. Dass die Welt sehr viel größer ist als das Gebäude, in dem ich lebe und in dem ich mich eigentlich sicher fühle.

III

Unter dem Schutz des Grafen

Drei kräftige Soldaten schubsten Arquimaes brutal in Morfidios Gemach, sodass er beinahe zu Boden stürzte.

Der Graf saß mit einem Glas Wein in der Hand in seinem mächtigen, holzgeschnitzten Armsessel und musterte den Alchemisten mit einem höhnischen Grinsen auf den Lippen. Auf dem reich verzierten Sessel prangte sein Wappen: ein Bär mit einer Goldkrone, in den Tatzen ein Schwert als Symbol der Stärke – die einzige Macht, an die Morfidio glaubte.

„Hast du dich entschlossen zu reden, oder willst du weiter eingesperrt bleiben, während dein Gehilfe mit dem Tode ringt?", fragte Morfidio seinen Gefangenen, nachdem er einen ordentlichen Schluck der dunkelroten Flüssigkeit getrunken hatte.

„Arturo geht es mit jedem Tag schlechter! Ich brauche Medizin, um ihn zu heilen! Sonst stirbt er!"

„Er selbst hat um seinen Tod gebettelt, vergiss das nicht. Gib mir also nicht die Schuld an seinem Unglück."

„Du bist ein elender Schuft, Morfidio!", schrie Arquimaes. „Wenn König Benicius davon erfährt, wird er dich zur Rechenschaft ziehen! Du wirst deine niederträchtige Tat teuer bezahlen!"

„Mach dir deswegen keine Sorgen. Denk lieber daran, deine eigene Haut zu retten. Ich möchte dich daran erinnern, dass schwere Anschuldigungen gegen dich erhoben werden. Man erzählt sich, dass die Bestien, die uns des Nachts angreifen, das Ergebnis deiner Experimente sind und dass du es warst, der die schrecklichen Drachen geschaffen hat, die unsere Gegend verwüsten!"

„Ich experimentiere nicht mit Tieren! Ich widme mich der Wissenschaft, nicht der Hexerei!"

„Schon gut. Kommen wir jetzt zur Sache. Wenn du mir die geheimnisvolle Rezeptur, die mich unsterblich machen wird, nicht endlich verrätst, werde ich dich auf dem Scheiterhaufen verbrennen und deine Asche im Tal verstreuen lassen. Von dir wird keine Spur übrig bleiben. Hast du mich verstanden?"

„Du jagst mir keinen Schrecken ein, Morfidio. Ich besitze nichts, was dich zu einem mächtigen König machen könnte!"

„Unterschätze mich nicht, Arquimaes! Ich sag's noch einmal: Es ist zu deinem Besten", antwortete Eric Morfidio und schwenkte ein Pergament. „Erkläre mir genau, was es mit deiner Entdeckung auf sich hat, dann will ich dir die nötige Medizin geben, um den Jungen zu retten. Und ich werde euch beiden die Freiheit schenken. Wenn nicht, endest du auf dem Scheiterhaufen wie alle Hexenmeister!"

„Ich werde niemals für einen machtgierigen Herrscher wie dich arbeiten!", erwiderte Arquimaes entschlossen und blitzte den Grafen zornig an. „Meine Bemühungen dienen dazu, dass andere Weise, Wissenschaftler und Alchemisten Nutzen aus meiner Arbeit ziehen, um den Menschen helfen zu können. Ich will nicht, dass mein Wissen nach meinem Tod verloren geht."

„Der Tag deines Todes könnte näher sein, als du glaubst, Arquimaes", zischte Morfidio in drohendem Ton. „Ich warne dich, meine Geduld ist bald am Ende."

Der Weise hob die Hand und zeigte durch das Fensterloch auf den bewölkten Himmel.

„Sämtliche Verwünschungen des Himmels werden über dich kommen, wenn du es wagst, Hand an mich zu legen. Schon der erste Tropfen meines Blutes, den du vergießt, wird sich gegen dich und die Deinen wenden, mit einer Heftigkeit, die du dir nicht vorstellen kannst, Graf Morfidio!"

„Du bist ein verfluchter Dickschädel! Entweder du redest endlich, oder ich übergebe dich Leuten, die schlimmer sind als ich!"

„Auch tausend machtbesessene Könige werden meine Zunge nicht lösen! Mein Geheimnis ruht in den unerreichbaren Tiefen meines Geistes!"

„Ich habe Beweise für deine Hexerei!", rief Morfidio aus und schwenkte erneut das Pergament, das Cromell im Turm gefunden hatte.

„Dieses Pergament ist belanglos."

Morfidio rollte das Papier auseinander, lächelte bösartig und las ein paar Zeilen laut vor: *„Das Herz eines Menschen wiegt schwerer als Gold, wann immer er vermag, es mit Weisheit zu füllen.* Was bedeutet dieser Satz?"

„Genau das, was da steht: dass die Unwissenden nichts sind."

„Derjenige, dem es gelingt, einen Menschen mit Wissen anzufüllen, wird ihm den größten Reichtum dieser Welt schenken. Er wird ihm grenzenlose Macht verleihen ... Erkläre mir, was es damit auf sich hat. Kannst du etwa den Geist eines Menschen mit Wissen und Weisheit füllen? Hast du die Formel gefunden, um aus einem Unwissenden einen Weisen zu machen? Ist die Macht, von der du sprichst, die Unsterblichkeit? Werde ich den Tod besiegen können?"

„Hör zu, Morfidio. Du bist unwissend und wirst es dein Leben lang bleiben", erklärte Arquimaes ungerührt. „Ich kann nichts für dich tun. Du bist ein zu eitler Despot, als dass man dich in einen weisen Mann verwandeln könnte."

„Und du, du Alchemist des Teufels, bist zu wertvoll, als dass ich dich freilassen könnte. Du wirst in meinen Kerkern verfaulen, bis du gewillt bist zu reden. Vielleicht siehst du das Licht der Sonne heute zum letzten Mal ...", drohte Morfidio zornig und öffnete die Tür. „Wache! Bringt diesen Mann fort und sperrt ihn mit seinem Diener in das tiefste und dunkelste Verlies! Sie sollen Tag und Nacht bewacht werden und niemand, absolut niemand darf mit ihnen sprechen! Niemand!"

Arquimaes erschrak, als er hörte, was der Graf befahl, denn er wusste, dass dies das Todesurteil für Arturo bedeutete. Einen Moment lang überlegte er, ob er die Geheimformel preisgeben sollte, um das Leben seines Schülers zu retten. Doch er wusste, dass sie zu kostbar war, um sie diesem machthungrigen und skrupellosen Grafen anzuvertrauen. In Morfidios Händen würde sie zu einer fürchterlichen, zerstörerischen Waffe werden.

„Wenn du wüsstest, um was es sich handelt ...", murmelte Arquimaes, als er alleine war, „... dann würdest du nicht zögern, mich in Stücke zu hauen, um meinem Herzen das Geheimnis zu entreißen."

***

Als Arturo die Augen öffnete, sah er Arquimaes, der sich über ihn beugte und ihm den Schweiß von der Stirn wischte.

„Bewege dich nicht", sagte der Weise zu ihm. „Du hast hohes Fieber."

„Werde ich sterben, Meister?"

„Das bewahre Gott. Wir wollen hoffen, dass die Infektion zurückgeht und die Blutung endgültig zum Stillstand kommt. Aber du hast sehr viel Blut verloren."

„Morfidio darf die Geheimformel nie bekommen!"

„Keine Sorge, Arturo. Nicht einmal unter Folter wird er mir auch nur ein Wort entreißen", versprach Arquimaes. „Und jetzt ruh dich aus."

„Die Formel ist viel zu wichtig. Wir müssen unbedingt verhindern, dass sie Morfidio in die Hände fällt!", flüsterte Arturo, bevor er die Augen schloss und in die Welt der Dunkelheit eintauchte.

IV

Hinaus in die Welt

Ich heiße Arturo und lebe in der Stiftung Adragón, einem alten Palast, der sich mit den Jahren in eine außergewöhnliche Bibliothek verwandelt hat. Sie ist voller Bücher und Pergamente aus dem Mittelalter, 150 000 Exemplare, die meine Familie nach und nach gesammelt hat. Die Stiftung ist eine der meistgeschätzten und am häufigsten besuchten Bibliotheken der Welt. Manche Werke hier sind so alt, dass man nicht einmal das genaue Erscheinungsdatum bestimmen kann. In der Stiftung Adragón gibt es Bücher, die so wertvoll sind, dass viele Experten aus dem Ausland hierherkommen, um sie zu studieren ... So wie dieser Stromber.

Das Schuljahr hat begonnen, und obwohl es schon Mitte Oktober ist, scheint draußen die Sonne, und es ist noch gar nicht kalt. Ich hebe ein paar Blätter vom Boden auf, die ich als Lesezeichen verwenden werde. Ich stelle mir vor, dass sich diese Blätter ausgezeichnet mit den Seiten der Bücher verstehen werden. Der Gedanke gefällt mir. Schließlich wird Papier aus Bäumen gemacht, und auch wenn manche Leute das schlecht finden, fällt mir keine bessere Verwendung für Holz ein, als es zu Büchern zu verarbeiten.

Wie immer treffe ich auf meinem Weg zur Schule Hinkebein, den Bettler, der jeden Tag stundenlang an der Ecke sitzt und um Almosen bittet. Er ist der einzige Freund, den ich außerhalb der Stiftung habe.

„Hallo, Hinkebein", begrüße ich ihn.

„Hallo, Arturo, alles klar?"

„Ja, ich muss zur Schule. Wie geht's dir? Hier, ich hab dir eine Apfelsine mitgebracht."

„Danke, Kleiner. Du hast ein gutes Herz und eines Tages wirst du dafür belohnt werden. Großzügige Menschen wie du haben einen Platz im Himmel sicher!"

„Red keinen Unsinn", antworte ich. „Sag mir lieber, wie es dir heute geht."

„In letzter Zeit schlafe ich schlecht. Das ist der Wetterumschwung, er macht meinem Bein zu schaffen, dem verdammten Bein ... Es tut weh", sagt er und fährt sich mit der Hand über den Stumpf. „Die Teufel verschwören sich gegen mich."

„Jetzt redest du schon wieder Unsinn. Ein Bein, das man nicht hat, kann einem nicht wehtun", sage ich. „Das ist unmöglich."

„Nicht für alles, was auf dieser Welt passiert, gibt es eine Erklärung", entgegnet Hinkebein. „Wenn ich sage, es tut mir weh, dann tut es mir weh, klar?"

„Natürlich, natürlich." Mein Blick fällt auf die Weinflasche, die aus seinem Mantel hervorlugt. „Ich glaube, heute wird ein schöner Tag", sage ich.

„Für mich wird's kein schöner Tag, da hab ich keine Hoffnung. Die Leute werden immer knickeriger, denen sitzt das Geld nicht mehr so locker wie früher. Vielleicht weil sie kein Mitleid mehr haben mit so armen Krüppeln wie mir."

„Komm schon, hör auf zu jammern."

„Hoffentlich kommst du niemals in meine Lage, mein Junge. Das wünsche ich dir wirklich nicht. Es gibt nichts Schlimmeres auf der Welt, als auf dem Bürgersteig zu liegen und Leute anzubetteln, die über dich hinwegsehen."

Während er die Apfelsine schält, murmelt er etwas, was ich nicht verstehe.

„Tu nicht so geheimnisvoll, Hinkebein", sage ich.

„Im Viertel geht es drunter und drüber", flüstert er. „Ziemlich drunter und drüber."

„Drunter und drüber? Was soll das heißen?"

„Überfälle, Prügeleien ... Randale. Wenn du wüsstest ..."

„Was soll ich denn wissen? Ist dir was passiert?"

„Gestern Abend ... Ein paar Typen haben versucht, mich zu überfallen ... mir meine Sachen zu klauen."

„Bist du sicher, dass sie dich beklauen wollten?"

„Alles, was ich sagen will, ist: Nimm dich in Acht! In letzter Zeit seh ich hier merkwürdige Leute. Böse Geister, die aus den Kloaken hervorgekrochen kommen. Sie fallen über uns her. Seit Tagen treiben sie sich hier rum."

„Geister? Auch in der Nähe der Stiftung?"

„Gerade da. Ich rate dir, Arturo, pass auf dich auf, pass gut auf dich auf ..."

„Danke, du bist ein echter Freund ... Auch wenn du manchmal ein bisschen verrückt bist."

„Verrückt? Ich? Wenn du an meiner Stelle wärst, würdest du so was nicht sagen!"

Ich gehe weiter, um mir sein Gejammer nicht länger anhören zu müssen. Ich weiß, dass er wütend wird, wenn man ihn als verrückt bezeichnet. Obwohl er im Grunde gerne so tut, als wäre er's.

✳✳✳

VOR DER SCHULE begegne ich ein paar Mitschülern, die wie ich zu spät dran sind. Aber sie grüßen mich nicht; das tun sie nie.

Obwohl das jetzt schon seit einigen Jahren so geht, kann ich mich nicht daran gewöhnen. Es macht mich traurig, wenn sie mich wie Luft behandeln. Ich weiß zwar, dass sie genau das beabsichtigen, aber ich kann nichts dagegen tun.

Wie oft schon wollte ich meinem Vater davon erzählen, aber Papa hat genug Probleme, mit denen er sich herumschlagen muss. Da möchte ich ihn nicht noch mehr beunruhigen. Mit dieser Sache muss ich ganz alleine fertig werden!

Mercurio, der Hausmeister der Schule, begrüßt mich wie immer mit einem aufmunternden Lächeln: „Hallo, Arturo, schön, dich zu sehen. Gut siehst du aus."

„Hallo, Mercurio, guten Morgen."

„Wie geht's deinem Vater?"

„Oh, gut, sehr gut! Danke."

„Dann grüß ihn von mir. Und jetzt beeil dich, du bist schon spät dran."

Ich winke ihm zum Abschied zu und betrete das Gebäude. Gerade als der Lehrer die Klassentür schließen will, komme ich angehetzt.

„Du bist immer der Letzte, Arturo", sagt er anstelle einer Begrüßung.
„Ja, Señor, entschuldigen Sie."
„Los, komm rein und setz dich auf deinen Platz, wir wollen anfangen."

Normalerweise teilen sich immer zwei Schüler eine Bank. Ich bin der Einzige in der Klasse, der alleine sitzt. Niemand will den Platz neben mir haben.

Kaum habe ich mich hingesetzt, geht die Tür auf, und der Schuldirektor stürmt herein. Alle schauen erschrocken auf, denn es ist nicht üblich, dass er in eine Klasse kommt, ohne seinen Besuch vorher anzukündigen.

„Guten Morgen!", ruft er gut gelaunt.

Wir grüßen ihn im Chor zurück, dann wird es still. Gespannt warten wir auf das, was er uns zu sagen hat.

„Ich habe gute Nachrichten für euch", beginnt er. Wir lauschen ihm aufmerksam. „Euer Spanischlehrer, Señor Miralles, hat bereits seit Langem den Wunsch, in seine Heimatstadt zurückzugehen. Er hat nur noch darauf gewartet, dass wir einen Nachfolger für ihn finden. Und das haben wir jetzt getan."

Allgemeines Gemurmel.

Na toll! Señor Miralles verlässt uns! Für mich ist das alles andere als eine gute Nachricht. Außer Mercurio ist er der Einzige in der Schule, der nett zu mir ist.

„Am nächsten Montag werdet ihr eure neue Lehrerin kennenlernen. Ich möchte, dass ihr ihr einen herzlichen Empfang bereitet. Und ich hoffe, dass ihr Señor Miralles für seine Mühe danken werdet, die er sich im vergangenen Monat mit euch gemacht hat. Habt ihr mich verstanden?"

Señor Miralles applaudiert den Worten des Direktors und auch wir fangen an zu klatschen.

„Gut, also dann, bis Montag", verabschiedet sich der Direktor noch, bevor er das Klassenzimmer verlässt.

Alle sind erleichtert, wie immer, wenn sich herausstellt, dass der Direktor nicht gekommen ist, um jemanden zu bestrafen oder irgendwelche Hiobsbotschaften zu verkünden.

Señor Miralles stellt sich vor uns hin und sagt: „Sind das nicht wunderbare Neuigkeiten für uns alle?"

Wieder allgemeines Gemurmel. Señor Miralles wartet ein paar Sekunden, dann fährt er fort: „Und jetzt wollen wir den Stoff von gestern wiederholen. Wir waren bei den romanischen Sprachen stehen geblieben. Mal sehen ... Wer möchte uns erklären, was die romanischen Sprachen sind?"

Alle sehen ihn an, aber niemand sagt etwas.

Ich kenne die Antwort. Doch ich weiß nicht, ob ich mich melden soll oder nicht. Denn damit würde ich nur riskieren, von meinen Mitschülern noch mehr angefeindet zu werden als sowieso schon. Immer wenn ich mich gemeldet habe, weil ich eine Antwort wusste, habe ich teuer dafür bezahlt. Und mit den Jahren habe ich gelernt, dass es besser für mich ist, den Mund zu halten. Heute aber fühle ich mich mutig ... und hebe die Hand.

„Ich weiß es!", melde ich mich mit lauter Stimme.

„Bist du sicher?", fragt der Lehrer, der ahnt, welche Folgen das für mich haben wird.

„Ja, Señor."

Der Lehrer nickt mir aufmunternd zu. Die gesamte Klasse starrt mich ungläubig an. Aber diesmal lasse ich mich nicht einschüchtern. Im Gegenteil, ich stehe auf und gehe entschlossen an die Tafel. Ich nehme ein Stück Kreide in die Hand und zeichne die Umrisse Europas.

„Die romanischen Sprachen stammen vom Lateinischen ab. Sie werden in einigen europäischen Ländern gesprochen, wie zum Beispiel in Spanien, Frankreich, Portugal, Italien ... Genau genommen, sind sie als Folge des Zerfalls des römischen Reiches entstanden. Im Mittelalter passte das einfache Volk der jeweiligen Länder die lateinische Sprache ihrer natürlichen Umgebung an und entwickelte so seine eigene Sprache."

Ich zeichne ein paar Grafiken an die Tafel und füge einige zusätzliche Erklärungen hinzu.

„Man kann also sagen, dass sich das Lateinische in mehrere Sprachen aufgespalten hat, die lateinische oder romanische Sprachen genannt werden."

„Richtig", sagt der Lehrer. „Sehr gut."
Um seine Worte zu unterstreichen, fängt er an, mir zu applaudieren, und erwartet, dass die anderen Schüler dasselbe tun. Aber er irrt sich. In der Klasse herrscht eisiges Schweigen.
Da meldet sich plötzlich Horacio.
„Wenn Arturo uns damit beweisen will, dass wir anderen blöd sind, kann ich nur sagen: Er täuscht sich", erklärt er und steht auf. „Jeder von uns wusste die Antwort auf Ihre Frage. Wir haben nur nicht das Bedürfnis, uns hervorzutun und die anderen bloßzustellen."
Ich habe die Botschaft verstanden und senke schweigend den Blick.
„Arturo wollte niemanden bloßstellen", entgegnet Señor Miralles. „Er hat sich gemeldet, weil er die Antwort wusste. Nicht mehr und nicht weniger."
„Da bin ich anderer Meinung", widerspricht Horacio. „Er weiß ganz genau, warum er uns immer wieder als Blödmänner hinstellt. Er ist ein Streber, der jedem zeigen will, wie schlau er ist. Das sieht man doch schon an seinem Gesicht!"
Bei seinem letzten Satz fängt die ganze Klasse an zu lachen.
„Nun, lassen wir es damit gut sein", bittet Señor Miralles mit einer beschwichtigenden Handbewegung. „Niemand will irgendjemanden bloßstellen. Wir sind hier, um etwas zu lernen."
„Und warum kommt er dann in die Schule, wenn er doch schon alles weiß?"
Jetzt reicht's! Ich kann mich nicht länger beherrschen und schleudere ihm wütend entgegen: „Weil ich ein Recht darauf habe, etwas zu lernen! Ich bin hier, weil mich niemand daran hindern kann, so zu sein wie alle anderen!"
„Aber du bist nicht so wie alle anderen! Du bist anders!", ruft Horacio.
„Jawohl, du bist ein Monster!", schreit jemand von hinten.
„Schaut euch doch nur sein Gesicht an!"
„Ruhe!", befiehlt der Lehrer. „Ich dulde es nicht, dass in dieser Klasse irgendjemand beleidigt wird!"
Aber meine Mitschüler lassen sich nicht einschüchtern. Im Gegenteil, sie werden mutiger und schreien noch lauter. Einige pfeifen, an-

dere lachen, bis sie es geschafft haben, mich völlig aus dem Gleichgewicht zu bringen ...

Ich merke, dass mein Gesicht anfängt zu brennen.

Und plötzlich starren mich alle mit weit aufgerissenen Augen an.

Borja zeigt mit dem Finger auf mich und ruft: „Seht mal, es bewegt sich! Die schwarzen Punkte bewegen sich!"

„Stark!", ruft jemand.

Auch ich spüre es jetzt ganz deutlich.

„Cool!", sagt Marisa fasziniert. „Wie machst du das?"

Ich weiß, dass die schwarzen Flecken über mein Gesicht wandern. Ich weiß, dass sie sich ganz langsam bewegen, wie eine Schlange, die über einen Felsen kriecht.

„Er ist tatsächlich ein Monster!", schreit Horacio.

„Wir sollten die Polizei rufen", sagt Inés. „Das ist doch nicht normal."

„Das ist Zauberei", schreit Alfonso.

„Ich bin kein Monster!", brülle ich verzweifelt zurück, immer wieder: „Ich bin kein Monster!" Doch meine Worte gehen in dem Gejohle meiner Mitschüler unter. „Ich bin kein Monster!"

Ich bedecke mein Gesicht mit beiden Händen, aber es ist zu spät. Die ganze Klasse hat es gesehen ... Auch der Lehrer hat voller Entsetzen beobachten können, was man ihm schon oft erzählt hat und nur sehr wenige bisher zu Gesicht bekommen haben.

Ich schaue flehend zu ihm hinüber. Stotternd bitte ich darum, die Klasse verlassen zu dürfen.

„Geh zur Toilette", sagt er, noch immer mit ungläubigem Staunen. „Wenn du dich beruhigt hast, kommst du zurück, okay?"

Ich gehe zu meinem Platz, nehme meinen Rucksack und verlasse, so schnell ich kann, die Klasse, während mir die anderen immer wieder dieses verdammte Wort hinterherrufen, das ich so sehr hasse: „Drachenkopf! Drachenkopf! Drachenkopf!"

Erst auf der Straße beruhige ich mich wieder ein wenig.

Hoffentlich sieht mich hier niemand. Ich möchte nicht, dass man mich anstarrt, mit diesem Drachenkopf auf der Stirn und den verdammten Flecken, die auf meinem Gesicht hin und her wandern, wie sie wollen.

Ich betrachte mich im Seitenspiegel eines Autos und sehe, dass die Flecken ein großes A gebildet haben. Es bedeckt fast mein ganzes Gesicht. Ein furchterregender, aggressiv aussehender Buchstabe, mit Beinen und Klauen und einem Drachenkopf oben auf der Spitze. Er sitzt zwischen den Augenbrauen, direkt auf meiner Stirn …

Ich sehe wirklich gruselig aus! Kein Wunder, dass sich die Leute vor mir erschrecken!

Ich bin völlig fertig und setze mich auf eine Parkbank. Dann schließe ich die Augen und streiche mir über das tätowierte Gesicht …

V
Tödliche Wunden

Arturos Wunde war tief. Morfidio konnte mit Waffen umgehen wie kaum ein anderer und hatte ihm die Klinge seines Dolches bis ans Heft in die Brust gestoßen. Zu allem Überfluss hatte sich der gefährliche Schnitt entzündet.

Arquimaes war gerade damit beschäftigt, Tuchfetzen auf die eiternde, übel riechende Wunde zu legen. Zuvor hatte er sie mit dem wenigen Wasser ausgewaschen, das die Kerkermeister gebracht hatten.

Der Junge wälzte sich unruhig auf seinem Lager hin und her. Das Fieber, das ihn schüttelte, stieg immer weiter, und sein schweißbedeckter Körper wand sich in unerträglichen Schmerzen. Arturo hatte die Augen halb geöffnet, doch er nahm kaum wahr, was um ihn herum geschah ...

Aus dem kurzatmigen Stöhnen schloss der Meister, dass der Junge Höllenqualen litt. Außerdem quälten ihn Halluzinationen und er redete in unzusammenhängenden Sätzen. Der Fieberwahn hatte sich seines Geistes bemächtigt – ein untrügliches Zeichen dafür, dass sein Tod nahe war.

Plötzlich verkrampfte sich Arturos Körper und er verlor das Bewusstsein.

Arquimaes wischte ihm den Schweiß von der Stirn. Der alte Mann war in höchstem Maße besorgt, denn er wusste, was diese Anfälle bedeuteten. Zärtlich streichelte er den Kopf des Sterbenden, Tränen liefen über seine Wangen.

„Es tut mir so leid, Arturo", flüsterte er. „Das ist alles meine Schuld. Ich hätte nie zulassen sollen, dass du mich begleitest. Es wäre besser für dich gewesen, wenn du mich nie kennengelernt hättest. Ich hätte dich nicht zu meinem Gehilfen machen sollen. Alchemie zu betreiben ist gefährlich in diesen Zeiten."

Als hätte Arturo seine Worte verstanden, fasste er nach der Hand seines Meisters und drückte sie fest.

✷✷✷

BEGLEITET VON ZWEI Soldaten ging der Mann mit den Froschaugen und den großen Ohren in den Pferdestall. In gebührendem Abstand blieb er vor König Benicius stehen, der sich gerade über sein Jagdpferd beugte und es liebevoll streichelte. Das Tier lag in einer Blutlache auf dem Boden. Sein Köper war mit grässlichen Bisswunden übersät, und es war offensichtlich, dass es trotz der Pflege, die die Tierärzte ihm angedeihen ließen, keine Rettung mehr für es gab.

„Was willst du, Escorpio? Hast du mir etwas Wichtiges mitzuteilen?", fragte der Herrscher mit Tränen in den Augen, während er die Fliegen verscheuchte, die sich auf den Wunden des edlen Tieres niederlassen wollten. „Du kommst ungelegen. Mein bestes Pferd wurde gestern Nacht von einer dieser Bestien angefallen, die unser Land heimsuchen. Man erzählte mir, dass ein geflügelter Bär in die Stallungen eingedrungen ist und dieses Blutbad angerichtet hat."

„Das tut mir leid, Majestät. Ich weiß, wie sehr Ihr dieses Tier geliebt habt."

„Die Bestie hat ein Massaker angerichtet. Zwei Wachposten wurden getötet und mehrere Pferde angefallen … Seht nur, wie sie meinen armen Jagdgefährten zugerichtet hat!"

„Es tut mir sehr leid, dass ich Euch gerade in diesem Moment belästigen muss, aber …"

„Sprich nur, sprich! Keine schlechte Nachricht kann schlimmer sein als dies hier."

„Ich habe die Pflicht, Euch von einem schrecklichen Vorfall zu unterrichten, der sich in Eurem Reich zugetragen hat. Graf Morfidio ist in Eure Ländereien eingedrungen und hat Arquimaes verschleppt, den Weisen, der unter Eurem Schutz steht und den ich, auf Euren Befehl hin, überwacht habe."

„Und warum hat er dieses Verbrechen begangen?", fragte Benicius beinahe unbeteiligt. „Weiß Morfidio etwa nicht, dass der Alchemist unter meinem Schutz steht?"

„Das weiß er sehr wohl, Majestät. Doch das kümmert ihn nicht. Er hat den Respekt vor Euch verloren."

Benicius strich dem Tier mit der rechten Hand über die Schnauze, liebevoll und behutsam.

„Dieser Alchemist arbeitet für mich. Er hat den Auftrag, eine Formel zu finden, mit der wir uns gegen die reißenden Bestien verteidigen können, die unser Reich verwüsten."

„Ich fürchte, Majestät, Morfidio interessiert das nicht", sagte Escorpio mit leiser Stimme. „Arquimaes hat über etwas anderes geforscht, als Ihr ihm aufgetragen habt."

„Willst du damit andeuten, dass er mich hintergangen hat?"

„Ich teile Eurer Majestät nur mit, was ich weiß. Ich bin sicher, er hat eine Geheimformel entwickelt, die den Menschen zur Unsterblichkeit verhilft. Und Morfidio will sie sich aneignen."

Benicius war bestürzt, als er die Erklärungen seines Spitzels vernahm. Er hörte auf, das Pferd zu liebkosen, und wandte sich Escorpio zu.

„Geht alle hinaus und lasst mich mit diesem Mann alleine", befahl er seinen Dienern und Soldaten. „Und jetzt erzähl mir genau, was du weißt, Escorpio!"

„Ich glaube, Arquimaes hat das Geheimnis der Unsterblichkeit entdeckt, Herr!", wiederholte Escorpio. „Und Morfidio ist Euch zuvorgekommen!"

„Was kann ich tun? Wird er den Weisen freilassen, wenn ich es ihm befehle?"

„Das wird er nicht tun, Herr. Morfidio ist entschlossen, sich diese Geheimformel anzueignen, und nichts wird ihn davon abhalten … Außer Gewalt."

„Ich hätte diesen verdammten Schlächter vor Jahren schon umbringen lassen sollen, als ich den Platz seines Vaters eingenommen habe."

In diesem Moment stieß das elegante Pferd ein letztes erbärmliches Wiehern aus, streckte den langen Hals, hob den Kopf und fiel tot auf den Boden zurück. Benicius kniete neben ihm nieder und strich ihm mit der Hand über den blutüberströmten Hals.

„Gerechter Himmel! Die Welt ist verrückt geworden! Die Adligen werden ihrem König untreu. Die Hexenmeister hetzen uns ihre mörderischen Bestien auf den Hals. Die Bauern weigern sich, Steuern zu zahlen. Die Dorfbewohner jagen in unseren Wäldern. Die Geächteten stellen sich außerhalb des Gesetzes. Wir werden von Krankheiten heimgesucht ... Und nun hintergehen die Alchemisten ihre Schutzherren ... Was kann ich tun? Was soll ich deiner Meinung nach tun, Escorpio?"

„Befehle erteilen, Herr. Repressalien ausüben. Die Menschen müssen begreifen, dass Ihr sie mit starker Hand regiert. Alle sollen wissen, dass die Verräter ihren Verrat teuer bezahlen müssen. Handelt, bevor sich Chaos und Anarchie über Euer Reich ausbreiten, Herr."

Benicius sah seinen treuen Diener nachdenklich an. Dann legte er ihm die Hand auf die Schulter und sagte: „Du hast mir einen großen Dienst erwiesen, Escorpio. Dafür wirst du deinen Lohn erhalten. Ich glaube, ich werde auf dich hören ..."

Er warf einen letzten Blick auf den Kadaver seines Lieblingspferdes, und noch während er aus dem Stall ging, leistete er einen Schwur: „Ich werde dich rächen, geliebter Freund. Es soll wieder Ordnung herrschen in unserem Reich. Und wer dich umgebracht hat, wird dafür büßen ... Alle Verräter werden gehängt werden! Und wir werden die wilden Bestien vernichten! Meine Geduld ist am Ende!"

Escorpio lächelte zufrieden. Er sah dem König hinterher, der sich zu seinen Gemächern begab. Benicius, ein schlanker, zarter Mann, der noch immer unter den Folgen eines Lepraanfalls litt, war sichtlich deprimiert. Eine leichte Beute für einen so ehrgeizigen Menschen wie ihn, Escorpio! Er war davon überzeugt, dass er alles erreichen konnte, was er wollte, wenn er es nur geschickt anstellte. Und Arco de Benicius war ein schwacher Mensch, der ihm blind vertraute.

„Ich werde mich in deine Augen und deine Ohren verwandeln und du wirst mir meine Dienste mit Gold aufwiegen", murmelte Escorpio mit einem falschen Grinsen.

✶✶✶

Morfidio beobachtete durch das Schloss der Kerkertür, wie Arquimaes verzweifelt nach den Wachen rief. Arturo lag im Sterben, und der Alchemist brauchte dringend Medizin, um die Wunden seines Schülers zu heilen.

Der Graf war sich sicher, dass der Weise schon bald bereit sein würde zu sprechen. Er lehnte sich gegen die Tür. Die Rufe des Alchemisten erfüllten ihn mit Genugtuung. Er befahl seinem Diener, das leere Weinglas zu füllen, und wartete geduldig.

In seiner Verzweiflung warf Arquimaes einen Schemel gegen die Kerkertür, sodass diese erzitterte. Morfidio entfernte sich lächelnd. Er war davon überzeugt, dass ihm der Alchemist am nächsten Tag, noch bevor die Sonne im Zenit stand, die Geheimformel anvertrauen würde, nach der ihn so sehr verlangte ... Es lag also im ureigensten Interesse des Grafen, dass Arturo die bevorstehende Nacht überlebte. Eine tiefschwarze Nacht, die wie fast alle Nächte vom Geheul der Wölfe und dem Gebrüll der Unheil bringenden Bestien erfüllt war.

Das wird wieder eine verdammt blutige Nacht werden, dachte Morfidio.

VI

DER BESUCHER

Es ist schon dunkel, als ich nach Hause komme. Mahania ist wütend.
„Wo bis du gewesen, Arturo?"
„Na ja, ich hab … ich bin spazieren gegangen."
„Wir haben uns Sorgen um dich gemacht. Dein Vater wollte schon die Polizei rufen. Wir haben versucht, dich auf deinem Handy zu erreichen, aber du bist nicht rangegangen."
„Hab's nicht gehört", lüge ich. „Tut mir leid …"
„Los, geh schnell rauf zu ihm. Aber er hat Besuch, Señor Stromber ist bei ihm."
Ich eile die Treppe zu Papas Arbeitszimmer hinauf und klopfe an. Einen Moment später öffnet er die Tür.
„Arturo, wo bist du gewesen? Weißt du, wie spät es ist?"
„Tut mir leid, Papa. Ich hab nicht auf die Uhr geachtet."
„Schon gut … Komm rein, ich möchte dir jemanden vorstellen: Señor Stromber, einen der besten Antiquitätenhändler der Welt."
Vor mir steht ein großer, schlanker und elegant gekleideter Mann. Solche Leute sieht man sonst nur in Filmen, nicht aber im wirklichen Leben. Er scheint ziemlich reich zu sein: goldene Ringe an den Fingern, Luxusuhr, teurer Anzug, Seidenhemd und Seidenkrawatte mit jeweils denselben Initialen, die auch auf den goldenen Manschettenknöpfen eingraviert sind … Und er trägt einen schmalen, messerscharf geschnittenen Schnauzer, der seinen Worten etwas Bedrohliches verleiht.
„Das ist also der verlorene Sohn?", fragt er mich mit einem aufgesetzten Lächeln. „Weißt du, dass dein Vater große Angst um dich hatte, junger Mann?"
„Ja, Señor, ich weiß. Es tut mir leid, wirklich sehr leid."
„Arturo ist ein kleiner Träumer", sagt Papa entschuldigend. „Manch-

mal bummelt er herum und vergisst dabei völlig die Zeit. Aber wir wollen ihm noch einmal verzeihen."

„Sie sind ein sehr nachsichtiger und verständnisvoller Vater", sagt Stromber. „Ich hoffe, Arturo weiß das zu schätzen ... Übrigens, was für ein hübsches Abziehbild hast du denn da auf dem Gesicht! Sieht richtig echt aus."

„Nun ja, es ... es ist echt", stottere ich. „Ein Geburtsfehler."

„Ein Geburtsfehler?", wundert er sich. „Sieht eher aus wie aufgemalt. Niemand wird mit so etwas im Gesicht geboren, junger Mann ..."

„Diese Zeichnung oder Tätowierung, oder was auch immer das ist, hat er tatsächlich schon seit seiner Geburt. Sie lässt sich nicht entfernen", klärt Papa ihn auf.

„Vielleicht kann ich da was tun ... Lass mal sehen. Äußerst merkwürdig, so etwas habe ich noch nie gesehen. Sieht wie ein Drachenkopf aus ... Ist das ein Familienerbe?"

„Niemand in unserer Familie hatte je so eine Zeichnung auf der Haut. Jedenfalls ist mir kein früherer Fall bekannt."

„Sehr originell", murmelt Stromber.

„Etwas Vergleichbares gibt es nirgendwo auf der Welt. Arturo ist ein ganz besonderer Junge. Aber irgendwann wird es uns gelingen, es zum Verschwinden zu bringen, nicht wahr, mein Sohn?"

Papa kommt zu mir und nimmt mich liebevoll in den Arm.

„Arturo ist das Beste, was ich habe", sagt er. „Vor allem seit dem Tod meiner Frau ... Ohne ihn hätte all das hier keinen Wert."

„Na, ich dachte, die Stiftung Adragón sei der Mittelpunkt Ihres Lebens. Man hat mir erzählt, dass Sie ausschließlich dafür leben, diese Bibliothek fortzuführen."

„Nein, über all dem steht Arturo. Die Stiftung kommt erst an zweiter Stelle. Obwohl, um die Wahrheit zu sagen, ohne die Bibliothek wäre mein Leben in der Tat leer. Aber das Wichtigste für mich ist mein Sohn. Er ist die schönste Erinnerung, die mir von Reyna geblieben ist, meiner über alles geliebten Frau."

„Sie sind ein glücklicher Mensch, Señor Adragón. Einen Sohn zu haben, den man liebt, ist ein Geschenk des Himmels", sagt Stromber.

„In ihm spiegelt sich die Liebe für ihre verstorbene Frau wider."

„Das stimmt, mein Freund. Ein Kind ist ein Segen ... Arturo", wendet sich Papa mir zu. „Señor Stromber wird eine Zeit lang bei uns wohnen. Er ist hier, um Nachforschungen anzustellen, und dazu benötigt er unsere Hilfe. Ich bin mit meinem eigenen Projekt sehr beschäftigt, also möchte ich, dass du alles tust, um ihn zu unterstützen."

„Sie arbeiten an einem Projekt?", fragt Stromber höchst interessiert.

„Es ist noch geheim, darum kann ich nichts dazu sagen", antwortet Papa. „Aber sobald ich zu den Ergebnissen komme, die ich mir erhoffe, soll alle Welt erfahren, worum es sich handelt."

„Papa arbeitet schon seit Jahren an einem Thema, über das er mit niemandem spricht", ergänze ich.

„Ich hoffe, es zahlt sich aus."

„Nun, wenn auch nicht finanziell, so erhoffe ich mir doch große persönliche Fortschritte ... die den Wissenschaftlern und Studenten, die über das Mittelalter forschen, von Nutzen sein werden."

„Sie sind also ein Altruist."

„Nicht unbedingt. Wie Sie wissen, lassen wir uns den Zugang zu unseren Archiven teuer bezahlen. Wir finanzieren die Stiftung, indem wir sie anderen Einrichtungen zur Verfügung stellen."

„Geld ist das Wichtigste in diesen Zeiten", stimmt Stromber zu. „Ohne Geld kommt man nicht weit."

„Richtig. Und das ist eine unserer größten Sorgen. Die Stiftung befindet sich zurzeit in einer schwierigen Phase."

„Wenn Sie finanzielle Probleme haben, kann ich möglicherweise etwas für Sie tun", bietet Stromber an. „Natürlich nur wenn Sie erlauben."

„Haben Sie vielen Dank, aber ich glaube nicht, dass das nötig sein wird."

Vielleicht ist dieser Stromber ja doch nicht so arrogant, wie ich zuerst gedacht habe ...

„Arturo wird Ihnen behilflich sein", fährt Papa fort. „Er kennt die Bibliothek wie seine Hosentasche. Auch auf unsere Assistenten können Sie zählen. Außerdem steht Ihnen Sombra zu Diensten. Er ist etwas mürrisch, aber er wird Ihnen von großer Hilfe sein."

„Meine Arbeit besteht darin, bestimmte Pergamente zu entschlüsseln und zu analysieren, die von einem berühmten Alchemisten des zehnten Jahrhunderts stammen, einem gewissen Arquimaes. Ich werde sicher Ihren Rat brauchen …"

„Arquimaes?", wiederholt Papa beinahe erschrocken. „Meinen Sie den Alchemisten, dem es nach Meinung einiger Wissenschaftler gelungen ist, eine wertlose Substanz in etwas sehr Wertvolles zu verwandeln?"

„Genau den, obwohl niemand weiß, um welche Substanz es sich handelt. Interessieren Sie sich für den Mann?"

„Arquimaes ist einer der Eckpfeiler meiner Forschung, aber leider sind nur wenige Werke von ihm erhalten. Es ist schwierig, Beweise für seine Arbeit zu finden", erläutert Papa. Er ist ganz aufgeregt, weil er jemanden gefunden hat, der seine Bewunderung für den Alchemisten aus dem Mittelalter teilt. „Ich arbeite schon seit der Zeit vor Arturos Geburt an diesem Thema."

„Papa weiß alles über ihn", erkläre ich. „Er hat erstaunliche Dinge über sein Leben und seine Arbeit herausgefunden. Ich bin mir sicher, dass keiner so viel über Arquimaes weiß wie er. Bei ihm sind Sie richtig."

„Was für ein Zufall!", ruft Papa aus. „In Ihrem Brief haben Sie Arquimaes nicht erwähnt. Sie haben geschrieben, dass Sie daran interessiert sind zu erfahren, wie die Alchemisten gearbeitet haben. Aber ich konnte doch nicht wissen, dass …"

„Señor Adragón, Sie werden verstehen, dass man gewisse Informationen nicht preisgeben kann. Tatsache ist, dass ich mich auf diesem Gebiet kundig machen will, um antike Objekte zu kaufen und zu verkaufen. Sie wissen ja, das ist mein Geschäft."

„Schön, Señor Stromber, dann haben wir also ein gemeinsames Interesse. Arquimaes steht im Mittelpunkt Ihrer und meiner Forschungen und das macht uns zu Arbeitskollegen."

„Allerdings."

Okay, wie es scheint, hat dieser Stromber fürs Erste das Vertrauen meines Vaters gewonnen. Vielleicht ist es ja gut, dass Papa jemanden gefunden hat, mit dem er seine Geheimnisse teilen kann. Seit Mama tot ist, hat er kaum noch Kontakt zur Außenwelt.

Und wenn Strombers Anwesenheit dazu dient, meinen Vater ein wenig aufzuheitern, dann ist er mir willkommen.

***

ICH LEGE MICH aufs Bett, um mich vor dem Abendessen etwas auszuruhen. Es war ein schrecklicher Tag, ich bin müde. Seit Langem ist mir DAS nicht mehr passiert.

Das Schlimmste ist, dass die Situation für mich immer schwieriger wird. Der einzige Lehrer, der sich um mich gekümmert und mich verteidigt hat, Señor Miralles, geht fort und lässt mich alleine. Wer weiß, wie seine Nachfolgerin ist.

Meine Wange tut mir weh. Ich gehe ins Badezimmer und betrachte mich aufmerksam im Spiegel. Doch man sieht nichts, die Haut ist nur ein wenig gerötet. Die Flecken haben sich wieder gleichmäßig auf meinem Gesicht verteilt und auf meiner Stirn prangt nach wie vor der Drachenkopf.

Irgendwann werde ich mich dem Problem stellen müssen, das weiß ich; aber zunächst einmal muss ich darauf warten, dass all die anderen Dinge in Ordnung kommen. Ich will meinen Vater nicht beunruhigen, jetzt, da sich unsere finanziellen Probleme offenbar zugespitzt haben.

Später, als ich in meinem Bett liege, fühle ich mich einsam. Es ist mitten in der Nacht, und ich glaube, dass alle anderen schlafen. Das ist der richtige Moment für das, was ich am liebsten tue.

Ich schleiche mich aus meinem Zimmer, die Taschenlampe in der Hand. Vorsichtig schließe ich die Tür und gehe leise die Wendeltreppe hinauf, Schritt für Schritt. Oben angekommen, hole ich den Schlüssel aus der Tasche. Ich stecke ihn ins Schloss und öffne die Tür zum Dachboden, dessen Decke sich wie eine Kuppel über dem Haus wölbt.

Drinnen ist es stockfinster. Nur durch die Dachluke dringt etwas Licht. Ich richte den Strahl meiner Taschenlampe auf das alte Sofa, das mitten im Raum steht. Es ist mit einem Laken bedeckt, so wie fast alles, was hier oben steht.

Ich nehme das Tuch von dem großen Bild, das an der Wand hängt. Dann setze ich mich aufs Sofa und betrachte das Gemälde von Mama. Sie sieht wunderschön aus mit dieser Frisur und dem prächtigen Kleid. Angeblich hat sie es oft getragen, damals, als noch alles in Ordnung war.

Schon vor Jahren hat Papa beschlossen, dieses Bild hier auf dem Dachboden aufzuhängen. Er sagt, es tue ihm weh, Mama täglich sehen zu müssen. Es wurde ein paar Tage vor ihrer gemeinsamen Reise nach Ägypten angefertigt, deswegen hängen schlechte Erinnerungen daran.

Ich liebe dieses Bild. Mamas Blick ist so heiter, so offen und direkt, dass es aussieht, als hätte sie nur Augen für den, der sie anschaut. Für mich. Sie sieht aus, als würde sie leben.

„Hallo, Mama, hier bin ich wieder. Ich habe dich lange nicht mehr besucht, aber heute musste ich einfach mit dir sprechen. Ich mache mir Sorgen um Papa. Er ist besessen von dieser Forschungsarbeit, die kein Ende nehmen will. Heute habe ich gehört, dass er schon vor meiner Geburt damit beschäftigt war. Er hat es während des Gesprächs mit Stromber erwähnt, aber er will mir einfach nicht erzählen, worum es dabei geht.

Ich muss etwas tun, damit er sich von seiner Erkältung erholt und an etwas anderes denkt. Er arbeitet pausenlos, wie einer von diesen alten weisen Männern früher, die sich für nichts anderes interessiert haben als für ihre Arbeit. Das macht ihn noch kaputt! Was treibt er, Mama? An was arbeitet er? ... Ich weiß, dass du mir nicht antworten kannst, aber irgendwen muss ich doch fragen. Sombra sagt mir ja nichts."

Ich stehe auf und streiche mit der Hand über die Leinwand des Bildes. Ich spüre ihren Atem an meinen Fingerkuppen. Es ist, als würde sie leben.

„Ich brauche dich, Mama! Du weißt nicht, wie sehr wir dich brauchen, Papa und ich!"

Ich fange an zu weinen, ich kann nicht anders. Ich möchte nicht, dass sie mich weinen sieht. Sie soll doch denken, dass ich glücklich bin.

„Weißt du, heute ist Señor Stromber angekommen, ein etwas exzentrischer Antiquitätenhändler. Vielleicht tut seine Anwesenheit Papa ja gut. Obwohl ich ihn irgendwie seltsam finde. Er will hier forschen, sagt er, und ich glaube, seine Gesellschaft wird Papa aufheitern. Hoffentlich werden sie gute Freunde."

Ich werfe ihr eine Kusshand zu.

„Also, ich geh dann mal wieder nach unten. Danke, dass du mir zugehört hast. Bald besuche ich dich wieder. Adiós, Mama. Und mach dir keine Sorgen um uns. Wir werden es schon schaffen."

Vorsichtig bedecke ich das Bild wieder mit dem Tuch und schleiche mich vom Dachboden. Als ich die Wendeltreppe hinuntergehe, höre ich ein Geräusch. Ich bleibe stehen und warte. Es ist Sombra. Er hat mich gesehen, sagt aber nichts. Er wirft mir nur einen komplizenhaften Blick zu und verschwindet in der Dunkelheit.

„In diesem Haus gibt es immer mehr Ratten", höre ich ihn noch brummen.

Ich schleiche zurück in mein Zimmer und lege mich ins Bett. Während ich einschlafe, denke ich an Mama.

VII

Ein Schwur wird gebrochen

Nervös ging Arquimaes in der kleinen, dunklen Zelle auf und ab, die für seinen geliebten Arturo zum Grab zu werden drohte. Ihm war klar, dass ihm niemand zu Hilfe eilen würde. Morfidio jedenfalls kannte kein Erbarmen, es sei denn, er enthüllte ihm das große Geheimnis. Doch das würde Arquimaes niemals tun.

Betrübt schaute er auf den sterbenden Körper seines Schülers. Der Alchemist hatte alles getan, was in seiner Macht stand, um Arturos Leben zu retten, doch seine Bemühungen waren vergebens gewesen.

Wenn ihm doch nur die nötigen Mittel zur Verfügung gestanden hätten! Arquimaes war in der Lage, einen schwer Verwundeten dem Tode zu entreißen. Aber dafür benötigte er Salben, Kräuter und Mixturen. Und genau das verweigerte ihm der niederträchtige Graf, um ihn unter Druck zu setzen.

Der alte Mann schaute durch das vergitterte Fensterloch in den dunklen Nachthimmel. Nur wenige Sterne zeigten sich zwischen den vielen Wolken. Und plötzlich fühlte sich Arquimaes so allein und verlassen wie einer dieser Sterne am Firmament.

Dunkle Wolken verdeckten den Mond, und in der Ferne war das Geheul der Bestien zu hören, die sich des Nachts auf die Suche nach frischem Fleisch machten.

Arquimaes wusste, dass es die Hexenmeister waren, die diese Wesen der Finsternis in die Nacht hinausschickten, sie aufhetzten und in blutrünstige Tiere verwandelten. Dadurch sollten die unwissenden Bauern erschreckt und gezwungen werden, überhöhte Steuern als Schutzgebühr zu bezahlen. Diejenigen, die sich der Macht der finsteren Hexenmeister ergeben hatten, die geforderten Abgaben an sie zahlten und ihnen huldigten, waren vor den Attacken der wilden Tiere sicher. Diese Bestien waren das Produkt der schwarzen Magie, einer Magie, die

Arquimaes sehr wohl kannte. Doch er hatte geschworen, sich dieser unseligen Hexerei niemals zu verschreiben.

Nun aber kamen ihm Zweifel, ob er sein Versprechen halten sollte. War Arturos Leben nicht mehr wert als sein Ehrenwort? Durfte ein Mann seine Schwüre brechen, um das Leben eines Freundes zu retten?

Nach Stunden des Grübelns und Zögerns kniete Arquimaes schließlich neben Arturos Körper nieder, ergriff mit der Rechten dessen Hand und legte ihm die Linke auf die Brust. Dann schloss er die Augen und konzentrierte sich. Er hörte die schwachen Herztöne seines Schülers, öffnete die Lippen und begann leise, eine getragene Melodie zu singen. Seine wohltönende Stimme drang dem Sterbenden ins Ohr und durchströmte seinen Körper. Arquimaes drückte leicht auf das Herz des Jungen und fuhr mit seinem melodischen Gesang fort, bis die ersten Sonnenstrahlen in die Zelle fielen und ihre schmutzigen, kalten Wände in ein warmes Licht tauchten, das den neuen Morgen ankündigte.

✶✶✶

IN DEN SPÄTEN Morgenstunden stieg Morfidio die Treppe zu Arquimaes' Kerker hinunter. Er war überzeugt, dass der Weise angesichts seines sterbenden Gehilfen nun endlich bereit sein würde zu sprechen.

Mehrere Diener begleiteten den Grafen. Sie trugen verschiedene Gefäße, Reagenzgläser, Schatullen und andere Gegenstände, die sie in der Nacht der Verschleppung aus dem Turm in Drácamont entwendet hatten.

Der Anblick der Medizinen und Geräte, die notwendig waren, um das Leben des Jungen zu retten, würde dem Alchemisten schon die Zunge lösen. Dessen war sich Morfidio sicher.

„Aufschließen!", befahl er seinen Dienern und blieb vor der Kerkertür stehen.

Der Graf hörte, wie der Schlüssel im Schloss knirschte. Er war sehr aufgeregt, stand er doch kurz davor, in die Geheimnisse der Unsterblichkeit eingeweiht zu werden.

„Alchemist, ich habe mich entschlossen, großherzig zu sein", sagte er, „und bringe dir alles, was nötig ist, um ..."

Doch plötzlich verschlug es ihm die Sprache: Arturo stand mitten in der Zelle, lächelnd, gesund und munter, als wäre nichts geschehen. Von der Wunde war nichts mehr zu sehen.

„Arturo geht es gut, Graf. Ich glaube, wir brauchen keine Medizin", sagte Arquimaes mit beeindruckender Gelassenheit.

Morfidio brachte kein Wort heraus. Sein Verstand war unfähig, diese Situation zu begreifen. Mit einem Schlag waren seine Pläne zunichtegemacht.

„Was ist hier passiert?", gelang es ihm nach einer Weile zu fragen. „Was soll das? Was geht hier vor?"

„Die Nacht war großzügig und hat meinem geliebten Schüler Genesung gebracht", antwortete Arquimaes ruhig. „Der Himmel ist ihm zu Hilfe gekommen."

„Aber ... aber ... Das ist doch nicht möglich! Er lag im Sterben!"

„Ich habe mich wieder erholt", sagte Arturo fröhlich und quicklebendig. „Die Wunde war nicht so tief wie befürchtet und Arquimaes' Bemühungen waren erfolgreich."

„Bemühungen? Aber er hatte doch gar keine Medizin ... Er muss Zaubermittel verwendet haben, um dich zu retten! Hexerei! Das ist Hexerei!", rief Morfidio aus. „Du wirst auf dem Scheiterhaufen enden! Die Bauern hatten recht!"

„Nein, mein Graf. Ich habe keine Hexerei betrieben. Hier in der Zelle gibt es nämlich nichts, was darauf hindeutet. Und wie du sehr wohl weißt, benötigen die Hexenmeister Eingeweide von Tieren, Amulette und andere Hilfsmittel. Von mir aus kannst du die Zelle durchsuchen lassen, wenn du willst. Doch du wirst nichts finden, was mit Hexerei zu tun hat."

Vor Wut schäumend, trat Morfidio auf Arquimaes zu, die Faust um den Griff seines Schwertes geballt.

„Du machst dich nicht über mich lustig! Du nicht!", schrie er. „Ich werde es nicht zulassen, dass du mich zum Narren hältst! Ich weiß, dass du Hexerei betrieben hast, und das wirst du mir teuer bezahlen! Dir bleibt nicht mehr viel Zeit zum Reden. Übermorgen werdet ihr beide auf den Scheiterhaufen geworfen, du und dein Gehilfe. Das ist mein letztes Wort!"

Mit zornesrotem Gesicht stürmte er aus der Zelle, gefolgt von seinen verwirrten Dienern, die er beschimpfte und mit Drohungen überhäufte.

„Wenn ich herauskriege, dass ihm irgendeiner von euch geholfen hat, kann er sich auf etwas gefasst machen!"

Wieder zurück in seinen Gemächern, goss er sich Wein in ein Glas und versetzte einem seiner Hunde, der zur Begrüßung angewedelt kam, einen kräftigen Fußtritt.

Doch obwohl sein Geist bald vom Wein benebelt war, kam ihm ein Gedanke, der ihn wieder glücklich machte.

Es stimmt also wirklich, dachte er. Wenn Arquimaes fähig war, den sterbenden Jungen ins Leben zurückzuholen, dann besitzt er tatsächlich das Geheimnis der Unsterblichkeit …

VIII

Die neue Lehrerin

Heute Morgen sieht Hinkebein schlecht aus. Es ist ein grauer Tag und der eisige Wind lässt einem die Worte im Mund gefrieren.
„Was ist los mit dir?", frage ich ihn. „Du siehst krank aus. Hast du getrunken?"
„Ich hatte eine schlechte Nacht und da hab ich halt ein wenig an der Weinflasche genippt. Um mich aufzuheitern", gesteht er und zeigt auf eine halb leere Flasche. „Es tut mir nicht gut, bei Wind und Wetter draußen zu schlafen, zwischen Pappkartons, umgeben von Ratten und Kakerlaken. In den Großstädten treibt sich zu viel Gesocks herum. Anscheinend öffnen die Irrenanstalten nachts ihre Türen und lassen die Gefährlichsten raus."
„Hier, ich hab dir zum Frühstück einen Apfel mitgebracht und ein paar Scheiben Toast", sage ich und gebe ihm die Lebensmittel. „Du solltest irgendwo hingehen, wo man dir helfen kann."
„Lieber erfriere ich auf der Straße!", brummt er. „Seit ich das Bein verloren habe, hab ich keine Lust mehr, mich von irgendwem rumkommandieren zu lassen. Lieber will ich verhungern."
„Du darfst die Hoffnung nicht aufgeben."
„Du bist ein netter Junge, Arturo, aber ich glaub nicht an Wunder. Was nicht ist, wird nicht mehr."
„Du hast kein Vertrauen. Alles kann wieder in Ordnung kommen, nur der Tod ist ewig."
„Glaubst du das wirklich, oder sagst du das nur, um mich zu trösten? Meinst du, ich schlucke so einen Blödsinn?"
„Nichts ist so schlimm, dass es nicht noch schlimmer werden kann. Aber es kann auch besser werden, glaub mir", beharre ich.
„Ja, ja, und wir sollen alles vergessen, was uns wehtut, nicht wahr? Meinst du, wir könnten so tun, als wäre nichts?"

„Du nimmst alles zu tragisch ... Also, ich geh dann mal in die Schule. Wir sehen uns später."

„Das Schlimmste hab ich dir ja noch gar nicht erzählt ... Gestern Nacht hat es eine Schlägerei gegeben, gleich hier gegenüber. Ein Typ ist zusammengeschlagen worden, die haben ihm die Brieftasche geklaut und sind in seinem Wagen abgehauen. Die Polizei war sofort da. Ich hab alles genau beobachtet."

„Du hättest etwas tun müssen, um dem Mann zu helfen", sage ich.

„Was kann ein Einbeiniger wie ich schon tun? Soll ich mir vielleicht auch noch das andere Bein kaputt machen lassen?"

„Komm mir nicht mit Ausreden. Du hättest schreien können, die Polizei alarmieren ..."

„Nichts hätte ich tun können! Nichts! Ich glaube übrigens, die haben mich gesehen, und jetzt haben sie mich auf dem Kieker. Die sind zu mehreren und sehr gefährlich."

„Hör auf, du siehst Gespenster. Wer will denn schon einem Bettler an den Kragen?"

„Die Typen. Die sind überall."

„Was für Typen? Von vom sprichst du?"

„Weißt du das nicht? Die sind bestens organisiert. Die überfallen die Leute und klauen alles, was sie wollen. Jetzt haben sie sich dieses Viertel vorgenommen. Früher oder später kommt ihr an die Reihe. Das sind Profis."

„Du hast zu viel Fantasie."

„Diese Bande ist sehr gefährlich, glaub mir! Mal sehen, was du sagst, wenn man eines Tages meine Leiche aus dem Müll zieht!"

„Also, wirklich, ich muss jetzt los. Es ist schon spät. Wir reden nachher weiter. Und pass auf dich auf, du alter Miesmacher!"

„Nenn mich nicht Miesmacher!"

Ich gehe, um nicht weiter diskutieren zu müssen. Aber trotzdem mache ich mir Sorgen um ihn.

Offenbar geht es ihm immer dreckiger ... und er trinkt immer häufiger, glaube ich. Wenn er weiter auf der Straße lebt, wird er eines Tages noch erfrieren. Ohne fremde Hilfe ist Hinkebein verloren. Und was die organisierten Banden angeht, muss ich ihm recht geben. Ich hab schon viel davon gehört, und manchmal, wenn ich darüber nachdenke, bekomme ich richtig Angst. Es heißt, sie sind sehr brutal. Na ja, bis jetzt hatte ich Glück und bin ihnen noch nicht begegnet.

✶✶✶

AUF DEM SCHULHOF wimmelt es schon von Schülern. Horacio legt sich mal wieder mit dem armen Cristóbal an, einem Jungen aus einer der unteren Klassen.

„He, du, Drachenkopf!"

Ich ignoriere ihn und gehe weiter.

„Hör mal, Drachenkopf, bist du taub, oder was?", ruft er und stellt sich mir in den Weg.

„Lass mich in Ruhe."

„Du spielst wohl gerne den Schlauberger in der Klasse, was?"

„Nein, ich hab nur Spaß am Lernen", antworte ich.

„Gestern hast du uns vor dem Lehrer als Idioten dastehen lassen. Glaub ja nicht, wir lassen uns von dir verarschen. Pass bloß auf, auf dich und auch auf deinen verrückten Vater."

„Halt meinen Vater da raus!", schreie ich.

„Dein Vater tickt nicht ganz richtig! Das wissen doch alle!"

„Ja, wie Don Quijote, der hat auch zu viel gelesen und ist verrückt geworden", sagt Mireia.

„Der ist doch nicht ganz dicht! Neulich haben wir ihn in der Stadt gesehen, auf dem Fahrrad ... Wär fast von einem Auto umgefahren worden", sagt Marisa.

„Mein Vater ist nicht verrückt! Mein Vater ist nicht verrückt!"

Ich balle die Fäuste, bereit, auf den Nächstbesten loszugehen, der etwas gegen meinen Vater sagt. Aber stattdessen fangen sie an zu singen: „Drachenkopf! Drachenkopf! Drachenkopf!"

„Was ist hier los?", fragt Mercurio mit seiner heiseren Stimme.

Die anderen verstummen und weichen einen Schritt zurück.

„Kann ich euch irgendwie helfen?", fragt Mercurio weiter. „Soll ich mitsingen? Ich kann mir nämlich auch ein Lied ausdenken, wenn ihr wollt."

„Nein, nicht nötig", sagt Horacio.

„Dann ab in eure Klassen, aber ohne einen Mucks und ohne Gezanke, verstanden?", sagt er streng.

Horacio und seine Freunde werfen mir einen vernichtenden Blick zu und verschwinden in Richtung Klassenzimmer.

Mercurio legt mir eine Hand auf die Schulter.

„Komm, ich begleite dich."

„Danke, Mercurio, aber damit muss ich ganz alleine fertig werden", erwidere ich. „Trotzdem danke, dass du mir geholfen hast."

„Schon gut, Kleiner", sagt er. „Ich verstehe dich. Aber wenn es schlimmer wird, sagst du mir Bescheid, okay?"

„Okay", sage ich und gehe weiter.

Er ist gerade noch rechtzeitig dazwischengegangen, denn ehrlich gesagt, sah es ziemlich schlecht für mich aus. Ich weiß nicht, warum, aber Horacio hat es auf mich abgesehen. Wann immer er kann, ärgert er mich.

Ich betrete das Klassenzimmer. Auf dem Platz neben meinem sitzt ein Mädchen. Ich habe sie hier bisher noch nie gesehen. Vielleicht muss sie die Klasse wiederholen.

„Sag mal, sitzt du nicht auf dem falschen Platz?", frage ich sie.

„Warum? Ist das ein besonderer Platz oder was? Muss man Eintritt bezahlen, wenn man hier sitzen will?"

„Nein, nur ... Hier setzt sich sonst nie einer hin. So gesehen ist das ein besonderer Platz, ja."

„Dann ist es eben ab heute keiner mehr. Jetzt sitze ich hier. Von nun an ist das mein Platz, einverstanden?"

„Na gut, einverstanden. Wirst schon sehen ..."

„Ich heiße Metáfora, und du?"

„Metáfora? Das ist doch kein Name ..."

„Das ist mein Name! Ich hab gesagt, ich heiße Metáfora, oder muss man dir alles zweimal sagen?"

„Na schön. Und ich heiße Arturo. Arturo Adragón."

„Ich heiße Metáfora Caballero. Gut, jetzt kennen wir unsere Namen. Versuchen wir also, gut miteinander auszukommen. Ich bin neu auf dieser Schule und wohne erst seit Kurzem in der Stadt ... Und ich möchte, dass man mich in Ruhe lässt."

Obwohl ich Metáfora kaum kenne, nervt sie mich schon jetzt. Aber sie wird noch früh genug merken, neben wen sie sich da gesetzt hat. Die anderen werden ihr sicher bald erzählen, dass dies ein besonderer Platz ist. Und dass sich niemand neben den Drachenkopf setzen darf.

Aus den Augenwinkeln sehe ich, dass sie mich mustert. Bestimmt wundert sie sich über mein Gesicht.

„Er beißt nicht", sage ich zu ihr, ohne von meinem Heft aufzublicken.

„Was? Was sagst du da?"

„Der Drache ... Er beißt nicht. Er ist harmlos."

„Hör mal, hab dich etwa danach gefragt?"

„Und die Flecken hab ich schon von Geburt an. Sie gehen nicht weg und manchmal wandern sie sogar auf einem Gesicht hin und her. Also pass gut auf, vielleicht hast du Glück und ich geb dir eine Gratisvorstellung."

„Besser, du hältst den Mund. Hör auf, dummes Zeug zu reden, mir kannst du damit keine Angst einjagen. Oder bist du einer, der gerne kleine Mädchen erschreckt?"

„Nein, nein ..."

„Dann sei still, dein Drache macht mir keine Angst. Und du schon gar nicht."

Doch damit sind die Überraschungen an diesem Morgen noch nicht vorbei. Der Direktor kommt in die Klasse, begleitet von einer Frau.

„Hört euch bitte an, was ich euch zu sagen habe", beginnt der Direktor und klatscht ein paarmal in die Hände.

Endlich ist es still in der Klasse. Die Frau ist jung und hübsch.

„Ich möchte euch eure neue Lehrerin vorstellen. Sie heißt Norma und ist die Nachfolgerin von Señor Miralles, der seine neue Stelle angetreten hat. Ich erwarte von euch, dass ihr Señorita Norma einen freundlichen Empfang bereitet."

Spontan fangen wir an zu applaudieren. Señorita Norma lächelt. Auch der Direktor applaudiert und lächelt.

„Gut, dann lasse ich euch jetzt mit ihr alleine. Ich hoffe, ihr werdet keine Schwierigkeiten machen. Ich möchte keine Klagen hören!"

Er verabschiedet sich von Señorita Norma und geht hinaus. Als sie zu sprechen beginnt, ist es mucksmäuschenstill.

„Vielen Dank für den Beifall und den freundlichen Empfang. Ich hoffe, ich kann euch beweisen, dass ich ihn verdiene. Als Erstes aber möchte ich von euch hören, was ihr von mir erwartet. Wollt ihr mir vielleicht einen Rat geben? Ich weiß nicht, irgendeinen Vorschlag …"

Damit haben wir nicht gerechnet. Kein Lehrer hat uns jemals so eine Frage gestellt.

„Wenn Sie erlauben …", meldet sich Horacio und hebt die Hand. „Ich möchte Ihnen einen Vorschlag machen."

„Gerne", sagt Señorita Norma erfreut. „Sag, was du sagen willst."

„Sie werden bald merken, dass es in dieser Klasse ein Problem gibt."

„Ein Problem? Was denn für ein Problem?"

Ich spüre ein Grummeln in meinem Bauch und habe eine böse Vorahnung.

„Es gibt einen Zauberer unter uns, einen Hexenmeister … Sie wissen schon, so einen von diesen komischen Typen, die man im Zirkus sehen kann. Und dann ist er auch noch Drachenfan."

„Ich verstehe nicht, was meinst du damit?"

„Ich meine den Drachenkopf." Horacio zeigt mit dem Finger auf mich und fährt fort: „Den da hinten. Er verhält sich seltsam … und dann sein Gesicht … wir haben Angst, dass er uns damit ansteckt. Könnten Sie ihn nicht in eine andere Klasse schicken?"

„Wie hast du ihn genannt?"

„Drachenkopf."

„Drachenkopf? Aber das ist doch kein Name, das ist ein Schimpfwort, bestenfalls ein Spitzname …"

„Na ja, nennen Sie ihn, wie Sie wollen, aber für uns ist er der Drachenkopf. Er hat nämlich einen auf der Stirn, eine Zeichnung."

Norma schaut zu mir. Dann sieht sie Horacio an, dann wieder mich.

„Stehst du bitte auf und sagst mir, wie du heißt?", bittet sie mich freundlich.

„Ich heiße Arturo Adragón", sage ich.

„Vielen Dank, Arturo … Und du, willst du mir auch sagen, wie du heißt?", fragt sie Horacio.

„Ich? Ich heiße Horacio Martín und bin Klassenbester."

„Schön, Horacio, dann hör mir mal gut zu. Wenn du noch einmal einen deiner Mitschüler beleidigst, mit einem Schimpfwort oder einem Spitznamen, dann bist du die längste Zeit Klassenbester gewesen, das versichere ich dir. Hast du mich verstanden?"

Horacio wird blass und wirft mir einen Blick zu, den ich nur zu gut kenne. Norma glaubt, sie hätte mir einen Gefallen getan, aber da täuscht sie sich.

„Das sage ich meinem Vater", droht Horacio völlig unerwartet. „Ich dulde es nicht, dass mich eine Lehrerin vor der ganzen Klasse blamiert."

„Es wird mir eine Freude sein, mit deinem Vater zu sprechen", entgegnet Norma. „Er kann zu mir kommen, wann immer er möchte."

„Ich warne Sie, es wird ihm gar nicht gefallen, wenn er hört, wie Sie mich gerade behandelt haben."

„Und mir gefällt es nicht, wenn man seine Mitschüler nicht respektiert. Ich mag weder Spitznamen noch Schimpfworte. Und ich mag es auch nicht, wenn man meine Schüler mit irgendwelchen Typen vom Zirkus vergleicht. Wir sind hier in einer Schule, in meiner Klasse. Und hier wird niemand beleidigt. Habe ich mich klar ausgedrückt?"

Damit hat keiner gerechnet. Vielleicht ist es ja doch gar nicht so schlimm, dass Señor Miralles uns verlassen hat. Fest steht auf jeden Fall, dass ich in der Pause ein paar Probleme kriegen werde ...

„Ich schreibe jetzt meinen Namen an die Tafel. Und ihr tut bitte nacheinander dasselbe. Dann werden wir wissen, wie wir heißen und wie wir von den anderen genannt werden wollen. Und damit das von Anfang an klar ist: Hier gibt es weder Zauberer noch Hexen oder Hexenmeister. Hier gibt es nur Schüler und Schülerinnen, die etwas lernen wollen. Und jeder respektiert hier jeden ... Auch wenn er anders ist als die anderen."

Norma geht zur Tafel und schreibt ihren Namen an: *Norma Caballero*. Sie winkt Horacio nach vorne und fordert ihn auf, ebenfalls seinen Namen an die Tafel zu schreiben. Plötzlich schießt mir ein Gedanke durch den Kopf. Ich beuge mich zu meiner Nachbarin hinüber und frage sie: „Sag mal, wie war noch mal dein Nachname?"

„Caballero. Ich heiße Metáfora Caballero."

„So wie die Lehrerin?"
„Klar, sie ist meine Mutter. Ich habe denselben Nachnamen wie sie."
„Deine Mutter?"
„Entschuldige, aber ich muss nach vorne, meinen Namen anschreiben", sagt sie und steht auf.
Meine Banknachbarin ist also die Tochter unserer neuen Lehrerin. Ist das jetzt gut oder schlecht für mich? Ich weiß es nicht. Klar, sie kann mir helfen, aber sie kann mir auch schaden. Sie kann alles erzählen, was sie von mir weiß. Und wenn ich Pech habe und sie sich mit Horacio anfreundet, bin ich verloren. Denn als meine Banknachbarin wird sie viel über mich wissen.
„Arturo, würde es dir etwas ausmachen, nach vorne zu kommen und deinen Namen an die Tafel zu schreiben?", fragt mich Señorita Norma.
Wortlos stehe ich auf und gehe nach vorne. Nachdem ich meinen Namen angeschrieben habe, setze ich mich wieder auf meinen Platz.
„Nennen sie dich wegen der Zeichnung auf deiner Stirn Drachenkopf? Wie hast du das gemacht?", fragt mich Metáfora neugierig.
„Das geht dich nichts an", antworte ich unfreundlich. Irgendwie habe ich das Gefühl, dass es doch eher ein Unglück ist, neben ihr zu sitzen. Mein Vater sagt immer, dass die Dinge dazu neigen, sich zum Schlechteren zu wenden. Heute wird mir klar, dass er womöglich recht hat.

✶✶✶

Es ist Nacht und ich sitze auf meinem Lieblingssofa. Der Dachboden der Stiftung ist der einzige Ort, an dem ich ungestört bin. Niemand weiß, dass ich immer hierherkomme, wenn ich traurig bin.
Ich sehe gerne auf die nächtliche Stadt und stelle mir vor, jede Nacht in einem anderen Haus zu wohnen. Ich suche mir ein Dach aus und schaue es mir ganz genau an, bis ich tatsächlich anfange zu glauben, dass ich in dem Haus wohne.
Heute habe ich mir ein altes Haus ausgesucht, mit einem schwarzen Schieferdach und einem langen Kamin. Je länger ich es betrachte, desto besser kann ich mir dazu eine Familie vorstellen, die zu mir

passt. Eine Familie, in der ich eine Mutter habe, die sich um mich kümmert, und einen Vater, der von allen respektiert wird. Es gibt keine Probleme, alles ist in Ordnung. Ich stelle mir sogar vor, dass mit mir selbst alles in Ordnung ist, dass es nichts Auffälliges an mir gibt, das die Aufmerksamkeit der anderen erregt. Ich tröste mich mit dem Gedanken, dass ES verschwunden ist.

„Alles in Ordnung?", erschrickt mich eine Stimme hinter mir.

Es ist Sombra.

„Was machst du denn hier? Du warst doch schon lange nicht mehr hier oben …"

„Ich weiß, dass du immer hierherkommst, um alleine zu sein. Aber mir ist aufgefallen, dass du heute sehr traurig bist. Deswegen habe ich mich hier raufgetraut. Wie früher …"

„Erzähl bitte niemandem, dass ich …"

„Keine Sorge, ich werde es niemandem erzählen. Du weißt doch, dass du mir vertrauen kannst."

„Komm, setz dich hierher und erzähl mir was. Erzähl mir eine von deinen Geschichten. Die helfen mir zu vergessen …"

„Weißt du, dass dein Vater und Señor Stromber ganz dicke Freunde geworden sind?", fragt er.

„Das kann ich mir gut vorstellen. Freut mich sehr für Papa. Es wird ihm guttun, einen Freund zu haben. Er kann's gebrauchen."

„So wie du, stimmt's?"

„Ich hab ja dich, lieber Sombra. Du bist mein bester Freund."

„Aber ich bin doch schon so alt. Wäre es nicht viel schöner, einen Freund in deinem Alter zu haben?"

„Du weißt doch, dass das unmöglich ist. Niemand will etwas mit mir zu tun haben. Wenn sie mich sehen, hauen sie ab …"

„Eines Tages wirst du jemanden finden, der dich versteht. Du bist ein intelligenter Junge und wirst irgendwann richtige Freunde finden."

„Ja, in einer anderen Welt", entgegne ich.

Ich mag Sombra sehr. Er war früher Mönch und hat alles aufgegeben, um hierherzukommen. Ohne ihn wäre Papa verloren, denn wenn einer alle Geheimnisse der Stiftung kennt, dann ist es Sombra. Wir nennen ihn Sombra, „Schatten", weil er sich so unauffällig bewegt wie ein Schatten. Wenn er will, kann er sich völlig lautlos an jemanden ranschleichen.

„Señor Stromber hat etwas an sich, was mir nicht gefällt", sagt Sombra plötzlich. „Er sieht einem nicht in die Augen und das ist ein schlechtes Zeichen."

Sombra ist übrigens ein großer Psychologe.

„Der Mann ist schwer zu durchschauen", fährt er fort.

„Red keinen Quatsch. Er ist Papa sympathisch und wird ihm helfen, das nötige Geld aufzutreiben, um die Schulden zu bezahlen. Also hör auf, Gespenster zu sehen."

„Wahrscheinlich hast du recht, Arturo. Ich werde nichts mehr gegen ihn sagen."

„Und du wirst ihm bei seiner Arbeit helfen. Ich möchte nicht, dass Papa sich über dich ärgert."

„Ja."

„Gut, und jetzt erzähl mir eine Geschichte."

„Einverstanden ... Es war einmal ein Junge, der auf einem Dachboden lebte ..."

„Weiter, weiter!"

„Er träumte davon, Freunde zu haben ..."

„Hör mal, Sombra ... Ich hab da so ein Mädchen kennengelernt ..."

„Was?"

„Sie ist neu in unserer Klasse und sitzt neben mir."

„Ist sie nett? Ist sie intelligent? Ist sie hübsch?"

„Dreimal ja ... Sie ist wunderschön. Und sie lächelt wie Mama auf dem Bild. Du weißt schon, auf welchem."

„Ja, ich weiß, welches du meinst. Deine Mutter hatte ein ganz besonderes Lächeln ..."

„Ich hätte sie zu gerne gekannt ..."

„Sei nicht traurig. Vielleicht werdet ihr ja Freunde, du und dieses Mädchen."

„Na ja, man soll nichts überstürzen."

„Lass deine Fantasie spielen, Arturo, lass sie fliegen ..."

IX
EINE ARMEE ZUR BEFREIUNG DES WEISEN

Morfidios Ultimatum war beinahe abgelaufen, als Arquimaes von den Wachen zum Grafen gebracht wurde. Während sie ihn die Treppe hinaufstießen, hatte sich der Weise schon mit dem Gedanken abgefunden, dass seine Stunde gekommen war.

Die Soldaten zwangen ihn, vor seinem Entführer niederzuknien.

„Arquimaes, dies ist die letzte Gelegenheit, mir dein Geheimnis anzuvertrauen", eröffnete ihm der Graf. „Meine Geduld ist am Ende."

Arquimaes schluckte. Er wusste, dass seine Antwort über Leben und Tod entscheiden würde. Wenn er einen Fehler machte, konnten das die letzten Worte seines Lebens sein.

„Was ich herausgefunden habe, wird dir nichts nützen. Das habe ich dir doch schon gesagt, Graf Morfidio. Auch wenn ich dir alles verrate, was ich weiß, ist dieses Wissen für dich nutzlos."

„Und ich habe dir gesagt, dass du das meine Sorge sein lassen sollst, Hexenmeister. Sprich, und zwar ein bisschen plötzlich ..."

„Ich kann nicht. Selbst wenn ich wollte, könnte ich dir nicht ein Geheimnis anvertrauen, das nur in die Hände gerechter und ehrenhafter Männer gelangen darf. Nicht in die von so machtbesessenen Leuten wie dir."

Eric Morfidio, beleidigt von den Worten seines Gefangenen, stand auf und trat einen Schritt auf ihn zu.

„Du kannst dich noch so sehr hinter deiner albernen Ausrede verschanzen, es wird dir nichts nützen. Entweder du erzählst es mir oder du erzählst es niemandem."

„Die Formel, die ich entdeckt habe, ist keine Verordnung, die du erlässt, um die Steuern zu erhöhen!"

„Hör mal zu, weiser Mann! Wenn du dich weigerst, mit mir zusammenzuarbeiten, wirst du morgen früh zu Asche verbrennen, zusammen mit diesem Jungen, den du mit deiner Hexerei wieder ins Leben zurückgeholt hast."

„Wenn ich tue, was du von mir forderst, verrate ich mich selbst! Übrigens habe ich Arturo nicht ins Leben zurückgeholt ... Er hat sich selbst geheilt!"

„Du kannst nicht abstreiten, was ich mit eigenen Augen gesehen habe. Der Junge hatte eine tödliche Verwundung! Jetzt weiß ich, dass es stimmt, was man sich erzählt: Du besitzt die Formel für die Unsterblichkeit!"

Arquimaes wollte gerade etwas entgegnen, als Hauptmann Cromell in den Saal gestürzt kam.

„Es ist dringend, Exzellenz!", stieß er hervor. „Soeben ist eine persönliche Botschaft von Arco de Benicius eingetroffen. Es ist sehr wichtig!"

Morfidio streckte die Hand aus, und sein Vertrauensmann gab ihm eine lederne Mappe, in der sich ein beschriebenes Blatt befand. Ungeduldig faltete der Graf das Papier auseinander und begann zu lesen.

„Verflucht!", rief er aus. „Dieser gottverdammte Benicius hat den Verstand verloren!"

Arquimaes begriff nicht, was Morfidio da sagte, doch er zog es vor zu schweigen. Der Graf ging zu dem Tablett mit dem Obst und den Getränken, schenkte sich Wein ein und leerte den Becher gierig in einem Zug.

„Siehst du, dass ich recht hatte, du teuflischer Alchemist? Arco de Benicius, dein Schutzherr, droht damit, mich anzugreifen, wenn ich dich nicht freilasse. Auch er will dein Geheimnis!"

„Ich möchte nicht, dass es meinetwegen Krieg gibt."

„Dann verrate mir so schnell wie möglich deine Geheimformel! Nur so kannst du unnötiges Blutvergießen verhindern. Der Verrückte ist mit seiner Armee auf dem Weg hierher. Bald wird er vor meiner Burg stehen!"

Arquimaes versetzte es einen Stich. Ein blutiger Krieg drohte! Ein Krieg, der viele unschuldige Menschen das Leben kosten und das gesamte Land verwüsten würde!

Arquimaes war verzweifelt: Ausgerechnet die, denen er helfen wollte, befanden sich nun in allergrößter Gefahr.

✳✳✳

VÖLLIG AM BODEN zerstört wurde Arquimaes in seine Zelle zurückgebracht. Arturo trat zu ihm und versuchte, ihn zu trösten.

„Was ist passiert, Meister? Werden wir auf dem Scheiterhaufen sterben?"

„Viel schlimmer, mein Junge. Es droht Krieg! Wenn ich an die vielen Menschen denke, die sterben werden, bricht es mir das Herz."

„Krieg? Wegen uns?"

„König Benicius kommt mit seiner Armee, um uns zu befreien. Bald erklingen die Fanfaren des Krieges, und niemand weiß, wie es enden wird. Vielleicht sollte ich mich Morfidios Willen einfach unterwerfen und das Geheimnis preisgeben."

„Nein, Meister, das dürft Ihr nicht!", widersprach Arturo. „Dieser Mann ist ein Barbar!"

„Soll ich zulassen, dass Hunderte von Menschen sterben, um eine Formel zu schützen, mit der nur einige wenige etwas anzufangen wissen?"

„Darf man einem skrupellosen Menschen, dem das menschliche Leben nichts bedeutet, unbegrenzte Macht verleihen?", hielt Arturo dagegen. „Bitte, Meister, unterwerft Euch nicht!"

X
DER AASGEIER VON DER BANK

Ich sitze gerade mit Papa und Señor Stromber beim Frühstück, als Mahania in das kleine Esszimmer kommt und einen Besucher meldet: „Es ist Señor Del Hierro, der Bankdirektor. Er sagt, er möchte Sie sprechen, Señor Adragón."

„Um diese Zeit? Es ist doch noch so früh. Erst halb neun."

„Bankleute stehen früh auf, mein lieber Adragón. Deswegen verdienen sie so viel Geld", bemerkt Stromber in scherzhaftem Ton. „Empfangen Sie ihn, ich werde mich an die Arbeit setzen."

Der Antiquitätenhändler steht auf und geht hinaus.

„Ist gut, Mahania, führe ihn in mein Arbeitszimmer und sage ihm, ich komm gleich."

„Jawohl, Señor", antwortet Mahania mit einer leichten Verbeugung.

„Gibt es Probleme mit der Bank, Papa?", frage ich.

„Oh, mach dir deswegen keine Sorgen", antwortet mein Vater und streicht mir über den Kopf. „Ein Junge in deinem Alter sollte sich nicht mit den Problemen von uns Erwachsenen belasten. Und jetzt ab in die Schule! Heute Abend werden wir etwas Zeit zum Reden haben."

Entschlossen begibt er sich in sein Arbeitszimmer, um den Bankdirektor zu begrüßen.

Ich gehe nach oben in mein Zimmer und kontrolliere wie jeden Morgen meinen Rucksack. Die überflüssigen Bücher nehme ich heraus, und die, die ich heute brauchen werde, tue ich hinein. Dann ziehe ich meine Jacke an und gehe hinunter.

Auf der Treppe begegne ich Señor Del Hierro. Er ist ein dicker Mann und in seinem schwarzen Anzug gleicht er eher einem Angestellten eines Beerdigungsinstituts als einem Geschäftsmann. Ich warte, bis er im Arbeitszimmer meines Vaters verschwunden ist.

Mahania wird langsam ungeduldig.

„Los, Arturo, geh jetzt endlich in die Schule!", sagt sie. „Um das hier wird sich dein Vater kümmern."

„Adiós, Mahania. Bis später. Nachher musst du mir alles ganz genau erzählen! Okay?"

„Nichts werde ich dir erzählen, gar nichts! Das geht nur deinen Vater etwas an!"

An der Ecke begegne ich, wie jeden Morgen, Hinkebein. Er sieht noch kränklicher aus als gestern.

„Ich hab dir zwei Apfelsinen mitgebracht", sage ich zu ihm. „Aber du musst mir versprechen, zum Arzt zu gehen."

„Gegen das, was ich habe, kann kein Arzt was machen", erwidert er. „Die Ärzte haben nicht die Medizin, die ich brauche."

„Und welche Medizin brauchst du?"

„Jemanden, der mich liebt", antwortet er. „Jemand, der sich um mich kümmert. Das ist das, was ich brauche."

„Aber du hast mich, das weißt du doch", sage ich. „Ich bin dein Freund."

„Ein Junge und ein Mann, das passt nicht zusammen."

„Willst du etwa damit sagen, dass wir keine Freunde sind?"

„Doch, wir sind Freunde, aber du kannst meine Leere nicht ausfüllen ... Genauso wenig wie ich deine ausfüllen kann. Verstehst du das, du kleines Monster?"

„Sag nicht so was zu mir. Du weißt doch, dass ich das nicht leiden kann!", protestiere ich.

„Ach nein! Du kannst mich einen Verrückten nennen und einen Miesmacher, aber ich darf nicht Monster zu dir sagen? Na, du bist mir ja ein feiner Freund!"

„Aber ..."

„Nichts aber!"

Ich gehe schnell weiter, bevor er noch etwas sagen kann. Doch ich glaube, er hat mich sehr gut verstanden. Hinkebein weiß, dass ich ihm niemals böse sein könnte, aber ich mag es nun mal überhaupt nicht, wenn er mich so nennt.

Seit mehr als einem Jahr lebt Hinkebein auf der Straße vor der Stiftung und mit der Zeit sind wir Freunde geworden. Er erinnert mich irgendwie an meinen Vater. Sie sehen sich so ähnlich, dass ich manchmal das Gefühl habe, sie sind Brüder. Außerdem hat er mir einmal seine Geschichte erzählt. Ich weiß noch ganz genau, wie ich mich neben ihn gesetzt habe und er begonnen hat, von früher zu reden.

„Ich war in einem großen Unternehmen angestellt, als Archäologe", erklärte er. „Viele Jahre ging es mir gut, bis ich eines Tages einen schweren Fehler gemacht habe … Ich leitete eine Ausgrabung außerhalb von Férenix. Wir hatten Überreste einer mittelalterlichen Festung entdeckt. Ganz vorsichtig wurden die Mauern freigelegt, sie waren schon ziemlich beschädigt. Aber dann ist irgendetwas falsch gelaufen und man gab mir die Schuld daran. Ich war Leiter der Ausgrabungen und somit lag die ganze Verantwortung bei mir … Kurz und gut, damit war meine berufliche Laufbahn ruiniert … und mein Privatleben auch."

„Aber was genau ist denn passiert?", fragte ich ihn.

„Das ist sehr kompliziert. Aber wie gesagt, es war mein Ruin. Damit endete meine Karriere als Archäologe. Durch einen einzigen Fehler."

„Und wie war das mit deinem Bein?"

„Einmal hatte ich einen über den Durst getrunken. Ich wollte eine Straße überqueren, konnte aber nicht sehen, ob die Ampel grün oder rot war. Und da hat mich ein Auto angefahren. Mein Bein musste amputiert werden. Der Autofahrer hat sich aus dem Staub gemacht, er konnte nie ermittelt werden."

Seitdem nennen ihn alle Hinkebein. Als ich ihn kennengelernt habe, hatte er noch einen Verband um sein Bein … oder besser gesagt, um das, was davon übrig geblieben war.

Hinkebein ist ein prima Kerl, doch die Leute meiden ihn. Ein Krüppel mit nur einem Bein, der auf dem Boden liegt, ist nicht gerade ein angenehmer Anblick. Hinkebein und ich verstehen uns gut, weil wir etwas gemeinsam haben: Wir sind seltsame Vögel.

Und doch konnte ich damals das Gefühl nicht loswerden, dass er mir etwas verheimlichte. Etwas, das er mir nicht verraten wollte.

Wenn ich ihm eines Tages einmal helfen kann, werde ich es tun. Eines der Dinge, die mir mein Vater beigebracht hat, ist, dass man die Menschen als Menschen betrachten muss und nicht als Abfall. Mein

Vater weiß viel, über viele Dinge. Und ich habe viel Gutes von ihm gelernt.

✶✶✶

HORACIO STEHT MIT seinen Kumpeln vor der Schule. Und ... er spricht mit Metáfora. Wusste ich's doch! Es musste ja so kommen. Meine Banknachbarin wird also die Freundin meiner Feinde sein.

„Schau an, der Drachenkopf! Wir reden gerade über dich", sagt Horacio, als ich an ihm vorbeigehe. „Wir haben Metáfora über dich aufgeklärt. Jetzt weiß sie, wer du bist."

Ich antworte nicht. Es würde sowieso nichts bringen! Wenn Metáfora sich auf ihre Seite schlagen will, dann soll sie es tun. Schön für sie. Und wenn sie es ihrer Mutter erzählen will, soll sie es ihr ruhig erzählen. Mir ist das egal ... Mir ist alles egal!

„Guten Morgen, Arturo", sagt Mercurio. „Gibt's ein Problem?"

„Nein, alles in Ordnung. Der begrüßt mich immer so."

„Horacio ist das Problem. Er meint, er kann mit allen umspringen, wie er will, nur weil seine Mutter mit dem Direktor befreundet ist. Aber da täuscht er sich", sagt Mercurio.

„Danke, dass du mir hilfst, Mercurio. Du hast einen bei mir gut."

„Werd bloß nicht sentimental, Kleiner. Los, ab in die Klasse."

Ich gehe ins Klassenzimmer und setze mich auf meinen Platz. Noch bevor ich die Bücher und Hefte aus dem Rucksack genommen habe, kommt Metáfora herein und setzt sich neben mich.

„Hallo, Arturo", sagt sie.

„Hallo", antworte ich schroff.

Schade, dass es keine freie Bank mehr gibt. Ich würde lieber alleine sitzen. Ich habe mich so sehr daran gewöhnt, dass es mir jetzt schwerfällt, jemanden neben mir sitzen zu haben.

„Sie haben mir eben erzählt, warum sie dich so nennen", sagt sie. „Ich würde es gerne irgendwann mal sehen."

„Um über mich zu lachen, oder was?"

„Oh nein. Es muss toll aussehen, wenn die Flecken auf deiner Haut einen Buchstaben formen, wie durch Zauberhand. Ich glaube, so was kann sonst keiner ..."

„Ja, ja. Du meinst also, ich soll zum Zirkus gehen, stimmt's?"

Sie schweigt. Ich glaube, meine Antwort hat ihr nicht gefallen. Ich war nicht sehr höflich, aber ich bin so wütend, dass ich schon nicht mehr weiß, was ich tue.

„Entschuldige, das war nicht nett, aber …"

„Schon gut, schon gut, vergiss es", erwidert sie spitz.

Die Lehrerin betritt die Klasse und alle stehen auf.

„Heute wollen wir über die Kunst des Schreibens sprechen. Wie denkt ihr darüber?", beginnt sie.

Niemand meldet sich.

„Schön, dann wollen wir mal sehen, ob Horacio uns erklären kann, was er dazu meint. Komm bitte nach vorn und erzähle uns, welchen Nutzen wir deiner Meinung nach von der Schrift haben."

Widerwillig geht Horacio an die Tafel.

„Ich glaube, die Schrift bringt uns gar nichts. Lesen ist out. Niemand liest, das ist doch prähistorisch, was aus der Steinzeit. Ein Bild ist mehr wert als tausend Worte."

„Prähistorisch? Ohne die Schrift würden wir immer noch in Höhlen wohnen."

„Die Schrift ist eine veraltete Technik", beharrt Horacio. „Aus dem Mittelalter."

„Mittelalterlich ist es, so zu denken. Damals war es lebensgefährlich, lesen zu lernen … Und heute, wo jeder lesen kann, weigern sich einige von euch, es zu tun … Wer kann mir etwas Positives über das Lesen und Schreiben sagen?"

Ich bin nicht mit Horacio einverstanden, aber ich habe keine Lust, mich da einzumischen. Ihm zu widersprechen würde mir nur wieder Ärger einbringen. Also melde ich mich lieber nicht. Aber ich sehe, dass fast alle die Hand heben, um zu zeigen, dass sie ihm zustimmen.

„Ich glaube, dass Horacio sich irrt", sagt Metáfora und steht auf. „Schreiben ist keine veraltete Technik. Es ist das Modernste, was es gibt. Außerdem finde ich, dass ein Bild nicht mehr wert ist als tausend Worte … Es ist genau andersherum: Ein guter Satz ist mehr wert als tausend Bilder!"

„Ja, wie das Gesicht vom Drachenkopf!", lacht Horacio. „Er hat nämlich einen Buchstaben im Gesicht! Moderner geht's nicht!"

„Wenn du ihn noch einmal so nennst, kannst du den Rest der Stunde im Büro des Direktors verbringen", verwarnt ihn die Lehrerin scharf. „Ich habe gesagt, ich dulde es nicht, dass irgendjemand einen anderen tyrannisiert oder nicht respektiert. Ist das klar?"

„Ja, Señorita."

„Setz dich wieder auf deinen Platz, Horacio … Und vielen Dank für deine Mitarbeit", fügt Norma noch hinzu.

Während die anderen noch über die Bedeutung der Schrift diskutieren, schreibe ich etwas auf einen Zettel und schiebe ihn unauffällig zu Metáfora hinüber: *Danke.*

XI
Die Belagerung

Die Kavallerie kam im Morgengrauen. An ihrer Spitze ritten die Standartenträger mit dem Wappen von König Benicius: ein Helm mit Visier und königlicher Krone. Eine schlichte Wappenzeichnung, weiß auf blauem Grund.

Die Vorhut, bestehend aus hundert Reitern, hetzte die Bauern und Landarbeiter, die versuchten, sich in Morfidios Festung zu flüchten. Immer wieder gab es kurze Scharmützel, bei denen etliche Dorfbewohner von den Angreifern gefangen genommen wurden.

Unter der Bevölkerung verbreiteten sich Angst und Schrecken und die Bewohner der angrenzenden Dörfer versteckten sich vorsichtshalber in den Wäldern und den umliegenden Felslandschaften. Lieber kämpften sie gegen Hunger und Kälte an, als sich der Armee von Arco de Benicius entgegenzustellen. Wenn schon die Kavallerie keine Rücksicht kannte, was würde dann erst passieren, wenn die noch sehr viel brutaleren Truppen der Infanterie einfielen?

Eine Stunde später rückte die Infanterie vor. Die ersten Sonnenstrahlen spiegelten sich auf den glänzenden Rüstungen, Lanzen und Schilden wider. Im Rhythmus der Kriegstrommeln marschierten die Soldaten voran, die Standarten flatterten im Wind.

Die Wachposten auf den Zinnen der gräflichen Burg schlugen Alarm und die wachhabenden Offiziere benachrichtigten Graf Morfidio. Er und seine Vertrauensleute konnten nun beobachten, wie sich die Truppen des Feindes um die Festung herum niederließen. Offenbar bereiteten sie sich auf eine lange Belagerung vor … Sie waren gekommen, um zu siegen oder zu sterben.

Eilig errichteten die Invasoren Mannschaftszelte, Rundzelte und Palisaden. An den zentralen Punkten wurden Fahnen aufgestellt, Fanfaren schmetterten Befehle, die unverzüglich ausgeführt wurden.

Schließlich wurden alle Wege gesperrt, die in die Festung hinein- oder herausführten.

Eric Morfidio musste vor Wut schäumend mit ansehen, wie seine Burg innerhalb weniger Stunden vollkommen von der Außenwelt abgeschnitten wurde.

„Bringt mir auf der Stelle diesen verrückten Alchemisten her!", befahl er in einem Ton, der keinen Zweifel an seinem Gemütszustand zuließ.

Arquimaes und Arturo schliefen noch in ihrem Verlies. Man zerrte sie hoch und schleppte sie zum Grafen auf den Hauptturm. Als sie sahen, was um die Burg herum vor sich ging, krampften sich ihre Herzen zusammen. Sie wussten, wenn Benicius seine Streitkräfte auf diese Weise mobilisierte, würden viele Menschen sterben müssen.

„Das ist alles deine Schuld, Alchemist!", schrie Morfidio. „Das kommt von deiner Halsstarrigkeit. Bist du nun zufrieden? Du sagst, du willst den Menschen helfen, aber deinetwegen werden wir alle sterben!"

„Lass mich in Frieden gehen, bevor es zu spät ist!", entgegnete der Weise. „Ich flehe dich an, gib deine ehrgeizigen Pläne auf!"

Ohne Vorwarnung holte Hauptmann Cromell in diesem Moment aus und schlug Arquimaes mehrmals brutal ins Gesicht.

„Hüte deine Zunge!", warnte er ihn. „Sprich nie wieder so zu deinem Herrn!"

Eric Morfidio schaute nach draußen, so als ginge ihn das, was Arquimaes soeben zu ihm gesagt hatte, überhaupt nichts an.

„Es sind viele", bemerkte er. „Das wird eine erbitterte Schlacht."

„Lass mich frei und es wird nicht dazu kommen", verlangte Arquimaes. „Ich werde Benicius dazu bringen, seine Truppen abzuziehen."

„Hältst du mich für blöd? Glaubst du vielleicht, ich lasse zu, dass sich dieser Hundsfott deiner Formel bemächtigt? Eher sterbe ich, als dass ich mich seinem Willen unterwerfe!"

„Aber es geht ihm doch gar nicht um mein Geheimnis! Er will mich nur befreien."

„Dich befreien? Warum sollte er dich befreien, wenn es ihm nicht darum geht, die Macht zu erlangen, die ihm deine Entdeckung verschaffen kann? Glaubst du, er hätte seine Armee mobilisiert, nur weil er dich mag?"

„Er verdankt mir sein Leben. Ich habe ihn von der Lepra geheilt und er steht in meiner Schuld."

„Du bist naiv. Arco de Benicius ist nur sich selbst etwas schuldig. Dieser Tyrann weiß, was er will. Der ist schlimmer als eine Viper!"

Arturo konnte sich nicht länger zurückhalten. „Du wirst dein Ziel nie erreichen, du verfluchter Graf!", brach es aus ihm heraus. „Arquimaes wird dir seine Geheimformel niemals verraten!"

Morfidio trat an den Jungen heran und musterte ihn lange. „Glaub bloß nicht", zischte er ihm ins Ohr, „du würdest noch einmal mit dem Leben davonkommen! Wenn ich sterbe, dann stirbst auch du! Nicht einmal die magischen Kräfte deines Herrn werden dich dann retten können!"

Arturo wollte etwas erwidern, als ein Wachposten den Arm hob und auf drei Reiter zeigte, die sich dem Schloss näherten.

„Herr, eine Abordnung! Mit einer weißen Fahne!"

„Kümmere du dich um sie, Hauptmann. Sie sollen sagen, was sie zu sagen haben. Und dann sollen sie schleunigst wieder zu ihren Truppen zurückkehren, bevor ich sie alle drei töten lasse", schrie der Graf, außer sich vor Wut. „Dieser verdammte Benicius!"

Voller Verzweiflung vernahm Arquimaes Morfidios Worte. Er wusste nur zu gut, dass sich Graf Benicius nie freiwillig unterwerfen würde und der Krieg unvermeidbar war.

✳ ✳ ✳

ARCO DE BENICIUS empfing seine Gesandten in dem königlichen Hauptzelt. Doch er wusste schon im Voraus, was sie berichten würden.

„Er weigert sich, nicht wahr?", fragte er, kaum dass sie eingetreten waren.

„Morfidio ist nicht einmal bereit zu verhandeln. Er sagt, Arquimaes gehöre ihm und er wird ihn auf gar keinen Fall freilassen", berichtete Ritter Reynaldo.

„Arquimaes sei sein Gast, behauptet er", ergänzte Hormar. „Und er sagt, er ist nicht gewillt, ihn gehen zu lassen."

„Sein Gast? Morfidio ist eine Ratte, die ich schon vor vielen Jahren hätte zertreten müssen. Wir wissen doch ganz genau, dass er Arquimaes verschleppt hat, um an die Geheimformel zu kommen. Wir müssen unbedingt verhindern, dass er sein Ziel erreicht", sagte Benicius mit düsterer Entschlossenheit. "Sonst wird ihm das ganze Reich in die Hände fallen und wir alle werden zu seinen Sklaven. Bevor das geschieht, wende ich mich noch eher an Demónicus."

"So wichtig ist die Erfindung des Alchemisten?", fragte Ritter Reynaldo.

"Das weiß niemand. Vielleicht hat er ja auch nur entdeckt, wie man einen Stein in ein Huhn verwandelt ... Wer weiß schon, was in dem Kopf dieses armen Irren vor sich geht!"

"Aber warum sind wir dann hier?"

Der König nahm ein Glas, das mit Wein gefüllt war, und führte es an seine Lippen.

"Und wenn es um etwas ungeheuer Fantastisches geht? Meine Mittelsmänner haben mir von einer seltsamen Macht berichtet ..."

"Keine Macht kann so stark sein wie unsere Armee! Niemand kann sich uns entgegenstellen!", knurrte Brunaldo, der wildeste Ritter am Hofe von Arco de Benicius.

"Wichtig ist jetzt erst einmal, dass sich Eric Morfidio schnell ergibt", sagte der König. "Wir können nicht monatelang oder gar jahrelang hierbleiben und darauf warten, dass diesem Barbaren die Lebensmittel ausgehen und er sich entschließt, sich zu ergeben."

"Aber was können wir tun, um ihn zur Aufgabe zu zwingen?", fragte Reynaldo. "Die Burg gilt als uneinnehmbar."

"Wir werden Herejio um Hilfe bitten", entschied der König. "Mit seiner Unterstützung werden wir schnell und ohne große Verluste siegen."

"Diesen gottlosen Zauberer?", brummte Brunaldo.

"Hast du eine bessere Idee?", hielt ihm Benicius entgegen. "Mir gefällt der Mann genauso wenig wie dir, aber schon oft war er mit seiner Magie sehr erfolgreich, das müssen wir zugeben ... Reitet zu ihm und bringt ihn her."

Benicius' Ritter schauten sich skeptisch an. Sie wussten, dass Herejio korrupt und größenwahnsinnig war. Bestimmt würde er eine hohe Belohnung für seine Dienste verlangen, und Benicius war offenbar bereit, für einen schnellen Sieg alles zu geben. Das Problem war, dass es großer magischer Kräfte bedürfen würde, um eine Festung wie die des Grafen zu erstürmen. Kräfte, wie sie nur ein mächtiger und geschickter Zauberer besaß.

Als Benicius wieder alleine war, trat eine Gestalt hinter einem der Vorhänge hervor, die das Zelt unterteilten.
„Was meinst du dazu, Escorpio?"
„Herr, Eure Männer sind zu zaghaft", antwortete das Männchen mit den Froschaugen und den großen Ohren. „Ihr müsst sie härter anfassen."
„Glaubst du wirklich, dass Arquimaes eine wichtige Entdeckung gemacht hat?"
„Daran gibt es nicht den geringsten Zweifel. Ich habe ihn monatelang beobachtet und bin mir sicher, dass er etwas Gewaltiges in Händen hält. Ich habe einen seiner Diener bestochen, und der hat mir anvertraut, dass Arquimaes eine magische Formel gefunden hat."
„Dann wissen wir also nichts Genaues. Alles beruht auf Vermutungen, nicht wahr?"
„Ja, Herr, und auf meinen Informationen. Ich würde meine Hand ins Feuer legen, wenn ich Euch damit beweisen könnte, dass ich recht habe. Dieser verfluchte Alchemist hat eine Formel gefunden, die demjenigen, der sie besitzt, außergewöhnliche Macht verleiht."
„Ich weiß, dass alle Weisen Lügner und Betrüger sind", hielt Benicius dagegen. „Sogar unserem Zauberer misstraue ich."
„Daran tut Ihr gut, Herr. Herejio verdient Euer Vertrauen nicht. In seinem Herzen nistet grenzenloser Ehrgeiz … Ihr solltet Euch vor ihm in Acht nehmen …"
„Und vor dir auch …"
„Ich würde Euch niemals hintergehen!"
„Das würde dich auch teuer zu stehen kommen."
„Ich schwöre Euch bei meiner Seele, dass ich niemals etwas tun würde, das Euren Interessen zuwiderläuft. Ihr seid mein König und nur Euch werde ich dienen."
Benicius warf ihm einen misstrauischen Blick zu. Doch Escorpio

ließ sich nichts anmerken. Er ignorierte die Verachtung, die Benicius ihn bei jeder sich bietenden Gelegenheit spüren ließ.

Der König ahnte nicht, dass sein Spitzel ein Mann von grenzenloser Geduld war.

„Das ist auch besser für dich, Escorpio", murmelte er, als sein Mittelsmann das Zelt verlassen hatte. „Du tust gut daran, mich nicht zu hintergehen."

XII

Am Rande des Abgrunds

Als ich am Nachmittag nach Hause komme, treffe ich als Erstes Sombra.

„Erzähl mir, was bei dem Gespräch mit dem Bankdirektor herausgekommen ist, Sombra. Ich weiß, dass du mit Papa gesprochen hast. Was ist passiert?"

„Ich weiß nichts. Mir hat keiner was gesagt."

Er will gehen, aber ich halte ihn an der Schulter zurück.

„Komm schon, verkauf mich nicht für dumm. Ich bin mir sicher, dass du etwas weißt. Bitte, sag es mir!"

Bevor er antwortet, schaut er sich nach allen Seiten um und vergewissert sich, dass niemand in der Nähe ist.

„Nicht hier! Wir treffen uns heute Abend auf dem Dachboden, da hört uns keiner."

„Gut, dann sehen wir uns nach dem Abendessen."

Ich laufe schnell zu Papa, klopfe an die Tür seines Arbeitszimmers und warte. Doch es passiert nichts. Seltsam, sonst antwortet er immer sofort. Ich klopfe noch einmal, aber es tut sich nichts. Vorsichtig drehe ich den Türknauf und öffne die Tür. Es herrscht Grabesstille, niemand ist zu sehen. Das Zimmer liegt im Halbdunkel, nur die Schreibtischlampe brennt.

Plötzlich sehe ich, dass sich etwas im Sessel bewegt. Es ist Papa. Ich will mich schon wieder davonschleichen, überlege es mir dann aber anders und trete ein. Auf Zehenspitzen schleiche ich mich zum Sessel. Papa sagt nichts. Ich glaube, er hat mich nicht gehört. Er schläft und bewegt sich im Schlaf hin und her. Auf dem Tischchen liegt Schokoladenpapier. Bestimmt hat er seit Stunden nichts Richtiges gegessen. Er sieht schlecht aus.

Plötzlich öffnet er die Augen und sieht mich an.

„Ich werde es schaffen, mein Sohn, das schwöre ich dir … koste es, was es wolle …", murmelt er.

„Du musst dich schonen, Papa", sage ich. „Deine Arbeit wird dich noch umbringen."

„Arturo, du musst mir verzeihen, für alles, was ich dir angetan habe … Es tut mir so leid … Ich habe dir das Leben immer schwergemacht, schon seit deiner Geburt …"

„Ich habe dir nichts zu verzeihen, Papa."

„Wenn ich dir doch deine Mutter zurückgeben könnte …"

„Bitte, Papa, hör auf. Es war nicht deine Schuld."

„Heute Abend essen wir mit Señor Stromber. Er wird uns helfen, alle unsere Probleme zu lösen. Wirst schon sehen, es kommt alles wieder in Ordnung. Geh jetzt und mach dich frisch."

Niedergeschlagen gehe ich hinaus. Offensichtlich tut Strombers Gesellschaft ihm doch nicht so gut, wie ich gedacht habe.

Ich gehe in mein Zimmer, dann ins Bad. Vor dem Spiegel setze ich die Mütze ab und betrachte mich. Die Tätowierung ist immer noch gut zu sehen. Der Buchstabe A mit dem Drachenkopf darüber ist deutlich zu erkennen. Ich werfe mich aufs Bett, verberge mein Gesicht im Kissen und heule vor Wut: „Ich werde nie normal sein! Ich bin ein Monster! Ich bin ein Monster!"

✶✶✶

Papa will, dass ich zum Abendessen pünktlich erscheine. Er findet es wichtig, dass wir jeden Tag gemeinsam zu Abend essen. Also tue ich so, als wäre alles in Ordnung. Papa soll nicht sehen, dass ich geweint habe.

Señor Stromber ist bereits im Esszimmer, in der Hand hält er ein Glas Champagner. Er hat wieder eine seiner typischen Posen eingenommen. Sie erinnert mich irgendwie an Kaiser Napoleon oder Julius Cäsar.

„Wie war es heute in der Schule, Arturo?", fragt er freundlich.

„Gut, die neue Lehrerin scheint in Ordnung zu sein", antworte ich. „Ihr Unterricht war jedenfalls prima. Und ihre Tochter sitzt ab heute neben mir."

„Freut mich zu hören, dass du Kontakte knüpfst", sagt Papa, der gerade hereingekommen ist. „Das ist sehr schön."

Er sieht jetzt ruhiger aus. Nur seine Stimme klingt traurig.

„Setzen wir uns", sagt er. „Heute Abend habe ich großen Hunger, ich könnte ein ganzes Wildschwein verdrücken."

„Wie ich sehe, sind Sie zufrieden, mein Freund", sagt Stromber. „Das freut mich."

„Ja, ich glaube, beim Essen sollte man seine Probleme für einen Moment vergessen. Genießen wir diesen Abend, morgen ist ein anderer Tag."

„Was ist denn morgen?", frage ich schnell und befürchte schon das Schlimmste.

„Nichts, was uns übermäßig beunruhigen sollte. Es kommen nur ein paar Leute von der Bank, um in der Stiftung eine Inventur durchzuführen. Erschreckt euch also bitte nicht, wenn ihr ihnen begegnet."

„Eine Inventur? Wozu müssen wir denn eine Inventur machen?", frage ich.

„Von Zeit zu Zeit muss man sich einen Überblick verschaffen, Arturo. Wie du weißt, haben wir es in der Stiftung ständig mit sehr wertvollen Dingen zu tun", erklärt er. „Wir müssen doch wissen, was wir besitzen, oder?"

„Selbstverständlich", mischt sich Stromber ein. „Keine Bibliothek der Welt kommt mehr als zwei Jahre ohne Inventur aus. Eine Inventur ist die Basis für gute Geschäfte."

„Wir hatten schon seit Jahren keine mehr", fügt Papa hinzu. „Es ist höchste Zeit. Manchmal habe ich das Gefühl, dass ich nicht mal mehr weiß, wie viele Bücher wir haben."

„Viele berühmte Leute sind im Elend gestorben, nur weil sie keine Ordnung halten konnten und von den Schulden erdrückt wurden", sagt Stromber und nippt an seinem Champagner.

„So ist es und ich möchte nicht so enden wie sie", sagt Papa. „Es muss ein schreckliches Ende sein."

Mahania kommt mit dem Essen. Sie sagt nichts, doch ich sehe ihren Augen an, dass etwas nicht stimmt. Sie ist schlecht gelaunt, aber ich weiß nicht, was sie hat.

„Arturo, dein Vater hat mit mir über dein Problem gesprochen", sagt Stromber. „Wenn du willst, können wir einen Freund von mir aufsuchen, einen Arzt, der dir vielleicht helfen könnte. Er ist ein hervorragender Dermatologe."

Ich werfe Papa einen vorwurfsvollen Blick zu. Er weiß doch, dass er mit niemandem darüber sprechen soll.

„Sei ihm nicht böse", versucht mich der Antiquitätenhändler zu beschwichtigen. „Dein Vater und ich verstehen uns sehr gut, ich gehöre jetzt sozusagen zur Familie. Du kannst mir vertrauen. Ich werde niemandem davon erzählen, das verspreche ich dir. Aber wie gesagt, wenn du willst, können wir zu meinem Freund nach New York fliegen. Er kann bestimmt etwas für dich tun. Es ist nicht ganz billig, aber mach dir darum keine Sorgen. Dein Vater und ich werden diese Kleinigkeit schon regeln ... Nicht wahr, Arturo?"

„Das können wir uns doch gar nicht leisten!", erwidere ich traurig. „Und außerdem komme ich ganz gut klar damit."

„Arturo, das ist nicht wahr. Die Zeichnung auf deinem Gesicht bereitet dir großen Kummer", sagt Papa und zeigt auf den Drachenkopf auf meiner Stirn. „Er lässt dich nicht in Frieden leben. Er ist auch der Grund, weshalb du keine Freunde hast. Wir müssen etwas tun!"

„Nun übertreib mal nicht. Das ist nicht schlimmer als eine Warze", entgegne ich.

„Nicht schlimmer als eine Warze? Wie kannst du so etwas sagen? Das ist ... ein ... ein ... Ich weiß nicht, wie ich es nennen soll, aber auf jeden Fall ist es alles andere als nur eine mickrige Warze."

„Es sieht aus wie eine Tätowierung. Alle Jungen in meinem Alter haben Tätowierungen. Das ist nicht schlimm."

„Nicht schlimm? Mein Gott, wie kannst du so was sagen?"

„Man sieht gleich, dass es keine Tätowierung ist", mischt sich Stromber ein. „Man merkt, dass es etwas ... etwas Übernatürliches ist. Es sieht einfach grässlich aus! Wenn ich du wäre, würde ich mir diesen Drachen so schnell wie möglich wegmachen lassen."

„Aber nicht auf Kosten der Stiftung!", widerspreche ich. „Sie verstehen das nicht, aber die Bibliothek ist unser Leben!"

„Ist sie dir wichtiger als dein eigenes Leben, Arturo? Diese Zeichnung, dieses magische oder verzauberte Symbol, oder was immer es auch ist, es macht dich zu einem … Außenseiter. Du kannst doch nicht dein ganzes Leben lang mit diesem Ding im Gesicht herumlaufen."

„Señor Stromber hat recht", sagt Papa.

„Siehst du nicht, wie sehr sich dein Vater um dich sorgt? Hör auf uns, Arturo! Lass uns zu diesem Dermatologen fliegen!"

„Als dein Vater habe ich die Verpflichtung, dafür zu sorgen, dass du glücklich bist. Und das da macht dich unglücklich."

„Er hat recht", stimmt Stromber zu. „Reden wir also nicht mehr darüber."

Ich weiß, dass es keinen Zweck mehr hat zu diskutieren; also schweige ich lieber.

✳✳✳

Es ist Nacht, und alle schlafen, außer Papa, der sicher noch arbeitet. Ich gehe auf den Dachboden, um mich mit Sombra zu treffen. Ich bin vor ihm da, aber ich weiß, dass er bald kommen wird. Er hat mich noch nie im Stich gelassen.

Sombra ist die Seele der Stiftung. Er erinnert mich irgendwie an einen Unsichtbaren: Er ist anwesend, obwohl man ihn nicht sieht.

„Hallo, Arturo, entschuldige die Verspätung", sagt er mit seiner heiseren, aber warmherzigen Stimme. „Ich musste mich noch um ein paar Dinge kümmern. Es gibt zu viele Ratten hier. Wir werden den Kammerjäger rufen müssen."

„Du brauchst dich bei mir nicht zu entschuldigen, Sombra", antworte ich. „Komm, setz dich neben mich und erzähl mir alles, was du über diese Sache mit der Bank weißt. Papa hat gesagt, morgen kommen ein paar Leute von der Bank."

„Wie es aussieht, schuldet dein Vater der Bank Geld. Sehr viel Geld. Señor Del Hierro, der Bankdirektor, ist fest entschlossen, die Stiftung pfänden zu lassen."

„Kann er das denn? Ist das legal?"

„Vollkommen. Ich habe deinem Vater vorgeschlagen, einen Anwalt hinzuziehen, aber er sagt, das ist nicht nötig. Du weißt ja, auf mich hört er nicht. Aber ich glaube, er wird einen brauchen."

„Wer kann ihm helfen?", frage ich. „Es muss doch jemanden geben …"

„Wenn es ihm gelingt, etwas Geld aufzutreiben und wenigstens einen Teil der Schulden zu bezahlen, könnte er die Stiftung behalten."

„Und was können wir tun?"

„Vor allem dürfen wir ihn jetzt nicht allein lassen. Wenn wir ihn sich selbst überlassen, wird er womöglich die falschen Entscheidungen treffen."

XIII

Herejios Macht"

Der Zauberer Herejio teilte seine Geheimnisse mit niemandem. Seit Jahren schon verzichtete er deshalb auf Gehilfen, die ihn für eine Handvoll Münzen hätten verraten können.

Für seine eigene Sicherheit hatte er mehrere bewaffnete Männer verpflichtet, denen er absolut vertraute und die bereit waren, ihn mit ihrem Leben zu verteidigen. Um einen Überfall zu verhindern, bewachten sie Tag und Nacht den Eingang zu seiner Höhle. Und sie machten ihre Sache gut.

Herejio war ein Schüler von Demónicus, dem großen Finsteren Zauberer, gewesen und hatte Jahre damit zugebracht, seine Macht über das Feuer zu perfektionieren. Die sagenhaften Fortschritte zu bewundern, die er dabei gemacht hatte, war bisher nur sehr wenigen vergönnt gewesen.

Einer der Wachposten war soeben in die Höhle getreten. Ehrfürchtig blieb er eine Weile stehen und bestaunte die magischen Kräfte seines Herrn: Herejio kniete vor dem offenen Feuer und befahl den Flammen, ihre ganze Kraft zu entfachen. Das Feuer erlangte eine tiefe rötlich gelbe Farbe und knisterte so laut, dass der Zauberer erst auf den Posten aufmerksam wurde, als dieser stolperte.

Er wandte den Kopf und fuhr ihn an: „Was machst du hier? Hab ich euch nicht tausend Mal gesagt, dass niemand ohne meine Erlaubnis hereinkommen darf? Spionierst du mich vielleicht aus?"

„Oh nein, Herr ... Aber gerade ist eine Abordnung von König Benicius gekommen, angeführt vom Ritter Reynaldo. Er will mit Euch reden", entschuldigte sich der Soldat, zitternd vor Angst. „Er bittet darum, eintreten zu dürfen."

„Das ist keine Entschuldigung dafür, dass du einfach so in mein Labor geschlichen kommst, ohne meine Erlaubnis!"

„Der Gesandte von König Benicius will dringend mit Euch reden", wiederholte der Mann unterwürfig.

Doch der Zauberer kannte keine Nachsicht. Er blickte den Soldaten mit weit geöffneten Augen durchdringend an.

Sogleich spürte dieser eine furchtbare Hitze in seinem Körper. Als er begriff, was mit ihm geschah, wurde er starr vor Schreck … Seine Beine fingen an zu brennen und aus seiner Brust schlugen rötliche Flammen.

„Niemals hättest du meine Befehle missachten dürfen!", rief der Zauberer, während er beobachtete, wie der Wachposten verbrannte. „Ich habe tausend Mal gesagt, dass ihr mir nicht bei der Arbeit zusehen dürft!"

Von den Schmerzensschreien alarmiert, kam Ritter Reynaldo mit gezücktem Schwert in die Höhle gestürmt, gefolgt von seinen drei Soldaten und dem zweiten Wachposten.

„Was geht hier vor sich?", schrie der Ritter entsetzt. „Der Mann braucht Hilfe!"

„Dem kann niemand mehr helfen", antwortete Herejio gleichgültig. „Das ist die verdiente Strafe dafür, dass er meine Befehle missachtet hat!"

Der Wachposten wälzte sich wie eine lebende Fackel am Boden und versuchte verzweifelt, die Flammen zu ersticken. Doch seine Anstrengungen waren vergebens, denn das Feuer kam aus dem Innern seines Körpers. Keine irdische Macht konnte es löschen.

„Wagt nicht, ihm zu helfen!", schrie Herejio. „Ihr sollt euch immer daran erinnern, dass niemand meine Befehle missachten darf!"

Voller Entsetzen sahen die Männer dem makabren Schauspiel zu, doch keiner kam dem Unglücklichen zu Hilfe. Sie alle wussten, dass es noch etwas Schrecklicheres gibt, als einem Opfer nicht beizustehen: selbst das Opfer zu sein.

Endlich, nach langem Klagen, Schreien und Jammern, blieb der verkohlte Körper leblos auf dem Boden liegen. Langsam erloschen die Flammen und der Geruch von verbranntem Fleisch verbreitete sich in der Höhle. Reynaldo und seine Männer waren gezwungen, sich Nase und Augen zu bedecken.

„Was habt ihr überhaupt in meinem Labor zu suchen?", fragte Herejio.

„König Benicius bittet um Eure Hilfe, edler Herejio", antwortete der Ritter, der immer noch fassungslos war über den furchtbaren Tod des Wachpostens. „Er lässt Euch seine Hochachtung übermitteln."

„Und was will er diesmal von mir?"

„Er belagert die Festung des Grafen Morfidio. Aber er vertraut mehr auf Eure magischen Kräfte als auf unsere starken Arme und die scharfen Klingen unserer Schwerter. Er braucht Eure Dienste."

„Dann stimmt es also, was ich über die Verschleppung des Arquimaes gehört habe? Darum geht es doch, oder?"

„Da Ihr mehr zu wissen scheint als ich, kann ich Euch nichts Neues berichten … Ich bin gekommen, um Euch Geleitschutz zu geben … Für Eure eigene Sicherheit."

„Für meine Sicherheit? Und wer sorgt für eure?", fragte Herejio spöttisch.

Reynaldo zog es vor zu schweigen. Er hatte die Botschaft genau verstanden: Wenn er nicht verbrannt werden wollte wie der Wachposten, durfte er den Zauberer auf keinen Fall provozieren.

„Ich werde alles vorbereiten. Morgen bei Tagesanbruch brechen wir auf."

„Wir müssten jetzt sofort losreiten", drängte der Ritter. „Der König will Euch so schnell wie möglich sehen."

„Wenn er Morfidios Festung erobern will, muss ich meine Vorbereitungen treffen. Und das braucht Zeit. Außerdem werden wir unterwegs haltmachen müssen, um ein paar Dinge zu besorgen … Einverstanden?"

Mit einem Kopfnicken gab Reynaldo seine Zustimmung. Es hatte keinen Zweck, Herejio unter Druck zu setzen. Und nach dem, was er eben mit ansehen musste, war es auch nicht ratsam.

XIV

Die Eindringlinge

Jemand klopft an meine Tür und reißt mich aus meinem Traum.
„Würden Sie bitte die Tür aufmachen?"
„Wer ist da?", frage ich schlaftrunken.
„Die Inspekteure."
„Wie? Wer ist da?"
„Bitte öffnen Sie, wir haben viel Arbeit und wenig Zeit", drängt eine autoritäre Stimme.

Ich stehe auf und öffne die Tür. Vor mit stehen zwei Männer in schwarzen Anzügen und sehen mich streng an.

„Gehen Sie zur Seite, wir führen eine Inventur durch."
„Aber hören Sie ..."

Ohne eine weitere Erklärung betreten sie mein Zimmer. Einer, offenbar der Chef, sagt zu mir: „Wenn Sie sich beschweren wollen, gehen Sie zu Señor Del Hierro. Er ist im Arbeitszimmer von Señor Adragón."

Ich laufe hinauf in Papas Arbeitszimmer. Unterwegs kommen mir mehrere Männer mit Aktenmappen entgegen, die sich alles genau ansehen und sich Notizen machen. Sie dringen überall ein und nehmen alles in Besitz, genauso wie die Marsmenschen im Kino. Die Stiftung ist besetztes Gebiet!

Vor dem Arbeitszimmer meines Vaters stehen Sombra und Señor Stromber. Wie zwei treue Wachsoldaten. Sie lassen niemanden hinein.

Der Antiquitätenhändler hält mich an der Schulter fest.
„Geh besser nicht da rein, Arturo, dein Vater ist in einer wichtigen Besprechung", flüstert er. „Störe ihn nicht."
„Das ist mir egal, ich will zu ihm. Er braucht mich."

Stromber stellt sich entschlossen vor die Tür.
„Lassen Sie mich rein! Ich will zu meinem Vater!"
„Hör zu, Arturo, es ist besser, wenn du ihn jetzt nicht störst."

„Sombra! Hilf mir!", rufe ich.

Sombra schubst Stromber beiseite. Ich schlüpfe an ihm vorbei, reiße die große Holztür auf und betrete das Arbeitszimmer. Papa sitzt hinter seinem Schreibtisch, ihm gegenüber der Bankdirektor.

„Was soll dieser Lärm?", fragt er.

„Ich bin's, Papa. Was geht hier vor? Was tun diese Männer in unserem Haus?"

„Ruhig, mein Sohn, ganz ruhig. Ich hab's dir doch gesagt, sie führen eine Inventur durch."

„Es tut mir leid, meine Herren, aber er ist mir entwischt", entschuldigt sich Señor Stromber. „Ich konnte ihn nicht daran hindern."

„Ist schon gut, ist schon gut", sagt Papa, der einen Füllfederhalter in der Hand hält.

Stromber kommt drohend auf mich zu. Er will mich hinausbringen, aber Sombra stellt sich ihm in den Weg.

„Sombra, sei bitte so gut und geh hinaus", befiehlt Papa. „Und Sie auch, Señor Stromber."

Sichtlich verärgert verlässt der Antiquitätenhändler das Arbeitszimmer. Sombra schließt die Tür von außen.

Als wir wieder alleine sind, frage ich weiter: „Wozu diese Inventur, Papa? Wozu?"

„Das ist so üblich", antwortet mein Vater. „Alle Firmen und Unternehmen müssen das machen. Das habe ich dir doch schon erklärt."

„Es ist keine gute Idee, sich in die Angelegenheiten von Erwachsenen einzumischen, junger Mann", sagt Del Hierro. „Dein Vater weiß sehr gut, was er zu tun hat. Also sei so gut und lass uns alleine."

„Sie allein lassen? Was sind das für Papiere? Was unterschreibst du da, Papa?"

„Nichts Besonderes, eine Verpflichtung …"

Ich lasse ihn nicht ausreden. Ich nehme die Papiere, die Papa gerade unterzeichnen wollte, und lese die Kopfzeile: „*Pfändungsverfahren …* Aber Papa, das ist ja schlimm …"

„Schlimm ist es, seine Schulden nicht zu bezahlen", sagt der Bankdirektor. „Wenn dein Vater nicht ins Gefängnis gehen will, sollte er diese Papiere besser unterschreiben …"

„Das darfst du auf gar keinen Fall tun, Papa! Lass dir nicht die Stiftung wegnehmen!"

„Hör mir zu, Arturo. Ich muss dir etwas erklären. Die Stiftung ist mir nicht so wichtig, aber du, du bist mir wichtig. Wenn ich diese Papiere unterschreibe, verpflichtet sich Señor Del Hierro, alle Arztkosten für dich zu übernehmen. Dann bist du diesen Fluch endlich los."

„Um diesen Preis will ich nicht geheilt werden, Papa."

„Arturo, ich habe alles versucht, aber wie du siehst, sind alle meine Bemühungen erfolglos geblieben. Das hier ist unsere letzte Chance! Du kannst nicht so weiterleben, mit dieser … dieser Krankheit!"

„Das ist keine Krankheit!"

„Nun gut, was auch immer. Aber es zerstört dein Leben. Deine Mitschüler lachen über dich, und du wagst dich kaum aus dem Haus, weil du Angst hast, dass dich jemand sieht. Das alles ist meine Schuld, und deshalb muss ich dafür sorgen, dass du diesen Drachen endlich loswirst!"

„Bitte, Papa! Wenn uns die Stiftung weggenommen wird und wir aus dem Haus geschmissen werden, geht es mir noch schlechter. Was sollen wir machen, wenn wir hier rausmüssen?"

„Junger Mann, unsere Übereinkunft sieht vor, dass dein Vater Leiter der Stiftung Adragón bleibt. Er wird einen guten Lohn bekommen und mit dir in einer angemessenen Mietwohnung wohnen."

„Aber ich möchte hier wohnen! Und mein Vater auch!", rufe ich wütend.

„Arturo, es ist alles schon entschieden", sagt Papa.

„Und was ich denke, ist dir egal? Ich bin dein Sohn und du fragst mich nicht nach meiner Meinung?"

„Du hast nicht das gesetzlich vorgeschriebene Alter, um bei solchen Entscheidungen mitzureden."

„Das heißt also, ich darf nichts dazu sagen, stimmt das, Papa?"

„Arturo, bitte, reg dich doch nicht so auf", versucht Papa mich zu beruhigen.

„Ihr Erwachsenen macht sowieso immer, was ihr wollt", werfe ich ihm vor. „Tu, was du für richtig hältst."

Ich weiß nicht mehr weiter. Seine Entscheidung steht fest, also verlasse ich das Arbeitszimmer. Stromber sieht mich wortlos an und lässt mich vorbei. Sombra geht schweigend neben mir her. Plötzlich hänge ich mich an seinen Hals und beginne zu schluchzen.

„Ganz ruhig, wir werden schon eine Lösung finden", tröstet er mich. „Dein Vater weiß, was er tut."

„Papa darf die Stiftung nicht aufgeben, um mich von dem Fluch zu befreien. Das will ich nicht!"

„Er liebt dich zu sehr, um logisch zu denken", flüstert Sombra. „Er macht das alles nur für dich."

„Das ist es ja! Er verliert die Stiftung meinetwegen, damit ich diese verdammten Flecken loswerde. Aber dadurch wird es nur noch schlimmer!"

„Du musst jetzt in die Schule", ermahnt mich Sombra. „Heute Abend reden wir weiter."

Ich verabschiede mich von ihm und gehe hinunter. An der Haustür begegne ich Mahania. Sie sieht mich mitfühlend an und irgendwie bin ich ihr dankbar dafür. Hinter ihr stehen zwei Männer von der Bank und zählen die Möbel, die sich in der kleinen Hausmeisterwohnung befinden. Es ist furchtbar, sie kontrollieren alles.

Hinkebein kauert wie immer an der Straßenecke auf dem Boden. Er sieht nicht gut aus. Hat wohl mal wieder eine üble Nacht gehabt.

Schlecht gelaunt fragt er mich: „Was ist denn bei euch in der Stiftung los, mein Junge? Die Aasgeier sind gekommen, stimmt's?"

„Eine richtige Invasion! Sie wollen uns pfänden", erkläre ich. „Sie werden uns alles wegnehmen."

„Das ist schlimm, Kleiner. Sehr schlimm."

„Heute hab ich dir leider nichts zum Frühstück mitgebracht. Hatte nicht mal Zeit zum Duschen. Tut mir leid."

„Macht nichts. Verglichen mit deinen Problemen, ist das eine Kleinigkeit. Ich werd schon klarkommen. Tut mir wirklich leid für dich."

„Bis dann …"

„Warte, Arturo, lauf nicht weg … Es gibt noch andere schlechte Nachrichten."

„Schlechte Nachrichten? Was meinst du damit?"

„Heute Nacht ... Diese Banden werden immer dreister."

„Erzähl mir das morgen, ich hab jetzt für so was keine Zeit."

„Nun haben sie sich die Stiftung vorgenommen!", ruft er mir hinterher.

Ich bleibe stehen.

„Was haben die gemacht?"

„Komm mit, Kleiner."

Mühsam richtet er sich auf und schleppt sich mit mir zum hinteren Teil des Gebäudes.

„Sieh dir das an! Hier!"

Vor Wut bleibt mir fast das Herz stehen. Die ganze Hauswand ist voller Graffiti! Drohungen gegen uns! Gegen meinen Vater!

„Aber ... Wer tut so was?"

„Das weiß ich nicht genau, aber es ist schlimm. Hab ich dir doch gesagt. Die Geier greifen nachts an, in der Dunkelheit. Ihr müsst euch in Acht nehmen oder sie machen euch fertig."

„Unglaublich! Aber was wollen die von uns?"

„Wer weiß das schon ... Geld, euch einschüchtern ..."

„Uns einschüchtern?"

„Damit wollen sie zeigen, dass sie vor nichts und niemandem Angst haben. Als wollten sie ihr Revier markieren, wie die Tiere."

In diesem Augenblick öffnet sich die Garagentür und Sombra und Mohamed kommen auf uns zu. Sie sehen ziemlich böse aus.

„Was machst du denn noch hier, Arturo? Um diese Zeit solltest du doch schon längst in der Schule sein", sagt Sombra.

„Wir haben ... Ich hab mir das da angesehen ..."

„Das hat dich nicht zu interessieren. Los, hau ab, ich kümmere mich darum. Hab schon die Reinigungsfirma angerufen, sie sind unterwegs und werden das gleich entfernen."

„Ich passe auf, bis sie kommen", bietet sich Mohamed an. „Ich kann ihnen beim Saubermachen helfen."

„Da werden sie ganz schön zu tun haben, bei der Menge Farbe", sagt Hinkebein. „Eine Sauerei ist das!"

Sombra sieht ihn an, sagt aber nichts. Ich weiß, dass er ihn kennt, doch er ignoriert ihn einfach. So ist er immer, wenn er sich geärgert hat.

„Ich verzieh mich dann besser mal", sagt Hinkebein. „Geht mich ja auch eigentlich nichts an."

„Ich bin dann auch weg. Adiós."

Ich nicke ihnen zu und laufe los. In meinem Kopf dreht sich alles. Es ist, als hätte sich plötzlich der Himmel gegen uns verschworen. Ein Unglück kommt selten allein, heißt es. Muss wohl stimmen.

***

Ich komme zu spät in die Schule. Die Tür ist bereits abgeschlossen. Zum Glück ist Mercurio da. Als er mich sieht, kommt er schnell und öffnet mir.

„Was ist passiert, Arturo? Heute bist du aber besonders spät dran."

„Na ja ... Wir haben Probleme zu Hause. Ein überraschender Besuch ... sehr kompliziert. Tut mir leid."

„Los, beeil dich."

Ich laufe die Treppe hinauf in den ersten Stock, klopfe zweimal an und trete ohne Aufforderung ein.

„Es tut mir leid, Señorita, aber zu Hause hat es Probleme gegeben", entschuldige ich mich.

Sie will mir gerade antworten, da fängt die ganze Klasse an zu lachen.

„Habt ihr heute Nacht gezaubert und du hast verschlafen?", scherzt Horacio.

Die Lehrerin wirft ihm einen zornigen Blick zu und er schweigt. Inzwischen weiß er, dass sie so etwas nicht duldet.

„Was ist passiert? Ist es schlimm?"

„Ich fürchte ja", sage ich leise. „Entschuldigen Sie."

„Schon gut, setz dich auf deinen Platz."

Metáfora sieht mich mitfühlend an. Ich tue ihr leid. Ich sehe bestimmt schrecklich aus.

„Wie geht's dir?", fragt sie, kaum dass ich mich gesetzt habe.

„Nicht besonders."

„Was ist passiert? Du siehst aus, als kämst du gerade aus dem Krieg."

„Es gibt Probleme in der Stiftung ... Aber ich glaube nicht, dass dich das interessiert."

„Klar interessiert mich das, schließlich sind wir Schulfreunde."
„Schulfreunde?"
„Ja, wir sind Schulfreunde. Wir sitzen zusammen."
„Ja, ja ... Entschuldige."
Wir hören auf zu reden, um der Lehrerin zuzuhören. Gerade erzählt sie etwas sehr Interessantes über die Schrift.
„Eigentlich sind Buchstaben nichts weiter als Zeichen", sagt sie. „Und wir lernen, diese Zeichen zu entschlüsseln. So wie einige Wissenschaftler entdeckt haben, dass man Tieren bestimmte Dinge beibringen kann, haben wir gelernt zu lesen."
„Das heißt also, wir lesen nicht, sondern entschlüsseln?", fragt Esther.
„Ja, genau das bedeutet Lesen: Zeichen entschlüsseln. Und wir besitzen die Fähigkeit, Wörter zu bilden, indem wir diese Zeichen miteinander kombinieren. Außerdem hilft es uns, richtig zu denken."

Die erste Stunde ist noch nicht vergangen, als es in der Klasse auf einmal unruhig wird. Plötzlich stehen meine Mitschüler auf und schauen aus dem Fenster. Sie fangen an zu kichern, sehen zu mir herüber und lachen. Von Neugier gepackt, stehe auch ich auf und gehe zu einem der Fenster. Und ich kann nicht glauben, was ich da sehe! Mein Vater kommt auf seinem Rad angefahren. Mercurio hält ihm die Tür auf und sie begrüßen sich ... Er kommt herein! Er kommt in die Klasse!
Metáfora versteht nichts.
„Wer ist dieser komische Mann?", fragt sie mich.
„Mein Vater!"
Ich sehe ihr an, dass sie etwas sagen will, doch sie verkneift es sich.
„Alle mal herhören!", ruft Señorita Norma. „Jeder auf seinen Platz! Habt ihr gehört?"
Da niemand ihrer Anweisung folgt, packt sie einige Schüler am Ellbogen und zieht sie zu ihren Plätzen. Alle lachen und plötzlich fangen sie wieder an zu singen: „Drachenkopf, Drachenkopf, dein Vater kommt dich holen!"
Metáfora legt ihre Hand auf meine Schulter und sagt zu mir: „Achte nicht auf sie. Das sind Idioten."

Doch ihre Worte trösten mich nicht. Warum ist mein Vater nur hierher in die Schule gekommen?

Die Tür wird aufgerissen. Es ist Papa, er betritt die Klasse!

„Was kann ich für Sie tun?", fragt die Lehrerin. „Meinen Sie, es gehört sich, einfach so in eine Klasse zu kommen, Señor?"

Mein Vater bleibt wie angewurzelt stehen, als er die strenge Stimme der Lehrerin hört. Er wird rot im Gesicht, sieht sich in der Klasse um, sucht mich.

„Bitte entschuldigen Sie … Normalerweise tue ich so etwas nicht, aber …"

„Was wollen Sie? Wen suchen Sie? Wer sind Sie?"

„Ich … Ich bin der Vater von Arturo Adragón", stammelt er. „Ich … Ich muss mit ihm sprechen."

„Sie sind der Vater von Arturo Adragón?"

„Das sieht man doch zehn Meilen gegen den Wind!", ruft Horacio und die ganze Klasse lacht. „Zum Verwechseln ähnlich!"

Die Lehrerin wendet sich der Klasse zu und sagt ganz langsam und deutlich: „Wenn ich noch einmal höre, dass jemand einen Witz reißt oder einen anderen beleidigt, werde ich euch so viele Strafarbeiten aufgeben, dass euch die Lust vergeht, andere Leute so respektlos zu behandeln. Und jetzt will ich keinen Mucks mehr hören!"

„Lassen Sie, es ist alles meine Schuld …"

„Die schlechte Erziehung der Schüler ist schuld", entgegnet sie streng. „Ich heiße Norma Caballero und bin Arturos neue Lehrerin. Freut mich, Sie kennenzulernen."

„Könnte ich wohl einen Moment mit meinem Sohn sprechen?", fragt Papa. „Es ist sehr dringend."

„Natürlich. Gehen Sie mit ihm auf den Flur. Lassen Sie sich Zeit. War mir ein Vergnügen, Sie kennengelernt zu haben. Arturo, geh bitte mit deinem Vater nach draußen."

In der Klasse herrscht Grabesstille. Ich stehe auf und wir gehen hinaus auf den Flur. Ich schließe die Tür hinter uns. An der Wand steht eine Bank. Wir setzen uns.

„Ist es wirklich so dringend, dass du in den Unterricht reinplatzen musst?", frage ich. Ich bin sauer.

„Tut mir leid, Arturo, tut mir wirklich leid, aber ich musste dir einfach erzählen, was passiert ist ..."

„Du siehst ja, was passiert ist! Jetzt werden sie drei Monate lang über mich herziehen", sage ich wütend.

„Hör zu, Arturo. Ich wollte dir sagen, dass ... dass ich nicht unterschrieben habe. Es wird erst einmal keine Pfändung geben", sagt er erleichtert.

Mir fehlen die Worte. Ich versuche, Ordnung in meinen Kopf zu bringen.

„Das bedeutet, wir bleiben in der Stiftung wohnen", erklärt er, als hätte er meine Gedanken erraten.

„Wir müssen nicht raus? Wir können wirklich in der Stiftung wohnen bleiben?"

„Ja, fürs Erste bleiben wir da", versichert er.

„Fürs Erste? Was heißt das?"

„Nun, wir werden die Schulden bezahlen müssen, aber erst mal bleiben wir in unserer alten Bibliothek wohnen. Das wolltest du doch, oder?"

„Ja, Papa, genau das wollte ich. Das ist großartig! Danke."

„Ich werde niemals etwas tun, was du nicht möchtest", flüstert er. „Du bist das Wichtigste in meinem Leben."

Er umarmt mich und drückt mich so heftig, dass mir kaum Luft zum Atmen bleibt. Fast hätte ich losgeheult, als es zur Pause klingelt.

Mehrere Türen öffnen sich gleichzeitig und Dutzende von Jungen und Mädchen stürmen aus den Klassen in die Pause. Auch meine Mitschüler kommen heraus. Als sie an uns vorbeigehen, höre ich sie leise ihr verdammtes Lied singen: „Drachenkopf! Drachenkopf! Drachenkopf!" Andere gehen ganz dicht an uns vorbei und zischen uns zu: „Verrückter Alter!", oder: „Was für 'ne Hexenfamilie!", oder: „Der ist doch nicht ganz dicht!"

In diesem Moment kommt auch die Lehrerin aus unserer Klasse. Papa steht auf.

„Alles geregelt?", fragt sie freundlich.

„Oh ja. Ich musste ihm dringend etwas mitteilen. Entschuldigen Sie, dass ich Ihren Unterricht gestört habe ..."

„Ist schon gut. Sie haben es ganz richtig gemacht", sagt sie verständnisvoll. „Manchmal muss man eben die Regeln verletzen."

„Es wird nie wieder vorkommen, das schwöre ich Ihnen! Aber das heute war sehr wichtig."

„Hören Sie auf, sich zu entschuldigen. Ich verstehe Sie gut, glauben Sie mir. Außerdem, wenn man Arturos glückliches Gesicht sieht, dann weiß man, dass es sich gelohnt hat."

„Haben Sie vielen, vielen Dank …"

Metáfora steht plötzlich neben uns, ich habe sie gar nicht bemerkt.

„Das ist meine Tochter Metáfora. Sie ist eine gute Schülerin, wie Ihr Arturo", sagt Norma.

„Man merkt gleich, dass Sie sich sehr um Ihre Schüler kümmern. Ich weiß gar nicht, wie ich Ihnen danken soll … Kann ich etwas für Sie tun?"

„Uns zum Essen einladen?", schlägt Norma spontan vor.

„Mama! So was tut man doch nicht", sagt Metáfora und verdreht die Augen.

„Sie würden wirklich zu mir zum Essen kommen? Na ja, zu uns …"

„Klar, wenn Sie darauf bestehen."

„Ja dann … dieses Wochenende! Wir könnten gemeinsam Arturos Geburtstag feiern … Er wird vierzehn!"

„Na prima!", ruft Norma. „Das ist ein ganz besonderer Geburtstag, er markiert die Grenze zwischen der Kindheit und der Jugend."

„Mit vierzehn ist man doch schon längst erwachsen, Mama", widerspricht Metáfora. „Du kriegst auch gar nichts mit."

„Was halten Sie von Samstagabend, in der Stiftung?", schlägt Papa vor.

„In der Stiftung? Ist das ein Restaurant?", fragt Norma.

„Nein, da wohnen wir. Es ist eine Privatbibliothek, sie heißt Stiftung Adragón", erkläre ich. Inzwischen habe ich mich von meiner Überraschung erholt.

„Ein Essen in einer Bibliothek? Das ist ja … wundervoll! Wir haben noch nie in einer Bibliothek gegessen, nicht wahr, Metáfora?"

„Sehr originell", antwortet meine Banknachbarin. „Zwischen alten Büchern essen, das ist bestimmt cool."

„Also gut, dann sehen wir uns Samstagabend", sagt Papa im Gehen. „Aber nicht vergessen!"

„Keine Sorge, ich werde sie schon daran erinnern", rufe ich ihm hinterher.

Kurz darauf sehen wir ihn auf sein altes Fahrrad steigen und in Richtung Stiftung davonradeln. Alles in allem ist heute ein guter Tag. Papa hat mir schon lange nicht mehr gezeigt, wie lieb er mich hat.

Und dass wir in der Stiftung wohnen bleiben dürfen, ist die beste Nachricht seit Langem.

***

So LEISE WIE möglich schleiche ich mich auf den Dachboden. Wie immer nehme ich das Tuch von Mamas Bild und setze mich auf das alte Sofa ihr gegenüber. Es ist spät, auf der Straße fahren kaum noch Autos. Man kann die Stille beinahe hören.

„Hallo, Mama, hier bin ich wieder. In letzter Zeit war hier ganz schön viel los. Papa war drauf und dran, die Stiftung pfänden zu lassen. Ich konnte es gerade noch verhindern, aber ich weiß nicht, ob mir das beim nächsten Mal auch noch gelingt ..."

Ich spiele mit der Taschenlampe, knipse sie an und aus, so als würde ich Leuchtsignale senden.

„Langsam kriege ich Angst. Ich fühle mich alleine. Ich würde alles dafür geben, dich hier zu haben, bei mir ... Ich weiß ja, dass das nicht möglich ist, aber ich wünsche es mir so sehr, dass ich schon davon träume. Ich brauche deine Hilfe ... Kannst du nicht etwas für mich tun? Kannst du mir nicht helfen?"

Ich knipse die Taschenlampe aus, es ist stockfinster. Ich warte auf irgendein Zeichen. Doch es kommt keins. Es herrscht totale Stille.

Natürlich weiß ich, dass Mama nichts für mich tun kann, aber ich wünsche mir trotzdem, dass sie in diese Welt zurückkehrt ...

Meine Haut juckt, aber ich kümmere mich nicht darum. Ich habe mich daran gewöhnt, dass die Zeichnung auf der Stirn ab und zu juckt.

Doch so stark wie heute war es noch nie. Ich spüre etwas Seltsames, etwas, was ich bis jetzt noch nie gespürt habe. Ein schreckliches Jucken! Es juckt mich am ganzen Körper!

Ich knipse die Taschenlampe wieder an und hebe mein T-Shirt hoch, um nachzusehen, was mit mir los ist. Die Haut ist gerötet! Und ich habe das Gefühl, als bewege sich etwas unter ihr.

Schnell hebe ich den Kopf und schaue zu Mama hinüber. Ich möchte, dass sie sieht, was mit mir passiert, und es kommt mir so vor, als lächle sie mir zu.

Ich weiß, dass das eigentlich unmöglich ist. Bilder leben nicht. Aber für den Bruchteil einer Sekunde hatte ich das Gefühl, dass Mama mich angelächelt hat. Wahrscheinlich war es nur eine Halluzination.

„Am Wochenende werde ich übrigens vierzehn Jahre alt. Aber das weißt du ja. Mein Geburtstag erinnert mich immer an deinen Todestag. Ich bin auf die Welt gekommen, damit du sie verlassen konntest ... oder umgekehrt ..."

Ich bleibe noch eine Weile auf dem Sofa sitzen und schaue schweigend das Bild an. Dabei habe ich das Gefühl, als säße Mama mir wirklich gegenüber.

XV

Cromells Versprechen

Die Katapulte von König Benicius wurden vor der Festungsmauer in Stellung gebracht. Daneben lagen mehrere große Steine, die auf das Haupttor geschleudert werden sollten. Der Plan sah vor, das Tor zu zertrümmern und möglichst ohne großen Widerstand über Leitern in die Burganlage einzudringen.

Benicius saß vor seinem Zelt. Er erhob sich nicht, um Herejio zu begrüßen, der, eskortiert von Ritter Reynaldo und seinen Männern, soeben im Lager eingetroffen war. Nur zu gern ließ Benicius den Zauberer spüren, dass ein König mächtiger war als ein Hexenmeister.

„Danke, dass Ihr mich gerufen habt, König Benicius", sagte Herejio und neigte untertänig den Kopf vor dem Herrscher. „Ich stehe zu Euren Diensten."

„Ich benötige deine Hilfe, um die Festung von Graf Morfidio zu stürmen. Sie gilt als uneinnehmbar."

„Meine Magic wird Euch helfen, sie einzunehmen", antwortete der Zauberer selbstbewusst.

„Es steht ein Zelt für dich bereit, mach es dir darin bequem", sagte Benicius. „Morgen werden wir die verdammte Burg stürmen und Morfidio gefangen nehmen. Ich hoffe, ich kann mich auf dich verlassen."

„Dank meiner Magie wird es uns gelingen. Doch sagt mir, was befindet sich in dieser Burg, das Euch so wichtig ist?"

„Das geht dich nichts an, Herejio. Konzentriere dich darauf, deine Arbeit gut zu tun, und du wirst reichlich belohnt werden."

„Ich habe gehört, der Graf hält Arquimaes fest, diesen Alchemisten."

„Du hast deine Ohren überall, mein Freund. Ich habe dir doch gesagt, du sollst dich nicht in Dinge einmischen, die dich nichts angehen."

„Das werde ich auch nicht tun, Herr. Ich wollte Euch nur vor Arquimaes warnen. Er ist ein gefährlicher Teufel."

„Und du, bist du nicht gefährlich?"

„Nur für die, die mich hassen und versuchen, mir zu schaden", antwortete Herejio. „Meine Freunde haben nichts von mir zu befürchten."

Benicius erhob sich, ließ den Zauberer einfach stehen und verschwand in seinem Zelt. Und so konnte er die Blicke nicht sehen, die Escorpio und Herejio miteinander tauschten.

Herejio dagegen konnte nicht ahnen, dass Arquimaes ihn in diesem Moment vom Hauptturm aus beobachtete.

„Kein Zweifel, es ist Herejio", sagte der Weise zu Graf Morfidio. „Offenbar hat Benicius ihn rufen lassen. Dieser Mann ist sehr gefährlich."

„Ich glaube nicht, dass er dem Schutzwall meiner Festung etwas anhaben kann", erwiderte Morfidio grimmig. „Niemandem ist es je gelungen, ihn einzureißen."

„Herejio verfügt über wirksame Mittel. Er war jahrelang ein Schüler von Demónicus und ist in der Magie fast so geübt wie sein grausamer Lehrmeister", erinnerte Arquimaes den Grafen. „Mir gefällt es gar nicht, dass er hier ist. Ich befürchte, durch ihn wird die Schlacht noch blutiger als erwartet ..."

„Dann verrate mir endlich deine Geheimformel, Arquimaes! Wir werden Benicius' Armee zerschlagen und du wirst für den Rest deines Lebens ein reicher Mann sein. Ich garantiere dir, dass du dich ungestört deiner Arbeit widmen kannst. Du wirst unter meinem Schutz stehen, und niemand wird es wagen, dir auch nur ein Haar zu krümmen."

Arquimaes senkte den Kopf.

„Ich möchte in meine Zelle gebracht werden, Graf", bat er, ohne auf den Vorschlag einzugehen.

Morfidio gab Cromell ein Zeichen und der Weise und Arturo wurden von einem Trupp Soldaten in ihre Zelle zurückgebracht.

Als Morfidio und Cromell alleine waren, sagte der Hauptmann warnend zum Grafen: „Der wird uns sein Geheimnis niemals freiwillig preisgeben. Wenn Ihr erlaubt, lege ich ihn auf die Folterbank, und Ihr werdet sehen, wie schnell ich ihn zum Reden bringe."

„Auf gar keinen Fall! Er darf mir nicht wegsterben. Keine Folter! Ich weiß, dass er irgendwann nachgibt. Der bloße Gedanke daran, dass seinetwegen ein Krieg geführt wird, macht ihn krank. Sobald die ersten Soldaten fallen, wird er reden."

„Meint Ihr, das Ganze lohnt sich?"

Mit einem sarkastischen Grinsen antwortete Morfidio: „Schau dir Benicius' Truppen an! Meinst du, die wären hier, wenn es sich nicht lohnen würde? Niemand mobilisiert so eine Armee, nur um einen Alchemisten zu befreien, der nichts weiter als Handcremes herstellen oder Wunden von Axthieben heilen kann."

Das Argument war so überzeugend, dass Cromell nicht widersprach.

„Dieser verrückte Zauberer besitzt die Formel für eine Macht, wie man sie noch nie auf der Welt gesehen hat", fügte der Graf hinzu. „Und diese Macht wird mir gehören – oder sie wird niemandem gehören!"

„Und wenn Benicius' Truppen uns besiegen?"

„Wenn das geschieht, befehle ich dir, den verdammten Hexenmeister zu töten. Benicius darf Arquimaes' Geheimformel nicht bekommen! Verstehst du?"

„Natürlich, Herr. Ich werde ihn mit meinen eigenen Händen töten, wenn es sein muss. Das verspreche ich Euch."

„Wenn Benicius das Geheimnis in die Hände fallen würde, hätte ich keine ruhige Minute mehr. Noch im Grab würde ich mich umdrehen, wie eine Schlange, die sich in einem Brunnen windet. Wenn wir tatsächlich besiegt werden sollten, muss ich sicher sein, dass Arquimaes ein toter Mann ist!"

***

SÄMTLICHE BÜCHER, DIE Morfidios Männer aus dem Turm in seine Festung gebracht hatten, lagen auf mehrere Tische verteilt. Die fähigsten Schriftgelehrten des Grafen untersuchten sie Wort für Wort.

„Wir haben nichts gefunden, was darauf hindeutet, dass dieser Mann die Formel zur Erlangung einer außergewöhnlichen Macht gefunden hat", urteilte Darío, der bedeutendste Wissenschaftler auf dem Lehen Eric Morfidios. „Es gibt keinerlei Hinweise dafür."

„Dann musst du eben weitersuchen und diese Hinweise finden. Koste es, was es wolle!", schrie der Graf. „Ich weiß, dass sich irgendwo in diesen Büchern ein großes Geheimnis versteckt!"

„Seit Tagen untersuchen wir nun schon die Bücher Seite für Seite, aber ich versichere Euch, außer ein paar medizinischen Formeln von geringer Bedeutung haben wir nichts Wertvolles entdeckt. Es gibt keine Geheimformel. Allerdings…"

Der Graf blitzte seinen Diener an.

„… allerdings sind wir da auf etwas höchst Merkwürdiges gestoßen…"

„Sprich weiter, aber überleg dir gut, was du sagst", warnte ihn Morfidio.

„Ich habe einen geheimnisvollen Satz gefunden, der möglicherweise nichts weiter zu bedeuten hat. Aber es ist der einzige Hinweis, den wir haben."

„Stiehl mir nicht meine Zeit und drück dich deutlicher aus!"

Darío öffnete einen Band mit hölzernen Buchdeckeln und blätterte eifrig darin herum.

„Hier! Das hört sich sehr merkwürdig an … *Eine Schutzarmee, die erscheint, wenn man es ihr befiehlt … Die Schwarze Armee!*"

„Die Schwarze Armee? Was soll das sein? Eine Armee von Toten, oder was?"

„Weitere Hinweise gibt es leider nicht", sagte der Schriftgelehrte. „Das ist das Einzige, was wir gefunden haben."

„Dann sucht weiter, bis ihr was Brauchbareres findet!", befahl der Graf. „Mit so obskuren Andeutungen kann ich nichts anfangen. Ich weiß, dass Arquimaes ein großes Geheimnis kennt, und ich will es haben … Und du wirst mir dabei helfen. Hast du verstanden?"

„Ja, Herr! Ich werde alles tun, was in meiner Macht steht", antwortete Darío und verbeugte sich unterwürfig.

Eric Morfidio verließ den Raum unzufriedener, als er gekommen war. Doch er war fest entschlossen, alles über diese geheimnisvolle Schwarze Armee herauszufinden.

XVI

Das Geburtstagsessen

Noch immer wimmelt es in der Stiftung von diesen Bankleuten. Was am meisten nervt, ist die Arroganz, mit der sie ihre Arbeit verrichten. Sie tun so, als wären sie hier zu Hause und könnten uns wegnehmen, was sie wollen und wann immer sie wollen.

Ich habe mit angehört, dass es bald einen Prozess geben und die Bibliothek gepfändet wird. Es sieht ziemlich schlecht für uns aus.

Ich glaube, mein Vater weiß noch nichts von den üblen Graffiti, die man uns auf die Mauern der Stiftung geschmiert hat. Sombra hat gesagt, er will es so lange wie möglich vor ihm geheim halten. Ich denke, er hat recht damit. Wahrscheinlich handelt es sich nur um einen dummen Streich und es wird nicht wieder passieren. Hoffentlich.

Wichtig ist jetzt erst mal, dass es Papa wieder etwas besser geht. Auf das Essen heute Abend mit Metáfora und ihrer Mutter freut er sich riesig.

Um ehrlich zu sein, ich freue mich auch. Endlich ist mein Geburtstag zu etwas nütze.

Es ist das erste Mal, dass wir meinen Geburtstag so feiern, noch dazu mit einer Lehrerin und einer Mitschülerin als Gäste. Aber ich muss aufpassen, dass der Schuss nicht nach hinten losgeht. Ich darf nicht vergessen, dass Metáfora sich irgendwann mit Horacio anfreunden und alles ausplaudern könnte, was sie hier sehen wird.

Ein kluger Schriftsteller hat einmal einen Satz gesagt, den ich nie vergessen werde: *Deine Freunde von heute können deine Feinde von morgen sein.*

***

Papa und ich tragen einen Anzug mit Krawatte. Das tun wir sonst fast nie und deshalb fühlen wir uns irgendwie nicht wohl in unserer

Haut. Ich glaube, dass wir uns lächerlich machen werden. Aber ich bin zu allem bereit, nur damit mein Vater glücklich ist.

Papa fand Norma nett. Den ganzen Tag über hat er mit Mahania das Festessen besprochen. Er hat sich etwas Besonderes ausgedacht. Das Essen wird im ersten Stock stattfinden, zwischen den Regalen der Hauptbibliothek, umgeben von Büchern. Ein ungewöhnlicher Rahmen für ein Essen mit Freunden. So etwas würde er für niemanden sonst machen. Deswegen bin ich sicher, dass er sich sehr darauf freut.

„Ich glaube, sie wird sich sehr wohlfühlen zwischen all den alten Büchern", hat er zu Mahania gesagt. „Ich hatte den Eindruck, dass sie Bücher liebt. Logisch, schließlich ist sie Lehrerin."

Seit ihrem Kennenlernen fragt er mich ständig über sie aus: „Ist sie eine gute Lehrerin? Bringt sie euch wichtige Dinge bei? Müsst ihr viel lesen? Was für Bücher gefallen ihr?"

„Nerv mich nicht, Papa", sage ich manchmal zu ihm. „Frag sie doch selbst, dann weißt du's."

Doch er hört mir nicht zu und fragt immer weiter: „Aber wenn die beiden alleine wohnen, wo ist dann ihr Mann?"

„Weiß ich nicht, Papa. Sie reden nie von ihm."

„Du könntest Metáfora danach fragen. Sie erzählt es dir bestimmt."

Ich glaube, er macht sich Hoffnungen. Nie hätte ich gedacht, dass sich Papa für eine Frau interessieren könnte. Er ist immer so mit seinen Büchern beschäftigt, dass es für mich unvorstellbar war, er könnte eine Frau auch nur ansehen.

Heute Nachmittag, als wir den Tisch gedeckt haben, hat uns jedoch die Realität eingeholt. Señor Stromber kam mit wichtigen Papieren herein.

„Adragón, mein Freund! Ich würde gerne mit Ihnen über etwas sehr Wichtiges sprechen."

„Wenn es Ihnen nichts ausmacht, reden wir Montag darüber", hat Papa geantwortet. „Mein Sohn hat Geburtstag. Und das ist heute das Wichtigste für mich."

„Wichtiger als die Stiftung zu behalten?", hat Stromber beharrt.

„Darum geht es nicht. Es ist nur so … Wir haben heute besondere Gäste eingeladen und ich möchte mich ganz ihnen widmen. Deswegen will ich mich nicht mit Problemen belasten, die ich sowieso nicht lösen kann. Jedenfalls nicht heute, an Arturos vierzehntem Geburtstag."

„Das ist sicher ein bedeutendes Ereignis, aber es ist kein Grund, der Realität aus dem Weg zu gehen", hat Stromber beleidigt geantwortet. „Ich rate Ihnen, mir für ein paar Minuten zuzuhören, nur für ein paar Minuten."

Also hat Papa das Geschirr auf den Tisch gestellt und sich ihm zugewandt.

„Dann wollen wir mal sehen, was Sie da so Wichtiges haben. Aber bitte nur ganz kurz."

„Hören Sie, wenn Sie bereit wären, alle Dokumente zu verkaufen, die Sie von Arquimaes besitzen, könnten Sie einen großen Teil der Schulden begleichen und in Ruhe hier weiterleben. Vergessen Sie nicht, einige der Kredite, die Sie abbezahlen müssen, werden in Kürze fällig. Señor Del Hierro wird Sie im Prozess bis aufs Hemd ausziehen."

„Sie wissen doch ganz genau, dass ich das niemals tun werde. Arquimaes ist das Herzstück meiner Forschung."

„Haben Sie etwa im Lotto gewonnen? Meinen Sie, die Dinge regeln sich von selbst? Kommen Sie, mein Freund, seien Sie nicht so naiv."

„Ich werde diese Dokumente auf keinen Fall verkaufen! Außerdem, wer würde so viel Geld dafür bezahlen? Und wo soll ich auf die Schnelle einen geeigneten Käufer hernehmen?"

„Ich glaube, da kann ich Ihnen helfen. Um Ihnen einen Gefallen zu tun, wäre ich bereit, die Dokumente zu erwerben. Und ich würde Ihnen viel Geld dafür zahlen."

„Sie? Das würden Sie für mich tun?"

„Sie wissen, dass ich Ihre Arbeit sehr schätze und großen Respekt vor Ihnen habe. Ihre Verdienste um die Stiftung sind unumstritten, und ich würde alles tun, damit Sie Ihre Arbeit fortführen können."

Papa war tief gerührt. Er trat auf Stromber zu und umarmte ihn herzlich.

„Ich finde keine Worte, um Ihnen für Ihre Hilfe zu danken, mein Freund."

„Aber wir dürfen keine Zeit verlieren. Sie müssen einen Teil der

Schulden bezahlen, bevor es zum Prozess kommt. Sonst ist es nämlich zu spät. Del Hierro würde den Prozess gewinnen und Sie ruinieren."

„Ich muss darüber nachdenken. Mich von Arquimaes' Pergamenten zu trennen ist das Letzte, was ich zu tun bereit bin. Ich habe nie mit Ihnen über den Zweck meiner Forschungsarbeit gesprochen, doch ich versichere Ihnen, sie ist mir so wichtig, dass kein Geld der Welt mich dafür entschädigen könnte. Ohne die Texte dieses Alchemisten werde ich niemals mein Ziel erreichen."

„Hören Sie, lassen Sie sich bis Montagmorgen Zeit. Sie haben das ganze Wochenende, um eine Entscheidung zu treffen. Montag werde ich abreisen, meine Arbeit hier ist beendet."

„Montagmorgen …"

„Genau! Montag frühstücken wir gemeinsam und Sie teilen mir Ihre Entscheidung mit. Mehr will ich nicht dazu sagen. Ich möchte Sie auf keinen Fall drängen."

So endete das Gespräch zwischen den beiden. Und Sombra hatte glücklicherweise die blendende Idee, es mir in allen Einzelheiten zu schildern.

✱✱✱

Gleich kommen sie. Papa hat Mohamed mit dem Wagen losgeschickt, um sie abzuholen. Der Tisch ist gedeckt, und wir sind in die Küche hinuntergegangen, um uns zu vergewissern, dass das Essen fertig ist. Mahania hat sich richtig ins Zeug gelegt.

„Das hab ich immer am Hochzeitstag deiner Eltern gemacht", verrät sie mir. „Es war das Lieblingsessen deiner Mutter."

Ich bin gerührt.

„Dein Vater ist sehr glücklich. So habe ich ihn schon seit Jahren nicht mehr gesehen", sagt sie, als Papa in den Keller gegangen ist, um Wein zu holen. „Diese Frau muss etwas ganz Besonderes sein", fügt sie hinzu.

„Ja, ich glaube, sie ist eine ganz besondere Frau. Ich mag sie sehr", antworte ich.

Draußen ist das Hupen eines Autos zu hören.

„Da sind sie!", ruft Mahania.

Papa kommt sofort angelaufen, eine Flasche Wein in der Hand.

„Los, begrüßen wir sie", sagt er. „Schnell, sie sind früher hier, als ich gedacht habe."

Wir eilen zur Haustür. Unsere Gäste steigen gerade aus dem Wagen.

„Guten Abend", sagt Papa. „Willkommen in der Stiftung Adragón, in unserem Haus!"

Norma reicht meinem Vater die Hand.

„Begrüßen Sie Ihre Gäste immer mit einer Flasche Wein in der Hand?", fragt sie.

„Wie? Oh, verzeihen Sie ... Das war nicht meine Absicht ...", entschuldigt sich Papa und gibt die Flasche an Mahania weiter. „Ich war gerade im Keller, um den Wein auszusuchen, als ich das Hupen gehört habe ..."

„Lassen Sie mal sehen ... Erlauben Sie?", fragt Norma und nimmt Mahania die Flasche aus der Hand. „Mmmm ... Einen 76er Vega Sicilia ... Sie sind ja ein richtiger Weinkenner, Señor Adragón."

„Arturo ... Nennen Sie mich Arturo", stammelt Papa.

„Ich bin noch zu jung, ich darf noch keinen Wein trinken", sagt Metáfora. „Ich nehme an, dass es für mich etwas anderes gibt?"

„Wir haben auch Orangenlimonade", sage ich. „Und jede Menge Säfte."

„Auch Ananassaft?"

„Ananassaft?", wiederhole ich und schaue Mahania fragend an.

„Natürlich gibt es Ananassaft", antwortet sie und gibt Mohamed ein Zeichen. Der versteht die Botschaft und geht eilig hinaus.

„Magst du tropische Früchte?", frage ich Metáfora. „Sie sind sehr gut für ..."

„Heute mag ich tropische Früchte, was morgen ist, weiß ich noch nicht."

Anscheinend will Metáfora sich interessant machen. In irgendeinem Buch habe ich gelesen, dass Mädchen in einem gewissen Alter etwas ... seltsam sind.

Metáfora sieht wirklich wunderschön aus in ihrem hübschen Kleid. Nicht wie ich mit meinem altmodischen Anzug!

„Also, wenn Sie möchten, gehen wir in den ersten Stock hinauf, und wir zeigen Ihnen die Bibliothek", schlägt Papa vor.

„Ich bin schon sehr gespannt", antwortet Norma. „Ich mag Bücher so sehr, beinahe wäre ich Bibliothekarin geworden."

Papa sieht sie begeistert an. Sie hat das gesagt, was er am liebsten hört: dass jemand Bücher liebt.

„Du interessierst dich für Bücher? Liest du viel?"

„Sie verschlingt Bücher geradezu", mischt sich Metáfora ein. „Sie liest alles, was sie in die Finger kriegt. Unsere Wohnung ist vollgestopft mit Büchern."

„Ah, das freut mich zu hören", sagt Papa. „Ich glaube, Bücher sind die Seele der Zivilisation, das Blut unseres Bewusstseins …"

„Und das Gedächtnis der Welt. Was nicht in Büchern steht, existiert nicht", ergänzt Norma.

„Genauso sehe ich das auch!", ruft Papa begeistert.

Merkwürdig. Habe ich diesen Satz irgendwann einmal zu Metáfora gesagt? Ich bin mir nicht sicher.

Ich fasse sie am Arm und ziehe sie ein Stück zur Seite.

„Hör mal, den Satz hab ich mal zu dir gesagt, oder? Hast du ihn vielleicht vor deiner Mutter wiederholt?"

„Den Satz kennen doch alle", antwortet sie schnippisch.

Ich weiß nicht, und vielleicht täusche ich mich auch, aber an der Art, wie Metáfora meinen Vater ansieht, glaube ich zu erkennen, dass ihr diese Verabredung zwischen meinem Vater und ihrer Mutter nicht unbedingt gefällt.

Wir gehen hinauf in die Bibliothek. Bevor Papa die Tür öffnet, sagt er: „Hier befindet sich unser größter Schatz. Hier bewahren wir Bücher und Pergamente von unglaublichem Wert auf."

„Ich freue mich darauf, diesen Schatz endlich zu Gesicht zu bekommen", sagt Norma. „Ich liebe alte Schriften."

„Die Schrift ist der wertvollste Schatz der Menschheit", sagt Papa und dreht den Türknauf. „Darum habe ich gedacht, es würde euch vielleicht gefallen …"

Er öffnet die Tür: Zwischen den Regalen steht ein gedeckter Tisch mit Blumen und brennenden Kerzen.

„… hier zu Abend zu essen, umgeben von Büchern."

Norma reißt die Augen auf, so als könnte sie nicht glauben, was sie da sieht.

„Willst du damit sagen, dass wir hier essen, zwischen den Büchern, den Pergamenten und den historischen Handschriften?"

„Das will ich! Ich hoffe, es wird ein ‚historischer' Abend."

Ich spüre, dass etwas Magisches in der Luft liegt. Etwas, das ich nicht benennen kann und das mir dennoch vertraut ist. Ich halte mich oft in diesem Saal auf, aber heute habe ich das Gefühl, als hätten sich irgendwelche Kräfte verschworen, um mich glücklich zu machen. Sehr seltsam.

„Dieser Saal ist ein ganz besonderer Ort für mich", sagt Papa. „Hier habe ich alles, was ich für meine Forschungsarbeit brauche."

„Was ist das für eine Forschungsarbeit?", will Norma wissen.

„Etwas sehr Spezielles. Es wird mein Leben verändern, wenn es mir gelingt … Wenn ihr wollt, können wir mit dem Essen beginnen. Und danach werden Arturo und ich euch die Stiftung zeigen."

„Einverstanden", sagt Norma. „Ehrlich gesagt, ich kriege langsam Hunger …"

„Uns erwartet ein Festmenü", verkündet Papa. „Mahania hat es zubereitet."

Die Tischordnung hat Papa festgelegt: Er und Norma sitzen an den Kopfenden, Metáfora und ich an den Seiten. Zum ersten Mal in meinem Leben fühle ich mich wie in einer Familie. Ein ganz neues Gefühl für mich. Und es gefällt mir.

Mahania serviert die Vorspeise und Papa entkorkt die Flasche. Vorsichtig gießt er einen Schluck in Normas Glas und bittet sie, den Wein zu probieren.

„Hervorragend!", ruft sie aus. „So etwas Gutes habe ich schon lange nicht mehr getrunken."

In diesem Augenblick kommt Mohamed mit einer Karaffe herein.

„Hier ist der Ananassaft für die Señorita", sagt er.

„Danke", sagt Metáfora.

Mohamed stellt die Karaffe vor sie auf den Tisch und geht wieder hinaus.

„Ein ausgezeichneter Mitarbeiter", sagt Papa zu Norma. „Wie Sie sehen, tut er alles, um die Stiftung in einem guten Licht erscheinen zu lassen."

„Arbeiten viele Leute hier?", fragt Norma.

„Nun ja … Da sind einmal Mahania, Mohamed und Sombra, sie wohnen hier in der Stiftung. Andere Mitarbeiter kommen von außerhalb … Insgesamt etwa zwanzig Personen. Und gerade überlegen wir uns, einen Sicherheitsdienst zu beauftragen. Aber wir sind uns noch nicht ganz klar darüber, ob wir so etwas brauchen."

Ich sehe, dass Metáfora unentschlossen auf die Karaffe schaut. Also stehe ich auf und fülle ihr Glas mit Ananassaft.

„Danke", sagt sie.

Papa erhebt sein Glas und wir stoßen an.

„Auf unsere Gäste!", ruft er.

„Auf unsere Gastgeber!", antwortet Norma.

Das Eis ist gebrochen. Jetzt können wir in Ruhe essen und die leckere Vorspeise genießen.

„Gleich gibt es Ente à l'orange", kündigt Papa an.

„Passt Ananassaft denn dazu?", erkundige ich mich.

„Ananas passt zu allem", klärt mein Vater mich auf, so als wäre er Experte darin. „Zu Fleisch, zu Fisch, zu Gemüse … Ananas passt immer wunderbar."

Die Ente à l'orange schmeckt großartig.

„Wir haben schon seit Jahren keine so netten Gäste mehr gehabt. Ich hoffe, ich als Gastgeber kann da mithalten", sagt mein Vater, während er gerade ungeschickt an einer Entenkeule herumbiegt.

„Du kannst sehr gut mithalten, Arturo", sagt Norma. „Die Ente ist ein Gedicht und die vielen Bücher hier … Ich fühle mich sehr wohl. Ich freue mich, hier sein zu dürfen", fügt sie hinzu. „So schön hatte ich es mir nicht vorgestellt. Wie im Märchen."

„Dazu muss man wissen, dass wir uns hier in einem kleinen Palast befinden. Er ist schon so alt, dass man gar nicht mehr genau weiß, wie lange er schon steht. Manche behaupten, dass seine Fundamente und einige seiner Mauern mehr als tausend Jahre alt sind."

„Das ist ja unglaublich alt", bemerkt Metáfora.

„Das Gebäude ist schon seit jeher im Besitz unserer Familie. Und einer unserer Vorfahren, ein Historiker namens Arturo Adragón, hat es zu einer Bibliothek umbauen lassen. Es hat noch immer etwas Hochherrschaftliches, mit seinen zahlreichen dekorativen Elementen ... So etwas gibt es heutzutage gar nicht mehr."

„Finden hier häufig Abendessen statt oder ist es extra wegen uns? Gehört das vielleicht zu deiner Verführungstaktik?", fragt Norma grinsend.

Meinem Vater hat es die Sprache verschlagen.

Er sitzt da wie erstarrt.

Normas Bemerkung hat ihn völlig aus der Fassung gebracht.

„Entschuldige", stammelt Norma verlegen. „Ich war wohl etwas taktlos."

Papa trinkt einen kleinen Schluck Wein, dann findet er seine Sprache wieder.

„Es ist nicht deine Schuld. Ich habe dieses Essen hier in der Bibliothek stattfinden lassen, weil ich dachte, es gefällt dir. Dabei habe ich wohl vergessen, was sich vor Jahren hier ereignet hat. Etwas, das ich in meinem tiefsten Herzen bewahre."

„Sollen wir nicht lieber das Thema wechseln?", fragt Metáfora. „Wir müssen das ja nicht weiter vertiefen ..."

Doch Papa fährt fort.

„Hier, in diesem Saal ... habe ich Reyna, meiner Frau, zum ersten Mal meine Liebe gestanden. Und heute ist es vierzehn Jahre her, dass ..."

Seine Stimme zittert, er stockt.

In Wirklichkeit feiert Papa also nicht meinen Geburtstag, sondern das Gedenken an Mamas Todestag.

Mahania, die dabei war, alles für den Nachtisch vorzubereiten, steht da wie versteinert. Norma und Metáfora sehen mich an. Ich fühle mich unwohl.

„Es vergeht kein Tag, an dem ich nicht an sie denke. Heute ist für mich gleichzeitig der glücklichste und der traurigste Tag."

„Lass uns das Thema wechseln", schlägt Norma vor. „Heute ist schließlich Arturos Geburtstag."

„Ich weiß, dass du auf so etwas nicht gefasst warst", sagt Papa. „Es tut mir sehr leid. Und dabei hatte ich mir vorgenommen, nicht daran zu denken."

Mahania tritt neben ihn, nimmt seinen leeren Teller und geht hinaus. Papa trinkt noch einen Schluck Wein und will gerade weitersprechen, als ihm Metáfora zuvorkommt.

„Arturo", fragt sie mich, „hab ich dir schon erzählt, dass ich in einem Raum geboren wurde, in dem es ganz ähnlich aussah wie hier? … Ich habe nämlich das Licht der Welt in einer Druckerei erblickt!"

„Das stimmt. Mein Mann war Drucker, und eines Nachts, als wir länger arbeiten mussten, um noch einige Exemplare fertigzustellen, setzten die Wehen ein. Metáfora kam zwischen Druckmaschinen zur Welt. Zum Glück konnten wir einen Krankenwagen rufen, und die Ärzte waren rechtzeitig zur Stelle, um mir bei der Geburt beizustehen. Und wie man sieht, ist alles gut gegangen."

„Bei uns ist leider nicht alles gut gegangen", sagt Papa nachdenklich. „Es gab Probleme. Probleme, die sich bis heute auswirken … Und alles war nur meine Schuld …"

„Wenn Sie möchten, kann ich den Nachtisch in Ihrem Arbeitszimmer servieren", sagt Mahania, die bemerkt hat, wie aufgewühlt mein Vater innerlich ist. Und sie irrt sich nicht, er ist nervös und redet zu viel.

„Nein, ich werde jetzt und hier alles erzählen, was mich bewegt, sonst zerreißt es mich noch", sagt er. Offensichtlich tut es ihm gut, dass Norma ihm aufmerksam zuhört. „Ich trage schon zu viele Jahre ein Geheimnis mit mir herum, das ich Arturo nicht länger vorenthalten darf …"

„Arturo", sagt Norma zu ihm, „ich weiß nicht, ob wir dabei sein sollten, wenn …"

„Was ich erzählen möchte, kann jeder hören. Und ich habe viel zu erzählen. Es ist eine sehr persönliche Geschichte, von der ich selten spreche, um Arturo nicht wehzutun. Aber er ist jetzt alt genug, um die Wahrheit über sich selbst zu erfahren."

Mahania bringt den Nachtisch herein, vielleicht in der Hoffnung, Papa damit zum Schweigen zu bringen.

Doch es nützt nichts.

„Alles begann vor vierzehn Jahren. Ich war auf der Jagd nach Originaldokumenten berühmter Alchemisten. Zu diesem Zweck musste ich nach Ägypten reisen, und Reyna, die zu der Zeit schwanger war, beschloss, mich bei meinem Abenteuer zu begleiten. Wir drangen tief in die Wüste vor, fernab jeder Zivilisation …"

XVII

Das Feuer des Herejio

Der Morgen dämmerte und am Horizont zeigten sich die ersten rötlichen Sonnenstrahlen.

In den Reihen der Armee von König Benicius herrschte absolute Stille. Niemand wagte, sich zu rühren. Die Soldaten schauten gebannt auf das, was sich auf dem weiten Feld zwischen ihnen und der Burg des Grafen Morfidio abspielte.

Der Zauberer Herejio stand in einem Kreis, den er selbst in der Nacht mit einer grünen Flüssigkeit auf den Boden gezeichnet hatte.

Um ihn herum bildeten Dutzende von schwer bewaffneten Soldaten eine Art Schutzwall. Sie wachten darüber, dass niemand in den Kreis eindrang und das Unheil bringende Werk störte.

Von einem Hügel weiter hinten beobachtete König Benicius zu Pferde den Zauberer. Neben ihm warteten seine treusten Ritter auf seine Befehle.

Innerhalb der Festungsmauern standen ihrerseits, von den Zinnen halb verborgen, Morfidios Soldaten und verfolgten aufmerksam jede von Herejios Bewegungen. Ihre Bogen waren gespannt, bereit, die eingelegten Pfeile jederzeit abzuschießen.

Arquimaes und Arturo waren zu Morfidio auf den Hauptturm gebracht worden.

„Jetzt werden wir ja sehen, wer von euch beiden der größere Zauberer ist", lachte der Graf ironisch.

Als hätte Herejio seine Worte vernommen, breitete er die Arme gen Himmel aus. Seine Handflächen zeigten zur Sonne. Dann begann er, einen Text zu rezitieren, den kaum jemand hören konnte und niemand zu entschlüsseln in der Lage gewesen wäre. Es war ein magischer Zaubergesang, den kein anderes menschliches Wesen verstehen konnte. Ein Gebet an die Sonne.

Die Pferde wieherten aufgeregt, und die Krieger warteten starr vor Spannung auf das, was nun geschehen würde. Einige von ihnen hielten das Tun des Zauberers für pure Scharlatanerie, andere waren davon überzeugt, dass gleich etwas Großartiges geschehen würde. Etwas Magisches.

Plötzlich, ohne dass irgendjemand hätte sagen können, woher genau sie kam, schoss eine Feuerkugel direkt auf Morfidios Burg zu. Sie ließ eine schwarze Rauchwolke hinter sich und wurde begleitet von einem immer lauter werdenden Summen.

Auf den Zinnen der Burg brach Panik aus, während die Feuerkugel weiter auf die Burg zuraste und immer größer wurde, bis sie schließlich mit einem ohrenbetäubenden Lärm an ihren Mauern zerschellte. Der lodernde Feuerball explodierte und spuckte glühend heiße Brocken in alle Richtungen.

Etliche Bogenschützen, Soldaten und Ritter wurden von den Flammen erfasst. Verzweifelt versuchten sie, ihre brennenden Körper zu löschen. Einige stürzten sich von den Zinnen in den Wassergraben, wohl wissend, dass sie auch außerhalb der Mauern der sichere Tod erwartete.

Jetzt war allen klar, wie grenzenlos die Macht des Herejio war. Eine Macht, die Felder, Städte und Schlösser zerstören konnte. Und das versetzte diejenigen, die die Festung verteidigten, ebenso in Angst und Schrecken wie diejenigen, die gekommen waren, sie zu erobern.

Umgeben von den Flammen, die buchstäblich vom Himmel fielen, sahen sich Arquimaes und Arturo schweigend an. Sie wussten, dass sie unbedingt etwas tun mussten, um diesen brutalen Angriff abzuwehren.

„Siehst du jetzt", schrie Morfidio den Alchemisten an, „dass Benicius vor nichts haltmacht? Willst du zwischen den magischen Flammen des Herejio umkommen? Willst du, dass wir alle sterben?"

Arquimaes begriff, dass dies nicht der geeignete Moment für eine Diskussion war. Im Grunde seines Herzens jedoch wusste er, dass er etwas tun musste, wenn er den Tod von Hunderten von Männern, Frauen und Kindern verhindern wollte.

Währenddessen stürzten die tödlichen Feuerbrocken weiter unaufhörlich auf sie ein. Arquimaes und Arturo suchten Schutz hinter einem hölzernen Katapult, das neben ihnen auf dem Turm stand. Doch das Feuer war anscheinend überall, es explodierte auf dem Boden und außen an der Turmmauer und produzierte immer kleinere Feuersalven, die sich ihrerseits teilten und dann wieder auf irgendetwas anderes stürzten. Es war ein wahrer Feuerregen, dem man unmöglich entkommen konnte.

Plötzlich raste ein riesiger Feuerball direkt auf das Katapult zu.

„Vorsicht, Arturo!", rief Arquimaes, der gerade noch rechtzeitig zur Seite springen konnte. „Pass auf!"

Doch für Arturo war es zu spät. Er konnte der glühenden Kugel nicht mehr ausweichen und wurde von den Flammen erfasst. Der Junge war zu einem lebenden Feuerball geworden!

Entsetzt beobachtete Morfidio, wie sich die brennende Gestalt vergeblich auf dem Boden wälzte, um das magische Feuer des Herejio zu löschen. Doch er tat nichts, um dem Jungen zu helfen. Die gelblich-rötlichen Flammen ließen ihre Wut an Arturos Körper aus.

Endlich riss sich Arquimaes aus seiner Starre, nahm einem toten Soldaten den Mantel ab und warf sich damit über seinen Schüler. Er versuchte, das wilde, immer stärker lodernde Feuer mit dem dicken Stoff zu ersticken.

Doch plötzlich hatte der Weise das seltsame Gefühl, dass es gar nicht Arturos Körper war, der brannte, sondern dass er durch eine Art Panzer vor den Flammen geschützt wurde. Dann aber erkannte Arquimaes, dass er sich irrte und es lediglich sein Wunsch, nicht aber die Realität war.

In diesem Moment griff Hauptmann Cromell, der ganz in der Nähe stand, nach einem Eimer Wasser und schüttete ihn über dem brennenden Jungen aus, wobei er sich der Gefahr aussetzte, selbst ein Opfer des Feuerregens zu werden. Allmählich wurden die Flammen kleiner, und mit vereinten Kräften gelang es Arquimaes und dem Hauptmann schließlich, das grausame Feuer zu löschen.

Der Alchemist beugte sich über Arturos Körper und hüllte ihn in den Soldatenmantel, um ein erneutes Aufflammen zu verhindern.

Völlig reglos lag der Junge auf dem Boden. Arquimaes unternahm verzweifelte Anstrengungen, ihn wieder ins Leben zurückzuholen … Doch Arturo reagierte nicht.

Das Feuer, das immer noch um sie herum wütete, ignorierte der Weise. Stattdessen hob er den leblosen Körper hoch und trug ihn langsam über die mit Leichen übersäte Treppe, zwischen den vor Schmerzen und Verzweiflung schreienden Menschen hindurch, hinunter zu ihrer Zelle.

Morfidio sah ihm schweigend nach. Wenn er es recht bedachte, konnte Arturos Tod ihm durchaus zustatten kommen. Ein demoralisierter Arquimaes war ganz sicher eher zum Sprechen bereit.

„Übrigens, Alchemist", rief der Graf unvermittelt, „hast du schon mal was von der Schwarzen Armee gehört?"

Der Alchemist reagierte nicht und ging weiter. Ihm war jetzt alles egal. Er brachte Arturos leblosen Körper in ihren Kerker und bettete ihn auf das Lager.

Wenig später, als die Feuerattacke beendet war, ritt ein Gesandter von König Benicius auf die Burg zu und hielt ein paar Meter vor dem Haupttor, das jetzt nur noch ein verkohlter Trümmerhaufen war. Er schwenkte eine weiße Fahne.

„Mein Herr lässt Euch sagen, dass er Euch, solltet Ihr Euch nicht ergeben, morgen eine weitere Feuerkugel schickt, die Eure Burg endgültig zerstören wird!", rief er. „Alle, die sich dann innerhalb der Mauern aufhalten, werden den Feuertod sterben! Ihr habt bis Tagesanbruch Zeit, Euch zu ergeben!"

XVIII
DER SOHN DER WÜSTE

„Reyna und ich durchquerten unwirtliche Gegenden des alten Ägypten, unsere treuen Freunden Mohamed und Mahania begleiteten uns", fährt mein Vater fort. „Er war unser Reiseführer, sie kochte für uns und half Reyna, deren Schwangerschaft inzwischen schon weit fortgeschritten war.

Schließlich gelangten wir in eine völlig unbewohnte Gegend. Ich war einem bestimmten Pergament auf der Spur, das auf Arquimaes zurückging. Die Soldaten, die uns begleiteten, sagten, wir könnten in einem verlassenen Tempel unterkommen, in dem sich alle möglichen Pergamente, Bücher und uralte Dokumente befänden.

Sobald wir uns dort eingerichtet hatten, verließen uns die Soldaten mit dem Versprechen, nach einer Woche zurückzukehren. Ich gab ihnen eine größere Geldsumme, und sie erlaubten mir, alles zu untersuchen, was ich wollte. Unter einer Bedingung: Ich durfte keines der Dokumente mitnehmen. Denn das verboten die strengen Gesetze des Landes.

Sie ließen uns allein, mitten in der Wüste, und nahmen uns den Zündschlüssel unseres Kleinbusses ab, um zu verhindern, dass wir uns von dem Tempel entfernten.

Nach ein paar Tagen dann passierte etwas Schreckliches. Ich war gerade mit einem sonderbaren Pergament beschäftigt, das vermutlich von Arquimaes stammte, als der Tempel von mehreren Donnerschlägen erschüttert wurde. Sekunden später ging ein gewaltiger Wolkenbruch nieder. Es wurde stockfinster, Blitze und Donner wechselten sich ab.

In der Wüste erscheint einem so ein furchtbares Gewitter noch gefährlicher. Und als wäre das noch nicht genug, fiel eine so große Menge Regen, dass wir Angst hatten, weggeschwemmt zu werden.

Der Stromgenerator wurde von einem Blitz getroffen und fing an zu brennen. Der ganze Tempel lag nun im Dunkeln.

Funken sprangen von der Wand auf den Tisch über. Wie winzige Lebewesen überfluteten sie das Gebäude, schienen von ihm Besitz zu ergreifen.

Plötzlich stieß meine Frau einen gellenden Schreckensschrei aus.

‚Arturo!', rief sie.

‚Was ist mit dir?', fragte ich erschrocken.

‚Ich glaube, es ist so weit', antwortete sie mit schwacher Stimme.

Wir waren alleine in dem Tempel. Es gab niemanden, der uns beistehen konnte, außer Mahania und Mohamed, die sich irgendwo in dem Gebäude aufhielten und ihrer Arbeit nachgingen.

‚Ruf Mahania!', wimmerte meine Frau. ‚Ruf Mahania!'

Ich lief hinaus, ohne recht zu wissen, wohin. Im Keller, wo Mohamed und Mahania wohnten, fand ich sie nicht. Verzweifelt rannte ich weiter und schrie: ‚Mahania! Mahania!'

Aber niemand antwortete. Ich nahm an, dass die beiden vor dem Gewitter an einen sichereren Ort geflüchtet waren. Da der Tempel zu groß war, um sie rasch finden zu können, lief ich zu meiner Frau zurück. Reyna spürte, dass die Geburt unseres Kindes unmittelbar bevorstand. Ich beschloss, den Kleinbus kurzzuschließen.

‚Ich bringe dich im Wagen in die Stadt!', beruhigte ich meine Frau. ‚Mach dir keine Sorgen, wir schaffen es …'

Sie aber wollte nichts davon wissen. Sie hatte kaum noch die Kraft, sich zu bewegen.

‚Zu spät!', stöhnte sie.

‚Wir müssen es versuchen … Es geht um unser Kind, wir müssen …'

Doch ich konnte den Satz nicht beenden. Reyna schwankte, sie war kurz davor, ohnmächtig zu werden. Ich konnte sie gerade noch auffangen, bevor sie zu Boden sank. Ich war verzweifelt und wusste nicht, was ich tun sollte.

Dann endlich kamen Mahania und Mohamed angerannt.

‚Was ist los?', fragte Mohamed, der glücklicherweise eine Öllampe dabeihatte.

‚Reyna … Es ist jeden Moment so weit …'

Mahania ging zu ihr und betrachtete sie.

‚Wir können sie nirgendwo mehr hinbringen, dazu ist es zu spät', sagte sie. ‚Wir müssen ihr jetzt sofort helfen.'

‚Aber … hier …'

‚Ja, legen Sie sie auf den langen Tisch. Das Baby wird hier geboren werden …'

Mit einer einzigen Armbewegung fegte ich sämtliche Dokumente und Papiere, an denen ich soeben noch gearbeitet hatte, auf den Boden und legte Reyna behutsam auf den Tisch. Ich fühlte mich auf einmal vollkommen hilflos.

‚Gehen Sie hinaus und warten Sie draußen!', befahl Mahania. ‚Ich kümmere mich schon um alles.'

‚Aber …'

‚Raus, sofort! Machen Sie Wasser heiß und holen Sie Handtücher! Mohamed, du bleibst hier! Du musst die Lampe halten.'

Ich gehorchte widerspruchslos. Vor Angst aufstöhnend, rannte ich hinaus, wobei ich über die Bücher stolperte, die auf dem Boden lagen.

Ich hatte alles: Ich war ein rechtschaffener Mann und Liebhaber der Kultur, der alles darangesetzt hatte, die wertvollsten Bücher der Welt zu retten und zu sammeln … Ich hatte den Nachlass meiner Familie geerbt, hatte ihn erhalten und erweitert. Ich liebte meine Frau mehr als alles andere auf der Welt und war glücklich über die bevorstehende Geburt meines ersten Kindes … Und jetzt, durch meine Unbesonnenheit, würde mein Erstgeborener zwischen Bücherstapeln das Licht der Welt erblicken, im Schein einer Öllampe, zwischen Blitz und Donner, mitten in der Wüste. Meine Frau konnte nur notdürftig versorgt werden, und es tat mir in der Seele weh, sie so leiden zu sehen.

Der Regen trommelte unaufhörlich auf das Tempeldach, es hörte sich an wie ein Maschinengewehrfeuer. Ich war halb tot vor Angst.

Als ich nahe dran war, den Verstand zu verlieren, drang eine unerwartete, wunderbare Musik an mein Ohr: die durchdringende Stimme eines Neugeborenen, das aus vollem Halse schrie! Mein Sohn! Mein Sohn Arturo!

Ich rannte zurück in den Saal. Das schwache Licht der Öllampe durchdrang kaum die dunstige Finsternis. Der nächste Blitz zuckte auf und tauchte die Szene in ein gespenstisches weißes Licht. In dem Raum sah es aus wie auf einem Schlachtfeld. Mahania stand zwischen den Bücherstapeln, die ihre Schatten auf die Wand und auf den von Papieren übersäten Boden warfen.

‚Es ist ein Sohn!', verkündete Mahania und reichte mir das Baby.

Genau in diesem Moment blies eine starke Windböe durch das Fenster und feuchte Luft fegte durch den Saal. Ich hatte weder Handtücher noch Decken zur Hand. Also hob ich eines der zusammengerollten Pergamente vom Boden auf, rollte es aus und benutzte es als Laken. Damit hüllte ich den winzigen Körper meines kleinen Arturo ein, um ihn vor der Kälte und dem Regen zu schützen. Vor Freude zitternd, drückte ich ihn an meine Brust.

Dann ging ich mit dem Kleinen zu meiner Frau, um ihn ihr zu zeigen.

‚Unser Sohn', flüsterte sie. ‚Unser geliebter Sohn …'

‚Wir werden ihn Arturo nennen', sagte ich, ‚so wie wir es abgesprochen haben. Nach dem Gründer der Stiftung.'

Unsere Hände verschränkten sich genau in dem Augenblick, als der Tempel erneut in seinen Grundfesten erschüttert wurde. Für den Bruchteil einer Sekunde war es taghell.

Einige der Bücherstapel brachen zusammen und die Bücher verteilten sich über den Boden. Die Erschütterung war so groß, dass wir einen Moment lang befürchteten, der alte Tempel würde endgültig in sich zusammenfallen.

In fast völliger Dunkelheit warteten wir, bis wie durch ein Wunder die Sonne wieder hervorkam und uns von unseren schlimmsten Ängsten befreite.

Doch dann begannen die schrecklichsten Augenblicke in meinem Leben. Weitab jeder Zivilisation musste ich hilflos mit ansehen, wie es Reyna von Stunde zu Stunde schlechter ging. Vergeblich versuchte ich, den Motor des Kleinbusses anzulassen. Ich erfuhr erst später, dass man uns etliche Motorteile geklaut hatte.

Zwei Tage darauf starb Reyna.

Als die Soldaten wiederkamen, war es zu spät. Wir hatten meine Frau bereits bestattet. Sie ruht noch heute in einem Grab wenige Meter vom Tempel des Sonnengottes Ra entfernt, in der ägyptischen Wüste, ganz in der Nähe des Nils.

Seitdem werde ich von Gewissensbissen geplagt. Es ist die Hölle. Ich kann mich nicht von meinen Schuldgefühlen befreien. Wenn ich die verfluchte Reise nicht unternommen hätte und wir hiergeblieben wären, wäre es nie zu dieser Tragödie gekommen."

Papa schweigt lange.

Tief bewegt gehe ich zu ihm und umarme ihn so fest, wie ich es noch nie getan habe. Es ist, als hätten wir uns endlich miteinander ausgesöhnt.

„Es tut mir leid", sagt Norma. „Es tut mir wirklich leid."

Papa versucht, die Beherrschung wiederzugewinnen, und trinkt einen Schluck Wein.

„Nun", sagt er seufzend, „das ist eine alte Geschichte, die endgültig der Vergangenheit angehört."

Mahania räumt den Tisch ab und geht hinaus. Ich sehe, dass auch sie Tränen in den Augen hat.

„Reden wir von etwas anderem", sagt mein Vater, bemüht, die schlimmen Erinnerungen für einen Moment zu vergessen.

„Und was geschah mit dem Pergament?", fragt Norma mit tränenerstickter Stimme.

„Es ist dort geblieben. Ich wollte es mitnehmen, aber man gab mir keine Erlaubnis. Nicht einmal mit viel Geld konnte ich es erwerben. Und ich hätte wirklich alles dafür gegeben."

„Vielleicht kannst du es ja irgendwann mal bekommen", sagt Norma. „Die Situation hat sich geändert, es könnte sein, dass die ägyptischen Behörden ein Auge zudrücken. Schließlich bist du Wissenschaftler, kein Geschäftsmann."

„Falls es das Pergament überhaupt noch gibt! Manchmal glaube ich, es ist vielleicht schon längst zerstört", sagt Papa traurig. „Da unten in der Wüste, bei Sonne und Regen, ungeschützt ... Wer weiß, wo es jetzt ist ..."

„Hast du Reynas Grab noch einmal besucht?"

„Ich hab's versucht, aber es ist durch Erdrutsche verschüttet worden. Ich konnte es nicht wiederfinden. Weder das Grab noch das Pergament."

Mit geröteten Augen bringt Mahania eine Torte mit vierzehn brennenden Kerzen herein.

„Herzlichen Glückwunsch zum Geburtstag!", rufen alle im Chor. „Herzlichen Glückwunsch, Arturo!"

Es ist das erste Mal in meinem Leben, dass ich meinen Geburtstag mit so vielen Leuten feiere. Vor Rührung fange ich fast an zu weinen.

„Danke, Papa!", murmele ich. „Heute ist ein ganz besonderer Tag!"

„Hör schon auf, wir wollen nicht übertreiben", sagt mein Vater, den mein Gefühlsausbruch ganz verlegen macht. „Da sind noch andere, bei denen du dich bedanken musst."

„Vielen Dank euch allen", sage ich. „Vielen, vielen Dank!"

„Wir haben dir ein kleines Geschenk mitgebracht", sagt Norma. „Nicht wahr, Metáfora?"

Metáfora holt aus der Tasche ihrer Mutter ein Päckchen hervor und überreicht es mir.

„Herzlichen Glückwunsch von Mama und mir!", sagt sie. „Ich hoffe, es gefällt dir."

„Also, damit habe ich überhaupt nicht gerechnet!", rufe ich aus. „Das hättet ihr doch nicht tun sollen!"

„Doch, doch", sagt Norma. „Du bist mein Schüler und Metáforas Freund. Wie hätten wir da ohne Geschenk kommen können?"

Ich bin völlig verwirrt und weiß nicht, was ich tun oder sagen soll.

„Willst du es denn nicht aufmachen?", fragt Metáfora.

Ich sehe Papa an, als wollte ich ihn um Erlaubnis bitten.

„Los, du bist jetzt erwachsen genug, um deine Entscheidungen alleine zu treffen", sagt er. „Vergiss nicht, du wirst heute vierzehn Jahre alt. Das ist ein wichtiges Datum im Leben eines Menschen."

„Von nun an werden sich viele Dinge in deinem Leben verändern, das wirst du schon noch merken", stimmt ihm Norma zu. „Und nun mach endlich das Geschenk auf! Mal sehen, ob es dir gefällt ..."

Ich löse das Bändchen und beginne, das Geschenkpapier aufzureißen.

„Ein Rasiermesser!", rufe ich überwältigt. „Ein richtiges Rasiermesser!"

„Bald kriegst du einen Bart und dann musst du dich rasieren", sagt Norma und grinst. „Das ist dein erstes Rasiermesser."

„Was für ein tolles Geschenk", bemerkt Papa und begutachtet es. „Ich werde es mir ab und zu mal ausleihen. Es ist wunderschön!"

Metáfora schaut mich mit einem seltsamen Lächeln an.

„Herzlichen Glückwunsch, Arturo!", sagt sie liebevoll zu mir.

„Danke! Danke euch allen!", rufe ich. „Vielen, vielen Dank!"

XIX

Arturos Ritt

Mehrere Stunden verharrte Arquimaes schweigend neben Arturo. Die Möglichkeit, dem Jungen erneut mithilfe magischer Kräfte das Leben zu retten, zog er nicht in Betracht. Er wusste, dass ein vom Feuer eines Zauberers zerstörter Körper unrettbar verloren war. Arturo war tot und niemand konnte ihn ins Leben zurückholen.

Er dachte an das, was in den letzten Tagen geschehen war, seit jener verfluchten Nacht seiner Verschleppung, in der Arturo schwer verwundet und vier Menschen ermordet worden waren.

Seitdem hatten sich die Ereignisse überschlagen. Und nun war sein Schüler tot, ein Junge, der eines Tages in sein Laboratorium gekommen war und angeboten hatte, ihm umsonst als Gehilfe zu dienen. Einer der besten Schüler, die er je gehabt hatte. Und jetzt lag der Ärmste auf einer Holzpritsche in dem modrigen Verlies eines größenwahnsinnigen, skrupellosen Grafen!

Und das Schlimmste daran war, dass in den nächsten Tagen noch viele weitere Menschen sterben würden ... Was konnte Arquimaes nur tun, um weiteres Blutvergießen zu verhindern? Sollte er Eric Morfidio wirklich die Zauberformel verraten?

Plötzlich drang ein seltsames Geräusch an seine Ohren. Doch er konnte nicht sagen, woher es kam. Wahrscheinlich, so redete er sich ein, waren es irgendwelche Ratten oder Kakerlaken, die im Kerker nach verfaulten Essensresten suchten.

Der Weise machte sich daran, den verkohlten Leichnam seines Schülers in ein Tuch zu hüllen, als er spürte, dass etwas Merkwürdiges vor sich ging. Er hatte das unbestimmte Gefühl, dass ... Arturo atmete! Das war doch nicht möglich! Sein Körper war mit einer schwarzen Staubschicht bedeckt und auch die verbrannten Kleider zeugten von dem schrecklichen Martyrium. Er war ohne jeden Zweifel tot!

Plötzlich schlug Arturo die Augen auf und blickte erschrocken um sich.

„Wo bin ich?", rief er. „Was tue ich hier? Bin ich tot? Träume ich?"

Arquimaes konnte nicht glauben, was seine Augen sahen und seine Ohren hörten. Der Junge, der in Herejios Flammen umgekommen war, atmete wieder! Arturo lebte!

„Arturo, mein Junge", stammelte der Weise. „Was ist geschehen?"

„Ich weiß es nicht … Ich verstehe gar nichts … Alles wurde plötzlich schwarz um mich herum … Ich hörte auf zu atmen, zu denken, zu hören …"

Arturo versuchte, sich in der dämmrigen Zelle zurechtzufinden. Die kleine Öllampe verbreitete ein schwaches Licht. Gegenstände und Personen waren nur undeutlich zu erkennen.

Nach und nach wurde sein Atem regelmäßig und er beruhigte sich. War er soeben aus einem Traum erwacht oder tatsächlich knapp dem Reich des Todes entkommen?

„Ich erinnere mich an nichts, Meister. Es ist, als hätte ich das Gedächtnis verloren. Wo sind wir? Was tun wir hier?"

„Wir sind in einem Kerker in der Burg des Grafen Morfidio. Wir sind seine Gefangenen und warten auf unseren Tod. Morgen werden wir alle sterben."

„Ich weiß nicht, ob ich einen Albtraum hatte, aber ich habe eine böse Vorahnung", sagte der Junge. „Irgendetwas bedroht uns."

„Herejios Feuerattacke wird verheerend sein und wir können nichts dagegen tun. Ich habe nicht die Mittel, diesen bösen Kräften entgegenzuwirken", gestand Arquimaes. „Das Feuer ist unser schlimmster Feind."

Arturo wurde unruhig, als er bemerkte, dass sich etwas auf seiner Haut bewegte. Arquimaes sah ihn durchdringend an.

„Arturo, was hast du?"

„Ich weiß es nicht, Meister. Ich fühle mich nicht wohl. Mir ist, als würde sich etwas in mir verändern. So etwas habe ich noch nie erlebt … Dieses Jucken … auf meiner Haut …"

Der Junge hob sein Hemd hoch und schrie überrascht auf: Eine Armee von schwarzen Buchstaben krabbelte über seine Haut!

„Was hast du da, Arturo?"

„Ich weiß es nicht. Ich sehe es zum ersten Mal", sagte er.

Der Meister und sein Schüler sahen sich verwirrt an. Waren diese Buchstaben die Reaktion auf etwas, das sie nicht zu verstehen vermochten?

„Komm, hab keine Angst … Lass mich mal sehen …"

Der Junge ließ sich zu der Öllampe führen, damit sich der Alchemist die Buchstaben auf seinem Oberkörper genauer ansehen konnte.

„Das ist doch nicht möglich!", flüsterte Arquimaes. „Dafür gibt es keine Erklärung. Ein Wunder …"

„Aber was hat das zu bedeuten?", fragte Arturo. „Woher kommt das? Das habe ich noch nie gesehen."

„Das ist die magische Tinte! Die Tinte der Macht!", rief Arquimaes und fuhr mit den Fingerkuppen über Arturos Haut. „Du bist unsere Rettung!"

„Von was für einer Tinte sprecht Ihr? Wen soll ich retten?"

„Beweg dich nicht, mein Junge! Du bist unser Retter!", rief Arquimaes wieder. Er rannte zu der eisernen Zellentür und schlug heftig dagegen. „Wache! Ich will mit Morfidio reden! Es ist dringend! Sagt ihm, er soll kommen!"

Wenig später wurde die Tür geöffnet und der Graf trat herein. Er war sich sicher, dass Arquimaes angesichts des Todes seines Schülers zusammengebrochen war und ihm nun endlich das große Geheimnis der Unsterblichkeit verraten wollte.

Doch wie erstaunt war er, als er den Jungen wieder gesund und munter mitten in der Zelle stehen sah.

„Bist du nicht tot? Ich habe doch mit meinen eigenen Augen gesehen, wie du verbrannt bist! War das wieder einer von deinen teuflischen Tricks, du verdammter Alchemist?"

„Nein, Graf, das ist nicht mein Werk. Arturo kann uns vor Herejios Feuer erretten."

Mit weit aufgerissenen Augen starrte der kräftige Mann auf Arturos nackten Oberkörper. Er begriff nicht, was die Tätowierung zu bedeuten hatte.

„Soll das ein Witz sein?", fragte er. „Wollt ihr mich an der Nase herumführen?"

„Nein, das ist die Lösung des Problems", antwortete Arquimaes. „Genau das, was wir brauchen! Vertrau mir und tu, was ich dir sage. Nur so werden wir diesem Höllenfeuer entkommen!"

* * *

Wieder stand Herejio in der Mitte des grünen Kreises. Er hob die Arme und stieß ähnliche Laute aus wie am vorangegangenen Tag. Vor den staunenden Augen der Soldaten sprühten kleine Funken aus den Fingern des Zauberers, krochen über den Boden und verwandelten sich in eine riesige Feuerkugel, so groß wie der Hauptturm der Festung.

Es entstand eine unerträgliche Hitze. Die Pferde scheuten und die Soldaten wanden sich in ihren Panzerhemden und gepolsterten Waffenröcken. Die Hitze schien direkt aus der Hölle zu kommen!

Herejio gab der Kugel einen Befehl. Ganz langsam bewegte sich die Feuermasse auf die Burg zu, ergoss sich träge über den Boden und verbrannte auf ihrem Weg alles Gras und jeden Strauch. Nichts konnte sie aufhalten. Bald würde der Feuerball auf den äußeren Schutzwall prallen, und wenn das geschah, würde er seine Flammen in jeden Winkel der Burg spucken und alles unbarmherzig niederbrennen. Die Bewohner der Festung wussten, dass sie zu einem furchtbaren Tod verurteilt waren.

König Benicius, der von seinen Heerführern und Rittern umgeben war, lächelte, als er Morfidios Gestalt auf der Zinne des Hauptturms erblickte. Wenn dieser Mann zu dumm war, um zu begreifen, was gleich geschehen würde, dann verdiente er es wahrlich, den Feuertod zu sterben!

„Ich hoffe, Arquimaes überlebt dieses Inferno", sagte der König sarkastisch. „Hoffentlich passiert ihm nichts. Aber wenn er doch sterben sollte, werde ich mich mit dem Gedanken trösten, dass sein Geheimnis gewahrt bleibt. Niemand wird seine Formel dann benutzen können."

Die Feuerkugel wurde immer schneller. Nichts schien sie aufhalten zu können.

Doch dann geschah etwas Unvorhergesehenes: Die hölzerne Zugbrücke wurde langsam herabgelassen und legte sich über den Wassergraben.

„Der Dummkopf von Morfidio hat beschlossen, sich zu ergeben!", triumphierte König Benicius. „Endlich hat er kapiert, dass ..."

Weiter kam er nicht. Ihm blieben die Worte im Halse stecken. Denn was er nun sah, ließ ihm das Blut in den Adern gefrieren.

Ein ganz in Schwarz gekleideter Reiter, mit einer Lanze und einem Schild bewaffnet, überquerte die Brücke. Das Panzerhemd glänzte im Schein des Feuers, während sich in seinem Schild der Himmel widerspiegelte.

Schnell wurde den Soldaten klar, dass der schwarze Reiter wild entschlossen war, sich dem riesigen, unerbittlich näher kommenden Feuerball in den Weg zu stellen. Sie erschauerten.

„Was macht denn der Verrückte da?", fragte sich Benicius kopfschüttelnd. „Wer ist das? Woher kommt er? Was will er?"

Herejio ahnte Schlimmes, kaum dass er den Reiter erblickt hatte. Er wusste, dass dies Arquimaes' Antwort auf seinen Zauber war.

Mit gezückter Lanze und im Galopp ritt der schwarze Reiter auf die Feuersonne zu, die sich dem Schutzwall mit unaufhaltsamer Kraft näherte. Den Schild vorgereckt, den Kopf unter dem Helm geschützt, stürmte er dem schrecklichen Feuerball entgegen.

Atemlos verfolgten Soldaten, Ritter und Heerführer das schaurige Schauspiel.

Der Mut des schwarzen Ritters rief bei allen große Bewunderung hervor. Niemand hätte es gewagt, solch einem mächtigen Feind die Stirn zu bieten. Nicht für alles Gold der Welt, nicht einmal um die Rettung ihrer Seele willen, auch nicht mit der Unterstützung sämtlicher Zauberer.

Die Lanze stach in die glühende Masse und erzeugte einen ungeheuren Flammenstoß, ähnlich dem, der aus dem Schlund eines wutschnaubenden Drachen kommt. Der schwarze Reiter jedoch setzte seinen Höllenritt durch die Flammen fort, bis der Feuerball, der wie ein tödlich verwundetes Tier aufgestöhnt hatte, ihn vollständig verschlang.

Mit weit aufgerissenen Augen und offenen Mündern bestaunten die Soldaten die Heldentat. Sogar die Anfeuerungsrufe, die aus der Burg herübergedrungen waren, verstummten jetzt ehrfürchtig.

Während endloser Minuten herrschte eine fürchterliche Stille. Nur das Geräusch des Windes, das Wiehern der scheuenden Pferde und das Flügelschlagen aufgescheuchter Vögel waren zu hören.

Mit einem Mal blähte sich der Feuerball, der soeben den schwarzen Reiter verschlungen hatte, auf, explodierte und zerstob in tausend Stücke. Es war, als sei die Welt zerborsten und hätte aufgehört zu existieren.

Dann begann sich der Rauch allmählich zu verziehen, und die Menge traute ihren Augen kaum, als der schwarze Reiter plötzlich wieder vor ihnen auftauchte. Er hatte die magische Feuerkugel des Herejio durchstoßen und war unverletzt geblieben!

Herejio konnte nicht glauben, was er da sah. Und Benicius schwankte zwischen Hass und Bewunderung für den unbekannten schwarzen Reiter, von dem er nie zuvor gehört hatte. Noch nie war er einem Menschen begegnet, der zu einer solchen Heldentat fähig gewesen wäre.

Der Reiter hatte kehrtgemacht und ritt nun zurück zur Burg des Grafen Morfidio. Es herrschte absolute Stille.

Sobald er hinter den Festungsmauern verschwunden war, setzten die Soldaten des Grafen den Mechanismus der schweren Ketten in Gang, die die Brücke wieder hochzogen. Jetzt war die uneinnehmbare Burg sicher vor jeder weiteren Attacke Herejios, des ehemaligen Schülers von Demónicus, dem schrecklichsten und bösesten Zauberer der Finsternis, den die Welt kannte.

Arquimaes hatte sich kein Detail entgehen lassen. Er lief hinunter zu dem schwarzen Reiter, an dessen Heldentat er nicht ganz unbeteiligt war.

Gerührt nahm er ihn in die Arme und drückte ihn fest an sich. Dann gingen die beiden in ihre Zelle zurück und schlossen sich ein. Der Alchemist half seinem Schüler, die schwere Rüstung abzulegen, und stellte mit Erstaunen fest, dass der Körper des Jungen nicht eine einzige Verbrennung aufwies. Er fuhr bewundernd mit der Hand über die schwarzen Buchstaben, die Arturos Oberkörper bedeckten, und fragte sich erneut, wie und in welchem Moment sie wohl dort aufgetaucht waren.

Nach Arturos Heldentat war Graf Morfidio mehr denn je davon überzeugt, dass Arquimaes' Macht größer war als die jedes anderen Zauberers. Und er nahm sich vor, ihm die geheime Formel zu entreißen – koste es, was es wolle. Was immer auch geschah, er würde das erlangen, was er so sehr begehrte: die Unsterblichkeit.

XX
Die Geheimnisse der Stiftung

Die Torte schmeckt wunderbar und mein Geschenk finde ich super. Sehr passend für meinen Eintritt ins Erwachsenenleben … Na ja, jedenfalls hoffe ich, dass ich bald einen Bart bekomme, damit ich das Rasiermesser ausprobieren kann.

Ein Gedanke aber beschäftigt mich: Was hätte Mama mir geschenkt? Auch ein Rasiermesser? Oder etwas anderes? Wenn sie doch nur hier wäre! Sie bräuchte mir gar nichts zu schenken! Sie hier bei mir zu haben, das wäre das schönste Geschenk für mich … Noch heute Abend werde ich auf den Dachboden gehen und mit ihr sprechen. Ich möchte wenigstens ihr Bild sehen.

„Freust du dich, Arturo?", fragt Papa. „Ich hab dir auch etwas gekauft … Hier …"

In diesem Moment kommt Mohamed mit einem langen Paket herein.

„Los, mach's schon auf!"

Mohamed legt das Paket vor mir auf den Tisch, während Mahania gespannt zusieht. Ich glaube, sie ist aufgeregter als ich.

Der Bindfaden löst sich von ganz alleine, und das Geschenkpapier fällt zu Boden, kaum dass ich es anfasse. Eine Holzkiste kommt zum Vorschein. Unmöglich zu erraten, was drin ist. Ich hebe den Deckel hoch und sehe … ein Schwert! Eine Nachahmung des Schwertes von König Artus. Excalibur!

„Wow!", rufe ich. „Vielen Dank, Papa! Wahnsinn!"

„Gefällt es dir? Wirklich?"

„Klar gefällt es mir", sage ich und nehme es in die Hand. „Das ist unglaublich! Fantastisch! Ich werde es in mein Zimmer hängen."

„Aber sei vorsichtig, die Spitze ist sehr scharf. Pass auf, dass du dir damit nicht wehtust."

„Papa, also bitte, ich weiß doch, wie man damit umgeht ... Wie bist du nur darauf gekommen? Woher wusstest du, dass ich mir so was schon lange wünsche?"

„Ich weiß nicht, es war wie ... eine Inspiration", sagt Papa. „Genau, eine Erleuchtung, die mir der Himmel geschickt hat."

Er kann es nicht wissen, aber mir ist, als hätte er mir soeben gesagt, dass die Erleuchtung von Mama gekommen ist. Ein tolles Geschenk, das sie mir da geschickt hat!

„Das hast du wirklich gut hingekriegt", sage ich ganz laut. „Du hast prima Ideen."

„Freut mich, dass dir meine Ideen gefallen ... Übrigens, Arturo, was hältst du davon, wenn du Metáfora jetzt mal die Stiftung zeigst?", schlägt Papa vor.

„Oh ja, bitte!", bettelt Metáfora. „Ich möchte die Stiftung so gerne sehen!"

Ich bin mir nicht sicher, ob das eine gute Idee ist. Aber um Papa eine Freude zu machen, bin ich einverstanden. Ich habe das Gefühl, dass er gerne mit Norma allein sein möchte.

„Also gut, gehen wir. Aber ich warne dich, Metáfora, es ist stinklangweilig. Lauter Bücher ... und Bilder."

„Genau das finde ich gut", sagt sie. „Ich möchte alle Bücher sehen, die ihr hier habt."

„Gut, du musst es wissen."

Wir gehen hinaus. Auf dem Treppenabsatz beginne ich mit der Führung: „Das Haus hat drei Stockwerke, drei Kuppeln, ein Türmchen und drei Kellerräume. Im Erdgeschoss befindet sich die Hausmeisterwohnung, in der Mahania und Mohamed wohnen, der Mann, der dir den Ananassaft gebracht hat. Außerdem ist da noch der Veranstaltungssaal."

„Nektar", unterbricht sie mich. „Es war Ananasnektar."

„Gut, dann eben Nektar ... Ist doch dasselbe."

„Ist es nicht. Saft hat weniger Nährstoffe als Nektar. Nektar enthält das Beste der Ananas."

„Kapier ich nicht. Was soll das jetzt?"

„Ich möchte, dass du mir den Nektar der Stiftung zeigst, das soll das! Ich bin nicht irgendein Besuch! Ich möchte das Beste kennenlernen, also sei bitte so gut und gib dir ein wenig Mühe, anstatt mich mit irgendeinem blöden Quatsch zu langweilen ..."

„Der zweite Stock ist halb privat. Die Besucher halten sich normalerweise im ersten Stock auf. In den zweiten Stock dürfen nur besondere Gäste."

„Und was ist im dritten?"

„Der dritte ist streng privat. Da wohnen wir und niemand darf da rein."

„Ach nein?"

„Als Erstes zeige ich dir die Hauptbibliothek im zweiten Stock", sage ich. „Ihr historischer Wert macht sie einzigartig ..."

Ich öffne die große Holztür und mache das Licht an. Metáfora ist überwältigt.

„Wow, wie viele Bücher gibt es hier?", fragt sie.

„Keine Ahnung. Aber bestimmt mehr als 50 000. Alle alt. Es ist die beste Privatsammlung des Landes ... oder der Welt."

„Wahnsinn! Jetzt verstehe ich, warum ihr so stolz seid auf euren Schatz."

„Du sagst es: Es ist wirklich ein Schatz. Das Beste vom Besten über das Mittelalter. Es wäre schrecklich, wenn ein Feuer ausbrechen und alles zerstören würde."

„Du sprichst wie ein richtiger Fremdenführer, weißt du das?"

„Oh, vielen Dank. Mohamed macht manchmal Führungen, wenn ganze Besuchergruppen zu uns kommen. Er hat mir beigebracht, wie ..."

„Aber ich will keinen professionellen Fremdenführer", unterbricht sie mich. „Ich möchte einen persönlichen Führer, der mir dieses Gebäude wirklich zeigen will. Mir scheint, du bist dafür nicht der Richtige ..."

„Sag mal, was ist eigentlich mit dir los?"

„Du vergeudest meine Zeit, das ist mit mir los!"

„Sagt der Señorita die Arbeit des Fremdenführers nicht zu?"

„Der ‚Señorita' sagt es nicht zu, dass man sie wie irgendeine Touristin behandelt!"

Langsam verliere ich echt die Geduld. Ich verstehe nicht, was sie eigentlich will.

„Ich will, dass du mir die wahren Schätze der Stiftung zeigst! Ich will in den dritten Stock hinauf!"

„Du bist ja verrückt! Da kommt niemand rein! Das ist Privatbereich!"

„Habt ihr etwa was zu verbergen?"

Jetzt bin ich wirklich sauer. Ich glaube, es ist besser, die Führung abzubrechen, bevor ich ausraste.

„Hör mal, wenn du mir nicht das zeigen willst, was mich wirklich interessiert, ist es besser, wir lassen es ganz. Mich behandelst du jedenfalls nicht wie eine x-beliebige Touristin! Los, gehen wir wieder rein!"

„Warte, warte ... Die beiden unterhalten sich gerade so nett, da sollten wir sie nicht stören", sage ich. „Komm, ich zeig dir was. Was ganz Besonderes."

„Ich hoffe, es lohnt sich. Ich lasse mich nicht gerne für dumm verkaufen."

„Hab ich das etwa schon mal?"

„Du benimmst dich seltsam, Arturo. Du lügst nicht, aber die Wahrheit sagst du auch nicht. Ich weiß nicht, aber irgendwas verbirgst du vor mir ..."

Plötzlich wird mir komisch. Mir ist heiß.

„Alles in Ordnung mit dir?", fragt mich Metáfora. „Du schwitzt ja."

„Ich glaub, ich hab einfach zu viel gegessen", antworte ich. „Bei mir dreht sich alles ... Ist bestimmt gleich vorbei."

„Sollen wir uns einen Moment hinsetzen?"

„Nein, lass uns in mein Zimmer gehen. Ich trink einen Schluck Wasser, dann geht's mir bestimmt gleich besser."

Wir gehen die Treppe hinauf in mein Zimmer. Dort angekommen, mache ich mir unter dem Wasserhahn das Gesicht nass. Aber mir geht es immer noch ziemlich schlecht.

„Am besten, ich leg mich einen Moment hin", sage ich. „Ich kann mich kaum auf den Beinen halten."

„Du siehst krank aus. Ich sag deinem Vater Bescheid."

„Nein! Stör ihn nicht. Gleich geht's mir sicher besser. Wenn du willst, kannst du wieder nach unten gehen, aber sag ihm bitte nichts. Ich möchte nicht, dass er sich Sorgen macht."

„Ich lass dich in diesem Zustand doch nicht allein …"

Ich kann sie fast nicht mehr hören. Mir ist, als würde … als würde … ich … ohnmächtig.

„Arturo! … Arturo! … Hörst du mich?"

Ich höre ihre Stimme, aber sie ist plötzlich so weit weg … sehr weit weg.

Sie benetzt mein Gesicht mit Wasser, aber es nützt nichts.

Es ist so ähnlich wie eine Magenverstimmung, nur viel schlimmer. Mir ist schlecht, ich glaube, ich muss mich übergeben. So etwas hatte ich noch nie.

Gerade habe ich so etwas wie einen Stromstoß gespürt … Es ist, als ob … Ja, als ob ich auseinanderbrechen würde! Als würde in mir drin ein Zwillingsbruder geboren! … Ich bin in einem unbestimmten Raum gefangen, in dem es keine Uhren gibt und die Zeit nicht vorbeigeht. Doch ich atme, und daran merke ich, dass ich lebe. Ich befinde mich an einem Ort, an dem die Zeit weder voran- noch rückwärtsgeht. Was geschieht mit mir?

„Um Himmels willen!", ruft Metáfora entsetzt aus. „Was ist mit dir los?"

„Keine Sorge, gleich geht's mir wieder besser", sage ich ganz leise, fast flüsternd. „Warte einen Moment."

Aber ich weiß, dass das nicht stimmt. Ich weiß ganz genau, dass etwas mit mir nicht in Ordnung ist … Und jetzt fängt auch noch mein Körper wieder an zu jucken … Das muss die Ente à l'orange gewesen sein, mit dieser französischen Sauce … Das Jucken wird unerträglich. Ich binde mir die Krawatte los und knöpfe das Hemd auf.

„Arturo! Was hast du da?"

„Was meinst du?"

„Schau!"

Sie hilft mir beim Aufstehen, geht mit mir zum großen Spiegel und stellt mich davor.

Die Flecken wandern wieder über meinen ganzen Körper und bilden Muster! So als würden sie aus meinem Innern kommen, aus meinem Blut, krabbeln sie über meine Haut und stellen sich in Reih und Glied auf!

„Du machst mir Angst!", schreit Metáfora. „Hör auf damit!"

Aber ich mache das doch nicht mit Absicht! Besser gesagt, ich bin es gar nicht, der das macht. Es herrscht über mich! Es bedeckt meinen ganzen Körper!

Plötzlich werde ich heftig geschüttelt. Ich verliere das Gefühl, am Leben zu sein. Etwas explodiert in meinem Innern, im Innern meines Kopfes … Ich fange an, Dinge zu sehen …

„Arturo! … Bitte, mach die Augen auf!", schreit Metáfora. „Du machst mir Angst! Was ist das da auf deiner Haut? Was ist los mit dir? Mein Gott, dein Körper …! Was hast du? Sag doch was!"

XXI
Der Sturmangriff

König Arco de Benicius trat vor sein Zelt. Er trug seine prächtigste Kriegsuniform und alle Insignien des obersten Heerführers. Auf seinem Helm funkelte eine goldene Krone, die jeden blendete, der es wagte, zu dem Monarchen aufzuschauen. Der weite Purpurmantel, der ihm die königliche Würde verlieh, blähte sich im Wind.

Er bestieg sein herrliches Schlachtross, das mit einem langen schwarzen Tuch und einem Ringpanzer bedeckt war. Der Kopf des Pferdes wurde von einem eisernen Helm geschützt.

Erhobenen Hauptes ritt der König durch die Reihen seiner Armee, gefolgt von Schildknappen, Vasallen, Rittern und Heerführern. Er wurde eskortiert von seiner persönlichen Garde, bestehend aus zwanzig Reitern, deren rote Uniformen sich von den glanzlosen, düsteren Farben der Soldatenuniformen abhoben.

Als seine Männer ihn oben auf dem Hügel erblickten, wurde ihnen klar, dass der Sturm auf die Festung unmittelbar bevorstand. Viele beteten, denn möglicherweise würde dieser Tag der letzte ihres Lebens sein. Die Trommeln schlugen lauter, die Trompeten schmetterten ihre Fanfaren. Alle wussten, dass Arco de Benicius niemals einen Angriff ohne das entsprechende Kriegsgetöse begann. Ein Getöse, das Tod und Zerstörung ankündigte.

Auf ein Zeichen des Herrschers hin begannen die Katapulte ihre Arbeit. Tonnen riesiger Steine flogen auf den Schutzwall und rissen riesige Löcher in die Festungsmauern.

Dann griffen die Bogenschützen von König Benicius in das Geschehen ein. Sie schossen Unmengen von Pfeilen ab und zwangen so die Verteidiger auf den Zinnen, in Deckung zu gehen. Vielen jedoch gelang dies nicht rechtzeitig. Die Pfeile drangen durch alle Ritzen und fanden mit tödlicher Präzision ihren Weg ins Fleisch der Soldaten.

Die ersten Opfer stürzten, vor Schmerzen und Todesangst schreiend, in den Wassergraben.

Weiter hinten beobachtete Benicius' Infanterie, wie ihre Hauptleute Stellung bezogen.

Schmetternde Trompetenstöße kündigten den Kampf Mann gegen Mann an. Auf der Zinne über dem Haupttor zückte Graf Morfidio sein Schwert und machte sich bereit, seine Festung zu verteidigen.

„Wir werden um unser Leben kämpfen, bis zum Tode!", schrie er mit erhobener Waffe. Seine Soldaten sollten sehen, dass er bereit war, mit ihnen zusammen in der ersten Reihe sein Leben aufs Spiel zu setzen. „Wir werden bis zum letzten Blutstropfen kämpfen!"

✳ ✳ ✳

Der schwarze Reiter lag auf seinem Lager in der Zelle. Er war völlig erschöpft. Der Weise benetzte seine Lippen mit einem nassen Lappen und wartete darauf, dass er sich ein wenig erholte.

„Was ist geschehen?", fragte Arturo, nachdem er den schwarzen Helm abgenommen hatte. „Bin ich tot?"

„Nein, mein Freund, du lebst. Wir sind in unserer Zelle. Du warst sehr tapfer. Du hast den tödlichen Feuerball in Stücke gehauen."

Arturo schloss für einen Moment die Augen und versuchte, sich an den Zusammenprall mit der brennenden Masse zu erinnern. Er wusste noch, dass er durch sie hindurchgeritten war und dass seine Lanze die Flammen geteilt hatte. Auch an die Hitze in seinem Körper konnte er sich noch erinnern und an das Gefühl der Angst zu verbrennen.

„Ich war in der Hölle!", sagte er. „Mitten in der Hölle!"

„Beruhige dich, Arturo, es ist vorbei. Du bist in Sicherheit."

Der Junge versuchte, den Sinn der Worte des Weisen zu erfassen. Er schwieg eine Weile. Schließlich brachte er mühsam eine Frage hervor: „Was geht da draußen vor sich?"

„Der Sturm auf Morfidios Burg hat begonnen. Sie haben Hunderte von Pfeilen abgeschossen und gleich steht die Infanterie vor den Mauern. Es wird ein unbarmherziges Gemetzel geben."

„Können wir nicht verhindern, dass noch mehr Menschen sterben?", fragte Arturo. „Wollt Ihr, dass ich noch einmal hinausgehe, Meister?"

„Wir können nichts tun. Zwei Mächte stehen sich im Kampf gegenüber. Benicius lässt seine Truppen die Festung stürmen und niemand kann sie aufhalten."

***

DIE BEIDEN BELAGERUNGSTÜRME bewegten sich langsam auf den Schutzwall zu, um ihre zerstörerische Arbeit zu verrichten. Durch große Schilde geschützt, folgten ihnen die Soldaten der Infanterie mit ihren Leitern. Bald schon standen sie vor dem Schutzwall. Zum Empfang wurde aus großen Kesseln kochendes Öl und Wasser über sie gegossen. Dennoch gelang es ihnen, einen der Belagerungstürme gegen die Mauer zu lehnen und die hölzerne Klappe auszulegen. Wieselflink kletterte ein Schwarm tapferer, zu allem bereiter Krieger über die Planke. Kurz darauf wurde der zweite Turm an den Schutzwall gelehnt.

Trotz erbitterten Widerstandes erreichten die Sturmtrupps am späten Vormittag den Wassergraben. Das große Tor wurde niedergerissen. Seine Reste dienten als Brücke für Benicius' Kavallerie, die mit Feuer und Schwert vordrang, gefolgt von der Infanterie, die wie eine unersättliche Bestie in die Festungsanlage stürmte.

Was nun folgte, war der Anfang vom Ende von Graf Morfidios Herrschaft.

Der Kampf Mann gegen Mann war schrecklich. Die langen Äxte der Angreifer sausten auf den Feind nieder, der seinerseits alles durchbohrte, was ihm vors Schwert kam. Das Kampfgeschrei der Soldaten vermischte sich mit den Angstschreien der Frauen und Kinder, die vergeblich versuchten, sich unter die Karren, in die Ställe oder die Vorratskammern zu flüchten.

Die Angreifer warfen brennende Fackeln auf die Heuballen und Holzdächer und entfachten eine Feuersbrunst von gewaltigen Ausmaßen. In Windeseile breiteten sich die Flammen auf die gesamte Festungsanlage aus, riesige Rauchsäulen machten den schwitzenden Soldaten das Atmen unmöglich.

Morfidios Leute verzweifelten zusehends. Sie sahen kaum noch einen Sinn darin weiterzukämpfen. Einige suchten ihren Herrn, mussten jedoch mit Entsetzen feststellen, dass er nirgendwo zu sehen war.

Sogleich machte das Gerücht die Runde, Morfidio habe durch ein feindliches Schwert sein Leben lassen müssen. Bald hörten die Soldaten auf, einen Herrn zu verteidigen, der möglicherweise gar nicht mehr lebte. Schließlich legten sie die Waffen nieder und ergaben sich, wohl wissend, dass sie damit ihr Leben und ihre Ehre in die Hand der Eroberer legten.

Mit äußerster Brutalität wurden die Gefangenen auf dem Burghof zusammengetrieben und von Benicius' blutrünstigsten Kriegern gefesselt und gedemütigt.

Man entriss ihnen Stiefel, Ringe, Armreifen und Ketten sowie alle anderen Gegenstände, die von irgendwelchem Wert zu sein schienen.

Der hauptsächliche Lohn für die Soldaten, die eine Festung erobert hatten, war die Beute, die ihnen während der darauffolgenden Plünderung zufiel. Darum zerstörten Benicius' Männer mit dem Recht des Eroberers alles, was nicht von Wert war, rafften das, was Reichtum versprach, zusammen und teilten es unter sich auf.

Gegen Mittag ritt der siegreiche König in die eroberte Festung ein. Seine Soldaten standen im Schatten einer riesigen, bis in den Himmel reichenden Rauchsäule und ließen ihren Herrn als größten Krieger aller Zeiten hochleben. Nach seinem triumphalen Einzug ritt der Monarch zum Hauptturm, stieg vom Pferd und betrat den großen Saal, wo er sich auf Morfidios Thron setzte. Jemand reichte ihm ein Glas Wein, und nach dem ersten Schluck befahl der König, man möge den Alchemisten und den gedemütigten und in Ketten gelegten Grafen zu ihm bringen.

„Jetzt werden wir sehen, wer hier die Macht hat", murmelte er und nippte an der süßen, blutroten Flüssigkeit. „Und wir werden auch sehen, wer die Geheimformel des Arquimaes besitzt."

XXII

Arturos Enthüllung

Langsam erwache ich aus meinem Traum. Als ich die Augen öffne, sehe ich Metáforas erschrockenes Gesicht über mir.

„Alles in Ordnung? Fühlst du dich besser?", fragt sie besorgt.

„Ich glaube ja", murmele ich, noch etwas benommen. „Was ist mit mir passiert? Hast du die Armee gesehen? Die Schlacht? Die Pfeile?"

„Hier gibt es weder Pfeile noch Armeen und auch keine Schlacht, Arturo. Du bist ohnmächtig geworden, du warst ein paar Sekunden bewusstlos", erklärt sie mir. „Ich wollte schon Hilfe holen, aber da habe ich gesehen, dass du wieder zu dir kommst und …"

„Ich bin ins Leben zurückgekehrt! Ich bin verbrannt und jetzt lebe ich wieder! Ich lebe!"

„Ich glaube, das Essen ist dir nicht gut bekommen. Du bist ganz blass und redest wirres Zeug. Sollen wir nicht rausgehen, an die frische Luft? Das wird dir guttun."

Vielleicht hat sie recht.

„Ist schon gut", sage ich schließlich. „Komm, ich zeig dir was ganz Besonderes."

Mühsam stehe ich auf. Ich weiß noch immer nicht, was mit mir passiert ist, nur dass es sehr heftig war. Ich fühle mich ziemlich benommen und meine Knie zittern. Was war das eben? Ein Traum? Eine Halluzination? Oder nur eine Magenverstimmung?

„Du solltest dir was überziehen, sonst erkältest du dich", ermahnt mich Metáfora. „Außerdem weiß ich nicht, ob es gut ist, dass dich jemand in diesem Zustand sieht."

Ich ziehe ein T-Shirt an und darüber einen Pullover. Fast ohne es zu wollen, schaue ich vorher noch schnell auf meinen Oberkörper. Er ist etwas gerötet.

„Komm, hier entlang", sage ich zu Metáfora. „Die Treppe rauf."

„Du solltest dich aber nicht überanstrengen", sagt sie besorgt, „nach dem, was mit dir passiert ist."

„Keine Sorge, mir geht es schon wieder besser."

Wir steigen hinauf auf den Dachboden der Stiftung, den Ort, an dem ich am liebsten sitze, um die Stadt von oben zu betrachten und meinen Gedanken nachzuhängen.

„Wunderschön!", ruft Metáfora aus, als sie neben mir auf der Fensterbank sitzt. „Ein herrlicher Ausblick! Seit wann gehst du hier rauf?"

„Sombra hat es mir gezeigt, als ich noch ganz klein war. Er ist immer mit mir hierhergekommen. Hier hat er mir die schönsten Geschichten erzählt und mich getröstet. Hier habe ich Peter Pan kennengelernt, den Kleinen Prinzen und noch eine ganze Menge anderer Figuren ... Meine ersten Fantasy-Geschichten."

„Und dein Vater, ist er auch mit dir hierhergekommen?"

„Er ist nicht schwindelfrei. Mit meinem Vater habe ich später das Mittelalter entdeckt. Er hat mir alles beigebracht, was ich über dieses magische Zeitalter weiß. Aber meine Kindheit hat Sombra begleitet ... Er ist wie mein zweiter Vater."

„Hör mal, ich glaube, es geht dir wirklich etwas besser."

„Sieht so aus ... Aber ich weiß immer noch nicht, was mit mir passiert ist. Das beunruhigt mich."

„Du hast mir eine Riesenschreck eingejagt", sagt sie. „Ich dachte, du stirbst."

„Dachte ich auch. Ich hatte das Gefühl, dass ich wirklich tot war."

„Dein Gesicht", sagt sie plötzlich. „Die Flecken auf deinem Gesicht sind ..."

„Was? Was ist mit meinem Gesicht?", rufe ich wie elektrisiert.

„Na ja, die Flecken sind gewandert. Aber das mit deinem Körper, das war wirklich unglaublich. Auf einmal waren da lauter alte Buchstaben. Wie ... wie auf einem Pergament."

Instinktiv berühre ich mein Gesicht und hebe mein T-Shirt hoch, um nachzusehen. Mit einer Hand taste ich meinen Oberkörper ab.

„Übertreibst du nicht ein wenig? Ich sehe nichts."

„Ich sage die Wahrheit, ganz bestimmt! Dein Oberkörper sah aus wie ... wie ein Buch. Ja, das ist es, wie ein Buch!"

„So was gibt es doch gar nicht. Hier ist nichts. Du musst dich getäuscht haben."

„Ich bin mir ganz sicher, aber ... Jetzt erzähl mir erst mal, was du erlebt hast. Eben hast du was von einer Schlacht gesagt."

„Ich hatte so was Ähnliches wie eine Halluzination. Wie ein Film, der in meinem Kopf ablief. Ich weiß nicht, es ist schwer zu erklären."

„Versuch es einfach. Erzähl mir, was du gesehen hast."

„Es hört sich blöd an ..."

„Egal, erzähl mir alles."

Ich versuche, mir das, was sich vor meinen Augen abgespielt hat, in Erinnerung zu rufen und zu ordnen. Es ist nicht so einfach, es waren so viele Bilder.

„Also, hör zu ... Es hat Feuer geregnet. Mir wurde furchtbar heiß ... unerträglich heiß ... Und dann wurde alles dunkel ... Danach war ich in einer Zelle, in einem Schloss oder so was Ähnlichem. Aber das war kein modernes Schloss, mehr wie eine Burg aus dem Mittelalter. Es war dunkel und roch seltsam, penetrant. Ich habe so was schon öfter geträumt ... Und es war jemand da, glaube ich. Ein Mann, der wie ein Zauberer gekleidet war, wie die, die man aus diesen Filmen kennt. In einem weiten Kleid, einer Art Tunika, mit Bart, Amuletten um den Hals und dem ganzen Zeug ..."

„Und wer war das?"

„Keine Ahnung. Ein Mann mit Bart eben. Er saß vor mir und war verzweifelt."

„Ja, du hast wirklich eine Halluzination gehabt. Ich weiß nicht, hast du vielleicht was genommen ...?"

„Nein, nein ... Das war keine Halluzination, das war mehr. Es war so real, dass ich das Gefühl hatte, wirklich dort zu sein, mit den vielen Soldaten und den Leuten, die getötet wurden. Da war dieser schwarze Reiter ... und eine riesige Kugel aus Feuer, gegen die er gekämpft hat. Ich wurde angezogen wie ein Ritter, mit Panzerhemd und so, und dann haben sie mich auf ein Pferd gesetzt ... Mit einer Lanze!"

„Was erzählst du da? Hast du an einem Turnier teilgenommen?"

„Schwer zu sagen, aber ich glaube ja. Alle haben mich angesehen. Das Gesicht des Mannes kam mir vertraut vor, ganz bestimmt! Ich weiß nicht ... als hätte ich sein Gesicht schon mal gesehen, auf einem Bild oder einer Zeichnung oder so."

„Ich weiß nicht, was ich davon halten soll. Wenn du mich anbaggern willst, dann vergiss es. Du gehst ein bisschen zu weit! Wenn du willst, dass wir mehr als Freunde werden, dann sag es gleich und erzähl keinen Quatsch", sagt Metáfora. „Ich bin es gewohnt, dass die Jungen mich mit ihren Geschichten beeindrucken wollen."

„Hör mal zu, ich will dich nicht anbaggern, und was ich dir erzähle, ist kein Quatsch. Es war was Außergewöhnliches. Ich kann es nicht erklären, es war etwas ..."

„Übernatürliches?"

„Ja, so kann man es nennen. Etwas Übernatürliches."

Metáfora sieht mich ungläubig an.

„Sag mal, was war denn nun mit den Buchstaben auf meiner Brust?", frage ich sie.

„Ach, vielleicht ist das ja gar nicht so wichtig. Ich hatte den Eindruck, dass auf deinem Oberkörper ganz viele Buchstaben waren ... Und die Buchstaben haben irgendwie gelebt."

„Konntest du sie erkennen?"

„Nein. Es waren merkwürdige Buchstaben, in einer unbekannten Sprache ..."

„Komisch, so was ist mir noch nie passiert. Was hat das zu bedeuten?"

„Hier geschehen seltsame Dinge, Arturo. Euer Haus muss verhext sein. Das ist manchmal so mit alten Häusern", fügt sie hinzu.

„Entschuldige mal, die Stiftung ist nicht irgend so ein alter Kasten! Sie ist ein Palast!", entgegne ich etwas beleidigt. „Es ist eine der besten Bibliotheken der Welt, damit du's weißt."

„Ja, klar, deswegen passieren hier auch so merkwürdige Dinge. Du wirst ohnmächtig, hast Halluzinationen, die Flecken wandern über dein Gesicht und auf deinem Körper sind lauter Buchstaben", antwortet sie. „Du wirst doch nicht abstreiten wollen, dass das höchst seltsam ist."

Ich möchte ihr antworten, aber die Wörter kommen nicht aus meinem Mund. Irgendetwas passiert in meinem Kopf, die Bilder vermischen sich in rasender Geschwindigkeit. Ganz langsam fange ich an zu begreifen ...

„Ich glaube, ich weiß jetzt, wer der alte Mann war – der mit dem Bart …"

„Gott?"

„Nein. Es war Arquimaes!"

„Der Alchemist, über den dein Vater forscht?"

„Ja! Ich bin sicher, er war's!", rufe ich. „Der Alchemist, der das Pergament beschrieben hat, in das mein Vater mich kurz nach meiner Geburt eingewickelt hat!"

„Und von dem Pergament hat die Tinte auf deinen Körper abgefärbt!"

Metáfora schlägt die Hand vor den Mund und reißt die Augen weit auf.

„Was hast du da gesagt?", frage ich.

„Na ja, dein Vater hat dich als Baby in das Pergament eingewickelt und die Tinte hat auf deine Haut abgefärbt."

„Also wirklich, hör bitte auf mit dem Blödsinn."

„Wenn es nicht so war, dann erklär du es mir."

„Das kann gar nicht sein! Das ist unmöglich!"

„Du musst es deinem Vater erzählen", sagt sie entschieden.

„Besser, wir warten noch ein bisschen. Ich muss erst sicher sein. Vielleicht war alles nur eine Sinnestäuschung …"

„Oder es handelt sich wirklich um eine Halluzination", sagt Metáfora. „Das ist so ähnlich wie mit unseren Träumen. Wenn man sich Sorgen macht oder Angst hat vor etwas, dann träumt man am Ende davon. Und das mit der Tinte ist dummes Zeug. Wenn man es sich richtig überlegt, kann das gar nicht sein."

„Natürlich kann das nicht sein", stimme ich ihr zu. „Ich kann doch keine Reise in die Vergangenheit gemacht haben, um einem Mann zu begegnen, der schon seit tausend Jahren tot ist."

„Aber vielleicht hat es was mit Zauberei zu tun?"

„Glaub ich nicht. Deswegen möchte ich lieber noch etwas warten, bevor ich meinem Vater davon erzähle. Heute Abend ist er so glücklich, ich möchte ihn nicht mit irgendwelchem Blödsinn nerven."

„Ja, meine Mutter ist auch sehr glücklich. Ich glaube, die beiden mögen sich."

Ich bin drauf und dran, sie nach ihrem Vater zu fragen. Aber dann halte ich doch den Mund. Irgendwann wird sie es mir schon erzählen … wenn sie will.

„Mein Vater hat uns verlassen, als ich noch ganz klein war. Ich kann mich kaum noch an ihn erinnern", sagt sie leise, so als hätte sie meine Gedanken gelesen. „Ich habe ihn nie wiedergesehen."

„Wohin ist er gegangen?"

„Das wissen wir nicht. Er ist einfach fortgegangen, ohne ein Wort. Wir haben nie wieder etwas von ihm gehört."

„Tut mir leid", sage ich. „Das muss sehr wehgetan haben."

„Manchmal merken Eltern nicht, dass sie ihren Kindern wehtun", schluchzt sie. „Er hat geglaubt, mit ein paar Abschiedsworten auf einem Zettel wäre alles erledigt …"

Ein Blitz zuckt am Himmel und die ersten Tropfen fallen. Ein krachender Donner holt uns in die Wirklichkeit zurück.

„Gehen wir rein", sage ich. „Gleich gießt es in Strömen."

Ich helfe ihr, vom Fensterbrett ins Zimmer zu springen.

„Danke, dass du mir dein Lieblingsversteck gezeigt hast", sagt sie. „Es ist toll hier oben."

„Wenn du möchtest, kannst du bald mal wiederkommen. Du bist herzlich eingeladen."

„Würde ich gerne. Ich fühle mich sehr wohl hier. Es ist schon lange her, dass ich mit jemandem geredet habe, so in aller Ruhe, über persönliche Dinge."

„Komm, wann du willst. Ich habe mich auch sehr wohlgefühlt hier mit dir."

Ehrlich gesagt, war es der schönste Abend in meinem Leben. Noch nie habe ich mich so mit einem Mädchen unterhalten, nur zu zweit. Metáfora hat sich in mein Herz geschlichen wie die Tinte des Pergaments auf meine Haut.

Das weiß ich jetzt.

***

Ich bin allein in meinem Zimmer und hänge das Schwert an die Wand. Ich finde es wirklich sehr schön. Es ist eine wundervolle Nachbildung, auf dem Griff sind lauter Symbole und Zeichnungen eingraviert.

Vor über einer Stunde sind Metáfora und ihre Mutter nach Hause gegangen. Eigentlich sollte ich schon schlafen, aber ich kann nicht. Ich bin furchtbar aufgeregt. Eben war ich im Badezimmer und habe mich im Spiegel betrachtet. Auf meinem Oberkörper sind wieder diese Buchstaben zu sehen, genauso, wie Metáfora es mir erzählt hat.

Mit den Flecken auf meinem Gesicht hatte ich schon genug Ärger. Jetzt muss ich aufpassen, dass keiner meine Brust sieht. Weder mein Vater noch Sombra noch sonst jemand darf sehen, was mit mir geschieht.

Zweites Buch
Der Drachentöter

I
Der Tod liegt auf der Lauer

Während die Burg in Flammen aufging und eine große Rauchsäule den Himmel verdunkelte, konnten Graf Morfidio und Hauptmann Cromell mit ihrer Leibwache durch den unterirdischen Geheimgang entkommen. Außerhalb der Festung waren sie vor ihren Feinden sicher. Sie hatten Arquimaes und Arturo gezwungen, mit ihnen zu fliehen.

„Wir müssen so schnell wie möglich weg von hier", sagte Morfidio und teilte das Farnkraut, das den Ausgang des engen Tunnels verdeckte. „Wenn die uns kriegen, ist unser Leben keinen Heller mehr wert. Wir müssen nach Norden, in die Sumpfgebiete der Finsteren Zauberer. Das ist unser einziger Ausweg. Sie werden es nicht wagen, uns dorthin zu folgen."

„Ich würde vorschlagen, dass wir Königin Émedi um Hilfe bitten", widersprach Cromell. „Sie ist eine gerechte Frau und wird uns Unterschlupf gewähren, bis die Sache mit Benicius geregelt ist."

„Ich werde niemals mit Benicius Frieden schließen!", brüllte Morfidio. „Außerdem habe ich gehört, dass Émedi tot ist. Es heißt, sie wurde ermordet, und in ihrem Reich herrscht Chaos. Besser, wir gehen in die Sümpfe und verbünden uns mit Demónicus."

„Mit dem Finsteren Zauberer? Nein, Herr, ich würde Euch vorschlagen …"

„Wir haben keine andere Möglichkeit! Königin Émedi ist tot und keiner sonst wird uns helfen!"

„Niemand weiß, ob sie wirklich tot ist. Einige sagen, sie hat überlebt", beharrte Cromell. „Ich habe gehört, dass sie vor Kurzem auf der Versammlung der Könige im Tal gesehen wurde …"

„Und ich sage dir, Hauptmann, Émedi ist tot! Sobald Benicius erfährt, dass es uns gelungen ist zu entkommen, hetzt er die Hunde auf uns. Er wird kein Erbarmen mit uns haben. Demónicus ist unsere einzige Chance. Wir gehen ins Land der Zauberer, und Arquimaes wird uns dazu verhelfen, unseren Besitz wiederzubekommen", entschied Morfidio und stieg auf sein Pferd. „Los jetzt!"

Cromell wusste, dass es keinen Zweck hatte zu widersprechen. Also gab er den Befehl zum Aufbruch. Morfidio, seine Männer und die beiden Gefangenen machten sich auf gen Norden. Bald schon würden Benicius' Leute die Verfolgung aufnehmen und dann würde es nur geringe Überlebenschancen für die Flüchtigen geben.

Sie mussten die Augen offen halten und alles genau beobachten, was sich um sie herum bewegte. Sie waren bereit, sich gegen jeden Überraschungsangriff zu verteidigen. Doch sie wussten, dass es sich bei eventuellen Angreifern lediglich um einen zufälligen kleinen Spähtrupp handeln könnte. Denn Benicius hatte bestimmt noch keine Zeit gehabt, seine Männer von Morfidios Flucht zu unterrichten. Wahrscheinlich suchten sie noch immer in der Festung nach ihm.

Stunden vergingen. Die Pferde waren inzwischen völlig erschöpft, und so sahen sie sich gezwungen, eine Ruhepause einzulegen. Sie schlugen ihr Lager in einem Wäldchen auf, neben einem kleinen Fluss, durch den sie geritten waren, um keine Spuren zu hinterlassen.

„Ich verstehe nicht, warum wir in das Gebiet der Finsteren Zauberer reiten. Das sind nicht gerade unsere Freunde", begann Cromell wieder.

„Ich habe einen Plan", hielt ihm Morfidio entgegen. „Sobald Arquimaes glaubt, dass ich ihn an Demónicus ausliefern will, wird er sich schon dazu entschließen zu reden. Und dann wird er mir endlich die Geheimformel verraten."

„Falls es die überhaupt gibt", bemerkte Cromell.

„Selbstverständlich gibt es sie!", knurrte der Graf und gab dem Hauptmann eine Ohrfeige. „Niemand soll meine Worte in Zweifel ziehen! Erinnerst du dich nicht daran, wie Arturo zweimal knapp dem Tod entgangen ist?"

„Natürlich tue ich das, Herr", antwortete der Hauptmann unterwürfig. „Ich hoffe nur, dass uns keine unangenehme Überraschung bevorsteht. Die Sümpfe sind gefährlich. Und wir haben dort viele Feinde", gab er zu bedenken.

Schon am nächsten Tag sollten seine prophetischen Worte in Erfüllung gehen ...

Die Nacht war kalt gewesen. Während sie noch lagerten, um etwas zu essen, traten ein paar zerlumpte, aber gut bewaffnete Männer aus dem dichten Wald hervor. Sie waren mit Pfeil und Bogen, Äxten und Schwertern ausgerüstet und schienen keine guten Absichten zu haben. Es waren Strauchdiebe, Männer, die von Überfällen in den Wäldern lebten.

Einige von ihnen waren früher einmal von Morfidio persönlich gerichtet und abgeurteilt worden. Dies war die Gelegenheit für sie, sich an ihm zu rächen. Nie zuvor war er ihnen so ungeschützt begegnet.

„Was wollt ihr?", fragte Cromell mit gezücktem Schwert. „Wer seid ihr?"

„Freie Männer, die im Dienste von König Benicius stehen", antwortete der Dreisteste von ihnen, offenbar ihr Anführer. „Er wird uns königlich bezahlen, wenn wir ihm eure Köpfe bringen. Gerade haben wir erfahren, dass er euch sucht, Graf. Los, legt die Waffen auf den Boden und ergebt euch!"

„Ihr zieht euch besser zurück, solange noch Zeit dazu ist", entgegnete Cromell. „Wir sind zwar nur wenige, aber dafür stärker und erfahrener im Kampf als ihr, und besser ausgerüstet."

Ein Pfeil, der fast im selben Moment die Brust eines von Morfidios Soldaten durchbohrte, strafte Cromells Worte prompt Lügen. Die Banditen waren offenbar gute Schützen und außerdem hielten sich noch mehrere von ihnen hinter den Bäumen versteckt. Es war unmöglich auszumachen, wie viele es tatsächlich waren.

„Vorwärts!", befahl Cromell und reckte sein Schwert. „Tod den Halunken!"

Seine Worte wurden von einem regelrechten Pfeilregen beantwortet, der unter Morfidios Männern ein Blutbad anrichtete. Fünf seiner Soldaten starben.

Einige der Wegelagerer nutzten ihren scheinbaren Vorteil und näherten sich unvorsichtigerweise ihren vermeintlichen Opfern. Doch sie trafen auf erbitterten Widerstand. Ein Teil der Angreifer stürzte tödlich verwundet zu Boden, andere blieben kampfunfähig liegen.

„Schnell weg!", befahl der Graf. „Sie haben keine Pferde!"

Die Soldaten saßen auf, schützten ihre Rücken mit den Schilden und ritten, so schnell sie konnten, davon. Die Pfeile pfiffen ihnen nur so um die Ohren, verfehlten jedoch ihr Ziel.

Mit ihren beiden Gefangenen im Schlepptau ritten sie immer weiter. Sie durchquerten felsige Gebiete und wateten durch einen reißenden Fluss. Erst als sie sich sicher glaubten, machten sie halt, um sich und ihren Pferden eine Ruhepause zu gönnen und wieder zu Kräften zu kommen.

„Ich bin fix und fertig", sagte Arturo, sein Pferd an den Zügeln haltend. „Ich kann nicht mehr."

„Das Wichtigste ist, dass wir am Leben sind", entgegnete ihm Arquimaes. „Nach allem, was passiert ist, können wir froh darüber sein."

„Wir haben Glück gehabt", stimmte Cromell zu, der plötzlich ganz blass im Gesicht aussah. „Aber jetzt muss ich mich erst mal ausruhen. Ich fühle mich gar nicht gut."

Der Hauptmann stürzte zu Boden. Sofort bildete sich um seinen Körper eine Blutlache, die im Nu immer größer wurde.

„Was ist los mit ihm?", fragte Arturo besorgt. „Hauptmann Cromell!"

„Mann verwundet!", schrie ein Soldat, der im Kampfgetümmel nicht bemerkt hatte, dass sein Kommandant von einem Pfeil getroffen worden war.

Morfidio kam näher und untersuchte seinen treuen Hauptmann, der leblos auf dem Boden lag. Arquimaes versuchte, ihm zu helfen.

„Siehst du nun, was du angerichtet hast, du Alchemist des Teufels?", schrie der Graf ihn an. „Dieser Mann muss vielleicht sterben und das ist deine Schuld! Wenn du geredet hättest, wären viele Menschen noch am Leben. Verflucht seist du!"

„Ich werde alles tun, um ihn zu heilen", erwiderte Arquimaes.

Morfidio riss seinen Dolch aus der Scheide und presste ihn dem Weisen an den Hals.

„Schluss jetzt, Hexer! Durch deine Schuld hab ich meine Burg und meinen gesamten Besitz verloren! Meine Lage ist hoffnungslos! Ich zähle jetzt bis fünf, wenn du dann nicht redest, bist du ein toter Mann! Hast du verstanden?"

Morfidios Geduld war am Ende. In diesem Moment jedoch stöhnte Hauptmann Cromell laut auf und der Graf ließ seinen Gefangenen los.

„Mir geht's schlecht", lallte der Hauptmann undeutlich. „Es ist, als würden meine Eingeweide verbrennen."

Arquimaes legte ihm eine Hand auf die Stirn.

„Du hast hohes Fieber", stellte er fest. „Ich werde dir etwas geben, das es senkt."

„Niemand kann mir helfen. Ich weiß, dass ich sterben werde. Der Pfeil hat mich getötet."

„Sag so was nicht, Hauptmann. Arquimaes wird dich mit seinen magischen Kräften heilen", rief Morfidio. „Arquimaes! Ich befehle dir, sein Leben zu retten, so wie du das deines Schülers zweimal gerettet hast!"

Wütend stand der Alchemist auf und sah dem Grafen fest in die Augen.

„Der Zustand dieses Mannes ist sehr ernst", entgegnete er. „Der Pfeil hat seine Lunge durchbohrt!"

Cromell wand sich vor Schmerzen. Er schwitzte am ganzen Körper und sein Blick war verschleiert.

„Wenn er stirbt, dann ist das deine Schuld, du verdammter Dickschädel!", schrie Morfidio.

„Wir sollten den bekloppten Weisen töten und uns schleunigst in Sicherheit bringen", bemerkte einer der Soldaten, den das mögliche Vorrücken der feindlichen Patrouillen allmählich nervös machte.

„Vielleicht sollten wir zuerst den Hauptmann retten, bevor sich Benicius' Männer auf uns stürzen können", widersprach Arturo. „Je eher wir mit der Arbeit beginnen, desto besser für uns alle."

„Komm, Arturo", bat Arquimaes seinen Schüler, „wir müssen Kräuter sammeln. Die werden seine Schmerzen lindern."

Unter der Bewachung der Soldaten folgte Arturo seinem Meister in den Wald. Dort suchten sie die Heilkräuter, die nötig waren, um die Wunde des Hauptmanns zu kurieren.

In einem Tuch sammelte Arturo die Blätter und Pflanzen, die Arquimaes pflückte und ihm gab. Dann entzündeten sie ein kleines Feuer, kochten die Kräuter aus und bereiteten eine grünliche Paste zu, die sie auf Cromells Wunde legten. So würde der Hauptmann eine ruhige Nacht haben.

Am nächsten Morgen saßen sie auf und ritten, so schnell sie konnten, weiter. Es war ihnen, als könnten sie die feindlichen Augen in ihrem Rücken bereits spüren.

II

Held in einem Traum

Ich heiße Arturo Adragón und wohne mit meinem Vater in der Stiftung. Wir befinden uns im 21. Jahrhundert. Heute ist ein normaler Tag.

Seit meinem Geburtstag sind meine Träume noch intensiver geworden. Ich habe mehr und mehr das Gefühl, dass ich alles, was in den Träumen passiert, wirklich erlebe. Es ist schrecklich.

Auch sonst geht es mir nicht gut. Meine Mitschüler machen mir weiterhin das Leben zur Hölle. Seit sie gemerkt haben, dass sie Metáfora und mich nicht auseinanderbringen können, hat sich meine Situation noch verschlimmert. Ich brauche Metáforas Freundschaft, aber das weiß sie nicht. Sie ist zu dem Freund geworden, den ich immer haben wollte.

Horacio lässt keine Gelegenheit aus, mich lächerlich zu machen. Ich sollte es eigentlich meinem Vater erzählen; aber ich möchte ihn nicht auch noch mit meinen Problemen belasten. Er hat genug mit der Stiftung zu tun. Die Schulden erdrücken ihn und die Bank sitzt ihm im Nacken. Jetzt wollen sie uns sogar jemanden schicken, der die Ausgaben der Stiftung kontrollieren soll. Das heißt, wir werden unter Aufsicht gestellt. Wir können keine Extraausgaben machen und müssen über jeden Schritt und jede Entscheidung Rechenschaft ablegen. Wir werden kein Buch oder Dokument ohne Sondererlaubnis erwerben können … Und wahrscheinlich werden wir auch nichts verkaufen können.

„Was ist los, Arturo?", fragt Hinkebein. „Du siehst traurig aus. Du machst ein Gesicht, als würde gerade die Welt untergehen!"

„Noch nicht, aber bald. Ich habe Angst um meinen Vater. Die Schulden bei der Bank machen ihn fertig. Es wird immer schlimmer."

„Das ist eben so mit Unternehmen und Geschäften. Bevor du's

merkst, bist du pleite. Aber mach dir keine Sorgen, dein Vater wird schon eine Lösung finden."

„Ich mache mir keine Sorgen, ich habe Angst. Vor allem um seine Gesundheit. Es geht ihm schlecht, und wenn wir die Stiftung verlieren, wird es ihm noch schlechter gehen. So einen Schlag würde er nicht verkraften."

„Dein Vater ist stärker, als du glaubst. Wer hier Hilfe braucht, bist du!"

Ich halte ihm eine Plastiktüte hin.

„Hier, ich hab dir ein paar Joghurts mitgebracht. In der Eile konnte ich nichts anderes finden."

„Du hast ein Herz aus Gold, Kleiner. Eines Tages geb ich dir alles zurück, was du für mich getan hast. Wir ernten stets, was wir säen, mein Junge. Vergiss das nicht."

„Du weißt doch, dass ich das nicht deshalb tue. Ich mag dich und du brauchst meine Hilfe."

„Das ist wahr ... Übrigens, diese Chaoten treiben sich hier wieder rum."

„Hoffentlich schmieren sie nicht wieder die Mauern der Stiftung voll. Na ja, vielleicht haben sie uns ja auch vergessen ..."

Hinkebein zieht eine Augenbraue hoch und schaut mich ungläubig an. Dann reißt er wortlos einen Joghurtdeckel auf und fängt an zu löffeln.

Ich mache mich auf den Weg zur Schule. Jetzt habe ich noch eine Sorge mehr. Ich hoffe nur, dass diese Typen die Stiftung in Ruhe lassen.

„Hallo, Arturo, guten Morgen", begrüßt mich Mercurio vor der Schultür.

„Guten Morgen, Mercurio. Du hast dir die Haare schneiden lassen, wie ich sehe."

„War dringend nötig. Und außerdem kommt die Schulaufsicht, da muss ich einen guten Eindruck machen."

„Die Schulaufsicht?"

„Ja, vom Ministerium. Sie wollen uns kontrollieren. Wollen sicher sein, dass wir ordentlich arbeiten. Bestimmt kommen die auch in deine Klasse."

Ich weiß nicht, ob das eine gute Nachricht ist. Hoffentlich setzen sie Metáfora nicht auf einen anderen Platz, jetzt, wo ich mich so gut mit ihr verstehe. Und hoffentlich versetzen sie Norma nicht in eine andere Klasse oder gar an eine andere Schule. Sie habe ich nämlich auch gern.

„He, du komischer Vogel!", ruft jemand hinter mir her. „Hat man deinen Vater jetzt endlich in die Irrenanstalt gesperrt?"

Horacio. Wer sonst? Er sucht mal wieder Streit. Aber jetzt ist er zu weit gegangen. Ich lasse nicht zu, dass man meinen Vater beleidigt.

„Was hast du gesagt?"

„Du hast mich schon richtig verstanden. Ich hab dich nach deinem verrückten Alten gefragt."

Die anderen lachen.

„Der hat doch 'nen Sprung in der Schüssel … Genauso wie du!"

„Macht es dir Spaß, meinen Vater zu beleidigen?", erwidere ich. „Wie fändest du das, wenn ich mich über deinen lustig machen würde?"

„He? Was hab ich denn da gehört? Hast du vielleicht etwas gegen meinen Vater gesagt?"

„Noch nicht, aber wenn du noch einmal meinen Vater beleidigst, kriegst du es mit mir zu tun", drohe ich.

„Und mit mir auch", sagt Metáfora und stellt sich neben mich.

„Halt dich da raus!", schreit Ernesto, Horacios offizieller persönlicher Arschkriecher. „Diese Sache geht dich nichts an!"

„Wenn ein Freund von mir geärgert wird, geht mich das sehr wohl was an."

„Nur weil du die Tochter unserer Lehrerin bist, heißt das noch lange nicht, dass du dich in unsere Angelegenheiten einmischen kannst", sagt Horacio. „Mein Vater hat auf dieser Schule mehr zu sagen als deine Mutter."

„Ich habe weder vor dir noch vor deinem Vater Angst", antwortet Metáfora. „Und ich werde nicht zulassen, dass ihr Arturo fertigmacht."

„Heute wollen wir ihn noch mal laufen lassen", sagt Horacio gnädig, „aber glaub bloß nicht, die Sache wäre damit erledigt. Wir mögen keine seltsamen Typen … und die, die sie verteidigen, auch nicht."

Sie gehen weiter, machen Witze und drohen uns. Früher oder später muss ich mir was einfallen lassen.

„Wie geht es dir?", fragt mich Metáfora, als wir alleine sind. „Hattest du wieder so einen Schwächeanfall?"

„Ich weiß nicht, aber ich hab sehr intensiv geträumt. Ich kann kaum noch zwischen Traum und Wirklichkeit unterscheiden."

„Hattest du wieder denselben Traum? Hast du wieder Arquimaes gesehen? Und den schwarzen Reiter, der gegen Feuerkugeln kämpft?"

„Ja, aber diesmal war's noch schlimmer. Das alles bringt mich völlig durcheinander. Als würde ich ein Doppelleben führen ... Manchmal komme ich mir vor, als wäre ich die Hauptperson in meinem Traum. Ich hab das Gefühl, dieser Reiter ... bin ich!"

„So was nennt man einen übertriebenen Hang zur Selbstdarstellung."

„Das ist nicht komisch. Ich habe richtig Angst."

„Du solltest zu einem Arzt gehen, zu einem Psychologen."

„Und was soll ich dem erzählen? Dass ich vom Mittelalter träume, von Armeen, die Burgen stürmen, und von Zauberern, die mit Feuerkugeln herumhantieren? Willst du, dass man mich für den Rest meines Lebens in eine Irrenanstalt sperrt? Sie werden feststellen, dass ich verrückt bin. Anzeichen dafür gibt es ja genug."

„Jetzt übertreib mal nicht. Der Arzt stellt seine Diagnose, mehr nicht. Du wirst nicht gleich eingesperrt, dafür werd ich schon sorgen. Ich lass dich nicht allein. Versprochen!"

„Ja, ja, das sagst du jetzt, aber wenn der Ärger losgeht, lässt du mich genauso im Stich wie alle anderen."

„Und wenn wir zu einer Wahrsagerin gehen? Die kann dir bestimmt erklären, was mit dir los ist. Die versteht deine Träume und kann sie besser deuten als wir. Schließlich hat Wahrsagerei doch irgendwie auch was mit Magie zu tun. Und Träume sind Teil der Magie, heißt es ... Oder umgekehrt."

„Komm, lass uns reingehen!", sage ich. „Bevor du noch mehr dummes Zeug redest."

Ich glaube, es ist besser, sich nicht mit so einem Blödsinn zu beschäftigen und sich auf die Realität zu konzentrieren. Und fleißig zu lernen, was ich verdammt nötig habe.

III

IN DEN GEFÄHRLICHEN SÜMPFEN

Die Flüchtlinge und ihre Gefangenen setzten ihren Ritt fort. Sie mieden die Hauptwege, um keine Spuren zu hinterlassen und die Aufmerksamkeit von Benicius' Leuten nicht auf sich zu ziehen. Denn die waren ihnen dicht auf den Fersen.

Cromell hatte viel Blut verloren und war sehr geschwächt. Er wurde auf einer improvisierten Bahre transportiert. Morfidios Situation schien von Minute zu Minute aussichtsloser. Er war äußerst besorgt. Aber vor allem war er wütend und enttäuscht darüber, dass seine Pläne fehlgeschlagen waren. Nicht nur hatte er von Arquimaes das begehrte Geheimnis nicht erfahren, er hatte auch binnen kürzester Zeit seinen gesamten Besitz verloren und war zum Flüchtenden geworden.

Die vierte Nacht brach rasch über die kleine Gruppe herein. Daher sahen sie sich gezwungen, in einer Höhle zu übernachten, die einer der Soldaten zufällig entdeckt hatte. Vorsicht war geboten. Es konnte die Höhle irgendeines Tieres sein, eines Bären zum Beispiel, von denen es in dieser Region wimmelte. Doch sie hatten Glück: Die Höhle war leer, und sie konnten sich darin bequem niederlassen und sogar ein Feuer anzünden, um etwas Warmes zu essen. Seit der Nacht vor Benicius' Angriff hatten sie nämlich keine warme Mahlzeit mehr zu sich genommen.

„Wir müssen unsere Pläne ändern", stöhnte Cromell. „Wir sollten tiefer in die Wälder hineinreiten, hier sind wir nicht sicher. Es ist nur eine Frage der Zeit, bis uns Benicius' Männer ausfindig gemacht haben werden. Wahrscheinlich wissen sie längst, wohin wir wollen."

„Der Weg quer durch den Wald ist keine gute Alternative", entgegnete Morfidio. „Er ist viel zu gefährlich. In den Wäldern leben die Geächteten, die würden uns abschießen wie Enten. Besser, wir reiten auf direktem Wege in die Sumpfgebiete."

Cromell hustete und spuckte Blut. Arquimaes verabreichte ihm einen Trank, der seine Schmerzen augenblicklich linderte. Doch das Leben des Hauptmanns hing an einem seidenen Faden.

„Sie werden es nicht wagen, uns in die Sümpfe zu folgen", argumentierte Morfidio weiter. „Bald sind wir in Demónicus' Festung, da wird man dich heilen, mein Freund."

Cromell begriff, dass sein Herr nicht daran dachte, seine Pläne zu ändern. Der Hauptmann wusste ganz genau, dass er den Ritt durch die fauligen Sümpfe nicht überleben würde. Doch ihm blieb nichts anderes übrig, als sich in sein Schicksal zu fügen.

„Nun gut, Herr, ich glaube, Ihr habt recht", murmelte er resigniert.

„Jetzt ruh dich erst mal aus und komm wieder zu Kräften", versuchte der Graf, ihn aufzumuntern. „Morgen setzen wir unseren Weg fort. Die Zauberer werden uns Schutz gewähren. Sie haben Mittel, um Verwundete zu heilen ... Arquimaes war dazu ja nicht in der Lage."

Morfidio trat an den Alchemisten heran und legte ihm eine Hand auf die Schulter.

„Du verdammter Dickschädel!", zischte er ihm ins Ohr. „Du weigerst dich, mir das anzuvertrauen, was du bald einem anderen preisgeben wirst, der skrupelloser ist als ich."

„Du bist hinter einem Geheimnis her, das ich dir nicht verraten kann", antwortete Arquimaes. „Und ich bin mir nicht einmal sicher, ob es überhaupt zu etwas nütze ist. Du hast dich umsonst bemüht."

„Ich habe gesehen, wie du Arturo zweimal ins Leben zurückgeholt hast. Ich weiß, dass du das Geheimnis der Unsterblichkeit kennst. Du wirst es mir verraten oder du wirst die Konsequenzen zu tragen haben. So ist das. Ich meine es ernst."

„Du weißt nicht, was du da sagst. Keine Folter wird mir jemals die Zunge lösen."

„Ich kenne einen, der dich zwingen wird, den Mund aufzumachen. Du wirst ihm bald gegenüberstehen. Und du wirst deine Sturheit noch bereuen ... Du kennst doch Demónicus, den Finsteren Zauberer? Und du weißt, dass er alles dafür geben würde, dein Geheimnis zu besitzen. Welchen Gebrauch er davon machen wird, kannst du dir ja vorstellen ..."

„Demónicus ist ein verkommener Hexenmeister! Er hat nichts anderes im Sinn, als das Volk zu unterwerfen und zu versklaven! Er ist widerwärtig!"

„Tja, und wie du siehst, stellt sich jetzt heraus, dass du ihm zugearbeitet hast", sagte Graf Morfidio sarkastisch. „Du weißt, was man sich von ihm erzählt? Es heißt, dass er schreckliche Dinge mit den Menschen anstellt. Dass er sie für seine Experimente benutzt."

„Bösartige Verleumdungen! Die Leute reden viel. Demónicus ist nicht so schlimm, wie man sich erzählt. Du wirst ihn mögen."

Arturo hörte den beiden Männern aufmerksam zu. Die Dinge schienen eine schlimme Wendung zu nehmen. Den Alchemisten an Demónicus auszuliefern war eine teuflische Gemeinheit!

„Mal sehen, was die Leute sagen, wenn sie feststellen müssen, dass Demónicus mit deiner Hilfe und deiner verdammten Formel noch mächtiger geworden ist", sagte Morfidio.

Als sie bei Sonnenaufgang aufbrachen, ging es Hauptmann Cromell sehr viel schlechter. Er konnte kaum sprechen.

Wenige Stunden später drang der kleine Tross in die Sumpfgebiete vor, das Reich der Finsteren Zauberer, über das Demónicus mit absoluter Macht herrschte.

Die Gegend wurde immer wilder und unwirtlicher. Rauchwolken waberten umher und heiße Wasserfontänen schossen aus dem Boden. Vom Heulen des Windes begleitet, drangen Laute, die an menschliche Stimmen erinnerten, durch den hoch stehenden Farn.

Hin und wieder tauchten bedrohliche Echsen mit großen, spitzen Zähnen aus dem fauligen Wasser auf. Schwärme von Moskitos klebten an den Rücken der Pferde und summten und brummten so ohrenbetäubend, als wollten sie vor irgendeinem Unheil warnen. Die Soldaten bedeckten ihre Gesichter mit den Mantelschößen und wedelten vergeblich mit den Armen, um die giftigen Insekten zu verscheuchen.

Die Pferde gerieten ständig ins Stolpern und gefährdeten so das Leben ihrer Reiter. Schwärme dunkler Vögel flogen immer wieder kreischend über sie hinweg.

Gegen Abend hüllte dichter Nebel die Flüchtenden ein und zwang sie, das Tempo zu reduzieren. Angst und Sorge steigerten sich ins Unermessliche.

Die Echsen wagten sich nun immer näher an sie heran und wurden zunehmend aggressiver. Die unruhigen Pferde waren nur schwer zu kontrollieren.

Morfidios Rappe scheute ein paarmal vor den Zähnen der gefährlichen Tiere, und der Graf war nahe daran, abgeworfen zu werden und in den stinkenden Morast zu fallen. Währenddessen verschlimmerte sich Cromells Zustand durch die nervösen, jähen Bewegungen der Pferde zusehends.

Bei Einbruch der Dunkelheit löste sich der Nebel allmählich auf. Jetzt erst bemerkte die kleine Gruppe, dass sie von wilden Kriegern umzingelt war. Mit Pfeil und Bogen, langen Blasrohren und Kurzschwertern bewaffnet, verbargen sich die Angreifer zwischen den ufernahen Pflanzen und erinnerten dabei an hungrige Reptilien. Ihre mit Knochen und Kriegsbemalungen geschmückten Körper starrten nur so vor Schmutz. Die meisten von ihnen waren mit groben, dunklen Lumpen und Schlangenhäuten bekleidet, andere trugen primitive Panzer aus gehärtetem Leder.

Die Mutigsten wagten sich ganz nah an die Pferde heran und taxierten sie gierig. Sie sahen in ihnen ein Nahrungsmittel, das sie schon lange hatten entbehren müssen. Die Aussicht auf frisches Fleisch schien sie in eine Art Rauschzustand zu versetzen und sie noch wagemutiger und gefährlicher zu machen.

„Bringt uns zu eurem Herrn", verlangte Morfidio und hob die Arme zum Zeichen der Friedfertigkeit. „Wir sind seine Freunde und haben ihm etwas sehr Wertvolles mitgebracht."

Zögernd kamen die Wilden der Sümpfe näher, um herauszufinden, welches die wahren Absichten der Fremden waren. Schnell überzeugten sie sich davon, dass Morfidio in friedlicher Absicht gekommen war.

Doch einer seiner Soldaten machte plötzlich eine zu abrupte Bewegung, und sofort bohrte sich ihm ein Pfeil in den Rücken, der seinem Leben auf der Stelle ein Ende bereitete. Sein Körper fiel ins Wasser und im selben Moment stürzten sich mehrere Echsen auf ihn. Er war so schnell verschwunden, dass keine Zeit zum Reagieren blieb. Kurz darauf färbte sein Blut das Wasser rot und es herrschte wieder Stille im Sumpf. Zwei Wilde führten das Pferd des Unglücklichen rasch fort.

„Hiergeblieben!", brüllte Morfidio, um seine Männer davon abzuhalten, ihnen zu folgen und sie anzugreifen. „Es sind unsere Freunde!"

Einer, offenbar der Anführer, dessen Kopf vom Fell eines Tieres, vermutlich eines Hundes, bedeckt war, hob seinen Bogen und befahl seinen Leuten, Morfidio und die anderen zu entwaffnen. Der Graf gab freiwillig sein Schwert ab und wies seine Soldaten an, es ihm gleichzutun. Dann wurden sie in die tiefsten Tiefen der Sümpfe gebracht. In ein unzivilisiertes Gebiet, von dem schreckliche Geschichten erzählt wurden, die jedem Zuhörer das Blut in den Adern gefrieren ließen.

✱✱✱

ARCO DE BENICIUS war außer sich. Er warf das Stück Fleisch, an dem er gerade genagt hatte, seinen Hunden vor und riss die Decke vom Tisch. Klirrend fielen Teller und Gläser zu Boden. Er spuckte den letzten Bissen aus und starrte seinen Vertrauten, Ritter Reynaldo, an.

„Was hast du gesagt?", schrie er.

„Wir sind ganz sicher. Morfidio und der Alchemist sind in die Sumpfgebiete entkommen. Es heißt, sie wollen zu Demónicus, Herr."

„Bedeutet das, ihr könnt sie nicht fangen und hierherbringen, so wie ich es euch befohlen habe?"

„Ich fürchte ja, Majestät. Wir müssen davon ausgehen, dass Graf Morfidio sich außerhalb unserer Reichweite befindet. Das Gebiet des Demónicus ist für uns nicht zugänglich. Niemand, der es betreten hat, hat es je lebend wieder verlassen."

Benicius knetete den Ärmel seiner Tunika und verdrehte die Augen. Wut und Enttäuschung beherrschten ihn, und es kostete ihn Mühe, einen klaren Gedanken zu fassen.

„Verdammte Nichtsnutze!", schrie er. „Ich bezahle euch gut, gebe euch zu essen, damit ihr dick und fett werdet, ich beschütze euch wie meine eigenen Söhne, und so dankt ihr es mir! Könnt ihr meine Befehle nicht ordnungsgemäß ausführen? Was soll ich noch tun, damit ihr mir diesen Alchemisten und den Grafen bringt? Wie kann ich Gerechtigkeit üben, wenn ich diesen verfluchten Morfidio nicht in die Finger kriege, um ihn aufzuhängen?"

„Wir könnten einen Boten zu Demónicus schicken und versuchen, uns mit ihm zu einigen."

„Und was soll ich ihm als Gegenleistung anbieten?"

„Königin Émedi. Jeder weiß, dass der Finstere Zauberer ihr Königreich will, mehr als alles andere auf der Welt. Émedi gegen Arquimaes und Morfidio. Das ist ein gutes Geschäft."

Benicius strich sich über den Bart, während er den Vorschlag von Ritter Reynaldo überdachte. Kurze Zeit blitzten seine Augen auf, so als wäre er bereit, darauf einzugehen. Doch dann verzog er das Gesicht.

„Nein, ich werde Émedi nicht an diesen Teufel ausliefern. Ich werde sie heiraten und dadurch mein eigenes Reich vergrößern. Falls sie überhaupt noch lebt ..."

„Königin Émedi lebt, das kann ich Euch versichern. Wir könnten sie in Ketten legen und Demónicus übergeben. Danach besetzen wir ihr Reich und verleiben es dem Euren ein. Arquimaes steht wieder unter Eurem Schutz, und Ihr werdet das Geheimnis besitzen, von dem Ihr so besessen seid. Ein perfekter Schachzug."

„Ich traue Demónicus nicht, er wird sein Wort nicht halten", entgegnete der König. „Ich liefere die Königin an ihn aus, und er gibt mir dafür die Leichen der beiden, nachdem er ihnen das Geheimnis entrissen hat ... Nein, es muss noch eine andere Möglichkeit geben ..."

„Die gibt es auch ... Ihr könntet ihm Herejio anbieten. Demónicus will ihn in die Finger kriegen, seit der ihn verraten hat. Und er hat eine hohe Belohnung auf seinen Kopf ausgesetzt ... Herejio gegen ..."

„Arquimaes!", rief Benicius aufgeregt. „Er soll mir Arquimaes geben und dafür kriegt er Herejio! Morfidio kann er von mir aus behalten ..."

„Das ist eine gute Idee. Schließlich nützt uns Morfidio überhaupt nichts. Seinen Besitz habt Ihr ja bereits ... Ihr könntet jemanden benennen, der an seine Stelle tritt und Euch treu ergeben ist ... Jemanden, der Eure Position stärkt und Euch vor einem Überraschungsangriff von Demónicus schützt ..."

„Kennst du jemanden, dem ich vertrauen kann?"

„Natürlich, Herr. Ich kenne einen Mann, der Euch treu ergeben ist und nur an Eure Interessen denkt", antwortete Reynaldo mit einer unterwürfigen Verbeugung, die keinen Zweifel daran ließ, an wen er dachte.

IV
Die Karten der Zukunft

Seit meinem vierzehnten Geburtstag hat sich mein Leben verändert. Und es sieht so aus, als würde es sich noch weiter verändern. Die Buchstaben scheinen sich endgültig auf meinem Oberkörper niedergelassen zu haben. Ich weiß nicht, was ich tun soll, damit sie verschwinden. Als hätte ich nicht schon genug Ärger mit diesem Drachen auf meiner Stirn! Jetzt sind da auch noch diese schwarzen Buchstaben auf meiner Haut!

Ich verstehe einfach nicht, was das soll und woher sie kommen. Wenigstens kann ich Metáfora davon erzählen.

„Hast du kurz Zeit?", fragt sie mich, während wir unsere Schulbücher einpacken.

„Warum? Willst du mich entführen?"

„Ja, wir haben einen Termin bei einer Kartenlegerin", erklärt sie.

„Was? Ich soll mir von jemandem aus Tarotkarten die Zukunft lesen lassen? Bist du verrückt geworden?"

„Wenn du nicht willst, dann lass es. Vergessen wir das Ganze. Mir ist das egal, ich tu's nur für dich. Aber sag hinterher nicht, ich würde mich nicht um dich kümmern."

„Ja, ja, ist schon gut, ich gehe mit. Was soll's, schlimmer kann meine Situation auch durch so eine Kartenlegerin nicht werden."

„Los, gehen wir, bevor du's dir anders überlegst."

Vor der Schule begegnen wir meinem Vater. Er stellt gerade sein Fahrrad ab.

„Hallo, Papa! Du wolltest mich doch wohl nicht abholen, oder?"

„Nein … Na ja, doch … Aber vorher muss ich noch mit Norma sprechen. Ich mache mir Sorgen. Ich wollte schon seit Längerem wissen, wie du dich in der Schule machst, und da ist es doch am besten, ich erkundige mich direkt bei ihr."

„Oh ja, natürlich ... Sie ist da drin, im Lehrerzimmer. Du kannst einfach reingehen."

„In Ordnung, wir sehen uns später, zu Hause ... Hallo, Metáfora."

„Hallo. Mama wird sich freuen, Sie zu sehen. Das Essen neulich Abend hat uns sehr gefallen. Vielleicht können wir es ja bald mal wiederholen."

„Wann ihr wollt, wann ihr wollt ... Ich werd's Norma vorschlagen, mal sehen, ob sie Lust dazu hat ... Nächste Woche vielleicht, da würde es passen."

Wir gehen zur Bushaltestelle. Die Kartenlegerin wohnt im Stadtzentrum ... Eine „Hexe"! Metáfora hat sie im Internet entdeckt. Ihre Website sei sehr interessant, sagt sie, es sei die beste, die sie gefunden hat.

„Meine Mutter redet nur noch von deinem Vater", sagt Metáfora, als wir im Bus sitzen. „Ich glaube, sie ist dabei, sich zu verlieben."

„Mein Vater genauso! Er denkt nur noch an sie. Alle paar Tage kommt er mich abholen, so was hat er vor dem Abend bei uns nie gemacht. Früher hat er den ganzen Tag in der Bibliothek gesessen und gearbeitet."

„Klar, dein Vater hat ja auch Vorteile davon! Aber meine Mutter ..."

„Hör mal, was willst du denn damit sagen?"

„Dein Vater ist einsam, aber meine Mutter ist eine aktive Frau. Sie hat viele Freunde ... na ja, und auch viele Verehrer. Ich hoffe nur, dass sie sich richtig entscheidet."

„Was meinst du damit? Dass mein Vater nicht gut genug ist für deine Mutter?"

„Nein, das wollte ich nicht damit sagen ... Komm, hier müssen wir raus."

Die Adresse, die sie sich auf einem Zettel notiert hat, befindet sich zwei Straßen weiter. Nach ein paar Minuten stehen wir vor einem sehr alten Haus, das von ein paar maroden Holzbalken gestützt wird. Es sieht ziemlich verfallen aus.

„Hier ist es", sagt Metáfora. „Gehen wir rein."

„Die Bruchbude fällt ja fast in sich zusammen. Da sollten wir besser nicht reingehen."

„Erzähl keinen Quatsch. Da drin ist es nicht gefährlicher, als wenn man über eine Ampel geht. Du bist ein alter Angsthase!"

„Ich bin vorsichtig, mehr nicht. Aber gut, wenn du willst, dass wir unser Leben riskieren ... Geh du zuerst rein, ich komme nach."

Ein paar Arbeiter gehen in dem Haus ein und aus. Sie schieben mit Zementsäcken beladene Karren in das Gebäude und zwingen uns, ihnen Platz zu machen. Sie kümmern sich überhaupt nicht um uns und gehen ihrer Arbeit nach, als wären wir gar nicht da.

„Ich hab dir doch gesagt, dass es hier drin gefährlich ist", sage ich. „Wenn das Gebäude nicht einstürzt, werden wir von den Männern an der Wand zerquetscht."

Der Aufzug ist außer Betrieb, deshalb gehen wir die drei Stockwerke zu Fuß nach oben. Dabei stolpern wir über kaputte Ziegelsteine, Kabel, Bretter und anderen Bauschutt.

„Hier ist es", sagt Metáfora und zeigt auf eine windschiefe alte Holztür. „Siehst du? *Mittelalterliche Wahrsagerin* ..."

„Bist du sicher, dass du da reinwillst?"

Sie drückt auf den Klingelknopf. Wir warten eine Weile. Die Tür geht auf.

„Was wollen Sie?", fragt ein Mann. Er ist gekleidet wie ein Zauberer aus dem Mittelalter. Sieht aus wie eine Figur auf einer Tarotkarte. „Wir empfangen nur Erwachsene."

„Ich habe einen Termin", sagt Metáfora schnell, bevor er uns die Tür vor der Nase zuschlagen kann. „Ich heiße Metáfora Caballero, wir haben gestern telefoniert."

„Ach ja, ich erinnere mich. Aber du hast mir dein Alter nicht genannt. Wie alt bist du?"

„In ein paar Monaten werde ich fünfzehn."

„Komm wieder, wenn du achtzehn bist. Wir wollen keinen Ärger mit Minderjährigen."

„Wir zahlen im Voraus", bleibt Metáfora hartnäckig. „Und wir sagen niemandem etwas davon. Es bleibt unter uns."

„Macht hundert Euro."

„Mein Freund zahlt", entscheidet Metáfora und tritt einen Schritt zurück. „Er möchte etwas über seine Zukunft erfahren."

„Ich hab nur vierzig Euro bei mir", sage ich und hole ein paar Scheine aus der Tasche. „Kannst du mir was leihen, Metáfora?"

Sie holt einen Zwanzigeuroschein aus ihrem Handtäschchen.

„Wir haben nur sechzig", sagt sie.

Der Mann sieht uns unfreundlich an. Doch dann überlegt er es sich anders und sagt: „Na gut, ausnahmsweise. Aber ich warne euch! Wehe, wenn ihr mich angelogen habt! … Setzt euch da hin und wartet, bis ich euch rufe."

Er nimmt das Geld und führt uns in ein kleines Wartezimmer, eher eine Höhle. Es ist schmutzig und riecht muffig, an der Wand hängen alte Bilder, auf denen der Teufel, Fabeltiere und eine ganze Palette von Zauberern, Hexen und Hexenmeistern zu sehen sind, außerdem noch Könige und Soldaten. Eine esoterische Musik aus merkwürdigen Klängen durchzieht den Raum, begleitet von Stimmen wie aus dem Jenseits. An einer der Wände hängt ein großes, von zwei Lampen angestrahltes Bild: eine Frau, die im Raum zu schweben scheint.

„Die Frau aus dem Internet!", ruft Metáfora. „Die auf der Website."

„Ihr könnt jetzt reingehen!", fordert der Mann uns nach ein paar Minuten auf.

Wir betreten einen größeren Raum, der in ein schwaches rötliches Licht getaucht ist.

„Setzt euch auf die Stühle da und rührt euch nicht", befiehlt uns der verkleidete Zauberer. „Estrella kommt sofort."

Er lässt uns wieder alleine und wir warten mit angehaltenem Atem. Auch wenn wir wissen, dass all dies Teil der Inszenierung ist, schüchtert uns die Atmosphäre ein wenig ein. Das Ganze soll den Kunden wohl Respekt einflößen.

Die Tür geht quietschend auf. Zunächst glaube ich, dass die Türangeln nur einmal geölt werden müssten; doch dann wird mir klar, dass auch das zur Inszenierung gehört.

„Was wollt ihr wissen?", fragt eine Frau, die so ungewöhnlich gekleidet ist, wie ich es noch nie gesehen habe. „Stellt eure Fragen, ich werde sie beantworten."

Metáfora sieht mich an, sagt aber nichts.

„Also ... Ich ... Ich möchte etwas fragen ...", stammele ich.

„Wie heißt du, junger Mann?"

„Arturo. Ich heiße Arturo. Arturo Adragón."

„Und du bist seine Verlobte?", fragt sie Metáfora. „Hast du ihn hergebracht, weil du wissen willst, ob ihr heiraten und Kinder haben werdet?"

„Wir sind nicht verlobt", beeilt sich Metáfora zu antworten. „Wir sind nur Freunde, wir gehen in dieselbe Klasse."

„Ich möchte etwas über meine Träume erfahren", sage ich. „Ich habe sehr seltsame und komplizierte Träume."

„Sieh an, sieh an, der junge Mann hat seltsame Träume!", bemerkt sie amüsiert. Ihr ironischer Ton gefällt mir nicht. „Wovon träumst du denn? Von Reichtum, von Macht, von hübschen Mädchen?"

„Nein, davon nicht. Ich träume von Abenteuern im Mittelalter. Von Rittern, Sturmangriffen auf Burgen und so."

„Und von Drachen?", erkundigt sie sich und betrachtet dabei die Zeichnung auf meiner Stirn. „Sind sie gut oder böse, die Drachen?"

„Bis jetzt ist mir noch keiner begegnet, aber ich bin sicher, früher oder später tauchen die auch noch auf. Im Moment gibt es nur Zauberer, Könige und Alchemisten. Und merkwürdige Geheimnisse."

„Du brauchst dir keine Sorgen zu machen. Das ist gerade in Mode. Heutzutage gibt es viele Filme, Bücher, Comics und Computerspiele, die von solchen Fantasiewelten handeln. Wie eine Invasion! Es ist ganz normal, dass ihr Jungen und Mädchen von so was fasziniert seid. Das ist nicht schlimm, es geht bald vorbei."

„Aber bei mir ist das was anderes. Ich habe eine Reise in die Vergangenheit gemacht und war im Mittelalter, auf einer Burg. Ich habe an einem Krieg teilgenommen ...!"

„Oh, natürlich. Das geht vielen so. Wenn du zu viele Filme siehst und Rollenspiele und so was spielst, meinst du am Ende, du würdest tatsächlich im Mittelalter leben. Du musst auf andere Gedanken kommen. Etwas anderes lesen, zum Beispiel. Magst du Gedichte?"

„Ich will nur wissen, ob das vorübergeht oder noch lange dauert. Und ich will wissen, was mit mir passieren wird. Dafür haben wir bezahlt. Aber wenn Sie mir das nicht sagen können, geben Sie uns lieber unser Geld zurück, und wir gehen wieder."

„Aber natürlich kann ich dir das sagen! Beruhige dich doch. Ich lege dir die Karten, und dann werden wir sehen, was dir die Zukunft bringt."

Sie öffnet ein rot lackiertes Kästchen, das auf dem Tisch steht, und holt einen Stapel großformatiger Karten hervor. Sie wirft sie auf das Tischtuch, nimmt sie wieder auf, mischt sie und sieht mich durchdringend an.

„Pass auf, Kleiner, jetzt wirst du sehen, was die Zukunft für dich bereithält."

Sie nimmt eine Karte heraus und legt sie offen auf den Tisch.

„Eine gute Nachricht! Du wirst lange leben, sehr lange."

Eine zweite Karte.

„Es kann sein, dass du unsterblich bist. Dass du lebst, bis die zwei Persönlichkeiten, die in dir existieren, eins werden."

„Zwei Persönlichkeiten?", fragt Metáfora.

„Dein Freund besteht aus zwei Persönlichkeiten", erklärt die Frau. „So etwas kann manchmal vorkommen. Etwa so wie ein Mensch mit zwei Leben. Du weißt schon, einer, der in der realen Welt lebt und gleichzeitig in der, die das Produkt seiner Träume ist."

„Das hab ich ihr auch schon gesagt. Wissen Sie, ich habe Träume und …"

„Pssst! … Ruhe, ich muss mich konzentrieren, Kleiner."

Eine weitere Karte.

„Aber da gibt es ein Problem. Du musst eine Entscheidung treffen, die dein zukünftiges Leben beeinflussen wird! Irgendwann wirst du dich auf einem bestimmten Weg befinden und dich entscheiden müssen, ob du weitergehen oder umkehren sollst! Es wird eine Entscheidung von großer Bedeutung sein, der du dich stellen musst."

„Und wann wird das sein?", frage ich immer gespannter.

„Bald. Früher als du glaubst."

Noch eine Karte … Und noch eine … Noch eine …

„Jetzt kommen die schlechten Nachrichten. Aber vielleicht sollte ich dir die lieber nicht verraten, die sind nicht so wichtig", sagt sie.

„Doch! Sagen Sie es mir! Dafür habe ich bezahlt!"

„Also gut, ich werde es dir sagen. Aber beschwere dich hinterher nicht, ich hätte dir Angst machen wollen. Hör zu … Dein Leben wird beeinflusst von Zeichen, von der Magie und von …"

„Von was?", fragt Metáfora ungeduldig. „Wovon noch?"

„Von der Liebe. Du wirst dich zweiteilen müssen wegen der Liebe."

„Was bedeutet das? Niemand teilt sich wegen der Liebe in zwei Teile. Das ist Quatsch."

„Es ist möglich, dass sich dein Herz spaltet, und dann wirst du eine Entscheidung treffen müssen. Auf dir liegt ein Fluch, du wirst doppelt so viel erleben wie andere, aber du wirst auch doppelt so viel leiden. Da ist die Sonne und da der Mond. Sie bestätigen das. Das ist alles, was ich dir sagen kann."

„Das soll alles sein für hundert Euro?"

„Ist dir das zu wenig? Du hast mich erschöpft. Dein Fall ist sehr kompliziert, und ich musste mich furchtbar anstrengen, um deine Fragen zu beantworten. Jetzt seid bitte so nett und geht. Die Sitzung ist beendet, ich muss mich ausruhen … Außerdem habt ihr nur sechzig Euro bezahlt und dafür habt ihr ziemlich viel gekriegt. Los, ihr beiden, raus hier!"

Wir sehen ein, dass jeder Widerspruch zwecklos ist. Also stehen wir auf und gehen hinaus. Auf der Treppe stolpern wir wieder über den Bauschutt und müssen uns an den Maurern vorbeidrängen.

Ich mache mir irgendwie Sorgen. Dass ich doppelt so viel leiden soll wie andere, hat mir gar nicht gefallen. Hört sich an wie ein böser Fluch.

„Hör mal, Arturo, du machst du dir doch wohl keine Sorgen wegen dem, was die Frau zu dir gesagt hat, oder?", fragt mich Metáfora.

„Ach was! Das ist doch alles nur dummes Geschwätz. Eine Masche, um den Leuten das Geld aus der Tasche zu ziehen. Ich hab dir doch gesagt, wir vergeuden nur unsere Zeit. Wir hätten besser ins Kino gehen sollen."

„Ja, Mann, um deine Fantasie noch mehr zu reizen!", ruft sie. „Du solltest eine Zeit lang überhaupt keine Filme mehr sehen und keine Comics oder Romane lesen. Nichts, was deine Fantasie anregt."

„Was erzählst du da? Willst du mir die Dinge verbieten, die mir am meisten Spaß machen?"

„Ich will dir gar nichts verbieten, ich rate dir nur, eine Weile bestimmte Dinge zu lassen! Es wird dir nicht schaden, etwas weniger rumzuspinnen und deine Fantasie zu bremsen, weißt du? Es gibt auch noch andere Dinge. Wir könnten tanzen gehen …"

Wir steigen in den Bus, der uns wieder nach Hause bringt. Unterwegs reden wir über Dinge, die weder etwas mit Zauberei noch mit den Buchstaben auf meinem Oberkörper zu tun haben. Aber im Grunde weiß ich, dass mit mir etwas Merkwürdiges passiert. Etwas, das nicht normal ist.

„Du, mir ist irgendwie schlecht. Ich fühle mich plötzlich so müde", sage ich zu ihr, als wir an unserer Haltestelle aussteigen.

„Das kommt von dem Schreck, den dir die Frau eingejagt hat. Das mit dem ‚doppelt so viel leiden' hätte sie wirklich nicht sagen sollen."

„Mir wird schwindlig."

„Komm, lass uns in die Cafeteria da gehen, etwas trinken. Du wirst sehen, gleich geht es dir besser."

Kaum sitze ich auf einem Stuhl, merke ich, wie sich alles um mich herum zu drehen beginnt, immer schneller und schneller. Ich habe wieder dieses Gefühl wie an meinem Geburtstag nach dem Essen: das Gefühl, aus dieser Welt zu verschwinden.

V
Die Festung des Teufels

Demónicus' Hauptquartier war auf einer alten römischen Befestigung erbaut, die nur wenige Fremde je zu Gesicht bekommen hatten. Es lag auf einem Felsvorsprung, umspült von Wasser und Schlamm. Das Hauptgebäude wurde von einer großen, von hundert mächtigen Säulen getragenen Kuppel gekrönt. Darauf brannte ein ewiges Feuer, dessen himmelhohe Flammen weithin zu sehen waren. Wie ein Leuchtturm, der Tag und Nacht seinen Lichtkegel kreisen lässt. Es diente dazu, treuen Freunden den Weg zu weisen und Feinde abzuschrecken.

Das eindrucksvolle Schauspiel ließ alle, die das mächtige Feuer mit der riesigen schwarzen Rauchsäule zum ersten Mal sahen, vor Ehrfurcht erzittern. Möglicherweise war das der Grund, weshalb Demónicus' Hauptquartier noch nie angegriffen worden war. Es war ein wahrhaft diabolischer Anblick!

Als die Flüchtenden das helle Feuer erblickten, machten sie erschrocken und zugleich fasziniert halt. Der majestätische Palast flößte ihnen Respekt ein.

Der Kuppelbau war von großen Tempeln und Palästen umgeben. Bunte Standarten flatterten vor den Gebäuden. Mehrere Kasernen mit massiven, hohen Mauern gruppierten sich um die gigantische Anlage und verwandelten sie in eine uneinnehmbare Festung. Keine Armee wäre imstande gewesen, in das Herz des Reiches der Finsternis vorzudringen. Kein König verfügte über die nötigen Streitkräfte, um ein derart geschütztes Reich zu erobern. Und diejenigen, die es versucht hatten, hatten mit ihrem Blut die wilden Tiere der Sümpfe gesättigt.

Entgeistert beobachteten die Ankömmlinge, wie zwei herrliche Flugdrachen über dem Palast ihre Kreise zogen. Die Szene wurde von einem weißen Vollmond beleuchtet, der am schwarzen Himmel stand. Geheimnisvolle Wesen, halb Echsen, halb Menschen, bildeten eine Art

Schutzring um die beiden Drachen. Sie kreisten mit ausgebreiteten Armen und Beinen über der Feuerkuppel, so als wollten sie sich an den Händen fassen. Aus ihren Mündern schossen Flammen und eine giftige Säure von ekelhafter Farbe.

Unter einem Regen wüster Beschimpfungen, die die Bewohner der vorgelagerten Stadt gegen sie ausstießen, ritt die Gruppe durch die engen Gassen, bevor sie zu Demónicus' Soldaten gebracht wurde. Zur Belohnung erhielten die Wilden aus den Sümpfen Münzen und Waffen. Zufrieden zogen sie ab, wobei sie schnell noch ein paar Pferde mitnahmen.

Arturo, Arquimaes und die anderen wurden ohne Umstände in ein dunkles Verlies geworfen. Zwei Tage lang mussten sie dort ausharren. Ihre einzige Stärkung war eine riesige Schale mit einer grünlichen Masse, in der widerlich stinkende Klumpen schwammen, dazu einige Kübel fauligen Wassers.

„Was werden sie mit uns machen?", fragte Arturo beklommen. Er war am Ende seiner Kräfte. „Was wird aus uns werden?"

„Wenn wir das hier überleben, werden sie uns zu Demónicus bringen", antwortete Arquimaes. „Bestimmt wird Morfidio mit ihm verhandeln wollen. Und unser Leben wird der Preis sein."

„Wird man uns foltern?"

„Vermutlich. Aber das wird ihnen nichts nützen", versicherte der Alchemist. „Ich habe geschworen, dass ich mein Geheimnis niemals preisgeben werde. Lieber sterbe ich."

„Meister", murmelte Arturo, „ich schwöre, dass auch von meinen Lippen niemals etwas kommen wird, das wichtig für sie ist. Ich werde nichts verraten."

„Du weißt nichts, was wichtig für sie sein könnte", beruhigte ihn der Alchemist. „Du kennst die Formel nicht. Ich bin sicher, sie werden dich in Ruhe lassen."

Am dritten Tag starb Cromell trotz Arquimaes' Bemühungen unter entsetzlichen Schmerzen. Mit seinem qualvollen Todeskampf zahlte er für die Missetaten, die er all die Jahre im Namen seines Herrn begangen hatte. Er starb mit aufgerissenen Augen und weit geöffnetem Mund. Alle waren überrascht, als Morfidio stundenlang vor Cromells Leiche kniete und seinen Tod beweinte.

Einige Tage später wurden sie in das Hauptgebäude geschleppt und dort in ein dunkles Loch gesperrt, in dem es von Ratten und anderem Ungeziefer nur so wimmelte. Die Gefangenen taten alles Mögliche, um von den Tieren nicht gebissen zu werden. Doch allein der unerträgliche Gestank kam bereits einer Folter gleich. Schmutz und Exkremente verbreiteten einen solchen Modergeruch, dass es unmöglich schien, unter solchen Bedingungen lange zu überleben. Die Bisswunden entzündeten sich, doch glücklicherweise konnte Arquimaes sie heilen. Auch Morfidio befreite er von einer gefährlichen Infektion.

Nach mehreren schrecklichen Tagen und Nächten, in denen sie wegen der unerträglichen Ungezieferplage und dem Lärm, den die Wächter und Folterknechte veranstalteten, kein Auge zugetan hatten, wurden sie in den Innenhof gebracht. Man riss ihnen die Kleider vom Leib und warf sie in einen faulig stinkenden Tümpel. Der Gestank war so penetrant, dass ihn sogar die Soldaten kaum ertragen konnten.

Irgendwann brachte man sie in einen großen Saal, gab ihnen trockene Kleider und befahl ihnen, bis zum Sonnenuntergang zu warten.

Mehrere schwer bewaffnete Soldaten unter dem Kommando von Tórtulo, dem Einhändigen, legten sie in Ketten und schleppten sie die Treppe hinauf ins oberste Stockwerk. Ein Dutzend Männer, die ihre Gesichter unter Kapuzen oder hinter furchterregenden Masken verbargen, warteten hier auf sie, um sie einem Verhör zu unterziehen.

Mit Schlägen zwang man sie auf die Knie und verbot ihnen zu sprechen, außer wenn sie gefragt würden.

„Ihr beantwortet ohne Anmaßung die Fragen, die man euch stellen wird", schrie der Einhändige, „oder ich reiße euch die Zunge raus!"

Nach ein paar Minuten absoluter Stille öffneten sich die Flügel der riesigen Holztür. Ein Mann betrat den Raum, begleitet von einem kleinen Hofstaat und seiner Leibgarde: Demónicus persönlich.

Er war außergewöhnlich groß und sein Gesicht strahlte Hass aus. Hass auf die gesamte Menschheit. Das schwarze, wellige Haar fiel ihm bis auf die Schultern und wurde von einer weißen Strähne in zwei gleiche Hälften geteilt. Die Strähne wand sich von der Stirn aus wie eine Schlange über seinen Kopf, wodurch der Finstere Zauberer noch gefährlicher aussah. Demónicus war die Verkörperung des Bösen schlechthin.

Der Herrscher setzte sich auf seinen Thron und erhob seine Stimme: „Wer von euch ist Morfidio?"

„Ich, Herr. Ich bin Graf Morfidio."

„Wir haben noch eine Rechnung mit dir offen. Du hast uns verfolgen lassen und mehrere Zauberer und Hexenmeister, die in hohem Ansehen bei uns standen, in deine Kerker gesperrt. Bevor wir dich zum Tode verurteilen, sollst du uns sagen, mit welcher Absicht du in unser Land gekommen bist, obwohl du weißt, dass wir dich hier nicht willkommen heißen."

„Großer Zauberer, ich habe Euch ein besonderes Geschenk mitgebracht ... Dies ist Arquimaes, der Alchemist. Ihr kennt ihn sicherlich. Er ist Hüter eines großen Geheimnisses, das er bisher noch keinem verraten hat. Aber ich bin mir sicher, dass es Euch gelingen wird, es ihm zu entreißen."

„Was ist das für ein Geheimnis?"

„Es handelt sich um eine außergewöhnliche Entdeckung. Ich glaube, er hat den Stein der Weisen gefunden. Ich habe einen Satz gelesen, den er auf ein Pergament geschrieben hat. Darin behauptet er, er sei imstande, Menschen in wertvolle Wesen zu verwandeln. Was sonst kann das sein als die Macht, den Menschen Unsterblichkeit zu verleihen? Außerdem habe ich mit meinen eigenen Augen gesehen, wie er jenem Jungen da zweimal das Leben zurückgegeben hat. Er hat ihn mit seinen magischen Kräften wiederbelebt! Das Problem, Herr, ist, dass ich es bisher nicht geschafft habe, ihm die Geheimformel zu entlocken. Deswegen habe ich ihn hergebracht. Ich hoffe, dass Ihr mich entsprechend zu belohnen wisst."

„Belohnen? Einen Bastard wie dich?", donnerte Demónicus. „Was hast du dir von uns erhofft?"

„Den Thron von Arco de Benicius. Als Gegenleistung will ich absolute Treue gegenüber Euch und Eurem Reich geloben. Ich werde Euch helfen, die Macht der Finsteren Zauberer zu vergrößern. Ich werde die eiserne Hand sein, mit der Ihr Euer Magisches Reich ausweitet. Ihr wisst sehr wohl, dass ich dazu in der Lage bin!"

Die Kapuzenmänner besprachen sich leise miteinander, während Demónicus über das Angebot nachdachte. Morfidio triumphierte innerlich. Er schien ins Schwarze getroffen zu haben. All die Strapazen hatten sich offenbar gelohnt.

„Dein Angebot könnte für uns von Interesse sein, Graf Morfidio. Wir wissen, dass du grausam genug bist, um für die nötige Ordnung und Disziplin zu sorgen, die wir brauchen. Aber das wird nicht einfach sein. Vergiss nicht, wir werden es mit Königin Émedi zu tun bekommen! Bisher konnten wir sie nicht besiegen und sie wird sich uns mit allen Kräften widersetzen. Sie ist unsere ärgste Feindin."

„Ich weiß, aber ich fühle mich stark genug, ihr die Stirn zu bieten und sie von ihrem Thron zu stürzen. Ihre Getreuen werden die Flucht ergreifen, wenn sie erst sehen, wer ihr neuer Nachbar ist. Wir werden ihnen beweisen, dass unsere Macht größer ist als die ihrer Königin. Aber man hat mir erzählt, Ihr hättet sie getötet …? Dann stimmt das also nicht?"

„Wir haben unsere Zauberformeln gegen sie gerichtet, um sie zu vernichten. Aber niemand weiß, warum die Formeln unwirksam geblieben sind. Jedenfalls lebt sie noch … und droht damit, unsere Macht anzugreifen. Sie veranstaltet eine Jagd auf alle, die Hexerei und schwarze Magie praktizieren …"

„Mit Arquimaes' Geheimnis werdet Ihr Königin Émedi überlegen sein."

Demónicus sah Arquimaes eine Weile an. Dann befahl er, ihn näher an den Thron heranzuführen.

„Du bist also der berühmte Arquimaes."

„Ja, der bin ich."

„Der Freund von Königin Émedi, der, der ihr beigestanden und ihr die Kraft verliehen hat, ihre Macht zu festigen."

„Und ich werde es weiterhin tun, sooft ich kann. Sie ist im Moment die Einzige, die sich Eurer Tyrannei widersetzt."

„Sag mir, Weiser, bist du bereit, mir dein Geheimnis zu verraten, um dein Leben und das deines Gehilfen zu retten?", fragte Demónicus geradeheraus.

„Auf gar keinen Fall", antwortete der große Alchemist unerschütterlich. „Lieber sterbe ich. Aber selbst wenn ich es täte, es würde Euch nichts nützen. In Euren Händen ist mein Geheimnis wertlos. Es ist für zivilisierte Menschen gedacht, nicht für wilde Tiere wie Euch."

„Bringt ihn in den Folterkeller!", befahl der Finstere Zauberer zornig. „Und nun zu dir, Morfidio! Ich kann für dich nur hoffen, dass diese Formel wirklich die Macht besitzt, von der du sprichst! Wenn du uns getäuscht hast, wirst du teuer dafür bezahlen."

„Ich versichere Euch, dass …"

Der Soldat, der ihm am nächsten stand, gab ihm einen Schlag auf den Rücken, der ihn vor Schmerzen aufheulen ließ.

„Du sollst nur reden, wenn du gefragt wirst, du Hund!", erinnerte ihn Tórtulo.

„Exekutiert die Soldaten des Grafen!", befahl Demónicus. „Wir wollen keine Spione hier. Und den Jungen da auch."

„Fasst ihn nicht an!", schrie Arquimaes, woraufhin er ebenfalls einen schmerzhaften Schlag erhielt.

Mit einer Handbewegung bat Morfidio darum, sprechen zu dürfen.

„Der Junge kann uns vielleicht noch von Nutzen sein. Er ist imstande, außergewöhnliche Dinge zu tun. Er hat gegen eine Feuerkugel von Herejio gekämpft. Und er hat überlebt! Arquimaes hat ihn zweimal ins Leben zurückgeholt!"

„Er hat Herejios Magie besiegt?", fragte Demónicus verwundert. „Er alleine?"

„Er ist in eine riesige Feuerkugel geritten, die Herejio gegen meine Burg geschickt hatte, und hat sie in Stücke gehauen", erklärte Morfidio. „Aber das Merkwürdigste daran war: Ihm ist nichts passiert! Ich bin sicher, die Macht des Geheimnisses beschützt ihn. Er ist der lebende Beweis dafür, dass Arquimaes etwas Außergewöhnliches entdeckt hat."

„Vielleicht hat er uns tatsächlich etwas mitzuteilen", sagte Demónicus, und dann zu Arturo gewandt: „Wenn du redest, Junge, kannst du dein Leben retten. Also was weißt du?"

„Ich weiß nichts. Und wenn ich etwas wüsste, würde ich es Euch nicht verraten", antwortete Arturo.

„Kettet ihn mit seinem Meister zusammen!", befahl der Finstere Zauberer hasserfüllt. „Die Folter wird sein Gedächtnis schon auffrischen."

In diesem Moment bemerkte Arturo einen Schatten hinter einem Vorhang am Ende des Saales. Jemand hatte also heimlich das Verhör belauscht. Wer konnte das sein? Doch bevor er noch einmal zu dem Vorhang schauen konnte, zogen die Wachsoldaten bereits an seinen Ketten und zerrten ihn und seinen Meister zur Tür hinaus.

VI

Ein General in der Stiftung

Als wir in die Stiftung zurückkehren, wird es schon dunkel. Ich fühle mich noch immer etwas benommen. Ich komme mir vor wie eine Marionette, die von irgendjemandem nach Belieben bewegt wird.

„Besser, du legst dich ein bisschen hin", sagt Metáfora. „Du bist erschöpft. Morgen erzählst du mir, was mit dir passiert ist."

„Es ist unglaublich. Ich bin ein Teil der Geschichte. Was geht da vor? Was geschieht mit mir?"

„Das weiß ich nicht, Arturo, aber wir werden es herausfinden. Ich lass dich nicht alleine."

„Ich habe Angst. Es ist stärker als ich …"

„Ruh dich erst mal aus. Morgen sehen wir weiter. Vielleicht müssen wir zu einem Arzt gehen … Einverstanden?"

Ich folge ihrem Rat und gehe ins Haus. Ich werde mich ins Bett legen und ein paar Stunden ausruhen. In der Eingangshalle treffe ich Mahania.

„Du bist blass, Arturo. Ist alles in Ordnung?"

„Ja, ja. Es ist nur sehr kalt und ich fühle mich nicht wohl."

„Ich mach dir etwas zu essen, das wird dir guttun. Los, geh zu deinem Vater, er hat schon nach dir gefragt. Er ist in seinem Arbeitszimmer."

Ich bin zwar völlig fertig, gehe aber direkt rauf zu ihm. Zufällig begegnet mir Sombra, der mal wieder über die Flure huscht.

„Hallo, Sombra! Ich will zu Papa …"

„Ich auch. Er hat nach mir gerufen. Ich glaube, ich soll was für ihn erledigen."

Sombra klopft an. Nach wenigen Sekunden öffnet mein Vater die Tür.

„Ach, hallo, Arturo! Wo warst du? Ich wollte etwas mit dir besprechen ... Hallo, Sombra, für dich hab ich auch was ... Kommt rein, kommt rein ..."

„Ich war noch mit Metáfora unterwegs", entschuldige ich mich.

„Sehr gut, auch darüber wollte ich mit dir reden ... Ich hab mit Norma gesprochen, sie ist sehr zufrieden mit dir, sagt sie ... Aber kommt doch rein, ich möchte euch jemanden vorstellen."

Wir treten ein und sehen uns einem Mann gegenüber, der uns eindringlich mustert. Sombra steht hinter mir und schweigt.

„Arturo, Sombra, ich darf euch General Battaglia vorstellen. Er wird von nun an in unserer Bibliothek arbeiten und Nachforschungen betreiben ... Und dazu benötigt er unsere volle Unterstützung. Herr General, der schweigsame Mensch da ist Sombra. Er kennt die Bibliothek besser als irgendjemand sonst, sogar besser als ich. Er ist die Seele der Stiftung ... Und der junge Mann hier ist mein Sohn Arturo ..."

„Freut mich sehr, Sie beide kennenzulernen", sagt der General und verbeugt sich militärisch knapp. „Señor Sombra, Arturo ... Stets zu Ihren Diensten."

„Hallo, Herr General, sehr angenehm", sage ich etwas zu laut, sodass Sombras gemurmelter Willkommensgruß untergeht.

„Der General stellt Nachforschungen über eine Armee an, die angeblich im Mittelalter existiert haben soll", erläutert Papa. „Er behauptet, diese Armee sei sehr wichtig gewesen, obwohl es keinerlei Hinweise gibt, die seine These stützen."

„Ich bin davon überzeugt, dass es sie gegeben hat und dass sie eine wichtige Rolle bei der Organisation und der Entwicklung jener Epoche gespielt hat!", bekräftigt der General. „Man nannte sie die ‚Schwarze Armee'! Ich hoffe, ihre Existenz beweisen zu können ... Natürlich mit der Hilfe Ihrer Stiftung."

„Eine schwarze Armee?", wiederhole ich. „Im Mittelalter? Sagt mir nichts. Hört sich eher nach einem Videospiel an."

„Auch ich habe davon noch nie etwas gehört", bemerkt Sombra. „Das kann doch nur der Fantasie eines kranken Hirns entsprungen sein!"

„Wir haben tatsächlich noch nie etwas von einer schwarzen Armee gehört", pflichtet uns mein Vater bei. „Und ich kann mich auch nicht daran erinnern, etwas darüber gelesen zu haben. Aber, na ja, wenn Sie

meinen, Sie könnten hier irgendeine Spur finden, dürfen Sie mit unserer Unterstützung rechnen. Nicht wahr, Sombra?"
„Selbstverständlich können Sie mit unserer Unterstützung rechnen. Womit möchten Sie anfangen?"
„Ich würde mir gerne sämtliche Dokumente über Militärstrategien des Mittelalters ansehen. Ich sage Ihnen noch genauer, welche Jahrhunderte für mich wichtig sind", sagt er in einem Ton, der fast nach einem Befehl klingt. „Danach sollten wir uns über Burgen unterhalten. Es gibt da einige, die mich ganz besonders interessieren ... Ach ja, ich glaube, Sie haben auch Waffen und andere Objekte aus jener Zeit, nicht wahr?"
„Ja, im ersten Stock haben wir eine kleine Sammlung, nichts Besonderes."
„Die würde ich mir auch gerne ansehen", entscheidet der General.
„Heute Abend noch stelle ich eine Bücherliste für Sie zusammen. Morgen früh haben Sie sie", sagt Sombra.
„Also, so was nenne ich effektiv! Wenn ein Mönch und ein General zusammenarbeiten, können sie wahre Wunder vollbringen!", sagt Battaglia.
„Stromber!", ruft Papa mit dem Blick zur Tür. „Kommen Sie doch herein!"
„Man hat mir erzählt, dass General Battaglia angekommen ist, und da wollte ich ihn willkommen heißen", sagt Señor Stromber. „Mein Name ist Frank Stromber, Sammler von Antiquitäten aus dem Mittelalter. Ich habe schon viel von Ihnen gehört."
„Ich bin General Battaglia, Experte für Militärstrategien jener wunderbaren und geheimnisvollen Epoche, die das Mittelalter war. Sehr erfreut, Sie kennenzulernen, Señor Stromber."
„Und was führt Sie hierher, Herr General?", fragt der Antiquitätenhändler.
„Eine Forschungsarbeit. Ich bin einer Armee auf der Spur."
„Einer Armee aus dem Mittelalter? ... Zu der Zeit hat es sehr viele Armeen gegeben."
„Diese Armee ist etwas ganz Besonderes. Nach dem, was ich bisher herausgefunden habe, besaß die Schwarze Armee außergewöhnliche

Eigenschaften. Viele Historiker haben sie ignoriert, aber ich bin sicher, dass sie ein wichtiger Baustein in einem bestimmten Augenblick der Geschichte war."

„Na, das fängt ja an, interessant zu werden", sagt mein Papa. „Wir sollten ein Essen veranstalten und über all das reden, was uns verbindet. Selbstverständlich sind Arturo und Sombra auch eingeladen. Wie wär's mit heute Abend?"

„Ich weiß nicht, ob ich dabei sein kann, Papa", sage ich. „Ich glaube, ich habe etwas Fieber, und habe Angst, dass es schlimmer wird. Ich möchte lieber früh zu Bett gehen, wenn du nichts dagegen hast."

„Natürlich nicht, junger Mann", sagt der General. „Ein guter Soldat muss auf seine Gesundheit achten."

„Ich muss mich auch entschuldigen", sagt Sombra. „Ich habe noch so einiges zu erledigen. Bestimmt ergibt sich ein anderes Mal eine Gelegenheit."

„Dann müssen wir wohl alleine zurechtkommen", sagt Stromber. „Ein Bibliothekar, ein General und ein Antiquitätenhändler! Das wird ein ganz außergewöhnliches Essen. Wir haben viel zu besprechen und werden uns sicher nicht langweilen."

Während sie die Einzelheiten des Abendessens besprechen, ziehen Sombra und ich uns unauffällig zurück und lassen sie alleine.

„Wer hat wohl dem General von der Schwarzen Armee erzählt?", fragt mich Sombra auf der Treppe. „Warum mischt er sich in etwas ein, das ihn nichts angeht?"

„Weißt du was von dieser Armee?", frage ich zurück.

„Keiner weiß etwas davon. Sie hat nie existiert."

„Bist du sicher?"

Sombra versteht es sehr gut, Geheimnisse für sich zu behalten. Er schweigt.

In meinem Zimmer finde ich ein Tablett mit dem Abendessen vor, das Mahania mir hingestellt hat, während ich bei Papa war: eine heiße Suppe, ein Filet, Karamellpudding und Orangensaft.

Ich springe rasch unter die Dusche. Dann esse ich in aller Ruhe zu Abend und schaue mir dabei einen Film im Fernsehen an. Ich muss wieder an das denken, was die Kartenlegerin gesagt hat. Ich weiß zwar, dass sie meine Zukunft nicht vorhersagen kann, aber dennoch wollen mir ihre Worte nicht aus dem Kopf gehen. Vor allem dass ich mich in zwei Teile aufteilen werde, hat mich stutzig gemacht. Solche Prophezeiungen sind trotz allem irgendwie interessant … und beunruhigend.

Ich hätte mich von Metáfora nicht zu diesem Termin überreden lassen sollen. Ich glaube nicht an solche Dinge, weder an Parapsychologie noch an Geister oder Gespenster aus der Vergangenheit oder der Zukunft. Wenn sie mich das nächste Mal zu so was mitschleppen will, werde ich mich weigern.

Ich glaube, ich sollte mich einfach nicht mit solchen Geschichten abgeben. Wie General Battaglia, der die Spur einer Armee aus dem Mittelalter verfolgt. Als könnte eine Armee verloren gehen! Wenn es sie gegeben hat, müsste davon doch in irgendwelchen Büchern die Rede sein, und wenn das nicht der Fall ist, dann hat es sie auch nie gegeben.

Ich versuche zu lesen, kann mich aber nicht konzentrieren. Ich nehme einen Comic, aber auch darauf habe ich keine Lust. Ich bin einfach zu nervös. In letzter Zeit geschehen so viele Dinge … Also lege ich einen Abenteuerfilm ein … Aber irgendetwas ist nicht in Ordnung mit mir. Ich spüre plötzlich eine Hitze in mir aufsteigen, mir fallen die Augen zu … Und es juckt mich am ganzen Körper … Ich weiß nicht, was mit mir los ist …

Ich gehe zum Spiegel und stelle fest, dass ich ganz blass bin. Auf meinem Gesicht ist wieder das große A zu sehen. Ich hebe das Oberteil von meinem Schlafanzug hoch. Mein Körper ist von diesen mittelalterlichen Buchstaben übersät. Schwarze Buchstaben bewegen sich in Reih und Glied über meine weiße Haut, eine Reihe unter der anderen, in militärischer Formation, ausgerichtet in rechteckigen Blöcken!

Ich bekomme Panik. Das wird ja immer schlimmer! Ich muss etwas tun. Aber das Nachdenken fällt mir schwer. Vor meinen Augen verschwimmt alles, mir zittern die Knie … Gerade noch rechtzeitig kann ich mich aufs Bett legen, dann werde ich ohnmächtig …

VII

DIE SCHWARZE PRINZESSIN

Arturo wusste, dass alle, die in den Folterkeller gebracht wurden, ihn nicht mehr lebend verließen. Die Helfer der Folterknechte trugen mit Tüchern verhängte große Käfige heraus, in denen sich die Gefangenen befanden. Ihren Zustand konnte man nur erahnen. Durch einen Spalt in der Zellentür zählte Arturo bis zu sechs Käfige pro Tag.

Die Grausamkeit der Folterknechte, ihre Werkzeuge, der Geruch von verbranntem Fleisch und die Schreie der Männer, die schon die ganze Nacht hindurch vor Schmerzen gebrüllt hatten, machten ihm deutlich, dass sich Arquimaes und er in großer Gefahr befanden. Jeder Moment, den sie an diesem Ort eingesperrt blieben, brachte sie ihrem schrecklichen Ende näher.

„Es tut mir leid, Arturo", sagte Arquimaes, den die schweren Ketten fast erdrückten. „Niemals hätte ich mir vorstellen können, dass wir einmal so enden würden."

„Meister, ich bin Euch dankbar, dass Ihr mir die Gelegenheit gegeben habt, ritterlich zu handeln und diese verfluchte Feuerkugel zu zerstören", antwortete Arturo. „Nie hätte ich mir träumen lassen, dass mir so etwas vergönnt wäre. Nun weiß ich, dass es sich gelohnt hat. Ich habe vielen Leuten das Leben gerettet."

„Ich hoffe, dass unser Weg auf dieser Welt für etwas gut gewesen ist und dass diejenigen, die nach uns kommen, einen Nutzen aus unseren Erfahrungen ziehen", sagte Arquimaes.

Obwohl er es nicht zugeben wollte, waren die Worte des Weisen für Arturo nur ein schwacher Trost, jetzt, da er mit dicken, verrosteten und blutverkrusteten Eisenringen an die Wand gekettet dalag.

Einer der Foltergehilfen beschickte die Esse, in der die Eisen zum Glühen gebracht wurden, mit denen die Körper der Opfer versengt werden sollten. Er schaufelte Kohle auf die Glut, während ein anderer eines der Foltereisen darin drehte und Tausende rötlicher Funken stieben ließ.

Ein Mann, der neben ihnen an den Handgelenken aufgehängt war, wusste, dass das Eisen für ihn bestimmt war, und fing an, um Gnade zu flehen. Einer der Folterknechte versetzte ihm einen harten Schlag in den Magen, sodass ihm der Atem wegblieb. Kurz darauf streichelte das rot glühende Eisen seine Haut. Mit weit aufgerissenen, fieberglänzenden Augen starrte Arturo auf das furchtbare Schauspiel. Irgendwann würde er die Stelle jenes armen Teufels einnehmen.

Die Kerkertür öffnete sich. Eine schwarz gekleidete Gestalt kam die kleine Treppe herunter und trat auf Arturo zu. Es war der Schatten, der während des Verhörs hinter dem großen Vorhang gestanden und alles beobachtet hatte.

Eine Hand kam aus dem schwarzen Umhang hervor, schob Arturos Hemd hoch und betastete neugierig den Oberkörper des Jungen. Ihre Finger glitten über die Buchstaben, die sich im Schein des Feuers deutlich abhoben.

„Bringt ihn in mein Gemach!", befahl eine jugendliche Frauenstimme. „Der Große Zauberer hat sein Einverständnis gegeben."

Die Folterknechte wussten, dass der Befehl keinen Widerspruch duldete. Sie ketteten Arturo von der Wand los und führten ihn hinaus. Von der Tür aus warf Arturo seinem Meister noch einen letzten, angsterfüllten Blick zu. Er hatte das schreckliche Gefühl, ihn zum letzten Mal gesehen zu haben.

Die schwarz gekleidete Gestalt ging leichtfüßig voran, sodass Arturo Mühe hatte, ihr zu folgen. Seit Stunden hatte er nichts gegessen und der Ritt durch das Sumpfgebiet sowie die schlechte Behandlung hatten ihn sehr geschwächt.

Es dauerte nicht lange, da gelangten sie zum Gemach der jungen Frau. Kaum hatten sie das Zimmer betreten, hob sie den schwarzen Schleier vom Gesicht: Ihre Schönheit war beeindruckend! Sie hatte langes schwarzes Haar, das von einer weißen Strähne in zwei gleiche Hälften geteilt wurde. Die Strähne schlängelte sich vom Stirnansatz über den ganzen Kopf und glich einem silbernen Fluss in der Nacht.

„Lasst ihn hier und wartet draußen", befahl sie.

Nachdem sich die Soldaten noch einmal vergewissert hatten, dass die Ketten fest saßen, stießen sie Arturo zu Boden und verließen wortlos das Gemach.

„Ich bin Alexia, Demónicus' Tochter", sagte das Mädchen und reichte ihm einen Krug Wasser. „Ich möchte, dass du mir ein paar Fragen beantwortest. Wenn du mich von deiner Aufrichtigkeit überzeugst, kannst du möglicherweise dein Leben retten. Hast du mich verstanden?"

Arturo nickte wortlos, während er gierig aus dem Krug trank.

„Kannst du lesen?", fragte Alexia.

„Ja."

„Kannst du mir sagen, was die Buchstaben auf deiner Haut bedeuten?"

„Nein, das kann ich nicht", antwortete Arturo. „Ich weiß nicht, was sie bedeuten."

„Erzähl mir, wie sie auf deine Haut gekommen sind. Aber sag die Wahrheit! Handelt es sich um irgendeine Hexerei? Hat Arquimaes sie dir aufgetragen? Bist du ein Zauberer wie er? Stimmt es, dass du zweimal ins Leben zurückgekehrt bist?"

Arturo versuchte, sich aufzurichten. Alexia wartete geduldig.

„Es handelt sich weder um Magie noch um Hexerei oder sonst etwas in der Art", sagte er schließlich. „Ich weiß nicht, woher die Buchstaben kommen. Sie waren schon immer da. Ich glaube, seit meiner Geburt. Aber sie sind vollkommen ungefährlich."

„Arturo, Schüler des Arquimaes, ich glaube, du weißt mehr, als du zugibst. Ich erinnere dich daran, dass du mit Prinzessin Alexia sprichst, der Tochter des Demónicus, der zukünftigen Großen Zauberin der Sümpfe. Antworte also klar und eindeutig auf meine Fragen. Wie ist es dir gelungen, Herejios Feuerkugel zu zerstören? Haben dir die Buchstaben dabei geholfen? Bist du ein Zauberer? Welche Magie hast du angewendet?"

„Ich bin kein Zauberer, kein Hexenmeister und auch kein Alchemist ... Nichts von alledem ... Ich bin nur ein ... ein Reisender ..."

„Hältst du mich für dumm? Willst du in den Folterkeller zurück?", brauste Alexia auf. Langsam verlor sie die Geduld. „Woher kommst du?"

„Von sehr weit her. Ich kam zufällig in Arquimaes' Turm und wurde sein Schüler. Man hat mir Ritterkleidung angelegt und mich auf ein Pferd gesetzt ... und dann habe ich diesen schrecklichen Feuerball zerstört. Das ist alles, was ich weiß."

„Gleich werden wir sehen, ob du mich anlügst", sagte die Tochter des Finsteren Zauberers, stand auf und klatschte in die Hände. „Mit mir spielt man nicht."

Eine Tür, die Arturo bis zu diesem Moment nicht bemerkt hatte, öffnete sich, und ein sehr schlanker Mann betrat den Raum, in der Hand ein Holzkästchen.

„Rías, sag mir, ob die Buchstaben auf dem Oberkörper dieses Jungen hier von Arquimaes geschrieben wurden", befahl Alexia. „Ich will alles darüber wissen. Was sie bedeuten, warum sie auf seinem Körper sind ... und ob sie geheime Kräfte haben!"

Der Mann trat auf Arturo zu, stieß ihn zu Boden und stellte seinen Fuß auf ihn. Dann öffnete er das Kästchen, holte eine ziemlich primitive Lupe heraus, kniete nieder und besah sich den Oberkörper des Jungen. Nach wenigen Sekunden stand er auf und sagte: „Es besteht kein Zweifel. Diese Buchstaben stammen von Arquimaes. Ich kenne seine Schrift sehr gut", urteilte er entschieden. „Er hat sie allerdings nicht direkt auf die Haut geschrieben. Es sieht aus, als hätte er sie aufgeklebt. Sehr merkwürdig ..."

Alexia ging zu Arturo und tippte ihn mit einem Stock an.

„Also, du kleiner Lügner", sagte sie, „anscheinend kommt die Wahrheit doch noch ans Licht, was?"

„Ich habe nicht gelogen. Ich habe gesagt, dass ich es nicht weiß ..."

„Verkauf mich nicht für dumm. Du hast gerade gesehen, wie leicht deine Tricks zu durchschauen sind. Jetzt wollen wir mal sehen, ob Rías herausfinden kann, was die Buchstaben bedeuten. Kannst du das, Rías?"

„Das wird seine Zeit brauchen. Ich muss mir das lebende Buch hier gründlich ansehen. Bedenkt, dass jede seiner Hautfalten den Blick verwirren kann! Er darf sich nicht bewegen. Außerdem muss ich einige Werke über die Sprache der Alchemisten studieren, die bekanntlich äußerst kompliziert ist. Wenn der Junge sich sträubt und sich zu häufig bewegt, müssen wir ihm möglicherweise die Haut vom Körper reißen."

„Gut, so machen wir es. Morgen kommst du her und fängst an, die Buchstaben zu entschlüsseln. Damit überraschen wir dann meinen Vater und bereiten ihm eine Freude. Ich bin mir fast sicher, dass die Buchstaben etwas mit dem berühmten Geheimnis des Alchemisten zu tun haben. Niemand darf das Ergebnis vorher erfahren! Ich postiere Soldaten vor der Tür, und du wirst niemandem erzählen, was du entdeckt hast."

„Ja, Herrin. Ich schwöre es. Ich werde schweigen wie ein Grab."

„Gut, du kannst dich wieder zurückziehen. Hol dir, was du brauchst, und studiere deine Bücher. Und enttäusch mich nicht!"

Rías verbeugte sich übertrieben untertänig, um zu zeigen, wie sehr er sich über die großartige Gelegenheit freute, sein Wissen unter Beweis zu stellen, und wie sehr ihn das Vertrauen seiner Herrin ehrte. Er ließ keinen Zweifel daran, dass er alles in seiner Macht Stehende tun würde, um den Befehl zu ihrer vollsten Zufriedenheit auszuführen.

Arturo lief es kalt über den Rücken. Ihm war klar, dass die kommenden Stunden sehr schmerzhaft für ihn werden würden.

✶✶✶

DEMÓNICUS HÖRTE SEINE Tochter mit einer gewissen Skepsis an. Ihre Worte überzeugten ihn nicht. Denn auch wenn er sie in der Kunst der Hexerei, der Lüge und der Täuschung unterrichtet hatte, war sie für ihn immer noch das kleine Mädchen von früher.

„Ich versichere dir, Vater, der Junge ist der Schlüssel zu Arquimaes' Geheimnis! Lass es mich herausfinden", bat die Prinzessin. „Ich weiß, dass es mir gelingen wird."

„Das wird nicht nötig sein. Noch vor Tagesanbruch wird mir dieser verrückte Alchemist seine Geheimformel verraten haben, wenn es sie denn tatsächlich gibt. Lass mich nur machen. Obwohl ich glaube, dass das alles nur ein einziges Täuschungsmanöver ist. Arquimaes besitzt nichts, was für uns von Interesse sein könnte."

„Es gibt diese Geheimformel!", rief Alexia. „Arturo ist der lebende Beweis dafür!"

„Schön, morgen wissen wir mehr. Arquimaes wird bald reden."

„Arquimaes wird nichts als Lügen erzählen, nur um sein Leben zu retten. Er wird Zeit gewinnen wollen mit seinen Lügengeschichten und am Ende wirst du die Geduld verlieren. Morfidio hat es nicht geschafft und du wirst es auch nicht schaffen. Keiner wird es schaffen! Lass es mich mit Arturo versuchen, er ist der einzige Weg zur Wahrheit."

Demónicus zweifelte. Und wenn sie recht hatte? Wenn es stimmte, dass Arturo tatsächlich der Schlüssel zu der Geheimformel war?

„Wie willst du vorgehen? Hast du irgendeinen Plan?"

„Ja, ich habe einen Plan, der ganz bestimmt zum Ziel führen wird", versicherte Alexia. „Du musst mir nur gestatten, ihn in die Tat umzusetzen. Auf der Haut des Jungen steht das Geheimnis geschrieben, das wir entdecken wollen … Und ich glaube, es handelt sich um etwas sehr Bedeutendes. Etwas, das noch nie ein Mensch gesehen hat. Aber dazu muss Arquimaes am Leben bleiben. Du musst dafür sorgen, dass er nicht getötet wird. Wenn er stirbt, nützt uns Arturo gar nichts."

„Also gut, Alexia, du hast meine Erlaubnis."

„Vielen Dank, Vater, ich werde dich nicht enttäuschen", sagte die junge Zauberin und stand auf.

Demónicus sah ihr nach. Sie war wirklich eine gelehrige Schülerin. Er hatte sich immer einen Sohn gewünscht, der ihn unterstützen und ihm nachfolgen würde; aber seine Tochter überraschte ihn jeden Tag mehr. Ihre Erziehung zur Hexe und Zauberin machte sich langsam bezahlt. Hinterlist war zweifellos eine der besten Waffen für einen Finsteren Zauberer und Alexia hatte sie wahrlich zur Perfektion gebracht.

VIII

Licht im Dunkeln

Mir gehen die Worte der Kartenlegerin einfach nicht mehr aus dem Kopf. Ich weiß, wahrscheinlich ist das alles Unsinn, aber trotzdem haben mich ihre Prophezeiungen nachdenklich gemacht.

Es kann doch sein, dass ich in meinen Träumen tatsächlich richtige Reisen in die Vergangenheit gemacht habe. Und wenn dem so ist, dann habe ich ein größeres Problem, als ich dachte. Dann sind meine Träume nämlich real. Das heißt, ich habe sie wirklich erlebt.

Der letzte Traum war schrecklich. Ich zittere immer noch am ganzen Körper und habe Schweißausbrüche, weil ich so große Angst hatte in dieser parallelen Welt, oder wie man das auch immer nennen soll.

Apropos Angst: In der Stiftung machen wir gerade eine ziemlich schwere Zeit durch. Die Bank übt immer mehr Druck aus. Del Hierro setzt alles daran, sämtliche Werke und Gegenstände, die wir hier haben, registrieren zu lassen. Ständig kommen irgendwelche Leute, um die Bücher und die anderen Dinge zu prüfen, sie an einen anderen Platz zu stellen und überall herumzuschnüffeln. Auch wenn wir kaum darüber sprechen, weiß ich, dass Papa sich durch die Anwesenheit dieser Leute gestört fühlt. Am liebsten würde er sie alle rausschmeißen.

Vorhin hatte mir Sombra Neuigkeiten zu erzählen: „Der General sammelt Informationen über diese Schwarze Armee. Aber ich glaube, er hat noch etwas anderes im Sinn, was er uns jedoch nicht sagt."

„Meinst du, er verschweigt uns was?"

„Ja, ich bin mir ganz sicher, dass er irgendwelche verborgenen Absichten hat."

„Wie kommst du darauf? Hat er etwas Seltsames getan oder gesagt?"

„Na ja, im Augenblick ist es nicht mehr als eine Vermutung. Irgendetwas stimmt da jedenfalls nicht. Stromber, Battaglia, die Bank … Es ist, als hätten die sich aus irgendeinem Grund alle zusammengetan."

„Also wirklich, Sombra, hör auf zu übertreiben. Das kann reiner Zufall sein."

„Aber wir sollten trotzdem die Augen offen halten … Was hier in letzter Zeit passiert, gefällt mir überhaupt nicht. Es laufen zu viele Leute hier rum."

Dann ging er brummend aus meinem Zimmer – wie immer, wenn ihn irgendetwas beschäftigt. Ich weiß zwar, dass er zu Übertreibungen neigt, bin aber doch etwas beunruhigt.

Heute Morgen hat Metáfora mich angerufen, um mir zu sagen, dass sie vorbeikommen wird. Seit zwei Tagen war ich nicht mehr in der Schule.

Als sie kommt, lese ich gerade ein Buch über mittelalterliche Kalligrafie und über die Kunst des Schreibens überhaupt, mit Federkiel oder Schilfrohr oder irgendwelchen anderen Hilfsmitteln, die heute nicht mehr benutzt werden. Die Haltung der Hand, die exakte Menge der Tinte, die man benötigt, und das, was man beachten muss, um ein gutes Ergebnis zu erzielen, all das machte damals das Schreiben zu einer Kunst mit einer außergewöhnlich schwierigen Technik. Das Buch hat mir Sombra gegeben. Er weiß viel darüber, denn die Mönche waren die ersten und geschicktesten Kalligrafen. Sie waren in der Lage, ganze Seiten vollzuschreiben, ohne auch nur einen Millimeter von der Linie abzuweichen oder einen einzigen Fehler zu machen!

Der Kalligraf, der das Pergament beschrieben hatte, in das ich nach meiner Geburt eingewickelt wurde, muss ein Meister seines Fachs gewesen sein. Nach den Buchstaben auf meinem Oberkörper zu urteilen, besaß er die Fähigkeit, wunderschöne Zeichen zu malen. Schade nur, dass ich keine Ahnung habe, was er geschrieben hat. Ich habe sogar schon versucht, die Buchstaben vor dem Spiegel zu entziffern, für den Fall, dass sie in Spiegelschrift geschrieben sind. Aber ich kann sie einfach nicht entschlüsseln.

Jemand hämmert gegen meine Tür. Ich lege das Buch zur Seite und mache auf. Vorher ziehe ich noch schnell mein T-Shirt herunter, um die Buchstaben zu bedecken.

„Hallo, Arturo, wie geht es dir heute?" Metáfora betritt mein Zimmer und küsst mich auf die Wange.

„Besser. Die letzten Tage hab ich mich noch ein wenig müde gefühlt. Aber ich glaube, mit Mahanias Hilfe bin ich bald wieder okay."

„Ich hab viel nachgedacht über das, was mit dir passiert, und ich glaube, ich hab jetzt eine Lösung gefunden."

„Wovon sprichst du?"

„Na ja, von deiner Zeichnung oder Tätowierung oder wie du das nennen willst. Du hast ja gesehen, die Kartenlegerin konnte dir keine klare Antwort geben. Wir müssen also jemanden suchen, der uns wirklich helfen kann."

„Zum Beispiel?"

„Einen, der sich mit Tätowierungen auskennt!"

„Soll das ein Witz sein?"

„Wir sollten mit jemandem sprechen, der von so was Ahnung hat. Ein Tätowierer weiß bestimmt, warum Buchstaben, die nicht tätowiert worden sind, einfach so auf der Haut erscheinen."

„Nein danke! Ich denke gar nicht daran, mir von einem Tätowierer erzählen zu lassen, was ich schon weiß."

„Was du schon weißt? Und was weißt du, wenn ich fragen darf?"

„Was du selbst gesagt hast! Das weiß ich!"

„Red keinen Blödsinn."

„Du hast dir doch das mit dem Pergament ausgedacht!"

„Es kann nicht nur durch das Pergament gekommen sein, da muss es noch etwas anderes geben."

„Etwas anderes? Was meinst du damit?"

„Na ja, normale Tinte bleibt nicht ewig auf der Haut. Ich bin sicher, dass das eine Spezialtinte ist!"

„Wovon redest du?"

„Das muss eine magische Tinte sein! Irgendetwas Übernatürliches! Die Tinte hat bestimmt ein Zauberer erfunden!"

„Das Pergament stammt von einem Alchemisten, nicht von einem Zauberer!"

„Ja, stimmt ... Deswegen werde ich irgendwann einen Test machen. Ich werde die Tinte berühren ..."

„Stell dir mal vor, dir passiert dasselbe wie mir! Du läufst den Rest deines Lebens mit mittelalterlichen Buchstaben auf deinem Körper rum! Buchstaben, die kommen und gehen, wann sie wollen! Fändest du das gut?"

„Na ja, so schlecht sieht das doch gar nicht aus. Manche Leute lassen sich am ganzen Körper tätowieren und finden sich schön."

„Ja, aber die machen das freiwillig."

„Klar, wenn wir das Pergament wiederfinden, lass ich mich auch freiwillig darin einwickeln."

Die Diskussion nervt mich. Ich muss tief Luft holen. Ich habe das Gefühl, Metáfora ist verrückt geworden. Sie weiß nicht mehr, was sie da redet.

„Hör zu, ich gehe mit dir zu so einem Tätowierer, wenn du mir versprichst, das Pergament und alles andere zu vergessen", schlage ich vor.

„Kommt gar nicht in Frage. Erst gehen wir zum Tätowierer, und danach versuchen wir herauszukriegen, was das mit diesen Buchstaben auf sich hat. Und wenn ich dieses Pergament irgendwann mal finden sollte, wickele ich mich darin ein. Das ist das Einzige, was ich dir verspreche! Wenn du das gemacht hast, kann ich das auch!"

„Kein Tätowierer wird sich für mich interessieren. Das ist dummes Zeug."

„Ich hab schon einen gefunden. Ein Freund von einem Freund, er hat morgen Zeit. Ich hab ihm von deinem Fall erzählt, und er ist schon ganz wild darauf, dich kennenzulernen."

„Willst du mich jetzt überall herumzeigen wie einen Zirkusaffen, oder was?"

„Hör auf zu meckern und ruh dich aus. Morgen Nachmittag gehen wir zu Jazmín, dem besten Tätowierer von Férenix."

Dann geht sie hinaus und lässt mich alleine. Das Mädchen ist wie ein Wirbelwind, sie macht mit mir, was sie will.

★★★

ETWAS HAT MICH geweckt. Ich bin mir nicht sicher, aber ich glaube, es war ein Lichtstrahl … Und ich habe das Gefühl, er kam von dem Schwert, das dort an der Wand hängt. Wahrscheinlich hat sich Licht von draußen auf der Klinge gespiegelt und mich voll im Gesicht getroffen.

Jetzt kann ich nicht mehr einschlafen. Es ist zwei Uhr morgens, mitten in der Nacht. Ich beschließe, nach oben zu gehen, auf den Dachboden, vielleicht werde ich dann ja wieder müde.

Ich nehme die Taschenlampe und schleiche mich aus meinem Zimmer. Alles ist ruhig. Das Mondlicht scheint durch die hohen Fenster in die Flure. Es ist wie in einem Horrorfilm, wenn es Nacht wird ...

Ich werde Mama einen Besuch abstatten. Ich habe nämlich schon lange nicht mehr mit ihr gesprochen und ihr noch nicht von meinen Reisen in die Vergangenheit erzählt. Und auch noch nicht von den Buchstaben, die plötzlich auf meinem Körper aufgetaucht sind. Ich steige also in das oberste Stockwerk hinauf, auf den Dachboden.

Alles sieht noch genauso aus wie beim letzten Mal.

Ich nehme das große Laken von dem Bild und setze mich auf das Sofa gegenüber. Eine Weile betrachte ich Mama, und schließlich fange ich an, mit ihr zu sprechen.

„Hallo, Mama, hier bin ich wieder. Ich musste unbedingt mal wieder mit dir reden."

Ich warte ein Weilchen. Ordne meine Gedanken.

„Weißt du, dass wir vor ein paar Tagen meinen Geburtstag gefeiert haben? Wir haben meine Lehrerin und ihre Tochter Metáfora zum Essen eingeladen. Metáfora geht in dieselbe Klasse wie ich. Sie ist die erste Freundin, die ich seit vielen Jahren habe ... ehrlich gesagt, die erste Freundin überhaupt. Es ist mir ein bisschen peinlich, es dir zu sagen, aber ich glaube, sie gefällt mir ... na ja, als Schulfreundin. Sie hilft mir viel in der Schule und so, aber mehr eben nicht. Sie will wissen, was mit mir passiert, mit der Tätowierung und alldem. Ich vermute, sie hat Mitleid mit mir, aber dass sie sich ernsthaft für mich interessiert, glaube ich nicht ... Sie war auch dabei, als etwas Außergewöhnliches mit mir passiert ist ... An dem Abend mit dem Essen wurde mir plötzlich total schwindlig und ich musste mich eine Weile hinlegen. Wir sind auf mein Zimmer gegangen. Und da ist etwas ganz Unglaubliches geschehen. Etwas, das mir noch nie passiert ist und das ich mir nicht erklären kann ... Ich habe eine Zeitreise gemacht! Du weißt schon, eine Reise in die Vergangenheit, ins Mittelalter. Und ich habe Arquimaes kennengelernt, den Alchemisten, den Papa so verehrt! Und mein Körper war voller Buchstaben! Es war fantastisch! Wie die Buchstaben von dem Pergament, das Papa benutzt hat, um mich kurz nach meiner Geburt darin einzuwickeln … Metáfora behauptet, die Tinte von diesem Pergament – das war magische Tinte … Stell dir das mal vor!"

Ich habe das Gefühl, dass Mama lächelt, obwohl ich natürlich weiß, dass sich Bilder nicht bewegen oder verändern. So was passiert nur in Filmen oder in Büchern.

„Ich nehme an, du bist erstaunt über das, was ich dir da erzähle. Ich glaube nicht an Magie, aber das alles ist wirklich passiert, ehrlich! Ich habe keine Erklärung dafür. Ich weiß nur eins: dass es nichts mit Marsmenschen oder Wesen von einem anderen Planeten zu tun hat. Und ein Wunder war es auch nicht. Es war ganz einfach … eine Zeitreise, eine Reise in die Vergangenheit. Das ist alles … Obwohl, klar, vielleicht war es ein Geburtstagsgeschenk vom Schicksal … Ja, schon gut, ich weiß, darüber sollte man keine Witze machen, aber … na ja, ein wenig Humor kann nicht schaden, oder?"

Ich bleibe noch eine Weile sitzen, dann hänge ich das Laken wieder vorsichtig über das Bild. Immer wenn ich das mache, habe ich Angst, dass es beim nächsten Mal nicht mehr da ist …

„Also, Mama, ich muss jetzt gehen. Es ist schon sehr spät. Von nun an besuche ich dich öfter, das verspreche ich dir."

Ich fühle mich besser. Mit meiner Mutter zu sprechen tut mir gut.

Auf der Treppe sehe ich plötzlich einen Lichtschein. Das Licht schwenkt hin und her, es scheint sich frei zu bewegen, wie von selbst. Woher es wohl kommt? Ich gehe leise in das Stockwerk mit den Gästezimmern hinunter. Nichts zu sehen. Keine Spur von einem Licht. Wo ist es geblieben? Habe ich vielleicht Gespenster gesehen?

Ich beuge mich über das Geländer und schaue nach unten in den Treppenschacht. Wer schleicht denn um diese Zeit hier durchs Haus? Ah, da ist er! … Ein Schatten kommt aus der Tür, die zur Kellertreppe führt … Aber das ist ja Papa! Was hat er um diese Zeit da unten gemacht? Merkwürdig! Wo war er?

IX

Arturos Buchstaben

Arturo wurde wieder zu Arquimaes in die Zelle gestoßen. Der Alchemist kauerte zitternd und vor Schmerzen stöhnend in einer Ecke. Sein Körper war von Striemen und Blutergüssen übersät und Blut sickerte aus mehreren offenen Wunden.

„Meister, ich bin's, Arturo ... Kann ich Euch helfen?"

„Du kannst nichts für mich tun. Die grausamen Kerle haben mich derart zugerichtet, dass ich meinen Körper nicht mehr spüre. Ich kann mich kaum bewegen."

„Wir müssen Vertrauen haben. Wenn sie sehen, dass ..."

„Machen wir uns nichts vor! Niemand weiß, dass wir hier sind, und niemand wird kommen, um uns zu befreien. Uns bleibt nur, in Würde zu sterben ... Und zu schweigen, geschehe, was wolle! Das ist unser Schicksal."

„Diese Ungerechtigkeit halte ich aber nicht aus! Ich muss etwas tun. Es gibt einen bestimmten Grund, warum ich hier bin."

„Du musst dich still verhalten. Sag nichts. Du weißt nichts. Du bist nur mein Gehilfe und Gehilfen bleibt der Zugang zu den Geheimnissen ihres Meisters verwehrt. Rette wenigstens du dein Leben."

Als Arturo sah, in welchem Zustand sich Arquimaes befand, kamen ihm die Tränen. Er hatte große Angst, dass dies die letzten Worte des Weisen sein würden. Die Strapazen seit der Entführung, das Eingesperrtsein in Morfidios Kerker, die Flucht und die Folter, all das hatte Arquimaes' Kräfte aufgezehrt. Er war nicht dafür geschaffen, derartige Qualen zu ertragen. Arturo wusste, dass der Alchemist bereits den Entschluss gefasst hatte, dass es besser war zu sterben, als sein Geheimnis preiszugeben. Doch dann wäre die Formel für immer verloren, verloren in der Dunkelheit der Zeiten. Arturos Mut sank. Wofür wären die vielen Stunden des Studiums und der Forschung dann gut gewesen?

Als hätte Arquimaes die Gedanken seines Schülers erraten, fügte er hinzu: „Du musst begreifen, dass das Leben für uns alle hart ist. Wir sind nicht hier, um die Zeit verstreichen zu lassen, so als wären wir Blätter an einem Baum. Wir sind verpflichtet, dazu beizutragen, das Leben der Menschen zu verbessern. Wir müssen es zumindest versuchen, verstehst du? Deswegen habe ich fast mein ganzes Leben dem Studium und der Wissenschaft gewidmet. Ich möchte keine Leere hinter mir zurücklassen."

„Aber Meister, wenn Ihr sterbt, werden all Eure Erkenntnisse verloren gehen und die ganze Arbeit umsonst gewesen sein. Sogar der Tod so vieler unschuldiger Menschen wird sinnlos gewesen sein."

„Hab Vertrauen, Arturo! Meine Entdeckung wird nicht für immer verschwunden bleiben. Jemand anderer wird sie ans Licht bringen. Es ist nur eine Frage der Zeit."

„Und wenn Demónicus derjenige ist, der davon profitiert? Was wird geschehen, wenn das Geheimnis bösartigen Menschen in die Hände fällt?"

„Meine letzte Aufgabe ist es, das zu verhindern. Ich darf es auf keinen Fall an die Hexenmeister und Zauberer der schwarzen Magie weitergeben. Sie verhexen die Menschen mit ihren magischen Kräften, um sie zu unterdrücken. Es gibt seit Langem einen Kampf zwischen Königen und Hexenmeistern, zwischen Alchemisten, die der Wissenschaft dienen, und Alchemisten, die sich der schwarzen Magie verschrieben haben. Wir gehören zu den Guten und dürfen niemals mit den anderen zusammenarbeiten. Sonst werden unsere Seelen auf ewig in der Hölle schmoren."

Kaum hatte Arquimaes diese Worte ausgesprochen, fielen ihm die Augen zu, und er schlief ein.

Arturo wachte an seiner Seite. Er dachte an all das, was in den letzten Tagen geschehen war und in Zukunft noch geschehen würde. Im Grunde seines Herzens wusste er, dass sein Meister recht hatte. Er selbst hatte gesehen, wie seine Freunde und Nachbarn unter den Zaubersprüchen der Hexenmeister gelitten hatten … Oder hatte er das nur geträumt?

✢✢✢

BEI TAGESANBRUCH KAMEN zwei Folterknechte, um Arturo zu holen. Als er sah, dass man den Weisen gerade zur Folterbank brachte, zog sich ihm der Magen zusammen. Wie gern hätte er seinem Meister geholfen.

Man brachte Arturo in Alexias Gemach, wo Rías schon mit sämtlichen Werkzeugen auf ihn wartete. Während man ihn mit Ketten an eine Säule fesselte, spürte er am ganzen Körper ein Jucken. Woher kam dieser seltsame Juckreiz, der ihn so furchtbar quälte und ganz nervös machte?

Alexia betrat mit einem liebreizenden Lächeln das Zimmer.

„Arturo, Schüler des Arquimaes, ich möchte dir etwas vorschlagen. Mein Vater ist bereit, deinen Meister freizulassen, wenn du uns verrätst, was die Buchstaben auf deinem Körper bedeuten. Und es ist besser für dich, du sagst es mir schnell, bevor Rías mit seiner Arbeit beginnt ... Das würde dir viele schreckliche Qualen ersparen."

„Ich habe dir nichts zu sagen, Alexia, Tochter des Demónicus", entgegnete Arturo. „Lieber sterbe ich, als dir zu verraten, was die Buchstaben bedeuten. Wir Alchemisten verhandeln nicht mit Hexenmeistern."

Die Antwort des Jungen verblüffte Alexia. Mit Absicht hatte sie ihn in der vergangenen Nacht mit Arquimaes zusammen in eine Zelle sperren lassen. Er sollte das Leiden seines Meisters aus nächster Nähe erleben und schließlich klein beigeben. Doch Arquimaes' Worte hatten Arturo innerlich nur gestärkt.

„Dann soll Rías mit seiner Arbeit beginnen", ordnete sie an und setzte sich. „Alle raus hier!", befahl sie den Soldaten und Dienern.

Es sollten keine Zeugen anwesend sein bei dem, was jetzt passieren würde. Wenn es ein Geheimnis zu erfahren gab, wollte sie es für sich alleine. Niemand durfte dabei sein, außer Rías, der ihr absolutes Vertrauen genoss.

„Alles ist vorbereitet, Herrin", flüsterte Rías. Er schwang eine kleine Zange, die er benutzen wollte, um Arturos Haut zu straffen. „Dann werden wir seinem kleinen Herzen mal das letzte Geheimnis entreißen ... Fangen wir mit diesen Buchstaben auf seiner Haut an."

Jedes Mal wenn Rías mit einer Nadel oder einem spitzen Messerchen in seine Haut stach, stöhnte Arturo vor Schmerzen auf. Der Spezialist für Hieroglyphen leistete gute Arbeit. Jeder Buchstabe wurde aufmerksam studiert und von Alexia gewissenhaft auf einem Pergament festgehalten, mit derselben Linienführung, derselben Größe und derselben Neigung. Rías maß alles sorgfältig aus, und mehr als einmal musste er mit der Zange die Haut auseinanderziehen, um die Merkmale der Buchstaben und Zeichen eindeutig zu bestimmen.

„Buchstabe O, dieselbe Größe wie der vorangegangene, mit einer Schleife oben rechts", sagte Rías. „Eine seltsame Neigung nach rechts, möglicherweise aufgrund der unmittelbaren Nähe zur dritten Rippe", fuhr er fort, wobei er sich jedes Wort gut überlegte. Er war sich bewusst, dass der kleinste Fehler seine ganze Arbeit zunichtemachen konnte.

Die Schmerzen waren unerträglich, aber Rías nahm keinerlei Rücksicht auf Arturo. Die Haut des Jungen juckte so heftig, dass ihm die Tränen in die Augen stiegen. Einige kleinere Wunden bluteten stark, was Rías die Arbeit erschwerte. Er musste sie immer wieder mit einem Lappen reinigen. Arturo jammerte vor Schmerzen.

Doch dann geschah etwas Unerwartetes. Obwohl Arturo das Gesicht seines Peinigers nicht sehen konnte, spürte er, dass Rías plötzlich ganz starr wurde und leise stöhnte und röchelte. Irgendein heftiger Schmerz musste ihn befallen haben.

„Was hast du, Rías?", fragte Alexia, die nicht begriff, was da vor sich ging. „Ist dir nicht gut?"

Rías war jedoch nicht imstande, etwas zu sagen. Sein Körper bäumte sich auf, so als hätte ihm jemand eine Lanze in den Leib gestoßen und bohre nun kräftig in der Wunde.

„Rías! ... Rías!", rief die junge Hexe in panischer Angst. „Was ist los mit dir?"

Wie von einer übermächtigen Kraft angetrieben, richtete sich Rías plötzlich auf. Wie eine Puppe, die jemand gegen den Widerstand der Schwerkraft hochzuziehen versuchte.

Arturo drehte den Kopf zur Seite, um zu sehen, was mit ihm geschah. Aber er konnte nur den Rücken des Mannes erkennen, der sich in Krämpfen wand.

„Oh Gott!", rief Alexia aus, als ihr klar wurde, was da vor sich ging. „Ein böser Fluch!"

Eine Legion schwarzer Buchstaben hatte sich von Arturos Oberkörper gelöst. Sie fielen über Rías her und würgten ihn! Die Buchstaben lebten, sie hoben den Körper des Mannes hoch, der sie entziffern wollte! Es schien, als wären sie Arturo zu Hilfe gekommen!

Der Junge konnte nicht glauben, was er da sah. Die Buchstaben, die sich eben noch auf seinem Körper befunden hatten, lebten und verteidigten sich.

Alexia brachte vor Entsetzen kein Wort heraus. Sie wich zurück, wollte aus dem Zimmer laufen, während Rías nach und nach die Kräfte verließen und er das Bewusstsein verlor. Wie nebenbei drehte Alexia den Schlüssel im Türschloss um. Doch als sie die Tür gerade öffnen wollte, ließen die magischen Buchstaben von dem bewusstlosen Rías ab und stürzten sich wie Raubvögel auf die Prinzessin, kreisten sie ein und warfen sie vor Arturo zu Boden. Dann kehrten sie zu dem Jungen zurück, verbogen seine Ketten und befreiten ihn gänzlich von ihnen. Schließlich ließen sie sich wieder auf seiner weißen Haut nieder und nahmen ihre Plätze ein.

Sekunden später herrschte vollkommene Ruhe.

Alexia war starr vor Bewunderung angesichts von Arturos Macht. Sie kniete vor dem Jungen nieder, um ihm zu zeigen, dass sie bereit war, sich ihm zu unterwerfen.

Arturo aber blieb unbeeindruckt und tat das Beste, was er in diesem Moment tun konnte: Er nahm ein Messer aus dem Werkzeugkasten des bewusstlosen Rías und presste es gegen Alexias Hals. Er ließ keinen Zweifel daran, dass er es ihr in die Kehle stoßen würde, wenn sie es wagte, zu schreien oder auch nur die kleinste verdächtige Bewegung zu machen.

„Und jetzt, Tochter des Demónicus, werden wir Arquimaes befreien, bevor die fliegenden Buchstaben meiner Hand befehlen, dir die Kehle durchzuschneiden!"

✦✦✦

NACH DER ÜBLICHEN Tortur hatte man Arquimaes in einen dunklen Kerker geworfen. Dort hatte er die schlimmsten Folterqualen erdulden müssen, die ein menschliches Wesen zu ertragen fähig ist.

Stundenlang waren eklige Tiere auf ihm herumgewandert, hatten mit geifernden Zungen seine Haut beleckt und ihre schuppigen Körper an ihm gerieben. Ausgehungerte Echsen hatten gedroht, ihn mit ihren fürchterlichen Zähnen in Stücke zu reißen und zu verschlingen. Unzählige Würmer waren auf seinem Körper herumgekrochen und hatten versucht, in seine Lungen einzudringen. Widerliche Raubtiere hatten ihm ihren fauligen Atem ins Gesicht geblasen und ihn vor Angst erzittern lassen …

Obwohl Arquimaes wusste, dass all diese Wesen nur Halluzinationen waren, hervorgerufen durch den Zaubertrank und die Hexerei der Finsteren Zauberer, erlitt er unendliche Qualen. Die schwarze Magie der Hexenmeister war so mächtig, dass ihre Opfer die Erscheinungen und Sinnestäuschungen für wahr hielten.

Arquimaes hatte nicht aufgehört zu schreien und zu stöhnen. Zwar war er versucht gewesen, seine eigene Magie zu benutzen, um sich von den Verhexungen zu befreien; aber ihm fehlte die Kraft dazu. Sein Geist war geschwächt und seine Kräfte ließen immer mehr nach. Ihm war bewusst, dass er nahe daran war, sich zu unterwerfen, und Gefahr lief, sein Geheimnis zu verraten.

Doch plötzlich öffnete sich die Zellentür … Und das, was nun geschah, schien ihm so unwahrscheinlich, dass er glaubte, er hätte endgültig den Verstand verloren.

X

PRÜGELEI AUF DEM SCHULHOF

Ich habe nicht herausfinden können, was mein Vater gestern Nacht gemacht hat, als ich ihn aus dem Keller kommen sah. Warum ist er mitten in der Nacht alleine in den Keller gegangen? Erst wollte ich Sombra davon erzählen, aber dann habe ich es mir anders überlegt. Ich werde versuchen, es alleine herauszufinden.

Um mich nicht von Metáfora zu diesem Tätowierer schleppen zu lassen, habe ich mich „erholt" und bin wieder in die Schule gegangen. Ich hielt es für besser, mich mit Horacio und seiner Clique herumzuschlagen, als einen Typen zu besuchen, der seinen Spaß daran hat, den Leuten die Haut zu durchstechen. Ich will da nicht hin. Außerdem glaube ich, dass es keinen Sinn hat.

In der Schule ist alles so wie immer. Mercurio steht am Eingang, um zu verhindern, dass es eine Prügelei gibt. Das Schulgebäude ist groß und es kommen und gehen viele Leute: Lehrer, Schüler, Eltern, Vertreter von Schulbuchverlagen, Verkäufer von Reinigungsmitteln ... Gut, dass die von der Primarstufe im neuen Flügel untergebracht sind. Seit dem Ausbau der Schule haben alle mehr Platz und wir, die Älteren, sind unter uns.

Nur hin und wieder wagt sich einer von den Kleinen auf unser Territorium. Wie zum Beispiel Cristóbal. Und der wird regelmäßig von Horacio fertiggemacht. Ehrlich gesagt, ich weiß nicht, was der Junge eigentlich hier bei uns will.

Im Moment werden ein Theater und eine Turnhalle gebaut. Schade nur, dass die Bibliothek sich immer noch in dem alten Gebäude befindet und so klein ist.

Da ist Metáfora. Sie kommt auf mich zu und begrüßt mich mit einer Handbewegung.

„Was machst du denn schon wieder hier, Arturo?", fragt sie erstaunt.

„Es geht mir schon viel besser. Gestern Abend habe ich eine Medizin eingenommen, die mir Mahania gegeben hat, und heute Morgen hab ich mich besser gefühlt und beschlossen, wieder in die Schule zu gehen."

„Freut mich! Dann können wir ja heute Nachmittag zu Jazmín gehen."

„Kommt überhaupt nicht in Frage! Ich muss viel nachholen und außerdem habe ich noch andere Sachen zu erledigen. Zu Jazmín können wir immer noch gehen."

„Du hast es mir versprochen. Du hast gesagt, du willst mit mir zu ihm gehen und mit ihm reden."

„Warum willst du mich unbedingt zu diesem Typen schleppen? Kriegst du Geld dafür?", frage ich sie.

„Also wirklich, sei nicht so gemein zu mir, ja?"

„Belästigt der dich?", fragt Horacio und kommt näher. „Macht der Blödmann dich an?"

„Das geht dich gar nichts an, Horacio", sagt Metáfora schnell. „Lass uns in Ruhe."

„Ich dulde nicht, dass so ein schräger Typ ein Mädchen aus meiner Klasse belästigt", sagt er drohend und wirft seinen Rucksack auf den Boden. „Jetzt kannst du was erleben, du Vollidiot!"

„Hör auf!", schreit Metáfora. „Hau ab!"

Aber Horacio hört nicht auf. Mit geballten Fäusten stürzt er sich auf mich. Ich muss einen Schritt zurückgehen, um nicht das Gleichgewicht zu verlieren. Fieberhaft suche ich nach einem Ausweg, aber mir fällt nichts ein.

„Los, du Feigling!", schreit Horacio. Seine Freunde kommen sofort angerannt und bilden einen Kreis um uns. „Ich werd dir helfen, Mädchen zu misshandeln!"

„Ich habe niemanden misshandelt!", schreie ich zurück und weiche einem Faustschlag aus, sodass er ins Leere geht. „Lass mich zufrieden!"

Aber er ist nicht bereit, von mir abzulassen. Er weiß, dass ich mich nicht wehren kann, und nutzt die Situation aus.

„Was ist hier los?", ruft Mercurio und stellt sich zwischen uns. „Hier wird sich nicht geprügelt, hier wird gelernt!"

„Er hat Metáfora misshandelt!", rechtfertigt sich Horacio.
„Stimmt, ich hab's gesehen!", sagt einer seiner Freunde.
„Er hat sie angeschrien und wollte sie schlagen!", bestätigt ein anderer.
„Das ist nicht wahr!", kreischt Metáfora. „Wir haben uns nur unterhalten!"
„Verteidige diesen Vergewaltiger nicht auch noch!", schreit Mireia.

Während seine Freunde versuchen, die Situation aufzuheizen, ist es Horacio gelungen, mir mit der Faust ins Gesicht zu schlagen, ohne dass Mercurio ihn daran hindern konnte. Dann aber wendet Mercurio all seine Kraft auf, packt ihn am Arm und hält ihn fest.

„Schluss mit der Prügelei!", befiehlt er. „Schluss jetzt!"
„Du hast mir wehgetan!", brüllt Horacio. „Das sag ich meinem Vater und der zeigt dich an! Ich habe Zeugen!"
„Red keinen Unsinn, Mann", sagt Mercurio. „Ich habe nur versucht, euch auseinanderzubringen."
„Du hast mich geschlagen, um einen Vergewaltiger zu verteidigen", beharrt Horacio und reibt sich den Arm. „Ihr könnt es bezeugen!"
„Stimmt!", schreien einige. „Mercurio hat ein Attentat auf Horacio verübt!"
„He, Moment mal!", protestiert Mercurio. „Ich habe nur eine Prügelei verhindert. Ich habe nicmanden geschlagen."
„Ich sage für dich aus", versichert ihm Metáfora. „Und mit der Prügelei hat Horacio angefangen."
„Ja, er hat mich angegriffen", erkläre ich. „Mercurio hat nur versucht, mir zu helfen."
„Klar, um dir zu helfen, hat er mich geschlagen! … Um einem zu helfen, der dein Freund ist, hast du einen anderen geschlagen, der dir unsympathisch ist", schreit Horacio Mercurio an. „Du hast mich schon lange auf dem Kieker und hast die Situation ausgenutzt. Ich ruf jetzt sofort meinen Vater an und erzähl ihm alles."

Durch den Lärm wird der Direktor angelockt.

„Was ist passiert, Mercurio?"
„Er hat mich geschlagen!", ruft Horacio. „Er hat mir wehgetan! Ich werde die Schule verklagen!"

„Kommen Sie in mein Büro, Mercurio … Und ihr, ab in die Klasse … Horacio, du kommst mit … Und du auch, Arturo."

„Ich war dabei und habe alles gesehen", sagt Metáfora. „Ich komme auch mit in Ihr Büro."

„Mit dir red ich später, aber jetzt gehst du erst einmal in deine Klasse", ordnet der Direktor an. „Tu, was ich dir sage."

XI

Auf dem Weg in die Freiheit

Während Arquimaes von seinen Ketten befreit wurde, fragte er sich, warum seine Peiniger ausgerechnet jetzt, da er nahe dran war aufzugeben, beschlossen hatten, ihn freizulassen?

Als er in den Hof hinaustrat, sah er Arturo und Alexia zusammen auf einem Pferd sitzen. Der Junge hielt ein Messer an ihren Hals gepresst.

Da wurde ihm alles klar.

„Wie hast du das geschafft?", fragte der Weise, der seinen geschwächten Körper mit einem Mantel bedeckte, den er einem der Soldaten abgenommen hatte. „Und was geschieht jetzt?"

„Jetzt verschwinden wir erst einmal, Meister", sagte Arturo. „Und Demónicus' Tochter nehmen wir mit, als Geisel."

„Das wird dem Finsteren Zauberer aber ganz und gar nicht gefallen. Er wird vor Wut schäumen und es uns teuer bezahlen lassen."

„Wir haben schon teuer genug bezahlt und wollen keine Zeit mehr verlieren", erwiderte Arturo. Er riss an den Zügeln des Pferdes, dem er einen Bogen und einen Köcher mit Pfeilen umgehängt hatte. „Aus dem Weg! Und denkt dran, wenn ihr die Verfolgung aufnehmt, bringt ihr Alexias Leben in Gefahr!"

Die Soldaten hatten die Botschaft verstanden. Sie traten zur Seite und ließen die kleine Gruppe fortreiten, Arturo mit Alexia voran, Arquimaes und ein zusätzliches drittes Pferd hinterher. Gemächlich ritten sie durch die von Feinden gesäumten Straßen. Die Untertanen hätten liebend gerne ihr Leben hergegeben, um ihre Prinzessin zu befreien, doch niemand wagte es, auch nur eine verdächtige Bewegung zu machen. Der Entführer schien zu allem entschlossen.

Arturo sah einige Schatten auf den Dächern, die Pfeil und Bogen bereithielten. Zur Sicherheit wählte er die breitesten und belebtesten

Straßen. Außerdem hatte er um seinen und Alexias Körper einen Strick gebunden. So hätte ein möglicher Befreiungsversuch die Prinzessin in höchste Gefahr gebracht.

Ein Pfeil streifte plötzlich Arquimaes. Doch der Schütze bereute es schnell, ihn abgeschossen zu haben – nach dem Schrei zu urteilen, den er ausstieß, bevor er durch die Hand der Seinen starb.

Nach weniger als einer Stunde erreichten sie freies Feld und verschärften das Tempo. Einige Soldaten machten Anstalten, ihnen zu folgen, gaben ihre Absicht aber schnell auf, als Arturo die Hand hob, in der er das Messer hielt, um sie an seine Drohung zu erinnern. Dennoch kehrten einige von ihnen nicht zur Burg zurück, sondern ritten in die nahen Wälder, die sich zu beiden Seiten des Weges erstreckten. Bestimmt hatten sie vor, ihnen aufzulauern und sie in einen Hinterhalt zu locken. Doch Arturo beschloss, den Weg fortzusetzen. Er wollte sich so weit wie möglich von jenem finsteren Ort entfernen, an dem sie so sehr gelitten hatten.

Sie durchquerten die Ebene, ohne dass sich ein Soldat blicken ließ. Aber sie wussten sehr wohl, dass Demónicus' Leute ihnen dicht auf den Fersen waren und die kleinste Gelegenheit ergreifen würden, sich auf sie zu stürzen. Auf einer Anhöhe hielt Arturo an und befahl Alexia, auf das zusätzliche Pferd zu steigen. Auf diese Weise hoffte er, schneller voranzukommen. Er fesselte ihre Hände und band ihr Pferd mit seinem zusammen, um zu verhindern, dass sie sich zu weit von ihm entfernte.

„Vergiss nicht, Alexia, wenn du versuchst zu fliehen, wirst du nicht weit kommen. Ich bin ein guter Jäger und kann hervorragend mit Pfeil und Bogen umgehen", log er unverfroren. „Du würdest es nicht überleben."

„Und du wirst nicht lange genug leben, um deinen Triumph auszukosten", entgegnete die junge Hexe. „Die Soldaten meines Vaters werden dich nicht entkommen lassen. Wenn du mich tötest, wirst du so viele Qualen erdulden müssen, dass du es bereuen wirst, mich kennengelernt zu haben."

Auf einem Hügel weiter vorne erblickten sie eine Rauchsäule. Demónicus' Männer wollten ihnen offensichtlich den Weg versperren. Tatsächlich hatten sie bereits angefangen, sämtliche Dörfer abzubrennen, in denen die drei mit Hilfe hätten rechnen können. Die Henkersknechte waren dabei, sie einzukesseln!

Arturo begriff, dass sie ihnen trotz seiner Drohungen bis ans Ende der Welt folgen würden, falls nötig. Sie würden alles tun, um sie nicht entkommen zu lassen.

Während sie ihre wilde Flucht in die ersehnte Freiheit fortsetzten, hatte Demónicus bereits alle Hexenmeister und Heerführer zusammengerufen, um die Rettung seiner Tochter zu organisieren. Er war außer sich und befahl, die Soldaten, die bei Alexias Gefangennahme anwesend waren, augenblicklich zu ihm zu bringen.

„Die Prinzessin wollte alleine mit ihm bleiben, Herr", entschuldigte sich der Gruppenführer. „Wir waren nicht dabei, als es passiert ist. Sie hatte uns befohlen, draußen zu warten, und wir haben ihr gehorcht. Nur Rías war in dem Raum."

„Dieser verdammte Versager! Willst du damit sagen, dass Alexia selbst daran schuld ist? Du weißt doch, dass ein zum Tode Verurteilter völlig verzweifelt ist und man ihm keine Gelegenheit zur Flucht geben darf!"

„Die Befehle der Prinzessin waren eindeutig", beharrte der Soldat. „Sie hat die Tür abgeschlossen, Großer Zauberer."

„Ich werde jetzt auch einen eindeutigen Befehl geben: Noch vor Tagesanbruch will ich deine Leiche und die deiner Männer auf diesem Teppich hier liegen sehen! Ihr könnt die Art eures Todes selbst wählen … Und nun raus hier, bevor ich die Geduld verliere und euch in den Folterkeller werfen lasse, damit man euch die Haut in Streifen vom Körper zieht oder euch den Drachen im Graben zum Fraß vorwirft! Raus, ihr Nichtsnutze!"

Rías wusste, dass es nun an ihm war, eine Erklärung abzugeben. Er schluckte ein paarmal, bevor er vor seinem Herrn niederkniete.

„Erzähl mir, was passiert ist", befahl ihm der Finstere Zauberer. „Und lüg mich bloß nicht an!"

„Es war so, Herr, wir hatten diesen Bengel an eine Säule gekettet. Eure Tochter saß neben mir und schrieb auf, was ich auf dem Körper des Gefangenen entzifferte …"

Geduldig wartete Demónicus darauf, dass Rías seinen Bericht fortsetzte. Als er sah, dass er zögerte, war ihm klar, dass er etwas Außergewöhnliches zu hören bekommen würde.

„Und dann geschah etwas Überraschendes … Eine unerklärliche Hexerei … Die Buchstaben auf dem Körper des Jungen wurden lebendig, flogen auf mich zu und drückten mir die Kehle zu!"

„Das ist nichts Überraschendes, du Dummkopf, das sind magische Kräfte!", donnerte Demónicus. „Erzähl weiter!"

„Die Buchstaben flogen auf mich zu und würgten mich, bis ich das Bewusstsein verlor. Als ich wieder zu mir kam, waren der Junge und Alexia verschwunden. Das war Arquimaes' Werk! Er hat die Buchstaben in irgendeiner Absicht auf den Körper des Jungen geschrieben! Es sind magische Buchstaben!"

„Was genau stand da? Was bedeuteten die Buchstaben?"

„Ich hatte kaum angefangen, sie zu entziffern, da geschah auch schon das Unglaubliche. Hier sind die Buchstaben, die die Prinzessin aufgeschrieben hat, bevor …"

„Zeig her!"

Rías rutschte auf den Knien über den Teppich und reichte Demónicus das Pergament.

„Da steht ja fast nichts! Soll das ein Witz sein …?"

„Nein, Herr, wie ich Euch gesagt habe …"

„Ich hab gehört, was du gesagt hast, du Idiot! Meine Tochter wurde verschleppt, und als Gegenleistung bekomme ich ein paar Buchstaben, mit denen ich nichts anfangen kann! Ich geb dir bis heute Abend Zeit, um herauszufinden, was sie bedeuten. Wenn du bei Sonnenuntergang nicht weitergekommen bist, kannst du dich zu den Soldaten gesellen, die gerade rausgebracht wurden, verstanden?"

„Ja, Herr, ich werde alles Mögliche …"

„Verschwinde und fang mit der Arbeit an! … Oswald soll kommen!"

„Hier bin ich, Herr", antwortete ein Mann, der so groß war wie ein Turm, und trat aus der Gruppe der Soldaten hervor. „Euch stets zu Diensten!"

✳ ✳ ✳

Inzwischen hatten Arturo, Arquimaes und Alexia die Sümpfe durchquert. Sie hatten nun wieder festen Boden unter den Füßen. Vor ihnen lag steiniges Gebiet. Da die Pferde erschöpft waren, beschlossen sie, eine Rast zu machen, um wieder zu Kräften zu kommen.

„Wir werden es nicht schaffen", seufzte Arquimaes und ließ sich auf einen großen flachen Stein fallen. „Wir sind kaum vorangekommen."

„Uns bleibt keine Wahl, wir müssen weiter", entgegnete Arturo. „Wenn wir aufgeben, nehmen sie uns gefangen, und dann werden wir keine Gelegenheit mehr haben, unser Leben zu retten."

„Ihr habt keine Chance", sagte Alexia. „Ihr seid eingekesselt und niemand wird euch beistehen. Mein Vater hat bestimmt schon einen Plan ausgeheckt, damit ihr eure gerechte Strafe bekommt."

„Hör mir mal gut zu, du kleine Hexe! Wenn du irgendwann mal zur Großen Zauberin aufsteigen willst, dann halte besser den Mund!", warnte Arturo sie in einem Ton, der selbst Arquimaes erschreckte. „Wenn wir sterben, dann stirbst auch du!"

Alexia schwieg.

„Wohin gedenkst du zu reiten?", fragte Arquimaes.

„Das weiß ich nicht. Ich kenne mich in dieser Gegend nicht aus. Ich komme von ... einem anderen Ort, aus einem anderen Land. Was schlagt Ihr vor, Meister?"

„Wir können Königin Émedi um Hilfe bitten! Sie wird uns bei sich aufnehmen."

„Émedi hasst meinen Vater!", rief Alexia.

„Eben darum werden wir uns zu ihr flüchten", erwiderte der Alchemist. „Sie hasst die schwarze Magie und wird uns die Unterstützung gewähren, die wir brauchen."

„Und wenn wir uns wieder unter den Schutz von König Benicius begeben?", fragte Arturo.

„Das ist unmöglich. Dafür müssten wir wieder zurück, quer durch die Sümpfe. Es hilft nichts, wir müssen in dieser Richtung weiterreiten. Außerdem kann Benicius nicht mehr für unsere Sicherheit garantieren."

„Aber er steht auf Eurer Seite! Benicius ist gegen die Finsteren Zauberer und unterstützt die Alchemisten. Er hat Euch schon einmal Schutz gewährt."

„Das stimmt, Arturo. Aber Benicius ist ein skrupelloser Mensch. Du hast ja gesehen, als er Herejio brauchte, hat er ihn rufen lassen. Ihm ist es völlig egal, ob die Wissenschaft Fortschritte macht oder nicht, ihn interessiert nur der Vorteil, den er daraus ziehen kann. Er will mehr und mehr Macht erlangen, um weitere Gebiete erobern zu können. Ich glaube, die einzige Person, der wir trauen können, ist Königin Émedi."

„Kennt Ihr sie denn? Seid Ihr sicher, dass sie uns helfen wird?"

Schlagartig veränderte sich Arquimaes' Gesichtsausdruck.

„Ja, ich kenne sie … Aber ich habe sie lange nicht mehr gesehen und weiß nicht, ob sie sich an mich erinnern wird …"

✶✶✶

Demónicus hatte Oswald die nötigen Befehle gegeben und ihn mit der ausreichenden Macht versehen, um Alexia zurückzuholen. Jetzt stand Oswald auf dem Kasernenhof der Burg bereit, um an der Spitze einer Truppe aus zahllosen ergebenen Kriegern loszureiten. Demónicus war herausgekommen, um seinen Heerführer zu verabschieden. Da eilte ein Diener herbei und flüsterte dem Zauberer etwas ins Ohr.

„Bringt ihn her!", befahl Demónicus.

Einen Augenblick später brachte man Graf Morfidio in Ketten herbei und zwang ihn vor dem Großen Finsteren Zauberer auf die Knie.

„Was willst du, Morfidio? Vergiss nicht, dass du Schuld an all dem hast, was hier gerade geschieht! Du hast diesen Jungen hergebracht, der meine Tochter entführt hat."

„Ich möchte Euch meine Dienste anbieten", sagte der Graf. „Ich kann Euch helfen, Eure Tochter zu retten. Ich bin über viele Dinge informiert, die Euch sehr nützlich sein könnten. Ich habe lange über Arquimaes nachgedacht, und dabei ist mir so manches klar geworden, was Eure Suche erleichtern würde."

„Damit habe ich Oswald beauftragt. Du kannst dich in deiner Zelle ausruhen, bis ich entscheide, was mit dir geschehen soll."

„Bevor sie es merken, haben wir sie schon eingekesselt!", brüllte Oswald. „Ich weiß, was zu tun ist."

„Das bezweifle ich nicht", sagte Eric Morfidio. „Aber ich weiß Dinge, die du nicht weißt. Zum Beispiel, wie man Arquimaes in einen Hinterhalt locken kann."

Demónicus fing an, sich für das, was der Graf zu sagen hatte, zu interessieren. Er forderte ihn auf weiterzusprechen.

„Ich weiß, was der Alchemist vorhat", fuhr Morfidio fort. „Er würde alles geben, um sein Experiment zu einem Ende bringen zu können."

„Sein Experiment? Hast du nicht behauptet, er habe die magische Formel bereits gefunden?"

„Jetzt weiß ich, warum er Arturo zu sich geholt hat. Der Junge ist eine Gefahr für uns alle. Er besitzt unvorstellbare magische Kräfte. Man muss die beiden gefangen nehmen oder sie vernichten uns alle."

„Seit wann ist dir das klar?", fragte Demónicus, der an das denken musste, was seine Tochter zu ihm gesagt hatte. „Was kann ein Alchemist mit seinem Schüler schon ausrichten?"

„Unterschätze die beiden nicht, Demónicus! Ich versichere dir, was dieser Junge vollbracht hat, übersteigt alles, was ich jemals gesehen habe. Ich habe gehört, was Arquimaes auf der Folterbank gesagt hat. Ich bin sicher, dass er einen Plan hat, ein Projekt ..."

„Unzusammenhängende Worte, die er unter der Folter ausgestoßen hat! Nichts von Bedeutung."

„Überlegt es Euch gut, Demónicus. Ihr verliert nichts, wenn Ihr mich mit diesen Männern fortreiten lasst ... Es könnte sein, dass ich ihnen helfe, Eure Tochter zu befreien."

Oswald sah seinen Herrn fragend an.

„Gut! Du kannst mit Oswald und seinen Männern losreiten. Aber nur als Berater. Er hat die absolute Befehlsgewalt und wird alle Entscheidungen treffen. Er kann dich sogar köpfen lassen, wenn er es für angebracht hält ... Wohin werden sie reiten?"

„Zum Schloss von Königin Émedi!", antwortete Eric Morfidio entschieden. „Das ist der einzig sichere Ort, an dem sie Zuflucht finden können. Nicht einmal Benicius wird ihnen helfen."

„Folgt ihnen und erfüllt eure Mission!", befahl Demónicus, indem er seinen Zauberstab schwang. „Dann werden wir auch erfahren, ob die verfluchte Königin lebt ... oder tot ist, wie man mir versichert hat.

Aber ich warne dich, Morfidio, wenn du ohne meine Tochter zurückkommst, wirst du es büßen!"

„Aber wenn ich sie zurückbringe, habe ich ein Anrecht auf eine Belohnung", entgegnete der Graf. „Eine saftige Belohnung!"

„Aufsitzen!", befahl Oswald, dem der anmaßende Ton des Grafen nicht gefiel. „Wir haben schon zu viel Zeit verloren."

Voller Sorge beobachtete der Große Zauberer, wie die schwer bewaffnete Truppe die Festung verließ.

Dabei achtete er nicht auf den kleinwüchsigen Mann mit den hervorstehenden Augen und den riesigen Ohren, der aus einiger Entfernung Zeuge der Szene geworden war. Noch wusste er nicht, dass Escorpio um Audienz gebeten hatte.

XII

Der General übernimmt das Kommando

Der Direktor ist wütend.

Mercurio hat den Blick gesenkt und verteidigt sich nicht. Er zieht es vor, den Kopf einzuziehen und das Gewitter abzuwarten. Er weiß, dass es sich um eine schwerwiegende Anschuldigung handelt. Einen Schüler anzurühren zieht ernste Konsequenzen nach sich.

„Was hast du dir dabei gedacht, einen Schüler zu schlagen, Mercurio?"

„Er hat ihn nicht geschlagen", antworte ich, bevor der arme Mercurio den Mund aufmachen kann.

„Du redest, wenn du gefragt wirst, Arturo, verstanden?"

„Ja, Señor", sage ich kleinlaut.

Der Direktor steht auf und kommt um seinen Schreibtisch herum. Er wartet darauf, dass Mercurio eine Erklärung abgibt. Aber Mercurio schweigt.

„Weißt du nicht, dass die Schule dadurch große Schwierigkeiten bekommen kann?"

„Es tut mir leid ... wirklich sehr leid", murmelt Mercurio.

„Natürlich tut dir das leid! Aber jetzt müssen wir an die Konsequenzen denken, die das für uns haben kann. Es sei denn, Horacio wäre bereit, die Angelegenheit zu vergessen ..."

„Das kann ich nicht", sagt Horacio. „Ich fühle mich gedemütigt. Er hat mich vor meinen Freunden geschlagen. Ich kann nicht einfach vergessen, was er mit mir gemacht hat."

„Aber es ist doch gar nichts passiert!", rufe ich empört aus. „Du übertreibst!"

„Arturo! Ich fordere dich zum letzten Mal auf, nicht dazwischenzureden!"

„Ja, Señor, ich sag ja schon nichts mehr. Aber er lügt, damit Sie's wissen!"

„Raus mit dir! Ab in deine Klasse! Und richte deinem Vater aus, er soll morgen zu mir kommen. Ich möchte mit ihm reden!"

Horacio grinst. Er hat erreicht, was er wollte.

Als ich die Klasse betrete, starren mich alle an. Ich setze mich auf meinen Platz, neben Metáfora. Sie wartet, bis ich ihr von selbst erzähle, was passiert ist.

„Ich glaube, sie werden ihn entlassen! Horacio hat total übertrieben. Er will sogar die Schule verklagen. Das ist ungerecht!"

„Was hat er eigentlich gegen Mercurio?"

„Mercurio ist mein Freund, das ist alles. Horacio hasst mich und ist zu allem fähig, nur um mir zu schaden. Er geht auf jeden los, der etwas mit mir zu tun hat."

„Und warum hasst er dich? Hast du ihm mal irgendwas getan?"

„Nein, ehrlich nicht! Ich weiß nicht, warum er mich hasst. Er hat mich vom ersten Augenblick an nicht riechen können."

„Arturo, ich sehe, dass du etwas zu erzählen hast", sagt der Sachkundelehrer. „Willst du uns nicht alle daran teilhaben lassen?"

„Nein, Señor, tut mir leid. Ich bin schon still."

Kurz darauf kommt Horacio triumphierend zurück. In der Klasse wird es unruhig. Seine Freunde begrüßen ihn, als hätte er einen Preis gewonnen.

„He, Arturo", ruft er mir zu, „ich hab gehört, du fliegst endlich von der Schule!"

„Wir werden dich vermissen", sagt Emilio. „Dann haben wir keinen mehr, über den wir lachen können. Wir müssen uns wohl einen anderen Klassenclown suchen."

„Das Problem ist nur, wir werden keinen mit einem Drachenkopf finden!"

„Drachenkopf!"

„Drachenkopf!"

***

ALS METÁFORA UND ich in die Stiftung kommen, begegnet uns Sombra. Er wirkt nervös.

„Was ist los?", frage ich ihn. „Ist etwas passiert?"

„Ach nein, nichts Besonderes."

„Komm schon, Sombra, uns kannst du vertrauen", drängt ihn Metáfora. „Du weißt doch, wir sagen es keinem weiter."

„Na ja, ich will mich ja nicht beklagen, aber …"

„Was ist passiert?"

„Der General kommandiert mich den ganzen Tag rum", schimpft Sombra. „Meint, ich bin nur für ihn da. Der denkt wohl, ich wäre einer seiner Soldaten."

„Komm, reg dich nicht auf", versuche ich, ihn zu beruhigen.

„Jetzt will er in den Keller! Sagt, er muss sich die Waffen ansehen, die wir da aufbewahren. Er ist immer noch felsenfest davon überzeugt, dass er was über diese verdammte Schwarze Armee rauskriegen kann! Stell dir vor! Als hätte die irgendwann mal tatsächlich existiert!"

„Aber wo ist das Problem?", frage ich. „Zeig ihm den Keller und fertig! Schließlich hat Papa ihm die Erlaubnis dazu gegeben. Lass ihn doch ruhig suchen, was es nicht gibt."

„Also wirklich, das hat mir gerade noch gefehlt! Jetzt stellst du dich auch noch auf seine Seite! Klar, hier kann mich jeder rumkommandieren!"

„Unsinn, Sombra!", beschwichtige ich ihn. „Zeig ihm, was er sehen will, dann hast du's hinter dir."

„Übrigens, ich würde mir das alles auch mal gerne ansehen", sagt Metáfora. „Da unten muss es wunderbare Dinge geben!"

„Klar, am besten, die ganze Stadt kommt her und besichtigt unseren Keller!", schimpft Sombra und schlurft vor sich hin murmelnd davon.

XIII

Der Drachentöter

Die Pferde wurden plötzlich nervös. Irgendetwas störte sie ... oder machte ihnen Angst.

Über Alexias Lippen huschte ein Lächeln, das von Arturo und Arquimaes allerdings unbemerkt blieb. Sie wusste offenbar, was sich da zusammenbraute.

„Was haben die Tiere?", fragte Arturo und zog fest an den Zügeln, um sein Pferd im Zaum zu halten. „Irgendetwas beunruhigt sie."

„Ja, sie sind sehr nervös", antwortete Arquimaes, der ebenfalls Mühe hatte, sein Pferd unter Kontrolle zu halten. „Vielleicht ist ein Bär in der Nähe. Raubtiere erschrecken sie. Oder ein Rudel Wölfe ..."

„Oder etwas noch Schlimmeres", prophezeite Alexia mit ruhiger Stimme. „Etwas, das auch Menschen Angst machen kann ..."

Arquimaes kam plötzlich ein Gedanke.

„Wenn es das ist, was ich vermute, sind wir verloren", sagte er besorgt.

Arquimaes sollte recht behalten ...

Wie aus dem Nichts tauchte plötzlich ein Drache aus den Wolken auf und begann, über ihnen zu kreisen. Es war einer von den Flugdrachen, die sie über Demónicus' Festung gesehen hatten.

„Ich habe euch gewarnt!", rief Alexia. „Mein Vater wird euch für das büßen lassen, was ihr getan habt!"

Arturo dachte nicht lange nach und beschloss, sich der drohenden Gefahr entgegenzustellen. Er übergab Arquimaes die Zügel seines Pferdes und nahm Pfeil und Bogen in die Hand, bereit, den Angriff des riesigen Tieres abzuwehren.

„Passt auf mein Pferd auf und sorgt dafür, dass uns die Hexe nicht entwischt!", wies er seinen Meister an und rannte auf die Felsen zu.

„Was hast du vor?", fragte Arquimaes.

„Ihn erledigen! Ich werde meine Pfeile auf ihn abschießen!"

„Das wird dir nichts nützen!", rief Alexia ihm hinterher. „Er wird dich töten!"

Arturo kletterte auf einen Felsen, legte einen Pfeil ein und spannte den Bogen. Der Pfeil schnellte von der Sehne auf den Drachen zu und bohrte sich in den Hals des Tieres. Das Ungeheuer brüllte auf, stieg höher und kreiste mehrere Male über ihnen. Es war auf der Suche nach dem idealen Angriffswinkel, um sich auf den zu stürzen, der es gewagt hatte, den Pfeil auf ihn abzuschießen. Arquimaes konnte die Pferde kaum noch im Zaum halten und musste absteigen. Er befahl Alexia, ebenfalls vom Pferd zu steigen.

Inzwischen hatte Arturo erneut auf den Drachen angelegt. Doch der war nicht bereit, sich ein zweites Mal durchbohren zu lassen. Er flog tiefer und wich in einem großen Bogen aus, sodass Arturos zweiter Versuch fehlschlug. Der Pfeil streifte das geflügelte Ungeheuer nicht einmal. Es stieß ein schreckenerregendes Brüllen aus, um zu zeigen, wer von ihnen der Gefährlichere war.

Dann stieg der Drache wieder höher und verschwand in den Wolken. Arturo und Arquimaes sahen sich schweigend an. Sie wussten nicht, was das zu bedeuten hatte. Ein erneutes Brüllen holte sie in die Wirklichkeit zurück: Der Drache kam im Sturzflug auf sie zugeschossen, Flammen und Rauch speiend wie ein Vulkan.

„Er wird dich töten!", schric Arquimaes. „Benutze deine Macht!"

Arturo verstand nicht, was sein Meister damit meinte. Von welcher Macht sprach er? Sollte er weiter versuchen, den Drachen mit seinen Pfeilen zu durchsieben?

„Deine Macht!", wiederholte Arquimaes. „Nur sie kann uns retten!"

Arturo sah ihn verständnislos an, während der Drache sich gefährlich näherte.

„Die Buchstaben!", schrie Alexia. „Die magischen Buchstaben!"

Eilig zog Arturo sein Panzerhemd aus und zerriss das Wams, das er darunter trug. Seine nackte Brust war jetzt übersät mit Buchstaben, und sein Oberkörper glich einem Nest von schwarzen Vögeln, die begierig darauf warteten, ihren Angriff zu starten.

Als der Drache ihn schon zu verschlingen drohte, breitete Arturo die Arme aus. Im selben Moment flogen die Buchstaben auf das Ungeheuer zu und bildeten eine unüberwindbare Barriere, so robust wie ein Felsen, so hart wie Eisen. Der Drache sah sich einem undurchdringlichen Schild gegenüber und wenige Sekunden später prallte er gegen eine Mauer aus fliegender Tinte. Der Schlag war so heftig, dass er sich vor Schmerzen krümmte und benommen liegen blieb. Sofort legte sich ein Netz aus schwarzen Tierchen um ihn, ähnlich einem Spinnennetz, das eine Fliege umfängt. Tausende von Schriftzeichen fesselten den Drachen und hinderten ihn daran, wieder aufzufliegen. Seine Augen wurden blind und seine Flügel hingen kraftlos herab. Er verlor das Gleichgewicht und wurde zu eine Marionette jener höheren Macht, die ihn durch die Luft an den Rand einer tiefen Schlucht trug, ihn einen Moment lang über den Abgrund hielt ... und ihn ins Leere fallen ließ!

Das furchterregende Tier stürzte bewusstlos in die Tiefe und blieb reglos wie eine Puppe zwischen den Felsen liegen, wo es sein Todesröcheln ausstieß.

Sekundenlang herrschte absolutes Schweigen. Nur der Flügelschlag der Vögel, die vor dem Drachen geflüchtet waren, war zu hören. Sie flogen über Arturo hinweg und beobachteten die letzten Zuckungen des geflügelten Ungeheuers, das für niemanden mehr eine Gefahr darstellte.

„Das war unglaublich!", sagte Arquimaes. „So etwas habe ich noch nie gesehen!"

„Fantastisch!", rief Alexia. Ihr Gesicht drückte grenzenlose Bewunderung aus. „Der Drache ist von dir bezwungen worden! Du bist der größte Zauberer, den ich in meinem ganzen Leben gesehen habe. Deine Magie ist unbesiegbar!"

Arturo brachte kein Wort heraus. Er war schweißbedeckt und sein Atem ging stoßweise.

„Das war der stärkste Drache meines Vaters", sagte Alexia, immer noch außer sich. „Du bist soeben zu einer Legende geworden: Arturo, Schüler des Arquimaes. Arturo, der Drachentöter!"

Doch Arturo hörte kaum auf das, was die beiden sagten. Die Buchstaben, die wieder zu ihm zurückgekehrt waren, pochten gegen seine Brust und ließen ihn kaum zu Atem kommen. Seine Lungen brannten, und er wusste nicht so richtig, was eigentlich geschehen war. Arquimaes gab ihm einen Schluck aus seiner Kürbisflasche und goss ihm Wasser über den Kopf, um ihn zu erfrischen. Endlich kam Arturo wieder zu sich. Er rieb sich die Augen und fragte: „Wie ist das geschehen?"

„Erinnerst du dich tatsächlich nicht mehr?", fragte Alexia zurück.

„Ich weiß nur noch, dass der Drache auf mich zugestürzt kam und Feuer gespuckt hat ... Und plötzlich habe ich ein lautes Geräusch gehört und sofort darauf einen schwarzen Vorhang gesehen. Und dann habe ich so etwas wie ein Zittern gespürt."

„Geht es dir gut?", fragte Arquimaes.

„Ich weiß nicht, wie es mir geht. Ich bin noch ganz benommen. Es ist, als hätte sich die Welt umgekehrt. Der Drache wollte mich töten und dann habe ich ihn getötet!"

„Das ist wahr: eine umgekehrte Welt. Noch nie ist ein Drache an einem Menschen abgeprallt und zu Tode gestürzt", sagte Alexia. „Du hast die Geschichte der Drachen verändert!"

„Aber er ist nicht an mir abgeprallt. Ich habe den Aufprall gespürt, aber ganz weit weg ... In Wirklichkeit war es, als wäre er gegen ... gegen einen Berg geprallt! Ja, das ist es, gegen einen Berg!"

„Die Buchstaben haben eine undurchdringliche Mauer gebildet", erklärte ihm Arquimaes. „Und das hat ihn gebremst. Die Buchstaben!"

„Du hast eine außergewöhnliche Macht, Arturo! Lass uns zu meiner Burg zurückkehren, mein Vater wird dich in allen Ehren empfangen. Wir werden dich zum Großen Zauberer ernennen! Man wird dich wie einen Gott verehren!"

„Wie einen Gott, mich? Was erzählst du da?", sagte Arturo und schaute zum Himmel, als erwarte er von dort Hilfe, um sich wieder zurechtzufinden. „Ich bin nur ... Ich bin ..."

„Lasst uns hier Rast machen, bis du dich wieder erholt hast", schlug Arquimaes vor. „In diesem Zustand kannst du nicht weiterreiten."

„Wir müssen so schnell wie möglich fort von hier", sagte Arturo und stieg auf sein Pferd. „Wir müssen uns in den Wäldern verstecken. Hier sind wir eine leichte Beute. Auf geht's!"

Widerspruchslos folgten Arquimaes und Alexia seinen Anweisungen. Der Weise war sich sicher, dass es nicht mehr nötig war, Alexia zu bewachen. Sie war geblendet von dem, was sie soeben gesehen hatte, und wollte gar nicht mehr fliehen. Die geheimnisvolle Macht der Buchstaben war zu groß, um sich ihr entziehen zu können. Alexia war zu einer freiwilligen Gefangenen geworden, einer Gefangenen von Arturos Magie.

An jenem Tag wurde möglicherweise das ruhmreichste Kapitel der Legende des Arturo geschrieben. Es war der Tag, an dem er das Recht erlangte, einen außergewöhnlichen Namen zu tragen, einen Namen, der die Jahrhunderte überdauern sollte: Adragón, der Drachentöter.

XIV

Ein Geheimnis wird gelüftet

Ich glaube, nach dem, was in der Schule passiert ist, kann ich mich auf Metáfora verlassen ...
Trotzdem: Auch wenn ich mich sehr gut mit ihr verstehe, gibt es Dinge, die ich ihr nicht erzählen kann. Zum Beispiel, dass ich mit dem Bild meiner Mutter spreche.
Ich bin auf dem Weg zur Stiftung. Von Weitem sehe ich Hinkebein, der, auf seine Krücke gestützt, die Straße entlanghumpelt. Ich will ihn gerade rufen, um ihn zu fragen, wie es ihm geht, als ich plötzlich eine andere Idee habe. Eine blöde Idee, zugegeben; ich weiß nicht, wie ich darauf gekommen bin. Aber ich setze sie sofort in die Tat um: Ich folge ihm heimlich! Hinkend erreicht er eine rote Ampel. Er bleibt stehen und wartet geduldig darauf, dass sie grün wird, damit er die Straße überqueren kann. Die Ampel schaltet um, die Autos halten an. Hinkebein setzt seinen Weg fort.
Ich passe auf, dass er mich nicht sieht. Das ist nicht sehr schwer, denn er schaut sich nicht ein einziges Mal um. Er bewegt sich sehr langsam voran, schaut hier und da in ein Schaufenster, geht dann in eine Kneipe. Das heißt also, er trinkt immer noch.
Er kommt wieder heraus und überquert eine andere Straße. Er bleibt stehen, um mit einer Frau zu sprechen, die einen Einkaufswagen voller Plastiktüten vor sich her schiebt. Sie lachen und die Frau bietet ihm eine Zigarette an. Sie setzen sich auf eine Bank und kurz darauf gesellt sich ein weiterer Bettler zu ihnen. Sie scheinen sich prächtig zu amüsieren. Anscheinend kennen sie sich sehr gut.
Nach einer Weile verabschiedet sich Hinkebein von den beiden und humpelt weiter. Jetzt bleibt er vor einem Sportbekleidungsgeschäft stehen. Dann geht er weiter, betritt eine andere Kneipe. Ich überquere die Straße und schaue unauffällig hinein, um zu sehen, was er trinkt. Bier.

Ich verstecke mich an der nächsten Straßenecke und warte auf ihn. Es fängt an zu regnen. Ein eisiger Schneeregen. Hinkebein kommt heraus. Er humpelt auf mich zu, deshalb verstecke ich mich in einem Hauseingang.

Von dort aus sehe ich ihn vorbeihinken. Ich trete auf die Straße hinaus … und stehe ihm direkt gegenüber.

„Hallo, Arturo, was machst du denn hier?", fragt er mich.

„Och, nichts, ich …"

„Bist du mir gefolgt?"

„So ungefähr, nur aus Neugier … Du musst nicht meinen …"

„Aha, aus Neugier. Wie würdest du es finden, wenn ich dir heimlich folgen würde? Würde es dir gefallen, wenn man dir hinterherspionieren würde?" Er ist sauer.

„Nein, natürlich nicht."

„Und warum machst du es dann? Meinst du, nur weil ich ein armer Schlucker bin, kannst du mich so behandeln? Schämst du dich nicht?"

„Tut mir leid. Das war blöd von mir", entschuldige ich mich. „Es war nur ein Spiel …"

„Ein Scheißspiel ist das, überhaupt nicht lustig!"

Er dreht sich um und will schon weitergehen, doch im letzten Moment überlegt er es sich anders.

„Los, komm, trinken wir was", schlägt er vor. „Ich lade dich ein."

„Aber …"

„Leiste mir ein bisschen Gesellschaft. Los, komm schon!"

Er humpelt in eine enge Gasse und ich folge ihm. Vor einer zwielichtigen Kneipe, aus der es nach billiger Pizza riecht, bleibt er stehen. Wir gehen hinein und setzen uns an einen der hinteren Tische neben einen Fernseher, der ausgeschaltet ist.

„Bestell mir ein Bier und für dich irgendwas, was du willst", sagt Hinkebein. „Hier bin ich zu Hause."

Ich stehe auf und gehe an die Theke. Der Kellner stellt mir ein Bier und einen Milchkaffee hin.

„Hier, für dich", sage ich und knalle das Bier vor ihn auf den Tisch. „Ich finde, du hast heute schon zu viel getrunken."

„Zu viel? Ich habe zu viel getrunken?", lacht er. „Weißt du eigentlich, was das ist, zu viel trinken? Du hast mich nicht in meinen besten Zeiten erlebt!"

„Trinkst du immer so viel?"

„Was glaubst du, mein Freund, wie ich das alles ohne Alkohol ertragen würde? Wie soll ich denn sonst mein Gewissen zum Schweigen bringen?"

Ich reiße das Zuckertütchen auf und warte eine Weile, bevor ich frage: „Hast du denn einen Grund für ein schlechtes Gewissen? Hast du was getan, was du bereust?"

„Weißt du, du beschwerst dich darüber, dass andere über den Drachen auf deiner Stirn lachen. Aber ich würde gerne mir mir tauschen. Sofort! Narben, die man nicht sieht, tun mehr weh als die, die man sieht, das kannst du mir glauben."

Ich rühre mit dem Löffelchen den Kaffee kräftig um, damit sich der Zucker gut verteilt.

„Ich weiß, dass dich irgendetwas aus der Bahn geworfen hat", sage ich. „Aber ich will mich nicht in deine Angelegenheiten einmischen."

„Mann, erst schleichst du mir heimlich hinterher und dann sagst du so was! Schon lustig … Jetzt musst du dir auch meine Geschichte anhören, Kleiner. Die Geschichte eines Archäologen, der aus der Bahn geworfen wurde, weil … Na ja, weil er eine falsche Entscheidung getroffen hat."

„Du musst nicht, wenn du nicht willst", sage ich.

„Erinnerst du dich an das, was ich dir erzählt habe? Wie ich meine Arbeit verloren habe?"

„Ja, daran erinnere ich mich. Aber ich glaube, es war nicht deine Schuld."

„Was damals passiert ist, war einzig und allein meine Schuld."

Ich trinke einen Schluck und warte darauf, dass er anfängt zu erzählen.

„Wie gesagt, alles begann damit, dass wir eine Festungsanlage ausgegraben haben … Wir waren schon sehr tief vorgedrungen. Einige meiner Mitarbeiter standen auf dem Gerüst. Ich als leitender Archäologe hatte Anweisung gegeben, die Gegenstände zu sichern, die gefunden wurden. Und es waren viele … Dann, eines Tages, stießen wir auf einen unterirdischen Gang, der in einem sehr schlechten Zustand war. Es bestand Einsturzgefahr … Meine Mitarbeiter machten mich darauf aufmerksam, dass es sehr gefährlich sei, weiter in den Gang vorzudringen, ohne die Wände abzustützen. Aber ich sagte, wir dürften keine Zeit verlieren und sie sollten ruhig weiter hineingehen, es würde schon nichts passieren. Als sie sich weigerten, drohte ich ihnen damit, sie auf der Stelle zu entlassen. ‚Wenn ihr zu feige seid‘, sagte ich zu ihnen, ‚dann sucht euch doch eine andere Arbeit!‘ Wie konnte ich nur so was sagen! Drei von ihnen folgten meinen Anweisungen und betraten den unterirdischen Gang. Eine Stunde später stürzte er ein. Wir sahen sie nicht mehr lebend wieder. Und das durch meine Schuld!"

„Wusstest du denn nicht, dass so etwas passieren konnte?", fragte ich. „Hast du das Risiko falsch eingeschätzt?"

„Wenn du in dem Beruf Erfolg haben willst, denkst du nicht an die Risiken. Du hast nur den Triumph im Kopf. Ich habe einen schweren Fehler gemacht. Drei Menschen haben durch meinen Ehrgeiz ihr Leben verloren."

„Und was geschah danach?", fragte ich weiter.

Er trinkt einen großen Schluck, das Bier tropft ihm übers Kinn. Er wischt sich mit dem Ärmel über die Lippen und fährt fort: „Ich wurde entlassen und vor Gericht gestellt. Ich musste für drei Jahre ins Gefängnis. Nach meiner Entlassung landete ich auf der Straße. Und da bleibe ich, bis ich sterbe."

Mir fehlen die Worte. Die Geschichte ist so heftig, dass ich nicht weiß, was ich dazu sagen soll.

„Das kommt davon, wenn man sich in das Leben anderer Leute einmischt, Arturo. Aber jetzt weißt du, wer ich bin. Du brauchst mir nicht mehr heimlich zu folgen. Meine Freunde sind die Bettler aus dem Viertel. Tag für Tag mache ich meine Runde durch dieselben Kneipen. Ich versuche, mich zu betrinken, damit ich zu Hause schnell einschlafen kann."

„Zu Hause? Hast du denn ein Zuhause?"

„Oh ja, irgendwann lade ich dich mal zu mir nach Hause ein."

Hinkebein hat recht. Man sollte sich nicht in etwas einmischen, das einen nichts angeht.

XV

Der Eingang zur Hölle

Arquimaes, Arturo und Alexia hatten große Mühe, Demónicus' Patrouillen auszuweichen. Mit jeder Stunde waren mehr Soldaten hinter ihnen her und des Öfteren wären sie ihnen um ein Haar in die Hände gefallen.

Auch die Wilden aus den Sümpfen kamen ihnen gefährlich nahe, doch Arturo hielt sie mit Pfeil und Bogen in Schach. Jedes Mal wenn sie einen seiner Pfeile durch die Luft zischen hörten, flüchteten sie sich entsetzt zwischen die hohen Farne. Sie wussten, dass eine Wunde die Echsen anlocken würde, die bekanntermaßen eine große Schwäche für Blut hatten. Deswegen zogen sie es vor, den direkten Kampf zu meiden und mit ihren langen Blasrohren aus dem Hinterhalt anzugreifen.

„Wir könnten den Wald von América durchqueren", schlug Arquimaes vor. „Wir kämen zügiger voran und könnten unsere Verfolger leichter abschütteln. Auf diese Weise würden wir uns die Wilden vom Leibe halten und wir wären nicht länger den Angriffen der gefährlichen Echsen ausgesetzt."

„In den Wäldern wimmelt es nur so von Geächteten, die uns umbringen würden", wandte Alexia ein.

„Ich ziehe die Geächteten den Gefahren der offenen Ebene vor, wo es keinen Schutz gibt", entgegnete Arturo, der bereits wie ein Krieger dachte. „Die Wälder sind sicherer für uns. Vor allem weil wir uns dort besser verstecken können."

„Ich bin ganz deiner Meinung", sagte Arquimaes.

„Ich habe eine Idee, die wir gleich heute Nacht umsetzen können", versprach Arturo.

Vorsichtig ritten die drei weiter. Sie mieden kleinere Ortschaften, Gehöfte und Ansiedlungen, wo man ihnen mit Sicherheit auflauern würde. Inzwischen war die Nachricht von ihrer Flucht wahrscheinlich in jeden Winkel des Reiches der Finsteren Zauberer vorgedrungen und alle Welt hatte sich auf die Suche nach einem Mädchen in Begleitung eines Jungen und eines Alten gemacht.

✱✱✱

Morfidio hielt sein Pferd an und wartete auf Oswald.

„Wir verlieren Zeit", sagte er zu ihm. „Wir sind zu langsam. Wir sollten ein paar fähige Männer aussuchen und in einer kleinen Gruppe weiterreiten, dann sind wir schnell wie Leoparden. Mit der gesamten Truppe kommen wir nie zum Ziel."

„Ich erinnere dich daran, dass ich die Aktion leite", erwiderte Oswald. „Es wird das getan, was ich sage."

„Und ich erinnere dich daran, dass ich Graf Morfidio bin und dass du auf meine Meinung hören solltest. Ich weiß, wovon ich rede. Ich bin ein hervorragender Stratege."

„Klar, deshalb hat man dich auch von deiner Burg fortgejagt und du musstest wie eine Ratte fliehen … Sobald wir die Kerle gefangen haben, werde ich deinen Kopf fordern. Es war deine Schuld, dass Alexia verschleppt wurde."

„Du bist ein sturer Esel. Bei diesem Tempo kriegen wir sie nie zu Gesicht. Wenn sie erst mal in Émedis Reich sind, wird es so gut wie unmöglich sein, die Prinzessin zu befreien."

„Mein Herr hat bereits dafür gesorgt, dass sie erledigt werden", entgegnete Oswald kühl. „Wir sammeln nur das ein, was von ihnen übrig bleiben wird. Demónicus hat einen seiner Drachen geschickt. Alexia wird neben den Überbleibseln dieser verdammten Idioten auf uns warten. Wir haben es nicht eilig."

✱✱✱

Die Nacht war hereingebrochen. Arturo und seine Begleiter beobachteten nun schon seit mehr als einer Stunde die Bewegungen rund um einen Wagen, der am Rande des Waldes stand. Sie sahen die Männer in aller Ruhe essen und warteten so lange, bis das offene Feuer fast niedergebrannt war.

„Ich werde jetzt rübergehen, um Kleidung und Essen zu besorgen", sagte Arturo. „Ihr bleibt hier und wartet, bis ich zurückkomme."

„Es wird dir nicht gelingen", warnte ihn Alexia. „Die Untertanen meines Vaters sind keine Idioten, sie werden dir nicht helfen."

Arquimaes hielt es für besser, Alexia an einen Baum zu fesseln. Arturo näherte sich ihr von hinten, um sie mit einem Tuch zu knebeln.

„Schweigen steht dir besser", sagte er und verknotete das Tuch. „Und vergiss nicht, durch die Nase zu atmen, Große Zauberin."

Alexias Augen blitzten vor Wut, aber alles, was sie von sich gab, war ein kaum hörbares Knurren. Der Knebel saß fest.

Arturo schlich durch den hoch stehenden Farn zu seinem Pferd, saß auf und ritt langsam auf die Männer zu. Er wusste, dass er Gefahr lief, von einem Pfeil getroffen zu werden, doch das musste er riskieren.

Als er die Gruppe erreicht hatte, standen zwei bewaffnete Männer auf, bereit, sich zu verteidigen, falls der Eindringling Streit suchte oder stehlen wollte.

„Was willst du, Fremder?", fragte einer der beiden, eine Axt in der Hand.

„Essen", antwortete Arturo. „Ich habe etwas Geld und zahle gut."

„Das hier ist keine Herberge! Am Ende des Weges ist ein kleines Dorf", sagte der andere und hob zur Bestätigung eine Hand, in der er einen Dolch hielt. „Wir trauen niemandem. Die Entführer der Tochter des Großen Zauberers können ganz in der Nähe sein."

„Ich komme in friedlicher Absicht. Ich habe noch einen langen Weg vor mir", sagte Arturo. „Ich will nichts umsonst."

„In diesen Zeiten ist niemand friedlich", brummte ein dritter Mann, der mit einem Ritterschwert bewaffnet war. „Und dein Geld interessiert uns nicht."

„Dann werde ich dahin zurückkehren müssen, woher ich gekommen bin", antwortete Arturo. „Aber ihr irrt euch. Ich möchte nur etwas zu essen. Ich bin in einer Mission unterwegs, und Demónicus wird es allen, die mir helfen, zu danken wissen."

„Und was ist das für eine Mission?"

„Ich soll seine Tochter Alexia zurückbringen", sagte er. „Das ist meine Mission!"

„Bist du verrückt oder willst du uns zum Narren halten?", rief der mit der Axt. „Das ist nichts für einen Herumtreiber wie dich. Dafür sind die Soldaten und Ritter zuständig. Sie werden Alexia befreien."

„Nicht wenn ich sie vor ihnen finde", beharrte Arturo und tippte auf seine Tasche. „Ich habe beschlossen, all mein Vermögen in dieses Unternehmen zu stecken, und ich werde sie als Erster finden."

Die drei Männer sahen sich an. Etwas Geld konnten sie gut gebrauchen. Die Frauen hatten sich noch nicht zum Schlafen niedergelegt, vielleicht konnten sie etwas zu essen zubereiten.

„Wenn du etwas zu essen haben willst, musst du tief in die Tasche greifen", sagte einer der Männer. „Wir verkaufen dir was, aber bei uns bleiben kannst du nicht."

„In Ordnung, das wird mir weiterhelfen ... Ich danke euch", sagte Arturo und stieg vom Pferd. „Ihr könnt euch nicht vorstellen, wie erschöpft ich bin. Stundenlang reite ich jetzt schon hinter diesen Halunken her."

„Mach dir da mal keine Illusionen! Demónicus' Soldaten sind überall, sie werden die Prinzessin vor dir finden. Jeder, der schnell reich werden will, ist auf der Suche nach ihr."

Arturo setzte sich neben die Feuerstelle auf den Boden und rieb sich die Hände über der Glut.

„Es soll sich um einen alten Mann und einen Jungen handeln", sagte er. „Vermutlich werden sie kaum Widerstand leisten."

Eine Frau kam mit einem Stück Käse, etwas Dörrfleisch und einem Kanten Brot. Sie wickelte alles in ein Tuch und reichte es Arturo.

„Das ist alles, was wir dir geben können", sagte sie.

„Das ist genug für mich", antwortete Arturo und gab ihr eine Goldmünze. „Damit werde ich zurechtkommen. Aber ich brauche auch etwas frische Kleider ... Und eine Decke ..."

Die Frau wartete darauf, dass der Anführer die Erlaubnis gab, und verschwand dann hinter der Plane des Wagens. Nach einer Weile kam sie mit ein paar Kleidungsstücken wieder heraus.

Arturo begutachtete die Sachen und gab ihr zwei weitere Münzen.

„Viel Glück", wünschte ihm der mit dem Schwert zum Abschied.

„Du sagst niemandem, dass du hier warst, und wir halten ebenfalls den Mund, wenn die Soldaten uns fragen."

Arturo, der schon auf seinem Pferd saß und fortreiten wollte, näherte sich dem Mann und drückte ihm drei weitere Goldmünzen in die Hand.

„In diesen Zeiten ist es für alle besser, den Mund zu halten. Das ist gesünder", sagte er. „Wir haben uns nie gesehen."

Er gab seinem Pferd die Sporen und verschwand im Dunkel des dichten Waldes, wo Arquimaes und Alexia auf ihn warteten. Vielleicht würden diese Leute ja wirklich den Mund halten, aber genauso gut war es möglich, dass sie alles ausplauderten, wenn sie von den Soldaten vernommen wurden.

„Wie ist es dir ergangen?", fragte Arquimaes besorgt. „Hast du etwas zu essen gekriegt?"

„Man sucht uns überall. In der Gegend wimmelt es nur so von Soldaten und Leuten, die auf die Belohnung aus sind", sagte Arturo und reichte ihm die Lebensmittel. „Es wird besser sein, wir reiten getrennt weiter."

„Hältst du das für eine gute Idee?", fragte Arquimaes.

„Sie suchen einen alten Mann, einen Jungen und ein Mädchen. Du reitest alleine weiter, und niemand wird Verdacht schöpfen, vor allem nicht, wenn du diese Kleider anziehst. Ich nehme Alexia mit und auch das wird weniger Verdacht erregen."

„Wann und wo treffen wir uns wieder?"

„Das bestimmst du."

„Im Kloster von Ambrosia, am Fuße der Berge."

„Ambrosia? Was soll das sein?"

„Eine einsame Abtei, abseits der üblichen Wege … Sie befindet sich am Fuße des Fernis."

„Einverstanden. Wir sehen uns in drei Tagen, im Kloster von Ambrosia."

„Dort wird uns niemand vermuten. Die Mönche werden uns sicher aufnehmen, und wenn wir wieder zu Kräften gekommen sind, setzen wir unseren Weg zum Schloss von Königin Émedi fort."

Sie waren sich einig, dass dies die beste Lösung war. Der Gedanke, sich von Arturo zu trennen, gefiel Arquimaes gar nicht, aber er wusste, dass es kaum eine andere Möglichkeit gab. Wenn sie zusammenblieben, wäre die Gefahr, erkannt und gefangen genommen zu werden, größer.

✳✳✳

AM NÄCHSTEN TAG entdeckten Oswald und seine Männer tief unten auf dem Grund der Schlucht die Überreste des Drachen, den Demónicus geschickt hatte. Die Pfeile alleine konnten ein Tier solchen Ausmaßes unmöglich getötet haben.

„Es muss etwas Schlimmes passiert sein", vermutete Oswald. „Die beiden können mit ihm nicht einfach so fertig geworden sein. Etwas oder jemand muss ihnen geholfen haben …"

„Die Magie! Der Alchemist hat die geheime Macht benutzt, von der ich euch erzählt habe!", rief Morfidio aus. „Das ist der Beweis! Was ich gesagt habe, ist wahr!"

„Das ist mir vollkommen egal. Ich will die Prinzessin finden, alles andere interessiert mich nicht. Wenn diese verfluchten Hunde uns entwischen, ist unser Leben keinen Pfifferling mehr wert. Demónicus würde es uns nicht verzeihen, wenn wir seine Tochter nicht zurückbringen."

„Was gedenkst du zu tun?"

„Sag du es mir, du bist doch der große Stratege."

Morfidio schluckte die Antwort hinunter. Es war nicht der richtige Augenblick für Vorwürfe. Wenn er seinen Kopf retten wollte, musste er sich jetzt etwas Gutes einfallen lassen. Er konnte sicher sein, dass Oswald nicht zögern würde, ihn köpfen zu lassen, falls er es für angebracht hielt.

„Liest du gerne?", fragte er.

„Machst du Witze? Ich kann nicht lesen, du Klugscheißer!"

„Dann werde ich dir einen Ort zeigen, wo man es dir beibringen kann", sagte der Graf. „Hast du schon mal was von Ambrosia gehört?"

„Nein, der Name sagt mir nichts."

„Das ist ein Kloster am Fuße der schneebedeckten Berge. Dahin reiten wir jetzt."

Oswald hob den Arm und gab das Zeichen zum Aufbruch, ohne Morfidios Vorschlag in Frage zu stellen. Er war es gewohnt, Befehle auszuführen, und diese Gewohnheit würde er nicht ausgerechnet jetzt ablegen. Schließlich trägt derjenige, der die Befehle gibt, auch die volle Verantwortung dafür.

XVI
Der Überfall auf den Bettler

Ich bin völlig fertig nach letzter Nacht. Ich gehe schnell duschen, um mich von dem anstrengenden Traum zu erholen.

Natürlich weiß ich nicht, wie man gegen einen Drachen kämpft. Ich verstehe nichts und habe keine Ahnung, woher solche Träume kommen.

Bevor ich in die Schule gehe, schaue ich noch kurz bei Papa vorbei, der gerade mit Stromber zusammensitzt. Er ist ziemlich aufgewühlt und gestikuliert wild. Das tut er immer, wenn ihn etwas stark berührt.

„Was ist passiert? Warum bist du so aufgeregt?", frage ich ihn.

„Hallo, mein Sohn. Señor Stromber hat mir soeben eine gute Nachricht überbracht. Möglicherweise sind wir bald unsere finanziellen Sorgen los."

„In der Tat", sagt Stromber. „Freunde von mir haben ein hervorragendes Angebot gemacht. Wir sind bereit, Arquimaes' Zeichnungen zu erwerben, und das zu einem ..."

„Die Zeichnungen sind nicht zu verkaufen!", unterbreche ich ihn. „Du brauchst sie doch für deine Arbeit, Papa! Und außerdem sind das unsere wertvollsten Dokumente."

„Langsam, langsam, wir wollen nicht übertreiben", sagt Stromber. „Arquimaes war ein Hochstapler, der nie etwas Bedeutendes hervorgebracht hat. Er konnte sich nur gut verkaufen. Es ist besser, Sie gehen auf das Angebot ein, bevor meinen Freunden klar wird, dass die Dokumente nur von geringem Wert sind. Schließlich sind es nur Zeichnungen. Arquimaes war kein großer Künstler."

„Der Meinung bin ich auch, Arturo. Es ist ein sehr gutes Angebot, und es wird uns helfen, unser Problem zu lösen", erklärt mein Vater.

„Du darfst die Zeichnungen nicht verkaufen, Papa! Tu das nicht!"

„Hör zu. Ich habe auf dich gehört, als du mich gebeten hast, die

Stiftung nicht der Bank zu überlassen. Jetzt bitte ich dich zu verstehen, dass ich diese Chance ergreifen muss."

„Du darfst die Zeichnungen nicht verkaufen! Sie sind ein Teil von uns! Das hast du an meinem Geburtstag selbst zu Norma gesagt."

„Na ja, das sagt man so daher, wenn man jemanden beeindrucken will. Und bis vor Kurzem habe ich das ja auch noch selbst geglaubt, aber dann musste ich einsehen, dass es nicht stimmt."

„Arturo, du kannst nicht verlangen, dass dein Vater aus einer Laune heraus die Stiftung in Gefahr bringt … Übrigens, das mit deiner Haut ist gar kein Problem. Erinnerst du dich noch an den Arzt, von dem ich dir erzählt habe? Also, er hat mir versprochen, dass nichts zurückbleiben wird und du ein neues Leben beginnen kannst. Du wirst prima aussehen mit deiner Haut!"

„Ich brauche keinen Dermatologen, der mir meine Tätowierung wegmacht! Ich möchte mit meinem Vater alleine über den Verkauf der Zeichnungen reden", antworte ich energisch. „Papa, ich bitte dich, triff keine Entscheidung, bevor wir nicht unter vier Augen darüber gesprochen haben."

„Na schön, einverstanden, aber du wirst mich kaum umstimmen können. Wir sind uns nämlich schon einig geworden", sagt Papa.

„Warte bis heute Abend. Bitte."

Ohne ein weiteres Wort verlasse ich das Arbeitszimmer und schließe leise die Tür. In mir brodelt es. Wir dürfen die Zeichnungen nicht verkaufen! Ich kann es nicht erklären, aber ich weiß, dass sie in der Stiftung bleiben müssen. Ich habe irgendwie das Gefühl, dass es unsere Aufgabe ist, sie zu beschützen.

Auf der Treppe kommt mir General Battaglia entgegen. Er will in die Bibliothek, um sich wieder auf die Suche nach der Schwarzen Armee zu machen.

„Guten Morgen, General."

„Guten Morgen, Arturo. Gehst du in die Schule?"

„Ja, Señor. Wie kommen Sie mit Ihrer Arbeit voran?"

„Gut, wenn auch etwas schleppend. Diese verfluchte Armee ist schwerer zu finden als der Heilige Gral. Aber ich werde es schaffen, da bin ich mir ganz sicher. Mir entgeht nichts."

„Ich wünsche Ihnen Glück, General."

Ich gehe nach draußen auf die Straße und will gerade bei meinem Freund Hinkebein vorbeigehen, als ich sehe, dass eine Menschenmenge um ihn herumsteht. Ich renne zu ihm. Er liegt blutend auf dem Boden.

„Was ist passiert?", frage ich.

„Er ist überfallen worden", sagt ein Junge. „Sie haben ihn geschlagen."

„Diese brutalen Kerle haben versucht, ihn auszurauben", fügt eine ältere Frau hinzu. Sie gibt Hinkebein ihr Taschentuch. „Was für Menschen sind nur zu so etwas fähig …?"

„Wie geht es dir? Sollen wir einen Krankenwagen rufen?", frage ich Hinkebein.

„Nicht nötig, es geht mir wieder besser. Ich werde schon alleine damit fertig. Ich bin hart im Nehmen."

„Am besten, wir bringen ihn in die Stiftung", sage ich. „Helfen Sie mir."

Der Junge und zwei Männer helfen ihm auf und schleifen ihn buchstäblich zum Eingang der Stiftung. Mahania kommt uns entgegen.

„Was ist mit ihm?", fragt sie.

„Bring Wasser! Wir müssen seine Wunde reinigen", sage ich. „Er hat einen Schlag auf den Kopf bekommen."

Mohamed bringt einen Stuhl, auf den wir Hinkebein setzen. Er jammert ein bisschen, aber ich glaube, die Verletzung ist nicht sehr schlimm. Das beruhigt mich.

Mahania reinigt seine Kopfwunde mit einem feuchten Lappen. Was bleibt, ist eine kleine Schramme.

„Es ist nichts Ernstes", sagt Mahania. „Ich werde ein Pflaster drauftun."

„Vielleicht sollten wir ihn ins Krankenhaus bringen", schlägt einer der Männer vor.

„Nicht nötig, wirklich nicht", sagt Hinkebein. „Es ist alles in Ordnung. Außerdem muss ich zurück an die Arbeit."

„Du willst dich wieder auf den Bürgersteig hocken?"

„Ich muss arbeiten, Arturo. Wer soll mir denn sonst was zu essen geben, hm?"

„Du bist gerade überfallen worden! Du musst dich ausruhen! Stell dir vor, die kommen noch mal zurück!"

„Das werden sie nicht, diese Feiglinge. Beim nächsten Mal können die was erleben!"

„Du musst den Überfall bei der Polizei melden", sage ich.

„Auf keinen Fall!", ruft Hinkebein.

„Warum denn nicht?"

„Ich bin schon wieder auf dem Damm. Vielen Dank für alles, aber jetzt muss ich wieder an die Arbeit. Wenn ich kein Geld verdiene, habe ich nichts zu essen."

Trotz unserer Proteste steht Hinkebein auf. Was für ein Dickkopf!

„Haben Sie vielen Dank für alles, meine Herrschaften", sagt er, bevor er ohne Hilfe hinausgeht. „Ich bin wieder vollkommen in Ordnung."

„Warte, ich geh mit dir", sage ich. „Erzähl mir, was genau passiert ist."

„Ich hab dir doch gesagt, mit diesem Viertel geht's bergab. Hier treiben sich immer mehr schräge Typen rum. Das war nur eine Warnung."

„Eine Warnung? Wovor?"

„Ich soll mich blind, taub und stumm stellen", erklärt Hinkebein. „Deswegen brauchst du dir aber keine Sorgen zu machen ... Los, hau schon ab, sonst kommst du zu spät zur Schule."

✳ ✳ ✳

Ich komme gerade noch rechtzeitig. In allerletzter Sekunde schlüpfe ich in die Klasse und setze mich auf meinen Platz. Metáfora zeigt vorwurfsvoll auf ihre Armbanduhr.

„Was ist los, kannst du nicht etwas pünktlicher sein?", fragt sie.

„Tut mir leid, aber Hinkebein ist überfallen worden, ich musste ihm helfen."

„Du hast auch immer für alles eine Entschuldigung."

„Es ist die Wahrheit, ich schwör's dir. Wir haben ihn in die Stiftung gebracht."

„Wie geht's ihm? Ist es schlimm?"

„Nicht besonders, aber er hat sich ziemlich erschreckt, glaube ich."

„Arturo, du bist nicht nur unpünktlich, du lenkst auch noch die anderen mit deinen Geschichten ab", tadelt mich Norma.
„Entschuldigen Sie, aber es hat einen Zwischenfall gegeben und das habe ich gerade Metáfora erzählt."
„Hat das was mit dieser Schule zu tun?", fragt Norma.
„Nein, tut mir leid ..."
„Na schön, dann versuch jetzt bitte nicht mehr zu stören, damit wir mit dem Unterricht beginnen können, ja?"
„Ja."
„Du weißt doch, dass meine Mutter sauer wird, wenn wir zu spät kommen", flüstert Metáfora mir zu. „Du solltest dich wenigstens bemühen."
Ich antworte nicht, um nicht wieder aufzufallen. Aber ich mache mir Sorgen wegen Hinkebein ... Und wegen der Entscheidung meines Vaters ...
„Papa will die Zeichnungen von Arquimaes verkaufen", flüstere ich.
Metáfora sieht mich an, als hätte ich etwas Unanständiges zu ihr gesagt.
„Das darf er nicht! Wir müssen das verhindern!"
„Wenn du mir sagst, wie ..."
Die Lehrerin wirft mir einen bösen Blick zu, und ich ziehe es vor, meinen Mund zu halten. Norma ist eine sehr strenge Lehrerin, und auch wenn sie sich gut mit meinem Vater versteht, bin ich sicher, dass sie mich bestrafen wird, wenn sie es für nötig hält. Deswegen ist es wohl besser, sie nicht noch mehr zu reizen.

XVII

Im Wald der Geächteten

Arturo und Alexia ritten durch den Wald von América, während sie alles um sich herum aufmerksam beobachteten. Das leiseste Geräusch konnte ihren Tod bedeuten. Wenn sie nicht aufpassten, würden sie den Geächteten in die Falle gehen, und für diese Leute waren alle, die sich in ihren Wald verirrten, Beute. Egal ob es sich um reiche oder arme Leute, um einfache Menschen oder Adlige handelte … Sie nahmen sich ausnahmslos alles, was ihnen in die Hände fiel.

Längst hatten sie jenen Glanz der Kämpfer für die Gerechtigkeit verloren, der sie früher einmal umgeben hatte. Damals hatten ihnen viele Bauern und Landarbeiter Verständnis entgegengebracht und ihren Kampf gegen die Ungerechtigkeit unterstützt. Doch mit der Zeit hatten sich die Geächteten, sicherlich als Folge des Hungers und der grausamen Verfolgung, der sie ausgesetzt waren, in wilde Tiere verwandelt, die nichts anderes taten, als zu entführen, zu rauben und zu morden. Um zu überleben, waren sie zu allem fähig.

Drei Soldatenleichen, die an Bäumen baumelten, von Pfeilen durchbohrt und halb aufgefressen waren von Ungeziefer, säumten Arturos und Alexias Weg.

Wenn es sich herumgesprochen haben würde, dass Arturo den Drachen getötet hatte, würden sich zweifellos viele der Geächteten auf die Suche nach ihm machen, um Ruhm und Ehre zu ernten und vor allem die Belohnung einzustreichen. Bestimmt würden die Finsteren Zauberer und Hexenmeister eine Prämie auf seinen Kopf aussetzen.

Alexia machte keinerlei Schwierigkeiten und verhielt sich still; denn sie wusste, dass auch sie von den Geächteten nichts Gutes zu erwarten hätte. Die Geächteten galten nicht gerade als Freunde der Finsteren Zauberer, im Gegenteil: Sie hassten sie, weil sie ihnen nicht beigestanden hatten, als sie ihre Hilfe am nötigsten gebraucht hatten.

„Die Gegend ist gefährlich", warnte Arturo sie. „Nur wenige sind hier je lebend wieder rausgekommen. Diese Banditen sind verzweifelt und haben vor nichts und niemandem Respekt."

„Ich weiß, mein Vater hat mehrmals versucht, sie zu vernichten, aber es ist ihm nicht gelungen", erwiderte Alexia. „Sie sind der Abschaum der Menschheit."

„So einfach ist das nicht! Sie sind Opfer von machtbesessenen Männern, die sie für ihre Zwecke missbraucht haben. Eines Tages wird ihnen Gerechtigkeit widerfahren", prophezeite Arturo. „Niemand verdient es, im Elend zu leben."

Während sie sprachen, bemerkten sie nicht, dass ihnen einige Gestalten gefolgt waren, seit sie den Wald betreten hatten. Im Schutze der Bäume und Sträucher waren die Geächteten ihnen hinterhergeschlichen und ihnen inzwischen ziemlich nahe gekommen. So nahe, dass die Sicherheit der beiden ernsthaft in Gefahr war. Doch Arturo und Alexia waren so sehr in das Gespräch vertieft, dass sie nicht das Geringste bemerkten.

„Prinzessin, wenn wir hier raus kommen, lasse ich dich frei. Du kannst zu deinem Vater zurückkehren, denn ich werde dich nicht mehr brauchen."

„Doch, du wirst mich brauchen. Vergiss nicht, als du gegen den Drachen gekämpft hast, war ich es, die dir gesagt hat, du sollst deine magischen Kräfte benutzen. Wenn ich nicht gewesen wäre, wärst du jetzt tot."

„Warum hast du das getan? Warum hast du mir das Leben gerettet?"

Alexia zögerte einen Moment. Sie wusste es nicht. Das Einzige, woran sie sich erinnerte, war die fürchterliche Angst, die in ihr aufgestiegen war, als sie Arturo in Gefahr gesehen hatte. Und das beunruhigte und verwirrte sie. Nie zuvor hatte sie sich um das Leben eines anderen gekümmert. Sie hatte sich nie für jemand anderen als für sich selbst oder ihren Vater interessiert. Nicht einmal Ratala, ihr Verlobter, hatte in ihr ein solches Gefühl zu wecken vermocht.

„Du bist ein großer Zauberer und verdienst es nicht, im Schlund eines Drachen zu enden", sagte sie schließlich. „Ich bin selbst eine Zauberin und erkenne an, wenn jemand anderes mächtiger ist als ich.

Deswegen habe ich dich gerettet. Wegen deiner Magie. Wenn du erlaubst, will ich deine Schülerin sein …"

Alexias Worte wurden jäh unterbrochen. Wie aus dem Nichts und völlig lautlos waren plötzlich mehrere kräftige Männer aus dem Dunkel des Waldes aufgetaucht, hatten sie umringt und richteten nun ihre Pfeile auf sie.

Die beiden hielten ihre Pferde an und hoben die Hände, um ihre friedlichen Absichten zu bekunden. Doch als Arturo begann, ein paar Worte an die Männer zu richten, versetzte ihm einer von ihnen einen derart heftigen Keulenschlag, dass Arturo sofort vom Pferd stürzte. So verfehlte ihn glücklicherweise der zweite Schlag, der ihn mit absoluter Sicherheit getötet hätte.

***

ARQUIMAES RITT DURCH das felsige Gebiet, das ihm Deckung bot. Doch er hatte Pech, ein paar Hunde von Demónicus' Männern witterten seine Fährte. Drei der Tiere kamen plötzlich kläffend auf ihn zugestürzt, und Arquimaes sah sich gezwungen, sich mithilfe seiner alchemistischen Kräfte zu verteidigen.

Er streckte seine Hände in Richtung der Hunde aus und verwirrte dadurch ihre Sinne. Völlig orientierungslos verloren die Tiere ihr Ziel aus den Augen und liefen davon.

Einige Männer schauten immer noch zu der Stelle herüber, an der sich der Weise befand, gaben es jedoch bald auf und machten sich auf die Suche nach den Hunden, deren Gebell sich allmählich weiter entfernte.

Bis zur Abenddämmerung hatte Arquimaes keine weiteren unangenehmen Begegnungen mit Demónicus' Männern.

***

ALS ARTURO WIEDER zu Bewusstsein kam, sah er, dass er sich im Lager der Geächteten befand. Es war ein schmutziger und übel riechender Ort. Anders als in der Vorstellung, die sich viele Leute von den Gesetzlosen machten, war ihr Leben nicht so organisiert wie das der Bewohner der Marktflecken. Diese Menschen lebten nach anderen

Regeln – wie in einem Wolfsrudel, in dem das Gesetz des Stärkeren vorherrscht.

Der Stärkste von ihnen war Forester, ein Mann, der jetzt vor Arturo saß und darauf wartete, dass er aufwachte, um ihn zu verhören … oder zu töten, je nachdem.

„Sieh mal, Vater, er kommt wieder zu sich", sagte ein Junge, der ebenfalls vor Arturo hockte. „Er schlägt gerade die Augen auf."

„Hau ab, Crispín, ich will mit ihm reden."

Foresters ältester Sohn machte seinem Vater Platz und entfernte sich.

„Was sucht ihr in meinem Revier? Seid ihr Spione der Reichen? Schickt euch König Benicius? Oder haben euch vielleicht die Zauberer auf uns angesetzt?", fragte der Anführer.

„Wir sind nur zwei Reisende, die sich verirrt haben", antwortete Arturo. „Wir wollen nichts anderes als unseren Weg fortsetzen."

„Die Frau hat uns gesagt, dass ihr ein bestimmtes Ziel habt. Ich hoffe für dich, dass deine Antwort mit ihrer übereinstimmt."

„Wir sind auf dem Weg zum Kloster von Ambrosia. Wir wollen zu den Mönchen."

„Ambrosia, das hat sie auch gesagt. Aber ich traue euren Worten nicht. Eure Pferde sind wohlgenährt, deine Taschen sind voller Geld, und dann deine Kleidung … Woher hast du das Panzerhemd?"

„Von einem toten Soldaten, der am Wegesrand lag. Sie kann alles bezeugen."

„Ist sie deine Verlobte? Oder deine Dienerin …?"

„Sie ist meine Schwester und wird dort im Kloster bleiben. Ich habe beschlossen, Mönch zu werden, und sie wird im Kloster arbeiten, wahrscheinlich in der Küche."

„Er lügt, Vater, er lügt!", rief Crispín, der sich wieder genähert hatte. „Du musst ihn töten!"

Forester kniff die Augen zusammen und sah Arturo misstrauisch an.

„Du lügst, Mann. Du lügst schneller, als du sprechen kannst. Crispín hat recht, ich werde seinen Rat befolgen."

„Wir führen nichts Böses im Schilde", versicherte Arturo. „Wir möchten nur unseren Weg fortsetzen."

„Das kannst du auch, aber nackt ... Und dein Schwesterchen bleibt bei uns. Hier gibt es viel zu tun, sie wird uns sehr nützlich sein, nützlicher als du. Und jetzt zieh deine Kleider aus, bevor ich sie dir vom Leib reiße!"

„Was sagst du da?"

„Du tust auf der Stelle, was ich dir befehle!"

Zwei Männer, die etwas abseits gestanden hatten, zogen ihre Schwerter und traten auf Arturo zu. Er hatte keine andere Wahl, als Foresters Anweisungen zu befolgen.

„Los, tu schon, was mein Vater sagt!", drängte Crispín ungeduldig. „Ich will dein Panzerhemd haben. Und deine Stiefel würden mir wie angegossen passen."

„Kommt nicht in Frage!", schrie Forester. „Das Panzerhemd gehört mir, schließlich bin ich der Anführer. Du kannst es von mir aus haben, wenn ich sterbe."

„Es gehört mir!", protestierte der Junge und stellte sich drohend vor seinen Vater. „Ich hab ihm den Schlag auf den Kopf verpasst!"

„Es ist meins!", knurrte Forester und stieß seinen Sohn zu Boden. „Los, mach schon, was ich sage, sonst werde ich böse!"

„In Ordnung, in Ordnung, ich zieh ja schon alles aus", sagte Arturo und fing an, alles abzulegen, was er auf dem Leibe trug.

Als er nackt vor den Männern stand, brachen sie in abfälliges Gelächter aus.

Zu der Demütigung, die es bedeutete, sich vor so vielen Unbekannten nackt ausziehen zu müssen, kam nun noch die lächerliche Haltung, die er in seinem vergeblichen Versuch, einen Rest an Würde zu bewahren, angenommen hatte: die Beine zusammengepresst, die Hände schützend vor dem Geschlecht. Die Männer fingen an, ihn mit Steinen und Stöcken zu bewerfen. Sie hielten ihn für einen reichen Edelmann und wollten ihn demütigen. Sie fanden, Arturos Gang war zu aufrecht; für sie war es ausgemachte Sache, dass er sich nicht sehr oft vor Königen, Edelleuten oder Rittern verbeugen musste. Das ärgerte sie.

Forester dagegen interessierte sich für etwas anderes, das seine Aufmerksamkeit erregt hatte.

„Was hast du da auf deinem Oberkörper?", fragte er. „Wer hat dir das aufgemalt?"

„Das sieht ja grässlich aus!", rief Crispín. „Hast du Lepra?"

„Weder Lepra noch irgendeine andere Krankheit", antwortete Arturo. „Ich habe es schon mein Leben lang. Das sind Buchstaben."

„Versuch bloß nicht, mich hinters Licht zu führen! … Komm her und zeig es mir. Los, herbringen!"

Die beiden Männer packten ihn und schleppten ihn zu Forester.

„Das ist ja eklig!", rief Crispín. „Sieht aus, als würde die Haut faulen!"

„Widerlich!", stimmte ihm einer der Handlanger zu.

„Das ist Hexerei!", schrie eine Frau, die näher gekommen war. „Man muss ihn verbrennen, sonst überträgt sich das auf uns!"

Forester hob den Arm und befahl allen zu schweigen. Die Männer fingen an, ihn zu bespucken und zu beleidigen.

„Ihr seid schlimmer als die Tiere!", schrie Alexia. „Seht ihr nicht, dass es völlig ungefährlich ist? Das sind nur Buchstaben, die auf seine Haut geschrieben sind, nichts weiter!"

„*Buchstaben*? Was soll *das* denn sein?", fragte ein schmutziger, stinkender Mann.

„Buchstaben sind Zeichen, die etwas bedeuten, wenn sie nebeneinanderstehen", erklärte Forester. „Sie dienen dazu, Bücher zu schreiben … oder Bekanntmachungen, in denen eine hohe Belohnung auf unseren Kopf ausgesetzt wird. Oder die verkünden, dass die Steuern erhöht werden … Das sind Buchstaben."

„Bekanntmachungen sind ein böser Fluch!"

„Hexerei! So ein Gekritzel kann nichts Gutes bedeuten!"

„Das ist doch nur Tinte", sagte Arturo. „Weiter nichts."

„Holt die Hexe her!", befahl Forester. „Górgula wird uns sagen, was zum Teufel das ist."

Mehrere Männer verschwanden im Lager und kamen kurz darauf mit einer alten Frau zurück, deren Aussehen furchterregend war. Sie hatte fast keine Zähne mehr und ihr Kopf war kahl. Ihre Kleidung bestand aus schmutzigen, zerrissenen Lumpen, und um ihren Hals hingen mehr als ein Dutzend Schnüre mit Eckzähnen, Federn, Geldmünzen, Krallen, Vogelschnäbeln und anderen Dingen, die man wegen des jämmerlichen Zustandes und der Schmutzschicht, die sie bedeckte, unmöglich ausmachen konnte. Um die Taille hatte sie mehrere Stricke geschlungen, die nur durch Knoten zusammengehalten wurden. Von der rechten Hüfte baumelte ein Messer mit einem kaputten, abgenutzten Griff.

Aufgrund ihrer Körperfülle und des fortgeschrittenen Alters bewegte sie sich nur langsam voran. Ihre Augen versprühten einen abgrundtiefen Hass.

„Górgula, sieh dir diesen Mann genau an und sag uns, was das da auf seiner Haut ist", befahl ihr Forester. „Wir wollen wissen, ob es gefährlich ist."

Argwöhnisch näherte sich die Frau dem Jungen. Zuerst berührte sie seinen Oberkörper mit den Fingerspitzen. Dann nahm sie ein Stöckchen und stach an verschiedenen Stellen in seine Haut. Sie kniff ihn, spuckte ihn an und betatschte ihn.

„Gefällt mir nicht", murmelte sie. „Diese Zeichen gefallen mir gar nicht. Wahrscheinlich Symbole des Teufels. Zaubersprüche, die uns vernichten sollen."

„Unsinn!", rief Arturo. „Das sind nur Buchstaben, die zufällig auf meinen Körper geraten sind."

„Teufelszeug. Besser, wir töten ihn, bevor wir verhext werden", beharrte Górgula, die alles hasste, was sie nicht kannte. „So welche hab ich schon oft gesehen. Man brennt ihnen Zeichen auf den Leib und schickt sie in die Welt hinaus, damit sie Lepra und andere Krankheiten verbreiten. Dieser Bengel wird uns nichts als Unglück bringen."

„Wir sollten auf Górgula hören", entschied Forester. Er wollte es sich mit der Hexe, die im Lager großes Ansehen genoss, nicht verderben. „Macht den Galgen fertig!"

„Nein! Wir müssen ihn bei lebendigem Leibe verbrennen!", verlangte Górgula und schüttelte aufgeregt ihre Fleischmassen. „Er muss zu Asche werden und vollständig verschwinden! Feuer reinigt alles!"

„Genauso werden wir es machen ... Bereitet den Scheiterhaufen vor!"

„Besser, ich kümmere mich selbst darum", sagte die Hexe. „Bringt ihn in meine Hütte. Ich werde ihn in Stücke schneiden und sie einzeln in die Flammen werfen. So wird sich die magische Zauberkraft der Zeichen vollständig auflösen und nie wiederherzustellen sein."

Forester lief es kalt über den Rücken. Er wusste, dass Górgula völlig gefühllos war. Sie war imstande, den Jungen bei lebendigem Leibe zu vierteilen und die Stücke auf den Scheiterhaufen zu werfen ... oder sogar zu verspeisen.

„Fesselt ihn und bringt ihn in ihre Hütte", befahl er dennoch, denn er war froh, sich dieses Problem vom Hals schaffen zu können. „Genauso soll es geschehen."

Górgula grinste zufrieden. Was sie Forester nicht gesagt hatte, war, dass sie etwas Besonderes mit dem Jungen vorhatte, bevor sie ihn verbrennen würde. So einen schönen verhexten jungen Mann kriegte man nicht alle Tage zwischen die Finger. Sie musste die Gelegenheit nutzen. Arturos Haut war nicht mit Gold aufzuwiegen!

∗∗∗

VIELE KILOMETER ENTFERNT hatte sich Arquimaes in eine Höhle geflüchtet, um Schutz vor der Kälte zu suchen. Während der letzten Stunden hatte es geschneit, und die Nacht drohte klirrend kalt zu werden. Er zündete ein kleines Feuer an und kauerte sich davor auf den Boden. Den ganzen Tag über hatte er nur ein paar Beeren gegessen und sein Magen verlangte nach einer richtigen Mahlzeit. Doch er hatte nichts, was er zu sich nehmen konnte. Also versuchte er zu schlafen. Bevor er die Augen schloss, dachte er an Arturo.

„Du musst leben, Arturo", murmelte er. „Ich brauche dich. Du bist der lebende Beweis dafür, dass die Wissenschaft mächtiger ist als die Hexerei. Du hast eine wichtige Mission zu erfüllen. Du darfst mich nicht enttäuschen, mein Freund."

Er streckte sich auf dem kalten Boden aus, wickelte sich in die Decke, die Arturo ihm gegeben hatte, und schloss die Augen.

XVIII

Die Stiftung im Visier

Ich muss dringend mit Metáfora über den Verkauf der mittelalterlichen Zeichnungen sprechen. Darum lade ich sie in ein Café ein.

„Wenn mein Vater die Zeichnungen verkauft, weiß ich nicht, was passieren wird. Es wäre ein großer Verlust für die Stiftung."

„Du hast recht. Wir müssen ihn unbedingt daran hindern."

„Ich habe alles getan, was in meiner Macht steht. Aber noch einmal wird er mir meine Bitte nicht erfüllen. Außerdem glaube ich, er hat sich bereits entschieden und das Geld schon fest eingeplant."

„Ich kenne jemanden, auf den er hören wird. Du musst Zeit gewinnen, bis wir euch zum Essen zu uns nach Hause einladen! Gemeinsam werden wir ihn überzeugen können."

„Ich weiß nicht, ob mir das gelingen wird. Er und Stromber sind sich schon so gut wie einig."

„Dann lass dir was einfallen!", beharrt Metáfora.

„Gut. Heute Abend rede ich mit ihm. Und du, sprich du mit Alexia, mal sehen, ob sie mitmacht."

„Alexia? Wer ist Alexia?", fragt sie misstrauisch.

„Ach, das ist eine … eine Hexe oder so was Ähnliches … Ich hab mich versprochen, ich meinte Norma, deine Mutter."

„Aber du hast Alexia gesagt. Wer ist das?"

„Ich hab doch gesagt, dass ich mich versprochen habe. Tut mir leid."

„Wer ist das? Alexia heißt sie, sagst du? Wann hast du sie kennengelernt?"

„Ich weiß es nicht. Schwer zu sagen … Ich glaube, es war in meinen Träumen, auf einer meiner Reisen ins Mittelalter. Keine Ahnung, ich erinnere mich nicht mehr. Manchmal vermische ich die Realität mit meinen Träumen. Vergiss es einfach!"

„Warum hast du mir nie von ihr erzählt? Willst du sie vor mir geheim halten?", bohrt sie weiter. „Was hast du mit ihr zu tun? Ist sie hübsch?"

„Nein, nein … Ich bin nur durcheinander. An einige Dinge erinnere ich mich, an andere nicht. Ich kapiere nichts mehr. Ich glaube, ich bin verhext."

„Ich kapiere auch nichts mehr", sagt sie und steht auf. „Du hast eine Hexe aus dem Mittelalter als Freundin!"

„Bitte, Metáfora, sag nicht so was! Es ist doch nur ein Traum!"

Sie sieht mich an, als hätte ich sie gerade in die Realität zurückgeholt. Komisch, dabei bin ich es doch, der diese Träume hat, aber anscheinend glaubt sie mehr daran als ich. Also wirklich, eifersüchtig auf eine Frau zu sein, die gar nicht existiert!

Ich zahle und wir gehen hinaus.

„Ich werd mal nach Hinkebein schauen, heute Morgen ging's ihm ziemlich dreckig. Kommst du mit?"

„Ich weiß nicht, vielleicht willst du lieber diese Alexia mitnehmen. Sie ist doch eine Hexe und kann ihn sicher heilen …"

„Bitte, Metáfora, sei doch nicht böse", sage ich. „Ich schwör's dir, ich hab nur vergessen, es dir zu erzählen."

„Mal sehen, was du sonst noch alles vergessen hast! Mir scheint, du hast viele Geheimnisse vor mir. Gibt es noch mehr Mädchen, von denen du mir nichts erzählt hast?"

„Nein, nein, wirklich nicht … Alexia ist mir egal, ehrlich …"

„Das werden wir ja sehen. Los, gehen wir!"

„Du kommst also mit zu Hinkebein?"

„Klar komme ich mit. Er kann ja nichts dafür, dass du so bist … War das mit dem Überfall wirklich so schlimm? Was ist denn passiert?"

„Das Schlimme daran ist, dass es sich um eine Bande handelt, die unser Viertel terrorisiert. Das macht uns allen Angst. Hinkebein war furchtbar böse. Ich glaube, in diesem Zustand ist er zu allem fähig."

„Ich komme mit. Ich will wissen, was los ist."

Vom Bürgersteig gegenüber sehen wir Hinkebein an derselben Stelle kauern, an der ich ihn heute Morgen zurückgelassen habe. Da ich ihn so gut kenne, sehe ich sofort, dass er geladen ist.

„Heute hat er einen schlechten Tag", warne ich Metáfora vor. „Wir dürfen ihn nicht noch mehr reizen. Er wird schnell böse. Und wenn er böse wird, hält man sich besser von ihm fern."

Als er uns sieht, versucht er zu lächeln, aber es gelingt ihm nicht besonders gut.

„Hallo, Hinkebein, geht's dir besser?"

„Nein. Ich bin mies drauf. Kann einfach nichts dagegen machen. Wenn mir jemand dumm kommt, bring ich ihn um."

„Immer mit der Ruhe, Mann", beschwichtigt ihn Metáfora. „Wir sind gekommen, um dich ein wenig zu trösten. Arturo hat mir schon erzählt, was passiert ist."

„Es wird immer schlimmer. Immer mehr Gewalt im Viertel. Irgendwann hab ich die Schnauze voll und dann können die sich warm anziehen. Sehr warm, das könnt ihr mir glauben."

„Okay, okay, entspann dich, mein Freund", versuche ich ihn zu beruhigen. „Jetzt musst du dich erst mal von dem Schreck erholen."

„Passt auf in der Stiftung", warnt er uns. „Die haben euch im Visier. Hier im Viertel passieren viele seltsame Dinge. Wenn man auf der Straße lebt, sieht man die tollsten Sachen …"

„Was für Sachen? Wovon redest du? Wer hat uns im Visier?"

„In den letzten Tagen hat sich hier was zusammengebraut. Die haben was mit euch vor, ich sag's euch!"

Seine Worte machen mir Angst. Von was für seltsamen Dingen redet er? Mein Vater, der mitten in der Nacht wie ein Gespenst durchs Haus schleicht … Drohungen, die auf die Mauern der Stiftung geschmiert werden …

„Hör mal, Hinkebein … Wir sollten mal unter vier Augen darüber reden", schlage ich ihm vor. „Am Wochenende, wenn weniger Leute unterwegs sind …"

„Ich hab dir interessante Dinge zu erzählen, wirst schon sehen. Ich weiß alles …"

„Übrigens, sag mal, ich hab gesehen, dass hier in der Gegend zurzeit viele Baustellen sind", sage ich. „Weißt du was darüber?"

„Archäologen! Sie machen Ausgrabungen. Es soll hier unter der Erde viele historische Ruinen geben. Sogar aus der Römerzeit, sagen sie."

„Und warum wollen sie die ausgraben?"

„Um den Tourismus anzukurbeln! In letzter Zeit entdecken immer mehr Städte ihre Überreste aus der Antike. Sie renovieren ihre historischen Viertel und das lockt jede Menge Touristen an. Dazu kommen dann noch richtige Schätze, die sich unter der Erde befinden, klar. Manchmal finden sie sogar Gold, richtige Vermögen."

„So viele antike Ruinen gibt es in Férenix?", fragt Metáfora. „Ist die Stadt denn so alt?"

„Sie ist eine der ältesten Städte Spaniens, Kleine", antwortet Hinkebein etwas beleidigt. „Hier stolperst du alle paar Meter über ein Stück Geschichte. Der Untergrund ist voll von antiken Bauten. Niemand weiß genau, was hier drunter ist, aber ich sag dir, da warten noch jede Menge Überraschungen. Deswegen können sie übrigens auch die Metro nicht bauen."

„Woher weißt du das? Wieso kennst du dich so gut mit Ausgrabungen und Geschichte aus?", fragt Metáfora.

„Ich bin … äh … war früher Archäologe", antwortet er. „Wenn ich einen Stein sehe, kann ich dir genau sagen, wie alt er ist und woher er stammt. Ich weiß alles. Wenn ich dir erzählen würde, was ich alles ausgegraben habe …"

„Ach, das wusste ich nicht, tut mir leid …"

„Ich hab vergessen, es dir zu erzählen", entschuldige ich mich. „Also, Hinkebein, wir müssen jetzt gehen. Über das andere reden wir später, okay?"

„In Ordnung, mein Junge … Und passt auf euch auf!"

Metáfora und ich lassen ihn mit seinen verrückten Ideen alleine. Manchmal weiß ich nicht, ob er weiß, was er da sagt, oder ob es Hirngespinste sind, die vom Alkohol kommen und der Wut darüber, dass er alles verloren hat. Ich schätze, wenn man auf der Straße lebt, muss man wohl irgendwann paranoid werden.

Auf jeden Fall werde ich die Augen offen halten. Vielleicht hat Hinkebein ja doch recht. Tatsache ist, dass in letzter Zeit viele merkwürdige Dinge passiert sind, zwischen denen ich bisher keinen Zusammenhang herstellen konnte.

XIX

Die Rebellion der Buchstaben

Sobald Arturo die stinkende Hütte betrat, wurde ihm klar, dass die Hexe Górgula etwas ganz Besonderes mit ihm vorhatte. Er schauderte.

Die Wände waren übersät mit Knochen von Menschen und Tieren, und allmählich hatte Arturo eine Vorstellung von dem, was ihn erwartete.

„Bindet ihn auf dem Tisch fest und verschwindet von hier!", befahl die Alte. „Ich will keinen in meiner Nähe sehen!"

Die Männer gehorchten ihr auf der Stelle. Arturo lag bewegungsunfähig auf dem riesigen Brett, das als Tisch diente. Als sie alleine waren, versperrte Górgula die Tür mit einem Holzpflock, stürzte sich auf ihren Gefangenen und knebelte ihn.

„Jetzt werden wir ja sehen, was du wert bist!", rief sie und öffnete eine Schublade. „Man wird mir viel Geld für deine kostbare Haut geben! Du bist ein Geschenk der Götter!"

Arturo erschrak, als er das lange, scharfe Messer in ihren Händen sah.

„Ich werde dir bei lebendigem Leib die Haut abziehen!", drohte die Hexe und beugte sich über ihn. „Ich glaube, ich werde sie Demónicus verkaufen! Er wird sicher viel dafür bezahlen!"

Arturo wusste, dass er jeden Moment sein Leben durch die Hand dieser geldgierigen Alten verlieren würde. Er riss die Augen weit auf und atmete heftig. Dann warf er sich hin und her in der Hoffnung, den makabren Plan der Hexe zu durchkreuzen. Doch er befürchtete, dass nichts und niemand sie davon abhalten konnte. Er befand sich in den Händen der grausamsten Frau, die er in seinem Leben je gesehen hatte. Jeder Widerstand war zwecklos.

✶✶✶

ZUR SELBEN ZEIT kniete Demónicus vor dem Altar in seinem großen Laboratorium. Knochen von Drachen hingen an der Wand, Totenschädel und Statuen von Ungeheuern waren um eine Räucherpfanne angeordnet, aus der rote Flammen aufstiegen.

„Oh Götter, ich flehe Euch an, helft mir, meine Tochter zurückzubekommen", bat er. „Heute Abend werde ich Euch ein Opfer darbieten, um Euch gütig zu stimmen. Zehn Männer werden bei lebendigem Leibe geviertelt und ihr Blut wird Euch in Silberpokalen überreicht werden."

Er nahm sein Messer und schnitt sich in den Unterarm. Dann hob er den Arm über den Kopf, ließ das Blut über sein Gesicht laufen und verschmierte es gleichmäßig.

„Jeden Tag werde ich Euch mein eigenes Blut darbieten. Wenn Euch das nicht genügt, opfere ich Euch mein Leben, aber ich flehe Euch an, rettet meine Tochter Alexia! Sie ist die Zukunft dieses Reiches. Wenn sie stirbt, hatte mein Werk keinen Sinn. Und ohne uns wird die Welt zugrunde gehen!"

***

GÓRGULA WAR KURZ davor, das Messer in Arturos Haut zu stechen, als sie bemerkte, dass irgendetwas Merkwürdiges geschah. Zunächst konnte sie nicht sagen, um was genau es sich handelte, doch sie spürte, dass Gefahr drohte.

„Was ist das?", stieß sie hervor. „Was zum Teufel machst du da, Junge?"

Arturo sah, dass die Hexe von etwas erfasst wurde, das stärker war als sie. Sie schien sich plötzlich nicht mehr frei bewegen zu können. Arturo hob den Kopf und verstand, was da vor sich ging: Die Buchstaben auf seinem Körper waren lebendig geworden, um ihn wieder einmal zu retten!

„Was ist das für eine Zauberei!", schrie die Alte. „Du verdammter Hexenmeister!"

Doch mehr konnte sie nicht sagen. Ihr mächtiger Körper hob plötzlich vom Boden ab und schwebte in der Luft, scheinbar leicht wie eine Feder. Die Hexe war nun vollständig von den Buchstaben bedeckt und ihre Schreckensschreie drangen in jeden Winkel des Lagers.

Crispín und Alexia, die sich in der Nähe des kleinen Flusses aufhielten, wussten sofort, woher dieses fürchterliche Geschrei kam.

„Was ist das?", fragte Forester.

„Es kommt aus Górgulas Hütte", antwortete jemand.

„Sie hat sich wohl das falsche Opfer ausgesucht", sagte Alexia. „Ihr Irrtum wird sie teuer zu stehen kommen!"

Alle Männer kamen aus ihren Hütten gestürzt, die Waffen in der Hand, um sich einem eventuellen Feind entgegenzustellen. Doch eine böse Überraschung erwartete sie: Górgula schwebte mehrere Meter über dem Boden. Sie wurde von seltsamen schwarzen Tierchen gehalten, die ihren Köper bedeckten wie winzige Vögel!

„Höllendonnerwetter!", murmelte Forester vollkommen überwältigt. „So etwas habe ich noch nie gesehen …"

„… und du wirst es auch nicht ein zweites Mal zu sehen kriegen", fügte Alexia hinzu. „Dieser Junge ist einzigartig. Er ist auserwählt von den Göttern und den Teufeln!"

Endlich ließen die Buchstaben von dem hilflosen Körper ab und die Hexe fiel krachend auf den Boden zurück. Eine Staubwolke wurde aufgewirbelt, und bei dem Platsch, den die fette Fleischmasse beim Aufprall machte, blieb allen, die in der Nähe standen, das Herz stehen.

Während die Banditen sich noch fragten, was geschehen war, reagierte Alexia blitzschnell. Als sich die anderen vorsichtig dem Körper der Hexe näherten, lief sie zu der Hütte und klopfte heftig gegen die Holztür, die sich nicht öffnen ließ.

„Warte, ich helf dir", bot sich Crispín an, der ihr gefolgt war. „Es ist leichter, wenn wir ein Loch in die Wand schlagen."

Er nahm einen der Holzknüppel von dem Stapel neben der Tür und schlug mit aller Kraft auf die Wand aus Lehm und Stroh ein, die schließlich nachgab.

Crispín traute seinen Augen nicht; Alexia aber war voller Bewunderung bei dem Anblick, der sich ihr nun bot: Die Buchstaben waren in die Hütte zurückgekehrt und umgaben Arturo wie ein Schutzschild! Sie summten und brummten um ihn herum wie ein Bienenschwarm um seinen Stock. Wer sich ihm näherte, würde attackiert werden!

„Was ist das, Arturo?", brachte Crispín mühevoll hervor. Er konnte kaum sprechen. „Was für eine Hexerei praktizierst du?"

„Ich bin Arturos Freundin! Ich bin Arturos Freundin!", rief Alexia zweimal hintereinander, bevor sie es wagte, sich dem Jungen zu nähern. „Ich will ihm nur helfen!"

Arturo stieß einen Seufzer aus, um ihre Worte zu bestätigen. Daraufhin machten die Buchstaben der Prinzessin Platz und erlaubten ihr, sich Arturo zu nähern. Das Mädchen nahm ihm den Knebel aus dem Mund und fing an, seine Fesseln zu lösen.

„Danke", sagte Arturo und sprang von der Tischplatte. „Ich wäre beinahe erstickt."

In diesem Moment flogen die Buchstaben zu Arturo zurück. Doch diesmal hatte Alexia aufgepasst. Sie stürzte sich auf Arturo, und es gelang ihr, die Buchstaben mit ihren Händen zu berühren, bevor sie sich wieder auf der Haut des Jungen niederließen.

„Ich hab's geschafft!", rief sie und hielt ihre Hände hoch, die von den magischen Zeichen flüchtig gestreift worden waren. „Jetzt werde auch ich deine Macht besitzen!"

Nach wenigen Sekunden jedoch verschwanden die Buchstaben wieder von den Händen des Mädchens.

Alexias Enttäuschung stand ihr ins Gesicht geschrieben, aber sie schwieg.

„Was ist das für ein Zaubertrick?", fragte Crispín.

Doch Arturo blieb keine Zeit zu antworten, denn die Geächteten waren drauf und dran, in die Hütte einzudringen. Allerdings mussten sie feststellen, dass die Öffnung in der Lehmwand zu klein für sie war. Also rückten sie der Holztür mit Äxten zu Leibe. Gleichzeitig versuchten sie, das Loch, das Crispín geschlagen hatte, zu vergrößern, was die elende Hütte zum Einsturz zu bringen drohte.

„Was ist hier passiert?", brüllte Forester und schwang dabei sein langes Schwert. „Was hast du mit Górgula gemacht? Komm meinem Sohn bloß nicht zu nahe, du verdammter Hexenmeister!"

„Er war's nicht, Vater, es waren … diese … Dinger, die er auf der Haut hat", stammelte Crispín. „Ich hab alles gesehen."

„Das ist unmöglich! Wie sollen Buchstaben es schaffen, Górgulas

Körper in die Höhe zu heben?", erwiderte der Anführer der Geächteten. "Ich will jetzt wissen, was passiert ist!"

"Er ist ein Hexenmeister, ein Freund von Demónicus!", kreischte Górgula, deren malträtierter Körper von mehreren Männern mit Mühe in die Hütte geschleppt worden war. "Er gehört zu den Finsteren Zauberern! Er ist verflucht!"

Entsetzt wichen die Banditen einen Schritt zurück. Wenn es etwas gab, das sie mehr fürchteten als die Soldaten des Königs, dann waren es die Finsteren Zauberer.

"Man muss ihn verbrennen!", schrien einige. "Man muss ihn töten, bevor er uns alle verhext!"

"Besser, man köpft ihn", schlug Górgula vor.

"Nein!", rief Forester. "Das Beste ist es, ihn den Schweinen zum Fraß vorzuwerfen! Je weniger von ihm übrig bleibt, desto besser."

Die Geächteten schauten sich fragend an. Jeder hoffte, bei seinem Nachbarn die richtige Antwort zu finden. Die vielen Vorschläge verwirrten sie, sie wussten nicht, für welchen sie sich entscheiden sollten. Was sollte man mit einem Finsteren Zauberer machen, der mächtiger war als die mächtigste Hexe des Lagers?

"Wartet!", rief Alexia. "Das Beste ist es, ihn so schnell wie möglich ziehen zu lassen, bevor seine Freunde kommen, um ihn zu holen!"

"Und was sind das für Freunde?", fragte Forester.

"Demónicus und die anderen Finsteren Zauberer aus den Sümpfen! Wenn ihr Arturo etwas antut, werden sie kommen und ihn rächen. Da könnt ihr Gift drauf nehmen! Nicht einmal Górgula wird euch dann beschützen können!"

Forester dachte nach.

"Er soll hingehen, woher er gekommen ist!", fuhr er nach einigem Schweigen fort. "Seine Ankunft in unserem Lager war eine dunkle Stunde für uns!"

Die Geächteten nickten zustimmend. Niemand erhob Einwände. Außer Górgula, die trotz ihres geschundenen Körpers und der gebrochenen Knochen die anderen vergeblich davon zu überzeugen versuchte, dass es besser sei, ihr das Opfer wieder zu überlassen, damit sie es töten könne.

„Gebt uns unsere Pferde zurück und wir reiten unverzüglich fort!", versicherte Alexia. „Vor Einbruch der Dunkelheit haben wir euren Wald verlassen und ihr werdet vor schlimmen Verhexungen sicher sein! Wenn die Buchstaben wieder lebendig werden, wird sie niemand aufhalten können. Und niemand weiß, was sie dann tun werden!"

Wenig später ritten Alexia und Arturo im Galopp in Richtung der Weißen Berge. Nach zwei Stunden, als sie den Wald schon fast hinter sich gelassen hatten, holte ein Reiter sie ein.

„He! Wartet!", rief er.
„Wer ist das?", fragte Arturo.
„Ich hätte es wissen müssen", seufzte Alexia.
Der Reiter hatte sie erreicht und hielt sein Pferd an.
„Crispín!", rief Arturo. „Was tust du hier?"
„Ich gehe mit euch! Deine Buchstaben haben eine Macht, die mir gefällt! Ich möchte lernen, mit ihnen umzugehen. Ich will so sein wie du!"
„Aber so einfach geht das nicht …"
„Mein Vater kann mir nichts Neues mehr beibringen. Im Lager werde ich zu einem Geächteten wie alle anderen. Irgendetwas sagt mir, dass ich bei dir etwas Bedeutendes vollbringen kann. Lass mich dein Diener sein!"

Arturo wusste, dass ein Verbot nichts nützen würde. Also gab er seinem Pferd die Sporen und Alexia und Crispín folgten ihm querfeldein.

Zwei Tage später trafen sie an einer Wegkreuzung mit Arquimaes zusammen. Sie befanden sich jetzt nur noch einen Tagesritt von Ambrosia entfernt, dem Kloster, in dem sie sich verabredet hatten. Es hatte besser geklappt, als sie gehofft hatten.

XX
Zurück ins Mittelalter

Als mein Vater und ich die Cafeteria des Historischen Museums betreten, warten Norma und Metáfora bereits auf uns. Sie sitzen an einem Tisch und trinken Kaffee. Es ist sehr laut.

„Ihr seid ja pitschnass!", ruft Norma uns zu.

„Ja, wir haben leider den Schirm vergessen ... Aber wenigstens seid ihr trocken geblieben ..."

„Wir sind eben klüger. Und pünktlicher obendrein", antwortet Norma in leicht vorwurfsvollem Ton.

„Du hast recht. Tut mir leid."

„Hoffentlich ist die Ausstellung interessant", sage ich und ziehe meine Regenjacke aus.

„Das ist sie bestimmt", versichert Papa. „Schließlich sind mehrere Kultureinrichtungen daran beteiligt und außerdem eine Zeitschrift, an der ich mitarbeite: *Populäres Mittelalter.*"

„Ich bin schon sehr gespannt. Eine Ausstellung übers Mittelalter ist sicher faszinierend", sagt Metáfora. „Aber erst müsst ihr euch aufwärmen, ihr seid ja völlig durchnässt!"

Ich setze mich neben Metáfora und mein Vater nimmt neben Norma Platz. Wir bestellen einen Tee für mich und einen Milchkaffe für Papa.

„Ich glaube, der Vortrag wird sehr interessant. Es geht um die Schreibkunst der Mönche im Mittelalter."

„Klar wird er das", sagt Metáfora. „Es sollen auch Gegenstände zu sehen sein, die den mittelalterlichen Schreibern gehört haben."

„Super!", sage ich. „Ich hab auf der Website nachgeschaut, wir werden Dinge zu sehen kriegen, die bis jetzt nur selten ausgestellt worden sind."

Der Kellner stellt unsere Tassen auf den Tisch und legt den Kassenbon daneben. Dann zieht er sich wieder zurück.

„Die Ausstellung hat unter den Wissenschaftlern, die übers Mittelalter forschen, viel Beachtung gefunden", sagt Papa.

„Es kommen auch Autoren von historischen Romanen", sagt Metáfora mit einem Blick aufs Programm. „Vielleicht haben wir Glück und kriegen ein Autogramm ... Heute Nachtmittag ist Jon Leblanc da, der Autor von *Mittelalterliche Träume.*"

„Die Realität übersteigt die Fantasie der Schriftsteller um ein Vielfaches", sagt Papa, nachdem er einen Schluck Kaffee getrunken hat. „Die Welt ist voller Abenteuer, die viel fantasievoller sind als die, die in Ritterromanen und Fantasy-Geschichten erzählt werden, das könnt ihr mir glauben."

Norma legt ihre Hand auf die meines Vaters, um ihre Zustimmung auszudrücken.

Metáfora und ich zwinkern uns zu.

„Aber manche Menschen sind in der Lage, die Realität zu übertreffen", widerspricht Metáfora. „Sie haben eine sehr ausgeprägte Fantasie."

Papa nippt wieder an seinem Kaffee und antwortet lächelnd: „Das sagst du, weil du noch so jung bist. Wenn du älter wirst, wirst du mir recht geben, glaub mir. Du wirst feststellen, dass die Realität nicht übertroffen werden kann und dass die Fantasie ein Bestandteil der Jugend ist."

„Wir müssen gehen", drängt Norma. Sie ruft den Kellner. „Sonst kommen wir zu spät."

Papa, Metáfora und ich trinken schnell aus und stehen auf. Norma hat inzwischen die Rechnung bezahlt, und wir gehen in die Vorhalle des Museums, die schon voller Menschen ist.

„Ich hätte nie gedacht, dass das Interesse fürs Mittelalter so groß ist", gesteht Norma.

„Es gibt sogar Gesellschaften und Vereinigungen wie die ‚Freunde des Mittelalters'", klärt mein Vater sie auf. „Viele Leute verbringen einen Großteil ihrer Zeit damit, das Mittelalter zu studieren und zu analysieren. Sie veranstalten Freizeitlager, in denen sie so leben und sich so kleiden wie die Menschen damals. Du würdest staunen, wenn du sehen würdest, wie groß die Begeisterung für diese Epoche ist."

Wir betreten den Ausstellungssaal, wo uns gleich eine Attraktion erwartet: die exakte Nachbildung eines mittelalterlichen Skriptoriums, des Ortes also, an dem die Mönche Bücher und Pergamente beschrieben und Zeichnungen angefertigt haben!

Im Raum stehen mehrere Schreibtische, Schreibpulte und Truhen zur Aufbewahrung von Büchern, Kandelaber, Kerzen, Tintenfässer und Schreibfedern … An den Wänden hängen Vergrößerungen von Pergamenten mit wunderschönen Kalligrafien darauf. Die Pförtner und Aufseher sind sogar so gekleidet wie im Mittelalter. Ein beeindruckender Anblick!

Wir fühlen uns plötzlich in eine vergangene Zeit zurückversetzt. Ein tolles Gefühl. Das Szenario ist mir so vertraut, als hätte ich damals gelebt.

Nachdem wir ein wenig herumgegangen sind und die großartigen Werke bestaunt haben, gehen wir hinüber in den Vortragssaal.

„Ich bin richtig aufgeregt", flüstert Papa. „Der Redner ist ein Mönch, ein echter Kalligraf. Vielleicht habe ich nach dem Vortrag die Möglichkeit, mit ihm zu sprechen. Ich würde ihn gerne als Mitarbeiter für meine Forschung gewinnen."

Wir nehmen gerade Platz, als auch schon das Licht gelöscht wird. Der Vortrag kann beginnen.

An dem Tisch auf dem Podium sitzen zwei Männer: ein Mönch und ein vornehm aussehender Herr.

„Guten Tag, mein Name ist Jon Leblanc, ich bin Schriftsteller und schreibe über mittelalterliche Themen. Ich möchte Ihnen Bruder Tránsito vorstellen. Er ist Mönch und Kalligraf …"

Bruder Tránsito? Ein Mönch?

„… und wird uns in die Geheimnisse der mittelalterlichen Schreibkunst einweihen."

Den Namen habe ich schon irgendwann einmal gehört … Aber ich kann mich nicht mehr genau erinnern, wo …

„Meine Fähigkeit, Buchstaben zu malen, habe ich schon sehr früh entdeckt", beginnt Bruder Tránsito seinen Vortrag. „Das und den Wunsch, ein zurückgezogenes, der Meditation gewidmetes Leben in Abgeschiedenheit zu führen, haben mich veranlasst, in das Kloster von

Montefer außerhalb von Férenix einzutreten. Es ist ein wenig besuchtes Kloster, in dem wir uns der Kunst widmen, Bücher im mittelalterlichen Stil zu schreiben. Wir verwenden dieselben Werkzeuge, dieselbe Tinte und dieselbe Arbeitsmethode wie damals. Wir bemühen uns, das Leben des 10. Jahrhunderts nachzubilden, ja, man kann sagen, wir essen sogar dasselbe wie unsere Brüder aus der damaligen Epoche."

Ich sehe, wie Papa die Worte des Mönches förmlich in sich aufsaugt. Der Kalligraf hat ihn in seinen Bann gezogen. Ehrlich gesagt, auch ich bin fasziniert.

„Ich bin heute sozusagen nur ausnahmsweise hier, denn normalerweise halte ich keine Vorträge. Aber Señor Leblanc hat mich von der Notwendigkeit überzeugt, Ihnen von unserer Arbeit zu erzählen und Ihnen zu vermitteln, wie lebendig das Mittelalter auch heute noch ist ..."

„Findest du das interessant?", fragt mich Metáfora leise.

„Klar."

„Würdest du gerne in so einem Kloster leben? Wärst du gerne ein Mönch im Mittelalter?"

„Mmmm ... Ja, schon ... Vielleicht könnte ich dann mehr über mein Problem erfahren ... Und du, wärst du gerne eine Nonne?"

„Ich wäre gerne eine Königin ... um die Hexerei zu bekämpfen."

„Wieso?"

„Dann könnte ich Alexia verbrennen, diese Hexe."

„Das ist doch wohl nicht dein Ernst, oder?"

„Natürlich nicht. Ich wäre gar nicht imstande, einen Menschen zu verbrennen. So was würde ich nie tun."

Als der Mönch seinen Vortrag beendet hat, klatschen die Leute begeistert Beifall.

„Ich will versuchen, mit ihm zu sprechen. Kommst du mit, Norma?", fragt Papa Metáforas Mutter.

„Wenn ihr wollt, könnt ihr in der Cafeteria auf uns warten", sagt Norma zu uns. „Wir kommen gleich nach."

Wir mischen uns unter die Leute, die wieder in die Ausstellung strömen, und machen uns auf die Suche nach Jon Leblanc. Vielleicht kriegen wir ja das Autogramm, auf das Metáfora so scharf ist.

„Ich habe einige Ihrer Bücher gelesen", sagt sie, als wir tatsächlich vor ihm stehen. „Sie verstehen es wirklich, den Leser ins Mittelalter zurückzuversetzen."

„Vielen Dank, Señorita", erwidert der Schriftsteller und schreibt seinen Namen in das Notizbuch, das Metáfora ihm hinhält.

Er schlendert weiter, umgeben von einer Traube von Bewunderern. Metáfora und ich gehen an den Tresen, wo Getränke serviert werden.

Als wir gerade eine Cola ergattert haben, kommen Papa und Norma herein.

„Ich bin begeistert", sagt Norma. „Es war wirklich eine gute Idee, mit diesem Mönch zu sprechen. Ich habe noch nie einen so ... so heiteren Mann gesehen."

„Ja, das finde ich auch", sagt Papa.

Die beiden verstehen sich immer besser und das freut mich. Hoffentlich geht alles gut. Wie oft hört man von Paaren, die schnell zusammenkommen und sich noch schneller wieder trennen. Heute sagen sie, dass sie sich lieben, und morgen, dass sie sich hassen. Eins ist sicher: Wenn ich mich einmal für ein Mädchen entscheiden werde, wird es für immer sein ... Und ich werde sie gegen nichts und niemanden eintauschen!

Wir kommen nach draußen auf die Straße, wo es immer noch in Strömen gießt. Leute mit Regenschirmen hasten vorbei, andere drängen sich unter den breiten Dachvorsprung des Museums.

Norma hakt meinen Vater unter und öffnet ihren Regenschirm.

„Hör mal, wir machen jetzt Folgendes ... Du und ich gehen ein wenig im Regen spazieren und die Kinder suchen sich ein Café und trinken eine Schokolade."

„Wir zwei alleine?", fragt Papa.

„Du hast doch wohl keine Angst vor mir, oder? Außerdem würde ich gerne mit dir über etwas sprechen, was mir sehr große Sorgen bereitet."

„Sorgen?"

„Ja, während des Vortrags habe ich mich gefragt, wie wertvoll solche mittelalterlichen Zeichnungen wohl sind ...", sagt sie, während sie meinen Vater mit sich fortzieht. „Also Kinder, bis gleich ... Was würdest du tun, wenn du an der Stelle des Mönches wärst? Würdest du etwas so Kostbares verkaufen?"

Metáfora und ich sehen ihnen hinterher, wie sie durch den Regen davongehen.

„Ein schönes Paar, findest du nicht auch?", fragt sie mich.

„Ja, sie sind fast gleich groß", antworte ich.

„Das wollte ich eigentlich nicht damit sagen. Ich meine, wie gut Mama mit ihm umzugehen weiß. Bestimmt schafft sie es, ihn davon abzubringen, die Zeichnungen zu verkaufen."

„Das meinst du mit ‚ein schönes Paar'?"

„Klar. Ein schönes Paar versteht sich bis in die kleinsten Kleinigkeiten."

„Glaubst du wirklich, deine Mutter kann ihn davon überzeugen, dass er die Zeichnungen nicht verkaufen darf?"

„Zweifelst du vielleicht daran? Natürlich kann sie das, du kriegst aber auch gar nichts mit."

„Hör mal, ich bin kein Idiot."

„Ach, komm schon, so hab ich das doch gar nicht gemeint! Ich wollte dich nicht beleidigen …"

„Dann pass auf, was du sagst."

Ich sehe, wie die beiden unter einem Schirm durch den Regen gehen, und frage mich, ob ich wirklich so naiv bin, wie Metáfora sagt.

✳ ✳ ✳

Ich liege im Bett und denke nach. Papa ist noch immer nicht zu Hause.

Aber das beunruhigt mich nicht, im Gegenteil: Wenn er noch immer mit Norma zusammen ist, heißt das vielleicht, dass das Problem gelöst ist und er die Zeichnungen nicht verkaufen wird.

Ich muss an das Gespräch mit Metáfora denken. Und es ärgert mich irgendwie, wie sie mich behandelt hat. Das werde ich ihr auch sagen, gleich morgen. Ich werde ihr sagen, dass ich kein Baby bin! Ich bin vierzehn Jahr alt und kriege sehr wohl mit, was um mich herum passiert. Hält sie mich vielleicht für einen Blödmann?

Piep … Piep … Piep …

Mein Handy. Eine SMS. Wahrscheinlich will Papa mir Bescheid sagen, dass er spät nach Hause kommt und ich mir keine Sorgen machen soll. Ich lese die Nachricht und traue meinen Augen kaum:

Entschuldige. Das war nicht sehr nett von mir. Lass uns morgen darüber reden. Küsschen, Metáfora

XXI

Der Traum des Arquimaes

Arturo, Arquimaes, Alexia und Crispín ritten durch den bitterkalten Tag, an dem es einfach nicht aufhören wollte zu schneien. Bei Einbruch der Nacht führte Arquimaes, der die Gegend von früher kannte, die anderen zu einer Höhle, in der sie sich ausruhen konnten.

„Zuerst reiten wir nach Ambrosia", schlug der Weise vor. „Da können wir neue Kräfte sammeln. Danach reiten wir weiter zu Königin Émedi, um ihr unsere Dienste anzubieten."

„Wir besuchen eine Königin?", fragte Crispín. „Wird sie uns denn auch empfangen?"

„Ich hoffe, sie erinnert sich an mich", antwortete Arquimaes. „Ich habe sie vor vielen Jahren kennengelernt."

„An eurer Stelle würde ich keine großen Pläne schmieden", mischte sich Alexia ein. „Ihr werdet nämlich nicht weit kommen. Mein Vater wird euch vernichten!"

„Wenn du dich da mal nicht täuschst, Prinzessin", entgegnete Arturo. „Wir werden uns mit Königin Émedi zusammentun und gegen dein Hexenreich in den Krieg ziehen."

„Arturo Adragón wird zum Ritter geschlagen und ich werde sein Knappe", erklärte Crispín. „Niemand wird das verhindern können!"

Arquimaes hörte sich geduldig all die Drohungen und Prophezeiungen an. „Zeit zu schlafen, Kinder", sagte er schließlich. „Ich übernehme die erste Wache."

Während der Weise das Feuer schürte, legten sich die anderen zum Schlafen hin. Um Mitternacht stand Arturo auf, um seinen Lehrer abzulösen.

„Legt Euch nieder, Meister, ich werde Wache halten", sagte er. „Ihr könnt unbesorgt schlafen gehen."

„Ich bin nicht müde", antwortete Arquimaes leise, um Alexia und Crispín nicht aufzuwecken. „Ich habe in den letzten Stunden viel nachgedacht ... über die Zukunft ... und über die Vergangenheit ... Ich mache mir Sorgen."

„Wollt Ihr Eure Gedanken mit mir teilen?"

Arquimaes kauerte sich neben dem Feuer nieder und blickte gedankenverloren in die Flammen.

„Vor Jahren hatte ich einen Traum", murmelte er. „Einen intensiven Traum, der sich Nacht für Nacht wiederholte ..."

Die Worte seines Meisters weckten seltsame Erinnerungen in Arturo.

„Ich wurde in eine Familie von Bauern hineingeboren, die im tiefsten Elend lebte", fuhr der Weise fort. „Mein Vater hatte in seiner Jugend den Fehler begangen, sich einem Aufstand der Bauern gegen den König anzuschließen. Die Revolte scheiterte und mein Vater wurde ins Gefängnis geworfen. Dort blieb er viele Jahre, bis man ihn schließlich begnadigte. Er heiratete meine Mutter, die noch ärmer war als er. Wir Kinder litten ständig Hunger und konnten nicht zur Schule gehen. Krankheiten und Schulden lasteten schwer auf unserer Familie ... Ich weiß bis heute nicht, wie wir dieses elende Leben ertragen haben ..."

Arquimaes schwieg. Arturo spürte, wie der Knoten in seiner Kehle kurz davor war, sich zu lösen. Da erwachte Crispín, der das feine Gehör eines Wolfes hatte, und setzte sich zu ihnen.

Arquimaes fuhr fort: „Eines Tages wurde mein Vater von einem Adligen erwischt, als er Obst aus den Gärten des Königs stehlen wollte. Ihm wurde kurzer Prozess gemacht, er wurde für schuldig erklärt und an seinem eigenen Strick, den er benutzte, um auf die Bäume zu klettern, aufgehängt. Meine Mutter verlor aus Kummer und Verzweiflung den Verstand ... So endete unsere Familie ... Ich war vierzehn Jahre alt und fing an, Träume zu haben. Das Leben war so schwierig geworden, dass mir kein anderer Ausweg blieb als die Flucht in meine Träume. Träumen ist das Einzige, was uns armen Leuten erlaubt ist."

Crispín erschauerte, denn Arquimaes' Geschichte führte ihm qualvoll seine eigene Kindheit vor Augen.

„Zwei meiner Brüder wurden Mönche, ein dritter starb, meine größere Schwester zog sich in ein Kloster zurück, wo sie noch heute lebt; die andere heiratete einen Jahrmarktsgaukler und verschwand aus unserem Leben. Ich habe nie wieder etwas von ihr gehört."

„Und was habt Ihr gemacht, Meister?", fragte Arturo.

„Meine Brüder wollten mich überreden, ebenfalls ins Kloster einzutreten, doch ein solches Leben besaß keinerlei Reiz für mich. Ich war jung und lebenshungrig, also schrieb ich mich in die Armee des Grafen ein, der meine Familie ins Unglück gestürzt hatte. Ich wurde Soldat."

„Ihr seid in die Dienste dieses Unmenschen getreten, der schuld am Tode Eures Vaters war?", wunderte sich Crispín.

„Es war die einzige Möglichkeit, in seine Nähe zu gelangen. Ich hatte einen Plan gefasst. Bei der ersten Gelegenheit, die sich mir bot, wollte ich ihm ein Messer in die Kehle stoßen. Ich wollte nur eins: Rache … Doch meine Träume fingen an, immer intensiver und konkreter zu werden. In den Jahren, die ich in den Diensten des Grafen stand, habe ich zu kämpfen gelernt und wurde so zu einem erfahrenen Krieger. Gleichzeitig jedoch entwickelten sich meine Träume in ungeahntem Ausmaß."

„Worum ging es in Euren Träumen?", fragte Crispín neugierig. „Um eine Frau vielleicht?"

„Ich träumte davon, eine gerechte Welt zu schaffen", antwortete Arquimaes. „Anfangs waren es jugendliche Fantasien, wirre Gedanken über die Ungerechtigkeiten, die ich um mich herum sah. Doch es ging immer weiter, und am Ende sah ich mich auf einem Thron sitzen, mit einer Krone aus Gold und Silber auf dem Kopf … und einer Frau an meiner Seite."

„Also, das nenne ich ehrgeizige Träume", mischte sich Alexia ein, die alles mit angehört hatte. „Ich wusste ja schon immer, dass Alchemisten auf Macht aus sind, aber das übertrifft all meine Erwartungen!"

„In meinen Träumen war ich ein weiser und gerechter König, tolerant und verständnisvoll seinen Untertanen gegenüber. Ein König, der nicht machtbesessen war, sondern nur einen Wunsch hatte: Ungerechtigkeiten zu beseitigen und den Ärmsten Schutz zu bieten."

„Ein König der Bauern?", fragte die Prinzessin ironisch. „Ein Bauer, der sich in einen Bauernkönig verwandelt!"

„Meine Träume waren edel. Ich war ein König aus der Not heraus. Ein König, der die Ungerechtigkeiten beseitigen wollte, die noch heute so verheerende Auswirkungen auf dieses Land haben. Ein König, der die Kranken heilt und den Armen hilft, der das Elend lindert und die Unwissenden unterrichtet ... Ein König für all jene Menschen, die nach Gerechtigkeit dürsten! Das ist mein Traum, Prinzessin: ein Reich der Gerechtigkeit und Ehre! Ein Reich, das Leute wie ihr sich nicht vorstellen können!"

„Jetzt hab ich aber genug!", rief Alexia. „Ihr seid ein betrügerischer Alchemist, der jeden unschuldigen Narren, der Euren süßen Worten vertraut, vom Thron zu stürzen trachtet! Ihr seid ein Schlangenbeschwörer!"

„Einen Moment!", unterbrach Arturo sie. „Arquimaes hat es nicht verdient, dass man ihn so herabwürdigt! Er hat nicht ein einziges Verbrechen begangen. Er hat uns nur von seinen Träumen erzählt."

„Jeder hat Träume", sagte Arquimaes. „Träume schaden niemandem."

„Wir alle sehnen uns doch nach Dingen, die nur in den Träumen vorkommen", fügte Crispín hinzu. „Ich zum Beispiel möchte ein Ritter sein!"

Als Alexia merkte, dass Arquimaes' Worte aufrichtig gemeint waren, beruhigte sie sich allmählich.

Arquimaes fuhr fort: „Träume sind das Reich der Freiheit. Sie sagen uns, wonach wir uns sehnen, was wir uns wünschen. Und mir haben sie den Weg gewiesen. Ich begriff, dass meine Mission in diesem Leben darin bestand, ein Reich zu schaffen, in dem Gerechtigkeit und Freiheit herrschen. Deswegen gab ich die militärische Karriere auf und wurde Mönch, wie meine Brüder. Während meiner Jahre in Ambrosia lernte ich alles über die Schriftkunst. Und dort schmiedete ich den Plan, den zu verwirklichen ich mir nun fest vornahm: die Schaffung des Reiches Arquimia!"

„Ihr wollt einem Reich Euren Namen geben?", fragte Crispín. „Ist das nicht ziemlich vermessen, vor allem für einen Mönch?"

„Als ich das Kloster verließ und anfing, mich der Alchemie zu widmen, nahm ich den Namen an, den ich heute noch trage. Aber es ist nicht meiner, Arquimaes ist nicht mein richtiger Name. Es ist eine Huldigung an den großen Alchemisten, der mir all das beigebracht hat, was ich heute weiß: Arquitamius, ein Mann, der sein Leben der Wissenschaft verschrieben hat. Arquimaes ist ein erfundener Name, der auf jenen Meister aller Meister zurückgeht. Ich führe nur seine Arbeit fort."

„Und was habt Ihr jetzt vor?", fragte Arturo tief beeindruckt. „Was habt Ihr für Pläne?"

„Die Stunde, meinen Plan zu verwirklichen, ist gekommen. Arquimia wird Wirklichkeit werden. Ich werde auf dieser Welt nichts anderes mehr tun als das, was diesem Ziel dient. Ich werde Arquimia gründen!"

„Ein Reich zu gründen ist kein Kinderspiel. Auf welche Kräfte könnt Ihr zählen, um Eure Mission zu erfüllen?", fragte Crispín.

Der Weise sah Arturo an.

„Arturo wird der erste Ritter Arquimias sein", antwortete er und legte dem Jungen eine Hand auf die Schulter. „Er wird mein Werkzeug sein, mein verlängerter Arm."

„Ein Junge von vierzehn Jahren soll Euch helfen, ein Reich zu gründen?", fragte Alexia skeptisch. „Soll das ein Witz sein?"

„Auch ich will Euch helfen!", rief Crispín aufgeregt. „Jetzt bin ich noch Arturos Knappe, aber eines Tages werde ich ein Ritter Arquimias werden!"

„Arturo ist das Zeichen, auf das ich gewartet habe", sagte Arquimaes. „Er hat mir bewiesen, dass ich auf ihn vertrauen kann. Er ist auserwählt, mir zu helfen. Arturo Adragón, der arquimianische Ritter, der gegen die Drachen des Bösen kämpft!"

„Ihr werdet allerdings mehr als einen Ritter brauchen", wandte die Prinzessin ein. „Demónicus ist dabei, eine mächtige Armee aufzustellen, um alle zu vernichten. Wo er war, wird kein Stein mehr auf dem anderen liegen!"

„Wir werden Widerstand leisten", entgegnete Arturo und erhob sich. „Auch wenn wir nur wenige sind, werden wir es ihm nicht leicht machen. Es wird ihm nicht gelingen, sich zum Herrn dieses Landes aufzuschwingen."

„Ja, er wird bekommen, was er verdient! Soll er doch mit seiner ganzen Armee und seinen Drachen anrücken!", rief Crispín. „Wir werden uns ihm entgegenstellen!"

„Meister, wie lautet Euer wirklicher Name?", fragte Arturo plötzlich.

„Daran erinnere ich mich nicht mehr … Und es ist mir auch egal … Jetzt bin ich Arquimaes, der Alchemist, der für eine gerechte Welt kämpft … Das ist das Einzige, was mir wichtig ist …"

✳✳✳

AM NÄCHSTEN MORGEN setzten die vier ihren Ritt fort. Da über dem Land eine dichte Schneedecke lag, kamen sie nur langsam voran.

Arquimaes nutzte die Gelegenheit, als Crispín und Alexia nicht in unmittelbarer Näher waren, und vertraute Arturo ein Geheimnis an: „Im Keller des Turms in Drácamont steht eine Truhe mit Zeichnungen, die dir helfen werden, meine Mission zu Ende zu führen. Sollte mir etwas zustoßen, wirst du die Zeichnungen an dich nehmen, sie entschlüsseln und dir den Inhalt gut einprägen."

„Aber Euch wird bestimmt nichts zustoßen, Meister. Ich werde es nicht zulassen, dass irgendjemand Euch etwas antut!", erwiderte sein Schüler.

„Man kann nie wissen, was das Schicksal für einen bereithält. Wenn ich sterbe, wirst du meine Nachfolge antreten, Arturo, vergiss das nicht! Du musst die Zeichnungen aus dem Turm holen und die Mission zu Ende bringen. Die Welt muss aus der Finsternis geführt werden! Wir müssen ein Reich der Gerechtigkeit schaffen! Versprich es mir!"

„Ich verspreche es Euch, Meister. Ich verspreche es Euch."

„Und denk daran: Das Schloss für den Zugang zu den Zeichnungen ist nicht dort, wo es zu sein scheint. Sei vorsichtig, wenn du die Truhe öffnest!"

XXII

Der Tätowierer

Da Metáfora sich entschuldigt hat, gehe ich mit ihr wie versprochen zu Jazmín, dem Tätowierer.

„Siehst du, ich halte mein Versprechen", sage ich zu ihr, als wir aus dem Bus steigen. „Obwohl ich nicht glaube, dass das was bringt."

„Doch, wirst schon sehen. Du hast ein ernstes Problem und wir müssen die Meinung eines Profis hören."

„Ich glaube nicht, dass ein Tätowierer uns viel dazu sagen kann."

„Da wäre ich mir nicht so sicher. Übrigens rate ich dir, auch mit einem Traumspezialisten zu sprechen."

„Was denn noch alles? Je mehr du erreichst, desto mehr willst du von mir!"

„Ich will dir nur helfen."

„Hoffentlich hast du nicht vor, mich auch noch zu Leblanc zu schleppen, dem Schriftsteller", sage ich lachend. „Er könnte ja eine Geschichte über mich schreiben."

„Das ist gar keine schlechte Idee. Eventuell kann er ..."

Jetzt reicht's!

„Meinst du, du kannst mich wie einen Zirkusaffen herumreichen?", schreie ich sie an. „Darf man fragen, was du mit mir vorhast?"

„Nichts. Aber so kann es nicht weitergehen! Du bist kein Held aus dem Mittelalter! Du musst endlich begreifen, dass du ein Junge bist, der im 21. Jahrhundert lebt und nicht mal weiß, wie man ein Schwert hält. Du hast nichts anderes im Kopf als deine Fantasy-Geschichten, das ist alles!"

„Ach ja? Und die Tätowierungen, sind das auch nur Produkte meiner Fantasie?"

„Dafür gibt es bestimmt eine vernünftige Erklärung. Deswegen sind wir hergekommen, damit Jazmín uns sagt, woher die Tätowierungen stammen. Sicher gibt es dafür eine Erklärung, warte nur ab ... Hier ist es, wir sind da."

Das Schaufenster ist voller Bilder mit Tätowierungsmotiven in allen Farben und Größen. Es gibt alle möglichen Abbildungen: Herzen mit verliebten Sprüchen, Schwerter mit patriotischen Parolen, Totenschädel mit Liedtexten, Wappen von Fußballvereinen, Drachen, Pferde, Flugzeuge ... Für jeden Geschmack ist etwas dabei.

„Guck mal, cool! Sieht aus wie ein gemaltes Bild!", ruft Metáfora. „Schau dir das an!"

Sie zeigt auf ein lebensgroßes Foto von einem kahlköpfigen Typen, dessen Körper über und über mit Dutzenden von Motiven tätowiert ist. Wirklich cool! Es gibt keinen Zentimeter seiner Haut, der nicht tätowiert ist. Orientalische, arabische, afrikanische Zeichen ... Zeichnungen, Buchstaben ... Sogar eine Landkarte ist auf seine Brust tätowiert! Unglaublich!

„Siehst du? Hab ich's dir nicht gesagt? Ein tätowierter Körper sieht wunderschön aus", sagt Metáfora.

Wir gehen hinein. Der ganze Laden ist tätowiert. Ich meine, es hängen überall Fotos von tätowierten Leuten, sodass man den Eindruck hat, der Laden ist es ebenfalls. Er ist eine einzige riesige Werbefläche. Wohl damit keiner den Ort verlässt, ohne sich irgendetwas irgendwohin tätowieren zu lassen ...

„Hallo, ist Jazmín da?"

„Wer bist du?", fragt eine sehr hübsche junge Frau, offenbar eine Thailänderin, die ebenfalls tätowiert ist bis zu ... bis zu den Augenlidern.

„Ich heiße Metáfora und bin mit ihm verabredet. Sag ihm, ich habe meinen Freund Arturo mitgebracht."

„Wartet hier eine Sekunde, ich schau mal nach, ob er Zeit für euch hat", sagt das Mädchen, bevor sie zwischen Seidenvorhängen verschwindet. „Er hat gerade einen Kunden ..."

Kurze Zeit später kommt die junge Thailänderin wieder zwischen den Vorhängen hervor und fordert uns auf, ihr zu folgen.

„Jazmín erwartet euch. Hier entlang."

Wir tasten uns durch ein farbenfrohes Meer aus Seidentüchern und gelangen in einen Raum, in dessen Mitte ein junger Mann auf einer Pritsche liegt. Sein Gesicht ist tränenüberströmt. Neben ihm steht ein dicker, kräftiger Kerl, der uns mit einem breiten Grinsen begrüßt.

„Hallo! Erzählt mir erst mal, was ihr von mir wollt, ich arbeite inzwischen weiter", sagt Jazmín und zeigt dabei auf seine Tätowierpistole. „Setzt euch da hin und sagt mir, was los ist ... Nach dem, was du mir am Telefon erzählt hast, muss dein Freund ein sehr interessanter Fall sein."

Ich kann meinen Blick nicht von dem armen Kerl losreißen, der gerade tätowiert wird. Tränen fließen über sein Gesicht, und doch hat man den Eindruck, dass er glücklich ist. Ehrlich gesagt, wenn ich sehe, wie schwer es ist, sich die Haut tätowieren zu lassen, weiß ich nicht, worüber ich mich beklage. Schließlich hat es bei mir überhaupt nicht wehgetan!

„Also, hör zu, Jazmín ... Mein Freund Arturo hat die seltsamste Tätowierung, die du jemals in deinem Leben gesehen hast."

„Meinst du den Drachenkopf auf seiner Stirn? In China ist das ganz normal. Der Drache ist ein chinesisches ..."

„Von dem Drachen reden wir später", unterbricht ihn Metáfora. „Jetzt schau dir erst mal das hier an ... Zieh dich aus, Arturo!"

„Jetzt? Hier? Vor all den Leuten?"

Ihr Blick durchbohrt mich, und obwohl es mir peinlich ist, ziehe ich die Jacke aus, fange an, mein Hemd aufzuknöpfen ... und zeige ihnen mein ganz besonderes kleines Kunstwerk.

Jazmín kneift die Augen zusammen und versucht, die Buchstaben auf meinem Oberköper zu entziffern.

„Weiter!", bittet er mich. Sein Interesse ist geweckt. „Zeig mir noch mehr!"

Ich ziehe mein Hemd ganz aus und stelle mich direkt vor ihn hin, damit er mich besser betrachten kann.

„Bei den Zähnen des Drachen!", ruft er theatralisch aus. „So etwas habe ich in meinem ganzen Leben noch nicht gesehen!"

Sogar die Heulsuse auf der Pritsche schaut interessiert zu mir herüber. Seine Augen sind gerötet, man kann ganz deutlich sehen, dass er leidet wie ein Hund. Jazmín ist so erstaunt über das, was er sieht, dass er die Haut seines Kunden tiefer einritzt als nötig. Der Ärmste schreit vor Schmerzen auf.

„Jazmín, was machst du da?", protestiert er. „Du tust mir ja weh!"

„Sei still! Ich hab dir einen Freundschaftspreis gemacht, also halt die Klappe! Ich muss mir das Kunstwerk da erst mal genauer ansehen!" Jazmín legt die Pistole auf eine Art Tablett und wischt sich mit einem Lappen Blut und Tinte von den Händen.

„Wie findest du das?", fragt Metáfora.

„Ein wahres Kunstwerk! Einzigartig auf der Welt!"

„Hab ich's dir nicht gesagt?"

„Geil!", ruft der Jammerlappen, der sich, wie ich jetzt erst bemerke, den ganzen Rücken mit Comicfiguren volltätowieren lässt. „Supergeile Buchstaben!"

Jazmín beugt sich noch weiter zu mir herüber und fährt mit den Fingerkuppen über die Zeichen. Dann geht er zu seinem Arbeitstisch, nimmt eine große Lupe, kommt wieder zu mir und betrachtet jetzt meinen Oberkörper durch das Vergrößerungsglas.

„Wer hat das gemacht?", fragt er schließlich.

„Ich glaube, das ist durch die Berührung mit einem beschriebenen Pergament entstanden."

„Ist das ein Abziehbild?"

„Nein, kein Abziehbild. Es hat etwas mit Magie zu tun. Ich kann es nicht erklären. Man hat mich in ein Pergament gewickelt, als ich klein war, und die Buchstaben haben sich auf mich übertragen."

„Buchstaben werden nicht übertragen."

„Siehst du doch", entgegne ich. „Meine Haut hat sie aufgesogen wie Löschpapier."

„Ah, verstehe."

Er fährt fort, mich eingehend zu untersuchen. Sein Erstaunen kennt keine Grenzen. Er berührt mich, kneift mich in die Haut und hin und wieder schreit er überrascht auf. Dann tritt er einen Schritt zurück und stellt sich neben Metáfora.

„Geh zu meiner Kollegin und sag ihr, sie soll dir die Digitalkamera geben", bittet er sie. „Ich möchte ein paar Fotos machen, für den Internationalen Tattoo-Kongress. Die werden staunen!"

Meine Freundin verschwindet zwischen den Vorhängen. Jazmín kommt mit seiner Lupe zu mir zurück.
„Und der Drachenkopf auf deiner Stirn, stammt der auch von einem Pergament?"
„Das weiß ich nicht. Angeblich habe ich ihn seit meiner Geburt. Vielleicht hat man ihn mir in einem früheren Leben eingebrannt."
„Ach, also ein Fall von temporärer Transferenz?", überlegt Jazmín.
„Temporärer Transferenz?"
„Ja, etwas, das in irgendeinem Jahrhundert passiert und in einem anderen wieder auftaucht ... Eine temporäre Transferenz eben. Willst du dir das wirklich wegmachen lassen?"
„Ich weiß nicht ... Mir würde es schon reichen, wenn ich wüsste, was es ist."
„Ich finde es super!", sagt der Typ auf der Pritsche.
„Lass es mich noch einmal genauer anschauen", bittet Jazmín. „Das ist das Seltsamste, was ich jemals gesehen habe. Eine merkwürdige Tinte ... Erstklassige Arbeit ..."
Ich lass ihn sich meine Stirn ansehen, solange er will. Er streicht über den Drachenkopf und zieht an der Haut, klopft mit den Fingerknöcheln gegen meine Stirn und drückt ein wenig auf die Zeichnung.
„Ich werde eine Probe entnehmen und sie untersuchen", sagt er schließlich. „Das ist nötig, um deinen Fall zu studieren und dich danach zu behandeln. Ich glaube, der Drache ist die Antwort auf dein Problem."
„Aber du wirst mir doch nicht wehtun?"
„Keine Angst, das tut weniger weh als Piercen ... Mach die Augen zu, damit du keine Panik kriegst."
Feige wie ich bin, folge ich seinem Rat und schließe die Augen. Er zieht an meiner Haut, betastet sie und dann spüre ich einen leichten Stich. Es tut nicht sehr weh, ist aber ziemlich unangenehm ...
„Ahhhhhhhhhhhhhh!"
Was war das? Ich öffne die Augen und sehe, dass Jazmín an der Wand lehnt. Er schwitzt und schaut mich entsetzt an, sagt aber nichts. Der junge Mann auf der Pritsche starrt mich aus weit aufgerissenen Augen an, so als hätte er einen Geist gesehen.

„Was ist passiert?", fragt Metáfora, die zusammen mit der Angestellten hereingestürzt kommt. „Was ist los?"

„Keine Ahnung", sage ich. „Ich hatte die Augen zu ... Frag doch die beiden da."

„Dein Freund ist ein Hexenmeister! Dein Freund ist ein Hexenmeister!", murmelt Jazmín immer wieder mit heiserer Stimme und verstörtem Gesichtsausdruck. „Der Junge ist ein Dämon!"

Die junge Thailänderin geht zu dem armen Jazmín, um ihn zu stützen. Er sieht aus, als würde er gleich in Ohnmacht fallen. Sie fragt ihn etwas in ihrer Sprache, er antwortet, und dann sagt sie: „Verschwindet auf der Stelle! Oder ich rufe die Polizei!"

„Warum?", fragt Metáfora. „Was ist passiert?"

„Haut ab! Raus hier!"

„Aber was ist denn passiert?"

Der Typ auf der Pritsche zeigt auf meine Stirn und ruft: „Der Drache hat Jazmín angegriffen! Er lebt!"

„Was? Bist du verrückt geworden oder was?", fragt Metáfora verständnislos.

„Der Drache ist gefährlich!"

Ich sehe Metáfora an und befühle meine Stirn. Ich verstehe nicht, wovon er spricht. Er ist sicher betrunken. Zeichnungen sind nicht gefährlich und attackieren keine Menschen.

„Dein Drache geht auf Menschen los!"

„Verschwindet oder ich rufe die Polizei!", droht uns das thailändische Mädchen wieder. „Sofort!"

Rasch ziehe ich das Hemd wieder an. Als ich meine Jacke nehmen will, richtet sich der Kunde auf der Pritsche auf und sagt: „He, Jazmín, ich will auch so einen Drachen haben! Einen genauso bösen, ja?"

Beim Hinausgehen hören wir, wie Jazmín den armen Mann anschreit: „Mach dich nicht über mich lustig, du Idiot! Niemand lacht über Jazmín!"

✷✷✷

AUF DER GESAMTEN Busfahrt zurück zur Stiftung wechseln wir kaum ein Wort. Wir sind beide immer noch ganz durcheinander.

Ich schaue hinaus auf die Straße. Passanten gehen hin und her, als wäre nichts geschehen, als hätten sie keine Probleme. Ich beneide sie. Wenn sie wüssten, dass sich unter ihren Füßen eine andere, geheime Welt verbirgt, verschüttet und verborgen, würden sie sich bestimmt anders verhalten.

Wenn es stimmt, was Hinkebein uns erzählt hat, und Férenix auf antiken Ruinen erbaut ist und wenn sich unter der Stiftung ein wertvoller Schatz befindet, dann wird sich unsere finanzielle Situation vielleicht irgendwann verbessern.

Doch ich bin mir nicht sicher, dass es eine Lösung für mein ganz persönliches Problem gibt, im Gegenteil. Jeder Schritt, den ich tue, beweist mir, dass ich zwei Leben habe ... dass ich in zwei Welten lebe ...

„Sag mal, Arturo ... dieses Mädchen ... Alexia ... Ist sie blond oder schwarzhaarig?"

„Und warum ist das für dich so wichtig?"

„Ist es gar nicht, aber ich habe gerade daran gedacht, dass Jungen immer von dem träumen, was sie gerne hätten ... Und da würde ich nur gerne wissen, wie das Mädchen aussieht, von dem du träumst."

„Tja, weiß nicht, darüber hab ich noch nicht nachgedacht."

„Na ja, ist auch egal ... Träum du nur weiter von deiner Hexe. Vielleicht kann sie dir ja besser helfen als ich."

„Hör auf, so zu reden."

„Ich wüsste wirklich zu gerne, was mit Jazmín passiert ist. Und vielleicht erzählst du mir ja mal, ob du dasselbe gesehen hast wie er ... Aber lüg mich nicht an. Sonst möchte ich lieber nichts hören."

Ich schweige und schaue wieder nach draußen auf die Straßen von Férenix. Ich weiß nicht, was ich ihr sagen soll. Ich weiß nicht, was ich gesehen habe. Und vor allem weiß ich nicht, was ich von alldem halten soll.

Drittes Buch
Die Mächte des Bösen

I
Die Abtei am Ende der Welt

Arturo und seine Begleiter konnten den Hauptturm von Ambrosia in der Ferne kaum erkennen, dichtes Schneetreiben verwehrte ihnen die Sicht. Nur mühsam kamen sie voran und Pferde wie Reiter waren völlig entkräftet. Ihr Anblick erinnerte an Eisfiguren, die sich widerwillig über die Schneedecke schieben ließen.

Die Abtei hob sich kaum von ihrer Umgebung ab. Sie war so sehr eingebettet in die Schneelandschaft, dass man den Eindruck hatte, sie wäre zusammen mit ihr entstanden. Ambrosia war die älteste Klostereinrichtung, die es gab.

Sie lag versteckt, fernab von jedem Königreich, und nur wenige Menschen wussten von ihrer Existenz. Besucher kamen so selten hierher, dass niemand eine genaue Vorstellung davon hatte, welcher Beschäftigung die Mönche eigentlich nachgingen. Die Bauern der Umgebung hatten sie praktisch vergessen, denn die Abtei benötigte kaum Lebensmittel von außerhalb. Sie versorgte sich sozusagen selbst dank ihres riesigen Nutzgartens, den die Mönche mit viel Fleiß bestellten. Darüber hinaus fertigten sie im Auftrag verschiedener Könige Abschriften von Büchern und Pergamenten an. Zu jenen Herrschern zählte auch Königin Émedi, die die Mönche für ihre Dienste großzügig entlohnte.

Lediglich einige wenige Händler, die es wagten, mit ihren Karawanen die Berge zu überqueren, versorgten die Abtei mit lebensnotwendigen Gütern wie Salz, Öl und Saatgut.

Für die Mönche selbst war Ambrosia ein weltabgewandtes Paradies. Ein Paradies, zu dem nur wenige Menschen Zugang hatten.

Arturo, Alexia und Crispín hatten schon von der Abtei gehört, doch nur Arquimaes war dort gewesen. Die meisten Leute hielten den Ort für ein Fantasiegebilde.

„Dann gibt es Ambrosia also tatsächlich", murmelte Arturo. „Die Legende ist wahr."

„Alle Legenden haben einen wahren Kern", sagte der Alchemist. „Hier hast du den Beweis. Ambrosia ist die außergewöhnlichste Abtei in der zivilisierten Welt, auch wenn sie so gut wie niemand kennt. Innerhalb ihrer Mauern befinden sich die kostbarsten Schätze."

„Auch Gold?", fragte Crispín. „Und Juwelen?"

„Nein, mein Junge, Bücher! Tausende von Büchern, die von den Mönchen kalligrafiert wurden. Du würdest staunen, wenn du sähest, wie geschickt sie Buchstaben auf die Pergamente malen. Es sind wahre Künstler. Sie schreiben und zeichnen mit derselben Leichtigkeit."

„Ihr werdet in der Abtei euer Leben verlieren", prophezeite Alexia. „Sie wird euer Grab. Dort gibt es nichts als Bosheit und Finsternis. Bücher sind trügerisch, sie manipulieren und verwirren den Verstand der Menschen!"

„Du irrst dich", erwiderte Arquimaes. „Ambrosia ist die Quelle des Wissens. Aus ihr trinken die berühmtesten Männer unserer Zeit. Dort entstehen fast alle Texte und Bücher, die unsere Weisen erleuchten. Ambrosia ist die Hüterin allen Wissens."

„Bücher? Was ist das?", fragte Crispín. „Kann man das essen?"

„Bücher sind Nahrung für den Geist", erklärte der Alchemist. „Sie sind das wertvollste Lebensmittel der Welt."

„Bücher sind voller Lügen!", fauchte Alexia. „Üble Machwerke, die nur dazu dienen, die Menschen zu verwirren. Mein Vater hat mich gelehrt, ihnen nicht zu glauben. Er weiß, dass sie nichts als Unwahrheiten enthalten."

„Was hast du gegen Bücher, Alexia?", fragte Arturo. „Warum hasst du sie so sehr?"

„Sie enthalten die größten Lügen der Welt. Sie werden von Leuten ohne Skrupel geschrieben, von Leuten, die lügen und betrügen und alle Macht an sich reißen wollen. Bücher verwandeln die Lüge in Wahrheit! Darum sind sie so gefährlich! Sie vernebeln die Gedanken einfacher Menschen! Sie sind verdorben! Aus ihnen spricht der Hass auf Zauberei und Magie!"

Arquimaes beteiligte sich nicht mehr an der Diskussion. Er musste auf den Weg achten, der vor lauter Schnee kaum zu erkennen war. Sie drohten von ihm abzukommen. Außerdem konnte eines der Pferde jederzeit ins Stolpern geraten oder in eine Spalte stürzen und sich ein Bein brechen.

Als sie endlich die Klostermauern erreichten, mussten sie zu ihrem Bekümmern feststellen, dass das Tor verriegelt und verrammelt war. Wind und Schnee peitschten ihnen in Gesichter und Hände, sodass sie kaum die Zügel halten konnten. Und das, obwohl sie ihre Hände und Füße mit Lappen und Fellen umwickelt hatten. Crispín und Arturo, die an derart eisige Temperaturen nicht gewöhnt waren, spürten erste Anzeichen von Erfrierungen.

Arquimaes näherte sich dem massiven Holztor und hämmerte mit aller Kraft dagegen. Doch es rührte sich nichts. Das Tor blieb verschlossen. Sicherlich hatten die Mönche, die den Eingang bewachen sollten, ihren Posten verlassen, um sich an einem Feuer zu wärmen.

Der Weise befürchtete, dass ihnen wohl frühestens in ein paar Stunden geöffnet werden würde. Doch bis dahin wären sie längst erfroren. Wieder einmal bereute er es, dass er geschworen hatte, keinen Gebrauch mehr von seiner Magie zu machen. Doch jetzt war ihr Leben in Gefahr, sie benötigten die Hilfe seiner magischen Kräfte mehr denn je. Also fasste Arquimaes einen Entschluss.

Er wendete sein Pferd und entfernte sich von dem Tor. Dann hob er die Arme gen Himmel, rief geheimnisvolle, nur ihm bekannte Mächte an und bat sie um Unterstützung. Wenige Augenblicke später wirbelte der Schnee auf, und eine magische Kraft in Form eines heftigen Sturmes warf sich gegen das Tor, sodass der dicke Querbalken in Stücke brach und den Weg freigab.

Mit letzter Kraft schleppten sie sich und ihre Pferde in die Klostermauern.

Arquimaes stieg ab und betrat ein Wachhäuschen, aus dem der gelbliche Lichtschein eines offenen Feuers drang. Er fand sich zwei Mönchen gegenüber, die ihn aufgrund seines eisgrauen, bleichen Aussehens und seines spektakulären Erscheinens für ein Gespenst hielten.

„Wer bist du?", fragten sie gleichzeitig. „Wie bist du hierhergekommen?"

„Ich heiße Arquimaes und brauche Hilfe."

„Das kann nicht sein! Arquimaes ist vor langer Zeit gestorben."

„Nein, ihr müsst mir glauben. Ich bin Arquimaes, der Alchemist", versicherte der Weise, bevor er auf die Knie niedersank. „Wir brauchen Hilfe."

Endlich erkannte ihn einer der Mönche.

„Arquimaes!", rief er aus. „Wir glaubten, du seist tot! Man hat uns erzählt, deine eigene Magie habe dich umgebracht."

„Nein, ich bin noch nicht tot ... Ich brauche eure Hilfe ... Und meine Freunde auch. Nehmt euch ihrer an, bevor sie erfrieren", flüsterte er und sank bewusstlos zu Boden.

✴✴✴

ALS MORFIDIO DIE Pferde durch den Schnee traben sah, grinste er zufrieden. Oswald gab seinem Pferd die Sporen, schloss zum Grafen auf und fragte ihn: „Bist du sicher, dass das der richtige Weg ist, Graf?"

„Daran besteht kein Zweifel, Oswald. Ich weiß ganz genau, wo sie sich verstecken."

„Wenn du dich irrst und wir Alexia nicht zurückbringen, ist unser Leben in größter Gefahr. Vor allem deins."

„Keine Angst, ich garantiere dir, dass du sie schneller befreien wirst, als du glaubst. Später wirst du noch genug Zeit haben, um mir zu danken."

„Hoffentlich. Wenn du mich täuschst, Morfidio, werde ich dich töten, das schwöre ich dir!"

„Vorausgesetzt, ich lasse mich von dir töten, du Idiot! Du weißt noch nicht, wozu ich fähig bin! Vergiss nicht, es besteht ein großer Unterschied zwischen uns beiden: Ich bin ein Edelmann, während du dem Pöbel angehörst."

„Du hast deine Besitztümer und deine Armee verloren. Du bist nicht mehr der, der du einmal warst. Niemand glaubt mehr an dich, nicht einmal du selbst", lachte Oswald. „Das Einzige, was du noch verlieren kannst, ist dein Leben!"

Die Soldaten wärmten sich mit Decken und Fellen, denn die Kälte fraß sich bereits in ihre Körper. Im Tiefschnee kamen die Pferde nur langsam voran, und Morfidio beschloss, sich von jetzt an hinter dem blutrünstigen Oswald zu halten. Er war sich nun endgültig klar darüber geworden, dass sein Leben tatsächlich in höchster Gefahr war.

✳ ✳ ✳

Als Arquimaes die Augen aufschlug, befand er sich in einem dunklen, engen und schäbigen Raum, in dem es kaum Möbel gab. Arturo und Crispín standen neben dem Kamin und rieben sich die Hände, um sich aufzuwärmen.

„Wie lange sind wir schon hier?", fragte der Weise.

„Einen Tag", antwortete Crispín. „Ihr habt tief und fest geschlafen."

„Geht es Euch wieder gut?", erkundigte sich Arturo. „Wollt Ihr etwas essen? Wir haben Brot, Käse, Wein und Obst."

Arquimaes erhob sich und ging zu dem Tisch, auf dem die Lebensmittel lagen, die die Mönche ihnen hingestellt hatten. Er schnitt ein Stück Brot ab und schob es sich in den Mund.

„Was ist in der Zwischenzeit passiert?", wollte er wissen.

„Man hat uns ausruhen lassen und uns Essen gebracht", erklärte Arturo. „Sie haben gesagt, sie kommen später wieder, um nach Euch zu sehen."

Arquimaes spürte, dass sein Rücken schmerzte. Er fuhr sich mit der Hand darüber.

„Reibt nicht daran", riet ihm Arturo. „Man hat Eure Wunden versorgt und Kräuter und Salben aufgetragen, damit sie vernarben. Demónicus' Folter hat ihre Spuren hinterlassen ..."

„Wer hat mich versorgt?"

„Bruder Hierba", antwortete Crispín. „Ein sehr sympathischer Mann. Er hat sich um Euch gekümmert wie um einen Sohn."

Arquimaes aß und begann sich allmählich besser zu fühlen. Seine Kräfte kehrten zurück und er fasste wieder Mut.

„Und Alexia?", erkundigte er sich. „Was ist mit ihr?"

„Man hat sie in das Gesindehaus gebracht", antwortete Arturo. „Dort wird man sich um sie kümmern."

„Ich hoffe nur, dass sie nicht zu fliehen versucht", sagte Arquimaes. „Das würde uns in Schwierigkeiten bringen. Hoffentlich finden sie nicht heraus, wer sie in Wirklichkeit ist. Hier schätzt man ihren Vater nicht sehr."

„Aus dieser Abtei kann keiner entkommen", sagte Crispín. „Wir sind von der Welt abgeschnitten. Niemand kommt herein und niemand hinaus ... Und wer sich hinauswagt, wird in den Weißen Bergen nicht überleben können."

„Dem Mädchen stehen viele Hilfsmittel zur Verfügung", warnte der Weise. „Hexerei und Magie vermögen mehr, als wir glauben."

„Da draußen werden ihr ihre Tricks nichts nützen", entgegnete Crispín, überzeugt von seinen Worten. „Auch mit ihrer Findigkeit wird es ihr nicht gelingen, sich Nahrung zu verschaffen. Die Kniffe der schwarzen Magie funktionieren nicht immer."

„Ach nein?", sagte Arquimaes und biss in ein dickes Stück Käse. „Was weißt du denn von den Mächten der schwarzen Magie?"

„Dass sie trügerisch sind", antwortete der Junge entschieden. „Trügerischer als die Worte von König Benicius."

Bevor der Alchemist antworten konnte, klopfte es an der Tür. Crispín beeilte sich, sie zu öffnen.

„Kommt herein, Bruder Hierba", sagte er und trat zur Seite, um den Mönch eintreten zu lassen. „Der Alchemist ist schon wieder auf den Beinen."

„Ich hoffe, es geht dir besser", sagte Bruder Hierba und trat auf Arquimaes zu. „Wir beten für deine baldige Genesung."

„Danke, Bruder", sagte Arquimaes. „Mir geht es schon wieder ausgezeichnet. Deine Bemühungen haben Wirkung gezeigt, wie immer."

Die beiden Männer umarmten sich brüderlich.

„Kennt Ihr Euch?", fragte Arturo etwas verwirrt.

„Ich bin sein jüngerer Bruder", sagte der Mönch. „Gleich gehen wir zu unserem ältesten Bruder, er freut sich schon darauf, dich wiederzusehen, Arquimaes."

„Ihr seid Brüder?", fragte Crispín ungläubig.

„Ja, seit unserer Geburt", scherzte Arquimaes. „Wir sind Brüder und alle sind wir auf der Suche nach demselben Schicksal."

„Eure Brüder sind Mönche und Ihr seid Alchemist und Weiser", sagte Crispín. „Ihr seid verschieden voneinander und könnt daher nicht dasselbe Schicksal haben."

„Arquimaes war lange Jahre Mönch", erklärte Bruder Hierba. „Bis er sich für die Medizin entschied. Oder für die Magie, kommt drauf an, wie man es betrachtet."

„Für die Wissenschaft", korrigierte ihn Arquimaes. „Ich widme mich der Wissenschaft und der Alchemie. Beides hat nichts mit Magie zu tun."

Bruder Hierba sah ihn vorwurfsvoll von der Seite an. Die beiden Jungen verstanden den Blick nicht, doch sie wurden neugierig. Es war offensichtlich, dass es zwischen den beiden alten Männern einen nicht beigelegten Streit gab.

„Lass uns zu Bruder Tránsito gehen. Er möchte unbedingt mit dir sprechen."

„Ich hoffe, er ist nicht mehr böse auf mich", sagte Arquimaes.

„Er hat dir bis heute nicht verziehen, dass du den Orden verlassen hast. Aber er liebt dich. Versuche nicht, mit ihm zu streiten, und alles wird gut gehen."

„Wenn er es nicht darauf anlegt, wird es keine Probleme geben."

„Ihr seid beide starrköpfig. Ich werde nicht zulassen, dass ihr euch gegenseitig anschreit", sagte der Mönch warnend. „Ich will euch nie mehr wieder streiten sehen. Ihr habt euch das Leben schwer genug gemacht und seid schon zu lange getrennt gewesen. Erinnert euch daran, dass ihr Brüder seid. Brüder streiten sich nicht."

Bevor sie den Raum verließen, schaute Arturo hinaus auf die Weißen Berge. Der Himmel war wolkenverhangen, ein Gewitter kündigte sich an.

Wir werden für lange Zeit hierbleiben müssen, dachte er.

II

Eine Mauer stürzt ein

In der Schule hat sich die Situation zugespitzt. Mercurio ist vorsichtiger geworden, nachdem ihn der Direktor ermahnt hat. Er begrüßt mich zwar immer noch freundlich, aber ich spüre, dass irgendwas zwischen uns steht, und das macht mich traurig. Ich habe das Gefühl, einen Freund verloren zu haben.

Den ganzen Tag muss ich die Witze und spöttischen Blicke von Horacios Freunden ertragen. Ich weiß, dass sie mich nur provozieren wollen; aber ich versuche, sie zu ignorieren, so gut es geht.

„Achte nicht auf sie", sagt Metáfora zu mir. „Die wollen dich nur ärgern."

„Ja, ich weiß. Ich tue alles, was du willst, damit du später nicht sagen kannst, ich höre nicht auf dich. Aber ich bin sicher, das gibt Probleme. Sie lassen mich einfach nicht in Ruhe."

In der ersten Stunde haben wir Geschichte. Unsere Lehrerin, erzählt uns etwas über den Bau von Schlössern und Burgen und über die Architekten, die die Pläne dazu entworfen haben.

„Schlösser bauen sich nicht von selbst", erklärt sie. „Es kostete viel Mühe, die Pläne zu entwerfen und zu verwirklichen. Seltsamerweise scheint es sehr viel leichter gewesen zu sein, die Schlösser zu zerstören."

Anhand von Dias zeigt sie uns einige Beispiele aus dem Mittelalter.

„Die Schlösser und Burgen waren sehr unterschiedlich. Einige hatten nur einen massiven Turm, andere waren durch eine oder zwei Festungsmauern geschützt. Sie sind der Beweis dafür, dass es irgendwann einmal eine Epoche gegeben hat, in der sich Könige und Adlige gegen die Angriffe feindlicher Truppen schützen mussten. Bündnisse wurden geschlossen, und es bildeten sich große Gemeinwesen, die sich im Falle eines Angriffs zu gegenseitiger Unterstützung verpflichteten. Wenn ein Mitglied dieser Gemeinwesen angegriffen wurde, kamen ihm die anderen zu Hilfe. Dazu müsst ihr wissen, dass es in Europa rund 60 000 Schlösser und Burgen gibt, die mehr oder weniger gut erhalten sind."

Ich finde ihre Erzählungen unglaublich spannend und muss an meine Träume denken. Wenn ich wollte, könnte ich ihnen erklären, wie eine Burg eingenommen wird …

Nach dem Unterricht gehen wir zum Essen in die Schulkantine.

„Hör mal", sagt Metáfora, während wir über den Hof schlendern, „du hast mir immer noch nicht meine Frage beantwortet."

„Was für eine Frage?"

„Stell dich nicht dumm, Arturo. Ich meine das mit dem Drachen, das mit Jazmín. Was hast du gesehen? Was ist wirklich passiert?"

„Ich hab dir doch schon gesagt, dass ich die Augen geschlossen hatte. Ich schwöre dir, ich habe nichts gesehen."

„Aber du musst doch etwas wissen, schließlich warst du dabei. Du musst doch etwas gemerkt haben."

„Also, ehrlich gesagt … Ich weiß es nicht genau … Vielleicht hat Jazmín einen Schatten gesehen und sich erschreckt, was weiß denn ich … Die Leute haben viel Fantasie."

„Komm, hör schon auf! Du weißt bestimmt, was da los war. Ich glaube, Jazmín hat etwas Reales gesehen, was ihm Angst eingejagt hat. Ich hab ihn eben angerufen, um zu hören, wie es ihm geht. Man hat mir gesagt, dass er eine Panikattacke hatte und man ihm ein Beruhigungsmittel geben musste. Niemand stellt sich so an, wenn er nur einen Schatten gesehen hat."

„Tja, das tut mir leid für ihn … wirklich, sehr leid …"

„Was ist denn da los?", fragt Metáfora plötzlich und zeigt auf eine Gruppe von Schülern, die sehr aufgeregt zu sein scheinen. „Komm, lass uns nachsehen!", sagt sie und rennt los.

Ich folge ihr. Horacio und seine Freunde haben Cristóbal in der Mangel.

„Los, Cristóbal, auf die Knie!", befiehlt Horacio.

„Ich mach das nicht!"

„Mireia hat uns erzählt, dass du es machst, wenn sie es von dir verlangt."

„Das ist nicht wahr! Ich bin doch kein Hund!"

„Hör mal, ich weiß schon, was ich sage", mischt sich Mireia ein. „Du hast dich hingekniet, als ich es von dir verlangt habe!"

Cristóbal weicht ein paar Schritte zurück. Horacio schubst ihn. Seine Freunde bilden einen Kreis um Cristóbal, aus dem er nicht entwischen kann. Er ist den Tränen nahe.

„Mach endlich, was ich dir sage!", fährt Horacio ihn an. „Es wird dir schon nichts passieren. Sei so lieb und mach Sitz, wie ein Hund!"

„Genau! Und bell ein bisschen!", fordert ihn einer in der Clique auf.

Metáfora hält es nicht mehr aus und geht dazwischen.

„Hört endlich auf! Was denkt ihr euch eigentlich? Lasst ihn in Ruhe!"

„Was ist los? Können wir nicht mal ein bisschen Spaß haben, ohne dass du dich einmischen musst?", fährt Horacio sie an. „Oder meinst du, nur weil du die Tochter einer Lehrerin bist, kannst du uns ständig auf die Nerven gehen?"

„Lass meine Mutter aus dem Spiel! Ich kann meine Mitschüler alleine verteidigen! Und jetzt lasst Cristóbal endlich in Ruhe!"

„Wir spielen doch nur ein bisschen, mehr nicht", sagt Mireia. „Also hau ab und stör uns nicht!"

„Aber nur wenn er mitkommt!"

„Komm, Cristóbal", sage ich. „Wir verschwinden jetzt besser."

„Ah, da ist ja auch der kühne Ritter, der Beschützer der Schwachen!", ruft Horacio lachend. „Willst du ihn mit deinem Leben verteidigen, Drachenkopf?"

„Provoziere mich nicht, so langsam kann ich's echt nicht mehr hören!", entgegne ich mit einer Unerschrockenheit, die mich selbst am meisten überrascht. „Kapiert?"

Doch von mir lässt sich Horacio gar nichts sagen. Er ist wütend. Mit langsamen Schritten kommt er auf mich zu und stößt mich gegen die Schulter. Ich spüre, dass mein Gesicht anfängt zu glühen.

„Der geht hier nicht weg, bevor er gemacht hat, was wir wollen!", sagt Horacio entschieden. „Also verschwinde dahin, wo du hergekommen bist!"

„Nein, er kommt mit!", entgegne ich hartnäckig.

„Jawohl, er kommt mit!", unterstützt mich Metáfora. „Wenn du Streit willst, kannst du ihn haben!"

Horacio tut so, als würde er sich abwenden, dreht sich dann aber abrupt wieder um, holt aus und schlägt mit der Faust nach mir. Ich kann ihm gerade noch ausweichen.

Bevor er wieder zuschlagen kann, versetze ich ihm einen Stoß, der ihn zu Boden wirft. Mireia kommt auf mich zu und will mich ohrfeigen, doch Metáfora packt sie am Arm und schubst sie zur Seite. Inzwischen ist Horacio wieder auf den Beinen und stürzt sich mit seinem muskulösen Körper auf mich. Wir verkeilen uns ineinander. Es geht hin und her, und auch die anderen, die einen Kreis um uns gebildet haben, stoßen uns und teilen Schläge aus.

Ich bin es leid, immer nur einstecken zu müssen, und beginne, wild um mich zu schlagen. Verblüfft über meine Gegenwehr, greift Horacio erneut an und schlägt diesmal noch härter zu. Ich taumele zurück und wir stolpern über die Hecke auf die Rasenfläche. Die anderen feuern uns vom Schulhof aus an. Horacio und ich geraten langsam aus ihrem Blickfeld und nähern uns der kleinen Baumpflanzung. Plötzlich merke ich, dass wir ganz alleine sind. Komisch, die anderen sind uns nicht gefolgt.

„Das wirst du bereuen, Drachenkopf!", zischt Horacio schwitzend. „Jetzt wird sich zeigen, wer hier das Sagen hat!"

Wir stürzen uns wieder aufeinander. Bis schließlich etwas Unerwartetes passiert: Wir krachen gegen das Gärtnerhäuschen.

Um uns herum wirbelt Staub auf, der vom Dach zu kommen scheint ... oder von der Hausmauer, die zu schwanken beginnt.

Erschrocken weichen wir zurück. Das Häuschen ist sehr alt und außer dem Gärtner benutzt es niemand. Er bewahrt hier seine Gartengeräte und die Säcke mit Düngemittel auf. Plötzlich stürzt ein Teil der Mauer ein und begräbt uns beinahe unter sich.

Doch Horacio lässt nicht locker. Obwohl es für uns beide ziemlich gefährlich geworden ist, stürzt er sich wieder auf mich. Er versetzt mir einen kräftigen Stoß gegen die Brust und schlägt mir ins Gesicht. Er ist außer sich vor Wut und wird nicht aufhören, bis ...

„Ahhhhh!", schreit er plötzlich auf. „Mach das weg!"
Er hält sich die Hände vors Gesicht und taumelt zurück. Dabei brüllt er, als hätte er den Teufel gesehen.
„Hilfe! Hilfe!", schreit er und rennt weg. „Hilfe! Ein Monster!"
Von dem Lärm und Horacios Hilfeschreien angelockt, kommen einige Mitschüler angelaufen. Horacio schreit wie ein Besessener.
„Was ist passiert? Was hat er mit dir gemacht?", fragt Mireia. „Warum schreist du so?"
„Er ist ein Monster!", ruft Horacio. „Das Ding da in seinem Gesicht hat mich attackiert! Ich glaube, es hat mich gebissen!"
Mireia geht zu ihm und schaut ihn prüfend an, kann aber nichts Verdächtiges entdecken.
„Da ist nichts, Horacio! Keiner hat dich gebissen", beruhigt sie ihn sanft. „Du hast Halluzinationen!"
„Wenn ich's dir doch sage! Der Drache hat mich attackiert!"
Jetzt sehen mich alle an. Aber niemand kann etwas entdecken, das Horacios Worte bestätigt. Nur mein blutverschmiertes Gesicht … und den Drachenkopf auf meiner Stirn, der jetzt größer geworden ist und sich auf meinem ganzen Gesicht ausgebreitet hat. Wie immer, wenn ich mich aufrege.
„Los, kommt, hauen wir ab", schlägt Mireia vor. „Erst mal müssen wir deine Klamotten sauber machen, Horacio."
„Jetzt verstehe ich auch, warum wir nicht in den Garten dürfen", sagt ein anderer. „Das ist ja richtig gefährlich hier!"
„Das Haus ist uralt. Es hätte schon längst abgerissen werden müssen."
„Eigentlich sollten wir uns beschweren", sagt jemand im Fortgehen.
Metáfora kommt und hilft mir über die Hecke, zusammen mit Cristóbal, der einen meiner Schuhe und mein Käppi vom Boden aufhebt.
„Alles in Ordnung? Hat er dir wehgetan?"
„Ich bin okay, wirklich. Zum Glück ist nichts passiert."
„Sollen wir dich zur Krankenstation bringen?", fragt Cristóbal.
Mercurio kommt angelaufen. Er hat gehört, was geschehen ist, und ist sehr aufgeregt.

„Alles in Ordnung, Arturo?"
„Ja, Mercurio, alles in Ordnung … Es ist nichts passiert, wirklich nicht."
„Macht euch keine Sorgen, ich kümmere mich um alles … Jetzt trinkt erst mal was und beruhigt euch … Später reden wir weiter."
„Warum ist das Gärtnerhäuschen nicht schon längst abgerissen worden?", fragt Metáfora. „Das ist ja lebensgefährlich …"
„Anscheinend hat es einen gewissen historischen Wert", erklärt Mercurio und schaut sich ärgerlich die kaputte Hauswand an. „Irgendwo muss da ein Wappen sein und ein paar Inschriften. Die Schulleitung hat auf jeden Fall beschlossen, es zu erhalten. Es soll in Kürze restauriert werden."

***

WIR TRINKEN EINE Cola in dem Café gegenüber der Schule. Es ist ein ruhiger Ort und wir kommen oft hierher. Man kennt uns dort. Der Kellner gibt mir ein Handtuch, und ich gehe auf die Toilette, um mich zu waschen. Ich versuche, mich zu beruhigen
„Ich hab dich noch nie so mutig gesehen", sagt Metáfora und schaut mich bewundernd an. „Ich wusste gar nicht, dass du dich für Kampfkunst begeisterst."
„Kampfkunst? Machst du Witze? Ich hab keine Ahnung davon! Es war das erste Mal, dass ich mich geprügelt habe. Und das letzte!"
„Also, für einen Anfänger hast du dich ziemlich tapfer geschlagen."
„Stimmt", sagt Cristóbal. „Du hast ihm ein paar schöne Dinger verpasst."
„Halt du doch die Klappe! Das war alles nur deine Schuld", faucht Metáfora ihn an.
„Tut mir leid, ich wollte nicht, dass du Ärger kriegst."
„Und wir wollen nicht, dass du dich mit Horacio einlässt. Warum hat er dich eigentlich angemacht?", fragt Metáfora.
„Eben darum, weil Mireia gesagt hat, sie hätte mich gesehen, wie ich mich hingekniet habe … Aber das stimmt nicht! Sie hat mich nur dabei beobachtet, wie ich ‚was auf dem Boden suchen' gespielt habe. Es ist mein Lieblingsspiel …"

Metáfora und ich sehen uns an. Wir sind uns sicher, dass er es ist, der gelogen hat.

„Und? Hast du was gefunden?", fragt Metáfora.

„Nein, ich finde nie was."

„Also gut, wenn du uns nichts erzählen willst, gehen wir", sage ich.

„Für heute reicht's mir."

„Nein, wartet doch mal. Fragt mich, was ihr wollt."

„Weißt du was über die Sache mit dem Gärtnerhäuschen, von der Mercurio uns erzählt hat?", beginne ich.

„Ja, ich hab gehört, sie lassen uns nicht in den Garten, weil es da irgendwelche Spuren gibt", antwortet er. „Und die dürfen nicht verwischt werden."

„Und jetzt nach eurer Prügelei darf da erst recht keiner mehr hin", sagt Metáfora.

„Was für Spuren? Was meinst du damit?"

„Weiß nicht, ein Haufen Steine, Monumente und so was. Mittelalterliche Bauten, die angeblich in sich zusammenfallen, wenn man sie nur ansieht. Vor ein paar Tagen hab ich gehört, sie warten auf einen Archäologen, der ein Gutachten anfertigen soll."

Cristóbal erzählt uns einiges über den Garten, das ich nicht gewusst habe.

Der Junge kriegt anscheinend alles mit. Hat seine Augen und Ohren überall. Wie ein Spion.

„Wenn ihr noch mehr darüber wissen wollt, müsst ihr nur in die Bibliothek gehen, da stehen Bücher, in denen wird das genau erklärt. Außerdem gibt es Broschüren, in denen die historische Stätte erwähnt wird, auf der die Schule erbaut ist."

Wir stehen auf und gehen zur Theke, um zu zahlen. Aber Cristóbal ist schneller.

„Ich möchte mich bei euch bedanken, weil ihr mich gegen diese Typen verteidigt habt ... Vielen Dank, ehrlich."

„Nicht der Rede wert. Wir haben getan, was wir tun mussten. Wir können doch nicht zusehen, wenn einer von uns Großen einen Kleineren fertig macht."

„Du, ich bin größer, als ihr meint. Ich weiß viele Dinge, von denen die anderen keine Ahnung haben. Ich seh zwar ziemlich schmächtig aus, aber ich bin sehr stark ..."

„Ach, jetzt zeigst du uns dein anderes Gesicht."

„Eins von meinen anderen Gesichtern ... Wartet! Damit ihr seht, wie dankbar ich euch bin ... Ich möchte einen Teil meiner Schätze mit euch teilen", sagt er feierlich und holt etwas aus seiner Hosentasche. „Das hab ich eben auf dem Boden gefunden, an der Stelle, wo ihr euch geprügelt habt. Ich schenke es dir!"

Er gibt mir eine alte Münze, an der Dreck und Staub kleben.

„Sieht echt aus", bemerkt Metáfora.

„Ja, aber ob sie es auch wirklich ist, das können nur Spezialisten sagen. Am besten, wir zeigen sie Stromber", schlage ich vor. „Er ist Antiquitätenhändler und kennt sich bestimmt mit so was aus."

„Ja, oder wir können auch einen Archäologen nach seiner Meinung fragen ..."

„Das finde ich noch besser. Lasst uns nachschauen, ob Hinkebein noch an seiner Straßenecke hockt ... Aber eigentlich müssten wir die Münzen beim Direktor abgeben", sage ich.

„Wieso? Die Münzen habe ich gefunden, also gehören sie mir auch", protestiert Cristóbal.

„Nein, Cristóbal, das sind Kulturgüter", erkläre ich ihm. „Du musst sie abliefern, wenn du keinen Ärger kriegen willst."

„Ärger? Wieso?"

„Weil man dich wegen Diebstahl drankriegen kann. Kulturgüter gehören dem Staat, verstehst du?"

III

Das Wiedersehen der Brüder

Arquimaes, Arturo und Bruder Hierba betraten eine Studierstube. In ihrer Mitte stand ein rüstiger alter Mönch und wartete geduldig darauf, dass sie sich ihm näherten.

Als der Alchemist ihn erblickte, blieb er stehen. Einen Moment lang sah es so aus, als wollte er umkehren. Doch dann ging er entschlossen auf den Alten zu.

„Bruder Tránsito, hier bringe ich dir unseren Bruder", sagte Bruder Hierba. „Er ist nach Hause zurückgekehrt."

„Dies ist nicht mehr sein Zuhause", entgegnete Bruder Tránsito. „Er hat es verloren, als er beschloss, es zu verlassen ... Was willst du hier?"

„Ich bin auf dem Weg zu Königin Émedi", antwortete Arquimaes.

„Du willst also in das Schloss dieser Frau zurück ..."

„Ich brauche ihre Hilfe", erklärte Arquimaes. „Ich will ihr meine Dienste anbieten."

„Was hast du angestellt? Wer verfolgt dich?"

„Ich habe nichts angestellt, aber Demónicus' Leute machen Jagd auf mich und auch Morfidio ist hinter mir her. Ich versichere dir, es gibt nichts, weswegen ich mich schämen müsste ..."

„Ja klar, ich nehme an, sie verfolgen dich ohne Grund."

„Sie haben uns gefangen genommen und mich gefoltert. Meinem jungen Schüler Arturo ist es gelungen, Alexia, Demónicus' Tochter, in seine Gewalt zu bringen und uns zu befreien. Jetzt sind wir auf dem Weg nach ... "

„Hast du gesagt, dieses Mädchen, das bei euch war, ist die Tochter von Demónicus? Bist du verrückt, Ático?"

„So heiße ich nicht mehr, ich nenne mich jetzt Arquimaes", korrigierte ihn der Weise. „Ja, es ist so, wie du sagst, dieses Mädchen ist die Tochter des Finsteren Zauberers. Wir konnten sie nicht alleine im

Schnee zurücklassen. Entweder wäre sie von den Wölfen gefressen worden oder die Räuber hätten sie ermordet."

„Bist du dir im Klaren darüber, was für ein Unglück du über dieses Kloster gebracht hast? Du warst schon immer leichtfertig, aber diesmal bist du zu weit gegangen. Es ist besser, ihr verschwindet so schnell wie möglich von hier, du und deine Freunde."

„Es ist meine Schuld", mischte sich Arturo ein. „An allem, was geschehen ist, trage ich allein die Schuld. Ich habe das Mädchen als Geisel genommen und sie hierher gebracht. Und ich werde sie nicht einfach laufen lassen. Sie weiß zu viel."

„Sie weiß zu viel? Wovon spricht dieser Bengel?", fragte Bruder Tránsito. „Erklär mir das auf der Stelle, Bruder Ático!"

Arquimaes setzte zu einer Antwort an, doch Bruder Tránsito ließ ihn nicht zu Wort kommen.

„Bevor du etwas dazu sagst, musst du mir erzählen, wie es unserem Bruder Épico geht. Seit er mit dir fortgegangen ist, habe ich nichts mehr von ihm gehört. Ich nehme an, er steht nach wie vor unter deinem Schutz?"

„Ich habe schlechte Nachrichten. Unser geliebter Bruder ist tot."

Tránsito erstarrte. Er brauchte eine Weile, bevor er reagieren konnte. „Verflucht seist du, Arquimaes! Deine Gegenwart bringt so viel Gewalt mit sich, dass ich nicht weiß, wie du damit weiterleben kannst!"

„Lass mich dir erklären, was geschehen ist", bat der Alchemist.

„Wozu? Werden deine Erklärungen unseren kleinen Bruder wieder ins Leben zurückholen? Nie wieder werden wir sein Lachen hören!"

***

DEMÓNICUS SCHÄUMTE VOR Wut. Soeben hatte ihm ein Abgesandter von Oswald mitgeteilt, in welcher Situation sich seine Tochter Alexia befand. Er hatte ihm in allen Einzelheiten den Tod des Drachen geschildert und ihm erzählt, dass die Gesuchten ins Schneegebiet geflüchtet waren. Zu den Weißen Bergen.

„Diese Idioten haben meine Tochter aus den Augen verloren!", schrie Demónicus. „Sag ihnen, wenn sie sie nicht zurückbringen, werden sie bereuen, überhaupt geboren worden zu sein! Geh mir aus den Augen, bevor ich dich erwürge!"

Der Soldat drehte sich um und nahm die Beine in die Hand. Er rannte aus dem Gemach des Königs der schwarzen Magie, die Treppe hinunter, raus aus dem Hauptquartier, schwang sich auf sein Pferd und gab ihm die Sporen.

Demónicus beobachtete, wie der Bote sich in der Ferne verlor. Er stand am Fenster des Hohen Turms, unter der Kuppel des Ewigen Feuers. Ob er seine Tochter Alexia jemals wiedersehen würde? Der Große Zauberer schloss die Augen, rief die Finstersten Mächte an und schrie: „Alexia, Fleisch von meinem Fleische! Ich werde dich nicht verloren geben! Die, die dich fortgerissen haben von meiner Seite, werden teuer bezahlen, was sie getan! Du wirst zu mir zurückkehren!"

***

WÄHREND DIE BRÜDER noch miteinander stritten, beschloss Arturo, sich auf die Suche nach Alexia zu machen. Wie es ihr wohl ging?

„Lass mich mit dir gehen", bat Crispín. „Ich langweile mich hier und vielleicht stoßen wir ja auf etwas Interessantes in dieser seltsamen Abtei."

„Ich erinnere dich daran, dass wir nicht hergekommen sind, um etwas zu stehlen", ermahnte ihn Arturo streng. „Die Mönche haben uns bei sich aufgenommen und wir müssen uns höflich und anständig benehmen. Wir dürfen ihr Vertrauen nicht missbrauchen!"

„Ich bin ein Dieb, seit ich geboren wurde", erwiderte Foresters Sohn. „Aber ich werde versuchen, nichts zu tun, was dir missfallen könnte."

Sie überquerten den Klosterhof. Mehrere Mönche waren dabei, den Schnee wegzuräumen. Arturo fragte sie, wo er das Mädchen finden könne, und die Mönche wiesen ihnen den Weg. Schließlich fanden sie die Hexe in der Klosterküche, wo sie Töpfe scheuerte.

„Endlich bequemt ihr euch mal, mich zu besuchen!", fuhr die Prinzessin sie an. „Ich muss so schnell wie möglich hier raus! Ich bin nicht bereit, mich noch länger wie eine Dienstmagd behandeln zu lassen!"

„Vergiss nicht, du bist meine Gefangene", erwiderte Arturo. „Du wirst also tun, was man dir sagt. Du musst dir dein Essen verdienen!"

„Ich bin Demónicus' Tochter und verlange, dass man mich mit Respekt behandelt!"

„Wenn das Gewitter vorüber ist, reiten wir weiter zu Königin Émedi. Da werde ich dich freilassen und dann kannst du zu deinem Vater zurückkehren."

„Ich brauche deine Erlaubnis nicht! Ich gehe, wann ich will!"

„Rede nicht so mit ihm!", ermahnte Crispín sie. „Du hast doch gesehen, was er mit Górgula gemacht hat! Wenn er wollte, könnte er dich töten! Er ist ein großer, mächtiger Zauberer, der …"

„Erzähl keinen Unsinn, Crispín", unterbrach ihn Arturo. „Ich bin kein Zauberer und möchte ihr nicht wehtun."

„Das könntest du auch gar nicht", sagte Alexia. „Ich werde dir schon noch beweisen, dass ich mächtiger bin als du. Ich fordere dich zu einem Duell heraus, mit dem Schwert!"

„Bist du verrückt? Ich werde niemals gegen dich kämpfen!"

„Du bist ein Feigling, Arturo, Diener des Arquimaes!", schrie Alexia und warf einen Salatkopf nach ihm. „Ich will mich mit dir duellieren, um dir zu beweisen, dass ich mächtiger bin als du!"

„Provoziere ihn nicht, Hexe!", rief Crispín. „Arturo ist der mächtigste Krieger, den es gibt! Er hat sogar einen Drachen getötet!"

Die drei Mönche, die sich in der Küche aufhielten und den Streit der jungen Leute bis dahin amüsiert verfolgt hatten, horchten auf.

„Einen Drachen getötet?", wiederholte einer von ihnen, der einen langen weißgrauen Bart trug. „Du hast einen Drachen getötet?"

„Nein, nein, das ist nicht wahr …"

„Vor ein paar Tagen hat er einen Drachen erledigt, der ihn angegriffen hat", beeilte sich Crispín zu versichern. „Stimmt's, Alexia?"

„Stimmt! Arturo hat den Drachen getötet, den Demónicus ihm hinterhergeschickt hatte", bestätigte das Mädchen. „Ich hab's mit eigenen Augen gesehen."

„Wie ist das vor sich gegangen?", fragte ein anderer Mönch. „Erzähl, los, erzähl schon!"

„Der Drache kam direkt auf uns zugeflogen", sagte Alexia. Sie stieg auf einen Hocker und breitete die Arme aus, so als wären es Flügel. „Er raste im Sturzflug auf uns zu und da hat Arturo …"

„Schluss jetzt!", unterbrach sie der Junge barsch. „Glaubt ihr kein Wort! Sie haben es sich eingebildet, nichts davon ist wahr!"

„Doch, genauso war es!", beteuerte Alexia. „Ich war dabei und habe alles gesehen!"

Jetzt wurde Arturo richtig böse. Er schüttelte sie am Arm und befahl ihr, still zu sein.

„Entschuldigt, Brüder, sie ist eine Lügnerin und will Eure Fantasie kitzeln. Vergesst alles, was sie gesagt hat ... Und du, komm her, dir werde ich beibringen, dass man nicht lügt!"

Er packte Alexias Arm und schleifte sie aus der Küche in den Hof, zu den Stallungen.

„Was ist los mit dir?", zischte er, als er sicher war, dass sie niemand belauschte. „Bist du verrückt? Willst du, dass eine Legende von mir in Umlauf gebracht wird? Willst du, dass man mich einsperrt, weil ich Lügen verbreite? Heutzutage werfen sie dich wegen solcher Geschichten auf den Scheiterhaufen!"

„Aber Arturo, es ist doch die reine Wahrheit!", flüsterte Crispín, der ihnen auf den Hof gefolgt war. „Alexia und Arquimaes haben alles mit angesehen. Und auch ich war Zeuge deiner magischen Kräfte."

„Ja wunderbar! Ein Alchemist, die Tochter eines Finsteren Zauberers und der Sohn eines Geächteten werden in einem Prozess die Zeugen der Verteidigung sein! Das wird mich schnurstracks auf den Scheiterhaufen bringen!"

„Nein, Arturo! Du wirst ein Ritter sein und ich möchte dein Knappe werden!", rief Crispín. „Der Knappe von Arturo Adragón!"

„Und ich werde deine Zauberin sein", sagte Alexia. „Wenn du König wirst, werde ich mit meiner Magie deine Macht vergrößern. Du kannst auf mich zählen. Mein Vater wird dich zu einem reichen König machen. Du wirst mächtiger sein, als du zu träumen wagst. Lass uns in mein Reich zurückkehren!"

„Ihr seid nicht ganz bei Trost! Unser Leben ist in höchster Gefahr, und ihr habt nichts Besseres zu tun, als herumzuspinnen! Lasst mich in Ruh!"

Arturo wollte gerade aus dem Stall eilen, als Alexia mit einer schnellen Bewegung eines der Schwerter griff, die neben den Sätteln hingen.

„Verteidige dich, Ritter Arturo!", rief sie und warf ihm ein zweites Schwert zu. „Jetzt werden wir sehen, ob du wirklich so mächtig bist, wie du behauptest!"

„Das ist doch Unsinn!", entgegnete Arturo und fing die Waffe auf. „Häng das Schwert wieder an seinen Platz zurück! Gehen wir lieber rein, mir wird langsam kalt."

„Gleich wird dir schon warm werden", drohte Alexia und führte mit beiden Händen einen Hieb, der ihn zwang, zur Seite zu springen.

Arturo blieb nichts anderes übrig, als sich zu verteidigen. Obwohl er nicht sehr gut mit dem Schwert umzugehen wusste, gelang es ihm, die ersten Attacken des Mädchens erfolgreich zu parieren. Doch er weigerte sich, nun seinerseits zum Angriff überzugehen. Etwas sagte ihm, dass er sich besser nicht mit diesem Mädchen einließ.

Alexia dagegen führte den Kampf mit aller Heftigkeit. Arturo wurde wütend, er konnte nichts dagegen tun. Und schon bald schlugen beide wild um sich. Das Duell war in vollem Gange. Alexia und Arturo teilten kräftige Hiebe aus und parierten sie mit derselben Vehemenz.

„Hört endlich auf!", rief Crispín. „Ihr bringt euch noch gegenseitig um!"

Der Lärm des aufeinanderschlagenden Metalls lockte das Gesinde und die Mönche an. Bald bildete sich ein Kreis um die beiden.

„Gib's ihr, Junge!", rief ein grobschlächtiger Knecht. „Zeig ihr, was mit einer Frau passiert, die sich mit einem Mann anlegt!"

„Hau zu, Mädchen!", schrie eine Frau, die so dick war wie eine Tonne. „Lass dich nicht unterkriegen!"

Crispín lief händeringend hin und her. Er hätte nichts lieber getan, als den Kampf, der immer heftiger wurde, zu beenden. Alexia und Arturo blitzten sich zornig an, bissen die Zähne zusammen und schlugen in einem fort aufeinander ein.

Angelockt von den Anfeuerungsrufen, schauten Arquimaes und die Mönche aus dem Fenster und erblickten Arturo und Alexia, die sich wutentbrannt mit Schwertern bekämpften.

„Haben die beiden denn den Verstand verloren?", rief Arquimaes. „Da muss der Teufel seine Hand im Spiel haben!"

„Man muss sie trennen!", rief Bruder Tránsito in den Hof hinunter. „Beendet auf der Stelle den Kampf! Sofort!"

Doch niemand hörte auf ihn. Arturo und Alexia hatten sich so sehr in das Duell hineingesteigert, dass nichts und niemand sie hätte trennen können.

Entsetzt beobachtete Crispín, wie Alexias Schwert eine Wunde in Arturos Hand riss. Blut spritzte ihm ins Gesicht. Da entschloss er sich zu handeln. Er bahnte sich einen Weg durch den Kreis der Schaulustigen, nahm einen Eimer, füllte ihn mit Wasser und kletterte damit auf das Dach des Pferdestalls. Er wartete auf den passenden Moment, und als sich die beiden Duellanten direkt unter ihm befanden, schüttete er den Kübel über sie aus.

„Was ist los mit euch? Seid ihr verrückt geworden?", schrie der Sohn des Geächteten sie an. „Ist euch nicht klar, dass ihr euch hättet umbringen können?"

Alexia und Arturo rangen nach Atem.

„Aber … wir machen doch nur Spaß", rechtfertigte sich Arturo.

„Wir üben bloß", fügte Alexia hinzu.

Arquimaes war in den Hof gekommen und stellte sich zwischen die beiden Streithähne.

„Seid ihr etwa von Sinnen?", tadelte er sie. „Wenn Crispín nicht gewesen wäre, könnte jetzt einer von euch beiden tot sein!"

„Waffen sind gefährlich", sagte Bruder Hierba. „Wenn der Mensch sie in die Hand bekommt, verliert er den Verstand."

„Tut mir leid, Alexia", murmelte Arturo. „Ich habe nur versucht, mich zu verteidigen."

„Du wolltest mich töten", erwiderte Alexia. „Du bist gefährlich!"

„Besser, ihr vergesst das Ganze", sagte Arquimaes begütigend. „Und versucht, euch wieder zu beruhigen."

Crispín nahm die beiden Schwerter an sich und wickelte sie in Lappen.

„Zurück an die Arbeit!", befahl Bruder Tránsito. „Die Vorstellung ist zu Ende!"

Während die Frauen und Männer wieder an ihre Arbeit gingen, trat Tránsito auf Arquimaes zu.

„Siehst du, Bruder", sagte er, „du hast die Gewalt in unser Kloster gebracht! Es ist besser für uns alle, wenn du so schnell wie möglich von hier verschwindest."

„Gleich morgen früh werde ich aufbrechen, Bruder", antwortete der Alchemist. „Und ich werde nie mehr hierher zurückkommen."

IV

Der Schatzsucher

Hinkebein hockt an seinem Platz. Er spricht gerade mit einer Frau, die ihm eine Tüte mit Lebensmitteln gegeben hat. Neben ihm auf dem Boden liegen noch weitere Tüten, die er von den Leuten bekommen hat.

„Passen Sie auf sich auf und achten Sie auf Ihre Gesundheit, Sie haben noch ein ganzes Leben vor sich", sagt die Frau im Weggehen. „Und essen Sie das Schinkenbrot, das ich Ihnen gebracht habe!"

„Danke, Señora Ménez, vielen Dank."

Wir gehen zu ihm. Zufrieden schaut er sich den Inhalt der Tüte an.

„Die Leute mögen dich wohl", bemerkt Metáfora.

„Und hinterher beschwerst du dich, dass sie sich nicht von ihrem Geld trennen können", sage ich.

„Da kann man mal sehen! Seit ich verprügelt worden bin, behandeln mich die Leute im Viertel viel besser. Sie bringen mir Essen, geben mir Geld ..."

„Jammerst du ihnen etwa was vor, damit sie Mitleid mit dir haben?"

„Sag so was nicht, Metáfora, bitte. So einer bin ich nicht."

„Klar, du bist ein herzensguter Mensch, der niemandem je etwas zu Leide getan hat!"

„Ich war ein ehrenwerter Archäologe. Und ich bin es noch! Du kannst dir nicht vorstellen, was ich alles ausgegraben habe! Keine Ruinen, Schätze habe ich gefunden! Du sprichst mit Juan Vatman!"

„Mit wem? Wer ist das denn?", fragen Metáfora und ich gleichzeitig.

„Juan Vatman! Der Archäologe, der die mittelalterliche Festung von Angélicus entdeckt hat! Ich bin Juan Vatman!"

„Von so einer Festung habe ich noch nie gehört", sagt Metáfora. „Und dein Name sagt mir auch nichts."

„Du musst noch viel lernen! Die Welt ist voll von wertvollen Menschen, die du nicht kennst. Aber das wirst du noch merken, wenn du größer wirst. Und du wirst lernen, wertvolle Menschen von wertlosen zu unterscheiden!"

„Hör mal, Hinkebein … Wenn du so gut bist, wie du behauptest, dann kannst du uns sicher weiterhelfen." Ich zeige ihm die Münze, die mir Cristóbal geschenkt hat. „Was hältst du davon?"

Vorsichtig nimmt er die Münze in die Hand und schaut sie sich aufmerksam an. Er dreht und wendet sie, betrachtet sie eingehend, betastet sie, reibt an der Oberfläche, streicht mit dem Finger darüber …

„Die Münze muss mindestens tausend Jahre alt sein!", urteilt er schließlich. „Sie ist echt!"

„Und wie viel kriegt man dafür?"

„Der Wert solcher Dinge wird nicht in Geld gemessen, sondern in ihrer kulturellen und historischen Bedeutung … Jedenfalls ist die Münze sehr abgegriffen. Die Zeit hat ihre Spuren hinterlassen, man kann kaum die Beschriftung lesen … Seht ihr, sie ist fast ganz blank … Man müsste sie sich genauer anschauen, um ihre Herkunft zu bestimmen. Wo habt ihr sie gefunden?"

„Das können wir nicht sagen", antwortet Metáfora. „Es ist ein Geheimnis."

„Wenn ihr mir nicht vertraut, kann ich euch nicht helfen. Nehmt eure Münze und kommt erst wieder, wenn ihr glaubt, dass ich euer Vertrauen verdiene! Haut ab!"

„Sei nicht so! Wir wollten doch nur …"

„Ihr kommt hier mit einer Münze an, schmiert mir Honig um den Bart und dann … dann nehmt ihr sie mir wieder ab. Was wollt ihr eigentlich?"

„Nichts, wir wollten nur deinen fachmännischen Rat hören", sage ich beschwichtigend. „Wir dachten, du könntest uns helfen."

„Irgendwann vielleicht. Für heute hab ich genug von euch. Kommt morgen wieder, eventuell kann der alte Bettler ja euer Problem lösen!"

Wir sind wohl zu weit gegangen, Hinkebein ist beleidigt. Wir beschließen, ihn für heute in Ruhe zu lassen. Vielleicht hat er morgen ja bessere Laune.

Metáfora und ich gehen in die Stiftung und ziehen uns in mein Zimmer zurück. Bevor wir die Münze meinem Vater oder Señor Stromber zeigen, wollen wir uns im Internet informieren.

„Mal sehen, was wir finden", sage ich und mache den Computer an. „Möglicherweise ist sie irgendwo abgebildet. Fast alle Münzen aus dem Mittelalter sind katalogisiert."

„Das Problem ist nur, man kann fast nichts lesen ... Hier, da steht ... A Q ... I A ... Sieht aus wie der Anfang und das Ende eines Wortes ... Aber es fehlen die mittleren Buchstaben."

Bei Google finden wir mehrere interessante Seiten mit Abbildungen von alten Münzen, aber keine sieht aus wie unsere ...

Jemand klopft an meine Tür. An der Art zu klopfen erkenne ich, dass es Sombra ist. Ich stehe schnell auf und öffne.

„Störe ich?", fragt er.

„Nein, nein, komm ruhig rein."

„General Battaglia will sich den ersten Keller ansehen. Ich habe versucht, ihn davon abzubringen, aber dein Vater hat mich angewiesen, seine Arbeit nicht zu behindern. Also muss ich nächsten Samstag ..."

„Dürfen wir mitkommen?", fragt Metáfora. „Ich würde mir schrecklich gerne ansehen, was es da so gibt. Ich bin verrückt nach alten Sachen."

„Tja, ich weiß nicht, ob der General damit einverstanden ist. Er geht davon aus, dass er da unten alleine sein wird ..."

„Er wird bestimmt nichts dagegen haben", bettelt Metáfora.

„Ich würde auch gerne mitkommen", sage ich. „Ich war schon seit Jahren nicht mehr da unten. Kann mich kaum noch erinnern, wie es da aussieht. Ich glaube nicht, dass es den General stört. Ich rede auch gerne noch mal mit Papa. Er wird es uns sicher erlauben."

„Versprecht euch nicht zu viel davon, so interessant ist es gar nicht ... Was ist das denn da? Woher habt ihr die Münze?"

„Die hat ein Freund von uns in der Schule gefunden", erkläre ich. „Er hat sie mir geschenkt. Sie lag in einer Ruine."

„In der Schule? Wann hat er sie gefunden? Gab es noch mehr davon?"

„Heute, in der Pause. Ja, er hat noch mehr davon gefunden."

„Wo genau?"

„Es gab ein … ein kleines Erdbeben. Eine Mauer ist eingestürzt und … Na ja, da hat er sie entdeckt …"

Sombra schaut sich die Münze ganz genau an.

„Ich wusste gar nicht, dass du dich für Münzen interessierst", sage ich. „Ich dachte, Bücher wären deine Leidenschaft."

„Na ja, mich interessiert eben alles, was mit dem Mittelalter zu tun hat."

„Woher weißt du, dass sie aus dem Mittelalter stammt?"

„Ich weiß es nicht, aber ich nehme es an … Sieht ganz danach aus … Also gut, Samstagmorgen treffen wir uns vor der Kellertür. Okay?"

Nachdem er gegangen ist, surfen wir weiter im Internet. Aber wir finden nichts, was uns weiterhilft. Was uns am neugierigsten macht, ist die Tatsache, dass sowohl Hinkebein als auch Sombra sie auf den ersten Blick für echt gehalten haben. Ob sie wohl tatsächlich aus dem Mittelalter stammt?

„Arturo, erinnerst du dich immer noch nicht, was bei Jazmín passiert ist?", fragt mich Metáfora plötzlich.

„Ich glaube, es ist gar nichts passiert. Der Tätowierer hatte irgendeine Halluzination. Vielleicht war der Mann gestresst, du weißt ja, wie das ist, wenn die Leute zu viel arbeiten."

„Ja, dann fangen sie sogar an, Buchstaben zu sehen, die sich bewegen … Und du kannst mir sicher auch nicht erklären, was passiert ist, als du dich mit Horacio geprügelt hast, nehme ich mal an?"

∗ ∗ ∗

„Hallo, Mama … Ich war lange nicht mehr hier bei dir. In letzter Zeit sind viele Dinge geschehen, die mich ziemlich durcheinandergebracht haben. In der Schule läuft alles prima, ich habe gute Noten und werde bestimmt in die nächste Klasse versetzt."

Eine Weile betrachte ich das Bild meiner Mutter. Ich finde sie immer hübscher. Sie sieht so vornehm aus wie eine Königin. Ich muss unbedingt irgendwann ihre Familie kennenlernen, aber die wohnt weit weg. Ich weiß, dass ihr Vater, mein Großvater also, sehr böse auf Papa ist und uns deswegen nicht besuchen kommt. Anscheinend gibt er ihm die Schuld an Mamas Tod. Er hat es ihm bis heute nicht verziehen. Aber Papa ist nicht schuld daran! Er hat Mama nach Ägypten mitgenommen, als er dorthin gefahren ist, um nach Dokumenten und Büchern zu suchen. Deswegen ist er aber noch lange nicht verantwortlich dafür, dass Mama gestorben ist. Von meinem anderen Großvater, dem Vater meines Vaters, weiß ich, dass er vor Jahren den Verstand verloren hat und in einer psychiatrischen Klinik eingesperrt wurde.

Wie dem auch sei, irgendwann muss ich mit Mamas Vater sprechen, um ihm zu erklären, wie ich darüber denke. Wahrscheinlich wird er sowieso nicht auf mich hören, aber ich muss es wenigstens versuchen.

„Ich bin froh, dass Metáfora meine Freundin ist. Ich bin furchtbar gerne mit ihr zusammen. Das mit Papa und Norma geht auch voran, ich glaube, ihre Beziehung gibt ihm neuen Mut. Aber ich möchte, dass du eins weißt: Egal welche Frau jemals dieses Haus betritt, du wirst immer an erster Stelle stehen! Du bist und bleibst die Königin der Stiftung ... und auch meines Herzens ... und die Königin in Papas Herzen ...

Ich möchte dir gerne erzählen, was mir neulich passiert ist, etwas völlig Überraschendes ... Und von dem Drachen möchte ich dir erzählen ... von dem Drachen auf meiner Stirn ..."

Erleichtert gehe ich wieder in mein Zimmer hinunter. Ich habe meiner Mutter von dem Schwert erzählt, das Papa mir zu meinem Geburtstag geschenkt hat ... Von Excalibur, dem magischen Schwert von König Artus. Ich habe ihr erzählt, wie cool ich vor allem die Inschriften auf dem Griff finde. Es gibt nämlich nur wenige Schwerter, die so was haben ... Und ich habe ihr gesagt, dass ich fast sicher bin, dass sie bei dem Geschenk ihre Hände im Spiel hatte ... Und dass mir seitdem viele seltsame Dinge passiert sind ...

Ich will gerade in mein Zimmer gehen, als ich einen Lichtschein sehe. Ich beuge mich über das Treppengeländer und sehe Sombra, der auf die Kellertür zugeht ... Merkwürdig!

V

Graf gegen Ritter

Während Crispín die Pferde sattelte und den Proviant verstaute, gingen Arquimaes, Arturo und Alexia in das Skriptorium. Der Weise wollte sich von seinen ehemaligen Klosterbrüdern verabschieden, und die Mönche waren sehr betrübt darüber, dass einer ihrer besten Freunde, einer der besten Kalligrafen, sie so schnell wieder verlassen wollte.

„Wir sind untröstlich, Arquimaes", sagte Bruder Pliego. „Wir hatten gehofft, du würdest vielleicht bei uns bleiben und wieder als Kalligraf arbeiten."

„Nichts in der Welt würde ich lieber tun", antwortete der Weise. „Aber ich habe eine Mission zu erfüllen. Wir leben in einer Zeit, die sehr gefährlich ist für die Kalligrafie. Die Finsteren Zauberer bekämpfen die Alchemie mit aller Macht und bereiten eine große Schlacht vor. Deswegen werde ich meine Kenntnisse in den Dienst der einzigen Person stellen, die Demónicus die Stirn bieten kann: Königin Émedi."

„Hier sind wir in Sicherheit", sagte Bruder Pluma. „Wir schaden niemandem. Wir schreiben lediglich Bücher und unsere einzigen Waffen sind Schreibfeder und Pergament."

„Sehr mächtige Waffen, vor denen die Unwissenden große Angst haben. Das schlimmste Übel für sie ist es, dass das Wissen, die Poesie und alles andere, was der Geist hervorbringt, in Büchern festgehalten werden."

„Ich habe gesehen, wie diese Teufel eine Armee aufstellen, mit der sie eines Tages versuchen werden, uns zu vernichten", ergänzte Arturo. „Und das wird eher früher als später geschehen."

„Wir wollen unsere Brüder nicht beunruhigen", mahnte der Vorsteher des Skriptoriums. „Um arbeiten zu können, brauchen wir Ruhe."

„Wir müssen aufbrechen, bevor ... Was ist da los? Was bedeutet dieses Geschrei?", fragte Arquimaes.

Alarmiert durch das Stimmengewirr, das aus dem Innenhof zu ihnen drang, stürzten alle zum Fenster, um nachzusehen, was da vor sich ging. Ein fürchterliches Schauspiel bot sich ihnen.

Morfidio, Oswald und seine Männer waren in die Abtei eingedrungen und schlugen alles in Stücke, was sich ihnen in den Weg stellte. Einige Leichen lagen bereits auf dem Pflaster, andere im Schmutz. Arquimaes war entsetzt. Sein Bruder Tránsito hatte ihn ja gewarnt. Wo immer er hinkomme, bringe er Gewalt mit sich, hatte er ihm vorgeworfen ...

Die Barbaren schlugen auf alles ein, was sich bewegte. Einige Mönche versuchten, durch das offene Tor in die schneebedeckten Berge zu entkommen, wo jedoch eine noch größere Gefahr lauerte.

„Was können wir tun?", fragte Bruder Pliego. „Wer wird uns verteidigen?"

Arquimaes sah Arturo flehend an.

„Du bist der Einzige, der uns helfen kann!"

„Ich bin unbewaffnet!", erwiderte Arturo. „Und gegen diese Übermacht werde ich alleine ohnehin nichts ausrichten können!"

„Benutze deine Macht, wie bei deinem Kampf gegen den Drachen!", befahl ihm der Weise.

„Seine Macht?", fragten die Mönche. „Was für eine Macht?"

„Die Macht der Buchstaben!", schrie Arquimaes. „Dafür hast du sie doch!"

Arturo zögerte. Eine Sache war es, gegen einen Drachen zu kämpfen, eine ganz andere jedoch, sich bewaffneten Männern, blutrünstigen und kampferprobten Kriegern entgegenzustellen.

In diesem Augenblick kam Crispín völlig aufgelöst in den Saal gelaufen.

„Hier ist dein Schwert!", rief er Arturo zu. „Wir müssen versuchen zu fliehen, bevor sie uns alle umbringen!"

Arturo packte das Schwert, das Crispín ihm gebracht hatte, mit beiden Händen. Er wusste, dass er gegen die feindliche Übermacht nicht viel würde ausrichten können, doch sein Blut kochte und verlangte nach Taten. Er spürte, dass er kämpfen musste, und obwohl ihm bewusst war, dass es möglicherweise sein Leben kosten würde, stürmte er hinaus.

„Kommt mit und haltet euch in meiner Nähe!", befahl er. „Crispín, fessele Alexia und pass auf, dass sie nicht zu entkommen versucht!"

Kaum war er einige Stufen hinuntergerannt, stellte sich ihm ein blutbesudelter Soldat in den Weg.

„Lass die Prinzessin frei!", schrie er, die Spitze seines Schwertes auf Arturo gerichtet. „Sie kommt mit mir!"

Arturo gab keine Antwort, hob sein Schwert und ließ es auf den Feind niedersausen. Der Hieb war so schnell erfolgt, dass der Krieger nicht einmal gemerkt hatte, was passiert war. Leblos fiel sein Körper nach hinten auf die nachstürmenden Krieger.

Arturo ließ ihnen keine Zeit zu reagieren. Mit derselben grausamen Entschlossenheit entledigte er sich mit zwei raschen Hieben der Feinde.

Draußen waren die Schreie mittlerweile lauter geworden, eine Rauchsäule verdunkelte den Himmel. Die Eindringlinge zeigten keinerlei Gnade mit den harmlosen Mönchen, Knechten und Mägden. Einige der Überfallenen, entschlossen, ihr Leben so teuer wie möglich zu verkaufen, verteidigten sich mit ihren Arbeitsgeräten oder Küchenmessern; doch jeder Widerstand war zwecklos.

„Wir müssen versuchen, zu den Pferden zu gelangen und zu fliehen!", rief Arturo. „Es ist unsere einzige Möglichkeit, mit dem Leben davonzukommen!"

„Es gibt noch eine andere!", widersprach Alexia. „Ergebt euch und ich werde mich bei meinem Vater für euch verwenden. Niemand wird sterben, das schwöre ich euch!"

Arturo und Arquimaes tauschten einen flüchtigen Blick und trafen eine Entscheidung.

„Wir werden niemals in dieses schreckliche Feuerschloss zurückgehen!", antwortete Arquimaes. „Lieber sterben wir hier und jetzt!"

„Dann werdet ihr alle den Tod finden!", rief Alexia. „Niemand wird lebend davonkommen! Und ihr werdet verantwortlich sein für dieses Blutbad!"

Weitere Krieger stellten sich Arturo entgegen und fanden den Tod. Niemand von ihnen hätte gedacht, dass ein Junge, der kaum das Alter für einen Knappen hatte, so geschickt mit dem Schwert umzugehen verstand.

Sie rannten weiter in den Innenhof, und Arturo sah, wie ein Knecht einen Pfeil auf einen von Oswalds Soldaten abschoss, der ihn durchbohrte. Sogleich stürzten sich zwei der Männer auf ihn und hauten ihn mit Axthieben in Stücke. Die Krieger hatten Tod und Zerstörung nach Ambrosia gebracht. Der schwarze Rauch der offenen Feuer biss allen in den Augen und erschwerte ihnen das Atmen.

Plötzlich tauchte Morfidio auf seinem Pferd auf und rief: „Arquimaes! Lasst Alexia frei und ergebt euch!"

Oswalds Krieger sahen sie drohend an. Im nächsten Augenblick wurden sie umzingelt. War dies etwa das Ende ihrer Reise?

Doch da fasste Arturo plötzlich einen Entschluss, der alle überraschte.

„Morfidio, komm her und kämpfe gegen mich!", forderte er den Grafen heraus, indem er ihm sein Schwert entgegenstreckte. „Oder hast du etwa Angst vor mir?"

„Angst? Vor einem Grünschnabel wie dir?", schrie Morfidio und brach in schallendes Gelächter aus. „An so einem wie dir werde ich mir doch nicht die Hände schmutzig machen. Tötet ihn!"

Zwei Soldaten, bemüht um die Gunst ihrer beiden Anführer, traten mit gezückter Waffe vor. Doch schon im nächsten Augenblick mussten sie erfahren, dass sie einen schweren Fehler begangen hatten: Zwei sicher geführte Hiebe Arturos genügten, um den Grafen davon zu überzeugen, dass er ein würdiger Gegner war.

„Sieh an, es scheint, du hast zu kämpfen gelernt!", bemerkte Morfidio spöttisch. „Aber ich bin ein Edelmann und kann nicht gegen einen einfachen Mann aus dem Volke kämpfen!"

„Er ist ein Ritter!", rief Crispín. „Er ist Arturo Adragón, der Drachentöter!"

Morfidio sah Arturo erstaunt an.

„Du warst es, der den Drachen getötet hat?"

„Ja, das hat er!", bestätigte Alexia. „Er ist sehr mächtig!"

„Lass uns eine Vereinbarung treffen", schlug Arquimaes vor, als er sah, dass der Graf vom Pferd stieg. „Aber du lässt den Jungen zufrieden!"

„Zu spät, Alchemist!", entgegnete Morfidio. „Jetzt will ich wissen, wer der Stärkere von uns beiden ist."

Arturo und Morfidio stellten sich mit gezückten Schwertern einander gegenüber auf. Sekundenlang standen sie einfach nur da und schauten sich in die Augen. Dann hoben sie die scharfen Waffen.

„Er wird ihn töten!", flüsterte Alexia. „Arturo ist nicht vorbereitet auf ein Duell auf Leben und Tod, und dann noch gegen einen so erfahrenen Mann wie Morfidio!"

„Es ist zu spät, um ihn davon abzuhalten", sagte Arquimaes. „Wenn Arturo stirbt, werden wir alle sterben."

Morfidio setzte zu einem präzisen Stoß an, dem Arturo gerade noch rechtzeitig ausweichen konnte. Dann führte der Graf zwei Hiebe, den ersten von oben nach unten, den zweiten von rechts nach links, um den Jungen zu verwirren. Doch der war so flink, dass ihn Morfidios Klinge nicht einmal streifte. Jetzt ging Arturo zum Angriff über, womit er nicht nur den Grafen, sondern auch alle, die das Duell beobachteten, überraschte. Oswald grinste hämisch, als er sah, wie Morfidio in Bedrängnis geriet. Arturo hieb mehrere Male auf seinen Kontrahenten ein, bis er den Edelmann am Arm traf und ihm eine klaffende Wunde beibrachte.

Wutentbrannt ging der Graf zum Gegenangriff über. Arturo sprang behände zur Seite. Er wollte Morfidio ermüden und wusste ganz genau: Je ungestümer der Graf zuschlug, desto schneller verausgabte er seine Kräfte. Den Gegner träge zu machen war eine hervorragende Strategie, vorausgesetzt, man konnte ihn sich vom Leibe halten.

Morfidio jedoch hatte nur eines im Sinn: seinen Gegner mit dem Schwert zu durchbohren! Für ihn hatte der entscheidende Moment des Kampfes begonnen. Mit aller Kraft und nach Blut dürstend, ging er auf Arturo los. Doch der war ganz und gar nicht gewillt, sich aufspießen zu lassen.

Die Schwerter der beiden Männer schlugen alles entzwei, was in ihre Reichweite kam: Taue, Stöcke, Fenster … Die Hiebe waren so wuchtig, dass nichts heil blieb. Arturo sah sich gezwungen, vor Morfidios wütenden Angriffen ins Hauptgebäude des Klosters zurückzuweichen, wo einige Wandteppiche dran glauben mussten.

Arquimaes und die anderen wollten ihnen nach, um das Duell aus der Nähe zu verfolgen. In Anwesenheit von Zeugen würde der Graf nicht wagen, schmutzige Tricks anzuwenden, glaubten sie. Doch Oswald und seine Männer stellten sich ihnen in den Weg.

„Hier geblieben!", schrie Demónicus' Vertrauter. „Diesen Kampf müssen die beiden unter sich ausfechten!"

Arturo wurde immer weiter zurückgedrängt. Die große Erfahrung und die körperliche Überlegenheit des Grafen machten sich bemerkbar. Nun ging es die Treppe zu den Klosterkellern hinunter. Arturo öffnete die Tür, hinter der ein schmaler Gang in die Katakomben der Abtei führte.

Arquimaes schaffte es, der Überwachung durch Oswalds Soldaten zu entschlüpfen, und ging um das Hauptgebäude herum. Noch immer waren die Schmerzensschreie und das Stöhnen der Verletzten zu hören, die sich über den Hof schleppten und um Hilfe flehten. Der Alchemist hätte sich gerne ihrer angenommen, doch er eilte weiter zu einer kleinen, von der zum Trocknen aufgehängten Wäsche halb verborgenen Seitentür. Er vergewisserte sich, dass ihn niemand sah, und huschte in das Gebäude. Der Lärm des aufeinanderschlagenden Metalls wies ihm den Weg zu der Stelle, an der sich die Duellanten befanden.

„Das habe ich befürchtet!", seufzte er. „Sie werden an den Ort kommen, den niemand betreten darf."

Weiter unten versetzte Morfidio Arturo gerade einen Hieb, der den Jungen am Bein verletzte. Blut spritzte aus der Wunde und das machte ihn endgültig rasend. Jetzt war er plötzlich wie besessen von jener Wut, die einen Krieger im Kampf erfasst und ihn unbesiegbar macht.

Arturo griff an, doch der Graf wich den Schlägen geschickt aus. Die Augen des Jungen brannten vor Zorn. Der Kampf war an jenem Punkt angelangt, an dem die Kräfte nachlassen und durch heimtückische Verschlagenheit ersetzt werden müssen. Und Morfidio war weitaus gerissener als Arturo …

„Pass auf, Arturo!", rief Arquimaes. „Er lockt dich in eine Falle!"
Da begriff Arturo, dass der Graf nur so tat, als ermüde er nach und nach. Er wollte ihn zur Unvorsichtigkeit verführen und ihn verleiten, sich ihm leichtfertig zu nähern, ohne Angst. Doch in Wirklichkeit war das nur ein hinterlistiger Trick.

Wütend über die Störung warf der Graf einen Kerzenständer nach Arquimaes, dem dieser jedoch ausweichen konnte.

„Verschwinde, Alchemist!", schrie er. „Mit dir beschäftige ich mich später!"

„Kämpfe weiter, du Feigling!", forderte Arturo den Grafen auf. „Komm her, ich werd's dir zeigen!"

Morfidio war schon drauf und dran, sich auf seinen Gegner zu stürzen und ihn von vorne anzugreifen; doch wie alle Feiglinge zog er es vor, den Rückzug anzutreten und die Treppe hinunterzurennen, um nach einem Ausweg zu suchen.

Arturo wandte sich Arquimaes zu: „Alles in Ordnung?"

„Ja, aber du musst dich in Acht nehmen. Der Mann ist eine Ratte. Und wie alle Ratten, die in die Enge getrieben werden, springt er dich aus dem Hinterhalt an. Lass uns raufgehen und versuchen zu fliehen. Noch haben wir die Möglichkeit dazu."

„Nein! Zuerst muss ich das hier zu Ende bringen!", rief Arturo und rannte die Treppe hinunter, dem Grafen hinterher.

Es wurde stockfinster, doch Arturo bemerkte es kaum. Ein Vorhang bewegte sich. Arturo schlich sich vorsichtig an, denn möglicherweise handelte es sich um einen Hinterhalt.

Plötzlich erblickte er ein Licht am Ende des langen Ganges. Nun wusste er, dass Graf Morfidio dort auf ihn wartete. Er nahm all seinen Mut zusammen und ging auf das Licht zu – fest entschlossen, bis zum Ende zu kämpfen.

VI
Diebe in der Stiftung

Nach der Prügelei mit Horacio sitze ich mal wieder im Büro des Direktors. Er ist jetzt ernsthaft wütend auf mich. Denn diesmal wurde nicht nur die Schulordnung verletzt, es hat auch einen Sachschaden gegeben.

„Der genaue finanzielle Schaden muss noch festgestellt werden", sagt er ziemlich verärgert. „Dein Vater wird für alles aufkommen müssen, Arturo."

„Entschuldigen Sie, aber außer mir war auch noch Horacio an der Prügelei beteiligt. Ich nehme an, dass …"

„Du hast ihn provoziert! Man hat mir erzählt, dass Horacio sich ganz ruhig mit Cristóbal unterhalten hat, als du auf ihn losgegangen bist. Es ist jetzt schon das zweite Mal, dass du einen Streit vom Zaun brichst!"

„Ich habe mich eingemischt, weil Horacio Cristóbal schikaniert hat. Sie können ihn fragen, wenn Sie wollen."

„Ich werde mit ihm sprechen, wann ich es für richtig halte. Fürs Erste muss ich dich verwarnen. So kann das nicht weitergehen! Ich weiß wirklich nicht, was in letzter Zeit mit dir los ist, aber du bist nicht mehr der Musterschüler, der du immer warst. Du musst deine Aggressivität in den Griff bekommen."

„Herr Dirktor, ich bin nicht …"

„Hör zu, Arturo! Ich verbiete dir, dich Horacio außerhalb des Unterrichts zu nähern. Du wirst ihm in Zukunft aus dem Weg gehen. Und hör auf, ihn zu provozieren."

„Sie verbieten mir, mich Horacio zu nähern?"

„Wenn ich höre, dass du ihn verfolgst, ihn provozierst oder ihn auch nur ansiehst, werde ich sehr böse."

„Sie machen mich zum Schuldigen."

„Nenn es, wie du willst. Ich werde persönlich mit deinem Vater sprechen und ihn von den Vorfällen in Kenntnis setzen. Von jetzt an stehst du unter Aufsicht", warnt er mich, bevor er den Hörer des Telefons abnimmt, das schon eine ganze Weile läutet. „Ja, bitte?"

Ich bin ratlos. Ich habe versucht, einem jüngeren Mitschüler zu helfen, der von den anderen ständig geärgert wird, und anstatt dafür gelobt zu werden, werde ich als der Übeltäter hingestellt.

„Ich habe eine schlechte Nachricht für dich, Arturo", sagt der Direktor, als er den Hörer wieder auflegt. „Hör mir gut zu und bleib ganz ruhig. Das städtische Krankenhaus hat angerufen und mir mitgeteilt, dass dein Vater soeben eingeliefert wurde. Anscheinend ist er überfallen worden."

„Überfallen? Wieso überfallen?"

„Jemand hat ihn überfallen und ihn ... Na ja, er ist verletzt worden. Aber man hat mir versichert, dass es nichts Ernstes ist. Trotzdem solltest du ..."

„Kann ich jetzt gleich zu ihm?"

„Ja. Warte, ich sag Mercurio Bescheid, er soll dich hinfahren. Das ist besser ... Warte einen Moment ..."

Während er Mercurio anruft, schicke ich Metáfora eine SMS. Sie wird sie lesen, wenn sie nach der Schule ihr Handy einschaltet. Mir schießt ein Gedanke durch den Kopf: Hat der Überfall etwas mit dem zu tun, was Hinkebein passiert ist?

✳✳✳

MERCURIO PARKT SEINEN Wagen vor dem Eingang zur Notaufnahme. Wir sind mit Vollgas durch die Stadt gerast. Ich schnalle mich los und steige aus.

„Warte, ich geh mit", sagt Mercurio. „Ich lass dich nicht alleine da reingehen."

„Danke, aber das ist nicht nötig."

„Sag das nicht. Man weiß nie, wann man die Hilfe eines Freundes braucht ... Los, komm!"

In der Eingangshalle versperrt uns ein Wachmann den Weg und fragt uns, wohin wir wollen.

„Mein Vater ist gerade eingeliefert worden!", erkläre ich. „Ich möchte zu ihm!"

„Wie ist sein Name?"

„Arturo Adragón."

„Warte …" Er zückt sein Handy. „Auf welcher Station liegt Señor Adragón? … Danke … Du musst in den zweiten Stock gehen, er liegt in der Chirurgie."

„Wird er operiert?"

„Ganz ruhig. Wahrscheinlich wird er nur genäht, nichts Ernstes … Da drüben ist der Aufzug."

Keine Minute später sind wir im zweiten Stock. Ich gehe auf eine Krankenschwester zu, die gerade aus dem Operationssaal kommt.

„Entschuldigung, mein Vater wird gerade operiert … Arturo Adragón … Kann ich ihn sehen?"

„Da darfst du nicht rein. Woran wird er denn operiert?"

„Weiß ich nicht! Er ist vor einer halben Stunde eingeliefert worden!"

„Ah, jetzt weiß ich, wen du meinst. Es ist nichts Schlimmes, nur ein paar Glassplitter in der Hand … Setz dich hier hin und warte. Gleich kommt jemand und sagt dir Bescheid."

Ich will schon auf die Tür zustürmen, da hält Mercurio mich am Arm fest.

„Warte! So läuft das hier nicht! Sie hat gesagt, du sollst warten, also wartest du, klar?"

„Aber es geht um meinen Vater!"

„Setz dich bitte hin und beruhige dich! Du befindest dich in einem Krankenhaus und nicht in einem Supermarkt! Hier musst du dich an die Vorschriften halten!"

Wir gehen in den Warteraum und setzen uns direkt neben die Tür. So können wir sicher sein, dass uns die Ärzte sehen, wenn sie rauskommen.

„Tut mir leid, Mercurio. Ich hab wohl eben die Nerven verloren."

„Macht nichts, ist schon gut … Beruhige dich erst mal … Es ist bestimmt nichts Ernstes, wirst schon sehen …"

Die Minuten vergehen quälend langsam. Wenn gleich nicht jemand rauskommt, um mir zu sagen, was los ist, werde ich noch verrückt!

Plötzlich höre ich jemanden zu mir sagen: „Bist du der Sohn von Señor Adragón?"

„Ja, Señor … Ich heiße Arturo Adragón, wie mein Vater."

„Deinem Vater geht es gut. Man hat ihn gerade in sein Zimmer gebracht. In einer halben Stunde kannst du zu ihm."

„Warum nicht jetzt gleich?"

„Weil er sich erst ein wenig ausruhen muss. Wir geben dir über den Lautsprecher Bescheid, okay?"

„Vielen Dank, Doktor", sagt Mercurio. „Wir können ja inzwischen was trinken. Komm, Arturo."

Es ist erst eine Viertelstunde vergangen und ich habe schon zwei Tassen Schokolade getrunken.

„Weißt du was? In der Schule wird viel darüber geredet, wie du dich für Cristóbal eingesetzt hast", sagt Mercurio. „Viele finden es gut, aber andere …"

„Mir ist es egal, was die anderen darüber denken!"

„Einige sagen, dass das sehr mutig von dir war", fährt Mercurio fort.

„Sollen sie doch sagen, was sie wollen!"

„Horacio ist ziemlich sauer. Nimm dich lieber in Acht vor ihm!"

„Keine Sorge, das werde ich … Übrigens, Mercurio, die Stelle, wo wir uns geprügelt haben, die hast du doch gründlich sauber gemacht, oder? Ich meine das Gärtnerhäuschen …"

„Klar hab ich das sauber gemacht. Warum fragst du?"

„Nur so … Vielleicht hast du ja irgendwas gefunden …"

„Hast du einen Zahn verloren oder so was?"

„Nein, ich meine irgendwelche Münzen."

„Geld? Nein, da lag kein Geld. Hab jedenfalls keins gesehen. Weder Münzen noch Scheine."

„Gut, umso besser."

„Aber was anderes hab ich gefunden …"

„Was anderes? Was denn?"

Bevor Mercurio antworten kann, lässt die Stimme aus dem Lautsprecher meinen Puls schneller schlagen: „Señor Adragón kann jetzt Besuch empfangen. Er liegt im Zimmer Nr. 555."

„Los, gehen wir!"
Ich stelle meine Tasse auf die Theke und renne los. Mercurio zahlt und kommt mir nach. Wir betreten den Aufzug und drücken die fünfte Etage. Ich habe das Gefühl, dass es ewig dauert, bis wir oben sind. Die Tür öffnet sich, wir stürmen in den Gang hinaus und machen uns auf die Suche nach Zimmer 555.
„Hier!", rufe ich. „Endlich!"
Ich klopfe, drücke die Türklinke und öffne.
„Arturo, mein Sohn! Gerade habe ich an dich gedacht!"
„Papa! Papa!", rufe ich und laufe zu ihm. Eine Krankenschwester legt ihm gerade den Tropf an. „Ist alles okay?"
„Ja, ja, es war mehr der erste Schock. Bald ist alles wieder in Ordnung."
„Er hat nur ein paar Prellungen", erklärt die Krankenschwester. „Und eine Wunde an der Hand musste gereinigt werden. Nichts Ernstes also. Aber er muss ein paar Tage zur Beobachtung hierbleiben, wegen des Schlages auf den Kopf ... Er war ziemlich lange bewusstlos."
„Was ist passiert? Was hat man mit dir gemacht?"
„Zwei Männer haben mich überfallen. Sie wollten ein paar Steine aus dem Garten klauen, ich hab gesagt, sie sollten das sein lassen, und da haben sie auf mich eingeschlagen."
„Sie wollten Steine klauen?"
„Ja, im Ernst. Als ich geschrien habe, wollte der Freund von dir, dieser Hinkebein, mir zu Hilfe eilen, aber er kam zu spät. Irgendjemand muss dann wohl den Krankenwagen gerufen haben, und als ich aufgewacht bin, war ich hier. Ich habe sie gebeten, in der Schule anzurufen und dich zu benachrichtigen."
„Ja, der Direktor hat mir Bescheid gesagt und ich bin sofort gekommen. Mercurio hat mich im Auto hergebracht, ihr kennt euch ja."
„Ja, natürlich ... Danke, Mercurio! Sag mal, hast du Norma Bescheid gesagt?"
„Nein, aber ich hab Metáfora eine SMS geschickt. Sie werden jeden Augenblick hier sein, nehme ich an."
„Ich möchte nicht, dass sie mich so sehen."
„Seien Sie unbesorgt, Sie sehen prima aus", beruhigt ihn die Kran-

kenschwester, die gerade das Zimmer verlässt. „Wenn Sie etwas brauchen, klingeln Sie einfach. Ich muss jetzt weiter."
Wir sind alleine und ich setze mich zu ihm aufs Bett.
„Erzähl mir jetzt mal genau, was passiert ist, Papa. Das mit den Männern, die Steine klauen wollten … also, das hört sich ziemlich merkwürdig an …"
„Ich versichere dir, es ist die Wahrheit! Sie wollten die alten Steine aus dem Garten klauen. Du weißt doch, die Steine, die den Hauptweg markieren …"

VII

Die schwarze Grotte

Arturo sah einen Schatten auf der anderen Seite der Tür. Er war bereits sehr erschöpft, doch er wollte diesen Kampf um jeden Preis beenden. Dass er in seinem ersten Schwertkampf Mann gegen Mann so weit gekommen war, und das gegen einen so erfahrenen Krieger, das allein war schon eine Heldentat. Der Gedanke machte ihm Mut.

„Komm rein, Junge, und schau dir den Ort an, an dem du sterben wirst!", rief Morfidio ihm zu. „Dies wird dein Grab werden!"

Arturo betrat das Kellergewölbe. Es handelte sich um eine Grotte, die sich durch die Erosion der Zeit und die Kraft des Windes zwischen den Felsen gebildet hatte. Der Boden bestand aus gestampfter Erde, Steinen und Sand, der an manchen Stellen schwarz war, wie Kohlenstaub. Ein klarer Bach floss durch die Höhle, wurde breiter und endete in einem kleinen See, in dessen Mitte ein großer schwarzer Felsen stand, wie ein Siegeszeichen. Es herrschte friedliche Stille. Nur das leise Plätschern des Wassers war zu hören, das sich in einem fernen Echo wie ein Flüstern verlor.

Ein guter Ort, um zu sterben, dachte Arturo.

„Der Moment der Entscheidung ist gekommen, Junge. Wir können nicht mehr voreinander weglaufen. Wir sind am Ende des Weges angekommen."

„Dann bete, wenn du kannst, Graf!", rief Arturo, hob sein Schwert und trat ein paar Schritte auf seinen Gegner zu. Der empfing ihn mit einem raschen, aber unwirksamen Manöver. „Deine Stunde ist gekommen!"

Arturo war sich bewusst, dass es nur eine Möglichkeit gab, sein Leben zu retten: Wenn es ihm gelang, Morfidio ins Wasser abzudrängen, war dessen Bewegungsfreiheit eingeschränkt, und dann konnte er ihm vielleicht den entscheidenden Stoß versetzen.

In diesem Moment betrat Arquimaes die Grotte.

„Nimm dich in Acht, Arturo! Nimm dich in Acht!", rief er.

Morfidio warf dem Alchemisten einen hasserfüllten Blick zu. Arturo nutzte die Unachtsamkeit des Grafen und stürzte ihm mit erhobenem Schwert entgegen. Seine unerwartete Attacke hatte den gewünschten Erfolg: Morfidio wich vor dem ungestümen Schlag zurück und stand nun im Wasser. Überrascht vielleicht davon, dass das Wasser kälter war oder tiefer als gedacht, war Morfidio für einen Moment abgelenkt. Arturo versetzte ihm einen fürchterlichen Hieb auf die Schulter, der ihn aus dem Gleichgewicht brachte und ihm einen wütenden Schmerzensschrei entlockte.

In diesem Moment durchbohrte Arturos Schwert seine Brust.

Morfidio ließ seine Waffe fallen. Unfähig, etwas zu sagen, stand er mit weit aufgerissenen Augen da und starrte seinen Gegner an. Dann taumelte er einen Schritt zurück und fiel in den See wie ein Stein. Das Wasser war nicht sehr tief, doch tief genug, um den leblosen Körper zu bedecken. Eric Morfidio war tot.

Arturo ging zu ihm. Als er gerade einen Fuß ins Wasser setzen wollte, kam Crispín in die Grotte gerannt.

„Oswald hat Alexia mitgenommen!", rief er. „Er ist mit seinen Männern fortgeritten!"

„Er darf nicht davonkommen! Wir müssen ihn aufhalten!", sagte Arturo. „Wenn Alexia ihrem Vater erzählt, was sie gesehen hat, sind wir verloren!"

„Was sollen wir tun?", fragte Crispín. „Sie sind schon weg!"

Arturo sah auf Morfidio hinunter. Der Graf bewegte sich nicht mehr.

„Wir müssen ihnen hinterher!"

„Bist du von Sinnen?", fuhr Arquimaes auf. „Du bist vollkommen erschöpft und kannst nicht schon wieder ans Kämpfen denken! Wir werden Königin Émedi um Hilfe bitten."

„Dazu ist es zu spät!", entschied Arturo. „Wir müssen Alexia zurückholen. Sie weiß zu viel!"

Mühsam stiegen die drei die Treppe hinauf. Rauch waberte ihnen entgegen, und als sie oben ankamen, sahen sie, dass Teile des Gebäudes bereits in Flammen standen.

„Da ist nichts mehr zu machen!", sagte Arquimaes, untröstlich über die Zerstörung, die Demónicus' Männer angerichtet hatten. „Ein unersetzlicher Verlust!"

Im Klosterhof bot sich ihnen ein verheerender Anblick. Diejenigen, die überlebt hatten, halfen den Verwundeten, den Flammen zu entkommen. Mehrere Pferde bäumten sich laut wiehernd auf, so sehr erschreckte sie das Feuer, das sich in Windeseile auf die gesamte Anlage ausbreitete.

Bruder Tránsito kam auf den Alchemisten zugerannt. Seine Augen traten ihm beinahe aus den Höhlen.

Er war so außer sich vor Zorn, dass ihm die Worte nur so aus dem Mund schossen: „Verdammt seist du, Bruder! Du hast Fluch und Verderben über diesen Ort des Friedens und der Meditation gebracht! Mit dir ist die Gewalt zu uns gekommen! Das Kloster wird ein Opfer der Flammen werden! Durch deine Schuld mussten unsere Brüder sterben!"

„Das wollte ich nicht ...", stammelte Arquimaes am Boden zerstört. „Verzeih mir!"

Doch Tránsito hörte ihn nicht an. Er holte aus und schlug seinem Bruder mit der Faust ins Gesicht, bevor ihn jemand daran hindern konnte. Der überraschte Alchemist taumelte. Tránsito aber versetzte ihm einen weiteren Schlag und dann noch einen.

„Verflucht seist du, tausend Mal verflucht!", schrie er. „Verfaulen sollst du in der Hölle! Oh, wärest du doch nie geboren worden!"

Mit vereinten Kräften gelang es mehreren Mönchen schließlich, ihn von Arquimaes fortzuziehen.

„Ich will dich in diesem Leben nie wiedersehen!", schrie Tránsito. „Geh mir aus den Augen, bevor ich dich eigenhändig umbringe!"

„Ich glaube, es ist besser, du verschwindest", riet Bruder Hierba, dem eine Wunde quer übers Gesicht lief. „Reitet so schnell wie möglich von hier fort!"

Crispín führte Arquimaes zu den Stallungen oder dem, was davon übrig geblieben war. Arturo hob den Helm eines toten Soldaten vom Boden auf und folgte ihnen. Sie sattelten ihre Pferde, die zum Glück noch im Stall standen, und wenige Minuten später ritten die drei

Männer durch das Haupttor ins Freie, ohne sich noch einmal umzublicken oder sich zu verabschieden.

Erst als sie eine Stunde später den Bergsaum erreichten, hielten sie an, um das ganze Ausmaß der Katastrophe zu betrachten. Riesige Rauchschwaden zeugten von der verheerenden Feuersbrunst. Ambrosia verbrannte zu Asche und niemand konnte etwas dagegen tun.

„Das alles war meine Schuld!", murmelte Arquimaes mit Tränen in den Augen. „Ich werde es mir nie verzeihen."

„Schuld haben die, die das Feuer gelegt haben", tröstete ihn Arturo. „Demónicus und seine Leute!"

„An diesem Ort sind heute viele Menschen gestorben", klagte Crispín. „Für nichts!"

„Das Kloster barg einen Schatz", sagte Arquimaes. „Unersetzliche Bücher, Unikate, alte Handschriften, Pergamente ... Das wird Demónicus büßen!"

„Er wird es mit seinem Leben büßen!", bekräftigte Arturo. „Ich schwöre es bei meinem eigenen Leben!"

„Der Mann ist der leibhaftige Teufel!", rief Crispín.

„Mit dem heutigen Tage beginnt der Kampf der Alchemisten!", verkündete Arquimaes. „Wir werden einen erbarmungslosen Krieg gegen diese Teufel führen! Wir müssen sie vernichten, bevor sie uns, unser Wissen und unsere Kultur zerstören, diese Barbaren!"

Schweigend sahen sie zu, wie sich Ambrosia in Schutt und Asche verwandelte. Sie schworen Rache. Ihr einziges Ziel würde von nun an darin bestehen, Demónicus, Alexias Vater, zu töten.

„Erst einmal müssen wir allerdings versuchen, die Tochter dieses Teufels wieder einzufangen. Sie wird die Erste sein, die unseren Zorn zu spüren bekommt", versprach Arturo mit zusammengebissenen Zähnen. Er gab seinem Pferd die Sporen. „Wir werden sie zurückholen!"

✳✳✳

IN DEN TIEFEN der schwarzen, vom Rauch erfüllten Grotte fing Morfidio unterdessen ganz langsam an, sich zu bewegen – so als erwachte er aus einem tiefen Schlaf. Obwohl er viel Blut verloren hatte, gelang es dem Grafen, sich aufzurichten. Er presste eine Hand auf die klaffende Wunde, um die Blutung zu stoppen.

Unter großer Anstrengung stieg er die ausgetretenen Stufen hoch, wobei er sich an der Wand abstützen musste. Er hustete ununterbrochen und hatte das Gefühl zu ersticken; doch seine robuste Konstitution gab ihm die nötige Kraft, um sich weiterzuschleppen. Oben angekommen, sah er, wie einige Männer und Frauen Bücher und andere Wertgegenstände in Sicherheit zu bringen versuchten. Er wusste: Wenn er diesen Leuten in die Hände fiel, würden sie ihn am nächsten Balken aufhängen. Er würde sich also etwas einfallen lassen müssen ...

Bruder Hierba ging zu einer Truhe, öffnete sie und nahm einige Dokumente heraus. Er war so sehr in das vertieft, was er tat, dass er nicht bemerkte, wie Morfidio sich ihm leise näherte. Als der Graf dicht hinter dem Mönch stand, legte er ihm den Arm um den Hals und drückte zu. Trotz seiner schweren Verletzung hatte er noch genug Kraft, um Bruder Hierba ein paar endlose Sekunden lang die Kehle zuzuschnüren. Als er merkte, dass der Mönch aufgehört hatte zu atmen, ließ er ihn zu Boden gleiten, ohne dabei den geringsten Lärm zu machen.

Dann schleppte er den Leichnam fort, und bevor irgendjemand auf ihn aufmerksam wurde, hatte er den Toten versteckt und sich dessen Kutte übergezogen. Darin verließ er ganz offen das Gebäude, bepackt mit irgendwelchen Bündeln, die er auf den Karren warf, auf dem all das landete, was noch gerettet werden konnte.

Niemand erkannte ihn.

Er versteckte sich zwischen mehreren mächtigen Steinen und wartete in aller Ruhe bis zum Einbruch der Nacht. Erst jetzt, im Schutze der Dunkelheit, nahm er sich ein Maultier und verließ unauffällig das Kloster von Ambrosia. Aus seiner Wunde tropfte Blut, doch die Blutspur wurde von dem Schnee bedeckt, der wieder zu fallen begonnen hatte.

Niemand bemerkte seine Flucht.

Erst am nächsten Morgen entdeckte eine Magd Bruder Hierbas Leichnam. Man benachrichtigte Bruder Tránsito, der über den Tod seines friedfertigen Bruders untröstlich war.

„Verfluchter Arquimaes! Jetzt kannst du noch einen weiteren Toten deinem Konto gutschreiben!"

Das Kloster von Ambrosia brannte mehrere Tage. Als das Feuer endgültig erlosch, war von der Abtei nur noch eine Ruine übrig. Nur ein paar Mauern waren stehen geblieben und Ambrosia glich einem schwarzen, verbrannt riechenden Skelett aus Stein. Die Tür zur Treppe, die in die schwarze Grotte führte, war durch einen herabgestürzten Holzbalken verbarrikadiert.

Niemand, der diese Katastrophe miterlebt hatte, würde sie je vergessen können. Jener Tag blieb allen als ein schrecklicher Albtraum in Erinnerung, in dem das einstige Paradies Ambrosia zu einer Hölle voller Leichen unschuldiger Menschen geworden war. Die Flammen hatten alles verschlungen, einschließlich unzähliger kostbarer Bücher.

VIII

Der Büchernarr unter Beobachtung

Metáfora und ihre Mutter waren die Ersten, die Papa besuchten. Dann kamen Stromber, Battaglia, Mahania, Mohamed und die anderen Angestellten der Stiftung. Sogar Señor Del Hierro war da, der Banker, der uns das Leben so schwer macht. Auch der Schuldirektor und einige Lehrer waren so freundlich, Papa zu besuchen, dazu ein paar Freunde und Bekannte. Ein Journalist, der von dem seltsamen Versuch gehört hatte, alte Steine aus einem Garten zu stehlen, ist gekommen, um eine Story darüber zu schreiben. Aber Norma hat ihn einfach vor die Tür gesetzt und er musste mit leeren Händen wieder abziehen. Der letzte Besucher war Cristóbal.

Wer jedoch nicht gekommen ist, ist Sombra. Er hat angerufen. Er könne die Stiftung in so einem kritischen Moment nicht verlassen, sagte er.

Das hat mich irgendwie beunruhigt. Was soll das heißen: „in so einem kritischen Moment"? Weiß er etwas, das ich nicht weiß?

„Du musst ein paar Tage im Bett bleiben", hat Norma zu Papa gesagt. Sie hat bereits das Kommando übernommen. „Erst einmal musst du dich jetzt erholen. Alles andere ist unwichtig."

„Aber Norma, ich glaube, morgen kann ich schon wieder aufstehen und ..."

„Auf gar keinen Fall! Du stehst erst auf, wenn die Ärzte es dir erlauben. Du hast einen brutalen Schlag auf den Kopf bekommen und musst eine Weile zur Beobachtung hierbleiben."

Um die beiden nicht zu stören, sind Metáfora und ich nach unten in die Cafeteria gegangen, zusammen mit Cristóbal.

„Eine seltsame Geschichte, findet ihr nicht auch?", sagt Metáfora. „Wer kommt schon auf die Idee, Steine zu klauen? Es muss sich um ein Missverständnis handeln. Dein Vater hat sich bestimmt geirrt."

„Er behauptet, er habe sie dabei erwischt, wie sie die Steine klauen wollten. Und es sieht so aus, dass sie tatsächlich einen mitgenommen haben …"

„Da waren noch mehr", meint Cristóbal plötzlich.

„Was hast du gesagt?"

„Dass da noch mehr Münzen lagen. An der Mauer."

„Mercurio sagt Nein."

„Ich hab sie aber gesehen. Ihr könnt mir glauben, da lagen ganz viele, im Staub, aber ich konnte sie nicht alle aufheben. Und da waren auch noch andere Sachen."

Ich trinke einen Schluck Milchkaffee, während ich meine Gedanken ordne. Vielleicht gibt es ja einen Zusammenhang zwischen den Steinen im Garten der Stiftung und den Münzen, die Cristóbal im Garten der Schule gefunden hat.

Ich habe irgendwie das Gefühl, dass viele Leute etwas wissen, von dem ich keine Ahnung habe und das sie außerdem vor mir verbergen.

In diesem Moment betritt General Battaglia die Cafeteria. Er kommt an unseren Tisch.

„Deinem Vater geht es schon wieder besser, mein Junge. Er ist ein ganzer Kerl und kann einiges aushalten. Er wäre ein hervorragender Soldat."

„Danke, dass Sie gekommen sind, General", sage ich. „Ihr Besuch hat ihm sehr gutgetan."

„Das ist doch selbstverständlich. Und außerdem ist ein General für das Wohlergehen seiner Männer verantwortlich. Obwohl, in diesem Fall habe ich meine Pflichten ein wenig vernachlässigt …"

„Sie sind zu nichts verpflichtet, General. Sie sind nur ein Besucher, der …"

„Nein, da täuschst du dich! In der Stiftung befinden sich unzählige Schätze und wertvolle Informationen. Ich hätte ihm raten müssen, einen Wachdienst zu engagieren. Wenn ich meinen Pflichten nachgekommen wäre, wäre das nicht passiert, glaub mir."

„Meinen Sie, wir sollten richtige Wachmänner anstellen, mit Pistole und so?", frage ich ein wenig skeptisch.

„Natürlich meine ich das! Vor allem wenn man eine Bibliothek besitzt wie die eure, in der jedes Möbelstück, jedes Buch, jeder ... Stein von unschätzbarem Wert ist."

„Moment ... Glauben Sie, dass auch die Steine im Garten viel wert sind?"

„Selbstverständlich! Die Steine in der Stiftung haben einen ungeheuren historischen Wert. Du hast keine Vorstellung davon, welche Preise archäologische Funde auf dem Schwarzmarkt erzielen! Vor allem wenn sie mit Inschriften versehen sind ..."

„Dann hatte dein Vater also doch recht!", ruft Metáfora.

„Klar! Es gibt ein ganzes Netz von Schwarzhändlern, die historische Stätten plündern. Und dagegen kann man sich nur durch einen bewaffneten Sicherheitsdienst schützen. Eure Stiftung ist vollgestopft mit unglaublich wertvollen Dingen. Diese Leute fackeln nicht lange. Wenn es nötig ist, Menschen niederzuschlagen, dann tun sie das."

„Ich glaube, wir werden Ihren Rat befolgen, General", stimme ich zu. „Wir hätten das schon viel früher tun sollen."

„Gut! Übrigens, ich habe gehört, ihr wollt nächsten Samstag mit mir in den ersten Keller gehen ..."

„Wenn Sie nichts dagegen haben, würden wir Sie gerne begleiten. Ich möchte, dass Metáfora die alten Sachen einmal sieht."

„Natürlich habe ich nichts dagegen! Ich bin mir sicher, dass ich da unten eine Spur finde, die mich zur Schwarzen Armee führen wird. Vielleicht könnt ihr mir ja dabei behilflich sein."

„Aber General, alle sagen, dass die Schwarze Armee nichts als eine Legende ist", sagt Metáfora. „Sie hat nie existiert."

„Ein General riecht eine Armee auch aus einer Distanz von tausend Jahren. Ich sage euch, die Schwarze Armee hat existiert! Und dafür werde ich Beweise finden! Außerdem möchte ich herausfinden, warum sie verschwunden ist. Ihr Kommandeur muss ein großer Feldherr gewesen sein. Die griechischen und römischen Geschichtsbücher sind voll von solchen Beispielen. Große Feldherren, große Armeen!"

„Wieso glauben Sie das?", frage ich.

„Kennst du irgendeine große Armee, die keinen großen Feldherrn hatte? Die römischen Heere hatten ihre Erfolge ihren großen Generälen zu verdanken. Sie sind die Seele jeder Armee."

„Kann ich am Samstag auch mitkommen?", fragt Cristóbal plötzlich. „Ich platze vor Neugier."

„Wenn Sombra es erlaubt, gerne", sage ich.

„Je mehr Soldaten, umso besser", entscheidet der General und steht auf. „Aber vergesst nicht, die Expedition leite ich!"

„Jawohl!", sagt Metáfora, indem sie einen militärischen Gruß nachahmt.

General Battaglia verabschiedet sich von uns in der Überzeugung, dass sein Vortrag sehr lehrreich war. Ehrlich gesagt, er hat nicht ganz unrecht. Wenn wir einen Sicherheitsdienst gehabt hätten, hätten sich die Diebe nicht in die Nähe der Stiftung getraut und Papa läge jetzt nicht im Krankenhaus.

„Der Mann weiß, was er will", bemerkt Cristóbal. „Ein ziemlicher Profi."

„Aber er jagt einem Phantom nach", entgegnet Metáfora. „Seine Schwarze Armee hat nie existiert. "

„Aber es ist sein großer Traum, du hast es doch eben gehört. Er hat nur noch das eine Ziel: zu beweisen, dass er recht hat."

„Na ja, ich hoffe nur, dass … Was schaust du denn so? Hast du ein Gespenst gesehen?"

„Seht mal, Stromber verlässt gerade das Krankenhaus."

„Und was ist so seltsam daran?"

„Dass er von Del Hierro begleitet wird."

„Vielleicht kennen sie sich."

„Schon, aber … Ich weiß nicht, aber ich hatte eben schon das Gefühl, dass sie sich sehr gut kennen."

„Und wenn?"

„Wer ist Stromber?", fragt Cristóbal.

„Ein Gast der Stiftung. Erst wollte er nur ein paar Tage bleiben, aber jetzt zieht sich sein Besuch ziemlich in die Länge."

„Er forscht über eine wichtige Sache", erklärt Metáfora. „Meiner Mutter hat er erzählt, dass er hofft, in der Stiftung viele Dinge zu finden, die er verloren geglaubt hatte. Und das bedeutet Publicity."

Dazu sage ich lieber nichts. Aber ich habe irgendwie ein ungutes Gefühl, die beiden zusammen zu sehen.

„Guck mal, Arturo, da drüben stehen sie", sagt Metáfora nach einer Weile, „sie unterhalten sich wie alte Freunde."

Ich schaue hinüber, und tatsächlich, sie stehen neben dem Kiosk und plaudern freundschaftlich miteinander.

„Ich würde viel dafür geben, wenn ich hören könnte, was sie sagen", flüstere ich.

„So sehr interessiert dich das?", fragt Metáfora.

„Vielleicht ist es Quatsch, aber ich würde wirklich gerne wissen, worüber die beiden da reden."

„Es gibt eine Möglichkeit, das rauszukriegen", sagt Cristóbal. „Sekunde."

Er geht hinaus. Kurz darauf sehen wir ihn, wie er über die Straße geht und sich dem Kiosk nähert. Er steht keinen Meter von Stromber und Del Hierro entfernt und schaut sich die Titel der Zeitschriften und Bücher an. Die beiden Männer bemerken ihn nicht einmal ...

Mein Handy klingelt. Ich drücke die Taste, aber niemand meldet sich ... Ich lausche angestrengt und höre Autolärm, dann ein Motorrad, das gerade am Kiosk vorbeifährt ... Ich drücke eine weitere Taste, damit Metáfora mithören kann:

„Man muss ihn noch mehr unter Druck setzen."

„Ich tue, was ich kann, aber er gibt nicht nach."

„Schuld daran hat nur sein Sohn, der mit dem Ausschlag. Aber ich werde mich da richtig reinhängen. Und Sie treiben die Pfändung voran."

„Es besteht die Möglichkeit, sie juristisch durchzusetzen. Aber ich muss unbedingt sein Vermögen einfrieren lassen."

„Zeigen Sie ihn wegen Betrugs an. Er war nahe daran, Dokumente zu verkaufen, die unter Bankaufsicht standen."

„Meinen Sie, eine Klage hätte Erfolg?"

„Mein lieber Freund Del Hierro, das Ganze zieht sich schon viel zu lange hin. Wir müssen Druck machen."

„Und die Prügel, die Sie ihm verpasst haben, waren die wirklich nötig?"

„Er hat es nicht anders gewollt. Ich brauche Beweise dafür, dass das Gebäude die reinste Schatztruhe ist. Und meine Geschäftspartner müssen begreifen, dass ich Ernst mache."

Wir beobachten, wie sie sich mit einem Händedruck verabschieden.

Cristóbal bleibt noch eine Weile am Kiosk stehen, um den beiden nicht aufzufallen. Dann überquert er wieder die Straße und kurz darauf kommt er zu uns in die Cafeteria zurück.

„Na, wie hab ich das gemacht? Was ist? Was ist passiert? Hab ich was falsch gemacht?"

„Im Gegenteil,", murmele ich. „Du warst uns sehr nützlich."

IX

Ein Fressen für die Geier

Nach zwei Tagen erblickten Arturo, Arquimaes und Crispín Oswald und seine Männer, die an einem Flussufer ihr Lager aufgeschlagen hatten.

Von seinem Beobachtungsposten aus konnte Arturo Alexia deutlich erkennen. Er freute sich sehr, sie wiederzusehen. Noch war er sich nicht sicher, aber manchmal hatte er das Gefühl, dass er sich in sie verliebt hatte. Alexia verwirrte ihn. Eine Finstere Zauberin, eine Hexe, schön wie der Mond und tapfer wie ein Mann, war dabei, sich in sein Herz zu schleichen …

Er musste sie zurückholen. Er musste sie den Klauen der Soldaten ihres eigenen Vaters entreißen, dieser brutalen Kerle, die gekommen waren, um sie wieder nach Hause zu bringen.

„Ich habe um die vierzig Männer gezählt", sagte Arquimaes. „Es muss noch ein paar mehr geben, die die Umgebung bewachen. Gegen so viele sind wir machtlos."

„Wir müssen Alexia zurückholen", entgegnete Arturo bestimmt. „Sie hat zu viel gesehen, und wir können nicht zulassen, dass sie Demónicus davon berichtet."

„Einige kann ich mit meinen Pfeilen erledigen", sagte Crispín und zeigte auf seinen Bogen. „Ich bin ein guter Schütze."

„Warten wir ab, bis sie sich in Sicherheit wiegen", schlug Arturo vor. „Morgen haben sie uns vollkommen vergessen und dann wird ihre Wachsamkeit nachlassen. Sie wissen ja nicht einmal, dass wir ihnen auf den Fersen sind."

„Hast du einen Plan?", fragte der Weise.

„Alexia befreien, auch wenn wir es mit einer Übermacht aufnehmen müssen! Das ist mein Plan!"

Arquimaes und Crispín sahen ihn verblüfft an: Arturo fühlte sich von der jungen Hexe angezogen und das bedeutete ein zusätzliches Problem.

„Wir könnten heute Nacht in ihr Lager eindringen und Alexia entführen, ohne dass sie es bemerken", schlug Arquimaes vor. „Die Nacht ist ideal für so etwas."

„Nein!", widersprach Arturo. „Für das, was sie in Ambrosia angerichtet haben, müssen sie büßen! Für jeden Unschuldigen, den sie getötet haben, werden sie bezahlen!"

„Es wäre einfacher für uns, wenn sie zusammenbleiben würden", überlegte Arquimaes. „Aber sie lagern zu weit auseinander."

Doch Arturo antwortete nicht. Stattdessen riss er ein Grasbüschel aus der Erde und spielte damit.

✶✶✶

Escorpio betrat mit gesenktem Kopf den Thronsaal.

„Was bringst du für Neuigkeiten?", fragte Benicius. „Was wissen wir von Morfidio und dem Weisen?"

„Sie bleiben verschwunden, Herr. Aber ich kann Euch den Tag mit einem vorteilhaften Pakt verschönern."

„Wer will mit mir einen Pakt schließen?"

„Demónicus. Mir ist zugetragen worden, dass er mit Euch über einen Frieden verhandeln will, der für beide Seiten von Vorteil sein wird. Das ist eine ausgesprochen gute Nachricht."

„Aber wir haben doch schon Frieden geschlossen."

„Es gibt schlechte Vorzeichen. Es geht das Gerücht von einem Krieg, Herr. Bald werden die Waffen sprechen und Blut wird in Strömen fließen. Demónicus will das gesamte Gebiet beherrschen und dafür muss er Königin Émedi herausfordern. Es ist Zeit, Bündnisse zu schließen."

„Ein Bündnis? Mit diesem Teufel? Für wen hältst du mich, Escorpio?"

„Für einen intelligenten König. Wenn der Krieg ausbricht, wird Demónicus seine Hunde von der Kette lassen, und niemand wird vor Überfällen sicher sein … außer seine Freunde. Demónicus ist ein mächtiger Mann."

Benicius trank aus dem Becher, den ein Hofnarr ihm reichte. Dann erhob er sich, ging zu seinem Jagdhund und strich ihm über den Kopf.

„Du hast recht. Man muss sich auf die richtige Seite stellen, bevor uns alle der Wahnsinn einholt. Sag ihm, ich will mich mit ihm treffen, um diesen Frieden zu unterzeichnen."

„Als Gegenleistung verlangt er Herejios Kopf. Er behauptet, der Zauberer habe ihn verraten und ihm die Formel gestohlen, um das Feuer zu beherrschen. Herejios Kopf als Preis für den Frieden."

„Von mir aus kann Herejio zur Hölle fahren. Wir werden ihn Demónicus an Händen und Füßen gefesselt übergeben. Hoffentlich lässt er ihn seinen Verrat teuer bezahlen."

Höchst zufrieden verließ der Spion das Schloss. Er war seinem Ziel ein Stückchen näher gekommen, seinem Ziel, König Benicius vom Thron zu stürzen.

***

OSWALD RITT AN der Spitze seiner Truppe. Dahinter eskortierten zwei Männer seines Vertrauens Alexia. Sie hatten den ausdrücklichen Befehl, die Prinzessin nicht einen Moment aus den Augen zu lassen und sie im Falle eines unerwarteten Angriffs mit ihrem Leben zu verteidigen.

Weiter hinten ritten die anderen Soldaten, unbekümmert und zufrieden mit der Beute, die sie in Ambrosia gemacht hatten. Einige von ihnen waren bereits ziemlich angetrunken.

Der Zug wurde von mehreren Spähern flankiert, die von den Hügeln herab jede verdächtige Bewegung beobachteten, wenn auch mit wenig Begeisterung.

Einer der Späher war auf seinem Pferd halb eingeschlafen, und so hörte er nicht das Pfeifen des Pfeils, der direkt auf seine Kehle zugeschossen kam. Er spürte nur einen stechenden Schmerz, dann bäumte sich sein Körper sekundenlang auf und stürzte vom Pferd. Der zweite Späher, der ein paar Meter vor ihm her ritt, drehte sich um, als er das Geräusch des fallenden Körpers hörte.

„He, Jaer! Was ist los? Ich hab dir doch gesagt, sauf nicht so viel …"

Doch schon bohrte sich der zweite Pfeil, den Crispín abgeschossen hatte, in seine Brust, genau dort, wo die Rüstung begann. Der Soldat packte den Pfeil mit beiden Händen und wollte schon losschreien, um die anderen zu warnen, als ihm ein weiterer Pfeil in die Kehle drang und ihn für immer zum Schweigen brachte.

„Ein sauberer Schuss! Wenn ich König bin, werde ich dich zum Anführer der Bogengarde ernennen!", scherzte Arturo. „Du bist unglaublich geschickt!"

„Hab ich dir doch gesagt! Ich wurde mit einem Bogen in der Hand geboren. Nicht ein Tag ist vergangen, an dem ich nicht geübt habe, mit dem Bogen umzugehen. Deswegen bin ich ein freier Mann."

Niemand bemerkte den Verlust der beiden Späher – bis die Pferde ohne Reiter angaloppiert kamen. Oswald war der Erste, der verstand, dass etwas nicht stimmte.

„Achtung!", schrie er und riss sein Schwert aus der Scheide. „Vier Männer schauen nach, was passiert ist! Die anderen machen sich fertig zur Verteidigung!"

Alexias Herz tat einen Sprung. Ihr war sofort klar, wer dahintersteckte. Im Grunde hatte sie nur darauf gewartet. Seit sie das brennende Tor von Ambrosia durchritten hatte, war sie sicher gewesen, dass Arturo sich auf die Suche nach ihr machen würde. Er würde sie um jeden Preis zurückzuerobern versuchen.

„Pfeile! Sie haben sie durchbohrt!", berichteten die Männer, die losgeritten waren, um auszukundschaften, was mit den beiden Spähern geschehen war. „Jemand bereitet einen Angriff vor!"

„Bildet einen Schutzschild um die Prinzessin!", befahl Oswald.

Die beiden Späher auf dem gegenüberliegenden Hügel merkten, dass etwas Seltsames vor sich ging. Sie beschlossen, zur Truppe aufzuschließen, um den anderen zu helfen und, natürlich, sich selbst in Sicherheit zu bringen. Die Soldaten bildeten einen menschlichen Schutzschild um Alexia. Nur Oswald hielt sich außerhalb und wartete darauf, dass sich der Feind zeigen würde.

Doch nichts geschah. Mehr als eine Stunde verging, bis sie glaubten, die Gefahr sei vorüber, und beschlossen, ihren Weg fortzusetzen.

„Zwei Kolonnen bilden!", befahl Oswald. „Nehmt die Prinzessin in eure Mitte!"

Von einem Felsvorsprung aus beobachteten Arturo und seine Freunde, wie sich der Zug wieder in Bewegung setzte.

„Jetzt sind sie gewarnt", sagte Arquimaes. „Aber morgen betreten sie das Gebiet ihres Herrn, dort werden sie sich sicherer fühlen."

„Noch ist es nicht so weit", antwortete Arturo. „Der Weg ist noch lang ... Und sie haben schon zwei Männer verloren."

„Mir gehen die Pfeile aus", stellte Crispín fest. „Ich werde zu den Toten reiten und ihnen die Köcher abnehmen. Besser, wir sind gewappnet."

„Jetzt halten sie sich dichter beieinander", sagte Arturo. „Habt Ihr nicht gesagt, dass sei einfacher?"

„Ist es auch! Aber es gibt da ein Problem. Alexia reitet zwischen den beiden Kolonnen und das ist gefährlich. Man müsste versuchen, sie von den Soldaten zu trennen."

„Das übernehme ich", entschied Arturo. „Sobald sie die Ebene erreichen, werden wir sie zwingen, sich noch enger zusammenzuschließen, und dann werde ich dafür sorgen, dass die Prinzessin sich von ihnen entfernt ... Was sind Eure Pläne, Arquimaes? Werdet Ihr von Eurer Macht Gebrauch machen?"

„Ich habe geschworen, meine magischen Kräfte nie mehr anzuwenden", antwortete der Alchemist. „Und Schwüre muss man einhalten."

„Ihr habt es Eurem Bruder Tránsito geschworen", wandte Arturo ein. „Aber nach dem, was in Ambrosia geschehen ist, könnt Ihr davon ausgehen, dass Ihr von Eurem Schwur befreit seid."

„Das Wort eines Alchemisten ist heilig."

„Schon, aber jetzt gilt es, ein Problem zu lösen ... Oder sollen wir darauf warten, dass irgendein anderer Zauberer kommt und es tut?"

„Man nennt mich Arquimaes, den Weisen. Mir sind alle Geheimnisse der Magie vertraut."

„Irgendwann müsst Ihr mir erzählen, woher Ihr sie kennt", bat Arturo. „Ich würde gerne mehr über Euer Leben erfahren, Meister."

Eine Stunde später erreichten Oswalds Männer die Ebene, die von nur wenigen Felsen geschützt wurde. Da traf plötzlich ein Pfeil den letzten Reiter der Nachhut. Er stürzte mit einem Schrei zu Boden.

„Kreis bilden! Waffen bereit!", brüllte Oswald geistesgegenwärtig. „Achtung!"

Wieder bereiteten sie sich auf einen Angriff vor. Innerhalb kürzester Zeit waren drei Soldaten von Pfeilen durchbohrt worden, die vermutlich aus demselben Köcher stammten.

Wie überrascht waren sie deshalb, als sie die Silhouette eines Reiters am Horizont erblickten, der gemächlich auf sie zugeritten kam.

„Wer ist das?", fragte Oswalds Stellvertreter.

„Ich glaube, das ist der Junge, der in der Abtei gegen Morfidio gekämpft hat", antwortete Oswald. „Ja, das ist er … Das bedeutet, dass der Graf verloren hat!"

Arturo näherte sich ihnen, hielt sich aber in sicherer Entfernung, um nicht von einem ihrer Pfeile getroffen zu werden.

„Was willst du?", schrie Oswald ihm entgegen. „Was suchst du hier?"

„Ich möchte mit Prinzessin Alexia sprechen!"

„Komm her und ich lasse dich mit ihr reden!"

„Es ist besser, wenn sie zu mir kommt!"

„Ich werde sie nicht in deine Nähe lassen!"

„Ich bin sicher, dass sie mit mir sprechen will! Sie weiß, dass es das Beste für sie ist!"

Oswald war unschlüssig.

„Er hat recht", sagte Alexia. „Ich will mit ihm reden."

„Aber er ist gefährlich", warnte Oswald. „Er wird dich töten!"

„Nein, das wird er nicht."

„Woher weißt du das?"

„Ich weiß es eben."

Die Prinzessin gab ihrem Pferd die Sporen, durchbrach den schützenden Kreis und ritt auf Arturo zu.

Als sie bei ihm ankam, hielt sie ihr Pferd an und fragte: „Und was passiert jetzt?"

„Es ist besser, wenn du nicht hinschaust", sagte Arturo nur. „Es wird kein schöner Anblick sein."

Sie verstand und sah ihm fest in die Augen, entschlossen, sich nicht umzudrehen, was auch immer geschehen würde.

Wie aus dem Nichts kam Arquimaes auf seinem Pferd angeritten und stellte sich neben Arturo. Er hob die Arme gen Himmel und rief ein paar Worte, die niemand sonst verstand. Plötzlich bäumten sich die Pferde auf, und die Krieger mussten alle Mühe aufwenden, um sie zu bändigen.

Der Alchemist rezitierte einen feierlichen Text, woraufhin Leben in Arturos Buchstaben kam. Sie lösten sich von seiner Haut und flatterten davon wie Vögel. Oswalds Krieger, für die Magie etwas Alltägliches war, waren zunächst nicht sehr beeindruckt. Es kam ihnen überhaupt nicht in den Sinn, dass diese merkwürdigen fliegenden Zeichen irgendeine Gefahr für sie bedeuten könnten.

Wie ein Bienenschwarm flogen die Buchstaben nun über die Soldaten hinweg. Einige Männer versuchten, sie zu fangen oder mit ihren Lanzen und Schwertern nach ihnen zu schlagen. Doch vergebens. Schließlich senkte sich der Buchstabenschwarm herab auf die Krieger, die nicht wussten, wie sie sich wehren sollten. So etwas hatten sie noch nie gesehen! Die schwarzen Zeichen umflatterten sie und machten Reiter und Pferde nervös.

Dann plötzlich bohrten sie sich in ihre Körper wie tödliche Pfeile. Die Ersten stürzten schreiend zu Boden, während andere sich vergeblich mit ihren Schilden zu schützen versuchten oder wild mit ihren Schwertern um sich schlugen. Doch die tödlichen Buchstaben ließen nicht von ihnen ab, sie umschwirrten die Soldaten und wenige Minuten später war alles Leben unter ihnen ausgelöscht. Auch Oswald wälzte sich, Kehle und Brust durchbohrt, in einer Blutlache auf dem Boden und kämpfte mit dem Tod.

Nachdem die Buchstaben ihre Mission erfüllt hatten, kehrten sie folgsam zu Arturo zurück und ließen sich wieder auf seiner Haut nieder. Arquimaes hörte auf zu rezitieren. Der Junge ging zu Oswald, der noch atmete, und sah ihm direkt in die Augen.

„Hast du ... Morfidio ... getötet?", fragte der Heerführer.

„Genauso wie ich dich und deine Männer töten werde", antwortete Arturo. „Was ihr in Ambrosia getan habt, war abscheulich. Ihr verdient es, bestraft zu werden."

Oswald stützte sich auf sein Schwert, und mit größter Anstrengung gelang es ihm, sich aufzurichten.

Blutüberströmt, mit zitternden Lippen, stieß er mühsam hervor: „Ich hatte einen Befehl auszuführen, ich sollte die Prinzessin zurück-

bringen", flüsterte er. „Jetzt werde ich dich töten für das, was du mit meinen Männern gemacht hast, du Hexenmeister!"
„Schluss mit dem Unsinn!", sagte Arturo und zog sein Schwert aus der Scheide. „Deine Stunde ist gekommen, du Barbar!"
Oswald nahm die Worte des Jungen nicht zur Kenntnis. Er hob sein Schwert und versuchte, Arturo einen tödlichen Hieb zu versetzen. Doch der Junge war schneller und bohrte ihm die scharfe Klinge seiner Waffe mitten in die Brust. Dann kehrte er zu seinen Freunden zurück, die die Szene mit entsetzten Augen verfolgt hatten. Er ging zu Alexia und band ihr die Füße unter dem Bauch ihres Pferdes mit einem Strick fest zusammen.
„Versuche lieber nicht zu fliehen, Prinzessin!", warnte er sie. „Sonst wirst du deinen Vater nie wiedersehen!"
Ein paar Geier begannen am Himmel zu kreisen, bereit, sich auf die unzähligen Leichen am Boden zu stürzen. Die Pferde der toten Krieger stoben aufgeregt in alle Richtungen davon.
„Wir sollten versuchen, die Pferde einzufangen", schlug Crispín vor. „Wir könnten sie verkaufen, sie sind sehr wertvoll."
„Wir sind keine Plünderer und schon gar keine Pferdehändler", antwortete Arturo. „Lass sie laufen, wohin sie wollen. Wir haben wichtigere Dinge zu tun."
Crispín gab keine Antwort und ritt schweigend neben seinen Freunden her, dem Sonnenuntergang entgegen.

X

SCHWERTER UND SCHILDE

Heute ist Samstag. Sombra wartet unten auf uns, in der Hand den großen Kellerschlüssel. Er sieht nicht gerade glücklich aus, denn er ist mit dem, was wir vorhaben, ganz und gar nicht einverstanden. Er war immer der Meinung, dass die Stiftung der Öffentlichkeit nicht zugänglich sein sollte. Je mehr Türen sich öffnen, desto schlechter für uns alle, sagt er.

General Battaglia ist gerade heruntergekommen und jetzt betritt auch Cristóbal die Vorhalle und stellt sich neben Metáfora.

„Wie geht es deinem Vater, Kleiner?", fragt mich der General.

„Gut. Er kann schon bald wieder nach Hause."

„Freut mich sehr. Er ist ein prima Kerl und hat es nicht verdient, dass man ihn so zurichtet. Ich werde auf seine Genesung anstoßen. Und jetzt ab in den Keller, mal sehen, was der uns zu bieten hat."

Sombra hat bis jetzt kein einziges Wort gesagt. Er dreht sich um und geht die Treppe hinunter, ganz langsam, so wie immer, wenn er etwas nicht gerne tut. Wir folgen ihm.

„Bitte nichts anfassen, ohne mich um Erlaubnis zu fragen", ermahnt er uns, als wir vor der Tür des ersten Kellers angekommen sind. „Das ist Privatbesitz, und ich werde nicht dulden, dass sich jeder nimmt, was er will."

„Keine Sorge, Mönch, wir sind anständige Leute", sagt der General.

„Heutzutage sehen sogar Diebe wie anständige Leute aus. Deswegen sag ich's gleich, ich werde aufpassen wie ein Schießhund! ... Die Kerle, die Steine aus dem Garten klauen wollten und Señor Adragón zusammengeschlagen haben, waren auch anständige Leute, vermute ich ..."

Er steckt den riesigen Schlüssel ins Schloss. Mit großem Kraftaufwand schiebt er den rechten Türflügel auf, der in den Angeln quietscht, als würde auch er gegen unseren Besuch protestieren.

„Seit Jahren war niemand mehr hier unten", sagt Sombra. Er wedelt mit der Hand, so als wollte er den Staub vertreiben … oder Geister. „Warten wir einen Moment und lassen wir erst mal etwas frische Luft rein."

Wir sind aufgeregt. Gleich werden wir einen Ort betreten, der vermutlich wahre historische Schätze enthält, die nur unsere Augen sehen werden. Ich bin sehr gespannt, auch wenn ich irgendwie sicher bin, vor vielen Jahren schon einmal hier gewesen zu sein.

Sombra betätigt einen Schalter und das Licht geht an. Wir befinden uns in einem riesigen Raum, der mit Spinnweben übersät ist. Es ist furchtbar kalt und feucht, wie in einem Grab. Aus dem hinteren Teil hören wir plötzlich verdächtige Geräusche und müssen gleich an Geister denken.

„Vorsicht mit den Ratten!", warnt uns Sombra. „Sie sind nicht gefährlich, aber besser, man reizt sie nicht. Wenn sie sich in die Enge getrieben fühlen, springen sie einen an!"

Da ich ihn sehr gut kenne, weiß ich, dass er uns Angst einjagen will, vor allem dem General. Sombra ist störrisch wie ein Esel und war von Anfang an gegen unseren Kellerbesuch. Er wird alles tun, damit wir uns gruseln. Deswegen werde ich vorsichtig sein.

Der Keller ist nicht so, wie ich ihn mir vorgestellt habe. Ich dachte, wir würden ein Gewölbe vorfinden, mit Truhen voller Schätze und Juwelen, mit Bildern und allen möglichen wertvollen Dingen. Doch davon ist hier nichts zu sehen.

Fast alles ist mit Tüchern und Laken bedeckt, sodass man nicht gleich erkennen kann, was sich unter ihnen verbirgt. Es gibt mehrere Türen, die verschlossen sind, und auch die vielen Stützpfeiler sorgen dafür, dass wir uns nur schwer zurechtfinden und keine genauere Vorstellung von dem bekommen, was sich hier in diesem Keller befindet.

„Also, General, das ist der Keller. Sagen Sie mir, was konkret Sie suchen, vielleicht kann ich Ihnen behilflich sein", sagt Sombra.

„Ich weiß nicht … Ich suche nach Spuren, die zu der Schwarzen Armee führen und beweisen, dass sie tatsächlich existiert hat", antwortet der General, offensichtlich enttäuscht. „Ich brauche Spuren und Beweise!"

„Welche Art von Beweisen? ... Der Keller ist sehr groß, und wenn Sie mir nicht sagen, was Sie suchen, werde ich Ihnen nicht helfen können."

„Ich werde mich mal selbst umsehen ..."

„Fassen Sie um Gottes willen nichts an, ohne mich zu fragen!", unterbricht Sombra ihn unwirsch. „Berühren strengstens verboten!"

„Aber wenn Sie mich nicht suchen lassen, kann ich auch nichts finden. So geht das nicht ..."

„Gut, dann ist der Besuch beendet! Wir vertrödeln nur unsere Zeit. Gehen wir wieder nach oben!"

„Schwerter! Ich möchte Schwerter sehen!"

„Schwerter? Was für Schwerter?"

„Alle Schwerter, die tausend Jahre alt sind. Ich will sie alle sehen!"

„Davon gibt's hier nur wenige. Wenn Sie andere sehen wollen, modernere ..."

„Ich will Schwerter aus dem zehnten und elften Jahrhundert sehen ...", befiehlt General Battaglia. Sein Ton ist plötzlich militärisch knapp. „Haben Sie mich verstanden?"

„Gut, mal sehen ... Möglicherweise finden wir da drüben welche ..."

Metáfora, Cristóbal und ich verhalten uns still, um Sombra nicht noch mehr zu reizen. So habe ich ihn noch nie erlebt, so wütend.

Er geht auf die hintere Wand zu, die mit mehreren großen X gekennzeichnet ist.

„Kann sein, dass wir hier was finden, obwohl ich das bezweifle ... Mal sehen ..." Er nimmt ein großes Tuch von einer Holzkiste. „Hier liegen ein paar Schwerter ... Aber passen Sie auf, wenn Sie hineinfassen. Es könnten Ratten drin sein, Schlangen, Eidechsen ..."

„Hören Sie auf, mir Angst einzujagen!", schreit Battaglia ihn an.

„Was meinen Sie, mit wem Sie es zu tun haben? Ich fasse überall hinein, mit geschlossenen Augen! Ich kenne keine Angst!"

Er nimmt ein Schwert am Griff heraus und stößt dabei an ein paar andere Waffen, was ein metallisches Geräusch verursacht. Uns allen läuft es eiskalt über den Rücken. Das Geräusch kenne ich aus vielen Filmen. Man hört es immer dann, wenn im nächsten Augenblick jemand stirbt.

„Das ist ein ganz gewöhnliches Schwert. Es hat einem einfachen Soldaten gehört. Ich suche das eines Ritters."

„Die sehen alle gleich aus."

„Nein. Das Schwert eines Ritters war besser geschmiedet und der Griff reicher verziert. Diese Schwerter hier sind nicht mal ausgewuchtet. Sie taugen nur zum Hauen, nicht für den Kampf. Die haben nicht mal eine richtige Spitze! Wo sind die anderen?"

„Ich weiß nicht, wo sie sind."

„Jetzt reicht's aber! Du willst mich wohl für dumm verkaufen, Mönch, und das kann ich nicht dulden! Entweder du zeigst mir jetzt, was ich sehen möchte, und zwar ein bisschen plötzlich, oder ich suche selbst! Verstanden?"

Der autoritäre Ton des Generals hat Sombra beeindruckt. Er geht zu einem großen Schrank und öffnet ihn. Dutzende wertvoller Schwerter, der Größe nach geordnet, hängen an einer Stange.

„Hier ist das, was Sie suchen. Ich hoffe, es genügt Ihnen, mehr gibt es nämlich nicht."

„Bestimmt hast du sogar Schwerter von Königen!", sagt der General und nimmt eins aus dem Schrank. „Wundervoll! Ja, das ist ein richtiges Schwert!"

Er geht ein paar Meter zur Seite, hebt das Schwert und vollführt ein paar wirklich erstaunliche Bewegungen. Wie ein echter Ritter aus dem Mittelalter!

„Wem haben diese Schwerter gehört?", fragt er.

„Ganz bestimmt nicht Ihrer Schwarzen Armee", antwortet Sombra ironisch. „Das sind hochwertige Waffen aus dem Mittelalter. Zehntes, elftes und zwölftes Jahrhundert. Über ihre Herkunft gehen die Meinungen allerdings auseinander. Es ist fast unmöglich, das genau zu bestimmen."

„Ich werde ein paar Fotos machen", sagt der General und holt eine kleine Digitalkamera heraus. „Ich werde herausfinden, was ich wissen will. Für so was habe ich meine Kontakte. Ich werde im Militärmuseum nachfragen, da wird man es mir sagen können."

Er hebt seine Kamera vors Gesicht und fotografiert das Schwert aus verschiedenen Blickwinkeln. Er macht ziemlich viele Fotos. Danach hängt er das Schwert in den Schrank zurück und sieht sich die anderen an, nimmt sie in die Hand, hebt sie hoch und fuchtelt mit ihnen herum.

„Wirklich großartig", urteilt er. „Solche Waffen werden heutzutage nicht mehr hergestellt. Man sieht, dass sie für den Kampf bestimmt waren, nicht zur Dekoration."

Während er sich noch über die Schwerter und ihren Wert auslässt, sehe ich etwas, das mich neugierig macht.

„Kann ich das Schwert da mal in die Hand nehmen, Sombra? Das dahinten."

„Du weißt doch, dass Waffen gefährlich sind. Ich mag es nicht, wenn …"

„Ich verspreche dir, ich pass auf. Nur um zu sehen, wie schwer es ist."

Sombra nimmt das Schwert heraus und reicht es mir vorsichtig mit dem Griff zuerst, damit ich mich nicht verletze.

„Fass die Klinge nicht an! Möglicherweise ist sie verrostet und ein Schnitt könnte tödlich sein."

„Ja, Sombra, ich pass schon auf."

„Hör mal, Mönch, gibt es hier auch Schilde? Ich frage nicht zweimal!"

Folgsamer geworden, geht Sombra zu einem anderen, ebenso großen Schrank und öffnet ihn.

Der General ist begeistert. Dutzende von mittelalterlichen Schilden zeigen sich ihm! Während er sie eingehend betrachtet, bin ich mit meinem Schwert beschäftigt.

Ich habe das seltsame Gefühl, dass ich es irgendwoher kenne. So als hätte ich es schon einmal in der Hand gehabt. Auf dem Griff ist eine große Plakette mit einem Wappen zu sehen. Aber ich kann es nicht genau erkennen.

„Wenn du willst, kann ich mit meinem Handy ein Foto von dir machen", flüstert mir Cristóbal ins Ohr. „Das merken die gar nicht."

Ich halte das Schwert hoch, damit er schnell ein Foto machen kann. Metáfora hat mitgekriegt, was wir vorhaben, und stellt sich schützend vor uns.

Der General hat die Schilde begutachtet und sieht ganz glücklich aus. Er hat wieder ein paarmal fotografiert und sich viele Notizen gemacht.

„Gut, das soll für heute reichen", sagt er. „Aber Sie müssen mir noch alles andere zeigen, was auf der Liste steht, die ich Ihnen gegeben habe. Nächsten Samstag machen wir weiter."

„Wenn Señor Adragón es erlaubt", antwortet Sombra.

„Das wird er! Was ein richtiger Señor ist, ein Adliger, der erlaubt einem General mehr als einem Mönch ..."

„Señor Adragón führt keinen Adelstitel."

„Wir werden sehen, mein Freund, wir werden sehen."

Wir verlassen den Keller und Sombra schließt die Kellertür wieder sorgfältig ab.

„Danke für alles, Sombra", sage ich. „Es war sehr interessant."

Sombra wirft mir einen seiner schweigsamen, lächelnden Blicke zu und huscht davon.

XI

Rückkehr zum Schloss des Königs

Während der gesamten Woche ihrer Reise gab es keine nennenswerten Zwischenfälle, lediglich den Versuch zweier unerfahrener Banditen, sie auszurauben. Doch dank Arturos vortrefflichem Schwert und Crispíns treffsicheren Pfeilen hatten die Banditen keine Chance.

Auf ihrem Ritt begegneten ihnen viele Menschen, die mit all ihrer Habe ihre Häuser verlassen hatten und nun in derselben Richtung unterwegs waren wie sie. Überall wimmelte es von Männern, Frauen, Kindern und Alten. Wahre Karawanen von flüchtenden Menschen verstopften die Wege.

„Wir werden bei König Benicius Schutz suchen", erklärte ihnen ein Bauer, der ein Kind auf dem Arm hielt. „Diese Bestien werden immer grausamer. Es vergeht kein Tag, an dem sie uns nicht überfallen. Benicius hat uns seinen Schutz zugesichert. Er ist dabei, Patrouillen aus Rittern und Soldaten aufzustellen, die die Bestien vernichten werden."

Als Arturo und seine Gefährten das Schloss von König Benicius erblickten, hielten sie an und bewunderten die legendäre Festungsanlage, die von niemandem jemals erobert worden war. Sie wurde durch einen hohen Wall geschützt, hinter dem sich, von einer weiteren Mauer umgeben, das Schloss mit seinem runden Hauptturm und seinen vier Ecktürmen erhob.

„Seid Ihr sicher, dass er uns mit offenen Armen empfangen wird?", fragte Arturo.

„Ja", antwortete der Weise. „Ich habe ihn von der Lepra geheilt, und er hat mir versprochen, mir für ewige Zeiten seinen Schutz zu gewähren. Auch wenn ich ihm nicht unbedingt vertraue, glaube ich doch, dass er sich uns anschließen und mit Königin Émedi verbünden wird."

„Nun, Meister, er hat nicht gezögert, mithilfe des Zauberers Herejio Morfidios Festung anzugreifen und Euer Leben in Gefahr zu bringen", erinnerte ihn Arturo. „Vielleicht ist er nicht der, für den er sich ausgibt."

„Ich nehme an, er hat Herejios Magie benutzt, um seinen Männern eine blutige Schlacht zu ersparen", versuchte Arquimaes den König zu entschuldigen. „Ich glaube, er teilt unsere Sorge wegen der wachsenden Macht der Finsteren Zauberer. Du hast ja gehört, was sich die Bauern erzählen. Er wird nicht zögern, mit uns gemeinsam gegen Demónicus zu kämpfen."

„Benicius ist kein guter König", sagte Crispín. „Mein Vater hat mir erzählt, dass er Menschen aufhängen lässt, die in seinen Wäldern jagen, weil sie Hunger haben. Und dass er die Bauern ausnutzt. Mein Vater ist eines seiner Opfer, und wenn Benicius erfährt, wer ich bin, wird er mich in eine Zelle sperren."

„Dir wird nichts geschehen, das versichere ich dir", beruhigte ihn Arquimaes. „Auf jeden Fall brauchen wir seine Hilfe. Wir müssen uns Verbündete suchen, wo immer es möglich ist. Demónicus muss vernichtet werden, bevor er sich zum Herrn über den gesamten Erdkreis aufschwingt."

„Niemand ist meinem Vater gewachsen!", knurrte Alexia. „Er ist mächtiger als alle Könige zusammen!"

Arquimaes beachtete das Mädchen nicht. „Jetzt werden wir erst mal mit Benicius sprechen", sagte er. „Vorwärts!"

✳ ✳ ✳

ZUR GLEICHEN ZEIT, viele Kilometer entfernt, überwachte eine Patrouille von zehn Männern die Umgebung der Stadt des Großen Zauberers Demónicus. An einem Flussufer machten sie halt, um ihre Pferde zu tränken und sich ein wenig auszuruhen.

Vístor, der Anführer der Gruppe, wurde unruhig. Etwas hatte seine Aufmerksamkeit erregt, und er befahl seinen Leuten, sich auf einen unerwarteten Angriff gefasst zu machen.

„Hinter den Bäumen hat sich etwas bewegt", sagte er mit gedämpfter Stimme. „Wir werden uns jetzt anschleichen. Aber vorsichtig! Drei Männer kommen mit mir, vier weitere nehmen den Weg da drüben, zwei bleiben hier und passen auf die Pferde auf."

So lautlos wie möglich näherten sich Vístor und seine Krieger dem Waldstück, bis sie den idealen Beobachtungspunkt erreicht hatten. Von hier aus konnten sie alles überblicken, ohne selbst entdeckt zu werden.

„Seht mal da!", flüsterte Vístor. „Drei gesattelte Pferde ... Aber wo sind die Reiter? ... Das könnte eine Falle sein!"

„Vielleicht ..."

Inzwischen hatten die vier anderen den Wald auf der gegenüberliegenden Seite erreicht. Sie gaben sich durch Zeichen zu verstehen, dass weit und breit niemand zu sehen war.

„Die Pferde werden ausgerissen sein und haben sich verirrt", flüsterte Vístor. „Fangt sie ein!"

Vorsichtig näherten sich seine drei Soldaten den Tieren, und es gelang ihnen, sie einzufangen und zu Vístor zu bringen. Der zweite Spähtrupp war inzwischen zu ihnen gestoßen.

Als sie die Sättel der Pferde näher betrachteten, schauten sie sich überrascht an.

„Das sind ja unsere!", rief einer. „Diese Pferde gehören zu unserer Armee!"

„Ganz sicher! Schaut euch die Brandzeichen an!"

„Wo die Reiter wohl sind?", fragte sich Vístor erneut. „Hier in der Nähe ist jedenfalls niemand."

„Die Pferde gehören Oswalds Männern, die sich auf die Suche nach Prinzessin Alexia gemacht haben", sagte einer der Soldaten. „Ich hab gesehen, wie sie losgeritten sind."

„Und wo sind sie jetzt?"

„Hier! Blut!", rief einer und fuhr mit der Hand über einen der Pferdesättel. „Und wo Blut ist, hat es Tote gegeben."

So langsam dämmerte es Vístor, dass er ein Problem hatte. Als Patrouillenführer musste er Demónicus davon in Kenntnis setzen, dass einige der Männer, die seine Tochter gesucht hatten, tot waren. Er wusste, dass die Überbringer schlechter Nachrichten nichts Gutes zu erwarten hatten. Und Demónicus war nicht gerade bekannt dafür, ein gnädiger Herr zu sein.

***

Das Erste, was Arturo und seinen Freunden im Schloss von König Benicius auffiel, war die emsige Betriebsamkeit der Soldaten. Einige hantierten mit ihren Waffen, andere machten die Pferde bereit. Währenddessen beluden die Bauern ihre Karren mit Vorräten.

„Sie bereiten sich auf den Krieg vor", sagte Arquimaes sorgenvoll. „Bald wird viel Blut fließen!"

„Gegen wen werden sie kämpfen?", fragte Arturo.

„Gegen Demónicus, kein Zweifel", antwortete der Weise.

„Dann werden sie alle sterben", prophezeite Alexia. „Mein Vater verfügt über eine sehr schlagkräftige Armee. Viele Stämme haben sich mit ihm verbündet."

„Ich will in den Krieg gegen Demónicus ziehen!", rief Crispín. „Und du, Arturo, wirst du dich auch anwerben lassen?"

„Das weiß ich noch nicht. Zuerst müssen wir mit Benicius reden und hören, was für eine Armee er aufstellt. Ich gehe davon aus, dass er nur Ritter nehmen wird. Mich wird er bestimmt ablehnen."

„Du bist doch inzwischen ein Ritter", erinnerte ihn Alexia. „Du hast einen Drachen getötet, und das ist etwas, was nur wenige fertiggebracht haben. Benicius wird dich zum Kommandanten der Kavallerie ernennen."

„Entweder du hältst endlich den Mund oder ich stopfe ihn dir mit einem Knebel!", fuhr Arturo sie an. „Ich hab dir schon hundertmal gesagt, du sollst niemandem erzählen, was du gesehen hast!"

„Auch wenn du mir die Zunge abschneidest, werden alle erfahren, welche Heldentat du vollbracht hast, junger Krieger!", widersprach die Prinzessin. „So etwas darf nicht verborgen bleiben!"

„Muss ich auch den Mund halten?", fragte Crispín. „Ich will aller Welt erzählen, dass ich der Knappe eines Ritters bin, der Drachen getötet hat."

„Es war nur einer", korrigierte ihn Arturo. „Und nicht ich habe ihn getötet."

„Das ist mir egal, ich will es allen sagen."

„Verschwiegenheit ist die erste Tugend eines Knappen", erinnerte ihn Arquimaes. „Du musst lernen zu schweigen und nur zu reden, wenn es unbedingt nötig ist. Nur so kannst du deine Arbeit gut machen."

Sie kamen zu den Stallungen und baten, ihre Pferde dort einstellen zu dürfen.

„Im Schloss ist kein Platz für niemanden mehr", antwortete ihnen ein schmutziger und übel riechender Mann. „Ihr müsst euch draußen was suchen, im Dorf."

„Wir wollen den König besuchen", erklärte Arquimaes. „Ich bin Alchemist und stehe unter seinem Schutz."

„Jetzt stehen nur Ritter und Soldaten unter seinem Schutz. Wir anderen existieren praktisch nicht. Folgt lieber meinem Rat. Reitet ins Dorf zurück und seht zu, wo ihr bleibt."

„Hier hast du zwei Goldstücke, pass bis zum Abend auf die Pferde auf, wir holen sie dann später wieder ab", sagte Arturo, der nicht zu viel Aufsehen erregen wollte. „Und danke für deinen Rat."

„Lasst uns jetzt zu Benicius gehen", drängte Arquimaes. „Es wird Zeit, einige Dinge klarzustellen."

Es kostete sie viel Zeit und Mühe, in den Hauptturm zu gelangen. Überall herrschte ein munteres Treiben. Ritter, Soldaten und andere Armeeangehörige kamen und gingen, und der Eingang war von Dorfbewohnern belagert, die um Audienz baten.

„Ich bin Arquimaes", erklärte der Weise dem Sekretär, der die Namen all derer auf eine Liste schrieb, die darauf warteten, vom König empfangen zu werden. „Meine Freunde und ich wollen zum König. Wir sind zu viert."

„Arquimaes? Der Alchemist, der von Morfidio verschleppt wurde?"

„Ja, aber sprich leiser. Ich möchte kein Aufsehen erregen. Wann kann ich zu König Benicius?"

„Folgt mir. Ich bin sicher, dass er Euch sofort empfangen wird."

Einige Männer protestierten, als sie sahen, dass die Neuankömmlinge vorgelassen wurden. Doch die Palastwache sorgte unverzüglich für Ruhe und Ordnung.

„Ich werde Seine Majestät benachrichtigen", erklärte der Sekretär. „Wartet hier."

Wenige Minuten später öffnete sich die Tür und zwei Ritter kamen aus dem Audienzsaal. Sie maßen die Wartenden mit einem arroganten Gesichtsausdruck.

Der Sekretär ging hinein.

„So wichtig seid ihr, dass ihr meint, ihr könntet euch einfach vordrängen?", sagte ein vornehm gekleideter Herr mit einem giftigen Blick auf Arturo und seine Freunde. „Wer seid ihr, in euren ärmlichen Kleidern, mit einem so schmutzigen, zerlumpten Diener?"

„Wir sind nichts, Señor, genauso wie Ihr", antwortete Arquimaes. „Unser Problem ist nur, dass der König heute alle Welt empfängt. Auch Leute, die es nicht verdienen."

„Was glaubt ihr, wer ihr seid, dass ihr so mit mir sprecht?"

„Ich habe Euch nur geantwortet, Señor ..."

In diesem Moment öffnete sich die Tür und der Sekretär rief Arquimaes zu sich.

„Ihr könnt hineingehen. Der König erwartete Euch voller Ungeduld."

Als Crispín an dem anmaßenden Herrn vorbeiging, nieste er laut und vernehmlich und beschmutzte dabei die prächtige Tunika des Mannes.

„Tut mir leid, Señor, aber wir Diener sind nun mal ein schmutziges und schmieriges Gesindel", entschuldigte er sich. „Ihr werdet Euch umziehen müssen, damit der König Euch nicht in diesem Zustand sieht. Ihr seht ja aus wie ein Pferdeknecht."

Arquimaes, Arturo, Alexia und Crispín betraten den prächtigen Audienzsaal. An den Wänden hingen kostbare Teppiche. Fackeln und Kerzenleuchter an den Säulen verbreiteten helles Licht, sodass man den Eindruck hatte, die Sonne schiene hier im Saal. Die Uniformen der Diener und Leibgardisten waren prachtvoll und sauber, was vor allem Crispín begeisterte. Solch einen Luxus hatte er noch nie gesehen.

Das muss das sein, was man den Himmel nennt, dachte er.

Benicius erhob sich von seinem Thron, kam die drei Stufen herunter, die ihn von seinen Besuchern trennten, und trat mit ausgebreiteten Armen auf Arquimaes zu.

„Arquimaes, mein alter Freund!", rief er aus, bevor er ihn herzlich umarmte. „Ich habe geglaubt, du seist tot! Du weißt nicht, wie sehr ich mich freue, dich hier bei mir zu sehen! Welch eine Überraschung!"

„Nur ein Wunder hat mich gerettet, Majestät. Morfidio ist durch einen Geheimgang entkommen, er hat uns gezwungen, mit ihm zu fliehen, und uns an Demónicus ausgeliefert", erklärte der Alchemist. „Später dann hat Arturo mich befreit und ... Nun, wir haben eine lange Reise hinter uns. Aber jetzt bin ich hier, um mich in Eure Dienste zu stellen, mein König."

„Du kommst im richtigen Augenblick. Wir bereiten uns auf einen Krieg vor ... Die Stunde ist gekommen, unsere Würde wiederherzustellen."

„Werdet Ihr Euch auf die Seite von Königin Émedi stellen?", fragte der Weise.

„Oh ja, selbstverständlich ... Wir werden uns mit ihr verbünden, um zu verhindern, dass dieser verdammte Zauberer ihr Reich überfällt."

„Herr, wir bringen Euch eine wichtige Gefangene", fuhr Arquimaes fort. „Alexia, Demónicus' Tochter!"

Benicius erstarrte, als er die Worte des Weisen vernahm. Ungläubig blickte er die junge Frau an.

„Das ist Alexia, die Tochter des Finsteren Zauberers?"

„Ja, sie ist unsere Gefangene. Es ist uns ein großes Vergnügen, sie Euch übergeben zu können. Ich nehme an, durch sie werden sich die Waagschalen zu Euren Gunsten neigen, wenn Ihr den Feldzug gegen ihren Vater beginnen werdet. Sie wird Euch sicher einen unschätzbaren Vorteil verschaffen."

„Oh ja, natürlich! Das wird es für uns sehr viel einfacher machen", entgegnete Benicius und rieb sich die Hände. „Und wer sind die jungen Männer, die dich begleiten?"

„Das ist Arturo und der da ist Crispín. Arturo hat mich aus Demónicus' Kerker befreit."

„Er wird den Lohn bekommen, der ihm zusteht", sagte der König. „Man muss großzügig sein zu seinen Freunden."

„Vielen Dank, Majestät", sagte Arturo und neigte ehrfürchtig den Kopf. „Wir haben nur unsere Pflicht erfüllt. Arquimaes war in großer Gefahr und wir haben ihm geholfen."

„Und dafür danken wir euch – übrigens, Arquimaes, hast du irgendjemandem dein Geheimnis verraten? Ist deine Formel noch sicher?"

„Ich habe niemandem ein Wort gesagt, Majestät."

„Gut, mein Freund, sehr gut." Der König winkte einen Offizier zu sich, der wenige Meter entfernt auf seine Befehle wartete. „Kümmere dich um meine Freunde und gib ihnen alles, was sie wünschen. Sorge dafür, dass sie angemessen untergebracht werden, so wie sie es verdienen. Es soll ihnen an nichts fehlen. Ach ja, und lass das Mädchen einsperren. Sie ist sehr gefährlich und muss strengstens bewacht werden. Niemand darf mit ihr sprechen."

Zwei Stunden später waren Arquimaes, Arturo und Crispín in einem großen Zimmer im Hauptturm untergebracht, in unmittelbarer Nähe der königlichen Gemächer. Ihre Pferde wurden in die Stallungen des Königs gebracht.

XII

Die Mutanten

Metáfora, Cristóbal und ich sitzen in meinem Zimmer und sehen uns das Foto an, das Cristóbal im Keller von mir mit dem Schwert gemacht hat. Die Qualität ist nicht sehr gut, doch sie reicht aus, um es auf dem Computer zu vergrößern. Am meisten interessiert mich die Plakette auf dem Griff des Schwertes. Ich habe das Gefühl, dass ich es schon mal irgendwo gesehen habe, aber ich weiß nicht mehr, wo.

„Ein Totenschädel!", rufe ich „Er sieht irgendwie merkwürdig aus ... Scheint nicht von einem Menschen zu stammen. Der obere Teil ist der eines Menschen, aber von der Nase abwärts ... Die Zähne sehen aus wie die von einem Tier."

„Und das Kinn steht vor, wie ... wie bei einem Hund", sagt Metáfora.

„Oder einem Dinosaurier", ergänzt Cristóbal.

„Oder einem Drachen", sage ich.

„Nichts von allem. Der Schädel gehört halb zu einem Menschen und halb zu einem Tier", entscheidet Metáfora. „Sieht aus wie ein Symbol. Ich dachte eigentlich, im Mittelalter hat man für Symbole immer nur Tiere benutzt. Löwen, Drachen, Pferde, Hunde ... Aber von so einer seltsamen Mischung hab ich noch nie was gehört. Außerdem, das da sieht aus wie Flammen, die aus dem Schädel kommen ..."

„Das ist ein Mutant!", ruft Cristóbal. „Ein Lebewesen, das sich verändert. Von einem Menschen in ein Tier oder von einem Tier in einen Menschen. Ein Tier, das Feuer im Kopf hat!"

„Stimmt!", ruft Metáfora. „Ein Mutant! Seltsam, ich dachte, so etwas gibt es nur in Science-Fiction-Storys ... oder in der Mythologie."

„Das ist überhaupt nicht seltsam", sage ich. „Es ist nichts weiter als ein Symbol. Wahrscheinlich hat es sich irgendein Künstler ausgedacht."

„Und was wollte er damit?", fragt Metáfora.

„Die Leute erschrecken", antworte ich. Meine Erklärung gefällt mir. „Im Mittelalter waren die Leute sehr abergläubisch und hatten Angst vor solchen Symbolen. Es gibt viele Legenden von Mutanten ... Der Wolfsmensch, Dracula ..."

„Batman, Spiderman ...", wirft Cristóbal ein.

„Ja, mach dich nur lustig! Mehr als einer ist damals angeklagt worden, ein Mutant zu sein, und dafür auf dem Scheiterhaufen gelandet. Das war eine ernste Sache! Ein Mutant, aus dessen Schädel Flammen schlagen! Zum Glück leben wir in der Gegenwart und nur noch wenige Menschen sind abergläubisch. Heutzutage gibt es weder Mutanten noch Teufel oder Wiedergänger ..."

„Nein, aber dafür gibt es Transplantationen und Klone und man kann sich einfrieren lassen", sagt Metáfora.

„Ja, bald wird man Tote wieder zum Leben erwecken", fügt Cristóbal mit einem diabolischen Grinsen hinzu. „Ihr werdet schon sehen!"

„Hört auf, wir kommen vom Thema ab. Jetzt müssen wir erst mal herausfinden, was dieses Symbol hier zu bedeuten hat ... Lasst uns im Internet nachschauen, mal sehen, was wir da finden."

Während die Suchmaschine arbeitet, schießen mir Erinnerungsfetzen durch den Kopf. Ich habe das Gefühl, dass ich dieses Symbol schon einmal gesehen habe. Aber der Gedanke ist so schmerzhaft, dass ich lieber nichts sage.

„Hier, eine Website mit mittelalterlichen Symbolen", sagt Metáfora. „Vielleicht ist ja ..."

„Mal sehen, ob eins dabei ist, das unserem Mutanten ähnelt ..."

Hunderte von Abbildungen mit allen möglichen Tieren ziehen an unseren Augen vorbei, vor allem Löwen und Drachen, die am häufigsten verwendet wurden. Einige ähneln unserer Zeichnung, aber Mutanten sind nicht darunter.

„Das ist ganz normal. Ich glaube, im Mittelalter waren Mutanten kein Motiv für ..."

„Aber es ist auf dem Griff abgebildet, und das heißt, dass irgendein König es für sein Wappen verwendet hat", beharre ich.

„Warte, vielleicht handelt es sich ja um ein Einzelstück. Irgendein Ritter hat sich das Schwert anfertigen lassen, aus einer Laune heraus ..."

„Ich hab noch mehr!", ruft Cristóbal plötzlich.
„Wie, mehr?"
„Mehr Fotos. Ich habe mehrere Fotos von den Schwertern gemacht ... Und auch von Schilden und den Standarten, die von der Decke hingen ... Und von den Türen ... Ich habe jede Menge Fotos."
„Bist du Berufsspion oder so was?", fragt Metáfora.
„Wollt ihr sie nun sehen oder nicht?"
Wir laden sie auf den Computer und sehen sie uns dann in aller Ruhe an. Tatsächlich, es gibt noch mehr Schwerter mit dem Mutanten-Symbol. Und auch auf einem der Schilde ist es abgebildet ...
Aber auf einem Schild entdecken wir plötzlich etwas noch Aufregenderes: ein großes A mit einem Drachenkopf! Genau demselben Drachenkopf, den ich auf meiner Stirn habe und der sich manchmal über mein ganzes Gesicht ausbreitet! Der Drache, der Jazmín attackiert hat, wie er behauptet. Und der möglicherweise auch Horacio in Panik versetzt hat.
„Hört mal, wir können auch die Münze einscannen und sie mit anderen vergleichen", schlägt Cristóbal vor.
Der Scanner tastet die Münze ab und sie erscheint auf dem Bildschirm. Doch die Oberfläche ist so abgegriffen, dass man kaum etwas erkennen kann. Manche Unebenheiten deuten darauf hin, dass es irgendwann einmal Zeichen und wahrscheinlich auch Buchstaben gegeben haben muss; aber es ist unmöglich, sie zu entziffern.
„Das Einzige, was man erkennt, ist ein Gesicht im Profil mit Buchstaben drum herum ... Aber man kann sie nicht entziffern", sage ich.
„Und die Rückseite?", fragt Metáfora.
„Da sieht es noch schlechter aus. Flecken, unvollständige Reliefs, alles undeutlich ... Unmöglich herauszufinden, was ..."
„Wir brauchen ein besseres Programm", urteilt Cristóbal. „Eins von denen, die sie in den Forschungszentren benutzen und die die fehlenden Stellen ergänzen!"
„Klar, wir rufen da an und fragen sie, ob sie uns den Gefallen tun können, eine Münze aus dem Mittelalter zu untersuchen! Superidee!"
„Die haben schon ganz andere Sachen gesehen. Ein Freund von mir hat sich mal in das Informationssystem der NASA eingeloggt und ..."

„Hör auf zu spinnen, Cristóbal. So geht das nicht."

Ich hab ein komisches Gefühl bei der ganzen Sache. Das Profil auf der Rückseite der Münze kommt mir irgendwie bekannt vor, aber ich weiß nicht, wo ich es schon mal gesehen habe. Es ist so, als würde sich mein Gedächtnis an etwas erinnern wollen und sich gleichzeitig dagegen sträuben.

„Na schön, ich denke, für heute reicht's", sage ich. „Unser Besuch im ersten Keller hat mich fix und fertig gemacht ... Außerdem möchte ich meinen Vater in der Klinik anrufen. Ich möchte wissen, wann er entlassen wird. Wir sehen uns dann Montag in der Schule, okay?"

***

ICH BIN AUF den Dachboden gegangen, um meine Gedanken zu ordnen.

Wenn es stimmt, dass alles mit allem zusammenhängt, wie Papa sagt, dann müssen auch die Ereignisse der letzten Tage miteinander in Beziehung stehen. Also muss ich herausfinden, was der Überfall auf Hinkebein, der Diebstahlversuch in der Stiftung, die Münzen in der Schule, der Besuch im ersten Keller und das Symbol mit dem Mutanten miteinander zu tun haben. Und das Schwert mit dem A und dem Drachen! Zu viel auf einmal!

Es ist wie ein Puzzle, dessen Teile ich nicht richtig zusammensetzen kann. Ich glaube, das werde ich nie schaffen! Jedenfalls nicht, solange sich Erinnerung, Fantasie und Träume in meinem Kopf vermischen. Wenn ich mich an das Mutantensymbol erinnere, dann wohl deshalb, weil ich davon geträumt oder es bei einem meiner früheren Besuche im Keller gesehen und mir eingeprägt habe. Aber ich bin mir nicht sicher. Und wenn ich davon geträumt habe, warum taucht es jetzt in der realen Welt auf? Niemand sieht in der realen Welt Dinge, von denen er geträumt hat.

Die Wahrheit ist, dass ich ganz genau weiß, wo ich dieses schreckliche Symbol schon einmal gesehen habe, auch wenn ich es nicht wahrhaben will ...

Ich höre, wie die Tür geöffnet wird. Ich brauche gar nicht hinzusehen, um zu wissen, wer es ist.

„Hallo, Sombra."
„Hallo, Arturo! Störe ich?"
„Nein, nein ... Komm, setz dich her zu mir."
„Du sahst vorhin bei dem Besuch im Keller so traurig aus."
„Ja, wegen Papa."
„Mach dir keine Sorgen, er kommt bald wieder nach Hause. Es geht ihm gut."
„Ich verstehe nicht, was passiert ist. Ich habe mit Hinkebein gesprochen, er sagt, es waren zwei maskierte Typen."
„Diebe. Die sind überall, wie die Ratten."
„Ich hab noch nie gehört, dass es welche gibt, die Steine klauen wollen."
„Die Welt ist voll von Dieben. In Ägypten stehlen sie Steine von den Pyramiden, in Rom vom Kolosseum ... Antike Steine sind sehr wertvoll, die Leute zahlen viel Geld dafür. Es gibt sogar Diebe, die Gräber plündern ... Es braucht dich also nicht zu überraschen, was passiert ist."
„Willst du damit sagen, dass die Stiftung historisch genauso wertvoll ist wie die Pyramiden oder das Kolosseum?"
„Das Gebäude ist sehr alt. Es wurde mehrmals umgebaut, aber es gibt noch Spuren aus dem Mittelalter, wie zum Beispiel Mauerreste und Säulen. Bestimmt wollten sie deshalb ein paar Steine klauen."
„Aber die kann man nicht verkaufen! Einzelne Steine sind doch so gut wie wertlos! Man müsste schon die ganze Mauer mitgehen lassen ..."
„Pass auf, irgendwann versuchen die das! Kunstraub ist die Plage unserer Zeit. Die Leute nehmen sogar Staub mit, um ihn hinterher zu verkaufen."
„General Battaglia hat dich genervt, stimmt's?", frage ich.
„Er hat mich ziemlich auf die Palme gebracht!", gesteht Sombra. „Der Mann hat es sich in den Kopf gesetzt, etwas zu suchen, das es nicht gibt. Die Schwarze Armee hat nie existiert, aber er ist besessen davon. Ich glaube, alles läuft darauf hinaus, dass ..."
„Sombra", unterbreche ich ihn, „wenn diese Armee nie existiert hat, warum legst du ihm dann so viele Hindernisse in den Weg?"

„Weil ... na ja ... weil er alles durcheinanderbringt! Erst sucht er nach einer Armee, die es nie gegeben hat, und am Ende findet er ... irgendwas. Der Mann wird uns noch alle verrückt machen!"

„Sag mal, du kennst doch so viele Symbole aus dem Mittelalter. Was weißt du über eins mit dem Totenkopf eines Mutanten, aus dessen Schädel Flammen schlagen?"

„Nichts. Pure Fantasie. Wo hast du das denn gesehen?"

„Es war auf dem Schwert, das ich im Keller in der Hand hatte."

„Siehst du? Was habe ich gesagt? Battaglia hat eine Tür aufgestoßen, die uns nichts als Scherereien bringt. Ich hätte den ersten Keller nie aufschließen dürfen!"

„Und er will auch noch in den zweiten!"

„Das werde ich nicht zulassen!"

Hier oben ist es dunkel und still. Sombras Gesellschaft beruhigt mich immer, vor allem wenn er mir Geschichten erzählt.

„Heute möchte ich, dass du mir etwas über Träume erzählst", flüstere ich ihm zu. „Träume, in denen wir leben und die uns an fantastische Dinge glauben lassen ..."

XIII

Der Verrat des Königs

Escorpio neigte untertänig den Kopf und betrat den Waffensaal, wo König Benicius sich mit seinen Heerführern versammelt hatte. Die Ritter studierten Karten, die an den Wänden hingen, während die Diener unermüdlich Wein und Obst servierten. Es herrschte eine so lärmende Fröhlichkeit, dass man gar nicht glauben konnte, hier würde ein Krieg vorbereitet.

„Tritt näher, Escorpio", forderte Benicius seinen Vertrauten auf. „Ich habe gute Nachrichten."

„Es gibt Gerüchte", bestätigte Escorpio. „Ich habe gehört, Eure Majestät hat diesen zwielichtigen Alchemisten aus dem Verkehr gezogen."

„Er wird seinen goldenen Käfig wohl kaum verlassen können", lachte Benicius. „Er gehört mir und wird mir nicht noch einmal entwischen. Aber das Beste ist, er glaubt, ich sei sein Freund! Ich konnte ihn sogar davon überzeugen, dass wir uns auf Émedis Seite stellen werden, wenn der Krieg beginnt."

„Er ist ein Narr. Was nützt ihm sein ganzes Wissen? Die Alchemie ist nicht so mächtig, wie manche meinen."

„Magie und Hexerei sind viel nützlicher! Darum haben wir uns ja auch mit Demónicus verbündet. Ich nehme an, wenn wir ihm erst mal seine Tochter zurückgeben, wird er einsehen, dass uns mehr Macht zusteht."

„Majestät, kann ich Euch unter vier Augen sprechen, weitab von diesem Lärm und geschützt vor den Blicken all dieser Leute? Ich habe Euch etwas Wichtiges mitzuteilen, und ich möchte nicht, dass andere meine Worte hören oder sie von meinen Lippen ablesen."

„Geht alle hinaus!", befahl Benicius.

Die Diener beeilten sich, die Türen zu öffnen, und im Nu leerte sich der Saal.

„Gedenkt Ihr, Alexia wirklich ihrem Vater zurückzugeben?", fragte Escorpio, als er mit dem König alleine war.

„Was soll ich mit ihr? Wozu brauche ich ein Mädchen von … Moment, willst du damit andeuten, es wäre besser, sie hier festzuhalten?"

„Man weiß nie, was passiert", antwortete Escorpio. „Wer hat Kenntnis davon, dass sie hier ist?"

„Nur wenige außer den dreien, die sie hergebracht haben. Ich nehme an, nicht einmal ihre Wächter wissen, wer das Mädchen ist, das sie bewachen."

„Ihr solltet sie so gut wie möglich verstecken. Zu ihrem eigenen Besten, natürlich. Niemand darf wissen, wo sie ist und wer sie ist. Ihr solltet sie hüten wie einen Schatz."

„In meinem Schloss gibt es genügend Orte, die sich dafür bestens eignen. Ich denke da zum Beispiel an einen geheimen Brunnen direkt unter diesem Turm."

„Lasst sie sofort dorthin bringen! Man soll ihr mit einer Kapuze das Gesicht bedecken, damit niemand sie erkennt. Und ihre Wächter sollten Männer Eures Vertrauens sein."

„Und Demónicus?"

„Wir machen erst einmal nichts. Wir wissen nichts und wir sagen ihm nichts."

„Und Arquimaes?"

„Sobald er Euch sein Geheimnis anvertraut, lassen wir ihn und seine Freunde verschwinden. Die Schweine werden schon dafür sorgen, dass nichts mehr von ihnen übrig bleibt. Wenn jemand nach ihnen fragt, wissen wir von nichts. Mit Alexia besitzen wir einen unserer besten Trümpfe … Ich glaube, sie wird uns noch sehr nützlich sein. Demónicus weiß es noch nicht, aber wir haben ihn in der Hand."

Benicius nahm sein Weinglas und genehmigte sich einen großen Schluck.

„Du bist gefährlicher, als ich dachte, Escorpio", sagte er und wischte sich den Mund mit dem Ärmel ab. „Aber du bist mir von großem Nutzen."

„Ich bin mir sicher, Ihr werdet mich gebührend zu entlohnen wissen, Majestät."

„Da kannst du ganz unbesorgt sein. Wenn dein Plan gelingt, wirst du deinen Lohn bekommen. Und jetzt, geh hinaus und sag den Dienern, sie sollen meine tapferen Ritter hereinführen. Ich muss eine Invasion vorbereiten."

***

NIEMAND ACHTETE AUF den schmutzigen Bettler in einer Mönchskutte, der auf einem alten Maulesel in das Dorf Asura ritt. Er hatte lange Haare, sein Bart war zerzaust und sein Gesicht starrte nur so vor Dreck. Es war unmöglich, ihn zu erkennen. Und der Gestank, der von seiner Kutte ausging, verhinderte, dass man ihm zu nah kam.

Vor der Taverne machte er halt. Nachdem er seinen Maulesel an einem Baum festgebunden hatte, ging er hinein und setzte sich an einen der Tische. Die anderen Gäste schauten argwöhnisch zu ihm herüber.

„Was willst du?", fragte der Wirt. „Zeig mir zuerst dein Geld oder du kriegst nichts. Wir wollen keine Bettler hier."

„Ich bin ein Bänkelsänger", antwortete Morfidio. „Ich kann deine Gäste mit haarsträubenden Geschichten unterhalten. Je länger sie in deiner Taverne bleiben, umso mehr verdienst du."

„Verschwinde von hier, bevor ich dir einen Tritt in den Arsch gebe! Hier wird nicht gebettelt!"

„Warte, lass uns eine Vereinbarung treffen ... Wenn meine Geschichten ihnen nicht gefallen, brauchst du mir nichts zu geben. Aber ich versichere dir, sie werden ihren Spaß haben."

Der Wirt dachte einen Augenblick nach.

„Na gut, ich werde dir eine Chance geben. Aber wenn du es nicht schaffst, dass die Gäste mehr trinken und essen, schmeiß ich dich eigenhändig raus. Verstanden?"

Morfidio stieg auf eine der Bänke und klatschte ein paarmal in die Hände.

„Ihr edlen Herren, hört die Geschichte, die ich Euch erzähle! Auch ich war einst ein Edelmann wie Ihr, mit einer eigenen Burg. Doch eines üblen Tages hatte ich das Pech, einem Jungen zu begegnen, der mich ins Unglück stürzte ... "

Einige der Gäste schauten auf.

„Der Junge hieß Arturo, er war unsterblich … Er besaß magische Kräfte, die ihn vor dem Tode schützten. Sein Körper war bedeckt von schwarzen Buchstaben, die ihren Herrn wie eine Armee verteidigten … Hütet Euch vor ihm, wenn er Euren Weg kreuzt!"

„He, Mönch, woher hast du die Geschichte?", fragte jemand. „Hast du sie erfunden, als du betrunken warst?"

„Ladet mich zu einem Glas Wein ein und ich erzähle Euch mehr davon", versprach Morfidio. „Ich kenne schreckliche Dinge!"

„Du bist kein Bänkelsänger!", schrie ein anderer. „Du bist vollkommen verrückt!"

Der Graf merkte, wie ihm das Blut zu Kopf stieg, doch er beherrschte seine Wut.

„Wenn du gesehen hättest, was meine Augen gesehen haben, würde dir dein blödes Grinsen vergehen", knurrte er. „Diese Buchstaben sind gefährlich!"

„Wirt! Einen Krug Wein für den Bruder, auf unsere Rechnung!", rief ein Gast, der von einem bewaffneten Diener begleitet wurde. „Fang schon an, wer immer du bist, deine Geschichte interessiert mich … Mir gefallen fantastische Geschichten."

„Danke, mein Freund", sagte der Graf und nahm den Krug, den der Wirt ihm reichte.

Er trank den Krug in einem Zug halb leer und stellte ihn auf den Tisch. Dann ließ er seine Kutte bis zur Taille herabgleiten und entblößte eine grässliche Narbe.

„Seht her! Das hat mir der Junge mit seinem Schwert beigebracht! Er hat mich getötet! Aber ich bin von den Toten auferstanden!"

In der Taverne herrschte plötzlich Grabesstille.

„Jetzt bin ich unsterblich! Genauso wie er!"

„Komm, red keinen Unsinn", sagte ein Bauer, der schon leicht angetrunken war. „Erzähl uns keine Märchen!"

„Märchen? Hältst du mich etwa für einen Lügner?", schrie Morfidio verärgert.

„Werd nicht gleich böse, Mann", versuchte ihn der Bauer zu beschwichtigen. „Aber glauben tun wir dir trotzdem nicht. Mit deinen

Geschichten kannst du einiges verdienen, mein Freund. Du bist ein großartiger Lügner!"

Morfidio sprang von seiner Bank herunter und baute sich vor dem Mann auf.

„Hör zu, Bauer! Wenn du mit einem Edelmann sprichst, hast du ihm Respekt zu zollen! Also, auf die Knie mit dir und bitte um Verzeihung!"

„Du bist ja betrunken!"

Wutentbrannt ging Morfidio zu dem Ritter, der ihm den Krug Wein spendiert hatte, und riss ihm den Dolch aus dem Gürtel. Dann stürzte er sich wie von Sinnen auf den Bauer und stieß ihm das Messer bis zum Heft in die Brust. Einem älteren Mann, der dem Verwundeten zu Hilfe eilen wollte, schnitt er kurzerhand die Kehle durch, und schließlich tötete er auch noch den Ritter mit einem gezielten Stoß.

„So werdet ihr lernen, denen Respekt zu erweisen, die über euch stehen!", brüllte er. „Niemand macht sich über mich lustig!"

Der Wirt nahm das Messer, mit dem er gewöhnlich das Fleisch schnitt, und kam drohend auf ihn zu.

„Du verdammter Säufer!", schrie er. „Verlass auf der Stelle mein Lokal!"

Morfidio wollte schon auf ihn losgehen, doch als er sah, dass sich die Gäste erhoben, um ihren Wirt zu verteidigen, trat er den Rückzug an.

„Ihr werdet noch von mir hören!", drohte er im Hinausgehen. „Ihr werdet euch an mich erinnern!"

Draußen band er eilig den Maulesel los, stieg auf und trat ihm in die Seiten. Die Gäste der Taverne waren vor die Tür gekommen und warfen mit Steinen nach ihm, von denen einige ihn am Rücken trafen.

Während er sich so schnell wie möglich entfernte, fragte er sich, woher diese Wut gekommen war, die ihn ganz plötzlich befallen und zu so einer blutigen Tat hingerissen hatte.

Er ritt aus dem Dorf hinaus in die Berge. Das Schicksal wollte es, dass sein Maulesel ihn in das Reich von König Benicius brachte.

***

Arturo beschloss, einen Rundgang durch die Festungsanlage zu machen. Er wollte sich die Kriegsmaschinen ansehen, für die er sich sehr interessierte, und die Soldaten beobachten, die sich auf die Schlacht vorbereiteten.

„Die Waffen hier sind sehr primitiv", sagte Arquimaes. „Es gibt bessere und größere. Viele Erfinder sind damit beschäftigt, sie immer weiterzuentwickeln."

„Und Ihr, habt Ihr nie eine Kriegsmaschine erfunden?", fragte Crispín, der von Natur aus neugierig war. „Bestimmt wird so was gut bezahlt."

„Wenn ich eine Maschine erfinden würde, dann eine für den Frieden. Obwohl ich glaube, dass sie bereits erfunden wurde."

„Es gibt eine Friedensmaschine?"

„Natürlich. Sie besteht aus vielen kleinen Einzelteilen, die perfekt ineinanderpassen und dazu dienen, dass die Menschen sich besser verstehen … Sie heißt Alphabet. Und die Einzelteile sind die Buchstaben."

„Die Runen sind schon viel älter und haben nichts genützt."

„Runen sind geschriebene Symbole. Das Alphabet ist komplexer und eindeutiger. Es hat zum Ziel, Wissen zu verbreiten, Poesie und alles, was ein Mensch zu denken imstande ist … Suchst du was, Arturo? Ich beobachte schon eine ganze Weile, wie du alles durchwühlst."

„Mein Schwert. Ich kann mein Schwert nicht finden."

„Die Diener werden es mitgenommen haben, um es sauber zu machen."

„Niemand reinigt das Schwert meines Ritters!", rief Crispín aufgebracht. „Ich werde sofort losgehen und es suchen!"

„Mir scheint, man hat auch deinen Bogen mitgenommen", stellte Arturo fest.

„Wer hat denen die Erlaubnis gegeben, unsere Waffen anzufassen?", rief der Knappe immer ärgerlicher.

„Warte mal einen Moment … Ich glaube, hier stimmt was nicht."

Arquimaes schaute Arturo beunruhigt an, denn er wusste so gut wie der Junge, dass kein Diener die Waffe eines Gastes ohne Erlaubnis mitnehmen würde.

„Du glaubst doch wohl nicht, dass …"

„Ich glaube überhaupt nichts. Ich sage nur, dass unsere Waffen weg sind, und das gefällt mir ganz und gar nicht."

In diesem Moment ging die Tür auf, und der Sekretär, der sich um ihre Unterbringung gekümmert hatte, kam herein.

„Arquimaes, König Benicius wünscht, Euch zu sehen", sagte er.

„Die Diener haben die Waffen meiner Freunde mitgenommen", antwortete der Weise ohne Umschweife. „Wer hat das angeordnet?"

„Das weiß ich nicht, aber ich werde mich darum kümmern. Wenn Ihr mir jetzt bitte folgen würdet …"

„Gut, gehen wir", sagte Arquimaes. „Mal sehen, was Benicius von uns will."

„Er will nur Euch sehen, Herr. Die anderen warten hier. Befehl von oben."

Arquimaes hatte das Gefühl, einen Schlag in die Magengrube bekommen zu haben. Seine schlimmsten Befürchtungen schienen sich zu bewahrheiten. Als er den Raum verließ, sah er mehrere Wachsoldaten vor der Tür stehen. Hinter ihm wurde die Tür mit einer Eisenstange sorgfältig verbarrikadiert. Da begriff er, dass er in eine Falle gegangen war. Und ihm wurde endgültig klar, dass Benicius nicht der gütige Herrscher war, für den er ihn immer gehalten hatte.

XIV

Ein schwarzer Helm

Hinkebein kommt zusammen mit Metáfora in den Versammlungsraum der Stiftung und betrachtet den großen Stadtplan, den ich auf dem langen Tisch ausgebreitet habe.

„Na, wieder fit?", frage ich ihn.

„Ja, bestens. Und dein Vater? Wie du ja sicher weißt, habe ich versucht, ihm zu helfen, als er von diesen Ganoven zusammengeschlagen wurde. Aber ich konnte nichts machen."

„Meinem Vater geht es schon wieder besser. Er wird bald aus dem Krankenhaus entlassen. Aber bis dahin kümmere ich mich um die Angelegenheiten der Stiftung."

„Warum hast du mich hierherkommen lassen?"

„Du bist doch Archäologe. Jetzt kannst du es mir beweisen. Mal sehen, ob du ein Angeber bist."

„Nein, es ist wahr. Bevor ich mit dem Trinken angefangen habe, war ich ein sehr guter Archäologe. Ich habe für ein Unternehmen gearbeitet, das sich auf Ausgrabungen spezialisiert hatte. Wenn irgendwo gebaut werden sollte, musste ich herausfinden, ob sich unter der Erde irgendwelche historisch bedeutenden Ruinen befanden. Archäologische Funde sind sehr wertvoll, und wenn sie bei den Ausgrabungen beschädigt werden, drohen hohe Strafen. Darin bestand meine Arbeit. Und ich kann dir versichern, ich habe sie sehr gut gemacht."

„Ja, das wissen wir schon", unterbricht ihn Metáfora, „aber jetzt brauchen wir deine fachliche Hilfe."

„Ich bin zwar schon viele Jahre raus, aber ich habe noch nichts verlernt. Das habe ich euch schon ein paarmal gesagt."

Ich biete ihm einen Stuhl an und bringe ihm ein Glas Wasser.

„Würdest du gerne wieder als Archäologe arbeiten?", frage ich geradeheraus.

„Klar würde ich das! Aber es vertaut mir ja keiner mehr! Alle in unserer Branche wissen, was damals in den Ruinen von Angélicus passiert ist. Und sie wissen auch, dass ich Alkoholiker bin. Und ein Krüppel. Ich bin erledigt, das Gespött der ganzen Branche."

„Ich biete dir an, für die Stiftung zu arbeiten, jedenfalls eine Zeit lang. So könntest du deinen Ruf wiederherstellen …"

„Machst du Witze? Die Stiftung ist kein archäologisches Unternehmen und braucht mich nicht. Was soll das Ganze?"

Metáfora setzt sich neben ihn und zeigt auf den Stadtplan.

„Schau, hier im Stadtzentrum befindet sich die Stiftung Adragón. Wir wollen mehr über ihren archäologischen Wert erfahren. Darum geht es, um eine zeitlich begrenzte Tätigkeit, für die du einen anständigen Lohn bekommen sollst. Wie du sehen kannst, befinden wir uns mitten in der Altstadt. Und wir denken, dass es hier eine Menge zu entdecken gibt."

„Warum engagiert ihr kein Unternehmen? In dieser Stadt gibt es einen Haufen guter und angesehener Archäologen. Ich bin nichts weiter als ein Bettler, der den halben Tag besoffen ist und alten Zeiten nachtrauert."

„Du sollst heimlich für uns arbeiten. Niemand darf etwas davon erfahren. Das ist die Bedingung. Wenn du es herumerzählst, ist der Vertrag ungültig."

„Wenn ich es herumerzähle? Aber ich bin doch ein Trinker, und Trinker wissen nicht, was sie reden! Jeder kann aus mir herauskriegen, was er will!"

„Wenn du keine Diskretion garantieren kannst, vergiss es!", sage ich entschieden. „Du darfst zu niemandem etwas sagen, kein Wort! Du wirst nur Metáfora und mich über deine Arbeit informieren! Und du wirst mit dem Trinken aufhören!"

„Wer bezahlt mich?"

„Ich! Hier hast du einen Vorschuss … Fast meine ganzen Ersparnisse", füge ich hinzu. „Damit kannst du erst mal die anfallenden Ausgaben bestreiten."

„Und was genau soll ich machen?", fragt Hinkebein mit einem Blick auf das Bündel Geldscheine, das ich ihm hinhalte.

„Herausfinden, welchen archäologischen Wert dieses Gebäude hat. Herausfinden, welches Interesse manche Leute an ihm haben könnten. Herausfinden, wer ein Interesse daran hat, es zu erwerben. Herausfinden, was wir machen können, um unsere Unabhängigkeit zu behalten."
„Ihr seid von Feinden umzingelt."
„Das wissen wir."
„Auch hier im Haus."
„Auch das wissen wir."
„Ich soll also den Maulwurf für euch spielen?"
„Besser hätte ich es nicht ausdrücken können."
Hinkebein klemmt sich seine Krücke unter die Achsel und humpelt zum Fenster. Von dort aus kann man die Straßenecke sehen, an der er Tag für Tag sitzt und um Almosen bettelt.
„Seid ihr sicher, dass ich der Richtige für euch bin?", fragt er.
„Ganz bestimmt. Du warst der Erste, der mich darauf aufmerksam gemacht hat, dass um die Stiftung herum seltsame Dinge vor sich gehen. Du weißt mehr, als du sagst. Und ich hoffe, dass du dich der Stiftung gegenüber loyal verhältst."
„Ich schulde euch nichts. Du hast mich gut behandelt, aber das heißt nicht, dass ich dir etwas schuldig bin."
„Ich weiß. Deswegen bezahle ich dich ja auch für deine Arbeit. Aber du musst dich jetzt entscheiden. Wenn du das Angebot ausschlägst, muss ich mir jemand anderen suchen."
„Du bist kaum wiederzuerkennen! Sonst bringst du mir immer Obst oder einen Joghurt vorbei …"
„Die Zeiten haben sich geändert. Jetzt muss ich um die Stiftung kämpfen. Und ich werde tun, was getan werden muss, um sie zu retten."
Hinkebein denkt ein paar Minuten nach. Schließlich nimmt er die Scheine und steckt sie in die Innentasche seines Mantels. Dann humpelt er ganz langsam zur Tür. Bevor er sie öffnet, schaut er sich noch einmal um.
„Du kannst auf mich zählen", sagt er zu mir. „Ich werde dir jede Information verschaffen, die du brauchst."
„Gut, aber denk dran, wir müssen diskret vorgehen."
„Das werde ich."

„Hier hast du ein Handy, damit du mich anrufen kannst. Weißt du, wie es funktioniert?"

„Vielleicht besser als du", lacht er und steckt es ein. „Wenn du wüsstest, wie viele Handys die Leute im Laufe des Tages so ‚verlieren', du würdest staunen."

Er hinkt hinaus, und gerade als er die Tür von außen schließt, betritt Señor Stromber den Raum durch eine andere Tür.

„Was wollte dieser Mensch hier?", fragt er.

„Nichts. Ich wollte ihm dafür danken, dass er meinem Vater geholfen hat. Ich habe ihm etwas Geld gegeben."

„Er ist ein Bettler, du darfst ihm nicht trauen."

„Ich traue ihm nicht", sage ich schroff, wodurch ich ihm zu verstehen gebe, dass ich das Gespräch für beendet erkläre. Doch er will sich weiter mit mir unterhalten.

„Du musst jetzt sehr stark sein, Arturo. Dein Vater befindet sich in einer heiklen Situation. Es kann sein, dass du einige schwierige Entscheidungen treffen musst."

„Ich hoffe, dass es Papa bald besser geht und er sie selbst treffen kann."

„Der Arzt hat gesagt, er kann das Krankenhaus in den nächsten Tagen verlassen", mischt sich Metáfora ein.

„Ja, aber die Bank macht weiter Druck. Und meine Freunde wollen Fortschritte sehen. Wir dürfen nicht vergessen, dass sie eine Bürgschaft übernommen haben, um die Pfändung zu verhindern. Sie erwarten eine Gegenleistung."

„Was genau erwarten sie?"

„Bestimmte Pergamente und noch andere Dinge. Ich habe mit General Battaglia gesprochen. Er hat mir gesagt, dass im ersten Keller unzählige wertvolle Dinge liegen. Schwerter, Schilde ..."

„Aber die stehen nicht zum Verkauf! Wir werden nichts hergeben, bevor mein Vater nicht wieder gesund ist. Dann kann er selbst entscheiden. Außerdem gehören die Gegenstände nicht der Stiftung, sondern Sombra. Meine Mutter hat sie ihm vermacht. Alles, was sich in den Kellern befindet, gehört ihm."

„Dann könnte er doch einiges davon verkaufen, um die schwierige

Situation der Stiftung und damit die deines Vaters ein wenig zu verbessern. Versuche ihn davon zu überzeugen."

„Er wird nichts verkaufen! Alles, was meine Mutter ihm vererbt hat, bleibt in seinem Besitz. Unsere Entscheidung steht fest, Señor Stromber!"

„Durch deine Haltung verschlimmerst du die Situation nur noch, Arturo."

„Durch meine Haltung verteidige ich die Interessen der Stiftung und die meiner Familie", entgegne ich. „Und jetzt entschuldigen Sie mich bitte, Señor Stromber. Ich habe zu tun."

„Oh ja, natürlich."

Er geht hinaus und lässt Metáfora und mich alleine. Seine Hartnäckigkeit beunruhigt mich. Ich bin mir sicher, dass er meinen Vater unter Druck setzt, jetzt, wo es Papa gesundheitlich schlecht geht.

„Was hältst du davon?", fragt Metáfora, die während der Unterhaltung kaum etwas gesagt hat.

„Er wird sich alles Mögliche einfallen lassen, um sich die Stiftung unter den Nagel zu reißen. Aber warum ist er nur ausgerechnet auf sie so versessen? Warum kauft er nicht andere Gebäude, die historisch genauso wertvoll sind? Die Stadt ist doch voll davon!"

„Aber er will dieses hier! Er will um jeden Preis die Stiftung haben. Und das beunruhigt mich. Warum hat er sich bloß in den Kopf gesetzt, ausgerechnet euer Haus und eure Schätze in seinen Besitz zu bringen?"

***

ETWAS NIEDERGESCHLAGEN KOMME ich in die Schule. Auch wenn ich es nicht zugeben will, haben mich die letzten Ereignisse ziemlich mitgenommen. Vor allem hat es mich deprimiert, meinen Vater im Krankenhaus zu sehen. Und meine Situation hier in der Schule wird auch nicht gerade besser. Irgendwann will der Direktor mit Papa über die Prügelei mit Horacio und die eingestürzte Mauer sprechen. Bestimmt wird er mich als den einzig Schuldigen hinstellen.

„Hallo, Arturo, wie geht es deinem Vater?", fragt Mercurio.

„Er erholt sich schnell. Übrigens, danke, dass du mich gestern ins Krankenhaus gefahren hast."

„Keine Ursache … Hör mal, ich muss dich warnen. Horacio führt etwas gegen dich im Schilde. Das neulich hat ihn wütend gemacht. Er sagt, er wird es nicht dulden, dass ihn jemand vor den anderen lächerlich macht. Jetzt erzählt er überall herum, du seist ein Hexenmeister!"

„Ich habe mich nur gewehrt. Ich kann doch nicht dabei zusehen, wie er einen Mitschüler schikaniert, der schwächer ist als er!"

„Aber jetzt bist du der Schwächere! Horacio ist bösartig. Sieh dich vor, er hat eine Stinkwut auf dich."

„Ich werde aufpassen … Übrigens, tut mir leid, dass du so viel Arbeit hattest mit der eingestürzten Mauer."

„Das war doch nicht deine Schuld. Außerdem war es interessant, ich habe etwas Unglaubliches gefunden: einen Helm!"

„Aus dem Mittelalter?"

„Ja, einen richtigen Helm! Einen von denen, die die Ritter im Mittelalter getragen haben."

„Hast du ihn noch?"

„Ich habe ihn versteckt, niemand hat ihn gesehen. Ich überlege noch, was ich damit mache. Vielleicht sollte ich ihn dem Direktor geben."

„Kann ich ihn mal sehen? Du weißt ja, alte Dinge find ich ziemlich cool."

„Bleib nach der Schule hier, dann ist niemand mehr da, der uns dabei beobachten kann …"

„Und jetzt? Ich möchte nur mal kurz einen Blick darauf werfen."

„Tja … Gut, aber nur ganz kurz … Lauf zu dem Gärtnerhäuschen, ich komm gleich nach. Los, mach schnell!"

Anstatt ins Hauptgebäude zu gehen, laufe ich ums Haus herum in den Garten, wobei ich aufpasse, dass mich niemand sieht. Auf keinen Fall will ich, dass Mercurio meinetwegen Ärger bekommt.

Während ich auf ihn warte, sehe ich mir das Häuschen und den Garten an. Der Teil der Mauer, der noch steht, ist so brüchig, dass er so aussieht, als würde auch er jeden Moment in sich zusammenfallen. Ich bin zwar kein Experte, aber ich sehe auf den ersten Blick, dass die Steine uralt sind. Möglicherweise stammen sie aus dem Mittelalter. Aus irgendeinem Grund ist dieser Teil der Schule verwahrlost, aber mir scheint, dass er ein wahres historisches Juwel ist.

Mercurio kommt und schließt die Tür auf. Wir gehen hinein. Im Hintergrund stapeln sich Säcke mit Erde und Schutt, wahrscheinlich die Reste der Mauer. Außerdem sehe ich noch Arbeitsgeräte und mehrere Stoffbahnen.

„Hier ist er", sagte Mercurio und hebt einen leeren Sack hoch, mit dem er den Helm bedeckt hat. „Ist das nicht ein Prachtstück?"

Ich schaue mir den Helm genau an. Er muss einmal schwarz gewesen sein, Spuren davon sind noch zu erkennen. Es ist einer von jenen Helmen, die den Kopf vollständig bedecken, mit einem Schlitz in Höhe der Augen. Er sieht genauso aus wie der, den ich in meinen Träumen aufhabe! Ich würde behaupten, es ist meiner! Unglaublich!

„Gefällt er dir? Meinst du, er ist echt? Ist er wirklich so alt, wie er aussieht?"

„Er ist bestimmt tausend Jahr alt", flüstere ich. „Ja, ich glaube, er ist echt."

„Ziemlich klein für einen Männerkopf, findest du nicht? Muss wohl einem Schildknappen oder so gehört haben."

„Knappen haben keine Helme getragen, auch keine Panzerhemden oder Rüstungen."

„Dann muss sein Besitzer sehr jung gewesen sein. Ungefähr so alt wie du."

„Glaub ich nicht. Jungen in meinem Alter waren noch keine Ritter."

„Im Mittelalter gab es ganz junge Männer, die Armeen geführt haben."

Ich halte den Helm in beiden Händen, genauso wie in meinen Träumen, bevor ich ihn aufsetze.

„Warte! Setz ihn nicht auf!", sagt Mercurio. „Er ist völlig verstaubt und außerdem bestimmt verrostet. Lass mich ihn erst mal sauber machen. Du wirst noch genug Gelegenheit haben, ihn aufzusetzen."

Bevor ich ihm den Helm zurückgebe, sehe ich mir die Vorderseite an. Auch wenn man die Verzierung nur undeutlich erkennen kann, weiß ich sofort, was es ist: ein großes A mit dem Kopf und den Klauen eines Drachen!

Traum und Wirklichkeit fangen an, sich immer mehr anzunähern ... Und das macht mir Angst.

XV

NEUER GROLL

Arquimaes betrat einen düsteren Saal. Die Wände waren nackt und es gab keine Vorhänge. Er begriff sofort, dass dies die Vorhalle zum Gefängnis war.

Benicius erwartete ihn bereits, er saß auf einem Stuhl mit hoher Lehne. Ihm gegenüber standen eine Bank und ein Tisch, auf dem mehrere Pergamentseiten neben einem Tintenfass und einer Schreibfeder lagen.

„Setz dich, mein lieber Arquimaes, ich habe etwas mit dir zu besprechen", lud ihn der König ein. „Lass uns als Freunde miteinander reden. Erinnere dich an die Zeit, als du unter meinem Schutz standest und im Turm von Drácamont ungestört deiner Arbeit nachgehen konntest. Ich habe dir alles zur Verfügung gestellt, was du brauchtest, um eine Formel zu entwickeln, die uns von den wilden Bestien befreien sollte."

Der Alchemist nahm Platz. Ein Dutzend Soldaten standen schweigend an der Wand, ohne sich zu rühren, jedoch bereit, jeden Befehl ihres Königs unverzüglich auszuführen.

„So ist es und ich danke Euch dafür. Wenn mich der machtbesessene Graf Morfidio nicht verschleppt hätte, wäre ich immer noch dort und würde forschen. Ich werde Eure Großzügigkeit niemals vergessen. Ihr habt bewiesen, dass Ihr an die Wissenschaft glaubt und bereit seid, sie zu unterstützen. Ich stehe tief in Eurer Schuld."

„Nun ist mir allerdings zu Ohren gekommen, dass du eine geheime Formel gefunden hast, mit der man das ewige Leben erlangen kann. Und dazu Glück und Macht ... Ich glaube, es ist verständlich, dass ich etwas erwarte als Gegenleistung für die Hilfe, die ich dir gewährt habe. Als alle Welt sagte, du seist ein bösartiger Hexenmeister, habe ich dich unterstützt. Es ist also nur normal, dass die Früchte deiner Forschung mir zugutekommen. Verstehst du mich?"

„Wir haben keine Vereinbarung getroffen … Ich habe Euch nichts versprochen, also schulde ich Euch auch nichts. Es hat nichts mit Eurem Auftrag zu tun."

„Du solltest der Hand, die dich beschützt hat, dankbar sein, Arquimaes. Außerdem hast du mir nie die Formel geliefert, die uns von den Bestien befreien soll. Das war es, womit ich dich beauftragt hatte. Wir können also sagen, dass du mir nichts geliefert hast."

„Hört, Benicius …"

„Schschttt! Sag nichts! Hier ist alles, was du brauchst, um mir das Geheimnis anzuvertrauen, das schon so viele Menschenleben gekostet hat. Du schreibst jetzt auf der Stelle diese verdammte Formel auf! Wenn ich mächtig und unsterblich sein werde, ernenne ich dich zum obersten Zauberer meines Reiches, das sich bis ans Ende der Welt erstrecken wird. Du wirst nach Herzenslust arbeiten können! Und du wirst zum besten Wissenschaftler der Welt werden und in die Geschichte eingehen!"

„Ich erstrebe nichts von dem, was Ihr mir bietet. Ich arbeite daran, die Welt zu verbessern, und werde alles dafür tun, dass sie gerechter wird."

„Gut, sehr gut. Das alles scheint mir sehr ehrenhaft zu sein. Ich finde es gut, dass du Ideale hast. Das wird mir helfen, ein weiser und gerechter König zu werden. Siehst du, dass unsere Interessen in dieselbe Richtung gehen?"

„Nicht unbedingt, Benicius. Nur einmal angenommen, es gibt diese außergewöhnliche Formel, von der Ihr sprecht, dann könnte ich sie Euch doch nicht preisgeben. Sie ist für ganz besondere Menschen gedacht … Versteht Ihr?"

Benicius erhob sich und ging zum Fenster.

Er zeigte mit seinem Schwert auf Arquimaes und sagte: „Du langweilst mich, Alchemist. Morgen bei Tagesanbruch wirst du gehängt, zusammen mit deinen Freunden! Niemand weiß, dass ihr hier bei mir im Schloss seid, also wird auch niemand kommen, um euch zu retten."

„Und wenn ich die Formel aufschreibe, lasst Ihr uns dann gehen?", fragte der Weise.

„Wie du verstehen wirst, kann ich es nicht riskieren, dich freizulassen. Du könntest anderen das Geheimnis verraten, zum Beispiel Königin Émedi. Wenn du die Formel nicht aufschreibst, werdet ihr drei sterben. Schreibst du sie auf, können sie gehen, wohin sie wollen, aber du bleibst hier. Verstanden? Ich mache dich zu meinem obersten Zauberer und du wirst nur für mich arbeiten."

„Und Alexia? Was habt Ihr mit ihr vor?"

„Vergiss sie. Das geht dich nichts an. Ordne jetzt deine Gedanken und schreib die Formel auf dieses Pergament. Beeil dich, dir bleibt nur noch wenig Zeit."

„Was ist mit Eurem Versprechen, Euch mit Émedi zu verbünden?"

„Machst du Witze? Meinst du, ich würde mich mit Demónicus anlegen?"

Benicius stand auf und ging zur Tür.

„Ich lasse dich jetzt allein …"

***

DEMÓNICUS KOCHTE VOR Zorn, als der Bote ihm mitteilte, dass einige Pferde von Oswalds Spähtrupp ohne Reiter zurückgekommen waren.

„Auf die Knie mit dir!", befahl er. „Neige den Kopf!"

Der Soldat wusste, dass sein Ende gekommen war. Wenigstens muss ich keine Folter erdulden, war sein einziger tröstlicher Gedanke.

Mit einem Hieb seines Schwertes trennte Demónicus den Kopf des Soldaten vom Rumpf. Damit linderte der Finstere Zauberer zumindest einen Teil seines Schmerzes darüber, dass er seine Tochter immer noch nicht wiederhatte.

„Wo ist sie?", schrie er. „Was kann ich tun, um sie zurückzubekommen? Warum stehen die Götter mir nicht bei?"

***

ALEXIA VERSUCHTE, SICH in ihrem dunklen Verlies zurechtzufinden. Sie hatte die Wände abgetastet und dabei festgestellt, dass sie feucht waren. Das deutete darauf hin, dass sie sich an einem Ort befand, an dem es Wasser gab. In einem Brunnen vermutlich.

Um eine Vorstellung von der Größe ihres Gefängnisses zu bekommen, hatte sie es in alle Richtungen abgeschritten. Dann hatte sie sich an den Wänden entlanggetastet: kaum zwei mal zwei Meter! Das reichte gerade einmal, um sich auf der Holzpritsche ausstrecken zu können. Türen gab es natürlich keine, man hatte die Prinzessin in einem Korb hinuntergelassen. Mindestens fünf Meter in die Tiefe.

Ein normaler Mensch hätte es niemals schaffen können, da herauszukommen. Doch Alexia war kein normaler Mensch, sie war eine Hexe mit magischen Kräften. Benicius war so überheblich, dass es ihm nicht in den Sinn gekommen war, die Tochter des Finstersten aller Zauberer könnte die Begabung für die schwarze Magie geerbt haben.

Ich werde hier rauskommen! Und dann werde ich Arturo an meinen Vater ausliefern! Und Benicius wird seinen Verrat teuer bezahlen, beschloss Alexia, während sie die Arme vor der Brust verschränkte und sich auf ihre Gedanken konzentrierte.

✷✷✷

Ein Blick aus dem Fenster ihres Zimmers genügte Arturo, um ihm klarzumachen, dass es keine Möglichkeit zur Flucht gab. Es war zu hoch, um hinunterzuspringen oder sich abzuseilen, und selbst wenn sie es schafften, war der Innenhof so voller Menschen, dass es unmöglich war, unbemerkt zu entkommen. Er war sich sicher, dass es selbst in der Nacht nicht gelingen konnte.

„Wie wollen wir hier rauskommen?", fragte Crispín.

„Ich weiß es nicht. Nur ein Wunder kann uns helfen."

„Warum versuchst du es nicht mit den magischen Kräften der Buchstaben? Sie werden dir helfen, ganz bestimmt."

„Na ja … Also, ehrlich gesagt, ich weiß gar nicht, wie das geht. Ich kann ihnen nichts befehlen. Sie tun, was sie wollen, wann sie es wollen und wie sie wollen."

„Dann hast du also keine Macht über sie."

„So ist es. Sie handeln, wenn sie es für richtig halten. Arquimaes ist der Einzige, der weiß, wie man sie beherrscht."

„Schöne Kräfte sind das! Ich dachte, du gibst ihnen Befehle. Am Ende bist du gar nicht so mächtig, wie es aussieht."

„Vermutlich muss ich es erst noch lernen. Im Moment jedenfalls weiß ich nicht, wie man das macht … Wir müssen einen Weg finden, ohne die Hilfe der Buchstaben hier rauszukommen."

„Hast du es denn überhaupt schon mal versucht?", beharrte Crispín.

„Warum probierst du es nicht einfach? Mal sehen, was passiert …"

Arturo dachte nach. Ein Versuch konnte nicht schaden. Er zog sein Hemd aus und stellte sich mitten ins Zimmer, die Arme weit ausgebreitet, wie Arquimaes, als dieser die Buchstaben gegen Oswalds Männer geschickt hatte.

„Ich befehle euch, mir zu helfen!", rief er feierlich. „Ich, Arturo Adragón, befehle euch, mir zu helfen!"

Crispín ging näher an Arturos Brust, in der Hoffnung, etwas Außergewöhnliches zu beobachten. Doch es geschah nichts. Die Buchstaben blieben, wo sie waren.

„Es funktioniert nicht", sagte Crispín resigniert. „Sie hören nicht auf dich."

„Ich hab dir doch gesagt, sie sind unabhängig und machen, was sie wollen. Anscheinend handeln sie nur, wenn ich in großer Gefahr bin, wenn mich jemand attackiert oder mir Schmerzen zufügt."

„Soll ich dich schlagen? Mal sehen, vielleicht reagieren sie ja darauf."

„Erinnere dich daran, was mit Górgula passiert ist … Es kann sehr gefährlich werden. Sie könnten dich töten."

„Das heißt also, die Mission der Buchstaben ist es, dich zu verteidigen. Sie greifen nicht an, sie verteidigen dich nur, wenn es nötig ist."

„Ja, so scheint es."

„Tja … Ich hab da gerade so eine Idee …"

Die Soldaten, die das Zimmer von Arturo und Crispín bewachten, horchten auf. Drinnen wurde es laut. Der Anführer legte sein Ohr an die Tür. Die beiden Gefangenen stritten lautstark miteinander. „Hilfe! Hilfe!", hörte er sie schreien.

„Sofort einschreiten!", befahl er.

Sie stießen die Tür auf. Tatsächlich schrien Arturo und Crispín sich an und gingen sich an den Kragen.

„Aufhören!", befahl der Anführer. „Ihr hört jetzt sofort auf oder wir müssen Gewalt anwenden! Wir werden euch in Ketten legen!"

„Er wollte mich verhexen!", jammerte Crispín. „Er wollte mich in ein Schwein verwandeln!"

„Du schuldest mir Respekt, du Rotznase!", rief Arturo und versetzte ihm eine kräftige Ohrfeige. „Damit du lernst, mich zu respektieren!"

„Er wollte dich verhexen?", fragte einer der Wachsoldaten. „Was meinst du damit, Junge?"

„Er ist ein mächtiger Zauberer!", antwortete Crispín. „Ihr müsst mich vor ihm schützen, bevor er mir etwas antut!"

„Dummes Zeug", verteidigte sich Arturo. „Ich bin kein Zauberer!"

„Ach nein? Zeig ihnen die magischen Zeichen auf deinem Körper! Zeig sie ihnen!"

„Von was für Zeichen redest du?", wollte der Wachsoldat wissen.

„Sein Körper ist mit magischen Symbolen tätowiert", erklärte Crispín. „Ihr müsst mich von hier fortbringen!"

„Das ist eine Lüge!", rief Arturo.

„Ich befehle dir, das Hemd auszuziehen!", sagte der Anführer. „Jetzt sofort!"

„Er lügt! Da ist nichts zu sehen!", schrie Arturo, wobei er sein Hemd mit beiden Händen festhielt und gegen die Brust presste.

„Zieht ihm das Hemd aus!", verlangte Crispín.

Drei Soldaten stürzten sich auf Arturo, der erbitterten Widerstand leistete. Doch mit vereinten Kräften gelang es ihnen, Arturo zu überwältigen. Sie schlugen ihm ein paarmal ins Gesicht, um ihn gefügig zu machen, und rissen ihm das Hemd vom Leibe. Tatsächlich: Die Brust des Jungen war mit Zeichen übersät!

Als die Soldaten die Tätowierungen erblickten, hielten sie überrascht inne. Die magischen Zeichen erschreckten sie. Sie hatten schon Zauberer mit Zeichnungen und Runen auf dem Körper gesehen, aber noch keinen mit Buchstaben.

„Es stimmt", sagte der Anführer, „er ist ein Hexer!"

„Ich bin kein Hexer. Ich bin Arturo Adragón."

„Bringt ihn zum König!", befahl der Anführer. „Fesselt ihn!"

Wieder leistete Arturo Widerstand und zwang so die Soldaten, Gewalt anzuwenden. Sie schlugen ihn, und da endlich geschah das, worauf die Jungen gewartet hatten.

„Was ist das denn?", fragte der Anführer, als er sah, wie sich die Buchstaben von Arturos Körper lösten. „Was ist das für ein Zaubertrick?"

Doch es war bereits zu spät. Die Buchstaben hatten zwei Soldaten gepackt und zu Boden geworfen. Ein weiterer war nahe am Ersticken und ein vierter war vor Schreck bewusstlos geworden.

„Du bist ein Hexenmeister! Du wirst sterben!", drohte der Anführer und zog sein Schwert aus der Scheide. „Das Schwert ist das beste Mittel gegen Hexerei!"

Er schaute nicht einmal hin, als Arturo einem Soldaten das Schwert abnahm. Er konnte es sich nicht vorstellen, dass ein Junge von vierzehn Jahren ein ebenbürtiger Gegner in einem Schwertkampf sein könnte. Doch es dauerte nicht lange, da musste er einsehen, dass er sich geirrt hatte.

Während Crispín die Tür schloss, damit nicht noch weitere Soldaten durch den Lärm angelockt wurden, führte der Wachsoldat einen ersten Streich gegen Arturo, der ihm äußerst geschickt auswich. Er versuchte es ein zweites Mal, doch er musste mit ansehen, dass sein Kontrahent seine Klinge kreuzte und den Schlag parierte.

„Du wirst sterben!", wiederholte der Soldat.

Arturo baute sich vor ihm auf und hob sein Schwert. Mehrere Hiebe parierte der Soldat mit großer Mühe, doch dann, nach einem kurzen Gefecht, stieß Arturo ihm das Schwert in die Brust, genau zwischen Panzerhemd und Rüstung.

„Siehst du nun, was passiert, wenn man zu viel redet?", sagte Arturo zu dem Sterbenden. „Rede nie über das, was du vorhast!"

***

EIN SOLDAT FIEL vor Demónicus auf die Knie und bat um Erlaubnis, sprechen zu dürfen.

„Ein Fremder bietet Euch seine Dienste an", sagte der Mann. „Er behauptet, Euch dabei helfen zu können, die Prinzessin zurückzubringen."

„Wer ist es? Woher kommt er?"

„Das hat er nicht gesagt. Er weigert sich, Auskunft zu geben. Er will nur mit Euch sprechen."

„Gut, bringt ihn her. Aber vorher seht nach, ob er Waffen oder sonst einen verdächtigen Gegenstand bei sich trägt."

Wenige Minuten später wurde ein Mann, der sein Gesicht hinter einer Kapuze verbarg, von mehreren Soldaten in den Saal geführt.

„Du behauptest also, du kannst mir helfen, meine Tochter zurückzubringen, Fremder?", sagte Demónicus. „Über welche Macht verfügst du, um eine solche Heldentat zu vollbringen?"

„Ich verfüge über außergewöhnliche Kräfte", antwortete der Mann. „Ich habe bei den größten Weisen, Alchemisten und Zauberern studiert. Und ich habe ein Geheimnis entdeckt, das dir in dem Krieg, den du zu beginnen gedenkst, von großem Nutzen sein kann. Wenn du mich in deine Armee aufnimmst, werden wir unbesiegbar sein!"

„Was hast du in meinem Reich zu suchen? Wenn du so mächtig bist, wie du behauptest, wozu brauchst du dann mich?"

„Ich dürste nach Rache. Ich möchte eine schreckliche Waffe bauen, die alle unsere Feinde vernichten kann. Dafür brauche ich deine Hilfe."

„Willst du Macht oder Reichtum?"

„Ich will nur eins: den Frieden meiner Seele! Und ich werde ihn nicht eher erreichen, bevor ich mich an dem Mann gerächt habe, der mein Leben und das meiner Brüder und meiner übrigen Familie zerstört hat."

„Wer ist dieser Mann, der dir so viel Schaden zugefügt hat, dass du dich mit mir verbünden willst?"

„Arquimaes!"

Demónicus verspürte einen Stich. Er hatte Arquimaes in seinen Kerkern gehabt. Das Leben des Alchemisten war in seiner Hand gewesen. Und er war ihm entkommen! Und nun war Arquimaes verantwortlich dafür, dass Alexia verschleppt worden war.

„Dann bist du hier richtig", sagte der Finstere Zauberer zu dem Fremden. „Arquimaes ist auch mein Feind. Ich habe noch eine Rechnung mit ihm offen. Wenn nötig, mache ich jedes Dorf dem Erdboden gleich und reiße die Erde auf, um diesen Bastard zu finden. Er hat meine Tochter verschleppt und mir damit den Schlaf geraubt!"

Der Fremde schlug die Kapuze zurück und ließ sein Gesicht sehen.

„Zusammen werden wir die Rache finden, nach der wir dürsten", raunte Bruder Tránsito.

XVI
Träume und Archäologie

Obwohl mich meine Träume gerade ziemlich mitnehmen, besuche ich Papa jeden Tag im Krankenhaus. Metáfora begleitet mich oft. Auch ihre Mutter Norma ist ständig bei ihm, obwohl sie jeden Tag zur Schule muss. Ich bin den beiden unendlich dankbar dafür. Vor allem Normas Besuche geben meinem Vater Mut und das ist sehr wichtig für mich.

„Hallo, Papa, wie geht es dir heute?", frage ich ihn, als ich das Krankenzimmer betrete.

„Besser, mein Junge. Ich glaube, in den nächsten Tagen werden die mich hier rausschmeißen. Ich sehne mich an meinen Schreibtisch zurück, ich vermisse die Stiftung und die Leute. Ich muss so schnell wie möglich mit meiner Arbeit weitermachen. Mein Projekt wartet."

„Dafür ist immer noch genug Zeit, Arturo", ermahnt ihn Norma. „Jetzt musst du erst mal wieder gesund werden. Schläge auf den Kopf können gefährliche Folgen haben."

„Ja, ja, ich weiß, aber ich muss unbedingt …"

„Schon gut, Papa. Ich bin gekommen, um dir zu sagen, dass in der Stiftung alles in Ordnung ist. Sombra hat neulich den ersten Keller aufgeschlossen und General Battaglia konnte …"

„Ja, ich weiß. Ich glaube, Sombra war ein wenig unfreundlich zu ihm. Der General hat sich bei mir beschwert. Ich habe ihm erlaubt, auch den zweiten Keller zu besichtigen."

„Den zweiten? Aber Papa, das ist gefährlich! Sombra sagt, da gibt es Geheimnisse, die niemand sehen darf."

„Sombra übertreibt. Es ist Zeit, dass wir die Türen unseres Museums für alle öffnen. Wir sollten unser Wissen mit anderen teilen. Der General verdient es, unsere Schätze als Erster zu sehen … Vielleicht entdeckt er ja was Interessantes."

„Du glaubst also auch, dass die Schwarze Armee existiert hat? Erzähl mir nicht, dass er dich davon überzeugen konnte ..."

„Und wenn er recht hat? Kannst du dir vorstellen, was das für den Ruf der Stiftung bedeuten würde? Das wäre das Größte, was uns je passiert ist", freut sich mein Vater. „Wenn wir herausfinden würden, dass es eine Armee gegeben hat, von der niemand etwas wusste ..."

„Aber wieso wäre das so wichtig?", frage ich.

„Arturo, wenn die Schwarze Armee existiert hat, dann heißt das, dass auch ein Königreich existiert hat. Und die Existenz eines bisher unbekannten mittelalterlichen Reiches ist die wichtigste Neuigkeit, die eine Stiftung wie unsere der Welt mitteilen kann. Bist du dir nicht im Klaren darüber, was das bedeuten würde?"

„Glaubst du, es könnte ein Reich existiert haben, das sich auf diese Armee gestützt hat?"

„Genau das! Ein Reich, von dem bis heute niemand etwas wusste! Ein unbekanntes Reich voller Geheimnisse! Ein Reich, das möglicherweise ganz in der Nähe existiert hat!"

„In der Nähe wovon, Papa?"

„In unserer Nähe, Junge! In unserer Stadt! In der Nähe unserer Stiftung!"

„Ich glaube, die Fantasie geht mit dir durch. Die Medikamente bringen dich durcheinander. In unserer Stadt hat es niemals ein Königreich gegeben! Schau doch in die Archive, Papa, dann wirst du sehen, dass ..."

„Ich werde sehen, dass nichts dagegen spricht! Ich habe nachgeschaut. General Battaglia kennt das Stadtarchiv in- und auswendig, und er glaubt, dass unsere Stadt auf einer mittelalterlichen Festung erbaut ist. Wir könnten vor einer noch nie dagewesenen Entdeckung stehen! Ich habe mit Leblanc darüber gesprochen. Er ist bereit, mit mir darüber zu forschen. Kannst du dir vorstellen, was es heißt, wenn so eine Berühmtheit mit uns zusammenarbeitet?"

„Papa, du redest von einem Königreich, das es nur in der Fantasie und in den Träumen gibt! Hier hat es weder ein Reich noch eine Schwarze Armee gegeben!"

„Woher willst du das wissen? Warum soll es in unserer Stadt kein

Reich gegeben haben, von dem wir nichts wissen und das zu seiner Verteidigung eine Armee aufgestellt hat?"

„Ich kann dir nicht sagen, was du zu tun und zu lassen hast, Papa. Aber an deiner Stelle würde ich noch ein wenig warten. In letzter Zeit passieren viele seltsame Dinge, wir sollten etwas Geduld haben. Und du solltest dich nicht von den Fantasien eines pensionierten Generals mitreißen lassen."

„Willst du vielleicht damit sagen, dass der General uns etwas einreden will?"

„Nein, Papa, nein. Ich sage nur, dass wir im Moment nichts überstürzen sollten. Wir wissen noch nicht, wer dich überfallen hat und was die Täter in der Stiftung wollten. Wir sollten vorsichtig sein."

„Ach, komm schon, du siehst Gespenster. Ich halte nichts von irgendwelchen Verschwörungstheorien. Das alles sind Zufälle, die nichts miteinander zu tun haben."

„Hast du schon mal daran gedacht, einen Sicherheitsdienst zu engagieren?"

„Dafür haben wir kein Geld! Die Stiftung kann sich derartige Sonderausgaben nicht leisten."

„Stimmt, aber Sicherheit wird immer wichtiger. Wir brauchen einen Sicherheitsdienst, der uns vor einem Überfall schützen könnte."

Norma, die die Unterhaltung bis hierhin schweigend mit angehört hat, mischt sich ein: „Du solltest auf deinen Sohn hören, Arturo. Ich persönlich glaube, dass er recht hat. Ein guter Sicherheitsdienst würde einen erneuten Überfall verhindern."

„Meinst du?"

„Sieh dich mal an! Das wäre nicht passiert, wenn du einen Sicherheitsdienst gehabt hättest. Beim nächsten Mal könnte es vielleicht schlimmer für dich ausgehen."

„Gut, ich rufe gleich ein Unternehmen an ..."

„Nicht nötig, ich kenne da jemand Zuverlässigen ..."

„Wirklich?"

„Ich würde für ihn meine Hand ins Feuer legen. Lass mich nur machen. Du weißt, du kannst dich auf mich verlassen."

„Gut, dann wäre das also geregelt. Und jetzt zu dir, Arturo. Dein

Direktor hat mich angerufen. Anscheinend hast du den halben Schulhof verwüstet ..."

„Na ja, also ... Ich hatte einen Streit mit Horacio und dabei haben wir eine Mauer beschädigt."

„Du meinst, ihr habt eine Hauswand zum Einsturz gebracht."

„Ja, schon, aber sie war bereits sehr alt. Die Mauer war halb verfallen, wir haben sie nur ganz leicht angetickt. Tut mir leid, es kommt nicht wieder vor."

„Ich steh immer auf deiner Seite, Arturo, das weißt du. Aber so kann das nicht weitergehen. In letzter Zeit habe ich nichts als Ärger mit dir. Du kannst dich doch nicht ständig rumprügeln!"

„Ich weiß, Papa. Ich verspreche dir, ich werde Horacio aus dem Weg gehen und mich nicht wieder mit ihm anlegen, weder mit ihm noch mit irgendwem sonst."

„Versprich nicht, was du nicht halten kannst! Ich will ja nur, dass du nicht einer von diesen Rowdys wirst. Denk daran, wer du bist. Wir Adragóns sind anständige Leute."

„Soviel ich weiß, hatte Horacio Schuld", mischt sich Norma wieder ein. „Er hat Cristóbal geärgert und Arturo wollte ihn verteidigen."

„Du hast dir eine gute Anwältin ausgesucht", lacht Papa. „Ich möchte nicht mit dir schimpfen, aber ich kann auch nicht dulden, dass du jeden Tag in eine Schlägerei verwickelt bist, auch wenn du im Recht bist."

Metáfora betritt das Krankenzimmer.

„Ich bin etwas später gekommen, weil ich in einer Buchhandlung nach Büchern über Archäologie gesucht habe", entschuldigt sie sich. „Das Thema interessiert mich immer mehr. Man sagt, die Archäologie ist wie ein Spiegel, in dem wir sehen können, wie wir früher waren ... Oder wer wir sind."

„Das hast du wirklich schön ausgedrückt", sagt Papa lächelnd. „Ich freue mich, dass du dich für Archäologie interessierst. Wir werden uns gut verstehen. Geschichte und Archäologie sind sozusagen Schwestern."

„Sieh mal an, plötzlich ist die Vergangenheit wichtiger als die Zukunft", sagt Norma.

„Schluss jetzt mit archäologisch-historischer Philosophie!", sage ich. „Ich habe Hunger und würde gerne etwas essen. Kommst du mit in die Cafeteria, Metáfora?"

Wir fahren mit dem Aufzug nach unten in die Cafeteria. Dort setzen wir uns etwas abseits an einen Tisch, und bevor Metáfora etwas sagen kann, flüstere ich ihr zu: „Es ist etwas Unglaubliches passiert! Ich hatte noch keine Zeit, es dir zu erzählen …"
„Hast du wieder einen von deinen Träumen gehabt?"
„Besser! Ich hab etwas gefunden, das auch in meinen Träumen auftaucht! Den schwarzen Helm mit dem großen A!"
„Wo hast du ihn gefunden? Und wo ist er jetzt? Ich möchte ihn sehen!"
„Mercurio hat ihn. Er hat ihn unter dem Schutt des Gartenhäuschens gefunden. Ich schwöre dir, er sieht genauso aus wie der, den ich in meinen Träumen aufhabe!"
„Ja und? Was heißt das, du hast etwas gefunden, das genauso aussieht wie in deinen Träumen? Wenn du so weitermachst, glaubst du am Ende noch, du wärst der Ritter, der gegen die schreckliche Feuerkugel gekämpft hat!"
„Aber das glaube ich doch schon! Mit jedem Tag bin ich mehr davon überzeugt, dass ich wirklich erlebe, was ich träume! Dass ich ein Ritter bin, der Drachen töten kann!"
„Ich glaube, du drehst langsam durch, Arturo. Allmählich verlierst du den Realitätssinn. Das ist gefährlich!"
„Du hast mich doch gesehen, wenn ich anfange zu träumen. Das sind keine Fantasien, das weißt du ganz genau."
„Das muss eine spezielle Art der Schlafkrankheit sein, so etwas wie eine Traumkrankheit. Träume haben nichts mit der Wirklichkeit zu tun. Du darfst nicht glauben, dass sie real sind, sonst verlierst du noch den Verstand!"
In diesem Moment kommt Cristóbal in die Cafeteria. Er sieht sich suchend nach uns um. Als er uns erblickt, kommt er an unseren Tisch und setzt sich zu uns.
„Was ist los? Ihr seht aus, als hättet ihr euch gestritten."

„Wir unterhalten uns über Dinge, die nur Erwachsene etwas angehen", antwortet Metáfora.

„Wir reden über Träume", erkläre ich.

„Träume gehen auch Kinder etwas an. Jeder träumt. Und damit du's weißt: Träume sind sehr wichtig, man muss sie ernst nehmen. Träume offenbaren die wichtigsten Geheimnisse unseres Lebens", erklärt Cristóbal.

„Was weißt du denn davon? Spiel du lieber weiter Spiderman und Batman, wir haben Wichtigeres zu tun!", fährt Metáfora ihn an.

„Mein Vater ist Arzt und hat sich im Studium viel mit Träumen beschäftigt. Er weiß alles darüber", antwortet Cristóbal trotzig. „Wenn ihr mit ihm sprechen wollt, kann ich für euch eine Gratis-Sprechstunde organisieren. Dafür dass ihr mich aus der Sache mit Horacio rausgehauen habt."

Ich will ihm gerade antworten, als mein Handy klingelt. Ich habe eine SMS: *Neuigkeiten. Sehen uns morgen. Hinkebein, Archäologe.*

XVII
Die Zeichnungen des Arquimaes

Arquimaes zwinkerte ein paarmal mit den Augen. Gerade hatte er etwas auf eins der Pergamente geschrieben, die Benicius für ihn auf dem Tisch ausgebreitet hatte. Er legte die Schreibfeder neben das gläserne Tintenfass und las noch einmal Wort für Wort den Text, den er verfasst hatte. Er war ihm ausgesprochen gut gelungen, kunstvoll geschrieben, deutlich und sehr sauber. Ein Meisterwerk der Kalligrafie.

Er legte das Pergament auf den Tisch zurück und wartete geduldig darauf, dass Benicius kommen und es an sich nehmen würde, noch vor Tagesanbruch, wie sie es vereinbart hatten.

Die Sonne war inzwischen aufgegangen und ihr Licht durchflutete das Zimmer, als der Monarch hereinkam. Er schien verärgert, sagte aber nichts.

„Hast du endlich die verfluchte Formel aufgeschrieben?"

„Ja, hier ist sie. Wenn du meine Anweisungen genau befolgst, wirst du alles erreichen, was du möchtest. Doch jetzt erwarte ich von dir, dass du dein Wort hältst und Arturo und Crispín freilässt."

„Jawohl, ich werde mein Wort halten. Aber dich werde ich hängen lassen", sagte Benicius. „Ich habe es mir anders überlegt, ich werde dich nicht zu meinem obersten Zauberer machen. Nein, wenn ich die absolute Macht erlange, will ich keinen einzigen Zauberer, Wissenschaftler oder Alchemisten in meiner Nähe haben. Und dein Tod wird ein Fest werden, das verspreche ich dir! Es wird eine öffentliche Hinrichtung geben, an die man sich noch lange erinnern wird. Ich werde verbreiten lassen, dass du dich mit Demónicus verbünden wolltest. Ist das nicht eine hervorragende Strategie?"

„Du bist ein Verräter und verdienst das Vertrauen nicht, das die Menschen dir entgegenbringen!", schrie Arquimaes.

„Niemand bringt mir Vertrauen entgegen. Niemand glaubt mir. Man fürchtet mich, das ist alles. Aber reg dich nicht auf, es nützt dir sowieso nichts. Mit deiner Hilfe werde ich der mächtigste Mann der Welt und niemand wird sich meinen Befehlen widersetzen."

„Woher weißt du, dass die Formel, die ich aufgeschrieben habe, die richtige ist? Vielleicht habe ich dich ja getäuscht, und du wirst nicht unsterblich werden, wenn du sie anwendest, sondern dich in eine Kröte verwandeln!"

„Du hast nichts begriffen. Deine Formel interessiert mich überhaupt nicht. Ich werde dieses Pergament ganz einfach zu einem Machtinstrument machen. Es ist von dir unterzeichnet, und alle Welt wird nun erfahren, dass ich der mächtigste Mann der Welt bin. Ich brauche die Formel gar nicht anzuwenden! Deine Unterschrift wird meine Stärke sein, du Idiot! Wenn Émedi dieses Dokument sieht, wird sie begreifen, dass ich mächtiger bin als sie!"

„Und ich dachte, du glaubst an die Alchemie und Hexerei und die Tricks der schwarzen Magie hätten keinen Wert für dich", sagte Arquimaes betrübt. „Du hast mich hintergangen! Du hast mich glauben lassen, du wärst ein guter König!"

„Sei nicht so naiv, Arquimaes! Das Einzige, was mich interessiert, ist Macht. Und die erlangt man nur dadurch, dass man Kriege führt. Ich werde das Reich von Königin Émedi erobern und sie heiraten! Dann werde ich alle Macht der Welt besitzen!"

Benicius' Worte trafen Arquimaes mitten ins Herz.

„Wage es nicht, Émedi anzurühren, und noch weniger träume davon, sie zu deiner Gattin zu machen, du verräterischer König! Es reicht schon, dass du mich als Köder missbraucht hast, um aller Welt weiszumachen, du seist ein Freund der Wissenschaft."

„Na, anscheinend fängst du langsam an zu begreifen. Leider zu spät! Ich gebe dir Zeit, deine Gedanken zu ordnen, bevor du stirbst. Ich finde es angebracht, mit klarem Kopf aus dieser Welt zu scheiden. Leb wohl, Zauberer, auf mich wartet viel Arbeit! Und was Émedi betrifft, ich werde sie zu meiner Königin machen, das verspreche ich dir."

Triumphierend wandte sich Benicius zur Tür, in der Hand das Pergament mit der Geheimformel. Doch bevor er hinausging, drehte er sich noch einmal um, zeigte mit dem Schriftstück auf den Kopf des Weisen und sagte höhnisch: „Ach, übrigens, deine beiden Schützlinge sind geflohen! Sie haben dich im Stich gelassen, alter Freund. Siehst du, so treu waren sie dir ergeben! Dein Versuch, ihr Leben zu retten, war also völlig überflüssig. Du hast dich mir unterworfen und mich zum mächtigsten Mann der Welt gemacht. Jetzt kannst du in Frieden sterben."

✳✳✳

Stunden zuvor waren Arturo und Crispín, als Diener verkleidet, die Haupttreppe hinuntergegangen, hatten das große Tor durchschritten und hintereinander die Zugbrücke überquert, ohne dass jemand sie aufgehalten hätte. Noch war der Befehl zu ihrer Festnahme nicht ergangen.

Sie ließen den äußeren Wall hinter sich und erreichten das offene Feld. Dort krochen sie auf dem Bauch weiter, um von den Wachsoldaten nicht gesehen zu werden, und kamen so zu einem kleinen Wäldchen, in dem sie sich versteckten. Von da aus setzten sie ihren Weg nach Drácamont fort, das sie bei Einbruch der Nacht erreichten. Das Dorf lag so still und finster da wie an dem Tag, als sie es verlassen hatten. Niemand sah die beiden Freunde.

Sie überquerten den alten Friedhof, der außerhalb des Dorfes lag, und gelangten so zu dem Turm, in dem sich früher Arquimaes' Laboratorium befunden hatte.

„Was kann es denn hier Interessantes geben?", fragte Crispín erschöpft. „Was suchen wir in dieser Ruine?"

„Das wirst du gleich sehen", antwortete Arturo. „Wenn es inzwischen nicht schon zerstört ist …"

Von dem ausgebrannten Turm standen nur noch die Mauern aus Feldstein. Die Balken und Möbel waren völlig verkohlt, und der Boden war von einer dunklen Ascheschicht bedeckt, die bei jedem ihrer Schritte aufgewirbelt wurde.

„Hilf mir mal, die Falltür hier hochzuklappen", bat Arturo. „Zieh an dem Ring."

Das Holz ächzte. Die Falltür war so viele Jahre geschlossen gewesen, dass die Scharniere ihren Dienst verweigerten. Mit vereinten Kräften gelang es den beiden jedoch, sie zu öffnen.

„Sieht aus, als würde die Treppe direkt in die Hölle führen", sagte Crispín. „Ich geh da nicht runter!"

„Dann gehe ich eben alleine, warte hier auf mich."

„Ein Knappe lässt seinen Ritter in schwierigen Momenten nicht alleine! Liegt da unten vielleicht ein Schatz?"

„So etwas Ähnliches", antwortete Arturo und zündete eine Fackel an.

Vorsichtig stieg Arturo die Holztreppe hinunter. Sie konnte morsch sein, sodass er Gefahr lief, sich sämtliche Knochen zu brechen. Crispín folgte ihm. Obwohl das Feuer vor Monaten schon erloschen war, roch es immer noch verbrannt, und Rauch hing in der Luft.

„Wir müssen die Truhe da irgendwie aufkriegen", sagte Arturo, als sie unten angekommen waren. „Ich habe keinen Schlüssel."

„Warte, ich weiß, wie man so was macht", sagte der Knappe und nahm eine Axt. „Jetzt pass mal auf!"

„Moment! Du musst vorsichtig sein, wir wissen nicht, was drin ist."

„Kein Problem, Gold ist mit einer Axt nicht kaputt zu kriegen", entgegnete Crispín, der überzeugt war, dass sich ein Goldschatz in der Kiste befand.

Arturo kniete vor der Truhe nieder und betastete das Vorhängeschloss. Es war groß und massiv und hatte keine Öffnung, in die man einen Schlüssel hätte stecken können. Nachdem er ein paar Sekunden nachgedacht hatte, wurde ihm klar, dass das Schloss nur zur Täuschung diente – so wie Arquimaes es ihm gesagt hatte. Er ging um die Truhe herum und strich mit den Fingerspitzen über die Oberfläche, bis er schließlich eine Schraube ertastete, die lose zu sein schien. Er drehte und drückte an ihr herum. Plötzlich, wie durch einen magischen Zauber, hob sich der Deckel von ganz alleine.

„Gott sei Dank", seufzte Arturo. „Wenn du mit der Axt auf die Truhe eingeschlagen hättest, wäre vielleicht die Flüssigkeit aus den kleinen Fläschchen ausgelaufen."

„Und wenn schon!"

„Es handelt sich um eine Säure, die den Inhalt der Truhe zerstört hätte."

„Gold kann nicht durch Säure zerstört werden."

„Aber hier gibt es kein Gold, Crispín, nur Pergamente!", sagte Arturo. „Pergamente mit ganz besonderen Zeichnungen."

„Haben wir uns hierher geschleppt, nur um Pergamente zu finden, die mit Zeichnungen vollgekritzelt sind?", rief Crispín enttäuscht. „So wirst du nie ein richtiger Ritter und wir werden nie reich."

„Diese Zeichnungen hat Arquimaes angefertigt. Sie enthalten unglaubliche Geheimnisse, Geheimnisse, mit denen man die Feinde der Schrift und des Wissens bekämpfen kann."

„Aha! Und wozu soll das gut sein? Kriegt man Geld dafür? Wer will so was denn kaufen?"

„Wir wollen sie nicht verkaufen. Im Gegenteil, wir werden sie behalten. Sie sind außergewöhnliche, einmalige Schätze."

Crispín kratzte sich am Kopf. Er verstand überhaupt nichts mehr. Dass Pergamente so wertvoll sein konnten, war für das arme Hirn eines Geächteten unbegreiflich.

Arturo hob die Pergamente vorsichtig ans Fackellicht und sah sie sich aufmerksam an. Langsam wurde ihm klar, wie kostbar sie waren. Arquimaes war kein gewöhnlicher Alchemist, seine Zeichnungen bargen die Geheimnisse der menschlichen Gerechtigkeit.

„Crispín", sagte Arturo zu seinem Knappen. „Jetzt ist noch Zeit, es dir anders zu überlegen. Aber wenn du dich dafür entscheidest, mich weiter zu begleiten, muss ich dich warnen. Wir werden diese Zeichnungen mit unserem Leben verteidigen."

„Und was haben wir davon?"

„Wir werden die Verteidiger der großen Werte menschlichen Lebens sein, die Verteidiger der Wissenschaft, des Wissens, der Weisheit, der Vernunft, der Gerechtigkeit, der Ehre ... Die Verteidiger all dessen, was das Leben lebenswert macht. Ich werde meine ganze Kraft dieser Aufgabe widmen. Du kannst dich frei entscheiden."

Crispín, der unter Gaunern und Dieben aufgewachsen war, hatte die Verschlagenheit mit der Muttermilch aufgesogen. Er dachte, wenn Arturo schwor, diese Pergamente mit seinem Leben zu verteidigen, musste es einen triftigen Grund dafür geben. Am Ende würde etwas für ihn dabei herausspringen.

„Ich kann mich also frei entscheiden? Nun, ich bin mit dir einver-

standen und stelle mich auf deine Seite. Ich werde mein Leben für die Verteidigung dieser Zeichnungen einsetzen", sagte er mit einer gewissen Feierlichkeit. „Ich schwöre, dass ich mein Wort halten werde!"
Arturo legte ihm die Hand auf die Schulter.
„Ich freue mich, dich an meiner Seite zu wissen, Crispín. Ich vertraue dir."
„Aber jetzt verrate mir erst mal, wie du Arquimaes befreien willst", sagte der junge Knappe. „Ich nehme nämlich an, dass Alexia inzwischen wieder bei ihrem Vater ist."
„Ja, ich bin sicher, Benicius, dieser Verräter, hat sie Demónicus zurückgegeben. Vergessen wir also die Prinzessin und konzentrieren wir uns darauf, wie wir Arquimaes befreien können, bevor er hingerichtet wird. Sonst wird es nämlich sehr schwer werden, die Zeichnungen zu entschlüsseln."
„Warum drücken sich die Alchemisten nicht deutlicher aus? Können sie ihre Gedanken nicht so niederschreiben, dass alle Welt sie versteht?"
„Sie wollen ihre Geheimnisse schützen. Die wichtigsten Waffen der Alchemisten sind die Geheimschrift und verschlüsselte Zeichnungen. Gehen wir nach oben und essen etwas. Und dabei sehen wir uns die Zeichnungen genauer an. Vielleicht gelingt es uns ja, ihre Bedeutung zu ergründen."

✶✶✶

WÄHREND ARTURO UND Crispín über Arquimaes' Aufzeichnungen brüteten, versuchte Alexia, sich aus dem Brunnen zu befreien, in den man sie geworfen hatte.

Sie war inzwischen zu dem Schluss gekommen, dass Benicius sie eingesperrt hatte, um einen Trumpf gegenüber ihrem Vater in der Hand zu haben. Auch war sie überzeugt davon, dass Arquimaes, Arturo und Crispín in irgendeiner Zelle saßen und Benicius den Alchemisten dazu zwingen würde, die Geheimformel niederzuschreiben, hinter der offenbar alle Welt her war. Doch weder wusste Alexia, wo sich die Freunde befanden, noch ahnten die drei, wo Alexia war. Benicius' Hinterlist hatte sie getrennt, vielleicht für immer.

Die zwei Tage, die sie jetzt schon in dem Brunnen ausharrte, fingen an, ihre Moral zu untergraben. Der Hunger, die Kälte und die Ungewissheit darüber, was mit ihr geschehen würde, nagten an ihr. Sie war sich zwar relativ sicher, dass Benicius sie nicht töten würde, da er sie noch brauchte. Aber genauso wenig konnte sie ausschließen, dass er zu der Überzeugung kommen würde, ihr Tod könne für ihn von Vorteil sein.

Sie musste also alles daransetzen, um sich selbst aus diesem stinkenden Loch zu befreien!

Sie stellte sich in die Mitte des Brunnens und breitete die Arme aus, so als wären es Flügel. Dann schloss sie die Augen und versuchte, sich an all das zu erinnern, was sie über das Schweben gelernt hatte. Sie rief die magischen Mächte an und wartete ...

✳✳✳

MAN HATTE ARQUIMAES in eine Zelle gebracht. Dort wartete er und ließ die wichtigsten Augenblicke seines Lebens an sich vorüberziehen. Er hatte sich bereits damit abgefunden, dass ihm nur noch wenige Stunden blieben, und wollte sie darauf verwenden, Ordnung in seine Gedanken und Gefühle zu bringen.

Er erinnerte sich an seine Kindheit, an seinen Vater, der gehängt worden war, weil er Obst gestohlen hatte, um seine Familie zu ernähren. Und voller Rührung erinnerte er sich auch an Königin Émedi, der er Jahre später begegnet war, damals, als er begonnen hatte, sich der Alchemie zu widmen. Und er erinnerte sich daran, wie er Émedi dank seiner Kenntnisse davor bewahrt hatte, an einem Gift zu sterben ...

Plötzlich verspürte er in sich eine Kraft, von der er nicht sagen konnte, woher sie kam.

„Irgendjemand wendet einen Zauber an oder bedient sich magischer Kräfte", murmelte er irritiert.

Er überlegte, wer das sein könnte, und dabei kam ihm sogar Herejio in den Sinn; an Alexia aber, die er weit weg von Benicius' Schloss wähnte, dachte er nicht.

XVIII
Streit um den Helm

Heute sind wir etwas früher als sonst zur Schule gegangen. Mercurio soll uns den schwarzen Helm zeigen.

Metáfora nervt. Sie will mir beweisen, dass ich mir alles nur einbilde. Der Helm sei nicht der aus meinen Träumen, das sei unmöglich, ich solle endlich aufhören herumzuspinnen und zu behaupten, ich sei ein mittelalterlicher Ritter, der gegen die Ungerechtigkeit kämpft.

„Du hast dir ein Virus eingefangen", sagt sie. „Du bist krank und musst geheilt werden. Übrigens möchte ich, dass du mir mehr von diesem Mädchen erzählst, du weißt schon, Alexia ... Hast du wieder von ihr geträumt?"

„Na ja, ich glaube, sie taucht manchmal am Rande auf, aber sie sagt nicht viel."

„Das heißt also, du warst wieder mit ihr zusammen!"

„Also hör mal, sagst du nicht immer, meine Träume sind dummes Zeug? Warum fragst du dann, ob ich sie wiedergesehen habe? Du nervst mich mit deiner Eifersucht!"

„Ich bin nicht eifersüchtig auf ein Mädchen, das in deinen Träumen auftaucht! Wofür hältst du dich? Du kannst träumen, von wem du willst! Mir ist völlig egal, welche Freundinnen du in deiner Fantasie hast."

„Hör endlich auf! Alexia ist nicht meine Freundin, sie ist die Tochter eines Hexenmeisters. Sie gefällt mir nicht und sie interessiert mich auch nicht. Sie kommt nur in meinen Träumen vor, das ist alles!"

„Dafür dass sie dich nicht interessiert, träumst du aber verdammt häufig von ihr! Und von mir, träumst du manchmal auch von mir? Komme ich in deinen Träumen vor? Nein, stimmt's? Klar, von mir zu träumen, dafür hast du keine Zeit."

„Hör mal, wir sind weder verlobt noch sonst was!", schreie ich sie an.

„Und das werden wir auch nie sein!", schreit sie zurück.

Gott sei Dank kommt Mercurio und die Diskussion ist beendet.

„Mercurio! Mercurio!"

Erstaunt, uns so früh schon hier zu sehen, nähert er sich.

„Was ist los? Was macht ihr denn um diese Zeit schon hier?"

„Zeig uns den Helm, bitte!", sagt Metáfora. „Ich möchte mich vergewissern, dass es ihn wirklich gibt und dass er alt ist."

„Willst du ihn kaufen?"

„Nein, nur sehen. Ich muss sicher sein, dass ... na ja, dass er tatsächlich aus dem Mittelalter stammt und es sich nicht um eine Fälschung handelt."

„Er ist echt! Gestern habe ich ihn einem Antiquitätenhändler gezeigt, und der hat mir versichert, dass es ein mittelalterlicher Helm ist. Er hat sogar Blutflecken darauf entdeckt ... und wollte eine Karbonprobe machen oder so was, aber ich hab ihn nicht gelassen."

„Ich möchte ihn sehen, Mercurio, bitte!", bettelt Metáfora.

Mercurio schaut nach links und rechts, um sicherzugehen, dass uns niemand sieht.

„Wenn jemand davon erfährt, krieg ich mächtig Ärger. Ich weiß wirklich nicht, ob ich euch ..."

„Pass auf, wir gehen zu dem Gartenhäuschen, da sieht uns keiner ..."

„Ich hab ihn bei mir zu Hause versteckt."

„Gut, dann gehen wir zu dir. Es ist wichtig, Mercurio! Hier, zwanzig Euro, damit du siehst, dass ..."

„Nein, ich will kein Geld."

„Jetzt bring uns endlich zu diesem verdammten Helm, bevor ich ausraste", verlangt Metáfora.

Mercurio schließt die Tür auf und lässt uns ins Schulgebäude. Wir folgen ihm in seine Wohnung, die direkt neben dem Hausmeisterbüro liegt.

„Hoffentlich ist meine Frau schon die Treppe putzen gegangen", brummt er. „Wenn sie mich hier mit euch zusammen sieht, kann ich mich auf was gefasst machen! Ihr bringt mich noch in Teufels Küche!"

Wir betreten einen kleinen Raum. Mercurio bittet uns, einen Moment zu warten. Er steigt auf einen Schemel und nimmt eine Sporttasche vom Schrank, die hinter einem großen Strauß künstlicher Blumen versteckt war.

„Hier ist er. Schaut ihn euch an! Sieht er nicht prächtig aus, so ohne Dreck und Staub! Wie neu, nicht wahr?"

Der Helm sieht nicht gerade wie neu aus, aber besser als gestern, als ich ihn zum ersten Mal gesehen habe. Metáfora ist sehr beeindruckt.

„Er ist wunderschön!", ruft sie. „Und er ist echt!"

„Hab ich dir doch gesagt, dass er echt ist …"

„Setz ihn auf! Jetzt sofort!"

„Was? Was sagst du da?"

„Du sollst ihn aufsetzen! Ich möchte sehen, ob er auf deinen Kopf passt, ob er deine Größe hat!"

Mercurio schaut die ganze Zeit aus dem Fenster und treibt uns zur Eile an.

„Erzählt keinen Blödsinn und beeilt euch! Der Direktor kann jeden Moment kommen. Wenn sie den Helm bei mir finden, werde ich entlassen, und meine Frau schlägt mich tot!"

„Setz ihn auf!", wiederholt Metáfora.

So wie ich sie kenne, wird sie nicht lockerlassen. Ich nehme also den Helm und setze ihn auf meinen Kopf. Seltsamerweise passt er wie angegossen, wie für mich nach Maß angefertigt.

Ich schaue durch den Sehschlitz und sage: „Glaubst du mir jetzt? Gibst du endlich zu, dass ich recht habe?"

„Dieser Eisentopf passt jedem, der einen kleinen Kopf hat", sagt sie abschätzig. „Das heißt gar nichts."

„Du gibst wohl nie nach, oder?"

„Gehen wir, der Direktor ist gerade gekommen", sagt Mercurio und nimmt mir den Helm ab. „Gib her, ich leg ihn weg, bevor ihn jemand sieht. Los, haut schon ab!"

Mercurio verstaut den Helm in der Tasche und legt ihn wieder nach oben auf den Schrank. Dann stellt er den Schemel an seinen Platz zurück und schiebt uns zur Tür.

„Passt auf, dass euch keiner rauskommen sieht! Ihr wart nie hier! Los, verschwindet!"

Wir gehen um das Gebäude herum, damit uns niemand bemerkt. Die Schulklingel läutet. Und schon kommen die ersten Schüler.

***

ABENDS ERWARTET UNS Hinkebein. Wir treffen uns heimlich, wie vereinbart. Wir gehen in eine Seitenstraße und drücken uns zur Begrüßung stumm die Hand. Metáfora meint, sie müsse ihm auch noch einen Kuss auf jede Wange geben.

„Ich vermute, deinem Vater geht es besser, oder?"
„Da vermutest du richtig. Wir kommen gerade aus dem Krankenhaus. Bald kann er wieder die Leitung der Stiftung übernehmen, auch wenn einige Leute offensichtlich was dagegen haben."
„Gut, dass er wieder zu Kräften kommt, er wird sie brauchen können. Die Lage wird immer verzwickter."
„Was hast du rausgekriegt?", fragt Metáfora.
„Antiquitätenräuber! Denkmalschänder! Plünderer, wo man hinsieht!"
„Drück dich deutlicher aus", bitte ich ihn. „Wovon sprichst du?"
„Von einer Bande, die alles klaut, was nach alter Kunst oder Geschichte riecht. Verkaufen tun sie es in Osteuropa. Da gibt es einen großen Markt für so was. Sie haben euch ins Visier genommen und werden nicht eher Ruhe geben, bis sie die Stiftung ratzekahl geplündert haben. Sie werden alles mitnehmen, was nicht niet- und nagelfest ist. Sie sind gefährlich, sehr gefährlich …"
„Sollen wir Anzeige erstatten?"
„Das würde nichts nützen. Noch haben sie ja nichts gestohlen, also kann man sie auch nicht anzeigen. Und wenn sie etwas stehlen, ist es zu spät. Deswegen müsst ihr euch schützen."
„Kennst du sie? Weißt du, wer sie sind?"
„Ist doch egal! Ich sage euch nur, dass ihr euch schützen müsst. Die sind wie die Geier und werden sich auf eure Schätze stürzen, sobald man sie lässt. Wie gesagt, sie sind sehr gefährlich und gut organisiert. Was bis jetzt passiert ist, war Kinderkram gegen das, was noch kommt. Bis jetzt haben sie die Lage nur sondiert."

„Was meinst du, wann werden sie versuchen, bei uns einzubrechen?"

„Das weiß niemand. Sie warten den geeigneten Moment ab. Aber wenn sie kommen, werdet ihr keine Zeit zum Reagieren haben. Sie kommen nachts, mit einem oder zwei Lastwagen, und werden alles mitnehmen. So gehen sie immer vor. Und es wird besser für euch sein, wenn ihr dann nicht im Haus seid."

„Du machst mir Angst", sagt Metáfora. „Du redest, als wären das gewissenlose Leute, die ungestraft tun können, was sie wollen. Gefährliche Leute, die uns Schaden zufügen können."

„Ganz genau! Und deswegen müsst ihr euch schützen."

„Was schlägst du vor? Mein Vater will einen Wachmann engagieren, vielleicht reicht das ja."

„Der müsste 24 Stunden im Dienst sein. Und selbst dann sind sie in der Überzahl! Sie sind gewalttätig und respektieren keine Regeln. Sie leben außerhalb der Gesetze, wie Geächtete, und sie haben vor nichts Angst."

„Du lässt uns keine Wahl", jammere ich. „Sieht aus, als könnten wir nichts dagegen tun."

„Niemand kann etwas dagegen tun! Habt ihr einen Bunker?"

„Was erzählst du da? Meinst du einen luftdicht verschlossenen Bunker für den Fall, dass es einen Atomkrieg gibt?"

„Nein, ich meine einen von denen, die sich die Leute in letzter Zeit bauen lassen und in dem sie sich verkriechen wollen, wenn sie überfallen werden. Gepanzerte Räume!"

„Soll das ein Witz sein?", sagt Metáfora. „So was gibt es doch gar nicht!"

„Doch, sie sind gerade total angesagt. Heutzutage denken die Leute nur daran, wie sie sich vor Überfällen schützen können. Früher haben sie sich Sorgen wegen eines Atomkriegs gemacht, jetzt fürchten sie sich vor Überfällen. Und die Banditen sind bewaffnet und kennen kein Erbarmen."

„Hör mal zu, Hinkebein, ich hab dich engagiert, damit du uns Informationen verschaffst, keine Albträume. Hast du uns sonst noch was zu erzählen?"

„Klar, aber das mit der Sicherheit ist das Wichtigste. Ich will euch nur vor der Gefahr warnen, in der ihr schwebt! Von den anderen Dingen reden wir später, aber ihr müsst wissen, dass auch schon bestimmte Unternehmen ein Auge auf die Stiftung geworfen haben. Ich weiß nicht, was dieses Grundstück verbirgt, aber es muss Gold wert sein. Große Firmen wollen es erwerben!"

„Ist das dein Ernst?", frage ich ein wenig überrascht.

„Mein voller Ernst. Ich werde euch auf dem Laufenden halten. Also, ihr seid vorgewarnt, man späht euch aus! ... Aber jetzt muss ich weg ... Ich werde euch informieren, wenn es was Neues gibt ..."

Metáfora und ich betreten die Stiftung mit einem mulmigen Gefühl. Hinkebein hat uns einen Höllenschrecken eingejagt.

„Was hältst du davon?", fragt mich Metáfora.

„Na ja, man darf nicht alles glauben, was er sagt. Er lebt seit vielen Jahren auf der Straße und fühlt sich überall bedroht. Ich würde mir keine allzu große Sorgen machen."

„Meinst du, er übertreibt?"

„Ja, das meine ich."

„Aber warum bist du dann so blass? Deine Knie zittern und deine Stimme klingt so komisch. Ich glaube, du fürchtest dich zu Tode und streitest es nur ab, um mich nicht zu beunruhigen. Aber damit du's weißt, es funktioniert nicht, du machst mir mehr Angst als er."

XIX

Träume auf Pergament

Arturo hatte die 25 Zeichnungen nebeneinander auf den Boden gelegt, um sie besser betrachten zu können. Sie waren mit schwarzer Tinte gezeichnet, sehr kunstvoll, deutlich und sauber. Die Szenen, die man dort sehen konnte, stellten auf den ersten Blick Menschen bei mehr oder weniger alltäglichen Tätigkeiten dar und weckten kaum Arturos Interesse.

„Ich verstehe nicht, was das bedeuten soll", gestand Crispín, der noch nie in seinem Leben eine Illustration zu Gesicht bekommen hatte.

„Legen wir sie in der Reihenfolge nebeneinander, in der sie gemalt wurden. Sie müssten nummeriert sein."

Die beiden Freunde suchten die Pergamente nach Zahlen ab.

„Ich verstehe ja nicht viel davon", sagte Crispín, „aber was haben die kleinen Sonnen da unten an den Ecken zu bedeuten?"

„Das ist der Schlüssel für die richtige Ordnung! Schau mal, auf jedem Blatt gibt es verschieden viele Sonnen. Du hast es erraten, mein Freund. Sehr gut!"

Nach kurzer Zeit hatten sie die Zeichnungen nach der Anzahl ihrer Sonnen sortiert. Nun lagen die Pergamente in der richtigen Reihenfolge nebeneinander, wie die Seiten eines noch nicht gebundenen Buches.

„Gut, jetzt müssen wir sie nur noch entschlüsseln", sagte Crispín, neugierig auf die Bedeutung der Zeichnungen.

„Auf der ersten ist ein friedlich schlafender Mann abgebildet", stellte Arturo fest. „Er träumt ... Schau, die Wolken, die aus seinem Kopf kommen, sind mit Zeichnungen gefüllt, die seine Träume darstellen."

„Tatsächlich ... Aber guck doch mal genauer hin, das ist kein Mann, das ist ein Junge."

„Ein Junge auf seinem ärmlichen Lager ... Sieht aus, als befänden wir uns in der Hütte eines Bauern. Es gibt kaum Möbel. Auf dem Tisch liegt ein Kanten Brot und der Schuh da am Bettende ist halb kaputt."

„Aber wovon träumt er?", fragte Crispín.

„Man kann die Traumzeichnungen kaum entziffern, so winzig sind sie", erläuterte Arturo. „Ich glaube, auf der nächsten Zeichnung kann man besser erkennen, was er träumt. Es sieht fast genauso aus wie das in den Wolken."

Das zweite Bild zeigte Soldaten, die dabei waren, einen Mann zu hängen. Die Familie des Verurteilten stand daneben und weinte. Die Frau hielt ein wenige Monate altes Baby auf dem Arm, um sie herum scharten sich noch vier weitere Kinder. Wenige Meter entfernt lag ein Hirsch auf dem Boden. In seinem Hals steckte ein Pfeil. Die Soldaten lachten, während sie den Bauern unter dem strengen Blick eines vornehm gekleideten Herrn hängten.

„So etwas bekommen wir fast täglich zu sehen", sagte Arturo. „Ein Bauer, der zum Tode verurteilt wird, weil er einen Hirsch erlegt hat, um die hungrigen Mäuler seiner Familie zu stopfen."

„Ja, der Edelmann hat ihn zum Tode verurteilt, weil er ein Tier in seinem Wald gejagt hat", wiederholte Crispín aufgebracht. „Aus demselben Grund wäre mein Vater fast gehängt worden. Aber er konnte gerade noch mit knapper Not entkommen. Viele müssen wildern, um zu überleben. Das Lager meines Vaters ist voll von diesen armen Leuten. Die Adligen wollen die Tiere für ihre Jagd. Sie meinen, alles gehört nur ihnen."

„Es ist eine große Ungerechtigkeit, einen Mann aufzuknüpfen, der nichts anderes will, als seine Familie zu ernähren", murmelte Arturo. „Aber zurück zu unserer Zeichnung. Der Junge hat Albträume. Die Szene mit seinem Vater lässt ihn nicht los … Jetzt die nächste Illustration. Eine Folterkammer."

„Ein Mann wird gefoltert!"

„Wieder eine Ungerechtigkeit! Wahrscheinlich hat er nur jemanden beleidigt."

„Oder er ist ein Deserteur", vermutete Crispín. „Guck mal, auf dem Boden liegen seine Kleider. Es ist ein Soldat."

„Stimmt! Und der Mann, der dabeisteht und die Folter beaufsichtigt, ist ein Hauptmann. Sein Vorgesetzter!"

„Der Köper des Mannes ist übel zugerichtet. Man hat ihm eine Hälfte des Gesichtes verbrannt und seine Arme verdreht!"

„Sie sind sehr grausam, die Träume unseres Jungen."

„Sehen wir uns die nächste Zeichnung an", schlug Crispín vor. „Ein Einbeiniger auf der Straße, mitten im Dreck. Ritter gehen an ihm vorbei, ohne ihn zu beachten ..."

„Sie würdigen ihn keines Blickes!", sagte Arturo. „Als würde er nicht existieren ..."

„Klar, so was passiert jeden Tag. Krüppel und Kranke werden sich selbst überlassen. Man behandelt sie wie Schwerverbrecher, obwohl sie doch nur krank sind."

„Nur unser träumender Freund denkt an sie."

„Was wollte Arquimaes mit seinen Zeichnungen wohl ausdrücken?", fragte Crispín immer verständnisloser. „Was hat das Ganze mit Alchemie zu tun?"

„Ich weiß es nicht. Anscheinend erzählt Arquimaes die Geschichte eines Jungen, der von den Dingen träumt, die er tagsüber erlebt. Ich glaube, es ist seine eigene Geschichte."

Auch auf den folgenden Pergamenten waren ähnliche Szenen abgebildet: Ungerechtigkeit, Krankheit, Krieg, Tod, Hunger ... Arquimaes hatte ganz offensichtlich die Geschichte eines träumenden Jungen aufgezeichnet, der eine außergewöhnlich klare Sicht auf die Zeit hatte, in der er lebte.

„Schau dir das mal an!", rief Arturo plötzlich. „Diese Zeichnung ist ganz anders. Jetzt träumt er von einer aufgehenden Sonne! Einer großen, leuchtenden Sonne, die Himmel und Erde bescheint!"

„Und hier, ganz unten, ist ein Mond abgebildet!", ergänzte Crispín. „Sonne und Mond ..."

„Sonne und Mond sind die Symbole der Alchemisten", erklärte Arturo. „Die Sonne macht die Landschaft schöner, leuchtender. Auf den anderen Zeichnungen gab es viel Schatten, hier strahlt alles. Es gibt sogar Blumen und Früchte an den Bäumen ... Und Vögel am Himmel!"

„Und Tiere auf dem Feld. Da sind Bauern, die gemächlich ihrer Arbeit nachgehen."

„Stimmt! Die Soldaten sind in der Festung und scheinen die Bauern zu verteidigen ... Nicht so wie auf den anderen Zeichnungen!"

„Merkwürdig! Arquimaes kann sich nicht entscheiden, was er erzählen will", stellte Crispín enttäuscht fest. „Er widerspricht sich. Dieses Bild hat nichts mit den anderen zu tun, es stellt nicht die Wirklichkeit dar."

Nachdenklich schaute sich Arturo das Pergament mit den dreizehn Sonnen an.

„Und wenn er gar nicht die Wirklichkeit darstellen wollte, sondern einen Traum?", überlegte er. „Den Traum eines Jungen! Du weißt schon, einen Wunschtraum, eine Sehnsucht."

„Dummes Zeug! Arquimaes würde seine Zeit niemals damit vertrödeln, erfundene Szenen zu zeichnen. Er ist Alchemist und hat uns selbst erklärt, dass sich die Wissenschaftler ausschließlich auf Tatsachen stützen und dass Träume nichts mit der wirklichen Welt zu tun haben."

„Nein! Die Wissenschaftler stützen sich zwar auf die Wirklichkeit, aber sie träumen davon, fantastische Entdeckungen zu machen. Träume sind Teil der Alchemie. Vielleicht ist es das, was er mit seinen Zeichnungen ausdrücken will. Träume von jemandem, der sich nach besseren Zeiten, nach gerechteren Zeiten sehnt!"

Pferdegewieher unterbrach plötzlich ihre Diskussion. Und bevor sie reagieren konnten, kamen drei bewaffnete Männer mit gezückten Schwertern in den Keller des Turms gestürmt und musterten sie mit zusammengekniffenen Augen.

„Was macht ihr hier, Jungs?", fragte einer von ihnen, ein Mann mit rasiertem Schädel, offenbar der Anführer. „Wisst ihr nicht, dass dieser Ort verflucht ist?"

„Und alles, was hier liegt, gehört König Benicius", ergänzte der zweite Mann, ein blonder Hüne.

Um sie nicht zu beunruhigen, stand Arturo ganz langsam auf. Er hob beide Hände und sagte mit erstaunlicher Gelassenheit: „Wir sind die Gehilfen des Alchemisten Arquimaes, der früher hier gearbeitet hat, bevor er verschleppt wurde. Er stand unter dem Schutz von König Benicius. Wir kommen vom Schloss und genießen ebenfalls den Schutz des Königs."

„Du hast meine Frage nicht beantwortet", sagte der Glatzkopf und trat einen Schritt vor. „Was sucht ihr hier?"

„Nichts Besonderes. Arquimaes ist ins Schloss des Königs zurückgekehrt und hat uns hierher geschickt, um einige seiner Habseligkeiten zu holen. Ihr wisst schon, Geräte für seine Arbeit."

„Arquimaes war ein Hexer", sagte der dritte Mann. „Man sollte ihn auf den Scheiterhaufen werfen."

„Unser Herr, König Benicius, zieht es vor, ihn für sich arbeiten zu lassen", erklärte Arturo. „Wir führen nur Befehle aus."

Der Anführer ging zu den Pergamenten, die auf dem Boden ausgebreitet waren, und sah sie geringschätzig an. Nachdem er sich überzeugt hatte, dass Arturo und Crispín alleine waren, setzte er sich entspannt auf einen wackligen Schemel.

Crispín nutzte die Sorglosigkeit der Männer aus, um seinen Dolch aus der Scheide zu ziehen. Doch die Eindringlinge waren schneller. Sie stürzten sich auf den Jungen und schlugen ihm so kräftig in den Magen, dass ihm die Luft wegblieb. Arturo wollte ihm zu Hilfe eilen, doch ein Hagel von Schlägen warf ihn zu Boden. Er hatte eine Wunde am Kopf und blutete aus dem Mund.

„Ihr habt uns angelogen!", schrie der kahlköpfige Mann. „Ihr seid ganz einfach Plünderer. Schlimmer als Ratten! Ihr seid hergekommen, um zu stehlen."

„Wir werden euch vor unseren Herrn König Benicius schleppen", sagte der Blonde und spuckte Arturo ins Gesicht. „Bestimmt kriegen wir von ihm eine schöne Belohnung für euch."

„Ja, aber vorher verbrennen wir die Zeichnungen hier", kündigte der Dritte an. „Das ist Teufelswerk, ganz sicher! Benicius wird sich freuen, wenn er hört, dass wir sein Reich davor bewahrt haben, verhext zu werden."

Arturo versuchte, ruhig zu bleiben, auch wenn ihn die Bemerkung über die Zeichnungen wütend machte. Er musste um jeden Preis verhindern, dass die Soldaten das Werk seines Meisters verbrannten!

„Ich glaube, die beiden sind hinter einem Schatz her", sagte der Anführer. „Habt ihr irgendetwas Wertvolles gefunden, Jungs? Wo habt ihr das Gold versteckt? Arquimaes hat hier Gold hergestellt, stimmt's?"

„Wir haben nur diese Pergamente gefunden", antwortete Crispín mit erstickter Stimme. „Aber die sind nichts wert. Hier gibt es überhaupt nichts Wertvolles."

„Doch, eure Köpfe!", sagte der Blonde. „Vielleicht seid ihr ja die zwei, die aus dem Schloss geflohen sind."

Die Nachricht von ihrer Flucht hatte sich also schon verbreitet. Arturo wusste, dass die Männer sie töten würden, um die von Benicius ausgesetzte Belohnung zu kassieren.

„Also gut", sagte er und wischte sich das Blut vom Mund. „Ich werde euch sagen, warum wir hergekommen sind. Es gibt tatsächlich einen Schatz. Wenn ihr mir euer Wort gebt, dass ihr ihn mit uns teilt, sage ich euch, wo er ist."

„Unser Wort?", lachte der Anführer. „Das könnt ihr haben, was, Leute? Los, erzähl uns schon, wo der Schatz ist, von dem du redest."

Arturo trat einen Schritt auf den Mann zu, der ihn unbesorgt näher kommen ließ.

„Er ist unter meinem Hemd versteckt", flüsterte Arturo ihm zu. „Soll ich ihn dir zeigen?"

„Aber natürlich! Wir sind doch jetzt Freunde und Freunde können einander vertrauen", antwortete der Glatzkopf und brach in schallendes Gelächter aus.

Arturo trat wieder einen Schritt zurück und begann, sein Hemd auszuziehen. Langsam hob er die Arme und ließ seinen nackten Oberkörper sehen.

„Hier ist unser Schatz", sagte er mit einem schadenfrohen Grinsen. „Ich überlege mir, ob ich ihn euch nicht ganz überlassen soll. Ja, ich glaube, das werde ich tun, wenn ihr nicht auf der Stelle von hier verschwindet!"

Die drei Soldaten starrten ihn verblüfft an. Zuerst glaubten sie, es handele sich um einen Dummejungenstreich; deshalb achteten sie nicht auf die Buchstaben, die bereits anfingen, wie Blutegel über die Brust des Jungen zu kriechen. Doch dann beobachteten sie mit wachsendem Ekel, wie sich die schwarzen Zeichen langsam von der Haut zu lösen begannen.

„Ich hab euch doch gesagt, das sind Hexenmeister!", brüllte der Blonde.

„Und wenn schon!", antwortete der Glatzkopf. Er trat einen Schritt vor und hob sein Schwert. „Wir werden mit ihnen kurzen Prozess machen, mit ihnen und mit ihrer schwarzen Magie!"

Kaum hatte er diese Worte gesprochen, spürte er, wie ihn die Buchstaben attackierten und sein Herz durchbohrten. Er erstarrte wie eine jener Figuren, die Arquimaes gezeichnet hatte. Sein Schwert fiel klirrend zu Boden, Arturo hob es auf.

Die beiden anderen stürzten sich auf ihn, um ihn zu töten, doch Arturo reagierte so schnell, dass ihnen nicht einmal Zeit blieb, einen Todesschrei auszustoßen.

Der blonde Soldat, der mit durchbohrter Brust vor Arturo auf den Knien hockte, röchelte: „Wer bist du?"

„Das will ich dir sagen", erwiderte Crispín. „Er ist der Ritter Arturo Adragón und ich bin Crispín, sein Knappe."

Der Mann schloss die Augen und fiel um wie ein Strohballen.

„Dieser Tag wird in die Geschichte eingehen!", rief Crispín. „Nie zuvor hat ein Ritter gegen drei Männer einen Kampf gewonnen, ohne selbst einen Kratzer abzubekommen! Ich bin stolz, dein Knappe zu sein!"

Arturo säuberte sein Schwert mit dem Hemd des Kahlköpfigen und sagte: „Lass uns die Zeichnungen einsammeln und in eine Mappe tun. Dann verschwinden wir. Es wird Zeit, Arquimaes zu befreien."

„Wenn ich ihm erzähle, was du getan hast, um seine Pergamente zu retten!", sagte Crispín. „Er wird bestimmt eine Zeichnung von deiner Heldentat anfertigen wollen."

„Red keinen Unsinn. Ich bin keine gezeichnete Figur auf einem Pergament, ich bin ein Mensch aus Fleisch und Blut und habe keine Zeit zum Träumen. Und noch eins: Du musst lernen, den Mund zu halten. Was hier geschehen ist, darf nicht nach außen dringen, verstanden?"

✶✶✶

Nach mehreren Versuchen schaffte es Alexia, zu dem Gitter aufzusteigen, das oben auf der Brunnenöffnung befestigt war. Das massive Schloss verhinderte jedoch, dass sie ins Freie gelangen konnte. Also verbarg sie sich an der Seite neben dem Gitter, sodass sie von ihren Kerkermeistern nicht gesehen werden konnte. Dank ihrer magischen Kräfte war es ihr möglich, dort stundenlang über dem Brunnenschacht zu schweben.

Zur Essenszeit öffnete einer ihrer Wächter das Gitter, um den Korb hinunterzulassen, der eine säuerlich stinkende Masse enthielt: den Schlangenfraß für die Gefangenen. Da es sich um eine Routinearbeit handelte, machte der Mann sich nicht einmal die Mühe, einen Blick auf Alexias Lager zu werfen. Er ging davon aus, dass sie unter der schmutzigen alten Decke schlief.

„Los, du Faulenzerin, fang den Korb auf oder ich lass ihn einfach fallen! Dann musst du den Boden auflecken, wenn du was essen willst!", rief er mit seiner rauen Stimme in den Schacht hinunter.

„Ich esse gleich hier!", sagte Alexia und sprang zu ihm auf den Brunnenrand.

Der Mann wurde blass vor Schrecken. Nicht der leiseste Schrei drang aus seiner Kehle, die das Mädchen mit einem gezielten Griff umklammert hatte.

„Wo sind meine Freunde?", fragte sie. Sie packte ihn noch etwas fester am Hals und schüttelte ihn. „Ich lass dich nicht eher los, bis du es mir gesagt hast. Und wenn du es mir nicht sagst, erwürge ich dich."

Der Wächter machte eine demütige Geste der Unterwerfung und Alexia lockerte ihren Griff ein wenig.

„Die Jungen sind ausgebrochen", röchelte er. „Und der Zauberer ist im Hauptturm ..."

„Du lügst!", schrie Alexia ihn an, enttäuscht über Arturos Verschwinden. „Sie sind noch hier im Schloss!"

„Ich schwöre es! Sie sind vor zwei Tagen geflohen! Ich schwöre es!"

„Für den Moment werde ich dich leben lassen, aber wenn ich herausfinde, dass du mich getäuscht hast, komme ich wieder, und dann wirst du bereuen, mich angelogen zu haben, Kerkermeister!", rief sie voller Zorn.

Sie stieß ihn in den Brunnenschacht hinunter. Man hörte, wie sein Körper auf der Holzpritsche aufschlug und endgültig Kleinholz aus ihr machte.

Nachdem sie sich vergewissert hatte, dass die Soldaten durch den Lärm nicht auf sie aufmerksam geworden waren, schlich sie vorsichtig zum Hauptturm. Auch wenn sie es sich nicht eingestehen wollte, versetzte ihr Arturos Flucht einen Stich ins Herz. Sie konnte nicht glauben, dass der Junge, den sie insgeheim bewunderte, sich davongemacht und sie allein in den Händen von König Benicius zurückgelassen hatte; genauso wie Arquimaes, den Mann, der ihm durch die magischen Buchstaben so viel Macht verliehen hatte.

„Das wirst du mir büßen, Arturo!", knurrte sie. „Ich werde mich rächen!"

XX

Eine Frau beschützt die Stiftung

Ich verabschiede mich gerade von Mahania, um zur Schule zu gehen, als eine junge Frau zu uns kommt. Sie hat schwarzes, langes Haar und trägt ein Kostüm wie die leitende Angestellte eines Unternehmens.
„Sind Sie Mahania? Guten Tag, ich heiße Adela Moreno", sagt sie. Sie spricht sehr schnell, wie jemand, der es gewohnt ist, Anweisungen zu geben.
„Hallo, guten Tag", sagt Mahania. „Sie möchten sicher zu Señor Adragón. Er ist leider nicht da ist. Kommen Sie doch in einer Woche wieder. Und wenn Sie etwas verkaufen möchten, dann kann er sie erst in zwei Wochen empfangen."
„Nein, ich werde nicht in zwei Wochen wiederkommen. Ich werde hierbleiben. Ich habe sehr genaue Instruktionen."
„Verzeihen Sie, aber ich sage Ihnen doch, dass ..."
„Und ich sage Ihnen, dass ich hierbleiben werde. Bringen Sie mich bitte in das Büro Nr. 33 im dritten Stock. Dort werde ich arbeiten."
„Davon hat mir niemand etwas erzählt."
„Señorita, ich bin Arturo Adragón", stelle ich mich vor, „der Sohn von Señor Adragón ... Kann ich Ihnen weiterhelfen?"
„Nein. Dein Vater hat mich engagiert, heute ist mein erster Arbeitstag. Wenn ich etwas brauche, werde ich es dich wissen lassen."
„Sie werden in der Stiftung arbeiten?"
„Ich bin die neue Sicherheitschefin. Gestern haben dein Vater und ich den Vertrag unterschrieben. Heute ist mein erster Arbeitstag, er beginnt in genau ...", sie sieht auf ihre Armbanduhr, „fünf Minuten."
„Davon wusste ich nichts."
„Das ist nicht mein Problem. Jetzt möchte ich bitte in mein Büro. Es gibt viel zu tun."
Mein Handy klingelt. Ich gehe ran.

„Papa? Hallo … Ja, sie ist hier … Ja, sie hat es mir gerade gesagt … Ist schon gut, aber … Ja, klar, ich werde mich jetzt gleich um alles kümmern … Gut, bis dann."

Ich sehe Adela an. Wie eine Sicherheitschefin sieht sie nicht gerade aus. Eher wie die Managerin eines internationalen Unternehmens. Vielleicht liegt es daran, dass ich mir Sicherheitschefs immer mit einer Pistole am Gürtel vorgestellt habe, mit grimmigem Gesichtsausdruck, und nicht mit einem Arbeitsköfferchen in der Hand.

„Das war mein Vater. Er hat mir gesagt, dass er Sie als Sicherheitschefin für die Stiftung engagiert hat. Er hat mich gebeten, Ihnen die Tür zu Ihrem neuen Büro aufzuschließen. Herzlich willkommen!"

„Vielen Dank. Du kannst mich übrigens duzen, wenn du möchtest. Aber glaub nicht, du kannst mich hinters Licht führen, verstanden? … Ich werde dir gleich die nötigen Instruktionen geben, wie du dich von nun an zu verhalten hast."

„Instruktionen?"

„Ja, natürlich. Von heute an werdet ihr euer Verhalten ändern müssen. Es geht um eure Sicherheit. Was deinem Vater passiert ist, darf nicht wieder vorkommen. Und dafür werde ich sorgen."

„Was hast du vor?"

„Ich werde Maßnahmen ergreifen. Und dafür brauche ich eure Unterstützung."

„Gehen wir hinauf, ich werde dir dein Büro zeigen. Dann muss ich aber in die Schule."

Wir gehen hinauf in den dritten Stock. Ich bemühe mich, einen intelligenten Eindruck zu machen, damit sie nicht meint, wir seien Versager.

„Danke, mein Junge."

„Arturo."

„Ach ja, Arturo … Hör mal, jetzt musst du mich aber alleine lassen. Ich habe ein paar Anrufe zu erledigen."

„Soll ich dich den anderen Mitarbeitern der Stiftung vorstellen? Ich hab noch ein bisschen Zeit und könnte …"

„Nein, nicht nötig. Ich werde mich ihnen selbst vorstellen. Mach dir keine Sorgen … Bis später, Arturo."

Fast gewaltsam schiebt sie mich aus dem Büro. Die Frau ist wie ein Hurrikan. Sie lässt sich nichts sagen. Na ja, sie soll ihre Arbeit tun, und zwar gut; mit dem Rest werde ich schon zurechtkommen.

Draußen treffe ich Hinkebein. Er sitzt wie immer an der Straßenecke und bettelt.

„Gott segne Sie, Señora! Möge der Himmel Ihnen gnädig sein! Mögen Ihre Kinder Arbeit finden!"

„Hallo, mein Freund", begrüße ich ihn, als ich vor ihm stehe. „Ich hab dir ein paar Äpfel mitgebracht."

„Du bist ein guter Junge und wirst direkt in den Himmel kommen, das verspreche ich dir."

Um die Blicke der anderen nicht auf uns zu ziehen, gehe ich schnell weiter und mache mich auf den Weg in die Schule. Wenn es stimmt, was er mir neulich bei unserem geheimen Treffen erzählt hat, dann werden wir ganz sicher beobachtet.

Nachdem ich um die Ecke gebogen bin, rufe ich ihn auf dem Handy an.

„Hör zu, Hinkebein, ich will dir nur sagen, dass wir jetzt eine Sicherheitschefin haben. Sie ist gerade angekommen."

„Das Superweib, das vor ein paar Minuten die Stiftung betreten hat?"

„Na ja ... Ja, sie heißt Adela und ist ..."

„Hübsch und motiviert, ja. Wo habt ihr sie aufgegabelt? Kann man ihr trauen?"

„Sie ist eine Freundin von Norma. Ja, ich glaube, wir können ihr vertrauen."

„Verschaff mir ihre Daten, ich sag dir dann, ob wir ihr wirklich vertrauen können."

„Hör mal, Hinkebein, übertreib nicht! Sie ist eine Freundin von ..."

Piep ... piep ... piep ...

✱✱✱

MERCURIO BEGRÜSST MICH stürmisch. Ich glaube, er freut sich, mich zu sehen.

„Hör mal, Arturo, ich hab das Häuschen mal ein wenig nach altem

Zeug durchwühlt und dabei hab ich noch mehr Dinge gefunden. Sogar ein Schwert hab ich entdeckt!"

„Ein Schwert? Aus dem Mittelalter? Bist du sicher?"

„Ja, und es gibt noch mehr. Panzerhemden, Dolche ... Jede Menge Zeug aus dem Mittelalter! Du musst mir sagen, was ich damit machen soll. Es sieht verdammt wertvoll aus! Bestimmt kann ich mir damit was zusätzlich verdienen!"

„Sei vorsichtig! Die Sachen gehören dir nicht, und wenn rauskommt, dass du sie verkauft hast, kriegst du Ärger. Der Direktor muss die Behörden darüber informieren, dass diese Gegenstände von historischem und kulturellem Interesse sind. Hör auf, weiter rumzusuchen, und komm bloß nicht auf die Idee, die Sachen zu verkaufen! Egal was man dir dafür bietet!"

„Meinst du das im Ernst?"

„Ja, Mercurio, das ist eine sehr ernste Angelegenheit. Du könntest wegen Plünderei drankommen. Das Vernünftigste wäre, du sagst dem Direktor Bescheid. Du hast die Sachen gefunden, aber sie gehören dir nicht!"

„Du meinst also, ich soll sie abliefern?"

„Dir wird wohl nichts anderes übrig bleiben. Warte, bis ich mit meinem Vater darüber gesprochen habe, aber ich glaube, es gibt keine andere Möglichkeit. Es gibt nun mal Gesetze."

„Schon gut. Erst mal werde ich niemandem etwas davon erzählen, bis du mir sagst, was ich tun soll. Du hast mehr Erfahrung mit so was."

Ich gehe in meine Klasse. Auf dem Flur begegne ich Horacio, der sich wieder an Cristóbal abreagiert.

„Du Weichei hast mir nur Ärger eingebracht!", schreit er ihn an. „Du Zwerg!"

Seine Freunde lachen wie immer, wenn er einen seiner blöden Witze macht.

Obwohl ich Papa versprochen habe, mich auf nichts mehr einzulassen, kann ich nicht anders. Nach meinen Träumen letzte Nacht habe ich das Bedürfnis, für ein wenig Gerechtigkeit zu sorgen.

„He, Horacio, lass Cristóbal in Ruhe!", rufe ich. „Ich hab die Schnauze voll von deinen Schikanen!"

„Aha, da kommt der tapfere Held", sagt Horacio und dreht sich zu mir um. „Der Moment der Entscheidung ist gekommen! Jetzt werden wir ein für alle Mal miteinander abrechnen! Und diesmal wird dir dein Trick mit dem Drachen nichts nützen."
„Dann lass Cristóbal zufrieden und komm her!"
„Ich werd dir den Drachen von der Stirn pusten!", droht er. „Dann ist Schluss mit ‚Drachenkopf'. In Zukunft werden wir dich nur noch ‚Drachentod' nennen!"
Offensichtlich ist er wild entschlossen, sich zu prügeln. Also mache ich mich bereit. Da merke ich, wie mich jemand gewaltsam zurückhält.
„Hier wird sich nicht rumgeprügelt!", befiehlt Norma und stellt sich zwischen uns. „Meine Schüler prügeln sich nicht, sie respektieren sich!"
„Er provoziert mich ständig!", beschwert sich Horacio. „Er sucht Streit mit mir! Er hat sich was ausgedacht, um mich zu erschrecken!"
„Glaub bloß nicht, ich merke nicht, was hier los ist, Horacio. Ich weiß ganz genau, dass du Cristóbal ärgerst, genauso wie alle anderen, die schwächer sind als du. Ich weiß es und werde es nicht dulden! Wenn du willst, können wir jetzt gleich zum Direktor gehen und die Sache klarstellen."
„Ich bin bereit, vor dem Direktor auszusagen", sagt Cristóbal. „Horacio lässt mich einfach nicht in Ruhe, ich halte es nicht mehr aus!"
„Also, was ist, gehen wir zum Direktor oder beginnen wir mit dem Unterricht?", fragt Norma.
Mit gesenktem Kopf schleicht Horacio in Richtung Klassenzimmer. Ich glaube, er fühlt sich nicht mehr ganz so stark. Sein Vater dürfte nicht sehr froh darüber sein, dass er ständig Streit sucht. Außerdem hat ihm die Begegnung mit dem Drachen vermutlich Angst eingejagt.
„Hör mal, Arturo, ich hab mit meinem Vater gesprochen", sagt Cristóbal. „Wenn du willst, kannst du übermorgen zu ihm in die Sprechstunde gehen. Um sieben."
„Vielen Dank, aber ich bin mir nicht sicher, ob ..."
„Du solltest hingehen! Du musst! Vielleicht bist du ja krank. Mein Vater sagt immer, es ist gefährlich, wenn man so intensiv träumt. Kann sein, dass du dabei bist, den Verstand zu verlieren!"

„Er hat recht", sagt Metáfora. „Vielleicht erfährst du ja etwas Neues über das, was mit dir passiert."

„Was mit mir passiert? Sag mal, wovon redest du eigentlich?"

„Weißt du, dass du schon Selbstgespräche führst? Und dass du Dinge sagst, die überhaupt keinen Sinn ergeben?"

„Was für Dinge?"

„Gestern hast du von Alexia gesprochen. Du hast gesagt, dass sie gefangen ist, in einem Schloss, und dass du sie befreien musst ..."

XXI

Schach dem König

Arturo und Crispín mischten sich unter die Leute, die zum Schloss strömten, um der Hinrichtung des Alchemisten beizuwohnen. Sie sollte im Innenhof stattfinden.

Die beiden Freunde waren aufgeregt. Sie hatten beschlossen, Arquimaes zu befreien, doch eigentlich wussten sie nicht so recht, wie sie das anstellten sollten. Sie hatten sich nicht einmal einen Fluchtplan zurechtgelegt. Ihre stärkste Waffe waren die magischen Buchstaben, falls diese überhaupt reagieren würden.

„Was hast du da, Junge?", fragte ein Soldat und verstellte Crispín den Weg. „Zeig her!"

„Pergamente. Sie sind nicht weiter wichtig. Ein Mönch hat sie mir gegeben und gesagt, ich soll sie nach Drácamont bringen. Aber vorher will ich noch die Hinrichtung dieses Teufels sehen."

„Zeig sie mir!", befahl der Soldat unerbittlich. Er machte ein grimmiges Gesicht.

„Schon gut, schon gut ... Hier ..."

Crispín klappte die große Mappe mit den Holzdeckeln auf, die er an einem Riemen über der Schulter trug. Der Soldat warf nur einen flüchtigen Blick auf die 25 Zeichnungen des Arquimaes.

„Wozu sind die gut?"

„Weiß ich nicht. Ich werde dafür bezahlt, sie in das Dorf zu bringen. Sachen von Mönchen."

Der Soldat sah kein Verbrechen darin, Zeichnungen von einem Ort zum anderen zu transportieren. Er wandte sich Arturo zu und musterte ihn von oben bis unten. Offensichtlich suchte er einen Vorwand, um ihn festzunehmen.

„Woher hast du das Schwert da? Bestimmt hast du es gestohlen!"

„Nein, es gehört einem Freund von mir. Er hat es mir geliehen, um den Jungen zu begleiten. Der Weg war weit und man muss sich verteidigen können."

„Er ist meine Leibgarde", bestätigte Crispín.

Der Soldat sah sie schweigend an. In seinem Hirn arbeitete es, aber er fand keinen Grund, die beiden noch länger aufzuhalten. Er war nicht in der Lage, zwischen der Flucht der Gehilfen des Alchemisten, die der königlichen Truppe des Königs so viel Kopfzerbrechen bereitet hatte, und diesen beiden dummen Jungen, die Zeichnungen von Mönchen mit sich herumschleppten, einen Zusammenhang herzustellen.

„In Ordnung, ihr könnt weitergehen. Aber seht euch vor! Ich werde euch im Auge behalten!"

„Umso besser für uns", sagte Crispín. „Wenn ein Soldat wie du auf uns aufpasst, wird niemand es wagen, uns zu bestehlen."

Der Soldat fühlte sich geschmeichelt. Er lächelte stolz und wandte sich einer Bauernfamilie zu, die in diesem Moment in den Schlosshof kam.

Während sich Arturo und Crispín unter die anderen Schaulustigen mischten, hielt Alexia den König neben dem Bett des Weisen in Schach. Benicius starrte sie noch immer völlig sprachlos an.

Stunden zuvor war sie mitten in der Nacht in sein Schlafgemach eingedrungen und hatte ihn mit einem Dolch aus dem Bett geholt ...

„Wie bist du hier reingekommen?", rief er entgeistert. „Ich bin von Soldaten umgeben!"

„Ich bin Alexia, Tochter des Demónicus. Ich kann durch Wände gehen oder mich unsichtbar machen."

„Schwindel! Niemand ist unsichtbar!"

„Wenn du mich nicht in Arquimaes' Zimmer begleitest, wird diese Welt für deine Augen in der Tat unsichtbar sein, das versichere ich dir!", drohte die Tochter des Großen Finsteren Zauberers. „Sag deinen Soldaten, sie sollen sich ins untere Stockwerk verziehen, du willst alleine sein. Und sie sollen sich nicht wundern, wenn sie Schreie hören. Hast du mich verstanden?"

Benicius ging zur Tür und öffnete sie vorsichtig. Er spürte die Dolchspitze an seinem Hals und wusste, dass von den nächsten Worten sein Leben abhing.

„Die Wache soll sich nach unten zurückziehen. Ich will bis zur Hinrichtung niemanden in meiner Nähe haben."

„Aber Herr, wir können doch nicht …"

„Gehorcht meinem Befehl! Sofort! Tut, was ich euch sage, ohne Widerrede! Oder soll ich euch in die Folterkammer bringen lassen?!", brüllte der König, während sich der Dolch weiter in seinen Hals bohrte.

Der Anführer der Leibgarde neigte untertänig den Kopf und er und seine Männer zogen sich augenblicklich zurück. In kürzester Zeit leerten sich die königlichen Gemächer von den bewaffneten Soldaten. Benicius befand sich in Alexias Hand.

„Und jetzt wirst du tun, was ich dir befehle, du Verräter!", zischte Alexia. „Oder ich verwandle dich für den Rest deines Lebens in ein Schwein! Wo ist Arquimaes?"

Benicius wies mit dem Kopf auf das angrenzende Zimmer.

„Ich habe ihn hierher bringen lassen, um ihn besser bewachen zu können", erklärte er. „Seine Gehilfen sind bereits entkommen."

Alexia öffnete die Tür zum Nebenzimmer und sah den Alchemisten, der, an eine Säule gefesselt, resigniert vom Leben Abschied nahm. Er bot einen jämmerlichen Anblick.

„Was machst du hier?", fragte er Alexia. „Ich glaubte, du wärst zu deinem Vater zurückgekehrt."

„Nein, man hat mich hier eingesperrt. Anscheinend bin ich als Verbündete nicht so wertvoll wie als Geisel. Ich habe beschlossen, Euch mitzunehmen und meinem Vater zu übergeben", sagte das Mädchen und schnitt seine Fesseln durch.

„Ich werde ihm nicht von Nutzen sein. Nicht einmal ihm wird es gelingen, mich zum Sprechen zu bringen."

„Da macht Euch mal keine Sorgen. Ich habe schon ganz andere Dinge gesehen. Und um Arturo, diesen Verräter, werde ich mich später kümmern. Ihr seid ein hervorragender Köder!"

„Und wie willst du hier rauskommen?"

„Gar nicht. Man wird uns hier rausholen. Ich habe einen Plan. Aber jetzt müssen wir uns erst einmal ausruhen."

Sie setzten sich und warteten auf den Sonnenaufgang. Benicius versuchte zu hören, was sie miteinander redeten; doch er konnte nur Wortfetzen aufschnappen, die keinen Sinn für ihn ergaben.

Jetzt, da nur noch wenig Zeit bis zur Hinrichtung blieb, füllte sich der Schlosshof mit Menschen.

„Habt ihr euch zusammengetan, um mich vom Thron zu stürzen?", fragte Benicius, als er sich langsam seiner Situation bewusst wurde. „Eine Hexe und ein Alchemist!"

„Wir haben uns verbündet, um dich für deinen Verrat büßen zu lassen", antwortete Alexia. „Die Stunde der Abrechnung ist gekommen. Ruf deinen engsten Vertrauten!"

∗∗∗

ARTURO UND CRISPÍN wurden ungeduldig. Die Soldaten waren nervös und die Menschenmenge fing an zu protestieren. Verspätungen bei Exekutionen waren immer ein Anlass für Unmutsäußerungen. Die Leute wollten Blut sehen und reagierten ärgerlich, wenn etwas Unvorhergesehenes dazwischenkam.

Die beiden Flügel des Tores, durch das der Verurteilte auf den Hof geführt werden sollte, öffneten sich. Doch nicht Arquimaes, sondern Ritter Reynaldo erschien, hoch zu Ross, begleitet von einer kleinen Garde.

„Das ist nicht normal", flüsterte Crispín. „Irgendetwas ist da faul."

Reynaldo näherte sich dem Schafott und zwang sein Pferd die Holzrampe zur Plattform hoch. Oben wartete er darauf, dass sich die Menge beruhigte.

Als endlich Stille eingekehrt war, rief er: „Befehl unseres Herrn, König Benicius! Die Hinrichtung findet nicht statt!"

Crispín und Arturo schauten sich verblüfft an.

„Vielleicht hat man ihn zu Tode gefoltert", sagte der junge Knappe. „Benicius hat Arquimaes umgebracht!"

„Das ist sehr merkwürdig", flüsterte Arturo.

„Wo ist der Zauberer?", rief eine Stimme aus der Menge.

„Ja, wir wollen ihn sehen!", schrie eine Frau. „Wenn er ein Hexer ist, muss er hingerichtet werden! Wir wollen in Frieden leben!"

„Hexenmeister aufs Schafott!", rief eine andere Männerstimme. „Hexenmeister aufs Schafott!"

Einige standen auf und verlangten eine Erklärung. Die Stimmung wurde immer aufgeheizter. Aus Angst, die Situation könnte außer Kontrolle geraten, fingen die Soldaten an, die Unzufriedenen in ihre Schranken zu weisen. Doch es wurden immer mehr.

„Verschwindet von hier!", schrie Ritter Reynaldo. „Geht an eure Arbeit zurück!"

Doch die Menge war außer sich. Einige Männer, die enttäuscht darüber waren, dass die Hinrichtung nicht stattfand, fingen an, die Soldaten mit Schlägen zu traktieren. Diese verteidigten sich mit ihren Waffen und kurz darauf war der Kampf in vollem Gange. Blut begann über den Schlosshof zu fließen. Mehrere Bauern wurden von den Schwertern der Soldaten aufgespießt und stürzten tot zu Boden, was die Übrigen nur noch mehr in Rage brachte.

Arturo und Crispín versuchten, sich aus dem Staub zu machen. Sie hatten hier nichts mehr zu suchen. Ihr wichtigstes Ziel war es, die Mappe mit Arquimaes' Zeichnungen zu retten.

Doch es war gar nicht so einfach, aus dem Getümmel zu entkommen. Die Soldaten schlugen auf alles ein, was keine Uniform trug, und es war ihnen egal, ob es sich um Frauen, Kinder oder Alte handelte. Ihre Schwerter sausten durch die Luft und bohrten sich wahllos in die Leiber.

Die schutzlosen, unbewaffneten Bauern verteidigten sich ihrerseits, so gut sie konnten. Um an Waffen zu kommen, umringten sie einen Soldaten und nahmen ihm das Schwert ab. Innerhalb kürzester Zeit sprang die Rebellion auf den gesamten Innenhof über und wurde auch nach draußen getragen, wo eine noch größere Menschenmenge wartete, die keinen Einlass gefunden hatte. Alle wollten die Schreie des Verurteilten hören und seine Leiche sehen.

Das Blutbad war durch nichts mehr aufzuhalten.

Benicius hörte die fürchterlichen Schreie der Verwundeten, das Wiehern der Pferde und den klirrenden Lärm des Metalls. Doch wirklich entsetzt war er, als er eine schwarze Rauchwolke aus den Stallungen in den Himmel aufsteigen sah.

Arquimaes und Alexia achteten nicht auf die beiden Gestalten, die querfeldein davonliefen, nachdem sie zwei Soldaten ausgewichen waren. Arturo und Crispín waren fest davon überzeugt, dass es in Benicius' Schloss nun nichts mehr gab, das wichtig für sie war.

„Das ist eure Schuld!", brüllte Benicius. „Ich nehme an, ihr seid zufrieden!"

Seine Worte empörten Arquimaes zutiefst. Er trat auf den König zu und ohrfeigte ihn.

„Das Verhalten deiner Soldaten spiegelt die Bösartigkeit deiner Gedanken wider!", schrie er und spuckte ihm ins Gesicht. „Du hast niemals das menschliche Leben respektiert! Du bist ein Mörder und verdienst den Tod!"

„Oder etwas Schlimmeres", sagte Alexia. „Ich habe dich gewarnt!"

Die Tochter des Finsteren Zauberers legte ihm eine Hand auf die Schulter und murmelte ein paar magische Worte, bevor Arquimaes sie daran hindern konnte. Sogleich krümmte sich Benicius' Körper zusammen und begann sich langsam zu verformen. Die Schreie, die er dabei ausstieß, wurden zu einem Grunzen, während er seine endgültige Form annahm. Alexias Zauberformel war so mächtig, dass sich König Benicius im Nu in ein Schwein verwandelt hatte.

XXII

Der Traumdeuter

Ich habe mich von Metáfora überreden lassen und bin zu Cristóbals Vater in die Sprechstunde gegangen. Er ist Arzt und hat sich auf Krankheiten spezialisiert, die etwas mit unseren Träumen zu tun haben. Ich halte das Ganze für Zeitverschwendung, denn niemand kann sich in die Träume eines anderen versetzen, um sein Problem zu ergründen, falls er denn eins hat.

„Sie können jetzt hinein", sagt die junge Arzthelferin. „Dr. Vistalegre erwartet Sie."

Metáfora steht auf, aber ich bleibe einfach sitzen.

„Los, komm, du hast mir versprochen, keinen Ärger zu machen", erinnert sie mich. „Lass uns nicht noch mehr Zeit vertrödeln."

„Ist ja schon gut", sage ich und stehe widerwillig auf. „Damit du hinterher nicht sagst, ich höre nicht auf dich. Aber es ist das letzte Mal, dass ich mit jemandem über meine Träume spreche. Ich hab's satt!"

Die Arzthelferin, die geduldig gewartet hat, zeigt uns lächelnd den Weg. Wir betreten das Sprechzimmer. Ein großer, kräftiger junger Mann mit roten Haaren streckt uns die Hand entgegen.

„Ich bin Dr. Vistalegre. Willkommen in meiner Sprechstunde. Nehmt doch bitte Platz. Cristóbal hat mich gebeten, mir anzuhören, was ihr auf dem Herzen habt. Alles, was wir hier reden, bleibt natürlich unter uns."

Wir setzen uns, doch bevor ich etwas sage, sehe ich mir das Sprechzimmer an. Die blau gestrichenen Wände sind mit kleinen Sternen übersät. Es sieht aus wie in einem Kinderzimmer, irgendwas zwischen Walt Disney und Märchenstunde. Rechts und links vom Arzt steht eine Lampe, die einen gelblichen, ovalen Lichtkegel auf die Wand wirft. Die geeignete Stimmung, um einen einzuschläfern … oder zu hypnotisieren. Ich muss an das Zimmer der Wahrsagerin denken, die mir die Karten gelegt hat, und stelle fest, dass jeder seine eigene Inszenierung hat.

„Sagt mir bitte erst einmal, wie ihr heißt. Für die Patientenkartei."

„Ich heiße Metáfora Caballero und das ist Arturo Adragón."

„Gut. Cristóbal hat mir gesagt, dass du ein Problem hast, Arturo. Stimmt das?", fragt mich Cristóbals Vater und sieht mich offen an. „Möchtest du mir davon erzählen?"

„Ich glaube, mein Freund leidet unter Narkolepsie", sagt Metáfora. „Er schläft plötzlich ein und hat seltsame Träume. Wir haben uns gedacht, vielleicht können Sie ihn davon heilen."

„Du leidest also unter Narkolepsie?"

„Das weiß ich nicht. Sie behauptet das, aber ich glaube, sie irrt sich", antworte ich. „Es muss etwas anderes sein. Ich träume viel."

„Weißt du, was Narkolepsie ist?", fragt mich Dr. Vistalegre. „Das ist eine Krankheit, bei der der Kranke plötzlich in einen tiefen Schlaf fällt. Das geschieht von einem Moment auf den anderen, überfallartig ..."

Er schaut mich eine Weile aufmerksam an. Wahrscheinlich will er herausbekommen, ob ich die Krankheit habe, die er soeben beschrieben hat.

„Mir scheint, du bist mit deiner Diagnose etwas voreilig", sagt er schließlich zu Metáfora. „Warum glaubst du, dass er unter Narkolepsie leidet?"

„Er träumt sehr intensiv", erklärt Metáfora. „Am helllichten Tag verliert er plötzlich das Bewusstsein und danach ist er völlig durcheinander."

„Die Symptome deuten zwar darauf hin, aber sie reichen nicht aus. Wie häufig passiert das?"

„In letzter Zeit sehr häufig. Wir machen uns große Sorgen. Es wird immer schlimmer. Manchmal träumt er sogar, wenn er wach ist."

„Also, Metáfora, es besteht kein Grund zur Panik. Narkolepsie ist keine lebensgefährliche Krankheit. Man kann sie unter Kontrolle halten, da gibt es ein paar sehr wirksame Medikamente. Es ist nicht schlimm."

Er greift nach einem Schreibblock, schraubt die Kappe seines Füllfederhalters ab und lächelt mir aufmunternd zu.

Dann sagt er mit seiner sanften Stimme: „Erzähl mir mal genau, was du hast, Arturo. Mit allen Einzelheiten, an die du dich erinnern kannst."

„Er hat sonderbare Träume ..."

„Bitte, Metáfora, lass ihn mal selbst erzählen ... Also, Arturo, ich höre."

„Ja, es stimmt, ich habe sonderbare Träume."

„Wie oft?"

„Jeden Tag, glaube ich. Die Träume sind sehr intensiv. Und danach bin ich jedes Mal völlig erschöpft, fix und fertig. Es ist, als würde mich das, was ich in meinen Träumen erlebe, hinterher nicht loslassen, wenn ich wieder aufwache."

„Seit wann hast du das, Arturo?"

„Schwer zu sagen. Ich glaube, schon lange, aber Gedanken mache ich mir erst seit Kurzem darüber ..."

„Wir haben an dem Tag angefangen, uns Sorgen zu machen, als er sich abends nach dem Essen nicht wohlgefühlt hat und halb eingeschlafen ist. Fast so, als wäre er ohnmächtig geworden. Danach hat er gesagt, er hätte sich ins Mittelalter geträumt. Stellen Sie sich das mal vor, ins Mittelalter!"

„Du hast dich ins Mittelalter geträumt, sagst du?"

„Ja, Señor, jedenfalls glaube ich das."

„Sag mal ... Spielst du Rollenspiele?"

„Nein, Señor, so was habe ich noch nie gespielt."

„Jetzt eine sehr persönliche Frage ... Wenn du nicht antworten möchtest ... Rauchst du Marihuana oder nimmst du Tabletten, Ecstasy oder so was?"

„Nein, ich schwöre Ihnen, ich habe nie etwas geraucht und Tabletten habe ich auch noch nie genommen."

„Dann erzähl mir mal, wie du dich ins Mittelalter geträumt hast."

„Geträumt eben. Wenn ich schlafe, träume ich, dass ich im Mittelalter bin. Ganz einfach."

„Und was machst du da im Mittelalter? Bist du König, Bauer ...?"

„Nein, ich bin so etwas wie ein freier Ritter, der eine Mission zu erfüllen hat. Ich muss einen Alchemisten beschützen! Zumindest am Anfang, inzwischen ist die Geschichte komplizierter geworden. Im Moment muss ich Zeichnungen aufbewahren und eine Hexe suchen."

„Du musst Alexia suchen?", fragt Metáfora aufgeregt. „Warum?"

„Ich weiß nicht, um ihr zu helfen, nehme ich an ..."

„Und warum musst du sie suchen?", fragt sie noch einmal. Sie lässt nicht locker.

„Weiß nicht ... Ich hab dir doch schon gesagt, es ist ein Traum."

Der Doktor reibt sich das Kinn und grübelt über meine Worte nach. Ich glaube, er ist ein wenig ratlos. Im Grunde verstehe ich ihn. An seiner Stelle würde es mir nicht anders ergehen.

„Glauben Sie mir, wenn Sie sehen würden, in welchem Zustand er aufwacht, würden Sie sich auch Sorgen machen", ereifert sich Metáfora. „Es muss sich um einen sehr schweren Fall von Narkolepsie handeln. Oder vielleicht leidet er unter Halluzinationen."

„Erst einmal müssen wir herausfinden, ob es sich wirklich um Narkolepsie handelt. Manchmal lassen wir uns von den Symptomen zu einem falschen Schluss verleiten. Darum müssen wir sehr vorsichtig sein. Erzähl weiter, Arturo. Zum Beispiel, ob die Träume in Zusammenhang stehen oder ob sie nichts miteinander zu tun haben."

„Es ist wie eine Fernsehserie", antworte ich. „Oder eine Fortsetzungsgeschichte mit mehreren Kapiteln. Eine Geschichte aus dem Mittelalter, die nach und nach zu einem langen Buch wird. Ich könnte sie Ihnen erzählen, wenn Sie ein paar Wochen Zeit hätten. Sie ist sehr interessant, wirklich."

„Gehst du gerne ins Kino? Liest du viel?"

„Natürlich geht er gerne ins Kino und er liest auch viel. Er lebt praktisch in einer Bibliothek ... Einer Bibliothek, die mit Büchern aus dem Mittelalter vollgestopft ist ...", sprudelt es aus Metáfora heraus.

„Also, das ist schon mal die erste wichtige Spur. Möglicherweise wirkt deine Umgebung auf dich ein, und deine Träume spiegeln das wider, was du tagsüber erlebst."

„Wollen Sie mir damit sagen, dass ich vom Mittelalter besessen bin und darum diese Träume habe?", frage ich ein wenig ärgerlich. „Dass ich nur Halluzinationen habe, weil ich in einer Bibliothek wohne und von Büchern umgeben bin?"

„Nun, so was kommt manchmal vor. Es gab da mal einen Schauspieler, der in mehreren Filmen den Tarzan gespielt und sich so sehr mit seiner Rolle identifiziert hat, dass er am Ende seines Lebens herumgesprungen ist und Laute ausgestoßen hat wie der Affenmensch. Manche Leute halten sich irgendwann für die Kino- oder Romanfigur, über die sie viel gelesen haben oder die sie verehren."

„Was ist nun, hat er Narkolepsie oder nicht?", fragt Metáfora ungeduldig.

„Es ist noch zu früh für eine Diagnose. Sicher ist, dass einige Symptome darauf hindeuten, aber wir müssen der Sache noch weiter auf den Grund gehen … Also, lasst euch einen Termin in zwei Wochen geben, und bis dahin möchte ich, dass du alles aufschreibst, was in deinen Träumen passiert. Vielleicht hilft uns das weiter."

Die Sprechstunde hat nicht viel gebracht. Mir ist dadurch nichts klarer geworden. Und der Dr. Vistalegre scheint mir noch ratloser zu sein als ich. Wenigstens hat mir Metáfora versprochen, dass sie mir nicht mehr mit weiteren Besuchen bei irgendwelchen Spezialisten auf die Nerven geht.

✳✳✳

„Hallo, Mama, hier bin ich wieder. Wie du weißt, macht Papa gerade eine schwierige Phase durch. Aber du brauchst dir keine Sorgen zu machen. Die Ärzte sagen, dass es nicht schlimm ist. Norma kümmert sich sehr um ihn und hilft ihm, wieder auf die Beine zu kommen."

Ich setze mich auf das alte Sofa und mache es mir bequem.

„Heute war ich bei einem Arzt. Er hat mir große Angst eingejagt. Wir haben über mein Problem gesprochen, aber das hat mich noch mehr durcheinandergebracht. Metáfora sagt, dass ich an einer Krankheit leide, die Narkolepsie heißt. Der Arzt ist sich da nicht so sicher und das beunruhigt mich noch mehr. Möglicherweise habe ich irgendeinen unbekannten Defekt, und deshalb träume ich von Dingen, die vor tausend Jahren tatsächlich geschehen sind. Mercurio, unser Hausmeister in der Schule, hat einen Helm aus dem Mittelalter gefunden, der mir vertraut vorkommt. Ich glaube, ich habe ihn selbst getragen, in einer anderen Zeit. Ich habe im ersten Keller der Stiftung ein

Schwert entdeckt, mit einem Symbol, dem Totenschädel eines Mutanten, den ich schon in meinen Träumen gesehen habe. Ständig passieren mir Dinge, die mich an das Leben im Mittelalter erinnern. In Wirklichkeit erinnern sie mich nicht daran, ich bin überzeugt, dass ich sie tatsächlich erlebt habe. Was hat das nur zu bedeuten …?"

Ich mache eine kurze Pause, um mich zu beruhigen, denn ich bin sehr aufgeregt.

„Kennst du dich da aus? Sind das Zeitreisen? Und wenn es Zeitreisen sind, welches Ziel haben sie? Verliere ich den Verstand, wie Großvater? Keiner versteht mich. Ich versuche so zu tun, als würde mich das Ganze nicht weiter berühren, aber das stimmt nicht. Ich weiß nicht mehr, was ich machen soll. So viele Fragen ich mir auch stelle, ich finde keine Antworten auf sie. Wenn du hier wärst, könntest du mir ganz sicher helfen. Warum passiert mir das alles? Was ist das für eine Kraft, die mich dazu zwingt, ein anderes Leben zu leben, und die mich so leiden lässt? … Ich vermisse dich, ich glaube, du hast mir noch nie so sehr gefehlt. Warum hilfst du mir nicht, Mama?"

Viertes Buch
Die Macht des Drachen

I

Das Trojanische Pferd

Ohne einen Kratzer entkamen Arturo und Crispín aus Benicius' Schloss. Doch sie machten sich große Sorgen: Was nur war mit Arquimaes passiert? Warum war die Hinrichtung abgesagt worden? Hatte man ihn getötet? Und wo war Alexia?

Als es Nacht wurde, legten sie sich, erschöpft wie sie waren, unter einen Baum. Sie suchten Farne und Blätter, um sich gegen die schneidende Kälte zu schützen. Dabei entdeckten sie eine verlassene Hütte, in der es weder Betten noch einen Tisch oder Stühle gab. Ihre Bewohner waren offenbar sehr arm. Dennoch machten Arturo und Crispín es sich, so gut es ging, bequem.

„Nur einem Wunder haben wir es zu verdanken, dass wir entkommen konnten", sagte Crispín, während er ein Kaninchen briet, das er soeben erlegt hatte. „Um ein Haar wären wir in diesem unsinnigen Gemetzel getötet worden."

„Ich begreife immer noch nicht, was mit Arquimaes geschehen ist", murmelte Arturo. „Er sollte gehängt werden, und ich kann mir nicht vorstellen, dass Benicius es sich im letzten Augenblick anders überlegt hat. Es muss irgendeinen wichtigen Grund dafür geben. Ich fürchte das Schlimmste. Wahrscheinlich haben sie ihn zu Tode gefoltert, als sie ihm dieses verfluchte Geheimnis entreißen wollten."

„Alle wollen Arquimaes' Geheimformel haben", sagte Crispín. „Ist sie denn wirklich so wertvoll?"

„Das weiß nur er. Er hat niemandem etwas davon erzählt, aber wenn er entschlossen ist, sein Leben dafür aufs Spiel zu setzen, wird seine Formel vermutlich sehr kostbar sein. Aber was soll's, das ist jetzt nicht mehr wichtig …"

Crispín schnitt ein paar goldbraun gebratene Stücke Fleisch ab und legte sie auf einen Stein.

„Hier, Arturo, iss was, mit vollem Magen denkt es sich besser", sagte er.

„Ohne Arquimaes können wir nichts machen", seufzte Arturo. „Ich weigere mich zu glauben, dass er tot ist."

„Einmal angenommen, er konnte aus dem Schloss fliehen. Wohin würde er wohl gehen?", fragte Crispín. „Wer würde ihm helfen?"

„Ich weiß es nicht, aber vermutlich würde er versuchen, bei Königin Émedi Schutz zu finden. Sie ist die Einzige, die etwas für ihn tun würde. Das hat er mir mehrmals gesagt."

„Dann wissen wir ja, wo wir ihn suchen müssen. Gehen wir zu Königin Émedi und warten dort auf ihn. Inzwischen versuchen wir, seine Arbeit fortzuführen, und später können wir ihm die Zeichnungen übergeben."

„Aber wir wissen doch gar nicht, ob er wirklich fliehen konnte. Vielleicht ..."

„Warum hast du eigentlich kein Vertrauen zu ihm? Ich jedenfalls glaube fest daran, dass er noch lebt", sagte Crispín optimistisch und biss in eine saftige Kaninchenkeule.

„Es ist Benicius, in den ich kein Vertrauen habe", entgegnete Arturo. „Ich halte es sogar für möglich, dass er Arquimaes getötet hat, um sich an ihm für unsere Flucht zu rächen ... oder wofür auch immer. Dieser Mann ist eine Schlange."

„Ich glaube, du täuschst dich. Wir sind für Benicius völlig uninteressant. Dass wir entkommen sind, ist ihm egal. Er wird doch nicht so blöd sein, seine wichtigste Geisel zu töten! Einen so angesehenen Alchemisten wie Arquimaes! Das hat nicht einmal Demónicus gewagt. Nein, ich wette mit dir, um was du willst: Arquimaes wird versuchen, sich zu Königin Émedi durchzuschlagen, falls es ihm irgendwie möglich ist."

Auch Arturo nahm nun einen Bissen von dem Kaninchenfleisch. Nach einer Weile sagte er: „Du überraschst mich, Crispín. Du kannst nicht lesen, aber du bist in der Lage, intelligente Schlüsse zu ziehen. Ich glaube, du bist schlauer, als du aussiehst."

„Mein Vater hat mir beigebracht, dass man sich hin und wieder dumm stellen muss, um zu überleben. Man sollte nicht jedem auf die Nase binden, dass man intelligent ist. Mein Vater sagt immer, unsere

Intelligenz ist unser kostbarster Schatz. Man darf sie nur den Menschen zeigen, denen man voll und ganz vertrauen kann."

„Dein Vater ist ein kluger Mann. Du hast einen guten Lehrer gehabt. Ich frage mich, wozu du imstande sein wirst, wenn du erst mal lesen und schreiben lernst!"

„Ich werde ein guter Ritter werden und einem großen König dienen."

„Oder einer Königin …"

„Oder dir, wenn du König wirst."

„Komm, lass uns schlafen, du fängst schon wieder an, dummes Zeug zu reden."

Arturo legte sich auf den Lehmboden und schloss die Augen. Er musste an Alexia denken, sie ging ihm nicht mehr aus dem Kopf. Ob sie wohl noch lebte? War sie zu ihrem Vater zurückgekehrt? Und würde er sie jemals wiedersehen?

***

Vorsichtig öffneten Alexia und Arquimaes die Tür. Reynaldo wollte mit ihnen sprechen. Er hatte nun die Befehlsgewalt und war bereit, mit ihnen zu verhandeln.

„Die Situation ist sehr kompliziert geworden. Das ist deine Schuld, Alchemist", sagte der Ritter. „Ich bin gekommen, um dir die Freiheit anzubieten. Ich lasse dich gehen, aber nur unter der Bedingung, dass du so schnell wie möglich unser Land verlässt."

„Das ist alles?", fragte der Weise.

„Jetzt, da Benicius nicht mehr in der Lage ist zu regieren und ich nicht das geringste Interesse an deiner Geheimformel habe, möchte ich, dass du verschwindest, bevor alles noch schlimmer wird. Jetzt bin ich der König."

„Und was ist mit mir?", fragte Alexia.

„Du kannst mit ihm fortgehen. Auch gegen dich habe ich nichts. Das Einzige, was ich möchte, ist Frieden, damit ich so schnell wie möglich mit dem Regieren beginnen kann. Ich habe Angst, dass sich der Aufstand der Bauern ausweiten könnte. Euer Leben für den Frieden meines Königreiches!", rief Reynaldo.

„Das scheint mir ein guter Vorschlag zu sein", sagte Arquimaes.

„In der Tat", stimmte Alexia zu. „Gib uns Pferde und Geleitschutz, damit wir in Frieden fortgehen können. Du musst mir garantieren, dass mir nichts geschieht, solange wir uns in deinem Reich aufhalten. Sollte mir etwas zustoßen, trägst du die Verantwortung, und mein Vater wird es dich teuer bezahlen lassen."

„Ich garantiere für eure Sicherheit bis zur Grenze …"

„Nein. Du wirst uns Geleitschutz geben, bis wir unser Ziel erreicht haben", verlangte Arquimaes. „Bis wir gesund und unversehrt im Schloss von Königin Émedi angekommen sind."

„Werdet ihr euch denn gemeinsam auf den Weg machen?", fragte der neue König.

„Ja. Was ist mit den beiden Jungen, die mit uns hier angekommen sind?"

„Man hat mir mitgeteilt, dass in der Nähe von Drácamont drei Leichen gefunden wurden. Möglicherweise sind eure Freunde in die Hände von Banditen gefallen und getötet worden."

„Das bezweifle ich", sagte Alexia. „Arturo wird sich von ein paar armen Teufeln nicht einfach so umbringen lassen … Aber das ist eine andere Geschichte. Also, du wirst uns Geleitschutz geben bis zu Émedis Schloss?"

„Ja. Was ihr dann macht, ist eure Sache. Aber ihr müsst mir euer Wort geben, dass ihr euch nie mehr auf meinem Gebiet sehen lasst."

„Einverstanden", versicherte Arquimaes. „Ich verspreche dir, dass ich meinen Fuß nie mehr auf den Boden deines Reiches setzen werde."

Reynaldo ging hinaus, um seinen Männern die entsprechenden Befehle zu erteilen. Kurz darauf kehrte er wieder zu seinen Geiseln zurück und sagte: „Auf Nimmerwiedersehen! Ich hoffe, du wirst dein elendes Geheimnis mit ins Grab nehmen, Zauberer! Deine Formel hat uns nichts als Ärger eingebracht."

Dann drehte er sich auf dem Absatz um und ging, begleitet von seiner neuen Leibgarde, davon.

* * *

Nach mehreren Stunden hatten die Soldaten den Bauernaufstand niedergeschlagen. Doch in Wahrheit war es ihnen lediglich gelungen, die Flammen zu ersticken, nicht die Glut, die nur darauf wartete, von Neuem aufzulodern. Wenn die Menschen erst einmal zu den Waffen greifen, ist es schwierig, sie wieder zu besänftigen.

In derselben Nacht, in der Arquimaes und Alexia ihren Pakt mit Reynaldo schlossen, versammelten sich die mutigsten der Bauern auf der anderen Seite des Flusses um ein großes Feuer. Um vor Angriffen sicher zu sein, hatten sie Wachen aufgestellt.

Die etwa zweihundert aufgebrachten Männer waren verwundet und hungrig. Viele hatten gesehen, wie ihre Freunde, Nachbarn und Familien durch die Waffen der Soldaten oder unter den Hufen ihrer Pferde gestorben waren.

„Wir müssen weitermachen!", rief Royman, ein von allen geachteter Bauer. „Diese Ungerechtigkeiten müssen ein Ende haben! Wir haben schon zu lange unter ihnen gelitten!"

„Aber wir haben keine Waffen! Wir sind nur wenige und außerdem nicht auf einen Kampf vorbereitet", hielt ein anderer dagegen, der aussah, als wäre er so stark wie ein Büffel. „Ich bin Schmied, kein Soldat."

„Was ist zu tun? Der König wird sich bestimmt rächen wollen. Es wird Repressalien geben. Man wird viele von uns hängen und unsere Familien werden unter den Folgen zu leiden haben", jammerte ein Landarbeiter, der am Arm verwundet war.

„Der König ist der König. Er befiehlt und wir müssen gehorchen", stimmte eine Frau, deren Augen stark gerötet waren, in sein Klagen ein. „Mein Sohn wurde heute getötet und niemand wird dafür zur Verantwortung gezogen."

„Könige sind nicht so mächtig, wie ihr meint!", rief plötzlich ein Mann in einer Mönchskutte. „Ich kann euch sagen, wie man ihnen die Macht abnimmt!"

Alle Blicke waren nun auf ihn gerichtet. Er hatte die Kapuze über den Kopf gezogen, sodass sein Gesicht im Schatten verborgen blieb.

„Wer bist du?", fragte Royman. „Woher kommst du?"

„Ich habe alles mit angesehen! Ich habe gesehen, wie die Soldaten eure Leute niedergemetzelt haben! Ich kann euch helfen, Benicius loszuwerden!"

„Drück dich deutlicher aus!"

„Das ist doch nur ein besoffener Landstreicher", sagte ein dünner Mann mit krausem Haar. „Vor ein paar Tagen hat er sich in Julius' Kneipe betrunken."

„Er ist verrückt. Jagt ihn fort!", befahl Royman. „Los, hau schon ab!"

„Ich bin nicht verrückt!", widersprach der Fremde. „Ich war Ritter und kenne die Schwächen der Könige!"

„Und was machst du hier? Wie kann es passieren, dass ein Ritter zu einem betrunkenen Landstreicher wird?"

„Ich bin vom Pech verfolgt. Ich habe alles verloren und schuld daran ist Benicius! Wenn ihr mir helft, ihn umzubringen, werde ich euch helfen, das Schloss zu erobern."

Die Frau, die eben gesprochen hatte, trat von hinten an den fremden Mönch heran und zog ihm mit einer raschen Bewegung die Kapuze vom Kopf.

„Ich kenne dich!", rief sie aus. „Du bist Graf Morfidio!"

„Der bin ich nicht!", schrie der Fremde und versuchte, sein Gesicht wieder zu verbergen. „Lass mich zufrieden! Ich heiße Frómodi!"

„Graf Morfidio?", wiederholte Royman. „Alle sagen, er sei bei einem Schwertkampf mit einem Jungen getötet worden."

„Morfidio ist tot! Glaubt mir, ich bin Frómodi und habe nichts mit dem Grafen zu tun!", versicherte der Fremde. „Der Gehilfe von Arquimaes, diesem verfluchten Hexer, hat Morfidio getötet!"

„Ein Betrüger bist du!", schrie ein anderer Mann. „Was willst du hier?"

„Euch von diesem Tyrannen befreien! Ich kann euch helfen, Benicius' Festung zu stürmen! Ich weiß, wie man so was macht!"

Die Bauern schwiegen nachdenklich.

„Willst du etwas Wein?", fragte ihn einer von ihnen nach einer Weile. „Hier, trink."

Morfidio nahm das Gefäß, das der andere ihm hinhielt, führte es an seine Lippen und trank gierig. Der Wein lief ihm über das Kinn und beschmutzte seine Kutte.

„Seht ihr? Er ist ein Säufer und Betrüger! Früher war er mal ein Graf, aber jetzt ist er nicht mehr als ein menschliches Wrack!"

„Ja, aber er weiß Dinge, die für uns von Nutzen sein können ... Komm, Frómodi, oder wie immer du heißt, setz dich her und erzähl uns alles, was du über Militärstrategie weißt. Und über das Schloss von König Benicius ... oder Reynaldo ... Gebt ihm mehr Wein ... Mehr Wein für den Mann!"

„Habt ihr schon mal was vom Trojanischen Pferd gehört?", fragte Morfidio. „Ein Pferd aus Holz, dessen Bauch voller Soldaten war ... Ihr werdet sehen ..."

Royman beobachtete den Fremden aufmerksam. Dieser Mann in seiner Mönchskutte war offenbar wirklich verrückt. Doch die Geschichte von dem Pferd voller Soldaten interessierte ihn.

***

Noch vor Morgengrauen stand Alexia lautlos auf und ging zu den Pferden. Ein Wachposten versperrte ihr den Weg.

„Wohin gehst du?"

„Ich bin nicht deine Gefangene", antwortete die Prinzessin. „Du bist nicht hier, um mich zu bewachen, sondern um mich zu beschützen."

„Das stimmt, wir haben den Befehl, dich und den Alchemisten zu beschützen", antwortete der Soldat. „Darum lasse ich dich nicht alleine fortgehen."

„Hiermit entbinde ich dich von deinen Verpflichtungen. Ich gehe, wohin ich will, und du kannst mich nicht daran hindern. Ich bin frei."

„Willst du dich nicht von deinem Begleiter verabschieden? Der Alchemist hat sich große Sorgen um dich gemacht."

„Wenn er aufwacht, sag ihm, ich kehre nach Hause zurück, zu meinem Vater."

Der Soldat hatte nichts dagegen einzuwenden, dass sie zu ihrem Vater zurückwollte. Also trat er beiseite und erlaubte ihr, sich ein Pferd auszusuchen. Schließlich gab es weniger Arbeit für ihn, wenn sie fortritt.

„Ich werde es ihm sagen", antwortete er, während Alexia aufs Pferd stieg. „Gute Reise."

Die Prinzessin hob zum Abschied die Hand und ritt langsam davon. Dann, als niemand mehr das Klappern der Hufe hören konnte, gab sie ihrem Pferd die Sporen und verlor sich in der Ferne.

II

Ein überraschendes Geständnis

Heute wird Papa endlich aus dem Krankenhaus entlassen. Mohamed holt ihn mit dem Auto ab. Norma, Metáfora und ich fahren mit.

„Wie sehr ich mich auf meine Arbeit freue!", sagt Papa. „Nach so vielen Tagen der Untätigkeit bin ich schon ganz versessen darauf! Ich habe jede Menge neuer Ideen."

„Langsam, Arturo, du solltest es ruhig angehen lassen", bremst ihn Norma. „Jetzt musst du erst einmal daran denken, wieder ganz gesund zu werden. Die Arbeit kann warten."

Um weitere Diskussionen zu vermeiden, sage ich nichts. Aber ich finde, sie hat recht.

„Ich nehme an, seit wir eine Sicherheitsbeauftragte haben, ist alles ruhig", sagt Papa.

„Es hat keine weiteren Zwischenfälle gegeben. Niemand hat versucht, in die Stiftung einzubrechen. Es ist, als hätte es sich herumgesprochen, dass Adela aufpasst."

„Gut, dann werden wir noch ein Weilchen warten, bis wir auf ihre Dienste verzichten können."

„Du willst sie entlassen?", fragt Norma.

„Sollen wir uns etwa unser ganzes Leben lang bewachen lassen?", fragt Papa zurück. „Am Ende würde das noch die Besucher der Stiftung verprellen."

„Nein, das würde dafür sorgen, dass sie sich sicherer fühlen."

„Eine Bibliothek sollte keinen Sicherheitsdienst nötig haben", sagt mein Vater. Aber irgendwie habe ich das Gefühl, dass er selbst nicht so ganz von dem überzeugt ist, was er sagt.

„Du irrst dich", widerspricht ihm Norma. „So eine Bibliothek braucht mehr Schutz, als du denkst. Hier liegen wahre Schätze verborgen und die müsst ihr bewachen."

Wir erreichen die Stiftung und Mohamed parkt den Wagen im Innenhof. Wir gehen ins Haus. Sombra, Mahania und Adela warten auf uns, zusammen mit einem der bewaffneten Wachmänner.

„Willkommen zu Hause, Señor", sagt Mahania. „Wir freuen uns sehr, dass Sie wieder bei uns sind."

„Vielen Dank, Mahania. Es ist immer schön, nach Hause zu kommen."

Sombra geht auf meinen Vater zu und drückt ihm wortlos die Hand. Manchmal habe ich das Gefühl, die beiden sind wie Brüder.

„Danke, Sombra. Danke dafür, dass du dich während meiner Abwesenheit um die Stiftung gekümmert hast."

„Die Stiftung ist unser Zuhause", antwortet Sombra. „Ich werde mich immer um sie kümmern."

Bei diesen Worten kommt mir plötzlich ein Gedanke. Soweit ich mich erinnern kann, habe ich Sombra tatsächlich nie aus dem Haus gehen sehen …

„Und Sie müssen Adela sein", sagt Papa. „Wir haben miteinander telefoniert … Freut mich, Sie kennenzulernen."

„Ja, Señor Adragón, ich bin Adela Moreno, Ihre Sicherheitschefin."

„Glauben Sie, dass wir in Gefahr sind?"

„Solange wir unsere Aufgabe ernst nehmen, wird nichts passieren. Aber wenn wir nur einen Moment nicht richtig aufpassen, werden sie sich wie die Geier auf Sie stürzen. In diesem Gebäude befindet sich ein Vermögen. Seien Sie also auf der Hut!"

„Und was schlagen Sie vor? Haben Sie einen Plan?"

„Nun, im Moment bin ich dabei herauszufinden, was die Schwachstellen des Gebäudes sind. Und ich kann Ihnen versichern, es gibt viele. Wir werden am Eingang ein Kontrollsystem einrichten müssen. Jeder Besucher muss kontrolliert werden und sich ausweisen können …"

„Moment! Wir sollen die Leute kontrollieren, die unsere Bibliothek besuchen wollen? Haben Sie etwa vor, ein Überwachungssystem zu installieren, das alle unsere Gäste unter Generalverdacht stellt?"

„Ich schlage nur vor, das Nötige zu tun, um die Sicherheit der Stiftung zu garantieren. Und dafür müssen wir wissen, wer hier ein- und ausgeht. Nicht alle, die hierherkommen, haben ehrenhafte Absichten."

„Das werde ich nicht zulassen! Die Stiftung ist seit jeher für alle frei zugänglich …"

„Wenn Sie mich meine Arbeit nicht so machen lassen wollen, wie ich es für richtig halte, dann ist es wohl besser, ich gehe", entgegnet Adela. „Wenn ich hier nicht gebraucht werde, ziehe ich es vor, woandershin zu gehen, wo man meine Dienste zu schätzen weiß. Hier bin ich anscheinend überflüssig."

Bevor mein Vater antworten kann, mischt sich Norma ein: „Das besprecht ihr besser später. Dafür ist immer noch Zeit. Jetzt beruhigen wir uns erst mal und kümmern uns um Wichtigeres."

Wir schweigen und jeder geht seiner Wege. Nur der Wachmann weicht nicht von Papas Seite.

„Sie brauchen mich nicht zu begleiten", sagt mein Vater.

„Dieser Mann wird Ihnen wie ein Schatten folgen", widerspricht Adela. „Er hat Anweisung, Sie nicht aus den Augen zu lassen. Und das, bis ich andere Anweisungen gebe."

Keine Widerrede!

✳✳✳

METÁFORA UND ICH gehen nach oben.

„Ich glaube, ich weiß jetzt, was es mit deinen Problemen auf sich hat", sagt sie, kaum dass wir in meinem Zimmer sind. „Ich glaube, ich habe die Lösung gefunden."

„Was für eine Lösung? Ich weiß nicht, wovon du redest. Es gibt kein Problem! Ich habe Träume, mehr nicht! Genauso wie alle anderen."

„Nein, Arturo, bei dir ist es was anderes, wirklich."

„Du machst mich noch ganz verrückt. Einerseits kritisierst du mich und sagst, ich spinne, und nun erzählst du mir, dass es bei mir was anderes ist. Ich verstehe dich nicht."

„Klar verstehst du mich nicht. Du verstehst eben die Mädchen nicht, das ist es. Du lebst wie ein Einsiedler und verstehst nicht, was um dich herum passiert."

„Was soll das denn jetzt?"

„Wenn du so weitermachst, wirst du nie ein Mädchen finden, das dich gern hat. Ich mache mir Sorgen um dich. Merkst du nicht, dass ich das alles nur tue, weil du mir nicht gleichgültig bist?"

Während wir miteinander streiten, ziehe ich mir ganz langsam die Jacke aus, um Zeit zu gewinnen. Worauf will sie nur hinaus?

„Komm, Arturo, setz dich und hör mir zu. Du musst wissen, dass wir Mädchen uns mehr auf Einzelheiten konzentrieren als ihr Jungen. Wir achten mehr auf Kleinigkeiten. Für uns sind Worte und Gefühle sehr wichtig. Wenn du das nicht begreifst, wirst du die Welt der Frauen niemals verstehen."

„Was ist denn so besonders an eurer Welt?"

„Sie ist anders. Wir Mädchen denken und fühlen anders als ihr Jungen."

„Und ich hab immer gedacht, wir sind gleich."

„Das sind wir auch, aber jeder von uns hat seinen eigenen Charakter. Wir sind gleich, aber wir sind auch verschieden", beharrt sie.

„Ja, ja, wie Tag und Nacht."

„Genau, wie Tag und Nacht ... Deswegen ergänzen wir uns auch so gut."

„Na schön ... Also, nachdem du mir deine Theorie von der ungleichen Gleichheit der Geschlechter erläutert hast, kannst du mir jetzt ja erzählen, was du über mein Problem mit den Träumen herausgefunden hast."

Sie steht auf und geht in meinem Zimmer auf und ab. Während sie spricht, kaut sie an den Fingernägeln.

„Also, hör zu! Ich hab noch mal über das nachgedacht, was mit dir passiert ... Und ich glaube, dass das alles miteinander zusammenhängt, dass alles in Beziehung steht."

„Hat es was damit zu tun, dass du ein Mädchen bist und ich ein Junge?"

„Red keinen Unsinn und hör zu! Es gibt einen Zusammenhang zwischen deinen Träumen und den Buchstaben auf deiner Haut. Ich bin mir fast sicher, dass das eine etwas mit dem anderen zu tun hat. Oder besser gesagt, dass das eine die Folge des anderen ist."

„Ach nein! Dann träume ich also, weil ich den Körper voller Buchstaben habe?"

„Die Buchstaben bewirken, dass du so seltsame Dinge träumst, ja. Sie beeinflussen deine Träume, so als wären es Szenen eines Films. Die Buchstaben haben magische Kräfte! Sie zwingen dich zu träumen!"
Ich bin verwirrt.
„Also, Metáfora, du bist zu dem Schluss gekommen, dass die Buchstaben mich zwingen zu träumen, weil sie magische Kräfte haben?"
„Ganz genau."
„Aber wie kann die Tochter einer Lehrerin, ein Mädchen wie du, das viel liest und versteht, was in der Welt vor sich geht, wie kann jemand wie du an Magie glauben? In der Realität gibt es keine Magie. Sie ist Teil unserer Fantasie, mehr nicht. Magie hat es noch nie gegeben!"
„Ich weiß, dass es keine Magie gibt! Natürlich weiß ich das!"
„Und warum willst du mich dann davon überzeugen, dass ich ihr Opfer bin? Dass ich in einem magischen Kreis gefangen bin, aus dem ich mich nicht befreien kann? Wahrscheinlich weil du sicher bist, dass ich die Buchstaben nie loswerde!"
Ich sehe, dass meine Worte sie überrascht haben. Sie schweigt, ihr fällt keine passende Antwort ein. Wenn es stimmt, dass Mädchen sensibler sind als Jungen, muss sie sich jetzt bei mir entschuldigen.
„Hör zu, Arturo, es tut mir leid, wirklich", murmelt sie. „Ich wollte dich nicht verletzen und dir die Hoffnung nehmen, irgendwann einmal ein ganz normaler Junge zu sein ... Ich meine, ein Junge ohne Buchstaben auf dem Körper und ohne Drachenkopf auf der Stirn. Ich wollte dir nur offen sagen, was ich denke."
„Ist schon gut. Egal, vielleicht hast du ja recht und ich bin verhext. Deswegen solltest du dir besser andere Freunde suchen, sonst stecke ich dich womöglich noch an."
Sie kniet sich vor mich hin und knöpft mein Hemd auf. Dann streicht sie mit der rechten Hand langsam über die Buchstaben.
„Ich möchte mich bei dir anstecken. Ich möchte so sein wie du. Ich möchte mit dir verschmelzen. Ich möchte deine beste Freundin sein."
Mein Herz schlägt schneller. Mindestens tausendmal pro Stunde. Metáfora hat mir soeben bewiesen, dass Mädchen sensibler sind, als ich gedacht habe.

III

Das Herz der Königin

Der Wind strich durch das blonde Haar der Königin. Sie stand oben auf dem höchsten Turm ihres Schlosses und beobachtete eine Gruppe von Reitern, die sich der Zugbrücke näherte. Ihr Blick ruhte auf einem Mann mit langem Haar, der die Tunika eines Alchemisten trug, ähnlich einer Mönchskutte. Die Gestalt erinnerte sie an bessere Zeiten.

Als die Wachen die Ankunft der Reiter meldeten, füllte sich ihr Herz mit Freude. Sie hatte Arquimaes Jahre zuvor kennengelernt, und nun, nach so langer Zeit, würde sie ihn endlich wiedersehen … und seine Stimme hören, die ihr das Leben gerettet hatte. Von diesem Wiedersehen hatte Émedi all die Jahre geträumt. Sie hatte den Alchemisten nie vergessen.

Ihr Herz schlug schneller, als sie den ehemaligen Mönch näher kommen sah. So oft hatte sie diesen Moment herbeigesehnt, dass es ihr jetzt wie ein Wunder erschien. Mehr als einmal hatte sie daran gezweifelt, dass sie ihm je wieder begegnen würde; doch nun kam er zu ihr wie ein umherziehender Ritter.

Arquimaes war genauso gerührt wie sie, als er ihre zarte Gestalt erblickte, die sich gegen den blauen Himmel abhob. Auch er hatte ihre hellen, fast durchscheinenden Augen und die Anmut ihrer Bewegungen nicht vergessen.

„Weiter können wir Euch nicht begleiten", sagte der Anführer der Eskorte. „Wir haben unsere Aufgabe erfüllt, jetzt müssen wir zurückkehren, um Reynaldo, unserem neuen Herrn, zu dienen."

„Ich danke euch für den Schutz, den ihr mir gegeben habt", antwortete Arquimaes. „Ihr habt euch mir gegenüber anständig verhalten. Ich versichere euch, dass ich das nicht vergessen werde."

Nachdem sie einen kräftigen Händedruck getauscht hatten, zog sich der Truppenführer mit seinen Männern zurück. In diesem Augenblick kam eine Abordnung aus dem Schloss, um den Ankömmling in Empfang zu nehmen.

„Meine Herrin heißt Euch willkommen und bietet Euch ihre Gastfreundschaft an", sagte Hauptmann Durel zu dem Weisen. „Sie lässt Euch ihrer Hochachtung versichern und hat mich angewiesen, Euch in Eure Gemächer zu begleiten."

Arquimaes betrat das Schloss. Er wurde in ein herrliches Gemach geführt, von dessen Fenster aus man einen atemberaubenden Blick über die Landschaft hatte. Emedia war ein wunderschönes Land.

„Meine Herrin bittet Euch zum Abendessen", sagte ein Diener, als die Nacht hereinbrach. „In einer Stunde erwartet sie Euch im Speisesaal."

„Richte ihr meinen Dank aus und sage ihr, ich werde gerne kommen."

Königin Émedi war nervös wegen des bevorstehenden Wiedersehens mit dem Alchemisten. Sie setzte sich vor den Spiegel und befahl ihrer Zofe, sie für das Essen anzukleiden.

„Heute Abend möchte ich so schön sein wie nie", sagte sie mit bewegter Stimme. „Sorge dafür, dass mein Haar glänzt wie die Sonne!"

✳✳✳

ARTURO UND CRISPÍN waren von ihrer Route abgekommen und machten am Ufer des Monterio halt. Die Sonne ging unter und die beiden Freunde waren sehr müde. Es war Zeit, sich auszuruhen.

„Vor dem Essen werde ich im Fluss baden", sagte Arturo. „Ich ertrage meinen eigenen Geruch kaum mehr. Später werden wir entscheiden, welchen Weg wir einschlagen. Vielleicht nimmst du auch ein Bad, Crispín?"

„Das werde ich nicht tun, ich muss das Essen zubereiten."

„Solltest du aber, mein Freund. Hin und wieder muss man seinen Körper waschen."

Crispín hörte nicht auf ihn. Er war an Schmutz gewöhnt.

Arturo legte seine Kleider ab, um ins Wasser zu steigen. Sein muskulöser mit den seltsamen Buchstaben verzierter Körper weckte Crispíns Neid und er konnte sich eine Bemerkung nicht verkneifen.

„Dein Körper sieht aus wie eins von diesen Büchern, für die du dich so sehr interessierst", sagte er. „Genauso wie die in Ambrosia."

„Erzähl keinen Unsinn. Das sind nur Buchstaben."

„Magische Buchstaben! Irgendwann musst du mir verraten, wie du das gemacht hast ... oder wer das gemacht hat. Ich würde auch gerne so aussehen wie du."

„Ich habe nicht die geringste Ahnung, wie sie auf meinen Körper gekommen sind", gestand Arturo. „Es ist ein großes Geheimnis."

„Das ist Magie! Wir haben ja gesehen, wozu die Buchstaben imstande sind. Sie haben dich mehr als einmal vor dem sicheren Tod gerettet. Ihnen verdanken wir unser Leben!"

„Ja, aber genau darum muss ich vorsichtig sein. So mancher würde nichts lieber tun, als mir die Haut abzuziehen. Oder mich in einen Käfig zu sperren und mich auf den Jahrmärkten zur Schau zu stellen. Oder mich wie einen Hexenmeister zu verbrennen."

Arturo tauchte seine Füße in den Fluss, der so kalt war wie Schnee. Er zögerte einen Augenblick; doch dann gab er sich einen Ruck und sprang kopfüber ins Wasser. Nach ein paar Zügen spürte er, dass sein Blut heftig zu zirkulieren begann und die Energie in seinen erschöpften Körper zurückkehrte. Dann schwamm er zum Ufer zurück und rieb sich mit einem Büschel Farnkraut ab, um den Schmutz loszuwerden, der sich auf seinem Körper angesammelt hatte.

Crispín hatte unterdessen ein kleines Feuer gemacht, um die Fische zu braten, die er gefangen hatte.

Arturo setzte sich neben das Feuer und wärmte sich auf. Plötzlich spürte er, dass er nervös wurde. Sein ganzer Körper begann zu jucken.

„Was ist los?", fragte ihn sein Freund. „Du bist auf einmal so komisch. Komm, iss etwas, dann fühlst du dich gleich viel besser. Ich hab dir doch gesagt, dass Wasser nicht gut ist. Du hättest lieber nicht baden sollen."

Arturo gab keine Antwort. Er wurde totenbleich und sein Körper verkrampfte sich.

„He, du machst mir Angst!", rief Crispín besorgt. „Beweg dich ein bisschen, dann wird dir gleich warm. Der verdammte Fluss muss eiskalt sein."

Arturo presste die Zähne aufeinander, riss die Augen auf und ballte die Fäuste. Plötzlich kam Leben in die Buchstaben. Sie fingen an, wie Skorpione über seine Haut zu krabbeln. Crispín starrte ihn ungläubig an und wusste nicht, was er machen sollte.

Einige Buchstaben lösten sich von Arturos Körper und schwebten ein paar Zentimeter vor seinen Augen. Dann, wie von Geisterhand dirigiert, bildeten sie ein Wort: *Onirax*.

Nach wenigen Sekunden kehrten die Buchstaben wieder an ihren Platz auf Arturos Körper zurück. Im selben Moment erwachte der Junge aus seiner Trance.

„Was ist passiert?", fragte er, als er wieder zu sich gekommen war. „Ich hatte das Gefühl, eine seltsame Botschaft erhalten zu haben."

„Ja, einige Buchstaben haben sich von den anderen gelöst und vor deinem Gesicht getanzt. Dann haben sie sich zu etwas formiert, zu einem Wort, glaube ich. Aber was es bedeutete, weiß ich nicht, ich kann ja nicht lesen."

„Es war, als hätte sich mein Geist von meinem Körper gelöst. Ich habe das Wort *Onirax* vor meinem Gesicht gesehen ... Was bedeutet das? Ist es irgendein Ort, ein Dorf, ein Tal?"

„Keine Ahnung. Ich hab das Wort noch nie gehört. *Onirax* ... Sehr seltsam."

„Ich glaube, wir sollten jetzt erst mal was essen", schlug Arturo vor. „Morgen suchen wir jemanden, der uns sagen kann, was dieses Wort zu bedeuten hat."

„Wenn es überhaupt existiert. Ich traue keinen Wörtern, die in der Luft tanzen."

„Wir werden sehen, wir werden sehen", murmelte Arturo und spießte einen der gebratenen Fische mit seinem Dolch auf. „Das riecht ja wunderbar."

Während er sich den leckeren Fisch schmecken ließ, fragte er sich insgeheim, wer ihm diese merkwürdige Botschaft wohl geschickt haben konnte.

Das kann nur Arquimaes gewesen sein, dachte er mit verhaltener Freude. Und das würde bedeuten, dass er lebte.

✶✶✶

Morfidio gewann von Minute zu Minute an Ansehen bei den Bauern. Sie erkannten, dass er ein guter Stratege war, eine wenig verbreitete Fähigkeit unter ihresgleichen.

Die Dorfbewohner entrüsteten sich über die Soldaten, die sie weiterhin unterdrückten, obwohl Reynaldo persönlich angeordnet hatte, dass dies ein Ende haben sollte. Möglicherweise wegen Reynaldos Unerfahrenheit im Regieren widersetzten sich die Soldaten seinen Befehlen und fuhren fort, ihre Macht zu missbrauchen. Das erhitzte die Gemüter, und die Aufständischen waren entschlossener denn je, sich nicht zu unterwerfen und für Gerechtigkeit zu kämpfen.

„Wir werden die Festung stürmen, wenn sie es am wenigsten erwarten", sagte Morfidio bei einer Geheimversammlung in der Scheune von Royman. „Wir setzen Reynaldo ab und lassen ihn für den Machtmissbrauch seiner Soldaten büßen."

„Und wer soll seinen Platz einnehmen?", fragte Royman. „Irgendjemand muss doch Benicius' Reich regieren."

„Das Reich gehört weder Benicius noch Reynaldo", erklärte Morfidio. „Von nun an ist es unser Reich. Wir sind unsere eigenen Herren! Das Schloss und das Land gehören uns!"

„Aber wir werden einen König brauchen", widersprachen einige. „Ein Königreich braucht einen König."

„Ich schlage dich vor, Royman", sagte Morfidio. „Du bist der Beste von uns allen. Du bist der Gerechteste und der Weiseste. Alle vertrauen dir."

„Aber ich bin nicht aufs Regieren vorbereitet", wandte Royman ein.

„Reynaldo auch nicht. Und Benicius war es genauso wenig", sagte Morfidio. „Du wirst uns bestimmt besser regieren. Wir haben volles Vertrauen zu dir. Ich werde dich unterstützen, und wenn du willst, kannst du mich zum Hauptmann machen."

Alle waren sich einig, dass Royman ein guter König sein würde. Nun da ein neuer Hoffnungsschimmer am Horizont erschien, fühlten sich die Bauern stark genug, das Schloss zu erobern und ihr Leben für ein höheres Maß an Gerechtigkeit einzusetzen. Das einfache Volk sehnte sich nach einem großherzigen und gerechten König.

Die Nachricht verbreitete sich wie ein Lauffeuer in der ganzen Gegend. Viele sahen bereits eine neue Zeit der Gerechtigkeit heraufziehen, und so zögerten sie nicht, sich gegen Reynaldo und seine Soldaten zu erheben. Ein König wie Royman war ihre größte Hoffnung, und sie waren bereit, ihr Leben dafür aufs Spiel zu setzen.

∗∗∗

KÖNIGIN ÉMEDI WAR verlegen, als Arquimaes vor ihr niederkniete. Die Erinnerungen an früher stiegen mit solcher Macht in ihr auf, dass sie beinahe ohnmächtig wurde. Auch der Alchemist konnte seine Rührung kaum beherrschen.

„Majestät, ich bin gekommen, Euch meine Ehrerbietung zu erweisen und mich in Eure Dienste zu stellen", sagte er mit versagender Stimme. „Und auch, um Euch um Euren Schutz zu bitten."

„Danke, Arquimaes, Ihr Weisester aller Weisen", antwortete die Königin. „Wir wissen um Euer Ansehen und schätzen Eure edle Gesinnung. Ihr könnt auf unseren Schutz zählen. Solange Ihr Euch in unserem Reiche aufhaltet, werdet Ihr unsere Gastfreundschaft genießen. Ich garantiere Euch, dass niemand es wagen wird, Euch auch nur ein Haar zu krümmen."

„Ich danke Euch für Eure freundlichen Worte, Majestät. Ich bin bereit, mein Wissen in Eure Dienste zu stellen."

„Das kommt uns sehr gelegen. Wir brauchen gebildete Leute, die sich für das Wohl unseres Volkes einsetzen. Ihr könnt unserer Unterstützung gewiss sein."

„Majestät, ich möchte Euch einen Plan unterbreiten. Ich glaube, der Moment ist gekommen, sich mit anderen Königen zusammenzuschließen, um ein Bündnis gegen die Hexerei zu schmieden. Ein Bündnis gegen die Unwissenheit!"

„Ihr nehmt doch wohl nicht an, dass andere Herrscher uns ihre Unterstützung zusichern werden, um gegen die schwarze Magie zu kämpfen?", fragte die Königin.

„Wir dürfen nichts unversucht lassen, um das Vordringen der unheilvollen Hexerei zu verhindern. Sie schadet den Menschen und vernichtet sie."

„Wir wissen, dass Demónicus einen Krieg vorbereitet, um seine Macht auszuweiten und die Reiche, die sich gegen ihn stellen, zu unterwerfen. Wir haben Kenntnis davon, dass er uns erobern will. Deswegen bereiten auch wir uns auf den Krieg vor. Uns steht eine große Schlacht bevor. Es ist die Stunde des Kampfes, nicht der Bündnisse."

„Entschuldigt meine Hartnäckigkeit, aber Bündnisse sind die beste Garantie für den Frieden. Sie eröffnen die Möglichkeit, Kriege zu vermeiden … oder sie zu gewinnen."

„Unsere Nachbarn sind ehrgeizige Machthaber. Es kostet uns große Mühe, sie von unseren Grenzen fernzuhalten", erklärte die Königin.

„Ruft sie an einen großen Tisch zusammen. Auch sie sind daran interessiert, sich Demónicus entgegenzustellen."

„Einige von ihnen haben sich bereits mit ihm verbündet und werden ihre Armeen nicht gegen seine Truppen schicken. Auf jeden Fall würden sie meinen Wunsch, mit ihnen zu verhandeln, als Schwäche auslegen. Sie könnten der Versuchung erliegen, in mein Reich einzufallen. Verhandlungen sind gefährlich in diesen Zeiten."

„Dann wird es keine Verhandlungen geben, Majestät?"

„Ich fürchte nein."

„Das betrübt mich. Doch ich versichere Euch, dass ich immer an Eurer Seite stehen werde. Ich werde Euch nicht im Stich lassen."

Die Worte des Alchemisten schmeichelten Émedi, genauso wie Jahre zuvor, als er ihr eine Strategie vorgeschlagen hatte, die sie nach dem Tod ihres Vaters zur Königin machen sollte. Arquimaes hatte ihr damals das Leben gerettet, indem er eine von ihrem eigenen Mann angezettelte Verschwörung aufgedeckt hatte. Ihr Mann hatte sie vergiften und die alleinige Macht an sich reißen wollen.

Seitdem fühlte sich Königin Émedi durch unerschütterliche Bande mit dem Alchemisten verbunden.

IV

Der zweite Keller

Adela und einer der bewaffneten Wachmänner begleiten uns nach unten zum zweiten Keller. Die Sicherheitschefin besteht darauf, den Eingang bewachen zu lassen.

„Man kann nie wissen, was passiert", sagt sie. „Niemand darf unkontrolliert Zutritt zu den verschiedenen Abteilungen der Stiftung haben. Der Wachmann wird vor der Tür stehen bleiben, während ihr euch im Keller umschaut. Ach ja, und niemand darf etwas mitnehmen, nicht das kleinste Staubkorn! Wenn nötig, werden wir euch durchsuchen."

Sombra ist noch schlechter gelaunt als beim letzten Mal. Widerwillig befolgt er Papas Anweisungen. So habe ich ihn noch nie gesehen.

„General, ich bitte Sie, mir ganz präzise zu erklären, was Sie in diesem Keller suchen", sagt er und schwingt den großen Schlüssel. „Ich möchte nicht unnötig Zeit verlieren."

„Das will ich dir gerne verraten, Mönch! Und hör mir genau zu, ich sage das kein zweites Mal! Ich suche alles, was mich auf die Spur der Schwarzen Armee führt, von der ich dir ja schon oft genug erzählt habe", antwortet Battaglia im Befehlston. „Das heißt, ich will alles sehen, und ich dulde es nicht, dass man mir Hindernisse in den Weg legt. Verstanden?"

Metáfora und ich sehen Sombra an. Er kommt uns vor wie ein Pulverfass kurz vor dem Explodieren. Jeder Funke könnte ihn an die Decke gehen lassen.

„Ich brauche eure Hilfe", sagt er, nachdem er den Schlüssel im Schloss herumgedreht hat. „Die Tür klemmt ein wenig. Sie ist lange nicht mehr geöffnet worden."

Zu viert stemmen wir uns gegen die dicke, schwere Holztür. Sie lässt sich kaum bewegen. Als es uns schließlich gelingt, quietscht sie so laut in den Angeln, dass es unseren Ohren wehtut.

„Ich habe noch nie eine Tür gesehen, die sich so schwer öffnen lässt", beschwert sich der General. „Hoffentlich lohnt sich die Mühe."

Sombra gibt keine Antwort und knipst das Licht an. Der Wachmann bleibt draußen stehen, bereit, jeden daran zu hindern, ohne seine Erlaubnis den Keller zu betreten.

Der zweite Keller ist noch größer und sehr viel tiefer als der erste. Von der Decke hängen Standarten und die Wände sind voll von den verschiedensten Dingen: Statuen, Lanzen, Rüstungen, Schwerter … Einige Regale sind vollgestopft mit Pergamenten, Büchern und Stapeln von Akten, andere sind mit Laken und Tüchern bedeckt. Doch man ahnt, dass hier Dokumente liegen, die kaum einer je zu Gesicht bekommen hat.

Nicht einmal die Leute von der Bank sind bei ihrer gründlichen Inventur zu diesem zweiten Kellerraum vorgedrungen. Ich hoffe, dass sie es auch nie tun werden, denn hier liegen die wirklichen Schätze der Stiftung.

„Gütiger Himmel!", ruft der General und fasst sich mit beiden Händen an den Kopf. „Hier ist ja mehr Geschichte versammelt als in jedem anderen Museum, das ich gesehen habe! Bestimmt werde ich hier finden, wonach ich suche. Einfach überwältigend!"

Auch Metáfora und Cristóbal sind sprachlos. Ich habe das Gefühl, dass wir gerade eine Welt betreten haben, mit der ich irgendwie sehr vertraut bin. Ich weiß, dass ich einige dieser Gegenstände irgendwann einmal in der Hand gehabt habe. Das Seltsamste jedoch ist, dass ich plötzlich wieder ein Kribbeln auf meiner Brust spüre, jenes typische Kribbeln, das immer auftaucht, kurz bevor die Buchstaben lebendig werden. Ich hoffe nur, dass ich jetzt nicht wieder einen meiner Träume habe!

„Mein Handy kann jetzt noch mehr Fotos speichern", flüstert Cristóbal mir zu. „Aber ich weiß nicht, ob der Speicher groß genug ist, um all das hier zu fotografieren …"

„Ich hab heute auch mein Handy dabei", sagt Metáfora. „Vielleicht finden wir ja was, womit wir beweisen können, dass …"

Sie zögert. Ich sehe sie an und warte darauf, dass sie ihren Satz beendet.

„... dass meine Theorie stimmt."

General Battaglia verliert keine Zeit und fängt gleich an, alles zu durchwühlen. Sombra schaut ihm wütend zu, sagt jedoch nichts. Offenbar hat mein Vater ihm klare Anweisungen gegeben.

„Nicht einmal in meinen kühnsten Träumen hätte ich gehofft, so kostbare Schätze hinter diesen Mauern zu finden!", ruft der General, während er liebevoll über ein gebundenes Buch streicht. „Selbst wenn ich hundert Jahre leben würde, könnte ich nicht alles lesen, was hier steht. Was würde ich dafür geben, wenn ich all diese Bücher studieren könnte!"

„Was ist denn das hier?", fragt Metáfora. „Das ist das seltsamste Schwert, das ich je gesehen habe."

Ich gehe zu ihr und schaue mir ihren Fund an: ein mittelalterliches Schwert, auf dessen Klinge Buchstaben mit Tinte geschrieben sind.

„Merkwürdig", murmelt der General, der sich ebenfalls für Metáforas Entdeckung interessiert. „So etwas habe ich noch nie gesehen! Ich weiß, dass es Schwerter gibt, auf denen etwas eingraviert ist, aber ich habe noch nie von einer Waffe gehört, auf die jemand etwas mit Tinte geschrieben hat. Offensichtlich hat man die Klinge wie eine Buchseite benutzt."

Er setzt sich seine Brille auf und sieht sich die Inschrift genauer an.

„Merkwürdig", wiederholt er. „Die Buchstaben sind auch noch sehr kunstvoll geschrieben. Anscheinend war hier ein erfahrener Kalligraf am Werk. Wahrscheinlich ein Mönch aus dem Mittelalter. Ein Kopist!"

Ich sehe, wie Sombra bei seinen Worten zusammenzuckt.

„Warum sollte ein Mönch etwas auf ein Schwert schreiben?", fragt Metáfora.

„Vielleicht, um seinem Besitzer ein Gedicht zu widmen ... Oder es war ein Geschenk", überlegt Cristóbal. „Manchmal tun die Leute eben die seltsamsten Dinge."

„Es könnte sich auch um einen Segensspruch handeln ... oder um einen Zauberspruch ... Wer kann das schon wissen", sagt der General. „Ich werde das Ganze fotografieren und versuchen, es zu entziffern.

Das ist die einzige Möglichkeit herauszufinden, warum jemand diese Buchstaben auf die Klinge geschrieben hat."

Während er seine Fotos macht, gehe ich zu den Regalen hinüber. Vielleicht finde ich ja etwas Interessantes.

Ich hebe einige Dokumente und Aktenbündel hoch, bis ich auf eine Zeichnung aus dem Mittelalter stoße. Eine seltsame Szene ist darauf abgebildet. Man sieht einen Mann, der in einer Art Laboratorium arbeitet. Seiner Kleidung nach zu urteilen, handelt es sich zweifellos um einen Alchemisten. Auf einem Tisch steht ein Tintenfass. Davor sitzt ein anderer, jüngerer Mann. Er lässt sich von dem Alchemisten etwas auf sein Gesicht schreiben. Man kann nicht genau erkennen, was der Alchemist schreibt, nur so viel, dass die Buchstaben das ganze Gesicht des jungen Mannes bedecken.

Ohne dass es jemand bemerkt, hole ich mein Handy heraus und mache ein Foto von der Zeichnung.

Nach zwei Stunden erklärt Sombra den Besuch für beendet. Er habe entsprechende Anweisung von meinem Vater, sagt er, und außerdem sei es ungesund, sich länger an einem Ort wie diesem aufzuhalten, mit so viel Staub und so schlechter Luft.

„Wenn Sie noch einmal hierherkommen wollen, General, müssen Sie mit Señor Adragón sprechen. Ich habe meine Pflicht erfüllt."

Kurz darauf verlassen wir den zweiten Keller, unter dem strengen Blick des Wachmanns, der verhindern soll, dass jemand etwas mitnimmt. Was er jedoch nicht weiß, ist, dass wir das Wichtigste in unseren Kameras, in unserem Kopf und auf unserer Netzhaut gespeichert haben.

***

Papa möchte heute Abend ein Essen geben, um seine Entlassung aus dem Krankenhaus zu feiern. Er hat Norma und Metáfora eingeladen. Zuerst hat er daran gedacht, auch Stromber, Sombra, Battaglia und Adela einzuladen; doch aus irgendeinem Grund hat er dann beschlossen, darauf zu verzichten und für sie alle am nächsten Wochenende ein Essen zu veranstalten. Heute möchte er in kleinem Kreis feiern.

„Es ist schön, wieder zu Hause zu sein, bei der Familie", sagt er, als wir am Tisch sitzen. „Nach den Tagen im Krankenhaus habe ich mich so danach gesehnt!"

„Metáfora und ich fühlen uns sehr geehrt, dass du uns zu deiner Familie zählst", sagt Norma.

„Ich musste euch doch irgendwie zeigen, wie dankbar ich euch bin. Während meines Krankenhausaufenthaltes habt ihr euch so liebevoll um mich gekümmert, als würde ich zu eurer Familie gehören. Ich möchte euch so gerne etwas zurückgeben."

Ich weiß nicht, warum, aber das Ganze scheint in einen romantischen Abend auszuarten. Ich fange an zu begreifen, dass dieses Essen nichts mit Papas Entlassung aus dem Krankenhaus zu tun hat.

„Jetzt, da ich wieder gesund bin, glaube ich, dass der Moment gekommen ist, euch zu sagen … Na ja, euch zu sagen, dass ich sehr glücklich bin, euch kennengelernt zu haben", sagt Papa feierlich. „Und ich glaube, Arturo ist auch sehr glücklich darüber. Nicht wahr, Arturo?"

„Klar bin ich das! Ich habe doppelt Glück gehabt. Ich habe eine gute Lehrerin gekriegt und eine Freundin gewonnen."

„Auch wir freuen uns sehr", sagt Norma.

Mahania lässt sich mit dem Servieren viel Zeit. Auch wenn sie so tut, als höre sie nicht zu, glaube ich, dass sie sich kein Wort unserer Unterhaltung entgehen lässt.

„Nun … Ich … Ich wollte euch etwas sagen", stammelt Papa, nachdem er einen Schluck Wein getrunken hat. „Also, Norma und ich wollten euch etwas sagen … Etwas, das uns alle betrifft …"

Ich versuche, meine Ungeduld zu überspielen, indem ich meine Serviette ausbreite und an meinem Saft nippe. Nach einer kleinen Pause spricht Papa weiter: „Wir wissen ja alle, dass … Nun ja, wenn Menschen sich kennenlernen und nach und nach Freunde werden, kommt es manchmal vor, dass zwischen ihnen ein Gefühl entsteht, das mehr ist als nur Freundschaft … Nicht wahr? Also, Norma und ich haben uns in der letzten Zeit immer besser kennengelernt, und wir haben herausgefunden, dass … na ja, also …"

„Soll ich dir helfen?", fragt Norma, die sieht, dass Papa vor Aufregung kaum noch sprechen kann.

„Würde es dir etwas ausmachen …?"
„Nein … Gut, also, Arturo und ich, wir haben uns ineinander verliebt", sagt Norma. „Und auch wenn es noch etwas früh ist, um Pläne für die Zukunft zu schmieden, sollt ihr wissen, dass wir vielleicht irgendwann einmal heiraten werden …"
„Ja, genau das wollte ich sagen!", ruft Papa, dem schon Schweißperlen auf der Stirn stehen. „Ich hoffe, ihr zwei seid damit einverstanden. Was meinst du dazu, Arturo?"
„Eine ziemliche Überraschung! Das hätte ich nicht gedacht", lüge ich, ohne rot zu werden. „Ich bin völlig platt!"
„Na ja, wir wissen ja, dass das Leben manchmal voller Überraschungen steckt. Man muss für alles offen sein", sagt Papa. „Auch ich hätte es nicht für möglich gehalten, dass mir so etwas passieren könnte."
„Ich finde es super!", sagt Metáfora. Sie steht auf und gibt ihrer Mutter einen Kuss. „Ich wünsche euch viel Glück!"
Ich nehme an, dass die weibliche Sensibilität, von der mir Metáfora so viel erzählt hat, darin besteht, sich bei einer guten Neuigkeit zu küssen und zu umarmen. Deswegen stehe ich ebenfalls auf, umarme Papa und gebe Norma einen Kuss auf die Wange.
„Glückwunsch euch beiden", murmele ich.
Während des Abendessens machen wir Scherze über unser gemeinsames Leben, wenn Papa und Norma erst einmal verheiratet sein werden. Irgendwann bemerke ich, dass Metáfora kaum ihre Tränen zurückhalten kann. Ich versuche, das Thema zu wechseln: „Übrigens, Papa, ich habe dir noch gar nicht erzählt, dass wir vielleicht die Möglichkeit haben werden, einige Stücke aus dem Mittelalter in unserer Stiftung aufzubewahren und auszustellen. Sie wurden im Gartenhäuschen hinter der Schule gefunden. Ich hab sie schon gesehen, sie scheinen sehr wertvoll zu sein."
„Das ist ja eine wundervolle Nachricht! Ich freue mich, dass du dich für so etwas interessierst. Wenn du willst, werde ich mir die Objekte einmal anschauen. Aber das Ganze könnte nicht ganz einfach werden. Du weißt ja, zuerst muss der Kulturbeirat der Stadt zustimmen. Niemand kann historische Kulturgüter einfach so behalten. Ohne die Zustimmung der Behörden darf man sie weder ausstellen noch aufbe-

wahren. Man muss erst die Rechte daran erwerben. Aber auf jeden Fall möchte ich mir die Sachen anschauen. Stell dir vor, wenn wir die Nutzungsrechte bekommen ... Wir könnten eine wunderbare Ausstellung machen!"
„Und das würde bedeuten: Geld!", sage ich.
„Genau! Eine gute Ausstellung ist immer rentabel. Das würde uns helfen, unsere Schulden bei der Bank abzubezahlen."
„Aber wir müssen uns beeilen. Nicht dass uns jemand die Stücke vor der Nase wegschnappt ..."
„Gut, ich werde es versuchen ... Du kannst dich darauf verlassen."

***

WIR HABEN NORMA und Papa ein Weilchen alleine gelassen und sind in die Dachkammer hinaufgegangen.
„Ich hab gesehen, dass du Tränen in den Augen hattest", sage ich zu Metáfora. „Möchtest du mir erzählen, warum?"
Sie schweigt. Nach einer Pause beginnt sie zu sprechen: „Ich musste an meinen Vater denken. Ich konnte nichts dagegen tun. Ich habe ihn sehr geliebt ..."
„Wenn du nicht darüber reden willst ..."
„Nein, ist schon gut. Irgendwann werde ich dir sowieso von ihm erzählen ... Ich habe dir ja schon gesagt, dass er ohne ein Wort fortgegangen ist. Aber seinen wahren Grund, den habe ich dir verschwiegen."
„Bist du sicher, dass du darüber sprechen willst?"
„Ja, es muss sein ... Ich war sehr krank und beinahe wäre ich gestorben. Mein Vater konnte es nicht ertragen und ist fortgegangen. Er ist ein Feigling. Ich liebe ihn, aber er ist ein Feigling und hat mich im Stich gelassen. Deswegen habe ich geweint. Weil ich mich an ihn erinnert habe."
„Das tut mir leid. Wenn ich das gewusst hätte, hätte ich dich nicht danach gefragt."
„Ich hoffe, dass dein Vater nicht so feige ist. Wenn er meine Mutter verlässt oder ihr wehtut, bringe ich ihn um, das schwöre ich dir! Sie hat sehr gelitten, als mein Vater fortgegangen ist. Sie hatte eine furchtbare Depression deswegen."

„Weiß dein Vater, dass du wieder gesund geworden bist? Hast du ihn danach noch einmal gesehen?"

„Er glaubt bestimmt, dass ich tot bin. Nein, ich habe ihn nicht wiedergesehen. Und ich will es auch nicht. Ich werde ihm nie verzeihen, dass er einfach so abgehauen ist. Als mein Vater hätte er bis zum Schluss bei mir bleiben müssen. Ein Vater darf sein Kind nicht alleine lassen, wenn es im Sterben liegt. Wer so etwas tut, ist ein Feigling! Ich hoffe, du bist anders."

„So etwas würde ich niemals tun!"

Ich sehe, dass Metáfora wieder Tränen in den Augen hat. Ich würde sie gerne trösten, aber ich glaube, es ist besser, den Mund zu halten. Stattdessen lege ich einfach meinen Arm um ihre Schultern und drücke sie fest an mich. Ihr Weinen geht in verzweifeltes Schluchzen über.

Ich glaube, jetzt verstehe ich langsam, warum sie mich immer so kühl behandelt hat, fast von oben herab. Ich hoffe nur, sie begreift, dass sie sich immer auf mich verlassen kann.

Ich würde sie niemals im Stich lassen.

V

Eine Hexe wird gerettet

Nachdem Arturo und Crispín tagelang ziellos umhergewandert waren, lichtete sich der dichte Nebel, der sie in den letzten Stunden eingehüllt hatte, und sie fanden sich in einer großen Ortschaft wieder. Während sie durch die Straßen gingen, bemerkten sie, dass die Menschen, die ihnen entgegenkamen, ihre besten Kleider angelegt hatten und sehr ausgelassen waren.

„Sieht so aus, als würde hier gerade ein Fest gefeiert", bemerkte Crispín. „Besser für uns. So können wir wieder zu Kräften kommen. Bestimmt werden wir jemanden treffen, der bereit ist, zwei müden Reisenden zu helfen."

„Ich hoffe, dass uns hier jemand sagen kann, was Onirax ist und wie man dahinkommt."

„Zerbrich dir darüber nicht den Kopf. Vielleicht hatte die Botschaft gar keinen Sinn."

„Das kann nicht sein! Die Buchstaben bewegen sich nicht ohne einen bestimmten Grund. Ich muss diesen Ort finden."

„Oder die Person …"

„Oder was auch immer."

Je näher sie dem Zentrum kamen, desto größer wurde der Lärm. Menschen lachten und tanzten und alle schienen unterwegs zu einem fröhlichen Ort zu sein.

„Gute Frau, könnt Ihr uns sagen, wohin all diese Leute gehen?", fragte Crispín eine junge Frau mit einem Kind auf dem Arm.

„Auf den Marktplatz, heute gibt es ein Schauspiel", war die Antwort.

„Wahrscheinlich sind Komödianten in der Stadt. Lass uns auch hingehen", schlug Crispín vor, „etwas Zerstreuung wird uns guttun."

Aus irgendeinem Grund teilte Arturo seine Freude nicht. Er vermutete, dass so viel Fröhlichkeit nicht nur auf die Anwesenheit einer

Schauspielertruppe zurückzuführen war. Es musste noch irgendeinen anderen Grund geben.

Sie ließen sich mit der Menge zum Marktplatz treiben, der schon voller Menschen war. Arturos ungutes Gefühl blieb. Mehrmals fragte er nach einem Ort namens Onirax, doch niemand konnte ihm eine genauere Auskunft geben.

Plötzlich schmetterten die Trompeten ihre Fanfare und sofort kehrte Stille ein. Alle Augen waren auf die Mitte des Platzes gerichtet, wo ein Scheiterhaufen errichtet worden war.

„Eine Hexe soll verbrannt werden", erklärte ihnen ein alter Mann. „Sie ist beim Hexen erwischt worden. Angeblich hat sie den Gemeindevorsteher in ein Huhn verwandelt!"

„Eine Hexe? Wird man sie bei lebendigem Leibe verbrennen?", fragte Arturo, die Hand gegen seine Brust gepresst. Er verspürte einen leichten Druck. „Ist sie wirklich eine Hexe?"

„Klar! Man hat sie auf frischer Tat ertappt und in den Kerker geworfen. Und jetzt muss sie für ihre Hexereien büßen", antwortete der Alte. „Es heißt, sie hat schreckliche Dinge getan."

„Hat das jemand gesehen?", fragte Crispín. „Wer war dabei, als sie den Gemeindevorsteher verhext hat?"

„Seit wann braucht man Zeugen, um eine Hexe zu überführen? Bist du etwa ein Freund der Frau?"

„Ich? Nein, nein", beeilte sich Crispín zu versichern. „Wir sind soeben erst angekommen und kennen hier niemanden …"

Der Alte drängte sich näher an den Scheiterhaufen heran. Arturo und Crispín mischten sich unter die Menge und versuchten, den argwöhnischen Blicken des Mannes zu entkommen. Sie wollten keinen unnötigen Ärger.

Die Schreie der Soldaten, die den Weg für einen Ochsenkarren frei machten, trieben die Menge auseinander. Beleidigungen wurden der Hexe zugeschrien, die in einen vergitterten Käfig gesperrt war. Sie bewarfen sie mit Obst, Eiern und anderen Dingen, von denen die meisten an den Eisenstangen abprallten.

„Ich bin dagegen, dass eine Frau verbrannt wird", flüsterte Arturo ein wenig besorgt. „Auch wenn es sich um eine Hexe handelt."

„Was erzählst du da?", entgegnete Crispín. „Hexen müssen vom Bösen gereinigt werden, das weiß doch jeder. Deswegen müssen sie in den Flammen sterben. Sie sind gottlos und müssen vernichtet werden. So ist der Brauch."

„Ich habe noch nie an so etwas Grausamem teilgenommen, und ich weiß nicht, ob ich es ertragen kann."

„Dann rate ich dir nur, halte dich da raus! Niemand wird es zulassen, dass du für sie eintrittst … Anscheinend kennst du die Bräuche des einfachen Volkes nicht."

Arturo schwieg. In seiner Brust verspürte er ein heftiges Stechen, das ihm das Sprechen unmöglich machte. Die Buchstaben waren erwacht und krabbelten unruhig über seine Haut. Ein untrügliches Zeichen dafür, dass bald etwas Unglaubliches geschehen würde.

Die Wächter zerrten die Frau aus dem Käfig, stießen sie auf den Scheiterhaufen und fesselten sie mit Ketten an einen riesigen Holzpfahl. Unter der hölzernen Plattform hatte man Baumstämme und Zweige aufgehäuft. Der Henkersknecht trat mit einer Fackel in der Hand hinzu und wartete darauf, dass der Gerichtsdiener mit lauter Stimme das Urteil verlas. Danach würde er das Feuer entzünden.

„Diese Frau wurde der Hexerei für schuldig befunden!", rief der Gerichtsdiener aus vollem Halse, wobei er ein Huhn in die Höhe hielt. „Hier ist der Beweis ihrer Bösartigkeit!"

Das Volk grölte. Da fiel Arturos Blick auf die Verurteilte und trotz der Entfernung erkannte er sie sofort.

„Alexia!", rief er. „Das ist Prinzessin Alexia!"

Crispín erschrak. Er wusste, dass auch die Freunde von Hexen der Hexerei verdächtigt wurden, und versuchte deshalb, Arturo zum Schweigen zu bringen.

„Sei still, Mann! Wir haben sie nie gesehen. Sie ist eine Hexe und Hexen kennen wir nicht!"

„Das ist Alexia! Man wird sie verbrennen!", flüsterte Arturo. „Wir müssen das verhindern!"

„Was sagt der Junge?", fragte ein stämmiger Kerl, der Arturos Worte gehört hatte. „Will er die Hexe etwa vor ihrer gerechten Strafe bewahren?"

„Nein!", antwortete Crispín. „Er hat getrunken und weiß nicht, was er redet. Komm, mein Freund, lass uns gehen!"

Er packte Arturo am Arm und zog ihn mit sich.

„Du bist zum Tode durch das Feuer der Gerechtigkeit verurteilt worden, weil du Hexerei betrieben hast, Frau!", rief der Gerichtsdiener, der das zappelnde Huhn nur mit Mühe festhalten konnte. „Wir werden jetzt das Urteil vollstrecken!"

Crispín gelang es, Arturo in eine Nebengasse zu ziehen. Als ihnen eine Patrouille von Soldaten begegnete, sagte er entschuldigend: „Ihm ist schlecht. Immer dasselbe! Wegen ihm verpasse ich die schönsten Hinrichtungen!"

Die Soldaten setzten lachend ihre Runde fort, um sich zu vergewissern, dass alles ruhig war und kein Hexenmeister versuchte, die Verurteilte zu befreien.

„Wir müssen etwas tun!", sagte Arturo, als sie wieder alleine waren. „Wir können doch nicht zulassen, dass man sie verbrennt!"

„Jetzt hör mir mal zu! Wir wissen beide, dass sie die Tochter von Demónicus ist, dem schlimmsten aller Zauberer. Wir dürfen uns da nicht einmischen. Außerdem verdient sie nichts anderes. Sie ist eine Hexe und sonst nichts!"

„Niemand verdient es, auf diese Weise zu sterben! Und sie schon gar nicht!"

„Auf Befehl des Gerichts unserer Stadt wirst du jetzt sterben!", schrie unterdessen der Gerichtsdiener.

In seiner Verzweiflung riss sich Arturo das Hemd vom Leibe, bevor Crispín ihn daran hindern konnte. Er rief die Macht der Buchstaben an, obwohl er sich nicht sicher war, ob es ihm gelingen würde. Im Nu lösten sich die Buchstaben von seinem Körper und bildeten direkt vor ihm in der Luft eine Mauer.

„Ich brauche eure Hilfe!", rief der Junge. „Bringt mich zum Marktplatz und helft mir, Alexia zu befreien! Jetzt sofort!"

Folgsam unterwarfen sich die Buchstaben seinem Wunsch und formierten sich hinter ihm, auf seinem Rücken, wie die Flügel eines Vogels.

„Fliegt zum Marktplatz!", befahl Arturo.

Crispín wurde es angst und bange. Wenn die Menge erst mal herausfand, dass er der Freund von jemandem war, der mithilfe der Hexerei durch die Luft flog, war sein Leben keinen Pfifferling mehr wert.

Als die Menschen auf dem Platz den riesigen Vogel erblickten, schrien sie entsetzt auf. Eine Bestie, halb Mensch, halb Vogel, kam durch die Luft geflogen, um die Hexe zu befreien! Wie eines jener wilden Tiere, die des Nachts die Bauern angriffen und verschlangen!

„Diese Hexe hat ihn gerufen!", schrie eine Frau voller Entsetzen. „Befreit uns von dieser Bestie!"

„Tötet das Ungeheuer!", befahl der Gerichtsdiener den Soldaten.

„Ein Drachenmensch!", riefen einige ängstlich. „Er wird uns alle umbringen!"

Panik breitete sich aus. Einige Leute fielen auf die Knie und fingen an zu beten; andere beleidigten das fliegende Ungeheuer mit den riesigen schwarzen Flügeln, auf denen nicht einmal Federn zu sehen waren, und stießen Drohungen aus. Die Mutigsten unter den Soldaten schossen ihre Pfeile auf Arturo ab, doch die Buchstaben schützten ihn und fingen die Pfeile im Fluge.

Als der Henkersknecht begriff, was Arturo beabsichtigte, warf er die brennende Fackel auf den Scheiterhaufen, der sogleich Feuer fing. Innerhalb kürzester Zeit war Alexia von Rauch und Flammen umhüllt. Ihr Leben war in höchster Gefahr. Gleich würde die junge Hexe ersticken.

Arturo kreiste über der schwarzen Rauchsäule. Die Prinzessin spürte bereits die ersten Erstickungssymptome. Einige Buchstaben näherten sich ihr und durchtrennten die Ketten gerade in dem Moment, als ihre Kleider Feuer fingen. Die Flammen erzeugten eine höllische Hitze, doch Arturo gelang es, die Prinzessin an der Taille hochzuheben und mit ihr davonzufliegen.

Die Menschenmenge beobachtete das Schauspiel mit offenen Mündern, enttäuscht darüber, dass ihnen ein anderes Schauspiel entging: Sie würden die Hexe nicht brennen sehen.

In seiner Angst, jemand könnte ihn mit Arturo in Verbindung bringen, hatte Crispín ein Pferd gestohlen und die allgemeine Verwirrung in den Straßen genutzt, um sich so schnell wie möglich aus dem Staub zu machen. Er wollte diese verdammte Stadt hinter sich lassen, deren Bewohner ihn gehängt hätten, wenn sie ihn in die Finger bekommen hätten. Nur durch Glück entging er den Pfeilen der Bogenschützen, die ihn noch lange verfolgten.

Unterdessen klammerte sich Alexia an ihren Retter, der sie mit all seinen Kräften festhielt und an sich presste.

„Ich dachte schon, du würdest nicht kommen", flüsterte das Mädchen.

„Hast du etwa auf mich gewartet?", fragte er.

„Ich habe dir eine Botschaft geschickt. Die Buchstaben hatten den Auftrag, dir mitzuteilen, dass ich in Gefahr schwebte."

„Soll das ein Scherz sein? Ich habe nur eine einzige Botschaft erhalten, mit nur einem Wort: *Onirax*. Und die hat wahrscheinlich Arquimaes geschickt."

„Nein, das war ich."

„Aber diese Stadt heißt Raniox, nicht Onirax", sagte Arturo.

„Du hast die Botschaft offensichtlich mit vertauschten Buchstaben erhalten. Ich habe *Raniox* gedacht und die Buchstaben haben *Onirax* daraus gemacht. Dieselben Buchstaben, nur in anderer Reihenfolge."

„Das heißt also, du musst deine Übertragungsmagie noch vervollkommnen", sagte Arturo mit einem Grinsen.

Alexia antwortete nicht. Auch wenn es ihr nicht gänzlich gelungen war, so war die Botschaft doch angekommen. Und das war für sie das Wichtigste.

✶✶✶

Morfidios Strategie zeigte erste Ergebnisse. Die Bauern waren zufrieden. Endlich bestand Hoffnung, dass ihr Aufstand Erfolg haben würde.

Reynaldo hatte beschlossen, die Festungsanlage auszubauen, um die Sicherheit des Schlosses zu erhöhen. Zu diesem Zweck hatte er viele Arbeiter verpflichtet. Der Aufstand war niedergeschlagen und es kam nur noch vereinzelt zu Zusammenstößen. Die Bauern, davon war der neue König überzeugt, hatten inzwischen gemerkt, dass sie mit Gewalt nichts erreichen würden.

Die Soldaten hatten die Wachposten verringert und beschränkten sich nunmehr darauf, die Namen der Arbeiter zu registrieren, die jeden Morgen in die Festung kamen. Doch die Wachen waren so erschöpft, dass sie die Männer nicht einmal durchsuchten.

So war es Morfidio gelungen, mehr als hundert Aufständische in die Schar der Arbeiter einzuschleusen. Jeden Tag überquerten sie die Zugbrücke, ohne Argwohn zu erregen. Die Bauern hatten sich Waffen besorgt und sie zusammen mit den Arbeitsgeräten ins Schloss geschmuggelt. Sie warteten nur auf den richtigen Moment, um die Schlosswachen zu überrumpeln.

Und dieser Moment war nun gekommen.

Am späten Vormittag, während der Frühstückspause, griffen Morfidios Männer heimlich zu den Waffen und stürzten sich auf die Soldaten, die viel zu überrascht waren, um sich zu wehren.

Als ein brennender Pfeil aus dem Wald in den Himmel geschossen wurde, gingen auch die übrigen Aufständischen zum Angriff über.

Die erste Attacke kam so unerwartet, dass die Soldaten kaum Zeit hatten, Alarm zu schlagen. Ehe sie sich's versahen, waren die Bauern in die Festung eingedrungen. Jeder Widerstand war praktisch unmöglich.

Reynaldo war verborgen geblieben, dass einige der Aufständischen sich als Marktfrauen verkleidet hatten oder ganz einfach als harmlose Bauern oder Krüppel um das Haupttor herumgestrichen waren, um auf das Zeichen zum Angriff zu warten.

Zwei Stunden später ging das Schloss, das noch vor Kurzem Benicius und dann Reynaldo gehört hatte, in Morfidios Besitz über.

Nur einen schrecklichen Zwischenfall hatte es gegeben: Ein Pfeil hatte Royman mitten ins Herz getroffen.

Nachdem die Festung in die Hände der Aufständischen gefallen war und die Leichen von Reynaldo und seiner Heerführer von den Zinnen herabhingen, zog Morfidio ins Schloss ein – umgeben von mehreren Männern, die sich plötzlich als seine treuesten Ritter bezeichneten. Der ehemalige Graf stieg auf den höchsten Turm des Schlosses und verkündete mit gezücktem Schwert, dass er nicht die Macht beanspruche.

„Ich werde das Reich verwalten, bis ihr entscheidet, wer der Nachfolger des unglücklichen Royman sein soll", rief er. „Wenn der Moment gekommen ist, werde ich ihm die Macht übergeben."
Keiner der Männer begehrte auf. Sie hatten für die Freiheit ihr Leben riskiert, überzeugt davon, dass Royman ihr neuer König sein würde. Nun beschlich sie das ungute Gefühl, betrogen worden zu sein …

VI

Das Reich des Bettlers

Hinkebein hat mich angerufen und wir haben ein Treffen vereinbart. Damit uns niemand zusammen sieht, haben wir uns dort verabredet, wo er wohnt: auf einem unbebauten Grundstück nicht weit von der Stiftung.

Seine Behausung ist umgeben von Müll und allem möglichen anderen Kram. Es stinkt und überall gibt es Ratten und Kakerlaken. Ein dreckiges Loch, in das sich niemand freiwillig hineinwagt. Der Wind treibt immer mehr Schmutz heran, und es wimmelt nur so von umherstreunenden Katzen, die Hinkebein Gesellschaft leisten und das Grundstück von Ratten freihalten.

Metáfora und ich kriechen durch eine Öffnung, die Hinkebein in den Eisenzaun gerissen hat und die kaum zu sehen ist.

„Passt auf, sonst stolpert ihr noch. Hier liegt viel rostiges Zeugs rum. Wenn man sich verletzt, kann das sehr gefährlich werden!"

„Danke", sage ich. „Vielen Dank für deine Hilfe."

„Kommt her, hier sieht euch keiner. Setzt euch hinter die Kisten da."

„Ich nehme an, du hast wichtige Informationen für uns", sagt Metáfora. „Du wirst uns doch wohl nicht umsonst hierherkommen lassen, oder?"

„Ich habe äußerst interessante Dinge herausgefunden. Es gibt da ein Unternehmen, das sich die Stiftung unter den Nagel reißen will. Ein Unternehmen für archäologische Ausgrabungen, das sich auf den An- und Verkauf mittelalterlicher Kunstschätze spezialisiert hat. Diese Leute haben sehr viel Einfluss."

„Hat Stromber was mit ihnen zu tun?"

„Nein, im Gegenteil, sie sind Konkurrenten. Stromber arbeitet mit Del Hierro zusammen. Die beiden wollen nämlich ebenfalls die Stiftung erwerben."

„So viel ist die Stiftung wert?", frage ich.

„Das Unternehmen hat den finanziellen Gewinn im Auge, aber Stromber ist an etwas anderem interessiert. Er will um jeden Preis die Stiftung besitzen, egal was es kostet! Sogar auf euren Namen ist er scharf!"

„Was erzählst du da? Wieso will er Adragón heißen? Das geht doch gar nicht."

„Täusch dich da mal nicht! Es gibt ganz legale Möglichkeiten, einen Namen zu stehlen. Und der Handel mit berühmten Namen ist weiter verbreitet, als du dir vorstellen kannst."

„Aber was genau will er eigentlich? Was will er mit der Stiftung? Und warum will er unseren Namen haben? Was soll der Unsinn?"

„Ich traue mich gar nicht, dir zu sagen, was ich vermute", antwortet Hinkebein. „Die Leute haben die seltsamsten Ideen."

„Sag mir endlich, was du weißt!"

„Ja, spuck's schon aus", sagt Metáfora, die vor Neugier fast platzt.

Hinkebein druckst herum. Er traut sich nicht, mit der Wahrheit rauszurücken. Ich glaube, er weiß, dass er mir sehr wehtun wird.

„Bitte, sag's mir endlich", dränge ich ihn.

„Also, ich glaube … ich glaube, dass … Stromber will dich verdrängen!"

„Bist du verrückt? Warum sollte er das wollen, ein Antiquitätenhändler, der so reich ist, dass er gar nicht mehr genau weiß, was er alles besitzt!"

„Ich kenne seine Motive nicht, aber ich versichere dir, dass ich weiß, was ich sage. Der Mann ist wie besessen von dir. Er will DU sein!"

„Aber das geht doch gar nicht! Kein Mensch kann ein anderer sein! Man kann jemandem Geld klauen oder seinen Besitz, egal was, aber man kann niemals ein anderer sein!", rufe ich und versuche, meine eigenen Worte zu glauben. „Du täuschst dich sicher!"

„Arturo, manche Leute kommen auf die verrücktesten Ideen und tun alles, um sie in die Tat umzusetzen. Ich sage dir, dieser Mann hat es sich in den Kopf gesetzt, deinen Platz einzunehmen! Er will Arturo Adragón sein! Glaub mir!"

Ich bin sprachlos. Nie hätte ich gedacht, dass jemand so sonderbare Ideen haben könnte. Ich hatte ihn in Verdacht, sich die Stiftung aneignen zu wollen, unsere Bibliothek; aber so etwas hätte ich nicht für möglich gehalten.

Hinkebein bietet uns Orangensaft aus einem Karton an, aus dem er selbst eben noch getrunken hat.

„Wie ihr seht, habe ich Wort gehalten. Seit wir unsere Vereinbarung getroffen haben, habe ich keinen Tropfen Alkohol mehr angerührt. Übrigens, der Saft schmeckt hervorragend."

Wir trinken einen Schluck. Ich fühle mich wie vor den Kopf geschlagen.

„Was rätst du mir? Was kann ich gegen diesen Wahnsinn tun? Sollen wir zur Polizei gehen?"

„Nein. Ich glaube, du solltest herausfinden, warum er deinen Platz einnehmen will. Er ist ja immer ganz in eurer Nähe, da könnt ihr ihn leicht ausspionieren. Aber glaubt mir! Was ich euch erzählt habe, ist die reine Wahrheit!"

„Woher weißt du das eigentlich?"

„Ich hab dir doch gesagt, ich habe viele Kontakte. Wir Archäologen sind Experten darin, Dinge zutage zu fördern, die tief vergraben und gut versteckt sind. Und wenn Stromber seine Absichten auch gut zu verbergen weiß, sind sie doch ziemlich klar. Für mich liegen sie offen auf der Hand, ich zweifle kein bisschen daran."

Hinkebein klingt so überzeugt von seinen Worten, dass ich langsam anfange, ihm zu glauben. Dieser Mann, den ich immer für einen armen Bettler gehalten habe, erweist sich plötzlich als großer Menschenkenner. Ich habe das Gefühl, er weiß mehr, als er zugeben will.

„Glaubt mir, Stromber ist ein böser Mensch! Ich weiß das, weil ich ihm gefolgt bin und gesehen habe, mit wem er Umgang hat. Seine Freunde sind gefährlich. Außerdem bin ich sicher, dass er mit den Typen etwas zu tun hat, die deinen Vater überfallen haben."

Plötzlich jagen mehrere Katzen an uns vorbei und hinter zwei großen Ratten her, die sich in unsere Nähe gewagt haben. Sie wühlen im Abfall und verschwinden zwischen einigen Mülltüten. Kurz darauf kommen die Katzen zurück. Sie sehen sehr zufrieden aus, rollen sich neben Hinkebein zusammen und lassen sich von ihm das Fell streicheln.

„Wenn sie nicht wären, hätten die Ratten mich schon längst aufgefressen", sagt er. „Sie passen auf mich auf. Als Gegenleistung bekommen sie viel Liebe von mir. Wusstet ihr, dass Katzen nicht ohne Liebe leben können, genauso wie wir Menschen?"

„Du scheinst dich gut mit Tieren auszukennen", stellt Metáfora fest.

„Ich hatte immer viele Katzen um mich herum. Schon als kleiner Junge habe ich mich gut mit ihnen verstanden. Tja, und jetzt sind sie meine einzigen Freunde … Außer euch natürlich. Wenn man bedenkt, wer ich einmal gewesen bin … Alle wollten meine Freunde sein. Ich wurde respektiert und geschätzt …"

Er fängt an, uns von seiner Zeit als berühmter Archäologe zu erzählen, von seiner Kindheit, seinen Träumen. Nach und nach breitet er sein Leben vor uns aus, und nach einer Weile habe ich das Gefühl, mich in dem Palast zu befinden, in dem Scheherazade dem Sultan die unglaublichen *Geschichten aus Tausendundeiner Nacht* erzählt. Nach dem, was Hinkebein uns erzählt, muss Juan Vatman ein aufregendes Leben geführt haben.

„Warum bist du eigentlich Archäologe geworden?", fragt Metáfora.

Hinkebein lächelt versonnen, während er in seinen Erinnerungen kramt. Die Frage hat ihn überrascht und er muss erst einmal seine Gedanken ordnen.

„Wegen Troja", antwortet er nach einer Weile, „jener legendären Stadt, die dem Erdboden gleichgemacht wurde."

„Meinst du die Stadt, die wegen Helena zerstört wurde?"

„Genau die! Ich meine die mythische Stadt Troja. Hört zu, als ich klein war, habe ich die Geschichte eines Mannes namens Schliemann gelesen. Sein Vater zeigte ihm im Alter von acht Jahren eine Zeichnung von dem brennenden Troja. Dieses Bild beeindruckte den Jungen so sehr, dass er beschloss, sein Leben der Suche nach den Ruinen Trojas zu widmen. Sein Vater tat alles, um ihn davon abzubringen. Er sagte, das sei nur eine Zeichnung, das Produkt der Fantasie eines Künstlers, und diese Stadt habe nie existiert. Doch der Junge versteifte sich darauf, die Ruinen zu finden. Die Abbildung beschäftigte Schliemann dermaßen, dass er, nachdem er viel Geld verdient hatte, sein ganzes Leben dieser Leidenschaft widmete. Und obwohl jeder ihn von seinem Projekt abhalten wollte, fand er die Stadt tatsächlich. Schliemann verwirklichte seinen Traum und fand die Ruinen Trojas! Und das nur, weil er als kleiner Junge ein Bild gesehen hatte, das seiner Fantasie Flügel verlieh. Findet ihr das nicht unglaublich?"

„Natürlich ist das unglaublich", stimme ich ihm zu. „Ich hätte auch gerne einen Traum wie Schliemann …"

„Träume können ansteckend sein, sie können sich auf andere übertragen. Wenn du einen Traum hast, eine Sehnsucht, bist du der glücklichste Mensch auf Erden. Ich bin Archäologe geworden, weil ich versunkene Städte entdecken wollte, vergrabene Schätze, geheime Welten … Schliemanns Geschichte hat mir gezeigt, dass die Welt voller wunderbarer Dinge ist und dass man seine Träume wahr machen kann. Ich wollte meinen Traum leben, wollte eine Illusion verwirklichen."

Metáfora und ich sehen uns verblüfft an. Hinkebeins Geschichte hat uns die Sprache verschlagen.

„Aber alles ist schiefgegangen. Als ich anfing, Erfolg zu haben, griff ich immer häufiger zum Alkohol. Er hat meine Träume zunichtegemacht. Jetzt bin ich weit entfernt von dem jungen Mann, der davon geträumt hat, Atlantis, das Eldorado und andere verschwundene Orte zu entdecken. Ich bin leer. Und wo ich gelandet bin, seht ihr ja."

„Aber es besteht doch immer die Möglichkeit, dass man eines Tages einen neuen Traum hat", sage ich. „Wenn du noch einmal einen Traum haben könntest, wovon würdest du dann träumen?"

„Wenn das möglich wäre, würde ich mich gerne selbst wiederfinden. Ich würde alles dafür geben, noch einmal der junge Juan Vatman zu sein, der einen Traum hatte. Ich würde alles dafür hergeben, wenn ich noch einmal einen Traum träumen könnte. Aber das ist unmöglich, das Leben gibt uns keine zweite Chance."

„Das kann man nie wissen", widerspreche ich. „Vielleicht brauchen wir deine Hilfe und du musst deine Fähigkeiten als Archäologe wieder neu entdecken."

„Sag so was nicht, Arturo! Du darfst in mir keine Illusionen wecken, die dann möglicherweise zerplatzen. Das wäre furchtbar für mich. Wenn ich noch einmal versagen würde, würde ich mich wohl nie mehr davon erholen."

Seine Stimme klingt so sanft, dass sich die Katzen schnurrend an ihn schmiegen. Er liebkost sie, als wären es seine Kinder. Heute Abend habe ich gelernt, dass jeder von uns verborgene Träume hat und wir aufpassen müssen, dass sie unterwegs nicht verloren gehen. Ein Mensch, der keine Illusionen hat, ist verloren.

∗ ∗ ∗

METÁFORA BEGLEITET MICH bis zur Stiftung. Ich glaube, sie hat bemerkt, dass mich etwas bedrückt. Die Unterhaltung mit Hinkebein hat mich traurig gemacht.

„Wir müssen etwas für ihn tun", sage ich. „Er hat zwar Angst, noch mal zu versagen, aber ich glaube, er würde alles tun, um wieder in seinem Beruf arbeiten zu können."

„Ja, du hast recht. Es heißt ja, die Hoffnung stirbt zuletzt. Und ich glaube, bei ihm ist noch ein kleines bisschen davon übrig geblieben."

„Er hat mir so leidgetan, dass ich fast angefangen hätte zu heulen."

„Siehst du, wie sensibel du bist?"

„So sensibel wie ein Mädchen?"

„Sensibel wie ein Mensch. Wer nicht fähig ist, den Kummer eines anderen zu verstehen, hat jedes menschliche Gefühl verloren. Ich bin stolz auf dich!"

Sie beugt sich zu mir herüber und gibt mir einen Kuss auf die Wange. Dann dreht sie sich wortlos um und geht weg.

Bevor ich in mein Zimmer gehe, steige ich auf den Dachboden, um mit Mama zu reden. Ich muss ihr etwas erzählen, bevor ich es vergesse.

„Hallo, Mama! Hier bin ich wieder. Heute Abend habe ich eine der interessantesten Geschichten erzählt bekommen, die ich jemals gehört habe. Es ist die Geschichte von meinem Freund Hinkebein, dem einbeinigen Bettler, der früher einmal Archäologe war. Er ist ziemlich heruntergekommen, aber tief in seinem Herzen hat er sich einen Traum bewahrt. Er möchte alle versunkenen Städte der Welt entdecken, und das sind bestimmt nicht wenige. Er sagt, wir leben auf einem Planeten voller Geheimnisse. Und er sagt, die Erde besteht aus mehreren Schichten, und in jeder kann eine Stadt, ein Land oder auch eine ganze Zivilisation verborgen sein. Und er glaubt, dass wir Menschen genauso sind. Voller Geheimnisse. Das hat mich alles so aufgewühlt, dass ich an dich denken musste. Ich habe mich gefragt, ob du vielleicht in mir bist und ob ich irgendwann in der Lage sein werde, dich zu entdecken. Du kannst dir nicht vorstellen, wie gerne ich dich kennenlernen würde, wie gerne ich herausfinden würde, wer du in Wirklichkeit gewesen bist. Ich würde gerne wissen, was sich hinter diesem wunderschönen Bild versteckt, auf dem du aussiehst wie eine Königin."

Ich spüre, wie mir eine Träne über die Wange läuft. Metáfora hat recht: Weinen macht uns menschlicher.

„Und ich habe mich auch gefragt, ob es ein Zufall war, dass du in der Wüste gestorben bist, in der Nacht, in der Papa mich in das Pergament gewickelt hat ... Ich habe mich gefragt, ob es nicht Schicksal war. Ich bin sogar auf den Gedanken gekommen, dass du vielleicht absichtlich mit Papa in die Wüste gefahren bist, damit die Dinge auf diese Weise geschehen konnten. Hast du etwas damit zu tun, dass ich diese lebhaften Träume habe, durch die ich das Leben auf eine ganz besondere Art sehe? Ich weiß, das klingt verrückt, aber als ich heute Abend Hinkebein zugehört habe, ist die Fantasie mit mir durchgegangen ... Und ich habe mich gefragt, welches mein größter Traum ist. Wenn ich jetzt darauf antworten müsste, würde ich sagen, mein größter Traum ist es, mit dir sprechen zu können, dir einen Kuss zu geben und dir zu sagen, wie sehr ich dich liebe."

VII
Der Giftpfeil

Arturo und Alexia landeten weitab von jeder Ansiedlung. Die Sonne stand hoch am Himmel und brannte auf die felsige Landschaft herab.

Alexia ging zu dem Fluss, der wie ein Wasserfall zwischen den weißen Felsen herabstürzte, und benetzte ihr Gesicht mit dem kühlen Nass. Der Schreck saß ihr immer noch in den Gliedern, und sie brauchte lange, bis sie wieder ruhig atmen konnte.

Als sie sich wieder einigermaßen erholt hatte, setzte sie sich neben Arturo unter eine Gruppe von Bäumen, die ihnen Schatten spendeten. Der Junge lehnte mit dem Rücken an einer alten Pappel. Er war so erschöpft, dass er halb eingeschlafen war.

„Das war sehr mutig von dir", sagte die Prinzessin, während sie mit einem Grashalm spielte. „Ich werde nie vergessen, was du für mich getan hast. Mein Vater wird dich großzügig belohnen."

Arturo antwortete nicht. Er schien sie nicht gehört zu haben. Alexia dachte, dass er vielleicht müde war, und wartete. Sie wusste, dass Arturo jedes Mal, wenn er von der Macht der Buchstaben Gebrauch gemacht hatte, völlig entkräftet war. Doch als er nach einigen Minuten immer noch nicht reagierte, fing sie an, sich Sorgen zu machen.

„Alles in Ordnung, Arturo?", fragte sie.

„Nein, ich fühle mich gar nicht gut …", murmelte der Junge.

Alexia sah, dass er blass war und stark schwitzte. Sie sprang auf und da erst bemerkte sie die Blutlache im Gras neben ihm.

„Blitz und Donnerschlag!", rief sie und beugte sich zu ihm hinunter. „Was hast du?"

Doch Arturo musste gar nichts sagen. Als sie ihn nach vorn beugte, sah sie, dass ein Pfeil in seinem Rücken steckte, direkt neben dem Schulterblatt.

Alexia verlor keine Zeit. Sie legte Arturo mit dem Gesicht nach unten auf den Boden und schnitt mit einem Dolch das Hemd auf. Nun lag die Wunde frei. Sie war sehr tief. Die Prinzessin musste sich entscheiden, ob sie den Pfeil herausziehen oder ihn durch die Brust stoßen sollte.

„Beweg dich nicht", sagte sie zu ihm. „Ich hole schnell ein paar Kräuter."

Obwohl die Vegetation hier nur sehr spärlich war, machte sich Alexia auf die Suche nach irgendeiner Heilpflanze, mit der sie Arturos Wunde reinigen und kurieren konnte. Sie drehte jeden Halm und jeden Zweig um.

Endlich fand sie, wonach sie suchte. Sie entschied sich dafür, den Pfeil nach vorn durch Arturos Brust zu stoßen, denn wenn sie ihn herausgezogen hätte, hätte ihr Retter zu viel Blut verloren. Danach reinigte sie sorgfältig die Wunde, damit nicht der kleinste Rest des Stiels oder der Pfeilspitze zurückblieb. Und schließlich legte sie die Kräutermischung auf, die sie vorbereitet hatte. Doch die Wunde war schlimmer, als es im ersten Moment ausgesehen hatte. Nicht einmal die Heilkräuter konnten einen gefährlichen Wundbrand verhindern. Das Fieber in Arturos Körper stieg und stieg.

Der Zustand des Jungen verschlimmerte sich zusehends. Als Alexia den Pfeil untersuchte, stellte sie fest, dass er mit einem Gift bestrichen war, das sich nun im Körper des Verwundeten unbarmherzig ausbreitete. Es handelte sich um ein besonderes, tödliches Gift, und ohne die Kräuter, die Alexia zusammengesucht hatte, hätte es den Jungen innerhalb weniger Stunden getötet.

***

NACH MEHREREN NÄCHTEN entschloss sich Alexia schließlich dazu, die Götter um Hilfe zu bitten. Damit der Zauber Erfolg hatte, war es unbedingt erforderlich, dass Arturo bei vollem Bewusstsein war. Also bereitete sie ihm einen starken Trank, der ihn mehrere Stunden wach hielt.

„Du darfst nicht einschlafen. Wenn die Götter dir zu Hilfe kommen sollen, müssen sie sehen, dass du lebendig bist", erklärte sie ihm.

„Lebendig? Wer? Hat man dich nicht bei lebendigem Leibe verbrannt?"

„Rede weiter! Es ist egal, was du sagst, aber rede weiter ... Hast du mich verstanden?"

Arturos Augen waren halb geschlossen, und er bemerkte nicht, was um ihn herum vorging. Er sah alles verschwommen, so als wäre er betrunken.

„Mir gefällt dein schönes blondes Haar", murmelte er. „Mir gefällt deine Stimme, dein Name ..."

„Mein blondes Haar? Mein Name?", fragte Alexia, bevor sie sich daranmachte, die Götter anzurufen. „Ich wusste nicht, dass dir mein Name gefällt."

„Metáfora! Der Name ist wunderschön!"

Alexia erstarrte.

„Wer ist Metáfora?"

„Metáfora ... aus einer anderen Welt ... eine Freundin ... ein Traum ..."

„Du träumst von einem Mädchen, das Metáfora heißt? Du hast mir nie etwas von ihr erzählt."

Arturo lächelte. Er hob die rechte Hand und versuchte, nach etwas zu greifen; doch es gelang ihm nicht.

„Ich muss sie suchen! Sie ist mein Mädchen! Meine Freundin!"

Alexia gab ihm eine Ohrfeige und befahl ihm zu schweigen.

„Ich sollte dich hier sterben lassen! Dann würdest du in die andere Welt hinübergehen, zu deiner Freundin!"

In Arturos Kopf herrschte ein großes Durcheinander. Seine Gedanken waren wirr und er befand sich bereits in einer anderen Bewusstseinsebene.

„Der schwarze Staub kommt mit dem Wasser!", flüsterte er. „Es ist magischer Staub ... Arquimaes' Buchstaben!"

Alexia versuchte, seine Worte zu verstehen. Denn was er sagte, erschien ihr plötzlich höchst interessant.

„Wo ist der schwarze Staub?", fragte sie.

„Ich weiß nicht ... Ich weiß es nicht ... In einer Höhle ..."

Die Prinzessin wollte, dass Arturo weitersprach.

Doch seine Worte wurden immer unzusammenhängender. Er fing an, wirres Zeug zu reden. „Tinte ... Schloss ... Ambrosia ... Rauch ..."

Da begriff Alexia, dass sie nichts mehr aus ihm herausbringen konnte, und entschloss sich zu handeln.

Sie zeichnete einen Kreis auf den Boden und stellte sich mitten hinein, die Hände voller Erde. Sie breitete die Arme aus und erhob den Blick zum weißen Mond, der den Himmel erhellte. Dann stimmte sie einen magischen Gesang an.

„Oh Götter! Ich brauche eure Hilfe ...!"

Mehrere Stunden dauerten ihre Zaubergesänge, während sie immer wieder Erde, Wasser und einige Tropfen ihres eigenen Blutes auf den Körper des Verwundeten spritzte. Dann legte sie sich neben Arturo auf den Boden und wartete auf das Ergebnis der Anrufungen.

Doch bevor sie die Augen schloss, konnte sie der Versuchung nicht widerstehen, einen Blick auf den Inhalt des Lederbeutels zu werfen, den Arturo an einem Band um den Hals trug.

✶✶✶

ARQUIMAES UND ÉMEDI schlenderten durch den Garten des königlichen Schlosses. Sie genossen die Sonne und das schöne Wetter. Der Alchemist ließ sich am Ufer des kleinen Sees nieder und forderte seine Begleiterin auf, sich neben ihn zu setzen.

Sooft es ihnen möglich war, verbrachten sie ihre Zeit gemeinsam. Sie hatten sich viel zu erzählen und redeten ununterbrochen. Doch beide wussten, dass ihre Situation ernst war und dass sie sich ihr stellen mussten.

„Glaubst du, das Treffen der Könige wird etwas bewirken?", fragte Émedi.

„Ich werde für ein Bündnis eintreten, das allen von Nutzen sein wird."

„Aber sie fühlen sich sicher in ihrem Reich, mit ihren Armeen! Sie werden wohl kaum bereit sein, sich unter fremden Befehl zu stellen, um gegen Demónicus zu kämpfen. Auch wenn sie ihn in gleichem Maße fürchten wie hassen. Das Treffen wird zu nichts führen."

„Ich habe die Hoffnung, dass sie Teil deiner großen Armee werden wollen", widersprach Arquimaes. „Lass mich nur machen, ich werde das Bündnis schon zustande bringen!"

„Ich glaube, du verheimlichst mir etwas", sagte die Königin. „Ich habe das Gefühl, du weißt etwas, das du mir nicht erzählen willst."

Arquimaes schwieg. Er betrachtete die Vögel, die über das Wasser flogen, dann wandte er sich wieder Émedi zu.

„Dazu kann ich nichts sagen. Bevor ich dich anlüge, schweige ich lieber."

Émedi schlug die Augen nieder und nach einer Weile sagte sie: „Es ist gut so. Ich habe Vertrauen zu dir."

„Ich verspreche dir, ich werde dich nicht enttäuschen."

VIII

Die Zukunft wird verhandelt

Ich heiße Arturo Adragón. Ich wohne in der Stadt Férenix, in der Stiftung Adragón. Wir befinden uns im 21. Jahrhundert. Ich habe wieder von Arquimaes und Émedi geträumt.

Ich springe aus dem Bett und gehe schnell unter die Dusche. Es kostet mich Mühe, die Welt der Fantasie zu verlassen und in die reale Welt zurückzukehren. Aber ich muss es schaffen, sonst werde ich noch wahnsinnig! Heute Nacht habe ich von meiner Mutter geträumt. Oder war es in Wirklichkeit Königin Émedi? Ich glaube, ich sollte noch einmal zu Cristóbals Vater in die Sprechstunde gehen, vielleicht kann er mir ja helfen, dieses Chaos in meinem Kopf zu verstehen. Es wird noch so weit kommen, dass ich nicht mehr weiß, auf welcher Seite ich mich befinde.

Ich muss mich beeilen. Papa will mich in die Schule begleiten, um mit dem Direktor über die Kunstschätze aus dem Mittelalter zu sprechen.

Ich ziehe mich schnell an und renne die Treppe hinunter. Papa wartet schon draußen im Auto auf mich. Mohamed sitzt am Steuer. Er wird uns hinbringen.

„Was ist passiert, Arturo?"

„Tut mir leid, Papa, ich hab verschlafen."

„Los, steig ein, wir sind schon spät dran."

Adela kommt an den Wagen, zusammen mit einem der bewaffneten Wachmännern, demselben, der vor der Tür gestanden und aufgepasst hat, neulich, als wir im zweiten Keller waren.

„Guten Morgen, Señor Adragón. Armando wird Sie begleiten. Am besten, er setzt sich nach vorne, neben Mohamed."

„Muss das sein?", fragt Papa. „Wir fahren doch nur in die Schule."

„Ja, es muss sein. Bis wir uns sicher sein können, dass keine Gefahr mehr besteht …", antwortet Adela. „Gute Fahrt."

Mein Vater setzt sich nach hinten, Armando neben Mohamed, und wir fahren los. Niemand spricht ein Wort. Es ist das erste Mal seit dem Überfall, dass Papa das Haus verlässt.

Hinkebein kauert wie immer auf seinem Platz an der Straßenecke, bittet um Almosen und beobachtet jede verdächtige Bewegung auf der Straße. Er hat mir verraten, dass er so tut, als schliefe er, damit niemand Verdacht schöpft. In Wirklichkeit aber behält er jede Person genau im Auge, die sich in der Nähe der Stiftung herumtreibt. Es ist gut zu wissen, dass er dort sitzt und Wache hält. Seit unserer Unterhaltung neulich sehe ich ihn mit anderen Augen. Für mich ist er kein gewöhnlicher Bettler mehr.

„Meinst du, der Direktor wird auf unser Angebot eingehen?", fragt mich Papa plötzlich.

„Ich glaube ja. Er ist ein vernünftiger Mensch."

„Hoffentlich. Du weißt ja, wir haben nicht viel Geld. Unsere finanzielle Situation ist nach wie vor angespannt, wir werden ständig von der Bank kontrolliert. Gestern habe ich mit Del Hierro gesprochen. Er hat mir erlaubt, Käufe und Verkäufe zu tätigen, aber wenn ich die Rechte für die Ausstellung erwerben will, muss ich seine Erlaubnis einholen."

Wir halten vor der Schule. Hoffentlich sieht Horacio uns nicht im Auto ankommen, mit Chauffeur und einem bewaffneten Wachmann! Ich bin sicher, das wäre ein gefundenes Fressen für ihn. Er würde sich über uns lustig machen, genauso wie damals, als Papa hier angeradelt kam.

Mercurio kommt uns entgegen, als er uns sieht.

„Sie können hinter dem Gebäude parken", erklärt er Mohamed.

Wir folgen seinen Anweisungen. Armando steigt als Erster aus und öffnet Papa die hintere Wagentür. Wir betreten das Schulgebäude. Dort warten bereits Norma und Metáfora auf uns, gemeinsam gehen wir hinauf zum Büro des Direktors.

„Guten Morgen, Señor Adragón", begrüßt der Direktor meinen Vater. „Vielen Dank, dass Sie gekommen sind. Ich sehe, Sie haben sich von dem Überfall erholt?"

„Mir geht es wieder ausgezeichnet. Nur manchmal habe ich noch leichte Kopfschmerzen, die mich daran erinnern, dass es Leute gibt, vor denen man sich in Acht nehmen muss ... Aber ich bin wegen etwas anderem hier."

„Kommen Sie herein, dann schauen wir uns die Objekte an."

„Sehr gerne", sagt Papa. „Wenn wir uns einigen, werde ich mich um die Rechte für die Ausstellung bemühen. Die Stiftung Adragón wäre bereit, die ..."

„Ich muss Sie leider darauf aufmerksam machen, dass wir noch ein anderes Angebot bekommen haben. Gestern hat uns jemand anonym seine Bereitschaft erklärt, alles zu ersteigern, was Mercurio in dem Gartenhäuschen gefunden hat. Deswegen geht es heute erst einmal darum, dass Sie sich die Stücke ansehen. Wie Sie verstehen werden, muss ich die eingegangenen Angebote an den Kulturbeirat der Stadt weiterleiten, der dann seine Entscheidung treffen wird. Ich bin nur der Direktor dieser Schule und habe darauf keinerlei Einfluss."

„Tja, darauf war ich jetzt nicht vorbereitet ... Und Sie sagen, es handelt sich um einen anonymen Bieter?"

„Jawohl. Ich habe nur den Namen des Anwaltsbüros, das sich in seinem Auftrag an uns gewandt hat. Aber ich bin nicht befugt, den Namen an Sie weiterzugeben."

„Na gut ... Aber ich möchte mir die Stücke auf jeden Fall ansehen", sagt Papa. „Ich würde sie liebend gerne einmal anfassen."

„Herr Direktor", unterbricht Norma die Unterhaltung. „Wenn Sie uns nicht mehr brauchen, würden wir jetzt gerne in den Unterricht gehen."

„Natürlich, tun Sie das. Ich nehme an, Señor Adragón hat nichts dagegen ..."

„Kein Problem. Wir zwei kommen schon alleine zurecht, denke ich ... Arturo, wir sehen uns dann heute Nachmittag zu Hause. Einverstanden?"

Metáfora, Norma und ich gehen in die Klasse. Armando postiert sich vor der Tür des Direktors. Es ist höchst verdächtig, dass in letzter Minute ein möglicher Käufer aufgetaucht ist, wo doch nur wenige Leute wissen, dass es diese Objekte aus dem Mittelalter überhaupt gibt.

Ich bin mir ziemlich sicher, dass Del Hierro und Stromber dahinterstecken.

Bevor wir in die Klasse gehen, fängt Cristóbal mich ab, um mir zu sagen, dass er mit seinem Vater gesprochen hat.

„Er ist dafür, dass du die Behandlung fortsetzt. Und du sollst alles mitbringen, was du über deine Träume aufgeschrieben hast … Ach ja, ich hab übrigens ziemlich coole Fotos von unserem Besuch im Keller gemacht! Am besten, wir treffen uns bei dir zu Hause, dann zeig ich sie dir. Du wirst staunen!"

Horacio grinst mich von seinem Platz aus an. Bestimmt macht er sich mal wieder mit seinen Freunden über uns lustig.

***

NACH DEM UNTERRICHT sind Metáfora und ich in die Stiftung gegangen, um zu besprechen, was wir jetzt tun sollen. In der Schule wissen inzwischen alle, dass Mercurio im Gartenhäuschen Objekte aus dem Mittelalter gefunden hat und dass mein Vater sie in der Stiftung aufbewahren und eine Ausstellung organisieren möchte. Erstaunlich, in welcher Windeseile sich solche Neuigkeiten verbreiten.

Horacio brüstet sich damit, dass er mich vernichtend geschlagen hat. Er erzählt überall herum, dass ich ein Dämon bin, besessen von dem Drachen auf meiner Stirn …

Ich weiß nicht, was er mit solch einem Blödsinn bezweckt, aber ich fürchte, das bedeutet nichts Gutes.

„Ich habe das Gefühl, dass bei eurer Prügelei etwas passiert ist, das du mir verheimlichst", sagt Metáfora und zeigt auf die Zeichnung auf meiner Stirn. „Horacio behauptet, der Drache hätte sich bewegt. Genau dasselbe hat auch Jazmín gesagt."

„Ich hab dir doch schon tausendmal erklärt, dass das pure Fantasie ist! Eine Tätowierung kann sich nicht bewegen. Das wäre ja Hexerei."

„Oder Magie. Genauso wie die Buchstaben, die auf deinem Körper auftauchen und verschwinden, wie sie wollen. Sag mir die Wahrheit, ich erzähle es auch keinem weiter. Du weißt, dass du mir vertrauen kannst."

„Um ehrlich zu sein, ich hab nichts davon mitgekriegt, wirklich nicht. Die beiden behaupten, dass sich der Drachenkopf bewegt hat, aber ich kann nichts dazu sagen. Ich habe es einfach nicht gesehen!"

„Schwörst du, dass nichts passiert ist?"

Ich weiche ihrem Blick aus und senke den Kopf. Ich schaffe es nicht abzustreiten, was ich schon seit einigen Tagen vermute. Es könnte sein, dass der Drachenkopf auf meiner Stirn für einen kurzen Augenblick lebendig geworden ist ... Und es könnte auch sein, dass er sich dabei in etwas Gefährliches verwandelt hat, in etwas sehr Gefährliches ...

„Ich habe so etwas wie ein Brausen gehört, mehr weiß ich nicht. Aber gesehen hab ich nichts."

„Du musst mit jemandem darüber sprechen, Arturo. Wenn es stimmt, dass das Ding da lebt, dann kann es sehr gefährlich werden. Stell dir mal vor, das passiert nachts, wenn du schläfst ... Oder wenn du wieder von jemandem angegriffen wirst. Denk mal an die Folgen!"

„Mit wem soll ich denn darüber sprechen? Wem kann ich vertrauen? Wer hört sich überhaupt so einen Unsinn an, ohne mich gleich für verrückt zu erklären?"

„Red mit Cristóbals Vater. Er ist der Einzige, der dir eine vernünftige Erklärung dafür geben kann. Schreib's auf, das ist leichter ..."

„Ich möchte dir etwas zeigen", sage ich und schalte den Computer ein. „Ein Foto, das ich im zweiten Keller gemacht habe ... Hier ..."

Ich zeige ihr das Bild von dem Alchemisten, der einem Mann etwas auf die Stirn schreibt. Der kleine Raum, in dem er arbeitet, wird nur schwach von einer Kerze beleuchtet. Ich zoome das Gesicht des Mannes heran. Jetzt sehe ich, dass es sich nicht um einen Mann, sondern um einen Jungen in meinem Alter handelt. Man kann die Zeichnung auf seiner Stirn nicht genau erkennen, aber sie scheint meiner sehr ähnlich zu sein. Auf dem Tisch steht ein Tintenfass und der Alchemist hält eine Schreibfeder in der Hand.

„Das bedeutet gar nichts. Es ist nur eine mittelalterliche Zeichnung, die vielleicht ..."

„Und wenn es so etwas Ähnliches ist wie das, was Schliemann als kleiner Junge gesehen hat? Wenn diese Zeichnung nicht der Fantasie eines Künstlers entsprungen ist, sondern etwas darstellt, was wirklich geschehen ist? So wie die Abbildung von Troja …?"

„Und was hat das mit dir zu tun?", fragt sie.

„Ich bin mir nicht sicher, aber ich habe das Gefühl, ich bin der Junge, der da sitzt."

„Also hör mal, Arturo … Jetzt redest du wirklich Schwachsinn. Hast du irgendwann mal so eine Szene geträumt?"

„Nein, noch nie."

„Dann hör auf damit. Vergiss es … Du bist nicht der Junge auf dem Foto. Das ist nur eine Zeichnung."

Das Haustelefon klingelt. Papa will, dass ich zu ihm ins Arbeitszimmer komme. Norma sei auch da.

„Gehen wir hinunter. Papa möchte uns bestimmt erzählen, was er von den mittelalterlichen Kunstschätzen hält."

Wir gehen in das Arbeitszimmer meines Vaters und setzen uns aufs Sofa. Papa und Norma sitzen uns gegenüber.

„Ich habe mir die Stücke angesehen, und ich kann bestätigen, dass sie echt sind. Ungefähr aus dem zehnten Jahrhundert."

„Aber wie ihr leider wisst, gibt es noch ein anderes Angebot", sagt Norma. „Das macht die Sache kompliziert."

„Der Direktor behauptet, er wisse nicht, um wen es sich handelt, aber ich glaube, er lügt. Außerdem haben wir Informationen …"

„Stromber, stimmt's?", ruft Metáfora.

„Das vermute ich auch", sage ich.

Papa und Norma zwinkern sich zu.

„Ihr täuscht euch", sagt Papa. „Norma ist es gelungen, den Namen des Anbieters herauszufinden. Es ist Horacios Vater!"

„Was? Aber warum interessiert sich ausgerechnet der dafür?"

„Es scheint so, als hätte Horacio ihn darum gebeten."

„Er hat vor, die Nutzungsrechte für die Objekte zu erwerben und sie einem Museum anzuvertrauen. Jedenfalls soll die Stiftung nicht das Recht bekommen, eine öffentliche Ausstellung zu machen. Wir würden Hunderte von Besuchern verlieren und es würden auch weniger Forscher zu uns kommen. Und das bedeutet auf längere Sicht: weniger Geld. Uns würden Forschungsgelder für Doktorarbeiten entgehen, dazu noch die Einnahmen aus Eintrittsgeldern und Kopien ... Horacio will sich offenbar an dir rächen. Er will dir beweisen, dass er stärker ist als du."

„Ich habe nie behauptet, dass ich stärker bin!", rufe ich.

„Aber du hast ihn bei eurer Prügelei in der Schule besiegt. Und das verzeiht er dir nie."

Ich sage nichts, aber ich glaube, dass Horacio die mittelalterlichen Stücke noch aus einem anderen Grund haben will. Ich weiß, dass ihm der Drachenkopf auf meiner Stirn einen ziemlichen Schrecken eingejagt hat. Und vielleicht glaubt er ja, er könne sich auf diese Weise davor in Sicherheit bringen.

IX
DIE HEXE UND DER RITTER

A̲l̲s̲ A̲l̲e̲x̲i̲a̲ am nächsten Morgen aufwachte, hatte sich Arturos Zustand gebessert. Der Wundbrand war am Abklingen. Arturo sah zwar noch blass aus, doch er war wach und schaute hinauf in den Himmel.

„Wie ich sehe, geht es dir besser", sagte die Prinzessin. „Du bist stark wie eine Eiche, nicht einmal ein vergifteter Pfeil kann dir etwas anhaben."

„Ich verdanke dir mein Leben", stieß Arturo mühsam hervor. „Ich weiß, dass du mich geheilt hast. Nur dank deiner magischen Kräfte bin ich noch am Leben."

„Damit sind wir quitt. Du hast mich vor dem Scheiterhaufen bewahrt und ich habe deine Verletzung geheilt. Wir haben uns gegenseitig das Leben gerettet."

„Dann steht jeder in der Schuld des anderen."

„Wenn du es so sehen willst … Bald kannst du wieder zurück zu deiner Metáfora."

„Metáfora? Ich kenne niemanden, der so heißt", beteuerte Arturo.

„In deinen Fieberträumen hast du unaufhörlich von ihr gesprochen. Sie muss sehr wichtig für dich sein. Du hast gesagt, dass sie sehr schön ist."

„Ich versichere dir, der Name sagt mir nichts."

„Ach nein? Und der schwarze Staub, sagt der dir auch nichts?"

Arturo zuckte zusammen, so als wäre er bei einer Lüge ertappt worden. Der schwarze Staub, ja, der gehörte seiner Welt an, während diese Metáfora wahrscheinlich aus jener dunklen, geheimnisvollen Welt stammte, die hin und wieder in seinen Träumen auftauchte. Aber er hatte nicht den Mut, davon zu sprechen.

„Bitte, frag mich nicht … Es ist ein Geheimnis … Aber ich versichere dir, eine Metáfora kenne ich nicht. Und wenn ich sie gekannt habe, erinnere ich mich nicht mehr an sie."

„Du brauchst mich nicht anzulügen. Ich bin unwichtig für dich. Heute kehren wir zu meinem Vater zurück. In seinem Schloss wirst du wieder ganz gesund werden."

Arturo war vollkommen durcheinander. Einerseits wollte er sagen, dass er nicht die Absicht hatte, in Demónicus' Reich zurückzukehren, aber andererseits war er zu schwach, um sich zu widersetzen. Er schien dazu verurteilt, Prinzessin Alexia zu gehorchen.

„Dein Freund Arquimaes hat sich in Émedis Schloss geflüchtet", sagte Alexia. „Er hat die Königin gebeten, ihm gegen meinen Vater beizustehen. Du und ich, wir sind jetzt Freunde. Wir müssen zusammenhalten und gemeinsam gegen diejenigen kämpfen, die uns vernichten wollen."

Arturos Hirn fühlte sich an wie ein verwinkeltes Labyrinth, in dem seine Gedanken unkontrollierbar umherstreiften. Seit wann war er Demónicus' Verbündeter? Und warum musste er ihn gegen Arquimaes verteidigen, den er immer als einen guten Freund betrachtet hatte?

Er spürte ein Zucken auf seinem Oberkörper, und er erinnerte sich dunkel daran, dass es etwas gab, auf das er in der Not zurückgreifen konnte. Doch er erinnerte sich nicht, was es war. Er war unfähig, seine Gedanken zu ordnen.

„Bin ich ein Verbündeter deines Vaters?", fragte er mit schwacher Stimme. „Gehöre ich zu euch? Ist Arquimaes mein Feind?"

Alexia sah ihm fest in die Augen, hob die rechte Hand und zeigte ihm die Handfläche. Darauf waren Zeichen zu sehen, die er als Buchstaben ausmachte.

„Als wir in Górgulas Hütte waren, habe ich meine Hand auf deinen Oberkörper gelegt und die magischen Zeichen berührt", erklärte sie ihm und zeigte auf die Buchstaben auf seiner Haut. „Vor ein paar Tagen fingen sie an, sich auf meinen Handflächen zu zeigen. Als ich zum Tod auf dem Scheiterhaufen verurteilt wurde, habe ich sie gebeten, dir mitzuteilen, dass ich in Gefahr schwebte ... Und daraufhin bist du gekommen, um mich zu retten ... Zwischen uns bestehen magische Kräfte."

„Also ... Also dann sind wir durch diese Zeichen verbunden", flüsterte Arturo und es wurde ihm schwarz vor Augen. „Verbunden durch die Magie ..."

„Ja, so ist es. Wir sind eins, in zwei Personen. Zwei Zauberer, die diesen Kontinent regieren werden. Wir werden absolute Herrscher sein und niemand wird sich unserem Willen widersetzen. Du bist der Freund meines Vaters, er wird unserer Verbindung zustimmen. Und wenn der Moment gekommen ist, werden wir heiraten."

„Heiraten?"

„Ich werde meinen Vater dazu bringen, den Ehevertrag zu annullieren, den er für mich und Fürst Ratala aufgesetzt hat, und dann werde ich deine Frau."

Obwohl Alexias Worte sehr liebevoll klangen, fühlte Arturo tief in seinem Herzen, dass ihm etwas daran nicht gefiel. Doch aus irgendeinem Grund war es ihm unmöglich, ihr zu widersprechen. Und nachdem er den stärkenden Trank zu sich genommen hatte, von dem Alexia sagte, er werde ihm wieder seine alte Kraft verleihen, war er sich absolut sicher: Alexia war seine Freundin, seine Retterin, und nichts auf der Welt würde ihn von ihr trennen können.

„Wir müssen jetzt aufbrechen", sagte Alexia. „Steh auf, ich helfe dir. Du wirst sehen, gemeinsam werden wir es weit bringen."

An ihrer Seite fühlte Arturo sich sicher. Plötzlich sah er alles viel klarer vor sich. Alexia war seine Gefährtin, Demónicus sein Freund und Beschützer und Arquimaes ein Verräter.

***

CRISPÍN WAR ES gelungen, fast ohne einen Kratzer aus der Stadt Raniox zu fliehen, obwohl ihm die Soldaten dicht auf den Fersen gewesen waren. Mit Hinterlist und Tücke hatte er sie von seiner Fährte abgebracht und war unverletzt entkommen. Seine Fähigkeit, pfeilschnell durch Wälder zu reiten, war ihm dabei sehr zustatten gekommen.

Nachdem er lange vergeblich nach seinem Freund Arturo gesucht hatte, geriet er in eine Taverne, zwischen Banditen und Betrunkene. In seiner Verzweiflung blieb ihm nichts anderes übrig, als sein Pferd zu verkaufen, um essen und ein Zimmer mieten zu können.

„Ich bin bereit, gegen Kost und Logis zu arbeiten", schlug Crispín dem Wirt vor. „Ich bin an harte Arbeit gewöhnt."

„Wir könnten einen Hausdiener gut gebrauchen und auch einen, der im Stall mithilft. Du wirst für die Gäste und die Pferde zuständig sein."

„Einverstanden."

„Dafür erhältst du Kost und Logis", sagte Mancuso, der Wirt. „Mehr können wir dir nicht anbieten."

„Vielen Dank", sagte Crispín. „Ich nehme dein Angebot an."

So trat Crispín also in Mancusos Dienste. Morgens arbeitete er im Stall, abends in der Taverne.

Der Zufall wollte es, dass Crispín drei Tage später in der Taverne eine interessante Unterhaltung belauschte, die zwei Ritter miteinander führten.

„Königin Émedi hat einen Weisen bei sich aufgenommen und ihm Schutz gewährt", sagte der eine, der einen langen Bart trug. „Einen Alchemisten. Dieser Wahnsinn wird sie teuer zu stehen kommen."

„Wer in diesen Zeiten die Alchemisten unterstützt, bringt sich in Teufels Küche. Das sind alles Betrüger. Sie verhexen dich und saugen dich aus bis aufs Blut."

„Es wird erzählt, dass Émedi verrückt nach ihm ist. Man muss ihn beseitigen, bevor er sie verhext und ihr den Verstand raubt."

„Bestimmt hat er ihr irgendein Gebräu zu trinken gegeben, um ihren Verstand zu verwirren."

„Dieser verdammte Weise!", schimpfte der Ritter mit dem langen Bart. „Ein Hochstapler ist er!"

Crispín, der jedes Wort mit angehört hatte, passte einen günstigen Moment ab, um zu ihnen an den Tisch zu gehen.

„Caballeros, wir haben die Ehre, Euch zu einem guten Krug Wein einzuladen", sagte er. „Auf das Wohl von Königin Émedi!"

„Auf die Königin!"

„Auf die Königin und ihre Klugheit!"

„Wisst Ihr zufällig, wie der Alchemist heißt, der das Herz der Königin verhext hat?", fragte Crispín, während er die Gläser füllte. „Ich würde es gerne wissen, falls er mir über den Weg läuft. Er ist bestimmt sehr gefährlich."

„Sein Name ist Artames oder so ähnlich", sagte der eine.

„Nein, er heißt Arquimatares", korrigierte ihn der andere.

Crispín wartete geduldig, bis sie sich geeinigt hatten. Doch er hatte bereits bekommen, was er wollte: die Gewissheit, dass es sich bei dem Alchemisten um Arquimaes handelte.

Der Weise lebte also! Er hielt sich im Schloss einer Königin auf! Und die hatte sich in ihn verliebt! Crispín glaubte sich zu erinnern, dass Arturo ihm einmal etwas von so einer Königin erzählt hatte.

„Braucht Ihr zufällig einen Diener? Oder einen Knappen?", fragte er die beiden Ritter. „Ich bin bereit, für Euch zu arbeiten, gegen Kost und das Recht, auf einem Eurer Wagen mitzufahren."

„Für einen Diener ist immer Platz", antwortete einer von ihnen. „Wir fahren morgen früh los. Wenn du willst, kannst du mitfahren … Aber du wirst hart arbeiten müssen, mein Junge."

Noch vor Sonnenaufgang verließ die Gruppe das Gasthaus. Crispín, der auf dem Kutschbock eines der Wagen saß, war überglücklich. Bald schon würde er den Alchemisten wiedersehen, der ihn so gut behandelt und ihm so viele Dinge beigebracht hatte.

Nur ein Problem quälte ihn: Wie sollte er Arquimaes erklären, dass Arturo davongeflogen war wie ein riesiger Vogel, zusammen mit der Tochter des Finsteren Zauberers, die er vor dem Scheiterhaufen gerettet hatte?

✳ ✳ ✳

DER FÜHRER EINER der Truppen, die Demónicus losgeschickt hatte, um seine Tochter zu suchen, beobachtete die beiden Gestalten auf dem anderen Flussufer. Wie zwei orientierungslose Schatten, die nicht wussten, wohin, irrten sie über den Uferpfad.

„Vielleicht wissen die ja was und können uns helfen, Prinzessin Alexia zu finden", sagte er.

Escorpio nickte zustimmend. Die letzten Nachrichten, die ihn erreicht hatten, waren höchst beunruhigend gewesen. Alexia hielt sich inzwischen wahrscheinlich nicht mehr in Benicius' Schloss auf. Der König soll getötet worden sein, hieß es, und nun hatte angeblich eine

Gruppe von aufständischen Bauern die Herrschaft an sich gerissen, angeführt von einem halb verrückten Gauner und Mörder, der von allen Frómodi genannt wurde. Escorpio hatte Demónicus davon erzählt, und sie waren sich einig gewesen, dass sie unbedingt an verlässliche Informationen herankommen mussten.

Die beiden Reiter durchquerten den Fluss und näherten sich den verlorenen Wanderern.

Einer von ihnen war verletzt und konnte sich nur mühsam fortbewegen. Der andere war eine junge Frau. Als sie ihre Standarten sah, blieb sie stehen.

„Hallo, Germano", sagte sie erfreut. „Suchst du mich?"

Germano erstarrte, als er sie erkannte.

„Prinzessin Alexia!", rief er. „Was ist passiert? Was macht Ihr hier?"

„Ich will zu meinem Vater. Würde es dir etwas ausmachen, mich zu begleiten?"

Germano stieg vom Pferd und ging zu Arturo.

„Ist das der Junge, der Euch verschleppt hat? Sollen wir ihn gleich hier töten?"

„Nein, ich möchte, dass ihr euch um ihn kümmert. Er muss unbedingt lebend im Schloss ankommen. Baut eine Trage, um ihn zu transportieren", befahl die Prinzessin. „Seid vorsichtig, er ist sehr wertvoll für mich."

„Gestattet, dass ich mich Euch vorstelle, Prinzessin", sagte der zweite Reiter, der ebenfalls vom Pferd gestiegen war. „Ich bin Escorpio und stehe in den Diensten Eures Vaters. Was ist im Schloss von König Benicius geschehen? Wo ist Arquimaes?"

„Zu viele Fragen auf einmal", antwortete die Prinzessin hochmütig und schwang sich auf sein Pferd. „Ich bin dir keine Erklärung schuldig. Nur meinem Vater werde ich Rechenschaft ablegen."

„Euer Vater wird nicht sehr erfreut sein, wenn er hört, dass Ihr Arquimaes das Leben gerettet habt", sagte der Späher verschlagen.

„Und er wird noch weniger erfreut sein, wenn er hört, dass jemand König Benicius geraten hat, mich einsperren zu lassen, meinst du nicht?", entgegnete die Prinzessin. „Aber das werden wir alles klären, wenn wir im Schloss sind."

Escorpio verzog das Gesicht. Alexia hatte also in Erfahrung gebracht, dass sie auf seinen Rat hin in den Brunnen geworfen worden war. Jetzt hatte er ein Problem, das ihn sein Leben kosten konnte. Fieberhaft überlegte er, wie er sich mit Alexia wieder aussöhnen könnte.

Wenig später machte sich die Gruppe auf zum Schloss des Finsteren Zauberers Demónicus.

X
Die Verlobungsfeier

Heute Abend veranstaltet Papa ein großes Essen mit vielen Gästen. Er will allen mitteilen, dass er und Norma jetzt ein Paar sind.

Schon seit Tagen bereiten die beiden den Empfangssaal vor, der lange nicht mehr benutzt worden ist. Sie haben sogar einen Catering-Service samt Kellnern engagiert und Norma hat sich um die Dekoration gekümmert. Alles soll mittelalterlich aussehen und dafür hat sie einige Statuen, Standarten, Schilde und Waffen hervorgeholt. Und das Menü setzt sich aus Speisen zusammen, die für das Mittelalter typisch waren.

Metáfora hat sich ein neues Kleid gekauft und ich habe mir einen Smoking besorgt. Ehrlich gesagt, ich bin ein wenig nervös, aber ich versuche, mir nichts anmerken zu lassen. Auf keinen Fall darf ich mich lächerlich machen! Ach ja, ich habe übrigens zum ersten Mal das Rasiermesser benutzt, das sie mir zum Geburtstag geschenkt haben …

Nach und nach treffen die Gäste ein. General Battaglia in seiner Galauniform war einer der Ersten, zusammen mit Leblanc, dem Schriftsteller, den Metáfora so gut findet. Danach sind einige Lehrer unserer Schule gekommen, die Norma eingeladen hat, und dann Del Hierro und noch viele andere. Insgesamt werden es wohl etwa fünfzig Personen sein.

Die Kellner sind gerade dabei, den Aperitif zu servieren. Adela ist auch schon im Saal, behält aber die beiden Wachmänner im Auge, die sich die eintreffenden Gäste genau anschauen.

Die Leute stehen in Grüppchen zusammen und plaudern miteinander, während ununterbrochen Getränke und Kanapees gereicht werden.

„Bist du aufgeregt?", fragt mich Metáfora, die in ihrem neuen Kleid wunderschön aussieht. „Ich glaube, jetzt wird's ernst."

„Ja, sieht so aus. Obwohl sie sich ja erst mal nur verloben."
„Wie fändest du es eigentlich, wenn die beiden heiraten würden?"
„Na ja, ich glaube, sie verstehen sich sehr gut. Und das ist doch das Wichtigste, oder?"
„Und wie gefällt dir die Aussicht, eine Stiefmutter zu bekommen?"
„Wenn sie nicht so ist wie die bei Aschenputtel, dann bin ich einverstanden", sage ich grinsend.
„Ich finde, dass sie ein gutes Paar abgeben. Bist du dir eigentlich klar darüber, dass wir dann Halbgeschwister wären?"
„Ist das was Schlimmes?"
„Nein, aber stell dir mal vor, wir wollen später heiraten ... Das wäre ein Problem ..."
„Heiraten? Wir? Aber ..."
„Hallo, Arturo!"
Es ist Cristóbal, der gerade mit seinen Eltern in den Saal gekommen ist.
„Hallo, Arturo, erinnerst du dich noch an mich?", fragt sein Vater.
„Natürlich, Dr. Vistalegre! Guten Abend."
„Du bist mir noch einen Besuch schuldig. Wir müssen uns unbedingt unterhalten, und vergiss nicht, dass du mir alles aufschreiben wolltest, was dir zu deinen Träumen einfällt."
„Ja, natürlich ... Ich werde in den nächsten Tagen kommen ... Aber ich habe noch fast nichts aufgeschrieben."
„Ich möchte dich ja nicht nerven, Arturo, aber es wäre auch gut, wenn du einige Dinge über deine Kindheit notierst. So was kann sehr nützlich sein."
Der Aperitif ist beendet. Wir setzen uns an den großen u-förmigen Tisch, der für diesen Abend gedeckt worden ist. Metáfora und ich sitzen am Kopfende neben Papa und Norma.
Die Kellner servieren das Essen und die Gäste langen kräftig zu. Die Stimmung ist ausgezeichnet, alle scheinen sich bei uns wohlzufühlen.
Schließlich wird der Nachtisch gebracht und zuletzt Kaffee und Champagner. Und dann steht Papa mit einem Glas in der Hand auf und bittet um Aufmerksamkeit.

„Liebe Freunde und Freundinnen! Zuallererst möchte ich euch danken, dass ihr an diesem für uns so besonderen Abend so zahlreich gekommen seid", beginnt er. „Wir haben euch hergebeten, um euch mitzuteilen, dass Norma und ich nicht länger nur gute Freunde sind, sondern mehr. Wir möchten euch sagen, dass wir uns ineinander verliebt haben und möglicherweise, wenn alles so weitergeht, wie wir hoffen ... nun, dass wir irgendwann heiraten werden."

Alle klatschen Beifall.

„Und so wollen wir unser Glas erheben und auf unser und euer Glück trinken! ... Wir haben euch eingeladen, weil wir euch schätzen und diesen Moment mit euch teilen möchten", fügt er hinzu.

Mehr Beifall.

„Und wenn alles gut geht, werden wir uns bald wieder hier treffen, um unsere Hochzeit zu feiern. Zum Wohl!"

Noch mehr Beifall.

General Battaglia erhebt sich mit seinem Glas in der Hand und bittet ums Wort.

„Ich möchte der Erste sein, der dem neuen Paar Glück wünscht! Ihnen beiden alles Gute! Auf eine glückliche Zukunft!"

„Vielen Dank, General", sagen Papa und Norma gleichzeitig.

„Ich möchte mich den Glückwünschen anschließen!", ruft Stromber, der jetzt ebenfalls aufgestanden ist. „Meine besten Wünsche für die Zukunft! Ich hoffe, dass euer Traum in Erfüllung geht!"

Immer mehr wünschen den beiden alles Gute. Nur Sombra hält sich im Hintergrund. Ich finde, er sieht besorgt aus. Ich fürchte, er ist immer noch sauer darüber, dass Battaglia auch im zweiten Keller war. Aber wenn die Schwarze Armee tatsächlich nie existiert hat, dann verstehe ich nicht, was er gegen die Nachforschungen des Generals haben kann. Wenn es die Armee nicht gegeben hat, kann man auch keine Spuren von ihr finden.

Die Gäste stehen vom Tisch auf und bilden wieder kleine Grüppchen, während die Kellner herumgehen und Getränke servieren. Ich gehe auf General Battaglia zu.

„Vielen Dank für Ihren Trinkspruch, General. Er hat mir sehr gefallen."

„Dann wird dir noch mehr gefallen, dass ich Beweise für die Existenz der Schwarzen Armee gefunden habe", antwortet er euphorisch. „Es war ein hartes Stück Arbeit, und glaube mir, bald werde ich den Namen des Oberbefehlshabers herausgefunden haben."

„Aber, General, das ist ja eine tolle Neuigkeit!", ruft Metáfora, die das Gespräch mit angehört hat. „Das heißt also, Ihre Theorie war richtig!"

„Endlich habe ich Beweise dafür, dass es die Schwarze Armee gegeben hat. Stichhaltige Beweise! Und das alles dank der Unterstützung der Stiftung Adragón und ihrem Leiter und Besitzer, Don Arturo Adragón. Ich bin sehr glücklich."

„Und welche Beweise haben Sie gefunden, General?", frage ich.

„Die werde ich euch bald vorlegen. Ich werde alle Indizien, und das sind nicht wenige, öffentlich bekannt geben. Ich werde beweisen, dass es eine mächtige Armee gegeben hat, die außergewöhnliche Heldentaten vollbracht hat, unter anderem die, ein Reich geschaffen zu haben."

„Das war wohl eher andersherum: Ein Reich hat eine Armee geschaffen, oder?"

„Nein, mein Junge. Du hast schon richtig verstanden: Die Schwarze Armee hat ein Reich geschaffen!"

„Aber das ist doch unmöglich. Das hat es in der Geschichte noch nie gegeben."

„Wir werden sehen, wir werden sehen", sagt der General und lässt uns stehen.

Ich sehe, dass Papa mit Stromber und Del Hierro spricht. Er sieht sehr besorgt aus.

„Komm, Metáfora, lass uns mal hören, was Papa mit denen zu besprechen hat."

Wir schleichen uns vorsichtig an …

„Dann ist das also nicht rückgängig zu machen?", fragt Papa gerade.

„Tut mir leid, Señor Adragón", erklärt Del Hierro, „aber die Situation ist schwieriger geworden. Sie haben sich um die Nutzungsrechte für neue Museumsstücke bemüht und das würde Geld kosten. Außerdem waren Sie nicht in der Lage, Ihre Schulden zu tilgen, die inzwischen noch angewachsen sind. Uns bleibt nichts anderes übrig, wir müssen aktiv werden."

„Was kann ich tun?"

„Nichts. Sie werden mit mir verhandeln müssen, wenn Sie nicht wollen, dass wir die Pfändung beantragen."

Metáfora und ich schleichen uns wieder davon. Wir haben genug gehört.

„Hör mal, Arturo, lass uns Señor Leblanc begrüßen", schlägt Metáfora vor. „Ich möchte ihn fragen, ob er gerade an einem neuen Buch schreibt. Das interessiert mich sehr."

„Ja, gut, gehen wir zu ihm."

✱✱✱

Ich bin schon längst eingeschlafen, als jemand an meine Tür klopft. Ich stehe auf, um nachzusehen, wer mich um vier Uhr nachts besuchen will.

„Sombra! Was machst du denn hier um diese Zeit?"

„Kann ich mit dir reden?"

„Klar, komm rein ... Was ist los? Warum bist du so aufgeregt?"

Er setzt sich auf die Bettkante und knetet nervös seine Hände. Er sieht mich nicht einmal an, so wie er es sonst immer tut. Es muss um etwas sehr Wichtiges gehen.

„Ich möchte dich um deine Hilfe bitten. Es gibt da ein großes Problem, das ich nicht alleine lösen kann."

„Sag mir einfach, worum es geht. Du weißt, du kannst dich auf mich verlassen."

„Die Dinge sind aus dem Ruder gelaufen. Ich habe die Kontrolle verloren. Tut mir leid."

„Wovon sprichst du?"

„Vom General. Der Mann macht uns das Leben schwer. Die Stiftung ist in Gefahr. Wenn er herumerzählt, was er weiß, können wir dichtmachen."

Ich verstehe nicht, was er da sagt. Wieso sollten wir die Stiftung dichtmachen müssen? „Sombra, ich glaube, du übertreibst. Das kann nicht passieren. Die Stiftung wird nie dichtmachen!"

„Der General sagt, er habe Indizien gefunden, die beweisen, dass die Schwarze Armee existiert hat! Bist du dir im Klaren darüber, was das bedeutet?"

„Nein, bin ich nicht. Du hast doch immer gesagt, dass diese Armee das Fantasieprodukt von Zeichnern und Schriftstellern ist und dass es sie nie gegeben hat."

„Ja, natürlich … Aber jetzt kommt dieser General und behauptet das Gegenteil. Vielleicht kann er tatsächlich beweisen, dass … dass ich mich irre."

„Und was wäre so schlimm daran? Was geht es uns an, ob die Armee irgendwann einmal existiert hat oder nicht? Was haben wir damit zu tun?"

„Viel, Arturo. Verstehst du denn nicht? Wenn das öffentlich wird, rennen die uns die Bude ein! Alle Welt wird wissen wollen, was an alldem dran ist. Schwärme von Journalisten, Forschern, Historikern …"

„Sombra, es kommen doch jetzt schon alle möglichen Leute hierher, um sich zu informieren und zu forschen. Das bringt uns viel Geld ein. Wir nehmen Eintritt und eine Gebühr für das Recht zu forschen. So können wir vielleicht irgendwann unsere Schulden zurückzahlen."

„Aber bis jetzt suchen die Leute nichts Konkretes. Sie forschen über das Leben im Mittelalter, über seine Geschichte, seine Könige … Das schadet keinem …"

„Ich kapiere nicht, worauf du hinauswillst. Was ist so gefährlich daran, wenn der General sagt, dass es im Mittelalter eine Armee gegeben hat, von der bisher keiner etwas wusste und deren Existenz von allen geleugnet wird. Was können Journalisten herausfinden, was wir nicht schon längst wissen?"

„Hör zu, Arturo … Wenn in der Stiftung Leute herumlaufen, die etwas suchen, dann werden sie es am Ende auch finden. Sie werden in die Bibliothek gehen, sie werden in die Keller hinabsteigen und alles durcheinanderbringen, und am Ende werden sie sich sämtliche Informationen holen, die wir hier haben … Und möglicherweise werden sie dabei auf gefährliche Dinge stoßen."

„Ich verstehe dich nicht. Was haben wir zu verbergen? Was gibt es hier in der Stiftung, das nicht bekannt werden darf?"

„Niemand darf in die Tiefen der Stiftung vordringen! Wir müssen es verhindern, egal wie!"

„Verhindern? Was denn?"

„Dass der General an die Öffentlichkeit geht und aller Welt erzählt, was er gefunden hat! Wir müssen verhindern, dass bekannt wird, dass die Schwarze Armee existiert hat!"

„Dann stimmt es also? Es hat eine Schwarze Armee gegeben?"

„Das ist doch unwichtig. Was mir Sorgen macht, ist, dass die Leute das glauben. Man muss den General zum Schweigen bringen! Und du musst mir dabei helfen!"

„Hast du schon mit Papa darüber gesprochen?"

„Dein Vater wird nicht auf mich hören. Er hat mit der ganzen Geschichte nichts zu tun."

„Und ich? Ich hab was damit zu tun?"

Sombra zögert ein wenig, bevor er antwortet.

„Ja, Arturo, du hast etwas mit der Schwarzen Armee zu tun, und zwar eine ganze Menge."

Ich bin sprachlos.

XI

Ein Sohn für den Finsteren Zauberer

Arturo war bewusstlos, als er in die Festung des Finsteren Zauberers getragen wurde. Der Weg dorthin war äußerst beschwerlich gewesen, mehrere Tage waren sie über verschlungene Pfade gegangen, durch Täler, bergauf, bergab. Irgendwann hatten Arturo die wenigen Kräfte verlassen, die ihm geblieben waren, und seine Erschöpfung hatte ihn an den Rand des Todes gebracht.

In seinem Zustand nahm er nicht wahr, wie Vater und Tochter sich in die Arme fielen und der Teufel Demónicus über die Rückkehr seiner verloren geglaubten Tochter in Schluchzen ausbrach.

„Meine Tochter, endlich habe ich dich wieder", flüsterte er. „Die Götter waren gnädig mit mir!"

„Ich habe dich vermisst, Vater."

„Jetzt ist die Stunde der Rache gekommen! Ist das der Kerl, der dich vor ein paar Wochen von hier verschleppt hat?"

„Ja, Vater, das ist er. Ich habe ihn hierher zu dir gebracht, damit du mit deinen eigenen Augen siehst, wozu er imstande ist. Er hat außergewöhnliche Fähigkeiten!"

„Das einzig Außergewöhnliche, was ihn erwartet, ist der Tod. Er wird büßen für das, was er mir angetan hat! Er wird es bereuen, dich von meiner Seite gerissen zu haben!"

„Bevor du eine Entscheidung triffst, solltest du dir anhören, was ich dir zu erzählen habe. Dieser Junge hat unvorstellbare Kräfte. Er wird dich in Staunen versetzen. Du wirst wollen, dass er Teil unserer Familie wird. Es ist von Vorteil, ihn an unserer Seite zu haben …"

„Du bist doch wohl nicht verliebt, oder?"

„Was sagst du da, Vater …?"

„Antworte mir! Bist du in ihn verliebt?"

Alexia schlug die Augen nieder und zögerte mit der Antwort.

„Ich weiß es nicht, Vater", sagte sie schließlich. „Es gibt mehrere Gründe, weshalb ich mich mit ihm verbunden fühle. Du musst wissen, er hat mir das Leben gerettet ..."

„Du darfst dich nicht gleich jedem Mann an den Hals werfen, der dir das Leben rettet", wies er seine Tochter zurecht. „Du musst härter werden."

„Arturo ist etwas Besonderes. Du wirst ihn mögen, wenn du ihn erst mal besser kennenlernst. Glaub mir, er verfügt über unglaubliche magische Kräfte."

Doch das Herz des Finsteren Zauberers war zu verhärtet, als dass die Worte seiner Tochter es hätten erweichen können. Demónicus zog es vor, die Diskussion vorläufig zu beenden.

„Wir sind von den Königen und Rittern angegriffen worden, die die Magie verabscheuen und die Alchemie bevorzugen", erzählte er ihr stattdessen. „Bald wird es Krieg geben. Wir müssen ihnen unsere Herrschaft aufzwingen oder sie werden uns versklaven."

„Ich weiß, du hast recht, ich wäre fast selbst eines ihrer Opfer geworden. Um ein Haar wäre ich wegen Hexerei auf dem Scheiterhaufen verbrannt worden. Wir müssen vorbereitet sein auf das, was kommt."

„Mir wurde berichtet, dass Königin Émedi einen Krieg gegen uns anzetteln will. Es heißt, sie organisiert ein Treffen mit anderen Königen, um eine schlagkräftige Armee aufzustellen."

„Ich glaube, Vater, Arturo kann uns dabei von großem Nutzen sein. Wenn wir ihn dazu bringen, sich auf unsere Seite zu stellen, sind wir unbesiegbar."

„Übertreibst du da nicht ein wenig? Oder macht dich die Liebe blind?"

„Nein, Vater. Ich selbst habe mit eigenen Augen gesehen, wie er den Drachen besiegt hat, den du geschickt hast, um mich zu retten."

„Dieser Junge hat den Drachen getötet?"

„Ja, Vater, er ganz alleine!"

Alexias Worte machten Demónicus nachdenklich. Wenn seine Tochter nun recht hatte und dieser seltsame Junge tatsächlich über unbesiegbare Kräfte verfügte?

„Erzähl mir mehr über ihn. Erzähl mir alles, was du über ihn weißt."

„Ich weiß nur sehr wenig, aber gesehen habe ich viel. Niemand kann sagen, woher er kommt, und er selbst erzählt kaum etwas. Es ist, als käme er aus einer fernen Welt, die nicht einmal er genau kennt. Er ist etwas Besonderes. Warte, bis du ihn besser kennenlernst, dann wirst du dich selbst davon überzeugen können."

Demónicus hörte seiner Tochter aufmerksam zu. Vielleicht konnte er auf diese Weise mehr über die Herkunft dieses sagenhaften Kriegers und Drachentöters erfahren.

***

IN ALLER EILE hatte Morfidio die Zeremonie seiner Thronbesteigung vorbereitet, bevor die Stimmen, die sich seiner Herrschaft widersetzten, immer lauter wurden.

Es war ein wunderschöner, sonniger Tag, wie gemacht für ein derartiges Ereignis. Morfidios ergebenste Ritter hatten alles mit starker und geschickter Hand organisiert. Er hatte sie unter den ehemaligen Truppenführern von König Benicius und Reynaldo ausgewählt und sie mit dem Versprechen gelockt, ihnen Geld zu geben und Macht zu verleihen.

Sie hatten sogar einen Bischof für die Zeremonie gewinnen können. Ein Jammer, dass die Könige und Edelleute der benachbarten Länder die Einladung abgelehnt hatten.

Es sollte eine festliche Veranstaltung werden, mit einem Turnier und einem opulenten Mahl.

Um dem Ganzen den Charakter eines Volksfestes zu verleihen, hatte man außerdem Komödianten, Tänzerinnen und Musiker verpflichtet.

Doch dann geschah etwas, womit keiner gerechnet hatte.

„Herr, eine Gruppe von Bauern will vor der Zeremonie mit Euch reden", teilte ihm einer seiner Ritter mit.

„Können die nicht bis morgen warten?"

„Sie behaupten, es sei dringend. Sie bestehen darauf, unbedingt mit Euch sprechen zu müssen, Herr."

„Also gut. Ich werde sie im Waffensaal empfangen. Sag den Wachen, sie sollen sich bereithalten."

Der Ritter verstand die Botschaft. Er fasste an sein Schwert, um Frómodi, seinem neuen Herrn, zu verstehen zu geben, dass er auf ihn zählen konnte.

Kurz darauf betrat Morfidio, begleitet von sechs seiner treuesten Ritter, den Waffensaal, wo rund zwanzig Bauern auf ihn warteten.

„Hier bin ich, meine Freunde! Ich nehme an, ihr seid gekommen, um mich zu meiner Ernennung zum König zu beglückwünschen."

Die Männer verneigten sich respektvoll vor dem Mann, der sich anschickte, ihr König zu werden. Dann trat einer von ihnen vor und sagte: „Herr, man hat mich zum Sprecher der Bauern Eures Reiches ernannt. Ich bin beauftragt, Euch eine Botschaft zu überbringen, die wir gemeinsam verfasst haben."

Er hielt dem zukünftigen König eine Pergamentrolle hin, von der mehrere rot glänzende Siegel mit den Symbolen verschiedener Dörfer und Städte herabhingen.

„Ich möchte, dass du es mir vorliest. Heute ist ein besonderer Tag, und ich habe keine Lust, meine Energie mit dem Lesen eines von meinen Untergebenen verfassten Schriftstückes zu verschwenden."

Dem Sprecher der Abordnung lief es kalt über den Rücken. Er hatte nicht an die Möglichkeit gedacht, dass er mit lauter Stimme die Forderungen seiner Mitstreiter verlesen müsste. Er wurde sehr nervös.

„Los, mach schon, du vergeudest meine Zeit!", drängte ihn Morfidio. „Lies!"

„Verzeiht, Herr ...", stammelte der Mann und entrollte das Pergament. „Nun denn ... Hier steht: *Mit dem gebotenen Respekt, Ritter Frómodi, und im Namen all derer, die gemeinsam dafür gekämpft haben, Reynaldo vom Thron zu stürzen, möchten wir Euch daran erinnern, dass die Krone dem Volk gehört und der neue König von allen Männern des Reiches gewählt werden muss. Deswegen bitten wir Euch, auf die Krone so lange zu verzichten, bis die Gemeinden entschieden haben, wer unser neuer Herrscher sein soll.* ... Nun, das ist es, was wir ..."

„So dankt ihr mir also für das, was ich für euch getan habe? Habt ihr vergessen, dass ich es war, der den Plan ausgearbeitet hat, um diesen verdammten Reynaldo zu beseitigen, der euch mit seinen Stiefeln zertreten wollte?"

„Wir sind Euch dankbar für Eure Hilfe und erklären uns bereit, Euch dafür angemessen zu entlohnen …"

„Mich entlohnen?", schrie Morfidio außer sich vor Wut und baute sich vor dem Sprecher auf. „Bin ich vielleicht euer Söldner? Für wen haltet ihr mich?"

Der Mann war sich im Klaren darüber, dass er sich seine Worte sehr genau überlegen musste. Doch lange blieb ihm dafür keine Zeit. Denn kaum hatte er Luft geholt, da schnitt ihm Morfidio mit seinem Dolch die Kehle durch.

„Bringt sie alle um!", befahl er seinen Rittern. „Dass mir keiner mit dem Leben davonkommt! Solche undankbaren Kreaturen verdienen es nicht zu leben!"

Die Ritter, die darauf vorbereitet waren, stürzten sich mit gezogenen Schwertern auf die unbewaffneten Bauern. Diese versuchten zu flüchten, mussten jedoch feststellen, dass die Tür abgeschlossen war. Die Soldaten, die draußen Wache standen, hörten vor Angst zitternd die fürchterlichen Schreie der Bauern.

Wenig später öffnete sich die Tür und Morfidio und seine Ritter traten heraus. An ihren blutbeschmierten Schwertern hingen Kleiderfetzen.

„Säubert auf der Stelle den Saal!", befahl Morfidio. „Und verbrennt die Leichen! Die Zeremonie beginnt, sobald ich mich umgezogen habe."

Er begab sich in seine Gemächer und zog sein prächtiges Gewand aus, das jetzt blutgetränkt war. Er warf es in den Kamin und legte neue Kleider an. Als er sich gerade die Stiefel anziehen wollte, bemerkte er, dass seine Füße bis zu den Knöcheln schwarz gefärbt waren. Er versuchte, sie zu säubern, doch es gelang ihm nicht. Daraufhin schenkte er sich sein Glas voll Wein und trank es in einem Zug leer.

Er schäumte vor Wut. Mit jedem Tag, der verging, fühlte er, dass er blutrünstiger, grausamer und machtbesessener wurde. Auch die plötzlichen Wahnsinnsschübe, die ihn hin und wieder befielen, machten ihm Sorgen. Und das alles, seit er den Fuß in jenen unterirdischen Fluss gesetzt hatte, damals, als er sich mit Arturo duellierte, dem kleinen Wilden, der ihn so gedemütigt hatte.

„Ich werde dich umbringen! Ich schwöre dir, ich werde dich umbringen, du verfluchter Kerl!", murmelte er und zog sich die Stiefel an.

Während der Krönungszeremonie herrschte absolute Stille. Niemand erkundigte sich nach den Bauern, die Frómodi, den neuen König, um eine Audienz gebeten hatten. Nur aus dem großen Kamin stieg eine riesige Rauchwolke auf, die einen verräterischen Geruch verströmte.

XII
Die Schlinge zieht sich zusammen

Horacios Vater hat sein Angebot für die mittelalterlichen Objekte erhöht, die Mercurio im Gartenhäuschen der Schule gefunden hat. Mein Vater hat mitgeboten und so ist der Preis immer weiter in die Höhe gegangen. Dadurch haben sich unsere Beziehungen zu der Bank noch mehr verschlechtert. Sie sind nicht bereit, irgendwelche finanziellen Abenteuer zu unterstützen, sagen sie.

Horacio erzählt überall herum, meine Familie wolle sich mit List und Tücke sämtliche mittelalterlichen Kunstschätze unserer Stadt unter den Nagel reißen. Das macht mich rasend. Wenn ich ihm auf dem Schulhof begegne, würde ich ihn am liebsten zur Rede stellen und ihn auffordern, seine Anschuldigungen zurückzunehmen. Doch das würde Papa sicher nicht gefallen, und ich möchte ihm nicht die Laune verderben, wo er doch jetzt so glücklich ist seit der Verlobung mit Norma.

Metáfora kommt zu mir rüber, zusammen mit Cristóbal, der uns wie ein Schatten überallhin folgt. Manchmal stört es mich, denn er kriegt sehr persönliche Dinge mit, Dinge, die nur mich etwas angehen. Ich weiß nicht warum, aber trotzdem vertraue ich ihm irgendwie. Er hat mir auch schon mehrmals bewiesen, dass er mein Vertrauen verdient; zum Beispiel nach meinem Besuch bei seinem Vater, von dem er niemandem etwas erzählt hat. Dabei hätte er eine ganze Menge zu erzählen gehabt. Ich glaube, es ist gut, wenn man jemandem vertrauen kann, vor allem wenn man sonst nur von Spitzeln umgeben ist.

„Arturo, übermorgen hast du einen Termin bei meinem Vater", erinnert er mich. „Er sagt, du musst deine Krankheit unbedingt behandeln lassen ..."

„Ich bin nicht krank."

„Egal. Vergiss nicht, es ist gefährlich, so etwas einfach auf die leichte Schulter zu nehmen, egal was es ist. Also geh zu ihm, bitte!"

Ich will ihm gerade sagen, dass ich auf jeden Fall hingehen werde, als mein Handy klingelt. Ich habe eine SMS bekommen. Sie besteht nur aus einem einzigen Wort: *GEFAHR*

Die SMS ist von Hinkebein. Keine Ahnung, was er mir damit sagen will. Ich werde später zu ihm gehen und ihn danach fragen. Anrufen möchte ich ihn jetzt lieber nicht, vielleicht ist ja jemand in seiner Nähe.

Horacio kommt direkt auf mich zu. Er sieht ziemlich geladen aus und ich mache mich schon mal auf eine Auseinandersetzung gefasst.

„Drachenkopf, sag deinem Vater, er kann sich die Objekte aus dem Kopf schlagen! Sie gehören mir und ich werde sie bekommen! Da wird dir dein Trick mit der Zeichnung im Gesicht gar nichts nützen. Das nächste Mal polier ich dir übrigens die Fresse! Ich hab dich gewarnt!"

„Hör mal zu! Ich lass mich von dir nicht einschüchtern. Du hast uns schon lange genug tyrannisiert, aber damit ist jetzt Schluss!", schreie ich ihn an.

„Und was hast du vor? Mit deinem Drachen Gassi gehen?", lacht Horacio. „Bilde dir bloß nicht ein, dass du mich damit erschrecken kannst! Deine Tricks jagen mir keine Angst ein!"

Ich mache einen Schritt auf ihn zu, bereit, das Problem ein für alle Mal aus der Welt zu schaffen. Aber Metáfora hält mich am Arm fest.

„Komm, gehen wir in die Klasse", sagt sie. „Ignorier ihn einfach."

Ich bemerke, dass Norma uns die ganze Zeit von Weitem beobachtet hat, ohne sich einzumischen. Ich glaube, das, was Metáfora weibliche Sensibilität nennt, besteht auch darin, sich in bestimmten Momenten zu beherrschen.

Als Horacio sieht, dass er mit seinen Sticheleien keinen Erfolg hat, geht er mit seinen Freunden weiter.

Mercurio kommt auf uns zu. Wir haben schon seit Tagen nicht mehr miteinander gesprochen.

„Siehst du, ich hab deinen Rat befolgt", sagt er. „Ich hab alles dem Direktor übergeben. Absolut alles."

„Sehr gut, Mercurio. Das war das Beste, was du tun konntest."

„Hast du schon gehört? Jetzt soll der Garten umgegraben werden..."

„Warum das denn?"

„Um noch mehr zu finden. Jemand hat den Stadtrat darauf aufmerksam gemacht, dass da noch mehr Stücke aus dem Mittelalter liegen müssen."

„Und wann fangen die damit an?"

„In den nächsten Tagen, dann werden die ersten Bagger im Garten stehen. Der Stadtrat hat die Behörden darüber informiert, die haben einen ihrer Archäologen geschickt und der hat eine archäologische Karte angefertigt. Ich weiß nicht, wo das alles enden soll …"

Ich bin mir nicht sicher, ob das eine gute Nachricht ist. Nicht dass ich etwas dagegen hätte, dass nach neuen Fundstücken aus dem Mittelalter gesucht wird; aber ich möchte auch nicht, dass sich der Garten in einen Zirkus verwandelt.

∗∗∗

ÜBERRASCHENDERWEISE HOCKT HINKEBEIN nicht auf seinem üblichen Platz. Ich versuche, ihn anzurufen, doch er hat sein Handy ausgeschaltet. Hoffentlich ist ihm nichts passiert.

„Keine Panik", beruhigt mich Metáfora. „Er wird beschäftigt sein. Gleich kommt er, wirst schon sehen."

„Normalerweise ist er immer erreichbar. Ich mache mir Sorgen, vor allem nach der SMS, die er mir heute Morgen geschickt hat."

„Komm, gehen wir rein und reden mit dem General. Er sitzt bestimmt noch in der Bibliothek und arbeitet."

Ich befolge ihren Rat und vergesse für einen Moment Hinkebein, den Archäologen mit dem Geheimauftrag. Auf unserem Weg begegnen wir Adela, die gerade das Besucherverzeichnis der Stiftung kontrolliert. Sie sieht sehr besorgt aus.

„Ist etwas passiert?", frage ich sie.

„Ich hoffe nein. Auf der heutigen Liste steht ein Besucher, der sich nicht ausgetragen hat. Wir müssen nachschauen, wo er steckt."

„Warum sollte es jemand darauf anlegen, sich in der Stiftung einschließen zu lassen?", frage ich. „Was kann er hier schon wollen?"

„Auf jeden Fall ist es besser, ihn zu finden und aufzufordern, das Haus zu verlassen. Wenn sich jemand hier im Haus aufhält, werden wir ihn finden."

„Meinst du, es könnte ein Dieb sein?"

„Möglich. Manchmal lassen sie sich in einem Museum einschließen, um nachts etwas zu stehlen, und am nächsten Morgen mischen sie sich dann unter die Besucher und machen sich in aller Ruhe aus dem Staub. Aber diesmal kriegen wir ihn! Schade, dass noch keine Videoüberwachung installiert worden ist."

„Erzähl mir nicht, dass ihr überall in der Stiftung Videokameras aufstellen wollt!", sage ich entsetzt.

„Das ist heutzutage so üblich. Wir werden alles auf Bildschirmen überwachen, und niemand kann hereinkommen oder hinausgehen, ohne dass wir es bemerken. Alles wird aufgezeichnet."

„Auch der dritte Stock?"

„Selbstverständlich. Ich hab's dir doch schon mehrmals gesagt, wir müssen jeden Zentimeter der Stiftung überwachen."

Ich habe genug gehört und gehe auf mein Zimmer. Ich möchte jetzt lieber allein sein. Bald werde ich also von Tausenden von Augen beobachtet. Klar werden die Kameras die Sicherheit erhöhen, aber bestimmt werde ich mich dann wie in einem Gefängnis fühlen.

Ich schalte den Computer ein und öffne mein Fotoarchiv. Dabei fällt mein Blick wieder auf die Abbildung der blank polierten Münze, die Cristóbal mir geschenkt hat und die ich eingescannt habe. Spontan beschließe ich, sie noch einmal genauer unter die Lupe zu nehmen. Obwohl ich fürchte, dass nichts dabei herauskommt.

Mein Blick wandert über die Münze. Ich kann es nicht erklären, aber irgendetwas macht mich stutzig, obwohl ich nicht genau sagen kann, was. Vor allem die Rückseite, auf der man so gut wie nichts erkennen kann, erregt meine Aufmerksamkeit. Was sagt Sombra immer? Die Dinge, die man nicht sieht, sind am interessantesten.

Ich zoome die Abbildung näher heran. Vielleicht finde ich ja etwas, das mir weiterhilft. Ich kann gerade so zwei Punkte erkennen. Was haben die wohl zu bedeuten? Ich probiere ein wenig mit meinem Grafikprogramm herum und verbinde die Punkte miteinander. Schließlich gelingt es mir, eine einfache geometrische Figur zu erstellen: ein Dreieck. Es ist nicht perfekt, aber es sieht so aus, als hätte die unsichtbare Zeichnung die Umrisse eines Dreiecks … Ich versuche es mit anderen Figuren, doch es läuft immer wieder auf dieselbe Form hinaus. Na ja, es ist nicht viel, aber immerhin eine Spur. Jetzt weiß ich, dass das ursprüngliche Symbol der Münze eine dreieckige Form hatte.

Dann schaue ich mir die anderen Fotos an. Ich zoome das heran, was mich am meisten interessiert: der Junge, dem der Alchemist etwas auf das Gesicht zeichnet. Ich sehe es mir in allen Einzelheiten an und versuche herauszufinden, was da geschrieben steht … Klar ist nur, dass etwas auf seine Stirn gezeichnet ist und auch auf eine seiner Wangen. Vermutlich sollte auch die andere Wange … Wenn ich mir eine Linie vorstelle, die von der Stirn erst zu der einen, dann zu der anderen Wange verläuft und dann wieder zurück zur Stirn, erhalte ich auch hier wieder ein Dreieck!

Ich öffne noch einmal die Abbildung der Münze und vergleiche sie mit dieser hier. Eine einfache geometrische Figur, der man überall begegnen kann. Nichts Besonderes eigentlich …

Und trotzdem, ich bin immer mehr davon überzeugt, dass all das hier etwas mit meinem anderen Leben zu tun hat … Dem anderen Leben, das ich führe oder geführt habe. Vielleicht hat mir irgendjemand das A mit dem Drachenkopf und den Klauen auf die Stirn gezeichnet, so wie auf der Abbildung? Und: Hat es im Mittelalter eine Münze mit einem Drachensymbol gegeben?

Aber die wichtigste Frage ist: Warum? Warum hat mir jemand etwas auf die Stirn gemalt? Und wer war das? Was wollte er damit bezwecken?

Und weiter: Hat das Ganze etwas mit der Schwarzen Armee zu tun, von deren Existenz der General überzeugt ist? Und dass jetzt der Garten hinter der Schule umgegraben werden soll, ist das Zufall?

Plötzlich schießt mir ein Gedanke durch den Kopf: Es gibt etwas, das eine Antwort auf alle meine Fragen geben kann. Das Pergament, in das ich nach meiner Geburt eingewickelt wurde!

Da muss der Schlüssel zum Geheimnis liegen!

Aber wo befindet es sich? Wird es in irgendeinem ägyptischen Tempel aufbewahrt? Wer könnte etwas über jenes geheimnisvolle Pergament wissen, das an den Ufern des Nils aufgetaucht ist?

XIII

Ein Sklave für die Hexe

Nach zwei Wochen ging es Arturo allmählich besser und er konnte zum ersten Mal das Bett verlassen und im Garten spazieren gehen. Er genoss den herrlichen Morgen und das helle Sonnenlicht heiterte ihn auf.

Seine Gedanken waren noch ziemlich wirr, aber jedes Mal, wenn er Alexia sah, verspürte er eine große Freude. Sie hatte ihn jeden Tag besucht und ihre freundlichen Worte taten ihm gut. Arturo war jetzt davon überzeugt, dass die Prinzessin die Herrin seines Geistes und seines Herzens war.

Er versuchte, sein Gedächtnis wiederzugewinnen. Doch aus irgendeinem Grund gelang es ihm nicht und so gab er bald seine Bemühungen auf. Er fand sich damit ab, dass er kein anderes Leben gekannt hatte als das, was er gerade lebte: in einem ungewöhnlichen Schloss, wo ihm auch der kleinste Wunsch von den Augen abgelesen und umgehend erfüllt wurde. Eine Schar von Dienern und Sklaven kümmerte sich rund um die Uhr um ihn. Er musste nur den kleinen Finger heben und schon kam man seinen Wünschen nach.

Als Alexia ihm an jenem ersten Morgen im Garten entgegenkam, tat sein Herz einen Sprung, wie immer, wenn er sie erblickte.

„Wo bist du gewesen, Prinzessin?", fragte er und eilte ihr entgegen. „Ich habe dich vermisst."

„Ich musste einige Dinge erledigen, die für uns sehr wichtig sind. Ich lasse ein Laboratorium einrichten, ein richtiges Laboratorium, in dem wir zusammen arbeiten können. Wir werden fantastische Zaubertricks ausprobieren, die uns zu großer Macht verhelfen, wenn wir erst einmal Mann und Frau sind."

„Aber ich bin kein Zauberer und auch kein Hexenmeister", entgegnete Arturo. „Ich bin ... ich bin ..."

„Du bist ein Ritter! Du bist der Ritter Arturo Adragón, Drachentöter und zukünftiger Ehemann von Prinzessin Alexia!"

Arturo musste Alexias Worte, deren Tragweite er nicht so ganz begriff, erst einmal verdauen.

„Dann bin ich also ein Ritter …", murmelte er.

„Der kühnste, heldenhafteste und draufgängerischste von allen! Niemand kann dich im Kampf besiegen. Es wird der Tag kommen, an dem du es aller Welt beweisen wirst! Aber das Wichtigste ist im Moment, dass wir gemeinsam in unserem Laboratorium arbeiten … Als Erstes werden wir versuchen, die Zeichnungen eines Unbekannten zu entschlüsseln … Ich hoffe, du kannst herausfinden, was sie bedeuten …"

„Gehört das Entschlüsseln von Zeichnungen denn zu den Aufgaben eines Ritters?"

„Aber natürlich! Ritter sind zu erstaunlichen Dingen fähig. Und du wirst allen beweisen, dass du in der Lage bist, auch das zu verstehen, was anderen verschlossen bleibt … Aber jetzt gehen wir erst einmal zu meinem Vater. Er möchte dich unbedingt besser kennenlernen. Ich habe ihm viel von dir erzählt und er setzt große Hoffnungen in unsere Verbindung."

Als sie die Haupttreppe hinaufgingen, die zu Demónicus' Gemächern führte, trat ein Diener auf Arturo zu und reichte ihm einen Becher.

„Hier ist Eure Medizin, Herr."

„Ich glaube, die brauche ich nicht mehr", sagte Arturo. „Es geht mir wieder gut. Ich bin geheilt."

„Du musst sie auch weiterhin nehmen", beharrte Alexia und drängte ihm den Trank auf. „Wir wissen nicht genau, wie stark das Gift des Pfeils ist, der deine Brust durchbohrt hat. Besser ist besser."

Arturo nahm den Becher und leerte ihn gehorsam. Er hatte sich daran gewöhnt, Alexias Anweisungen zu befolgen …

„Vergiss nicht, die Medizin einmal täglich zu nehmen", erinnerte ihn die Prinzessin. „Ich möchte nicht, dass du einen Rückfall erleidest. Hast du mich verstanden?"

„Natürlich. Ich tue alles, was du sagst."

Während sie über die prächtigen, weichen Teppiche schritten, mit denen die Treppen und Flure des Schlosses ausgelegt waren, nahm Arturos Körper die Medizin in sich auf, die er soeben getrunken hatte. Mit jedem Schritt wurde sein eigener Wille schwächer, doch das erschien ihm ganz natürlich. Man hatte ihm gesagt, das sei die Wirkung der Medizin, die ihn gegen das Gift schütze. Es gebe kein besseres Gegengift als dieses.

Die Soldaten, die vor den Gemächern des Finsteren Zauberers Wache hielten, traten beiseite. Alexia und Arturo waren die Einzigen, die unangemeldet eintreten durften.

Demónicus und seine Berater steckten mitten in den Kriegsvorbereitungen. Alle standen über eine Karte gebeugt, auf der ein riesiges Gebiet dargestellt war, mit Schlössern, Städten, Dörfern, Flüssen, Seen und Tälern.

„Ah, Alexia, da du gerade hier bist, sag uns doch bitte, wie du das Schloss von Königin Émedi stürmen würdest", forderte Demónicus seine Tochter auf. „Wie es aussieht, ist sie zu unserer Hauptfeindin geworden ... Vielleicht möchte uns ja auch Arturo etwas dazu sagen."

Die Prinzessin sah sich die Karte aufmerksam an. Doch als sie gerade etwas dazu bemerken wollte, wurde die Tür aufgerissen. Alle Blicke richteten sich auf den Eindringling, der es wagte, die Besprechung zu stören.

„Wo ist der unverschämte Kerl, der meinen Platz einnehmen will?", brüllte ein junger Mann von kräftiger Statur. „Wer will meine Verlobte heiraten?"

Alexia stellte sich vor Arturo, um ihn vor dem Tobenden zu beschützen.

„Ratala! Wie kannst du es wagen, einfach so hier hereinzukommen?", schrie Demónicus ihn an. „Hast du vielleicht vergessen, dass du mir den größten Respekt schuldest?"

„Und du? Hast du etwa den Ehevertrag vergessen, den du vor Jahren mit meinem Vater geschlossen hast?", schrie der junge Mann anmaßend zurück. „Mit welchem Recht löst du die Verbindung?"

„Meine Macht gibt mir das Recht, Verträge zu schließen und aufzulösen, wie es mir passt!", antwortete Demónicus. „Ich werde deinem

Vater eine Entschädigung zahlen, die ihn zufriedenstellen wird. Lass das mal meine Sorge sein."

„Ich will kein Geld! Ich will Alexia!"

„Aber ich will dich nicht!", rief die Prinzessin. „Ich werde dich nicht heiraten, Ratala! Damit musst du dich abfinden! Außerdem möchte ich dich daran erinnern, dass du nach meiner Verschleppung keinen Finger gerührt hast, um mich zu befreien."

Doch so leicht gab Ratala sich nicht geschlagen. Er hatte bereits Zukunftspläne geschmiedet, und jetzt sollten sich die alle in Luft auflösen, nur weil irgend so ein Unbekannter aufgetaucht war? Er baute sich vor Arturo auf und maß ihn geringschätzig von oben bis unten. Dann wandte er sich an Alexia: „So einen Idioten willst du heiraten? Meinst du, ich würde das zulassen?"

„Du wirst mich nicht daran hindern können, verlass dich drauf", entgegnete sie.

„Das werden wir ja sehen … Ich bin gekommen, um den Kerl zum Kampf zu fordern, der meinen Platz einnehmen will und es wagt, um die Hand meiner Braut anzuhalten. Das Gesetz gibt mir das Recht dazu."

Demónicus wusste, dass Ratala recht hatte. Wenn ein Mann zum Duell gefordert wurde, musste er die Herausforderung annehmen.

„Du bist ein elender Schuft, Ratala!", schrie Alexia ihn an. „Du weißt ganz genau, dass Arturo sich gerade erst von einer schweren Verwundung erholt hat und noch zu schwach ist, um gegen dich anzutreten."

„Ich werde warten, so lange es nötig ist. Aber wenn er dich heiraten will, muss er zuerst gegen mich kämpfen. So will es das Gesetz!"

„Ich will nicht gegen dich kämpfen", sagte Arturo, der nichts von dem verstand, was da verhandelt wurde. „Es gibt keinen Grund, um … "

„Er ist ein Feigling!", rief Ratala. „Nicht einmal kämpfen will er um dich! Mein erster Hieb wird ihn töten!"

„Ich werde nicht zulassen, dass du ihm auch nur ein Haar krümmst!", schrie Alexia.

„Hör zu, Demónicus", sagte Ratala. „Nach dem Gesetz kann ich die Art des Kampfes wählen. Ich entscheide mich für einen Kampf auf dem Rücken eines Drachen."

Alexia hielt den Atem an. Ratala wusste, wie man mit Drachen umging. Er war mit ihnen aufgewachsen und beherrschte sie perfekt. Arturo dagegen hatte noch nie auf dem Rücken eines Drachen gesessen. Doch die Prinzessin wusste, dass Arturo über eine andere, sehr schlagkräftige Waffe verfügte.

Demónicus blieb nichts anderes übrig, als Ratalas Forderung stattzugeben. Gegen seinen Willen traf er eine harte Entscheidung.

„Ratala ist im Recht", sagte er. „Es soll ein Duell auf dem Rücken eines Drachen geben!"

„Der Kampf wird in zwei Wochen stattfinden", kündigte Ratala an. „Dann werden wir ja sehen, wer es verdient, die große Prinzessin Alexia zu heiraten."

Er spuckte verächtlich vor Arturo auf den Boden und ging hoch erhobenen Hauptes hinaus.

Demónicus und Alexia sahen sich einen Moment lang an, doch die Prinzessin fand im Blick ihres Vaters nicht den Trost, den sie sich erhofft hatte.

***

Tránsito, der die Szene von einem Fenster aus, verborgen hinter einer Standarte, beobachtet hatte, triumphierte innerlich. Es schien so, als würden seine Rachegelüste bald befriedigt werden. Er würde sich des Jungen bedienen, um sich für die schrecklichen Dinge zu rächen, die Arquimaes ihm angetan hatte.

Man hatte ihm zugetragen, dass sich sein jüngerer Bruder in das Schloss von Königin Émedi geflüchtet hatte, und nun konnte Arturo der Schlüssel sein, der ihm endlich die Tür zu dem Verräter Arquimaes öffnen würde.

XIV

Der Traumdeuter

Die Sprechstundenhilfe erkennt uns gleich, als wir die Praxis betreten.

„Guten Morgen. Dr. Vistalegre ist gleich für euch da", sagt sie.

„Danke", antwortet Metáfora.

Wir setzen uns ins Wartezimmer. Metáfora will sich mit mir unterhalten, aber ich bin zu aufgeregt, um zu reden. Ich muss an Hinkebein denken und an das, was er mir erzählt hat. Er habe es vorgezogen, sich ein paar Tage nicht blicken zu lassen, hat er gesagt. Es beruhigt mich sehr zu wissen, dass es ihm gut geht. Ich hatte schon befürchtet, dass ihm etwas zugestoßen sein könnte. „Nehmt euch in Acht", hat er zu mir gesagt, „sie haben euch im Visier."

„Mach nicht so ein Gesicht, als wärst du beim Zahnarzt", sagt Metáfora lachend. „Dr. Vistalegre will sich nur mit dir unterhalten. Keiner wird dir das Gehirn öffnen, um zu sehen, was drin ist."

„Hör auf, im Moment hab ich keinen Sinn für deine Witze. Ich glaube, mein Problem ist schlimmer geworden und …"

„Komm, jetzt übertreib mal nicht! Alles wird gut, du wirst schon sehen."

„Ihr könnt jetzt rein", sagt die Sprechstundenhilfe. „Dr. Vistalegre erwartet euch."

Wir gehen ins Sprechzimmer. Wie beim ersten Mal begrüßt uns der rothaarige Arzt mit einem breiten Lächeln.

„Ich freue mich, euch zu sehen", sagt er. „Ihr seid ja jetzt praktisch Geschwister, nicht wahr?"

„Na ja, so was Ähnliches", antwortet Metáfora. „Kann sein, dass wir es werden. Das hängt ganz von der Entscheidung unserer Eltern ab."

„Gut, dann wollen wir mal über dich reden, Arturo … und über deine Träume. Wie sieht es damit aus?"

„Es wird immer schlimmer. Inzwischen habe ich das Gefühl, dass ich nicht mehr nur träume – sondern dass ich mich ins Mittelalter beame."

„Glauben Sie ihm kein Wort, er erzählt gerne Märchen", sagt Metáfora. „Er ist völlig auf das Mittelalter fixiert, aber ich glaube, es handelt sich um Autosuggestion oder Narkolepsie oder sonst was, aber ganz bestimmt nicht um das, was er sich einbildet."

„Woher willst du wissen, was in meinem Kopf vorgeht, du Besserwisserin?", fahre ich sie an. „Hast du vielleicht in meinem Hirn nachgeschaut?"

„Hör mal, Arturo, beruhige dich. Du musst lernen, deine Gefühle zu beherrschen. Metáfora ist nicht deine Feindin, sie will dir nur helfen … Komm, erzähl mir mal ganz genau, was in deinen Träumen passiert."

„Entschuldigung … Aber ich bin etwas nervös. Ich mache gerade eine Krise durch … sowohl in meinem realen Leben als auch in dem anderen, in dem meiner Träume."

„Also, davon hast du mir ja noch gar nichts erzählt", ereifert sich Metáfora. „Sag bloß, du hast wieder von dieser Hexe geträumt … dieser Alexia!"

„Jetzt beruhigt euch erst mal wieder", sagt der Arzt. „Hast du deine Träume aufgeschrieben, wie ich dich gebeten habe?"

„Ehrlich gesagt, nein. Ich habe angefangen, aber dann hatte ich das Gefühl, dass ich nur meine Zeit damit verliere. Ich glaube, ich kann mich auch so an alles erinnern … Jeden Morgen erinnere ich mich besser an das, was in meinen Träumen passiert. Ich könnte Ihnen alle Einzelheiten erzählen, Gesichter, Namen, Orte …"

„Gut, das ist schon mal ein Anfang. Obwohl ich es besser gefunden hätte, du hättest es aufgeschrieben. Du weißt ja, Geschriebenes lässt sich besser analysieren … Aber jetzt erzähl mir doch mal ganz genau, wie es dir konkret geht."

„Nun ja, ich lebe meine Träume, so als wären sie real. Als wären sie Teil meines wirklichen Lebens! Alles, was mir in dem anderen Leben passiert, erlebe ich so, als würde es in diesem geschehen."

„Und du träumst immer vom Mittelalter?"

„Immer, ja. Aber das Seltsamste ist, dass mir inzwischen in meinem echten Leben Dinge begegnen, die auch in meinen Träumen auftauchen. Ich habe den Eindruck, dass meine Träume Erinnerungen an etwas sind, was ich wirklich erlebt habe … Ich habe Angst. Es gibt da zu viele Zufälle."

„Was für Zufälle?"

„Ich weiß nicht … Zum Beispiel das Symbol mit dem Mutanten und den Flammen, die aus seinem Kopf kommen. Das hab ich schon tausendmal in meinen Träumen gesehen. Oder die Standarten, die Münzen, der Helm … Sie können mir glauben, den Helm, der in der Schule gefunden wurde, hab ich in meinen mittelalterlichen Träumen aufgehabt. Ich war ein Ritter und habe diesen Helm getragen, wirklich … Oder ich werde ihn irgendwann mal tragen …"

Der Arzt macht sich Notizen. Er hört mir aufmerksam zu, aber ich bin mir nicht sicher, ob er mir eine schlüssige Erklärung für mein Problem geben kann.

„Doktor, kann es sein, dass ich meine Träume wirklich gelebt habe? Kann es sein, dass ich in einem früheren Leben ein Ritter war, der Drachen getötet hat, und dass sich das in meinen Träumen wiederholt? Sagen Sie es mir, bitte …"

„Im Prinzip ist alles möglich. Auf dieser Welt geschehen viele Dinge, für die es keine Erklärung gibt. Manche Leute sind zum Beispiel davon überzeugt, dass sie früher einmal Tiere oder Früchte oder sonst irgendwas waren … Träume sind wie unterirdische Flüsse, heißt es, die von Zeit zu Zeit an die Oberfläche kommen und uns zeigen, was in uns ist. Sagen wir, die uns das zeigen, was wir nicht sehen können, wenn wir wach sind. Dazu sind sie da, damit wir erkennen, was wir lieben, wonach wir uns sehnen, was wir fürchten, was wir in Wirklichkeit sind oder was wir nicht sind … Einige behaupten sogar, dass Träume uns das Beste in uns zeigen. Wir Menschen glauben, dass in uns jemand ist, der besser ist als wir, jemand, der wir gerne wären. In deinem Fall kann man sagen, dass es in dir jemanden gibt, der an die Gerechtigkeit glaubt, an die Ehre, an die Liebe … Und auch jemanden, dem es an Liebe fehlt. Es ist so, als würdest du die große Liebe deines Lebens suchen."

„Deswegen träumt er von Alexia?", fragt Metáfora schnippisch.

„Ich meine das ganz allgemein. Wenn jemand einen geliebten Menschen verloren hat ..."

„Meine Mutter", sage ich, ohne nachzudenken.

„Genau. Du sagst es. Möglicherweise träumst du von einer Welt, in der du ihr begegnen kannst ... Was wir in diesem Leben verlieren, finden wir in dem anderen wieder, in dem der Träume eben. Das Reich der Träume entschädigt uns für das, was wir im wirklichen Leben vermissen."

Ich bin erleichtert. Wenn es so ist, wie Dr. Vistalegre sagt, dann besteht Hoffnung, dass ich irgendwann geheilt werde. Aber was, wenn es etwas anderes ist? Wenn meine Befürchtungen sich bestätigen? Dann weiß ich nicht, was ich tun soll.

„Aber das erklärt noch nicht, was im Moment mit mir passiert, Doktor. Der Helm ..."

„Mach dir darüber keine Gedanken. Das können bloße Zufälle sein, die deine Zwangsvorstellungen bestätigen. Wenn du unbedingt glauben willst, dass du in einem früheren Leben ein Ritter warst, dann passt eben alles zusammen. Sagen wir es so: Du bist davon überzeugt, dass sich deine Träume in der Wirklichkeit widerspiegeln."

„Also, was soll ich tun? So weitermachen, als wäre nichts geschehen?"

„Ich werde dir sagen, was du machen sollst. Versuch, damit zu leben, und freu dich, dass du das Glück hast, von so wunderbaren Abenteuern träumen zu dürfen. Weißt du, dass es Menschen gibt, die nicht träumen können? Weißt du, dass sie das furchtbar unglücklich macht?"

„Das heißt also, alles ist gut. Ich bin ein Glückspilz!"

„Niemand stirbt daran, dass er zu viel träumt. Aber man kann den Verstand verlieren, wenn man an Dinge glaubt, die nicht existieren. Du musst dir darüber klar werden, dass das alles nur Träume sind. Kümmere dich nicht um die Zufälle, die wird es immer geben. Mehr noch, je mehr du an sie glaubst, desto mehr Ähnlichkeiten wirst du entdecken. Deswegen rate ich dir, miss dem Ganzen nicht zu viel Bedeutung bei, sieh es als etwas ganz Normales an. Das ist das Beste, was du machen kannst. Und schreib alles auf, was dir dazu einfällt. Dann wirst du bald herausfinden, dass alles ein Produkt deiner Fantasie ist."

„Genau das hab ich ihm auch schon gesagt, aber er glaubt mir ja nicht", mischt sich Metáfora wieder ein. „Er sollte seine Fantasie lieber dazu nutzen, Fantasy-Geschichten oder Drehbücher zu schreiben. Warum schreibst du kein Drehbuch für einen Zeichentrickfilm?"

Nach dem Gespräch mit den beiden bin ich endgültig davon überzeugt, dass mir nie jemand glauben wird, dass ich früher einmal ein kühner Ritter war, dass ich Drachen getötet habe, dass ich das Leben eines Alchemisten gerettet habe, dass ich gegen eine Feuerkugel gekämpft habe, dass ich einen Grafen im Duell getötet habe, dass ich … dass ich in einer dunklen Höhle schwarzen Staub gefunden habe, der Tote zum Leben erwecken kann.

✳✳✳

„Mama, jetzt weiss ich, dass du die Einzige bist, die mich versteht. Niemand auf der ganzen Welt, nicht einmal Papa, begreift, was mit mir geschieht. Außer dir. Ich fühle mich einsamer denn je. Ich habe gehofft, Metáfora würde mir glauben, aber sie hat mich enttäuscht. Vielleicht werden wir ja bald Halbgeschwister, aber ich werde niemals mein großes Geheimnis mit ihr teilen können."

Mein Handy klingelt. Eine SMS. Ich werde später nachsehen.

„Es geschehen Dinge, die mich erschrecken. Ich verstehe Sombra nicht. Er sagt, es ist besser, wenn keiner in die Tiefen der Stiftung vordringt. Das macht mir Angst. Gibt es hier etwas, das geheim bleiben muss? Was sind das für Geheimnisse? Ist die Welt, in der ich lebe, so schwer zu verstehen?"

Ich bedecke Mamas Bild wieder mit dem Tuch und gehe hinunter in mein Zimmer. Dort lese ich die SMS, die ich eben bekommen habe:

Ich möchte dir sagen, dass ich bei dir bin. Vielleicht verstehe ich dich nicht, aber ich liebe dich. Metáfora

Ich glaube, heute Nacht werde ich wieder träumen. Ich merke, dass sich die Buchstaben auf meiner Haut bewegen. Mein ganzer Körper ist mit ihnen bedeckt … Vielleicht zeige ich sie irgendwann einmal Dr. Vistalegre. Ob er dann immer noch behauptet, das Ganze sei das Produkt meiner Fantasie …?

XV

Zeichnungen werden entschlüsselt

Arturo ging es schon wieder viel besser. Alexias Pflege und die Arznei, die er regelmäßig einnahm, trugen zu seiner Genesung bei. Doch ganz gesund war er immer noch nicht. Er fühlte sich schwach und immer wieder wurde ihm schwarz vor Augen.

Seltsamerweise schien Alexia das nicht sehr zu beunruhigen. Immer wenn Arturo sie danach fragte, war ihre Antwort dieselbe: „Sei unbesorgt. Das Gift ist in deine Blutbahn eingedrungen, und jetzt ist es sehr schwer, es wieder daraus zu entfernen. Aber dir geht es mit jedem Tag besser, bald bist du wieder ganz der Alte, glaub mir."

Arturo hörte ihr aufmerksam zu und allem Anschein nach glaubte er ihr auch. Doch irgendeine Stimme in seinem Innern sagte ihm, dass etwas nicht in Ordnung war. Er litt unter einer seltsamen Willensschwäche, die es ihm unmöglich machte, eigene Entscheidungen zu treffen, so wie früher.

Eines Morgens brachte man ihn in ein Laboratorium, vor dessen Fenstern durchsichtige Vorhänge hingen, die das grelle Tageslicht milderten. Im hinteren Teil sorgten Fackeln für ein angenehmes Licht.

Demónicus und Alexia setzten Arturo an einen großen Tisch, auf dem die fünfundzwanzig Zeichnungen aus Crispíns Ledertasche lagen. Die Prinzessin hatte sie gerettet, nachdem Arturo sie vor dem Scheiterhaufen bewahrt hatte.

„Arturo, weißt du, was diese Zeichnungen bedeuten?", fragte Alexia. „Kannst du sie uns erklären?"

Arturo zögerte. Er war sich nicht sicher, ob er die Antwort kannte; doch was ihn noch unsicherer machte, war, dass er nicht wusste, ob es richtig war, den beiden die Bedeutung der Zeichnungen zu enthüllen. Eine Million Fragen quälten ihn, auf die er keine Antworten wusste.

„Ich weiß es nicht", antwortete er schließlich. „Ich glaube, ich habe sie schon einmal gesehen, aber sagen, was sie bedeuten, nein, das kann ich nicht."

„Streng dich an! Ich bin sicher, dass du es uns sagen kannst, wenn du dich nur anstrengst. Und ich wäre doch so glücklich, wenn du etwas für mich tun würdest! Vergiss nicht, ich habe mich von Ratala getrennt, um mich mit dir fürs Leben zu verbinden. Deswegen bitte ich dich, streng dich an!"

„Ja, mein Junge, auch ich würde gerne wissen, was diese Zeichnungen bedeuten", sagte Demónicus. „Damit könntest du uns deine Freundschaft beweisen. Schließlich wirst du bald zur Familie gehören ... Und was ist so schlimm daran, wenn du denen hilfst, die dich lieben?"

Arturo begriff, dass ihm keine andere Wahl blieb. Er musste Demónicus und seiner Tochter, die sich so liebevoll um ihn kümmerten, diesen Gefallen tun.

Hin und wieder tauchte vor seinen Augen die Gestalt eines Weisen auf – mit durchdringendem, sanftem Blick und angenehmer Stimme –, doch so schnell wie sie gekommen war, verschwand sie auch wieder.

Arturo sah Alexia an. Was sollte so schlimm daran sein, ihr die Bedeutung der harmlosen Zeichnungen zu erklären? Schließlich waren es nur Zeichnungen auf einem Pergament, die für niemanden eine Gefahr bedeuteten.

„Ich glaube, sie stellen Träume dar. Jemand hat furchtbare Albträume, aber auch wunderschöne und sehr optimistische Träume."

„Haben die Träume etwas mit den Buchstaben auf deinem Körper zu tun?", fragte Alexia und gab ihm die tägliche Arznei zu trinken. „Du hast mir einmal etwas von einer magischen Tinte erzählt. Und von schwarzem Staub. Erinnerst du dich?"

„Ich bin mir nicht sicher. Ich glaube, die optimistischen Träume sind magisch, irreal. Der Junge, der diese Träume hat, wünscht sie sich vielleicht herbei. Aber ob sie mit den Zeichen auf meinem Körper in Zusammenhang stehen, weiß ich nicht."

„Und wenn die Buchstaben auf deinem Körper und die Zeichnungen mit derselben Tinte angefertigt wurden?", fragte Demónicus, der anfing, Zusammenhänge herzustellen. „Wäre das möglich?"

„Ja, das wäre möglich, aber sicher ist es nicht. Die Zeichnungen entstammen der ... Fantasie. Sie wurden angefertigt, damit derjenige, der sie sieht, sich daran erfreut. Ich glaube, sie sollten nur zur Dekoration dienen. Vielleicht waren sie dafür gedacht, ein Buch zu illustrieren."

„Kann es sein, dass die Hand, die diese ... Träume gezeichnet hat, auch die Buchstaben auf deine Haut geschrieben hat?", fragte Alexia und streichelte Arturos Hand. „Was meinst du?"

Arturo war verwirrt. Die Fragen wühlten so viele Erinnerungen an frühere Ereignisse in ihm auf, dass ihm schwindlig wurde und er fast das Bewusstsein verlor.

„Arturo, hast du irgendwann einmal von den Szenen, die diese Zeichnungen darstellen, geträumt?", wollte Demónicus wissen. „Hast du ähnliche Träume gehabt?"

„Ich glaube ... Ich glaube ja ... Ich habe häufig von Leuten geträumt, die glücklich waren, die mit ihren Familien zusammensaßen bei einem guten Essen. Leute, die in einer gerechten Welt lebten ... Aber wann das war, weiß ich nicht mehr. Das ist alles sehr verschwommen."

Alexia reichte ihm wieder den Becher mit der Arznei und wollte mit der Befragung weitermachen. Doch ihr Vater hielt sie zurück und stellte selbst eine völlig überraschende Frage: „Wo bist du geboren, mein Junge? Erzähl uns alles, was du über dich weißt. Wie lautet dein richtiger Name?"

„Ich kann mich nicht mehr erinnern, wo und wann ich geboren wurde", antwortete Arturo. „Mein Gedächtnis lässt mich in letzter Zeit im Stich. Ich erinnere mich kaum noch an meine Familie oder meine Freunde. Manchmal glaube ich, es gibt mich gar nicht."

„Aber an eine gewissen Metáfora erinnerst du dich, oder?", platzte Alexia heraus.

„Metáfora? Ach ja, das blonde Mädchen. Aber ich kann nicht sagen, zu welcher Phase meines Lebens sie gehört. Ich weiß nur, dass ich sie mit der Sonne in Verbindung bringe ... Jemand, der in der Finsternis leuchtet und mir geholfen hat. Ich war lange Zeit alleine, fast mein ganzes Leben lang ... irgendwo eingesperrt. Aber an mehr kann ich mich nicht erinnern ... Mein Name war immer Arturo Adragón. Von einem anderen weiß ich nichts."

„Den Nachnamen haben wir dir erst vor Kurzem gegeben, erinnerst du dich nicht mehr?", fragte Alexia. „Wir haben ihn uns an dem Tag ausgedacht, als du den Drachen getötet hast."

„Ich soll einen Drachen getötet haben?"

Demónicus fing an, die Geduld zu verlieren. Er stand auf, gab seiner Tochter ein Zeichen und die beiden entfernten sich ein paar Armlängen von Arturo.

„Der Junge steht unter Drogen und weiß nicht, was er sagt. Aus dem ist nichts herauszukriegen. Wir vergeuden nur unsere Zeit."

„Ich bin überzeugt, dass er mehr weiß, als es den Anschein hat. Lass mich mit der Befragung weitermachen. Ich bin sicher, dass er mir alles erzählen wird, was ich will."

„Hoffentlich gelingt es dir und wir können etwas damit anfangen."

„Ich versichere dir, Vater, er verfügt über magische Kräfte!"

„Ich glaube dir ja, und ich weiß, dass er uns sehr nützlich sein wird. Aber wir müssen mehr aus ihm herauskriegen. Auch ich bin mir sicher, dass er ein außergewöhnliches Geheimnis in sich trägt. Nur wird es nicht leicht sein, es ihm zu entreißen."

„Ich werde tun, was ich kann."

„Wenn du es schaffst, bevor der Krieg gegen Königin Émedi beginnt, würde uns das sehr helfen."

Demónicus sah zu Arturo hinüber. Der Junge stand wie ein verwirrtes Kind da und starrte mit leerem Blick auf die Zeichnungen. Der Finstere Zauberer verließ das Laboratorium.

Alexia setzte sich wieder neben Arturo und streichelte seine Hand.

„Liebster Arturo, mein Vater sagt, er vertraut dir und du wirst den Drachenkampf gegen Ratala gewinnen. Und ich glaube das ebenfalls."

„Welchen Drachenkampf?"

Alexia begriff, dass sie eine neue Formel entwickeln musste, damit er seine Geisteskraft zurückgewann. Vielleicht hatte ihr Vater recht, und sie übertrieb mit dem Trank der Folgsamkeit, den sie ihm bis jetzt verabreicht hatte.

„Ich sehe, es geht dir schon viel besser. Du brauchst die Medizin nicht mehr zu nehmen. Von jetzt an wirst du nur noch Obstsäfte trinken, die werden dir besser schmecken … Komm, wir wollen uns wieder die Zeichnungen ansehen ... Ist eine dieser Figuren Metáfora? Bist du irgendwo darauf zu sehen? Welche Zeichnung verbirgt das Geheimnis deiner Buchstaben?"

„Metáfora ist das Mädchen da, das auf einem Fest tanzt", sagte Arturo. „Sie lächelt."

Alexia sprang wie elektrisiert auf und beugte sich über das Pergament. Wenn dieses Mädchen Metáfora war und wenn sie vor vielen Jahren auf einer Zeichnung festgehalten worden war, warum behauptete Arturo dann, dass er sie nur aus seinen Träumen kannte?

XVI
Das Geheimnis der Alchemisten

Endlich ist der Tag gekommen, an dem Papa seinen Vortrag hält. Einen Vortrag über das Thema, von dem er mehr als jeder andere versteht: Der Stein der Weisen und die Alchemie.

Es werden sehr wichtige Leute kommen. Adela hat die Sicherheitsvorkehrungen verschärft und drei weitere Wachmänner eingestellt. Sie befürchtet immer noch, dass wir überfallen werden könnten. Ich nehme an, dass es ihre Pflicht ist, so zu denken; aber ehrlich gesagt, so langsam fängt sie an, mir auf die Nerven zu gehen.

„Stellen Sie sich vor, es passiert etwas, wenn der Vortragssaal voller bedeutender Persönlichkeiten ist!", hat sie vor ein paar Tagen zu Papa gesagt. „Was meinen Sie, was dann los ist? Ich werde es Ihnen sagen: Dann wird die Polizei tagelang das Gebäude durchsuchen und Sie müssen die Stiftung schließen. Von der schlechten Werbung, die das für Sie bedeuten würde, ganz zu schweigen. Die Presseleute würden sich auf das Thema stürzen und so lange darin herumstochern, bis sie etwas gefunden hätten, wovon sie berichten könnten. Das wäre das Ende der Stiftung. Deswegen ist es besser, vorsichtig zu sein, als sich hinterher Vorwürfe zu machen. Erinnern Sie sich bitte daran, wie sich jemand unter die Besucher gemischt hat und wir ihn nicht finden konnten. Wir nehmen an, dass er nur herumspionieren wollte ... Aber wir wissen bis heute nicht, auf welchem Weg er die Stiftung verlassen hat."

Daraufhin hat Papa Adela freie Hand gelassen, alle nötigen Maßnahmen zu ergreifen. Jetzt stehen wir unter ständiger Beobachtung.

Nach und nach treffen die Gäste ein. Alles deutet darauf hin, dass wir ein volles Haus haben werden. Offensichtlich ist das Interesse für den Stein der Weisen sehr groß. Alle wollen dem großen Geheimnis auf die Spur kommen, das schon die Alchemisten zu lüften versucht haben. Manche sagen, mit Erfolg, andere behaupten, sie seien gescheitert. Mal sehen, was mein Vater heute dazu sagen wird.

Metáfora und ich waren den ganzen Nachmittag damit beschäftigt, Papas Vortrag vorzubereiten. Wir haben die Tonanlage getestet, um sicher zu sein, dass das Mikrofon einwandfrei funktioniert. Norma hat dafür gesorgt, dass eine Flasche mit frischem Wasser, Gläser und Blumen auf dem Tisch stehen. Auch die Punktstrahler für den Bühnenraum sind ausgerichtet. Alles ist bereit.

„Jetzt können wir nur hoffen, dass dein Vater nicht nervös wird", sagt Metáfora.

„Er wird seine Sache bestimmt gut machen, da bin ich mir ganz sicher. Er hat Erfahrung mit so was und ist es gewohnt, vor großem Publikum zu sprechen. Komm, wir setzen uns auf unseren Platz."

Der Saal ist proppenvoll. Mehr als zweihundert Personen sind gespannt darauf, Papas Vortrag zu hören. Journalisten, Historiker und andere Wissenschaftler …

Metáfora und ich sitzen in der fünften Reihe, die für Familie und Freunde reserviert ist. Neben uns sitzen Norma, General Battaglia, Leblanc, Stromber und Sombra, der ausnahmsweise auch zu Papas Vortrag gekommen ist. Nur Hinkebein fehlt.

Das Deckenlicht geht aus und die Punktstrahler beleuchten einen leeren Tisch auf der Bühne. Kurz darauf kommt Papa aus den Kulissen. Er wird mit Applaus begrüßt.

Nachdem die Journalisten ein paar Fotos gemacht haben und mein Vater das Publikum begrüßt hat, setzt er sich an den Tisch. Im Saal wird es mucksmäuschenstill.

„Zuerst einmal möchte ich Ihnen danken, dass Sie zu dieser Veranstaltung gekommen sind", beginnt Papa. „Ich muss Ihnen sagen, dass ich sehr aufgeregt bin. Was ich Ihnen gleich vortragen will, ist die Frucht jahrelanger Forschung über den sogenannten Stein der Weisen, mit dessen Suche viele Alchemisten einen Großteil ihres Lebens verbracht haben."

Ein leises Raunen geht durch den Saal. Doch nur kurz, dann herrscht wieder absolute Stille.

„Gestatten Sie mir, gleich zu Beginn etwas klarzustellen. Die Bedeutung, die die Alchemisten dem Stein der Weisen beimaßen, ist nicht die, die ihm heutzutage allgemein gegeben wird. Meine These ist die folgende: Die stärksten Waffen der Alchemisten waren nicht etwa Reagenzgläser, Schmelztiegel oder andere Werkzeuge, auch nicht Substanzen wie Quecksilber, Eisen oder Öl … Die stärkste Waffe der Alchemisten war die Schrift!"

Papa macht eine kurze Pause, dann fährt er fort.

„Für die Alchemisten war die Schrift der Anfang und das Ende von allem, und wenn sie an irgendeine Magie geglaubt haben, dann an die Kraft des geschriebenen Wortes. Sie wussten sehr genau, dass das Gedächtnis vergänglich ist, und hatten bald begriffen, dass sich das, was nicht schriftlich festgehalten wird, im Dunkel der Zeit verliert. Deswegen war es für jeden Alchemisten wichtig, lesen und schreiben und, in manchen Fällen, auch zeichnen zu können. Sie waren wahre Künstler des geschriebenen Wortes. Ihre Formeln verbargen sich zwischen den geheimnisvollen Zeilen ihrer Texte, die nur sie selbst und einige ihnen nahestehende Personen zu entschlüsseln in der Lage waren. Die Schrift schützte ihre Entdeckungen."

Im Saal herrscht aufmerksames Schweigen.

„Die Stärke und die Macht der Alchemisten beruhten nicht nur auf ihren wissenschaftlichen Erkenntnissen, sondern auch und vor allem auf ihrer Fähigkeit zu schreiben. Für sie bedeutete der wahre Stein der Weisen nicht so sehr, Blei in Gold verwandeln zu können oder die Formel der ewigen Jugend zu finden. Für sie lag seine Bedeutung in den Buchstaben, die sie minutiös auf Pergamente malten."

Metáfora sieht mich überrascht an.

„Wie schön er spricht!", flüstert sie mir zu.

„Wer also ihre Formeln verstehen will, muss damit beginnen, ihre Kalligrafie zu studieren", fährt Papa fort. „Die Alchemisten begnügten sich nicht damit, ihre Wörter niederzuschreiben, nein, sie versahen jeden Buchstaben mit besonderen Merkmalen und machten sie auf diese Weise einzigartig. Und diese besonderen Merkmale verliehen jedem Zeichen außer der üblichen, bekannten eine zusätzliche Bedeutung. So kam es, dass jeder Buchstabe verschiedene Dinge bezeichnen konnte."

Oh nein! Mein Handy vibriert!

„Einige Buchstaben hatten Drachenschwänze, Mäuseohren oder Hühnerklauen; andere ähnelten Sonnen, Monden, Wolken, Wasser, Feuer ... Jeder Alchemist fügte den Buchstaben eine zusätzliche Qualität hinzu und erweiterte so ihren Inhalt, das heißt, ihre Bedeutung. Diese verborgenen grafischen Symbole blieben viele Jahrhunderte hindurch unentdeckt."

Ich habe eine SMS bekommen, aber ich traue mich nicht, sie jetzt zu lesen.

„Durch meine Forschungsarbeit bin ich zu dem Schluss gekommen, dass die Sprache der Alchemisten so geheim war wie ihre Formeln. Man kann sagen, die Buchstaben und die Schrift überhaupt waren für sie die wichtigsten Bestandteile auf dem Weg zu dem Ziel, das sie verfolgten: ihre eigene Unsterblichkeit."

Die Botschaft ist von Hinkebein: *Die Ratten sind im Gebäude.*

„Der Stein der Weisen, das, was ihnen das ewige Leben verliehen hat, der Brunnen ewiger Jugend ... das ist das, was sie niedergeschrieben haben, und weniger das, was sie erfunden oder entdeckt haben."

„Wohin gehst du?", fragt mich Metáfora.

„Die Formeln und die Entdeckungen verschwinden mit der Zeit, aber was aufgeschrieben wird, das bleibt. Die Schrift ist beständiger als ein Felsen und kostbarer als der Stein der Weisen ... Die Schrift ist unsterblich."

„Zur Toilette, ich bin gleich zurück."

Ich verlasse den Saal so unauffällig wie möglich, was mir jedoch nicht besonders gut gelingt, da ich der Einzige bin, der von seinem Platz aufsteht und hinausgeht.

„Sie beherrschten die Kunst des Schreibens ..."

Ich renne auf mein Zimmer und wähle Hinkebeins Nummer.

„Was bedeutet die SMS?", frage ich ihn ohne Einleitung.

„Sie sind drin! Sie rauben euch aus!"

„Jetzt?"

„Genau in diesem Augenblick!"

„Aber das ist unmöglich ... Mein Vater hält gerade einen Vortrag!"

„Für sie der günstigste Moment ... Tu was!"

Er hat aufgelegt. Was soll ich machen? Adela Bescheid sagen? Die Polizei anrufen? Was soll ich machen? ... Erst einmal muss ich mich beruhigen ... Ich glaube, das Beste wird sein, wenn ich mich erst mal unauffällig umsehe. Ja, genau, ich werde so tun, als wäre nichts.

Ich gehe nach unten in die Halle. Adela beobachtet mit ihren Leuten den Eingang.

„Adela, kann ich dich mal einen Moment sprechen?"
„Arturo! Was machst du denn hier?", fragt sie mich.
„Ich muss dir was erzählen ..."
„Das geht jetzt gerade nicht. Du siehst doch, ich bin sehr beschäftigt."
„Aber ..."
„Bitte, stör mich nicht."

Ich beschließe also, zuerst alleine einen Rundgang zu machen und mich umzusehen. Während ich durchs Gebäude gehe, überlege ich, wo die Typen wohl sein könnten. Ich weiß nicht mal, wie viele es sind oder wie sie hereinkommen konnten. Hinkebein hat gesagt, sie haben sich den günstigsten Moment ausgesucht, also werden sie gewusst haben, dass heute der Vortrag stattfinden würde ... Sie müssen sich irgendwo versteckt haben ... Es würde mich wundern, wenn sie sich unter die Gäste gemischt hätten, denn die sind alle von Adela kontrolliert worden. Also müssen sie irgendwie zwischen ... Der Lieferwagen der Catering-Firma! Der Fahrer ist nicht derselbe wie beim letzten Mal ... Genau, die Typen haben den richtigen Fahrer ausgeschaltet und durch einen anderen ersetzt! Und höchstwahrscheinlich sind auch die Kellner falsch. Das heißt, wenn der Vortrag in etwa einer Stunde beendet ist, werden sich die Ratten mit ihrer Beute aus dem Staub gemacht haben!

Wenn ich richtig informiert bin, müssten die Kellner jetzt gerade in der Küche stehen und das Essen vorbereiten. Ich schleiche mich also zur Küche und sehe nach, ob alles in Ordnung ist. Niemand da. Als ich wieder zurückkomme, ist Adela in eine Diskussion mit ihren Wachmännern vertieft; wahrscheinlich geht es darum, welche Sicherheitsmaßnahmen sie als Nächstes ergreifen werden.

Ich weiß nicht warum, aber ich beschließe, ihr im Moment nichts zu sagen. Gerade als ich mich frage, ob ich das Richtige tue, sehe ich, dass die Tür zur Kellertreppe einen Spaltbreit offen steht. Bestimmt sind sie da unten!

Ich werde nur kurz nachsehen, und wenn ich etwas Verdächtiges sehe, laufe ich schnell nach oben und hole Hilfe.

Vorsichtig stoße ich die Tür auf und sehe, dass auf der Treppe Licht brennt. Ich gehe langsam nach unten, versuche, so wenig Lärm wie möglich zu machen … Dann verstecke ich mich in einer dunklen Ecke, hinter einem Pfeiler, und warte.

XVII
Die Welt des Demónicus

Alexia wartete, bis Arturo die neue Medizin getrunken hatte, die sie ihm seit Neuestem verabreichte.

„Schmeckt dir der Saft?", fragte sie. „Von nun an wirst du dich besser fühlen, stärker, mit mehr Lebensfreude."

„Er schmeckt gut", sagte Arturo. „Besser als die andere Medizin."

„Später wählen wir einen Drachen für den Kampf aus. Ich werde dir die besten zeigen und dann sehen wir uns das Schloss an. Ich möchte, dass du den Ort kennenlernst, an dem ich lebe und der bald auch dein Zuhause sein wird. Denk dran, eines Tages wirst du mein König sein, der König über das Reich der Finsteren Zauberer. Aber vorher machen wir einen kleinen Spazierritt."

„Aber ich bin kein Zauberer, ich bin nur ..."

„Bald wirst du einer sein! Du wirst der König der Finsteren Zauberer sein! Wir werden Kinder haben und die Welt regieren!"

Arturo wollte nicht streiten. Alexias Worte schüchterten ihn ein. Immer wenn sie etwas sagte, verspürte er das dringende Bedürfnis zu gehorchen.

Sie gingen zu den Stallungen, wo sie sich die Pferde aussuchen konnten, die ihnen am besten gefielen. Alexia zeigte ihm die schönsten Tiere und gab ihm Ratschläge, doch Arturo zeigte wenig Interesse. Er war ruhiggestellt und machte sich keinerlei Gedanken um die Wahl eines Pferdes oder eines Drachen.

„Ich schlage dir vor, dieses hier zu nehmen. Es ist das kräftigste und schnellste", sagte Alexia. „Ihr zwei werdet ausgezeichnet miteinander auskommen. Es ist eins der besten Pferde, die mein Vater erschaffen hat."

„Dein Vater züchtet Pferde?"

„Mein Vater erschafft Pferde, genauso wie er Drachen erschafft. Ich habe dir doch schon gesagt, dass er der beste Zauberer aller Zeiten ist. Er ist fähig, einen Drachen oder irgendein anderes beliebiges Tier zu erschaffen, sogar ein menschliches Wesen."

„Er kann Menschen erschaffen?", fragte Arturo erstaunt. „Aber das ist unmöglich!"

„Hab nur Geduld, ich werde es dir beweisen. Mein Vater kann machen, was er will, mit lebenden Wesen ... oder mit toten. Seine Magie ist unbegrenzt, so wie deine."

„Aber ... aber ich verfüge über keine Magie. Ich habe keine Macht ... Ich kann weder Menschen noch Tiere erschaffen ..."

„Ich bin sicher, du kannst Dinge tun, von denen du noch keine Ahnung hast. Schon bald wirst du den großen Zauberer in dir entdecken", versicherte ihm das Mädchen. „Aber jetzt wollen wir ausreiten. Ein Spazierritt an der frischen Luft wird dir guttun."

Sie ritten aufs offene Feld hinaus. Eine Patrouille folgte ihnen in einigem Abstand. Sie ritten direkt auf die Felsen zu, die die Grenze zu den Sumpfgebieten markierten. Dort hielten sie an und betrachteten die sumpfige Ebene, die sich unermesslich weit vor ihnen erstreckte, bis sie sich am Horizont verlor.

„Eines Tages wird sich unser Reich bis zum Ende der Welt ausdehnen", sagte Alexia und machte eine ausholende Geste. „Wir werden die mächtigsten Könige in der Geschichte sein. Aber vorher musst du dich anstrengen. Du musst gegen Ratala kämpfen und ihn töten. Und sei vorsichtig, er ist sehr gefährlich."

„Ich habe aber nicht die Absicht, gegen ihn zu kämpfen", erwiderte Arturo mit leerem Blick. „Und ich werde es auch nicht tun."

„Man wird dich als Feigling bezeichnen! Du musst gegen ihn kämpfen und ihn töten! Sonst können wir nicht heiraten. Wenn ein Mann eine Frau heiraten will, die schon einem anderen Mann versprochen ist, muss er gegen den anderen kämpfen. So will es das Gesetz."

„Ich werde nicht gegen Ratala kämpfen."

Alexia trat dicht an ihn heran und gab ihm eine kräftige Ohrfeige.

„Du wirst die Herausforderung annehmen und ihn besiegen!", schrie sie. „Wir werden heiraten, koste es, was es wolle! Hast du verstanden?"

Seine geistige Trägheit hinderte Arturo daran, weiter mit ihr zu streiten; doch die Stimme in seinem Inneren hörte nicht auf, alles, was sie sagte, in Frage zu stellen: Warum musste er gegen jemanden kämpfen, den er nur ein Mal in seinem Leben gesehen hatte? Warum musste er Alexia heiraten?

„Ich werde tun, was du willst", sagte er gehorsam. „Ich möchte nicht, dass du böse wirst."

„Ich will, dass du Ratala tötest. Und dass du mir alles erzählst, was du über die Zeichnungen und die Buchstaben auf deiner Brust weißt. Ich will, dass du mir alle Geheimnisse anvertraust, die du von Arquimaes kennst. Ich will, dass du ein gehorsamer Gatte wirst! Das ist es, was ich will!"

„Ja, Prinzessin. Ich werde tun, was du von mir verlangst."

„Arturo, wenn du mich heiratest, wirst du unvorstellbar mächtig sein. Du sollst wissen, dass viele Männer bereit wären, ihr Leben aufs Spiel zu setzen, um deinen Platz einzunehmen. Ich liebe dich, aber du musst mit mir zusammenarbeiten. Verstehst du?"

Arturo neigte den Kopf und antwortete mit einem schüchternen Ja.

„Gut! Und jetzt mach dich auf etwas Unglaubliches gefasst, mein König. Reiten wir ins Schloss zurück!"

„Schau mal!", rief Arturo treuherzig aus und blickte zum Himmel. „Drachen! Wie schön!"

„Ja, sie gehören meinem Vater. Sie wachen über uns. Sie kommen von dem Turm, den wir jetzt besichtigen werden. Auf dem Dach hocken immer ein paar von ihnen."

✶✶✶

Zurück in der Festung, begaben sie sich zu einem merkwürdigen Turm, dessen Tore geschlossen waren. Bewaffnete Soldaten in Panzerhemden und mit großen roten Schilden standen davor.

„Das sind die Leibwächter", erklärte Alexia. „Sie sind speziell dafür ausgebildet, den Turm zu bewachen. Hier praktizieren mein Vater und ich Hexerei und erschaffen unsere besten Werke. Gleich wirst du sehen, wozu wir fähig sind. Wenn du willst, kannst du mit uns zusammenarbeiten."

Der oberste Leibwächter trat auf die Besucher zu und salutierte vor Alexia.

„Prinzessin, Euer Vater hält sich im Turm auf", meldete er. „Der Mönch ist bei ihm."

„Danke, Quinto. Wo sind sie?"

„Im Keller."

„Gut, wir wollen ihm einen Besuch abstatten. Zwei deiner Männer sollen uns begleiten ... Oder besser noch, du kommst auch mit."

„Jawohl, Prinzessin."

Quinto trat zur Seite und gab seine Anweisungen. Dann kam er mit zwei Leibwächtern zu ihnen zurück.

„Ist es denn nötig, dass sie uns begleiten?", fragte Arturo.

„Ja, wegen der Sicherheit. Man weiß nie, was passieren kann."

„So gefährlich ist es da drin? Können wir von jemandem überfallen werden?"

Alexia lächelte und fasste Arturo am Arm. Das große Tor quietschte in den Angeln, als es geöffnet wurde, und sie durchschritten es unter den wachsamen Augen der Soldaten.

Arturo erschauerte, als er den Fuß ins Innere des Turmes setzte. An diesem Ort wimmelte es nur so von stämmigen, bis an die Zähne bewaffneten Soldaten. Arturo kam es so vor, als bewachten sie einen kostbaren Schatz. Und als er sah, dass alle Fenster mit schmiedeeisernen Gittern gesichert waren, fragte er sich, was sich wohl in diesem Turm befinden mochte, das so strenge Sicherheitsmaßnahmen erforderte.

„Zuerst gehen wir nach oben in den ersten Stock", entschied Alexia. „Was du da siehst, wird dich in Erstaunen versetzen ... Quinto, lass die Türen öffnen!"

Der oberste Leibwächter gab einem seiner Untergebenen mehrere Befehle, woraufhin dieser zu einer vergitterten Tür eilte und sie öffnete.

Mit einer Handbewegung gab Alexia zu verstehen, wohin sie wollten, und sogleich nahm ein Mann mit einer Scharfrichterkapuze über dem Kopf eine Fackel und ging voraus, um ihnen den Weg zu leuchten.

Sie stiegen eine streng bewachte Treppe in den ersten Stock hinauf. Quinto klopfte ein paarmal an eine Holztür, ein großes Guckloch öffnete sich und ein halb zerschlagenes Gesicht mit nur einem Auge zeigte sich. Der Mann fragte sie nach ihren Namen und dem Losungswort.

„Prinzessin Alexia und ihr zukünftiger Gatte", antwortete Quinto. „Öffne die Tür!"

Der Einäugige schloss das Guckloch und kurz darauf schob er zusammen mit zwei anderen Männern die schwere Tür auf.

„Wollt Ihr ihm das Nest zeigen, meine Prinzessin?", fragte er und verneigte sich.

„Ja, bring uns hin, jetzt sofort!"

Der Mann mit dem zerschlagenen Gesicht stieß ein Grunzen aus, das seine Gehilfen offenbar zu deuten wussten; denn sogleich fingen sie an, eine bewegliche Mauer zur Seite zu schieben. Vor Arturos erstaunten Augen öffnete sich ein breiter Spalt, der ihnen den Weg freigab. Quinto zog sein Schwert aus der Scheide und folgte der Prinzessin.

„Ihr beschützt ihn!", befahl er seinen Untergebenen.

Arturo spürte den Atem der Soldaten in seinem Nacken und begriff, dass sich hinter dieser Mauer etwas überaus Gefährliches befinden musste.

„Gehen wir", sagte Alexia.

Der Einäugige ging voran und die anderen folgten ihm.

Arturos Magen krampfte sich zusammen, so modrig roch die Luft, die nun in seine Lungen strömte.

„An den Geruch wirst du dich schon noch gewöhnen", beruhigte ihn Alexia lachend. „Am Ende wird er dir gefallen. Er ist Teil unserer Arbeit."

Arturo schwieg. Er hatte große Mühe, sich nicht zu übergeben. Weit entfernt war plötzlich ein merkwürdiges Geräusch zu hören, eine Art Knurren. Der schmale Gang mündete in einen großen Raum. Durch eine vergitterte Luke drang nur spärliches Licht, das durch hauchdünne Gazeschleier noch zusätzlich gedämpft wurde. Arturo sah genau hin und erkannte, dass es die Haut irgendeines Tieres war, vielleicht die eines Drachen.

„Zurzeit haben wir nur drei", sagte Morlacus, der einäugige Kerkermeister. „Aber bald bekommen wir noch zwei weitere."

„Schau mal, Arturo, sind sie nicht niedlich?", fragte Alexia und zeigte auf die Raummitte.

Drei kleine Drachen tummelten sich in einem eigens für sie hergerichteten Nest. Sie balgten herum und versuchten, sich gegenseitig zu beißen, wobei sie dieses seltsame Knurren von sich gaben.

„Sie haben Hunger, die Ärmsten ... Bringt ihnen zu fressen!", befahl der Einäugige seinen Gehilfen. „Los, beeilt euch!"

Während die Männer hinauseilten, um Futter zu holen, machte Arturo einen Schritt auf die drei kleinen Drachen zu, um sie sich besser ansehen zu können. Doch sofort stellten sich ihm die beiden Leibwächter in den Weg.

„Haltet Euch fern, Herr", warnte ihn Quinto. „Sie sind gefährlich!"

Bevor Arturo fragen konnte, welche Gefahr von so kleinen Wesen ausgehen konnte, schleiften die Gehilfen des einäugigen Kerkermeisters einen Gefangenen herein. Sie hatten ihm tiefe Schnitte beigebracht, aus denen Blut tropfte. Die Schreie des Opfers schienen den Appetit der possierlichen Tiere anzuregen, denn sie fletschten gierig ihre langen, spitzen Zähne.

„Ihr erlaubt, Prinzessin?", fragte der Einäugige.

„Natürlich! Tut eure Arbeit!"

In seiner Todesangst schrie der Mann verzweifelt um Gnade, doch die Gehilfen schleiften ihn zum Drachennest und stießen ihn unbarmherzig hinein. Angelockt durch das Blut und die Schreie, stürzten sich die kleinen Drachen auf den Todgeweihten und rissen ihm mit ihren scharfen Zähnen große Fleischstücke aus dem Körper. Menschenfleisch schien ihnen zu schmecken.

„Ich wusste nicht, dass Drachen Menschen fressen", sagte Arturo.

„Wir gewöhnen sie von klein auf daran. Etwas anderes bekommen sie nicht. So werden sie stark und wild. Wenn sie groß sind, werden es hervorragende Kriegsmaschinen sein."

„Dann stimmen also die Dinge, die man sich über sie erzählt! Es gibt tatsächlich Drachen, die nachts durch die Gegend streifen und Bauern fressen!"

„Ja, das sind unsere! Erinnerst du dich an den Drachen, den du getötet hast? Nun, wenn du ihn nicht getötet hättest, wärst du von ihm in Stücke gerissen und verschlungen worden."

„Ist ihre Mutter auch ...?"

„Ihre Mutter? Nein, diese Drachen haben keine Mutter. Sie wurden dank der Magie meines Vaters geboren. Bald werde auch ich lernen, wie man Drachen erschafft."

Nachdem die Tiere den Gefangenen verspeist hatten, wurden sie ruhiger und legten sich auf den Boden ihres Nestes, wo einige Knochen und Fleischreste in einer Blutlache schwammen.

„Das werden mal große, starke Drachen", sagte Alexia stolz. „Gehen wir, sie müssen sich ausruhen."

Sie schien sehr zufrieden, doch Arturo spürte, dass sich irgendein Widerstand in ihm regte. Er musste an die Zeichnungen denken, die man ihm gezeigt hatte. Wenn jemand auf einer Zeichnung festgehalten hätte, dachte er, wie der Mann von den Drachenjungen gefressen wurde, dann wäre das eine jener grauenerregenden Szenen gewesen, einer jener Albträume, die dort abgebildet waren.

∗ ∗ ∗

ALEXIA FÜHRTE ARTURO weiter durch das Schloss. Als der Junge auf dem Grund eines Brunnens fünfzig unglückliche Gefangene erblickte – nackt, schmutzig, gefoltert –, drehte es ihm den Magen um.

„Mein Vater benutzt sie für seine Experimente", erklärte Alexia. „Du kannst dir nicht vorstellen, wie erfolgreich er damit ist. Je mehr Hungernde und Gefolterte, desto besser. Sie sind wie wilde Tiere und eignen sich bestens für die schwarze Magie, weil sie nämlich einen Teil ihrer menschlichen Natur verloren haben."

„Was sind das für Experimente?", wollte Arturo wissen. „Was macht dein Vater mit ihnen? Sie sind ja halb tot!"

„Quinto, lass einen Käfig aufsperren!", befahl Alexia. „Such dir den aus, der dir am geeignetsten erscheint."

Der oberste Leibwächter verneigte sich und ging hinaus.

„Jetzt wirst du sehen, was mein Vater alles mit ihnen machen kann."

„Wir haben einen ausgesucht, Prinzessin", sagte Quinto. „Wenn Ihr wollt, könnt Ihr ihn sehen."

„Komm, Arturo! Jetzt wirst du etwas ganz Besonderes erleben."

Sie betraten eine große Steinkammer, die von mehreren Fackeln erleuchtet wurde. Die beiden Leibwächter zogen wieder ihre Schwerter aus der Scheide. Auch Quinto zückte sein Schwert und stellte sich schützend vor die Prinzessin. Im Nebenraum waren Peitschenhiebe zu hören, dann kam ein Schatten hereingekrochen. Eine menschliche Gestalt schleppte sich, Stroh und Stofffetzen hinter sich her ziehend, über den Steinboden. Die Gestalt war halb nackt. Als sie den Mund öffnete, wurden außergewöhnlich kräftige Zähne sichtbar. Arturo erschauderte, als er sah, dass ihre Gliedmaßen die eines Tieres waren, eines Wolfes oder Hundes.

„Nach einer gewissen Zeit wird er sich zu einem vollständigen Tier entwickeln. Mein Vater probiert gerade eine neue Zaubertechnik aus, und was er sich vornimmt, gelingt ihm auch. Er will Menschen in wilde Tiere verwandeln, was sehr nützlich sein kann im Falle eines Krieges! Wir haben einige entwischen lassen, um zu sehen, ob sie etwas taugen, und ich kann dir versichern, die Ergebnisse sind hervorragend! Wer sie einmal aus der Nähe gesehen hat, zahlt von da an ohne Murren seine Abgaben und ist unterwürfiger denn je."

Der Mutant gab eine Art Bellen von sich und kam Arturo gefährlich nahe. Doch bevor er dem Jungen etwas antun konnte, stürzten sich die Leibwächter auf ihn und töteten ihn. Der armen Kreatur blieb keine Zeit, fortzukriechen oder sich zu wehren.

„Wenn sie dich beißen, bist du verloren", erklärte Alexia. „Sie stecken dich an und du verwandelst dich in ein wildes Tier. Wenn du jemals einem begegnest, darfst du nicht zögern, ihn zu töten."

„Tut mir leid, Prinzessin", sagte der Kerkermeister mit dem dicken Bauch. „Aber diese Tiere sind unberechenbar ..."

„Ist schon in Ordnung, du machst deine Sache sehr gut."

„Aber er hat meine Männer in Gefahr gebracht", beschwerte sich Quinto. „Er muss bestraft werden!"

„Das sollen sie selbst erledigen", schlug die Prinzessin vor. „Sag deinen Leuten, sie können ihn in den Kerker bringen und ihn bestrafen."

Die beiden Leibwächter sahen sich an und grinsten. Sie packten den Kerkermeister an beiden Armen und schleppten ihn in die Zelle nach nebenan.

„Macht schnell", bat die Prinzessin. „Wir haben nicht ewig Zeit."

„Ich verspreche Euch, sie beeilen sich", versicherte Quinto. „Sie wissen, was zu tun ist."

Die Schreie waren bis in den Hof zu hören. Kurz darauf kamen die beiden Leibwächter zurück, steckten ihre blutbeschmierten Schwerter in die Scheide und nickten ihrem Vorgesetzten zu.

„Was haben sie mit ihm gemacht?", fragte Arturo, der nach und nach wieder Anteil nahm an dem, was um ihn herum vor sich ging.

„Sie haben ihm die Arme abgehackt. Die kriegen die kleinen Drachen zum Abendessen", antwortete Quinto. „Disziplin ist oberstes Gebot an einem Ort wie diesem. Unsere Leibwächter sind zu wertvoll, als dass man sie leichtfertig einer Gefahr aussetzen dürfte."

Alexia bemerkte nicht, dass Arturo zornig die Fäuste ballte. Er war empört über all das, was er sah und was für Alexia ganz normal zu sein schien. Sein Geist fing an, zu reagieren und sich dagegen aufzulehnen.

Auf dem übrigen Rundgang zeigte Alexia ihm weitere Gräueltaten ihres Vaters und der anderen Zauberer. Arturos Entsetzen wurde immer größer. Er weigerte sich gutzuheißen, dass menschliche Wesen in Tiere verwandelt oder den Drachen zum Fraß vorgeworfen wurden.

Stundenlang musste er sich unvorstellbar grässliche Dinge ansehen: miteinander verwachsene oder durch schwarze Magie verdrehte Körper, Wesen mit zwei Köpfen, ohne Beine und mit auf dem Rücken angewachsenen Armen ... Tausende von Monstrositäten, die nur kranken Hirnen entsprungen sein konnten. Ein Kabinett des Grauens, das kein anständiger Mensch mit einem edlen Herzen zu ertragen vermochte.

„Wenn du erst mal König und Großer Zauberer sein wirst, kannst du alles ausprobieren, wie es dir gefällt", sagte Alexia. „Du wirst ein großartiger Hexenmeister sein, mein Liebling."

Ihre Worte entrüsteten Arturo. Trotz der Wirkung des Gehorsamkeitstrankes, den er wochenlang zu sich genommen hatte, regte sich der erste Widerstand in ihm.

XVIII
Ratten in der Stiftung

Ich habe Geräusche gehört. Ich bin fast sicher, dass jemand im ersten Keller ist.

Vorsichtig gehe ich ein paar Stufen hinunter und halte mich dabei dicht an der Wand. Unten im Gang stehen mehrere Kisten. Es sind die Kisten vom Catering-Service.

Ich traue meinen Augen kaum: Ein falscher Kellner ist gerade damit beschäftigt, die Objekte, die wir bei unserem ersten Besuch gesehen haben, aus dem Keller zu holen und sie in einer Kiste zu verstauen: Schwerter, Schilde, Standarten ... Jetzt kommt ein anderer dazu, ebenfalls als Kellner verkleidet ... Ich weiß nicht, wie viele Männer es insgesamt sind, aber eins ist klar: Ich muss Adela Bescheid sagen!

„Was machst du denn hier, Kleiner?", fragt mich plötzlich ein weiterer Mann, der ein paar Stufen über mir auf der Treppe steht. „Was hast du hier zu suchen?"

„Ich ... Nichts, nichts ... Ich habe mich verlaufen."

„Verlaufen? Komm mit, ich zeig dir den Ausgang. Geh runter! Und kein Wort, klar?"

„Ja, Señor."

Ich tue, was er sagt, und gehe die Kellertreppe hinunter. Wie es aussieht, bin ich in meine eigene Falle gelaufen. Die beiden Männer unten im Gang sehen mich erstaunt an. Bestimmt waren sie nicht auf einen Besuch gefasst.

„Wer ist das?", fragt einer der beiden, der so groß und stark ist wie eine Eiche.

„Keine Ahnung. Hab ihn eben auf der Treppe erwischt. Wahrscheinlich wollte er uns ausspionieren."

Der andere Mann, dem die Pomade nur so aus dem Haar trieft, mustert mich aufmerksam.

„Das ist der Sohn von Adragón! Der Freund vom Einbeinigen!", ruft er. „Wieso hast du ihn hergebracht?"

„Ich hab ihn nicht hergebracht, er ist von selbst gekommen", erklärt der Mann hinter mir. „Was sollte ich denn machen?"

„Weiß ich doch nicht, aber der wird uns garantiert in Schwierigkeiten bringen. Was machen wir jetzt mit ihm?"

„Am besten, wir fesseln und knebeln ihn und sperren ihn ein!", sagt die Eiche.

„Aber er hat unsere Gesichter gesehen und kann uns identifizieren!"

„Dann müssen wir ihn eben töten!"

„Ich verspreche Ihnen, ich sage nichts", versichere ich, um sie davon zu überzeugen, dass ich ihnen keinen Ärger machen werde.

„Ja, klar, das sagst du jetzt, aber ich trau dir nicht. Los, geh da rein!", befiehlt er mir und packt mich am Arm. „Ich werd dir Beine machen!"

Ich leiste keinen Widerstand. Mein Hirn sucht fieberhaft nach einem Weg, wie ich hier rauskommen kann. Aber mir fällt nichts ein.

„Setz dich hier hin und rühr dich nicht vom Fleck! Beim kleinsten Mucks bring ich dich um, kapiert?"

„Ja, Señor."

Sie stecken die Köpfe zusammen, um darüber zu entscheiden, was mit mir geschehen soll. Plötzlich vibriert mein Handy. Das muss Metáfora sein, sie wird sich Sorgen machen.

Die Männer verstauen noch weitere Objekte und schließen die Kisten. Dann kommt die Eiche zu mir und schaut mich grimmig an.

„Hör zu, Kleiner, du bist uns in die Quere gekommen und jetzt haben wir ein Problem. Ich will wissen, was du hier unten zu suchen hattest. Eigentlich solltest du doch im großen Saal sein und dir den Vortrag deines Vaters anhören. Hat dir vielleicht jemand gesagt, dass wir hier sind?"

„Nein, Señor! Ich hab mich gelangweilt und bin ein wenig spazieren gegangen. Dabei hab ich gesehen, dass die Tür oben offen stand, und da wollte ich nachsehen, ob alles in Ordnung ist. Das ist alles."

„Ich glaube dir kein Wort", sagt er. Er packt mich an den Schultern und schüttelt mich. „Mir machst du nichts vor! Sag mir jetzt sofort, wer dich gewarnt hat!"

„Keiner …", antworte ich und fange mir eine Ohrfeige, dass mir die Luft wegbleibt.

„Sag die Wahrheit!", schreit er und schlägt weiter auf mich ein. „Ich weiß, dass du lügst!"

„Ich lüge nicht, ich schwöre es Ihnen!"

Weitere Schläge prasseln auf mich nieder. Der Kellner mit der Pomade im Haar kommt herein, entschlossen, das Problem endgültig zu lösen.

„Das Beste wäre es, ihn zu töten", sagt er wieder und zielt mit dem Finger auf mich, als wäre es eine Pistole. „Wir können keine Zeugen gebrauchen."

„Wir sind keine Mörder", widerspricht ihm die Eiche. „Wir interessieren uns für was anderes."

„Willst du etwa wegen so einer vorlauten Rotznase in den Knast wandern?"

„Nein, aber wir können ihn doch nicht einfach umbringen."

„Dann mach ich es eben alleine", sagt der Pomaden-Typ. „Los, haut ab und bringt schon mal die Kisten rauf."

Die beiden anderen verschwinden. Ich bekomme Angst. Für einen Moment denke ich daran, mein Handy rauszuholen und Metáfora anzurufen. Aber das ist wohl keine besonders gute Idee.

„Zum letzten Mal, Kleiner: Sag mir, wer dir verraten hat, dass wir hier unten sind … Der Einbeinige? Hat er dir Bescheid gesagt?"

„Nein, wirklich nicht …"

Er nimmt ein Schwert und fuchtelt damit vor meinem Gesicht herum.

„Hier liegen so viele Waffen rum … Es wird wie ein Unfall aussehen …" Er hebt das Schwert und tut so, als wollte er mich in Stücke hauen. „Ich frag dich nicht noch einmal! Raus mit der Sprache!"

Dann holt er aus … Ich mache die Augen zu, um nicht zu sehen, wie das mittelalterliche Schwert auf mich niedersaust.

„Ahhhhhhhhh! Hilfe! Schafft mir das Ding vom Hals!"

Ich öffne die Augen. Das, was ich nun sehe, ist so entsetzlich, dass ich es kaum beschreiben kann: Der Drache auf meiner Stirn ist lebendig geworden und hat den Mann mit den Zähnen an der Gurgel gepackt. Er beißt mit solcher Kraft zu, dass der arme Mann das Schwert fallen lässt und stattdessen alles versucht, um sich von den Zähnen zu befreien. Doch es gelingt ihm nicht … Der Drache ist größer geworden und attackiert ihn heftig. Ich schaue mit offenem Mund zu. Jetzt verstehe ich, was Jazmín und Horacio gesehen haben. Sie hatten recht! Der Drache kann lebendig werden!

„Was ist los, Yuste?", fragt der Kräftige, der die Schreie gehört hat und angelaufen kommt.

„Hilfe!"

„Um Himmels willen! Was ist das denn?", ruft der andere, als er sieht, was da vor sich geht. „Ein Monster!"

Da er seinem Komplizen mit bloßen Händen nicht helfen kann, greift er sich ein Schwert, um den Drachen zu töten, der sich am Hals seines Opfers festgebissen hat. Der Pomadige kann sich nicht mehr auf den Beinen halten und geht in die Knie. Mein gefährlicher Talisman hat ihn besiegt!

Ich muss etwas tun. Ich nehme ebenfalls ein Schwert und stelle mich dem anderen in den Weg. Ich bin bereit, mich wenn nötig zu verteidigen.

„Was hast du vor, Kleiner? Willst du gegen mich kämpfen?", fragt er überrascht und lacht. „Ich werde dich mit dem ersten Hieb in Stücke hauen!"

„Versuch's doch!", fordere ich ihn heraus.

Etwas verblüfft macht er einen Schritt auf mich zu. Offenbar will er mich fertigmachen. Ohne zu wissen, was ich tue – denn ich habe ja keine Erfahrung im Umgang mit Waffen –, hebe ich das Schwert mit beiden Händen und trete einen Schritt vor. Unsere Klingen krachen so heftig aufeinander, dass die Funken sprühen. Aus den Augenwinkeln sehe ich, dass sich der andere Mann, der versucht hat, mich umzubringen, in seinem eigenen Blut wälzt und sich mit beiden Händen vergeblich gegen die wilde Attacke des Drachen wehrt.

Mein Gegner, der ebenfalls kein Experte im Schwertkampf zu sein scheint, schlägt unkontrolliert auf mich ein und zwingt mich so zum Rückzug. Ich bin vollauf damit beschäftigt, seinen Schlägen auszuweichen. Lange halte ich das nicht mehr durch!

„Sag dem Drachen, er soll unseren Freund loslassen! Sonst bring ich dich um!", droht er.

„Das kann ich nicht! Er gehorcht mir nicht!"

„Talismane gehorchen immer ihrem Herrn. Ruf ihn zurück!"

In diesem Moment kommt der dritte Dieb, der soeben eine Kiste nach oben gebracht hat, wieder herunter in den Keller. Er reibt sich die Augen, um sicher zu sein, dass er nicht träumt.

„Großer Gott! Was ist denn hier los? Wo kommt dieses Monster her? Was habt ihr mit den Schwertern vor?"

„Schaff mir das vom Hals! Hilf mir doch!"

Ich greife mir einen Schild, mit dem ich mich schützen kann. Die Schwerthiebe meines Gegners verursachen einen Höllenlärm und jedes Mal wirbelt eine kleine Staubwolke von dem uralten Schild auf. Ich drehe mich zur Seite, um einem erneuten Todesstoß auszuweichen. Da sehe ich, dass der dritte Mann eine Pistole in der Hand hat.

„Schluss jetzt, Kleiner! Lass das Schwert fallen oder ich erschieße deinen Talisman!"

Doch er hat einen Fehler gemacht. Er hat zu mir herübergesehen und nicht mitgekriegt, dass der Drache nun auf ihn zugeflogen kommt. Als er es bemerkt, ist es bereits zu spät. Die Zähne meines Beschützers rammen sich in seine Hand, so heftig, dass die Pistole um ein Haar von selbst losgegangen wäre.

„AAAAHHHHHH!", brüllt er und lässt die Waffe fallen. „Verdammtes Biest!"

Überrascht schaut mein Gegner zu seinem Komplizen hinüber. Für eine Sekunde ist er abgelenkt.

Ich nutze die Gelegenheit und haue ihm mit der flachen Klinge meines Schwertes auf den Kopf. Er schwankt ein wenig, sieht mich verdutzt an und geht in die Knie.

Der Drache hat von seinem Opfer abgelassen und drängt es nun gegen die Wand. Er wartet nur darauf, dass der Mann eine falsche Bewegung macht. Die kleinste Unbedachtheit wird ihn das Leben kosten.

Ich glaube, ich sollte mich jetzt schleunigst aus dem Staub machen. Ohne zu zögern, lasse ich mein Schwert fallen und renne zur Tür.

„Komm, Adragón, wir gehen!", rufe ich dem Drachen zu.

Er kommt zu mir geflogen und lässt sich wieder auf meiner Stirn nieder. Ich renne die Treppe hinauf, stoße die Tür zur Eingangshalle auf und bleibe schwer atmend stehen.

„Hilfe! Hilfe!", rufe ich, so laut ich kann. „Wir werden ausgeraubt! Da unten! Im Keller! Hilfe!"

Adela telefoniert gerade. Sie unterbricht die Verbindung und sieht mich verständnislos an. Die beiden bewaffneten Wachmänner kommen langsam auf mich zu.

XIX

Arturos Drohung

Arturo verspürte grosse Abscheu vor all dem, was er während des Rundgangs durch die Zellen und Kerker der Festung gesehen hatte. Er fühlte sich elend und war schon drauf und dran, Alexia zu bitten, sich in seine Gemächer zurückziehen zu dürfen. In diesem Moment kam ein Leibwächter auf Quinto zugestürzt und bat um Erlaubnis zu sprechen.

„Was willst du?", fragte Quinto.

„Prinzessin, Euer Vater hat gehört, dass Ihr hier im Turm seid. Er bittet darum, dass Ihr ihn besucht", meldete der Leibwächter. „Er möchte Euch zeigen, womit er gerade beschäftigt ist."

„Das wird bestimmt interessant", sagte Alexia. „Arturo, jetzt kannst du einmal sehen, wie mein Vater arbeitet. Sicher können wir dabei etwas lernen."

Arturo antwortete nicht. Sein Magen krampfte sich wieder zusammen, so als wollte er ihn davor warnen, Demónicus zu besuchen.

Sie gingen in den Keller hinunter und dann weiter durch einen langen Korridor, in dem Arturo noch weitere schreckliche Dinge zu sehen bekam: angekettete Menschen, Tiere, die sich gegenseitig oder sich selbst auffraßen; Menschen, die an den Wunden der Tiere leckten und danach von ihnen in Stücke gerissen wurden ... Blut, Leichen, Skelette, Todgeweihte, ekelerregende Mutanten ... Eine ganze Skala unvorstellbaren Grauens.

Als sie das Laboratorium des Finsteren Zauberers betraten, hatte Arturo das Gefühl, sein Kopf würde platzen.

„Endlich!", rief Demónicus, als seine Tochter lächelnd auf ihn zukam, um ihm einen Kuss zu geben. „Willkommen in meinem Labor, Arturo! Hier in diesen Räumen entwickele ich all meine Ideen."

„Vater, man hat uns gesagt, dass du an etwas Außergewöhnlichem arbeitest", sagte Alexia. „Ich hoffe, du kannst Arturo damit beeindrucken."

„Das will ich meinen! Tretet näher. Ich möchte euch meine neuste Erfindung zeigen. Das Feuer der Rache ..."

Sie betraten eine Kammer, an deren rötlichen Steinwänden Ketten und andere Folterwerkzeuge hingen. Drei Kerkermeister mit schwarzen Gesichtsmasken malträtierten den Körper eines Gefangenen, der an Ketten von der Decke hing.

„Das ist Herejio, der Zauberer, der mich verraten hat", erklärte Demónicus seinen Besuchern. „Endlich ist es uns gelungen, ihn zu schnappen, und zwar dank der Hinterlist des widerwärtigen Escorpio."

„Ich kenne ihn!", rief Arturo aus. „Das ist der Mann, der die Feuerkugeln gegen das Schloss von König Benicius geschleudert hat! Fast hätte er uns alle umgebracht!"

„Er ist ein Verräter!", fauchte Demónicus und spuckte auf den Boden. „Er hat mir den Zaubertrick mit dem Feuer gestohlen und sich in Benicius' Dienste gestellt. Er hat versucht, sich auf meine Kosten zu bereichern. Und das wird er jetzt büßen!"

Arturo sah sich Herejio an und musste feststellen, dass es keinen einzigen Zentimeter an seinem Körper gab, der nicht gefoltert worden war.

„Meine Kerkermeister haben seine Knochen durch die Mühle gedreht", lachte Demónicus. „Jetzt ist er reif für meine Rache! Er hat mir das Geheimnis des Feuers gestohlen und ich werde es ihm mit gleicher Münze heimzahlen. Er wird es noch bereuen, mich verraten zu haben!"

„Erbarmen, großer Demónicus", flüsterte der unglückliche Herejio. „Habt Erbarmen mit mir."

„Du flehst um Gnade?", lachte der Große Zauberer. „Soll das ein Witz sein? Das hättest du dir früher überlegen sollen! Ich habe dir vertraut und dir so vieles beigebracht. Wenn ich jetzt Erbarmen mit dir habe, werden alle glauben, sie könnten mein Vertrauen missbrauchen. Dann kann ich nicht mal mehr meinen Leibwächtern trauen, nicht mal meiner eigenen Tochter oder ihrem zukünftigen Gatten ... Jetzt wirst du erleben, wie hoch der Preis für Verrat ist!"

Demónicus stellte sich vor den Gefangenen, streckte die Arme aus und spreizte seine Finger, bis sie kleinen Dolchen glichen. Dann murmelte er eine magische Formel und aus seinen spitzen Fingernägeln schossen Blitze direkt auf Herejio zu. Der Bauch des Magiers schwoll an wie ein Ballon und wurde feuerrot. Vor den verblüfften Augen der Anwesenden kamen aus Herejios Körper kleine Flammen, die nach und nach größer wurden und sich in ein loderndes Feuer verwandelten.

Als Herejio sich bewusst wurde, dass das Feuer aus seinen Eingeweiden kam, fing er an, zu schreien und um Verzeihung zu betteln. Er schien unvorstellbar große Schmerzen zu leiden.

„Wie ihr sehen könnt, gelingt es mir, einen menschlichen Körper genau dort in Brand zu setzen, wo ich es will. Es hat mich viel Arbeit gekostet, aber schließlich habe ich es geschafft", sagte Demónicus voller Stolz.

„Du bist wunderbar, Vater!", rief Alexia und umarmte und küsste ihn. „Das ist ein gewaltiger Fortschritt."

Arturo sah voller Entsetzen, wie Herejios Bauch langsam verbrannte wie ein Stück Holz. Grenzenlose Wut stieg in ihm auf. Die Schreie des Verräters drangen in sein Ohr und in sein Hirn, so als würden spitze Messer sein Herz durchbohren, den edelsten und menschlichsten Teil seiner Seele. Er hielt es nicht länger aus! Die Wirkung des Tranks der Folgsamkeit ließ nach. Arturo öffnete den Mund und stieß nur ein einziges Wort hervor: „Barbaren!"

Alle Blicke richteten sich erstaunt auf ihn.

„Was hast du gesagt, Arturo?", fragte Alexia und starrte ihn mit großen Augen an.

„Barbaren! Ihr seid Barbaren!", wiederholte Arturo. „Ihr seid keine Menschen!"

„Der Junge ist verhext!", rief Demónicus. „Das war dieser verdammte Herejio! Töte ihn, Quinto! Töte den verfluchten Hexenmeister!"

Doch Quinto war nicht schnell genug. Obwohl Arturos Reflexe noch eingeschränkt waren, stellte er sich dem obersten Leibwächter in den Weg und schlug ihm mitten ins Gesicht. Doch Quinto spürte den Schlag kaum und ließ sich dadurch nicht aufhalten. Er stieß den Jungen zur Seite und zückte sein Schwert. Herejio spürte, wie die Klinge sein Herz durchbohrte, das sogleich aufhörte zu schlagen.

„Gehen wir", sagte Alexia und nahm Arturo bei der Hand. „Komm mit, ich werde dir deine Medizin geben, dann fühlst du dich gleich besser."

„Lass mich los, du elendes Miststück! Du bist nichts als eine blutrünstige Hexe! Ich will nichts von dir wissen! Du und dein Vater, ihr seid schlimmer als wilde Tiere!"

„Schluss jetzt, Arturo!", befahl Demónicus. „Red keinen Unsinn! Du kannst von Glück sagen, dass du unter Alexias Schutz stehst, sonst …"

„Was sonst? Willst du mich den Drachen zum Fraß vorwerfen? Oder in einen Mutanten verwandeln?"

„Wenn du weiterhin so mit unserem Großen Zauberer sprichst, werde ich dich töten müssen", drohte Quinto, dem klar war, dass Arturos aufrührerisches Verhalten nicht auf Herejios Einfluss zurückzuführen war. „Du hast gefälligst respektvoll mit ihm zu reden!"

„Ich rede mit ihm, wie es mir passt!", schrie Arturo. „Und du, Großer Zauberer, bist nichts weiter als ein blutrünstiges Tier! Du bist kein Mensch!"

Alexia schlug ihm ins Gesicht.

„Rede nie wieder so mit meinem Vater!"

„Du bist genauso wie er! Blutrünstige Bestien seid ihr!"

„Hüte deine Zunge, Arturo!", warnte ihn die Prinzessin.

„Ich werde weder meine Zunge noch meinen Zorn hüten! Und ich sage dir: Ich werde dich nicht heiraten, nicht für alles Gold dieser Welt! Und ich werde alles tun, was in meiner Macht steht, um diese Hölle der Grausamkeit zu zerstören! Ich werde eine Armee aufstellen und euch vernichten!"

Auf ein Zeichen von Demónicus hin stürzte sich Quinto auf Arturo, der nun ebenfalls sein Schwert zog. Quintos Waffe zielte direkt auf Arturos Hals, doch im letzten Moment konnte der Junge den Schlag parieren. Wutentbrannt schlug Quinto auf Arturo ein, aber der wusste sich zu verteidigen. Die beiden Leibwächter stellten sich schützend vor Demónicus und Alexia. Der Zweikampf war in vollem Gange. Quinto wirbelte sein Schwert durch die Luft, in der Hoffnung, Arturo zu verwirren und abzulenken, um ihm dann seinen Dolch in die Seite zu stoßen. Aber Arturo bemerkte die kleine Waffe in der Hand seines Gegners und wich dem Stoß geschickt aus. Für einen Moment war Quinto unkonzentriert und Arturo nutzte die Gelegenheit: Er bohrte dem obersten Leibwächter sein Schwert in die Brust, direkt oberhalb des Panzerhemds.

Einer der beiden unteren Leibwächter stellte sich Arturo entgegen, aber der war schneller und hieb ihm mit einem einzigen Schlag den Kopf ab. Ein Kerkermeister nahm eine glühende Eisenstange und versuchte so, den Jungen auszuschalten. Doch es gelang ihm nicht. Arturo hob sein Schwert und stieß es ihm in den dicken Bauch.

Alexia schrie um Hilfe. Der dritte Leibwächter, der Einzige, der noch übrig geblieben war, konnte in seiner Verwirrung nichts anderes tun, als Demónicus mit seinem eigenen Körper zu schützen. Doch der Finstere Zauberer war nicht bereit, untätig zuzusehen, wie ein dummer Junge, der nicht älter war als seine eigene Tochter, sein gesamtes Lebenswerk zunichtemachte. Er bückte sich, hob das Schwert seines obersten Leibwächters auf und ging zum Angriff über. Und wieder war Arturo schneller. Er nahm den Dolch, der ihn hatte töten sollen, und stieß ihn Demónicus in den Arm.

„Was hast du getan?", rief Alexia voller Entsetzen. „Du hast meinen Vater verletzt!"

Arturo hatte kaum Zeit, ihr zu antworten. Er war vollauf damit beschäftigt, sich den letzten Leibwächter vom Hals zu halten.

„Er hat es nicht anders gewollt!", rief er ihr zu. „Soll er doch seine Magie benutzen, um sich zu kurieren!"

„Verflucht seist du! Sein Blut komme über dich!", schrie Alexia und kniete neben ihrem Vater nieder, der zu verbluten drohte.

Schritte waren zu hören. Arturo begriff, dass es Soldaten waren, die ihrem Herrn zu Hilfe eilten. Er saß in der Klemme und musste schnellstens eine Entscheidung treffen, wenn er überleben wollte.

„Jetzt wirst du deinen Verrat büßen!", schrie Alexia.

„Du wirst auf der ganzen Welt keinen Ort finden, an dem du dich verstecken kannst!", drohte Demónicus. „Meine Rache wird furchtbar sein! Du wirst dir wünschen, nie geboren worden zu sein, mein Junge!"

Arturo wandte sich Demónicus zu, um ihn endgültig zum Schweigen zu bringen. Aber Alexia stellte sich ihm in den Weg.

„Rühr ihn nicht an! Er ist mein Vater! Du hast schon genug Unglück über uns gebracht! Respektiere wenigstens sein Leben!"

„Vergiss nie, dass es deine Tochter war, der du dein Leben zu verdanken hast!", sagte Arturo und stieß den Großen Zauberer zu Boden.

Arturo wollte hinauslaufen, um über die Treppe zu fliehen, als Demónicus mit seinen gefährlichen spitzen Fingern auf ihn zielte. Der Junge verlor keine Zeit. Er trat mit aller Kraft gegen einen Eisenkübel, der glühende Kohlen enthielt, und hinderte so den Großen Zauberer in letzter Sekunde daran, sein teuflisches Werk in Gang zu setzen. Die glühenden Kohlestücke ergossen sich über Demónicus und verbrannten zuerst seine prächtigen Kleider und dann, ohne Erbarmen, sein Fleisch.

Alexia sah schaudernd mit an, wie ihr Vater dieselben Qualen erdulden musste, die er so vielen seiner Opfer zugefügt hatte. Das Gesicht des Finsteren Zauberers stand in Flammen. Dutzende rot glühender Pünktchen verbrannten seine Haut und drangen ihm in alle Poren und Öffnungen. Glücklicherweise konnte er sein rechtes Auge vor der Glut bewahren, indem er es mit den Händen schützte; doch sein linkes Auge entging dem Feuer nicht, es brannte vollständig aus.

„Vater! Vater!", schrie Alexia und versuchte vergebens, die Feuerkügelchen, die sich an dem Finsteren Zauberer ausließen, mit der bloßen Hand zu entfernen. „Vater!"

In ihrer Verzweiflung riss sie ihren Dolch aus dem Gürtel, um ihn Arturo in den Hals zu stoßen. Aber der war bereits auf der Treppe. Sie rannte hinter ihm her, doch sie wusste, dass sie ihn nicht mehr würde einholen können.

Wenig später sah die Prinzessin, an das Eisengitter eines kleinen Fensters geklammert, wie Arturo sich auf einem Drachen über die Festung erhob. Ein Pfeilregen begleitete ihn, vermochte aber nicht, ihn aufzuhalten. Arturo wich den gefährlichen Flammen der Feuerkuppel aus und flog in Richtung Norden davon. Durch einen Tränenschleier hindurch sah Alexia ihm hinterher, bis er zu einem kaum noch sichtbaren Punkt wurde, der sich in den Wolken verlor.

XX

Unter Verdacht

Ich sitze in Adelas Büro. Bei mir sind außer ihr noch einer der bewaffneten Wachmänner und ein Polizeiinspektor. Ich habe das Blut von meiner Kleidung gewischt und gerade hat man mir eine Cola gebracht.

„Hör zu, Arturo", sagt Adela. „Was da passiert ist, ist sehr schlimm. Du musst uns in allen Einzelheiten erzählen, was du gesehen hast. Die Männer haben uns eine Geschichte aufgetischt, die zu unwahrscheinlich ist, um wahr zu sein. Sie wollen uns nur in die Irre führen. Ich glaube, du bist der Einzige, der uns die Wahrheit erzählen kann."

„Ich weiß nicht, ob ich das kann. Wie schon gesagt, sie haben mich geschlagen, und ich habe das Bewusstsein verloren. Als ich wieder zu mir gekommen bin, habe ich die beiden Männer gesehen. Sie haben geblutet. Und der dritte lag auf dem Boden, mit einem Schwert in der Hand. Und dann bin ich die Treppe raufgerannt."

„Einer hat ausgesagt, du seist mit dem Schwert auf ihn losgegangen ... Und die anderen beiden erzählen was von einem Drachen, der sie attackiert hat. Stimmt das?"

„Ich glaube, sie haben sich gestritten. Einer hat gesagt, man sollte mich umbringen, aber die anderen wollten das nicht. Sie konnten sich nicht einigen. Sie haben mich geschlagen und dann weiß ich nichts mehr."

Der Inspektor, der bis jetzt geschwiegen hat, rückt seinen Stuhl näher an mich ran und mustert mich aufmerksam.

„Arturo, kannst du uns erklären, wie das Blut auf deine Hose und an deine Hand gekommen ist?"

„Ich hab doch schon gesagt, sie haben mich geschlagen, schauen Sie sich doch meine Wange an ... Und die Lippe ... Dann sind sie aufeinander losgegangen."

„Stimmt, aber wir haben noch keine Erklärung für die Bisse an Hals und Händen der Männer. Was meinst du, wie haben sie sich die zugefügt?"

„Keine Ahnung. Ich hab Ihnen doch schon gesagt, dass ich ohnmächtig war ... Als ich aufgewacht bin, lagen sie auf dem Boden, und ich bin raufgerannt und habe Alarm geschlagen. Mehr weiß ich nicht."

„Die Männer sagen, die Zeichnung auf deiner Stirn ist lebendig geworden und hat sie attackiert", sagt Adela.

„Unsinn! Wer glaubt denn so was? Das haben die sich ausgedacht, um ihrer Strafe zu entgehen. Eins ist nämlich sicher: Sie sind hier eingedrungen, um uns auszurauben. Die Kisten waren voll von ..."

„Ja, aber warum sollten sie sich eine so unglaubliche Geschichte ausdenken? Sie hätten doch auf eine logischere Erklärung als die mit dem Drachen kommen können. Außerdem waren sie wie gelähmt vor Angst, als wir sie im Keller gefunden haben."

„Klar, wenn sie versucht haben, sich gegenseitig umzubringen, ist es doch normal, dass sie Todesangst hatten, oder?", widerspreche ich.

Adela und der Inspektor sehen sich an. Ich glaube, sie sind sich klar darüber, dass sie nichts mehr aus mir herauskriegen können. Aber so richtig überzeugt haben sie meine Erklärungen nicht.

„Ist gut, Arturo, du kannst jetzt gehen", sagt der Polizist. „Aber möglicherweise musst du später noch ein paar Fragen beantworten. Geh zu einem Arzt, für den Fall, dass du verletzt bist."

„Ja, Señor, und vielen Dank."

Ich stehe auf und gehe zur Tür. Da ruft mich der Inspektor noch einmal zurück, um mir eine letzte Frage zu stellen: „Warum bist du überhaupt in den Keller hinuntergegangen? Hat dir jemand gesagt, dass da was nicht in Ordnung war?"

„Nein, Señor, ich wollte auf die Toilette gehen, und da hab ich gesehen, dass die Tür zum Keller offen stand. Also bin ich hinuntergegangen, um nachzusehen ... Die Tür ist normalerweise immer geschlossen."

„Gut ... Vielen Dank."

Ich gehe hinaus. Draußen warten Metáfora, Norma und mein Vater auf mich. Sie umarmen mich.

„Tut mir leid, dass ich dir den Vortrag verdorben habe, Papa", entschuldige ich mich.

„Mach dir deswegen keine Gedanken. Schade nur, dass der Cocktail ausfallen musste, aber das holen wir ein andermal nach. Wichtig ist nur, dass dir nichts passiert ist."

„Und was war mit der Polizei?", fragt Norma. „Konntest du ihnen weiterhelfen? Adela macht sich große Vorwürfe, weil sie dir nicht zugehört hat."

„Sie trifft keine Schuld. Ich hätte nicht alleine runtergehen sollen. Und außerdem hatten die Typen alles ganz genau geplant."

Metáfora nimmt meine Hand und wischt mir das restliche Blut von der Lippe.

„Du solltest dich jetzt besser ein wenig hinlegen", schlägt sie mir vor. „Ich bringe dich auf dein Zimmer. Morgen reden wir weiter."

„Das ist eine gute Idee", stimmt ihr Norma zu. „Nach allem, was du erlebt hast, ruhst du dich jetzt besser aus."

„Los, komm", sagt Metáfora. „Wenn du willst, bring ich dir einen Kräutertee oder etwas anderes."

„Nein, nicht nötig, wirklich nicht ... Ich glaube, ich muss nur etwas schlafen."

„Also dann, mein Junge, bis morgen", sagt Papa. „Und sei unbesorgt, ich kümmere mich um den Papierkram mit der Polizei und das alles."

„Danke, Papa. Bis morgen."

Wir gehen in den dritten Stock hinauf. Vor meiner Tür wartet Sombra auf mich. Er kommt auf mich zu und umarmt mich.

„Arturo, mein Kleiner, ich freue mich so, dass dir nichts passiert ist", sagt er liebevoll. „Diese Ganoven haben uns einen Riesenschrecken eingejagt."

„Danke, Sombra, du brauchst dir keine Sorgen zu machen", versichere ich ihm. „Es ist alles vorbei."

„Ich fürchte, das war erst der Anfang. Überall erzählt man sich schon, dass die Stiftung mit wertvollen Kunstschätzen vollgestopft ist. Also werden sie es wieder versuchen. Kunstdiebe haben keine Eile. Sie wissen, dass sie früher oder später kriegen, was sie wollen."

„Na ja, jetzt haben wir ja einen Sicherheitsdienst …"

„Du hast ja gesehen, was das nützt … Wenn du nicht dazwischengekommen wärst, hätten die alles weggeschleppt", seufzt er.

„Aber es ist ihnen nicht gelungen und jetzt wandern sie erst mal für lange Zeit in den Knast."

„Das war sehr mutig von dir, Arturo", sagt Metáfora. „Du hast verhindert, dass die Typen den ersten Keller leer geräumt haben."

„Aber sie werden wiederkommen und versuchen, den zweiten und dritten Keller zu plündern … Sie werden alles mitnehmen, was sie kriegen können", prophezeit Sombra.

„Ich muss mich jetzt ausruhen, Sombra", sage ich. „Können wir morgen weiterreden?"

Er nimmt meinen Kopf in beide Hände und drückt mir einen Kuss auf die Stirn, über den Augenbrauen, genau an der Stelle, an der sich der Drachenkopf befindet.

„Danke für deine Hilfe", murmelt er. „Du bist ein erstklassiger Wächter."

Er geht die Treppe hinunter. Wir sehen ihm nach und gehen dann in mein Zimmer. Ich stelle mich vor den Spiegel im Bad und wasche mir die letzten Reste Blut vom Gesicht. Dann kämme ich mich und setze mich Metáfora gegenüber, die es sich auf dem Bettrand bequem gemacht hat.

„Uff, bin ich müde! Ich glaube, ich werde zwei Tage lang durchschlafen."

„Hast du gesehen, was Sombra gemacht hat?"

„Ja, er hat mich auf die Stirn geküsst. Das macht er manchmal …"

„Er hat den Drachenkopf geküsst und ihm gesagt, dass er ein erstklassiger Wächter ist."

„Erzähl doch keinen Blödsinn! Das hat er nicht zu ihm gesagt, sondern zu mir. Damit wollte er sich bei mir bedanken, weil ich die Schätze der Stiftung verteidigt habe. Alles, was im Keller ist, gehört nämlich ihm."

„Ich sag's dir, er hat den Drachen geküsst und mit ihm geredet."

„Komm, lass uns nicht streiten …"

„Jetzt kannst du nicht mehr leugnen, dass der Drache lebendig werden kann und dich verteidigt! Nicht so wie bei Jazmín und Horacio …"

„Bitte, Metáfora, hör auf … Das haben sich die Typen ausgedacht, um die Polizei abzulenken. Angeblich können sie sich an nichts anderes erinnern, nur dass der Drache sie attackiert hat … Was für ein Zufall! Sie erinnern sich nur an das, was ihnen in den Kram passt!"

„Genauso wie du! Du willst dich ja auch an nichts mehr erinnern können …"

„Ich bin ohnmächtig geworden."

„Klar, mein Name ist Hase, ich weiß von nichts …"

Manchmal nervt sie wirklich. Deswegen gebe ich ihr zu verstehen, dass ich nicht vorhabe, auf ihre seltsamen Fragen zu antworten. Das ist besser für alle.

„Ich gehe nicht eher aus dem Zimmer, bis du mir erklärt hast, was mit diesem Drachen los ist", beharrt sie. „Ich meine es ernst!"

„Mein Gott, du kannst einen aber auch nerven!"

„Aber ich bin nicht blöd. Erzähl mir, was es mit der Tätowierung auf sich hat."

„Was weiß ich! So langsam fange ich an zu glauben, dass die Tinte halluzinogene Eigenschaften hat. Jeder, der intensiv darauf starrt, hat Visionen. Er meint, der Drache bewegt sich, aber in Wirklichkeit ist es nur eine Sinnestäuschung und sonst gar nichts!"

„Das kannst du im Fernsehen erzählen, in einer von diesen Shows. Bei mir zieht das nicht", entgegnet Metáfora ein wenig beleidigt.

„Ach nein? Komm her und schau mich an! Du wirst sehen, nach einer Weile hast du den Eindruck, dass der Drache lebt und dich verschlingen will!"

„Du bist unerträglich! Ich mache mir Sorgen um dich, und dir fällt nichts anderes ein, als mich auszulachen."

„Tut mir leid, Metáfora, wirklich. Aber so langsam gehst du mir mit dieser Geschichte auf die Nerven. Glaub mir, da ist nichts! Nur eine harmlose Zeichnung, die mir das Leben vermiest und über die alle lachen."

„Ich wollte, ich könnte dir glauben! Aber ich habe gesehen, in welchem Zustand die beiden Männer waren. Sie behaupten steif und fest, dass sie von einem Tier angefallen worden sind, das auf deiner Stirn gesessen hat."

„Warum glaubst du nicht einfach mir anstatt ihnen? Vergiss nicht, das sind Kriminelle … Und jetzt lass mich bitte ein wenig schlafen, mir fallen schon die Augen zu, ehrlich …"

„Also gut, dann bis morgen. Aber glaub nicht, dass du mich überzeugt hast! Ich weiß, dass du mir etwas verheimlichst. Und ich werde herauskriegen, was!", sagt sie drohend.

Als sie das Zimmer verlassen hat, ziehe ich meinen Schlafanzug an und lege mich ins Bett. Ich bin fix und fertig. Ich betaste meine Stirn und streiche liebevoll über den Drachen. Es juckt mich am ganzen Körper, aber ich will gar nicht sehen, wie die Buchstaben über meine Haut kriechen. Ich glaube, heute Nacht werde ich lebhafte Träume haben.

XXI
Arquimaes, Émedi und Arturo

Langsam kehrte Arturos Gedächtnis zurück. Er erinnerte sich deutlich daran, dass Alexia ihm gesagt hatte, Arquimaes habe sich in das Schloss von Königin Émedi geflüchtet. Doch es war nicht sicher, ob er sich immer noch dort aufhielt. Es gab nur eine Möglichkeit, das herauszufinden.

Er lenkte den Flug des Drachen nach Norden. Wenn Arquimaes dort ist, werde ich ihn finden, dachte er.

Der Drache gehorchte den Befehlen des Jungen, der ihn mit fester Hand lenkte, obwohl er noch nie auf einem dieser eindrucksvollen Tiere gesessen hatte. Sie durchflogen niedrige Wolken, die ein schweres Gewitter ankündigten, und gewannen dann an Höhe. Dabei mussten sie mehreren merkwürdigen Vögeln mit spitzen Schnäbeln ausweichen, die wahrscheinlich von Demónicus geschickt worden waren. Die Vögel hatten die Verfolgung aufgenommen, gerade als der Drache in die Weißen Berge geflogen war, und jagten ihnen hinterher, bis sie ermüdeten und aufgaben.

Arturo und der Drache überflogen eine Schlucht und erreichten die Ebenen des Königreiches Emedia, als sich ein furchtbares Gewitter entlud. Eine mörderische Hitze entzündete die Wälder, aus denen ein riesiges Feuer auflodert; doch trotz allem gelangten sie sicher ans Ziel.

Arturo wusste nicht genau, wo sich Émedis Schloss befand, nur dass es irgendwo hoch im Norden lag. Den Drachen verließen bald die wenigen Kräfte, die ihm noch geblieben waren, und als Arturo in der Ferne endlich die Umrisse des Schlosses erblickte, fielen sie beinahe senkrecht zu Boden. Arturo rollte durch den Staub und hätte sich fast an einem Felsbrocken den Kopf aufgeschlagen. Doch wie durch ein Wunder blieb er unverletzt. Das Glück stand auf seiner Seite … Oder vielleicht hatten die Buchstaben auf seiner Brust auch etwas damit zu tun. Arturo hatte keine Zeit, lange darüber nachzudenken, spürte er doch eine seltsame Kraft in sich, die ihn von seinem Weg abzubringen versuchte.

Der Drache des Finsteren Zauberers hatte Arturo einen wertvollen Dienst erwiesen, doch er hatte sich auf dem Flug völlig verausgabt. Der Junge strich ihm sanft über den Kopf und begleitete seine letzten Atemzüge.

Arturo war immer noch außer sich wegen der Grausamkeiten, die er in Demónicus' Schloss hatte mit ansehen müssen. Hass auf den Finsteren Zauberer stieg in ihm auf wie Lava in einem Vulkan. Doch immer noch verspürte er so etwas wie Zuneigung zu Alexia, trotz all ihrer Verbrechen.

„Du verdammter Hexer!", rief er aus und ballte die Faust. „Ich werde dich aufhalten! Ich werde dich daran hindern, weiter deine Opfer zu foltern! Ich werde dich daran hindern, Menschen in wilde Tiere zu verwandeln!"

Der Drache schloss die Augen, atmete noch ein letztes Mal tief ein und starb unter Zuckungen.

Arturo machte sich auf den Weg zu Émedis Schloss, das sich am Horizont gegen den grauen Himmel abzeichnete. Wie ein Hoffnungsschimmer, der ihm Sicherheit versprach.

Die Festung hatte einen Hauptturm, der sich über den massiven Schutzwall erhob. Daneben gab es fünf weitere Türme, kleiner, aber sehr robust, auf denen weiße Standarten im sanften Wind flatterten.

Kaum war Arturo ein paar Kilometer gegangen, hielt ihn eine Patrouille von sechs Männern an.

„Wohin willst du, Kleiner?", fragte ihn der Truppenführer. „Du befindest dich auf dem Gebiet von Königin Émedi. Wir wollen wissen, was du hier zu suchen hast."

„Ich bin ein Freund von Arquimaes, dem Alchemisten. Man hat mir erzählt, dass er sich auf dem Schloss eurer Herrin aufhält. Ich muss zu ihm."

„Wie können wir sicher sein, dass Arquimaes wirklich ein Freund von dir ist?"

„Arquimaes ist mein Lehrer. Er hat einen Bart, nicht sehr lang, eine Adlernase und schwarze, durchdringende Augen … Und eine tiefe, beruhigende Stimme."

„Wir werden dich zum Schloss bringen. Ich hoffe nur, du hast uns nicht belogen", sagte der Soldat. „Sonst wirst du es teuer bezahlen."

Arturo klammerte sich an die Kruppe des Pferdes einer der Männer, der ihm die Hand reichte, um ihm hinaufzuhelfen. Dann ritt er mit den Soldaten zum Schloss.

* * *

MORFIDIO BEGAB SICH mit blutgetränktem Schwert in seine Gemächer. Soeben hatte er einen seiner Ritter getötet, weil der es gewagt hatte, seine Krone zu berühren. Der neue König war so wütend geworden, dass er ihm das Schwert bis zum Heft in die Brust gestoßen hatte. Er wollte allen demonstrieren, dass er ihr unumschränkter Herrscher war.

„Dieser verfluchte Verräter!", rief er rot vor Zorn. „Er wollte meinen Platz einnehmen!"

Morfidio setzte sich vor den großen Spiegel, den er in seinem Zimmer hatte aufstellen lassen. Mit einem Glas Wein in der noch zitternden Hand starrte er sein Spiegelbild an, das ihm wie eine Statue entgegenblickte. Einen Moment lang schien es, als würde er sich auf sich selbst stürzen, doch es passierte nichts. Seit einiger Zeit war er noch misstrauischer geworden. Er konnte seine Wutanfälle kaum mehr kontrollieren. Nur Blut besänftigte ihn. Deswegen musste er jeden Tag irgendjemanden töten. Seine Vertrauten wagten es nicht, ihm zu sagen, dass die Leute Angst vor ihm hatten und ihm, wann immer sie konnten, aus dem Weg gingen.

„Ich werde jeden umbringen, der versucht, mir meine Krone wegzunehmen", zischte er seinem Spiegelbild zu. „Ich werde keinerlei Erbarmen mit diesen Verrätern haben! Ich weiß nur zu gut, dass sie mein Vertrauen erschleichen, um mir einen Dolch in die Brust zu stoßen, während ich schlafe!"

Er leerte sein Glas und einen Moment lang schien sein Verstand wieder klar zu sein. Er erinnerte sich, dass es eine Zeit gab, in der er nicht so gedacht hatte ... Manchmal hatte er das Gefühl, irgendjemand oder irgendetwas müsse ihn verhext haben.

„Arquimaes!", rief er plötzlich aus. „Er war es! Er will mich um den Verstand bringen! Jetzt verstehe ich alles! Er hat mich verhext!"

Er hob das Schwert und schleuderte die doppelt geschärfte Klinge in den Spiegel, der in tausend Stücke zersplitterte.

„Ich werde dich töten, du verdammter Hexenmeister! Du willst mich um den Verstand bringen, aber ich werde dich schneller töten, als du es dir vorstellen kannst, du verfluchter Alchemist! Jetzt begreife ich, dass du mich mit deiner geheimen Zauberformel umbringen wolltest!"

Er starrte auf die tausend Glassplitter zu seinen Füßen. Niemand war da, an dem er sich hätte rächen können, und so stürzte er, wie so häufig in letzter Zeit, in das tiefe Loch des Wahnsinns. Morfidio verlor den Verstand und er konnte nichts dagegen tun.

„Und dich, Arturo, der du mich gedemütigt hast, auch dich werde ich töten!"

✱✱✱

ARTURO WARF SICH in die Arme seines Meisters, der ihn mit unbändiger Freude begrüßte. Lange verharrten die beiden in inniger Umarmung, ohne auch nur ein Wort herausbringen zu können. Der Junge klammerte sich fest an den schwer atmenden Alchemisten. Sie wussten, dass das, was sie verband, mehr als nur gegenseitige Zuneigung war.

„Ich dachte schon, ich würde dich nie wiedersehen", sagte Arquimaes tief bewegt. „Crispín hat mir erzählt, du seist mit Alexia fortgegangen, und ich fürchtete, du würdest zu den Finsteren Zauberern überlaufen ... Zu Demónicus und seiner Tochter ..."

„Das wäre ich auch beinahe", gestand Arturo. „Sie hätten mich fast davon überzeugt, dass ihre Welt auch die meine sei. Doch dann bin ich wieder zu Verstand gekommen und konnte fliehen. Mein Platz ist hier bei Euch, bei meinem Meister."

„Jetzt stehen wir unter Émedis Schutz", sagte Arquimaes. „Sie wird alles tun, damit wir unser Vorhaben zu Ende führen können."

„Ich habe Eure Zeichnungen gesehen. Durch sie habe ich viele Dinge verstanden", sagte Arturo.

„Darüber reden wir später. Zuerst jedoch möchte ich, dass du Königin Émedi kennenlernst, meine Retterin, meine Beschützerin ..."

Arturo näherte sich der Königin und kniete vor ihr nieder. Sie aber forderte ihn mit einer Handbewegung auf, sich zu erheben.

„In meinem Reich kniet niemand nieder", sagte sie milde. „Und schon gar nicht ein Freund von Arquimaes."

„Betrachtet mich als Euren Diener", sagte Arturo.

„Ich bin eine Königin, aber ich habe keine Sklaven."

„Wir wollen ein Reich von freien Menschen errichten", sagte der Weise zu Arturo. „Und Émedi wird eine Königin der Gerechtigkeit sein."

„Ich lasse euch jetzt alleine", sagte die Königin und wandte sich zur Tür. „Heute Abend wollen wir gemeinsam speisen und unsere Gefühle miteinander teilen."

Arquimaes legte seinem Schüler die Hände auf die Schultern und lächelte ihn liebevoll an.

„Gehen wir in den Garten und reden wir ein wenig. Ich brenne darauf zu hören, was du seit unserer Trennung erlebt hast."

„Ich fürchte, ich habe schlechte Nachrichten für Euch", sagte Arturo. „Ich glaube, Demónicus wird uns mit seiner gesamten Streitmacht angreifen ... durch meine Schuld."

„Nein, es ist nicht deine Schuld", beruhigte ihn Arquimaes. „Er trägt sich schon lange mit dem Gedanken, sich dieses Reich einzuverleiben. Er will den gesamten Kontinent unterwerfen und eine Welt der schwarzen Magie errichten."

„Aber ... Ich habe ihn verwundet. Er hat Rache geschworen und wird mich verfolgen. Ich muss mich verstecken. Ich bin nur gekommen, um mich zu verabschieden."

„Du glaubst doch nicht, dass ich dich im Stich lassen werde? Nicht mal im Traum lasse ich dich alleine, mein Freund. Du bleibst hier und wir werden uns ihm gemeinsam in den Weg stellen. Der Moment ist gekommen, sich diesem Barbaren zu widersetzen. Seine Magie hat der Welt furchtbaren Schaden zugefügt. Es ist Zeit, seinem Treiben ein Ende zu setzen!"

„Aber wie sollen wir das machen? Er verfügt über viele bewaffnete und gut ausgebildete Soldaten, außerdem über mordende Drachen und schreckliche Bestien …"

„Wir werden eine Armee aufstellen! Eine Armee aus tapferen Rittern und fähigen Soldaten! Wir werden auf Leben und Tod gegen ihn kämpfen und wir werden siegen! Du wirst sehen!"

„Und woher sollen diese Ritter kommen? Königin Émedi hat gerade mal genug Soldaten, um ihr Schloss zu verteidigen. Niemand wird uns unterstützen!"

„Königin Émedi und ich wollen ein Reich der Gerechtigkeit errichten. Das hat sich herumgesprochen und bald wird man uns zu Hilfe eilen. Viele sind gewillt, die Gerechtigkeit und die Wissenschaft zu unterstützen, um die Tyrannei zu beenden. Das Volk ist der Hexerei überdrüssig. Glaube mir, es werden sich genügend Leute finden."

Arturo wollte etwas darauf erwidern, als eine bekannte Stimme ihn unterbrach.

„Arturo! Arturo! Ich bin's!"

„Crispín! Crispín! Mein Freund!"

Die beiden Jungen umarmten sich so überschwänglich, dass sie sich beinahe gegenseitig umstießen.

„Wie bist du hierhergekommen?", fragte Arturo. „Wie hast du es geschafft, aus dieser teuflischen Stadt zu entfliehen?"

„Das war purer Zufall. Ich hab mich einer Gruppe von Händlern angeschlossen, die mich hierhergebracht haben. Ehrlich gesagt, ich habe gedacht, du wärst tot. Ich habe gesehen, wie die Soldaten mit Pfeilen auf dich geschossen haben, und ich war sicher, dass sie dich getroffen haben. Und dann bist du in einer Rauchwolke verschwunden …"

„Wir konnten entwischen", sagte Arturo.

„Alexia auch?"

„Ja. Ich war verwundet und sie hat mir das Leben gerettet. Wir haben uns bis ins Schloss ihres Vaters geschleppt und da bin ich dann wieder ganz gesund geworden. Gestern konnte ich fliehen, nachdem ich Demónicus verwundet habe. Jetzt wird er mich überall suchen, um mich zu töten."

„Glaubst du, es gibt Krieg?", fragte Crispín.

„Ganz bestimmt. Er will sich rächen und wird die Gelegenheit nutzen, Königin Émedis Land zu erobern."

„Das werden wir nicht zulassen!"

„Wir sind bei dir, Arturo", sagte Arquimaes. „Die Königin wird dich zum Ritter schlagen."

„Du brauchst einen richtigen Knappen, Arturo! Endlich darf ich in den Krieg ziehen!", rief Crispín begeistert.

„Ein Krieg ist kein Spiel", warnte Arquimaes. „Es werden viele Menschen sterben."

Besorgt schauten sich die drei an.

XXII

Das Museum der Buchstaben

Metáfora und ich haben uns mit Hinkebein im *Museum des Buches* verabredet, einem dunklen Ort, wo sich nur wenige Leute aufhalten und wir ungestört reden können. Wir brennen darauf, über den merkwürdigen Einbruch zu sprechen.

Am Museumseingang werden wir kontrolliert, das heißt, wir müssen durch den bogenförmigen Metalldetektor gehen, bevor wir die große Ausstellungshalle betreten dürfen. Es herrscht eine bedrückende Stille und auch die spärliche Beleuchtung trägt zu der geheimnisvollen Atmosphäre bei.

In den Glasvitrinen an den Wänden sind besonders wertvolle Bücher ausgestellt, darunter eine in drei Sprachen übersetzte Bibel, Pergamente, die älter sind als die, die wir in der Stiftung haben, römische und mittelalterliche Schriften und Runen. Auch in der Mitte der Halle sind einige Ausstellungsstücke zu sehen, zum Beispiel Schriften aus fast prähistorischer Zeit, die beweisen, dass der Mensch ungefähr gleichzeitig angefangen hat zu sprechen und zu schreiben. Zwei Dinge, die es uns nun, nach so vielen Jahrhunderten, ermöglichen, unsere Gedanken und Gefühle anderen Menschen mitzuteilen.

„Ich habe in der Stadtzeitung gelesen, dass sie zu dritt waren", sagt Hinkebein. „Und dass man sie verhaftet hat."

„Es waren fünf", korrigiere ich ihn. „Der Fahrer und ein Laufbursche gehörten auch noch dazu, aber sie sind abgehauen, als sie gesehen haben, dass da was schiefging. Ich habe sie gesehen, bevor ich in den Keller gegangen bin."

„Ich hab euch ja gesagt, das ist eine sehr gefährliche Bande!", erinnert Hinkebein uns.

„Sie hatten eine Pistole und hätten ihn beinahe erschossen", fügt Metáfora hinzu. „Sein Leben hing an einem seidenen Faden."

„Ich konnte doch nicht einfach tatenlos zusehen, wie sie unsere Schätze aus dem Keller räumen."

„Du hast dein Leben aufs Spiel gesetzt. Das war nicht gut. Du hättest eure Sicherheitschefin alarmieren müssen. Dafür habt ihr sie ja schließlich. Beim nächsten Mal passt du besser auf", ermahnt mich Hinkebein. „Diese Leute machen kurzen Prozess."

„Du hast ja recht."

„Was wollten sie denn mitnehmen?"

„Das ist es, was mir Sorgen macht! Sie hatten alles genau geplant. Sind direkt in den Keller gegangen, um die besten Objekte in Kisten zu packen. Die kunstvollsten Schwerter und Schilde, alles sehr wertvolle Stücke. Ich verstehe das nicht."

„Klar, Mann, die haben sich nicht die ganze Mühe gemacht, um einen Blumentopf mitgehen zu lassen, oder?", lacht Hinkebein.

„Ich will damit sagen, nur wenige Leute wissen, dass ausgerechnet diese historischen Schätze im ersten Keller aufbewahrt werden. Und die wenigen, die das wissen, gehören alle zur Stiftung."

„Außer dem General", widerspricht Metáfora. „Er gehört nicht zur Stiftung."

Wir bleiben vor einer Vitrine stehen. Auf einem Schild steht: *Die Schreibtechnik ist so alt wie die Menschheit. Sie hat zur Entwicklung des Denkens beigetragen.* Hinter dem Glas liegt ein Pergament aus Ägypten. Es ist so alt, dass es in Stücke zerfiele, wenn jemand es nur anpusten würde.

„Ihr glaubt doch wohl nicht wirklich, dass der General die Einbrecher informiert hat?", frage ich.

„Nein, ich will damit nur sagen, dass er weiß, was sich in den beiden Kellern befindet", stellt Metáfora klar. „Mehr nicht."

„Wir können niemandem trauen", warnt Hinkebein. „Wir dürfen keine Möglichkeit ausschließen. Tatsache ist, dass diese Typen genau wussten, wo sich die wertvollsten Stücke befinden. Jemand muss es ihnen erzählt haben."

„Oder sie haben uns ausspioniert", sage ich. „Es könnte doch sein, dass sie mithilfe irgendeines Systems herausgefunden haben, was nur wenige wissen. Da gibt es viele Abhörtechniken ... und Videokameras ..."

„Das wird ja ein richtiger Spionagefilm!", unterbricht mich Metáfora.

„Arturo hat recht. Heutzutage gibt es Techniken, mit denen man sogar rauskriegen kann, was wir denken. Man kann Telefone anzapfen, Bilder aus großer Entfernung aufnehmen, durch Wände abhören … Solche Systeme gibt es in jedem Laden und jeder kann sie kaufen … Deswegen dürfen wir nichts ausschließen."

Wir gehen weiter. In einer noch schummrigeren Ecke stehen verschiedene Ausgaben von *Don Quijote* in mehreren Sprachen. Wir schauen uns die Bücher neugierig an, denn ein Werk der Weltliteratur in einer Schrift geschrieben zu sehen, die man nicht kennt, finde ich unglaublich spannend. Noch so ein Wunder der Schreibkunst! Der Buchdruck war eine der wichtigsten Erfindungen der Zeitgeschichte.

„Vor allem habe ich jetzt Angst, dass sie wiederkommen", sage ich.

„Das ist nicht auszuschließen. Sie wissen, dass die Stiftung mit wertvollen Gegenständen vollgestopft ist, und werden keine Ruhe geben, bevor sie haben, was sie wollen."

„Da besteht gar keine Gefahr", sagt Metáfora. „Kaum anzunehmen, dass sie es aus dem Gefängnis heraus versuchen werden."

„Da wäre ich nicht so sicher. Solche Banden sind weit verzweigt. Wenn einige von ihnen von der Polizei geschnappt werden, treten sofort andere an ihre Stelle", erklärt Hinkebein. „Es existieren sogar regelrechte Kandidatenlisten. Wie bei einem dieser Castings, die in letzter Zeit so in Mode sind. Bestimmt organisieren sie sich gerade um und planen den nächsten Einbruch."

Wir sind jetzt im hinteren Teil des Saales. Es herrscht fast völlige Dunkelheit. Hier liegen ganz außergewöhnliche Bücher und Pergamente.

„Da ist noch etwas, was mir einfach nicht aus dem Kopf gehen will", sage ich.

„Deine Träume? Beschäftigen die dich immer noch?", fragt Metáfora und tritt näher an eine der Vitrinen heran.

„Nein, ich muss an etwas denken, was Sombra mir neulich gesagt hat … Er hat von den Tiefen der Stiftung gesprochen. Ich weiß nicht, was er damit sagen wollte … die Tiefen der Stiftung!"

„Vielleicht hat er das im übertragenen Sinne gemeint. Du weißt schon ... Vielleicht bezog sich das auf irgendwelche Geheimnisse ... auf die Geschichte der Stiftung", überlegt Metáfora.

„Aber genauso gut kann er die verschiedenen Kellerräume gemeint haben", sagt Hinkebein. „Wie viele Keller hat das Gebäude?"

„Drei", antworte ich. „Es gibt drei Ebenen unter dem Erdgeschoss."

„Bei drei Kellern kann man in der Tat von Tiefen sprechen", sagt Hinkebein. „In der Archäologie ist das sehr viel. Drei Ebenen können jede Menge Geheimnisse bergen ..."

„Ich habe das Gefühl, dass es im dritten Keller etwas Geheimnisvolles gibt, etwas sehr Geheimnisvolles. Einmal hab ich Papa und Sombra hinuntergehen sehen. Als ich sie am nächsten Tag gefragt habe, haben sie es abgestritten, und als ich nicht lockergelassen habe, haben sie so getan, als wäre es unwichtig. Vielleicht hat Sombra den dritten Keller gemeint."

„Du kannst ja mal versuchen hinunterzugehen, wenn sie nicht da sind."

„Dazu brauche ich einen Schlüssel. Aber ich weiß nicht, wo er ist. Sie haben ihn gut versteckt."

„Mann, der Schlüssel kann doch nicht das Problem sein! Ich hab in meinem Leben schon alle möglichen Türen ohne Schlüssel geöffnet. Es gibt kein Schloss, das ich nicht aufkriege."

„Könntest du mir dabei helfen?"

„Uns!", korrigiert mich Metáfora. „Uns dabei helfen. Ich möchte auch dabei sein."

„Hör mal, mein Junge, stellst du dir das nicht etwas zu einfach vor? Eine Sache ist es, heimlich für dich zu arbeiten, aber etwas ganz anderes ist es, einen Einbruch zu begehen."

„Das ist kein Einbruch, sondern eine Arbeit, mit der ich dich beauftrage. Du kriegst sie auch extra bezahlt!"

„Na ja, das ist was anderes", sagt Hinkebein. „Ich kann es ja mal versuchen."

Wir haben den Rundgang beendet. Jetzt erst merke ich, dass nur wenige Besucher hier sind, was ich schade finde.

„Also abgemacht! Ich sag dir Bescheid, wenn die Gelegenheit günstig ist. Ich möchte unbedingt wissen, was sich in dem dritten Keller befindet."

„Hoffentlich keine unangenehme Überraschung", sagt Metáfora.

„Vermutlich historische Zeugnisse", sagt Hinkebein. „Ganz bestimmt. Ich freue mich darauf, sie mit euch bestaunen zu können. Wenn es um Archäologie geht, kenne ich mich aus."

Wir verlassen das *Museum des Buches* ... und werden von grellem Tageslicht geblendet. Nach dem Halbdunkel im Museum müssen sich unsere Augen erst einmal daran gewöhnen.

***

„Hallo, Mama, hier bin ich wieder. Ich besuche dich jetzt oft, denn in letzter Zeit passieren die merkwürdigsten Dinge. Neulich wäre ich beinahe umgebracht worden. Ein paar Typen sind in die Stiftung eingedrungen und wollten wertvolle Kunstschätze aus dem Keller stehlen. Ich habe sie überrascht und musste mit ihnen kämpfen, um zu verhindern, dass sie sich mit den Sachen aus dem Staub machen konnten. Aber ich musste auch um mein eigenes Leben kämpfen. Ich hab es niemandem erzählt, aber es hat mir irgendwie Spaß gemacht, mich zu verteidigen. Auch wenn ich einen Riesenschreck bekommen habe. Zum ersten Mal in meinem Leben musste ich mit so einer schlimmen Situation fertig werden. Und ich habe es geschafft! Ich war überhaupt nicht feige! Ich habe wie ein tapferer Ritter aus dem Mittelalter gekämpft, wie der, der mir immer wieder in meinen Träumen erscheint."

Ich schweige eine Weile, während ich mir mit der Hand über die Stirn streiche.

„Und noch etwas anderes ist passiert. Ich habe es vor allen geheim gehalten, sogar vor Papa. Aber dir will ich es erzählen. Ich weiß nicht, wie ich anfangen soll, aber ... Jemand hat mich gerettet. Erinnerst du dich noch, dass ich dich vor Kurzem nach dem Drachen gefragt habe? Also, er war es, der mir geholfen hat. Ich habe gemerkt, wie er lebendig geworden ist und sich von meiner Haut gelöst hat, um den Mann zu attackieren, der mich geschlagen hat. Er hat ihn in den Hals gebissen und hätte ihn um ein Haar aufgefressen. Ich wusste, dass er irgendeine Macht hat, aber an dem Abend ist mir klar geworden, dass er etwas ganz Besonderes ist. Ich weiß nicht, wie er auf meine Stirn gekommen ist, aber ihm verdanke ich es, dass ich noch lebe. Die Leute im Mittelalter haben behauptet, Drachen hätten außergewöhnliche Kräfte. Ich hätte aber nie gedacht, dass sie so stark sind. Ich habe schon viel über sie gelesen, aber erst jetzt fange ich an, sie zu verstehen. Sie sind treu und mutig und dienen einer gerechten Sache. Es gibt zwar auch bösartige Drachen, ich weiß, aber ich glaube, sie sind nur so böse, weil jemand sie zwingt, böse zu sein. Du musst nicht meinen, ich hätte Angst. Nach dem, was ich bei dem Einbruch erleben musste, habe ich vor nichts mehr Angst. Ich glaube, ich werde langsam erwachsen."

Ich stehe auf, gehe zum Bild meiner Mutter und streichle es.

„Bald gehe ich in den dritten Keller, zusammen mit Hinkebein und Metáfora. Ich muss jetzt endlich herausfinden, was es da unten gibt. Ich habe ein mulmiges Gefühl dabei ... Mir ist, als würdest du mich darum bitten. Ich glaube, du willst, dass ich in den dritten Keller gehe ... Ich spüre, dass du mich rufst, Mama. Ich glaube, so langsam verstehe ich, was in jener Nacht in der Wüste geschehen ist, als du dein Leben geopfert hast ... für mich."

Fünftes Buch
Arquimia

I
Die Kriegsdrohung

Dreissig Reiter, angeführt von Fürst Ratala, näherten sich Émedis Schloss. Sie wussten sehr wohl, dass sie von den Patrouillen der Königin beobachtet wurden.

In sicherer Entfernung machten sie halt und warteten hoch zu Ross darauf, dass ein Abgesandter der Königin kam, um mit ihnen zu reden.

„Wir haben eine Botschaft von Demónicus, unserem Herrn", teilte Ratala dem Mann mit, der sich ihnen schließlich genähert hatte. „Ich habe Anweisung, sie der Königin persönlich zu überbringen."

Zwei königliche Reiter begaben sich zurück ins Schloss, während die anderen Soldaten Ratalas Truppe bewachten, für den Fall, dass die Ankömmlinge etwas Böses im Schilde führten. Sie befahlen ihnen, ihre Waffen niederzulegen, und machten unmissverständlich klar, dass sie keine Respektlosigkeit der Königin gegenüber dulden würden.

Kurz darauf kamen die beiden Reiter mit der Königin zurück. Émedi saß, bewaffnet mit dem Silberschwert, auf ihrem prächtigen Streitross. Sie wurde von ihrer Leibgarde und einigen treuen Rittern begleitet. Auch Arturo, Arquimaes und Crispín befanden sich unter ihnen.

„Was sucht ihr in meinem Reich, Männer von Demónicus?", fragte die Königin herrisch.

„Wir sind gekommen, um den Feigling festzunehmen, der sich Arturo Adragón nennt", antwortete Fürst Ratala. „Er hat Demónicus schwer verwundet und unsere Gastfreundschaft missbraucht."

„Arturo Adragón ist mein Gast und ich werde ihn niemandem ausliefern."

„Er ist vor unserem Duell davongelaufen. Er hat Demónicus, unseren Herrn, heimtückisch angegriffen. Er hat unsere Prinzessin Alexia verschmäht und gedemütigt. Und er hat einen unserer Drachen geraubt. Wir wollen Rache!"

„Wollt ihr mich in eine menschliche Bestie verwandeln, wie so viele andere eurer Opfer?", fragte Arturo aufgebracht.

Die Königin hob die Hand, um ihn zum Schweigen zu bringen.

„Ich werde Arturo nicht ausliefern", sagte sie mit fester Stimme. „Das ist mein letztes Wort."

„Dann, Königin, muss ich Euch mitteilen, dass Demónicus seine Armee schicken wird, um ihn gefangen zu nehmen. Wenn nötig, werden wir Euer Schloss niederreißen und Euer Land dem Erdboden gleichmachen. Ihr könnt Euch auf einen verheerenden Krieg vorbereiten, der Euch teuer zu stehen kommen wird."

„Sag deinem Herrn, dass wir keine Angst vor ihm haben. Wir sind bereit, für unser Recht zu kämpfen. Und für das Recht, unsere Gäste zu beschützen! Königin Émedi verrät ihre Freunde nicht."

„Ich werde es meinen Herrn wissen lassen. Ihr könnt sicher sein, Demónicus' Zorn wird wie ein Gewitter über Euch hereinbrechen. Niemand in Eurem Reich wird mit dem Leben davonkommen", drohte Fürst Ratala unverhohlen. „Emedia wird zerstört werden."

„Verschwinde", befahl die Königin, „bevor ich dich für deine Unverschämtheiten in den Kerker werfen lasse! Und sag deinem Herrn, ich fürchte seinen Zorn nicht. Meine tapferen Ritter und Soldaten werden mein Reich mit ihrem Leben zu verteidigen wissen. Er wird es nicht leicht haben, in mein Land einzudringen."

„Alle Welt weiß, dass Ihr über keine eigene Armee verfügt. Ihr werdet Demónicus' Angriff schutzlos ausgeliefert sein", erwiderte Ratala von oben herab. „Erlaubt mir außerdem, den Feigling da an unser Duell zu erinnern. Es wird stattfinden, ob es ihm nun gefällt oder nicht. Ich werde ihn mit meinen eigenen Händen töten!"

Arturo wollte etwas erwidern, doch die Königin hob erneut die Hand und erklärte die Unterredung für beendet. Die Männer des Finsteren Zauberers wendeten ihre Pferde und ritten davon. Émedis Wachen eskortierten sie bis zur Grenze.

Die Königin wartete, bis sie außer Sichtweite waren. Dann kehrte sie gelassen, wenn auch mit einem Anflug von Furcht im Herzen, mit ihrem Gefolge ins Schloss zurück.

Die Ankündigung des Finsteren Zauberers, Emedia von seinen wilden Kriegern angreifen zu lassen, war keine leere Drohung – und alle wussten das.

Arturo plagten Schuldgefühle. Der angedrohte Krieg würde vor allem seinetwegen geführt werden. Alles, was Ratala über ihn gesagt hatte, stimmte; und dieser Gedanke quälte ihn. Vor allem jedoch schmerzte es ihn, dass er Alexia wehgetan hatte. Nicht einen Moment lang hatte er aufgehört, an sie zu denken. Keine Nacht verging, in der er nicht von ihr träumte.

***

Alexia sass neben ihrem Vater. Die erfahrensten Zauberer kümmerten sich um Demónicus und die Heilung seiner Brandwunden. Alexia war zutiefst besorgt, denn sie liebte ihren Vater sehr. In ihr stieg Hass gegenüber Arturo auf. Und sie konnte sich nicht dagegen wehren, dass dieser Hass nach und nach die Bewunderung verdrängte, die sie vom ersten Augenblick an für ihn verspürt hatte.

Voller Wehmut erinnerte sie sich an die außergewöhnlichen Momente, die sie an seiner Seite erlebt hatte. Sie dachte an den Tag, an dem Arturo den Drachen an der Schlucht getötet hatte; an den Tag, als er sie vor dem Scheiterhaufen errettet hatte, und an ihren gemeinsamen Weg zurück zum Schloss ihres Vaters, während sie seine tödlichen Wunden geheilt hatte … Eine Erfahrung, die sie das Leben auf eine andere Weise hatte sehen lassen. Niemals hatte sie einen Menschen mit einem so edlen Herzen gekannt. Einem Herzen, das sie verzaubert hatte.

„Schwöre mir, dass du Arturo Adragón töten wirst!", verlangte Demónicus mit hasserfüllter Stimme und packte sie brutal am Arm. „Schwöre, dass du mich rächen wirst!"

Alexia kehrte aus dem Reich der Erinnerungen in die Wirklichkeit zurück.

„Ich schwöre es dir, Vater!", antwortete sie. „Ich schwöre dir, dass du deine Rache bekommen wirst!"

„Du liebst diesen Verräter zu sehr. Ich bin sicher, dass deine Hand im entscheidenden Moment zögern wird. Du musst Arturos Tod mit all deinem Hass herbeiwünschen!", rief Demónicus.

„Ich versichere dir, Vater, ich werde ihn töten! Ich wünsche es mir mehr als alles andere in meinem Leben! Arturo muss durch meine Hand sterben!"

„Deine Stimme sagt mir, dass du ihn nicht töten, sondern küssen willst!", schrie der Finstere Zauberer. „Du wirst mir nicht die Rache verschaffen, nach der mich so sehr verlangt!"

„Ich schwöre es dir, Vater! Ich schwöre dir, dass ich ihn töten werde! Meine Hand wird nicht zittern, das verspreche ich dir!"

Demónicus wusste sehr gut, wie er seine Tochter zu behandeln hatte. Er schwieg eine Weile und wartete.

„Schau mich doch an!", rief er, nachdem er gehustet und Blut gespuckt hatte. „Ich werde nie mehr derselbe sein. Mein Gesicht ist für immer entstellt, ich kann meinen Körper kaum mehr bewegen ... Und schuld an meinem Unglück ist Arturo Adragón, aber meine eigene Tochter wird nicht imstande sein, mich zu rächen!"

Zum ersten Mal seit vielen Jahren füllten sich Alexias Augen mit Tränen. Sie musste ihrem Vater gehorchen, doch ihr Herz sagte etwas anderes. Wenn sich Liebe mit Hass vermengt, werden in den Menschen seltsame Gefühle wach, die nur schwer zu kontrollieren sind. Doch um das zu verstehen, war Alexia noch zu jung.

„Du kannst sicher sein, dass ich meine Pflicht erfüllen werde", sagte die Prinzessin und stand auf. „Ich werde ihn töten, ohne auch nur einen Moment zu schwanken! Er wird für seine Taten büßen, Vater! Vertraue mir!"

Sie verließ das Zimmer und ging in die Waffenkammer. Dort bat sie um ein Schwert, legte ihre Rüstung an und übte sich viele Stunden im Gebrauch der Waffe. Ihr Lehrer, der Fechtmeister, wurde mehrmals schwer getroffen, und ihm wurde klar, dass dies hier keine normale Unterrichtsstunde war. In Alexias Gesicht stand der unbändige Wunsch, jemanden zu töten. Er kannte die Prinzessin gut und begriff, dass sie außer sich war vor Zorn. Was er jedoch nicht wusste, war, dass dieser Zorn aus ihrem tiefsten Herzen kam. Alexia fühlte Hass auf sich selbst, weil sie gezwungen war, etwas zu tun, was sie nicht tun wollte. Wenn sie Arturo tötete, tötete sie auch sich selbst!

✶✶✶

Émedi versammelte ihren Kriegsrat um einen runden Tisch. Auch Arquimaes und Arturo gehörten dazu. An den Wänden des Saales hingen große Teppiche, auf denen Szenen siegreicher Schlachten abgebildet waren, an deren Ende die Gründung des Königreiches Emedia gestanden hatte.

Alle Anwesenden wussten von der Kriegsdrohung, die Ratala am Morgen der Königin ins Gesicht geschleudert hatte. Jetzt wollten sie sehen, welche Schlüsse ihre Herrin aus dieser Drohung ziehen würde. Es gingen Gerüchte, sie bereue es inzwischen, den jungen Schüler des Alchemisten nicht ausgeliefert zu haben. Deswegen waren sie begierig zu hören, was die Königin ihnen zu sagen hatte.

„Caballeros! Ihr wisst, dass Demónicus ernsthaft damit gedroht hat, uns anzugreifen. Wir müssen uns auf einen Krieg vorbereiten. Ich habe euch hier versammelt, um mit euch über eine Verteidigungsstrategie zu beraten", verkündete Émedi feierlich.

Die getreuen Ritter von Emedia blickten sie schweigend an. Entschlossen nahm die Königin auf einem hohen, mit ihrem Wappen geschmückten Stuhl Platz.

„Ich möchte wissen, wie ihr darüber denkt", forderte sie ihre Männer auf zu sprechen. „Was sollen wir eurer Meinung nach tun?"

„Wir verfügen nicht über die ausreichende Streitmacht, Majestät", antwortete Ritter Montario nach einer Weile. „Das Einzige, was wir tun können, ist, die Bauern zusammenzurufen und sie mit Pfeil und Bogen auszurüsten. Sie sollen so viele Feinde wie möglich töten."

„Unsere Bauern sind nicht darauf vorbereitet, gegen ein so gut organisiertes Heer wie das von Demónicus zu kämpfen", widersprach Leónidas. „Und Soldaten haben wir kaum. Dieses Reich ist seit vielen Jahren ohne eine Armee ausgekommen."

„Ja, seit der Großen Schlacht haben wir unsere Armee nach und nach abgeschafft", musste die Königin zugeben. „Wir dachten, wir würden sie nie mehr benötigen. Aber wir haben uns wohl geirrt."

„Nun ist der Moment gekommen, uns auf die entscheidende Schlacht vorzubereiten", erklärte Ritter Eisenfaust. „Demónicus wird dieses Land überfallen und seine Macht mit brutaler Gewalt ausweiten."

„Er wird uns versklaven und sich Emedias Reichtümer aneignen", fügte Montario hinzu. „Und wir können ihn nicht daran hindern. Wir sind nur eine Handvoll Ritter und verfügen über sehr wenige Soldaten. Nicht mal Kriegsmaschinen haben wir."

„Wir sollten noch andere Edelleute um Unterstützung bitten", schlug Ritter Eisenfaust vor. „Alle sind verpflichtet, das Königreich zu verteidigen. Und wir könnten uns mit König Frómodi und anderen Herrschern verbünden. Vielleicht gelingt es uns ja, eine Kriegsarmee aufzustellen."

„Niemand wird sich mit uns verbünden wollen", entgegnete Leónidas. „Demónicus ist ein mächtiger Feind, der von allen gefürchtet wird. Machen wir uns nichts vor, wir stehen alleine da!"

Im Saal herrschte ratloses Schweigen. Niemand widersprach Leónidas. Sie wussten, dass kein Edelmann und kein König es wagen würde, mit seinem Heer gegen den Finsteren Zauberer in den Krieg zu ziehen. Inzwischen hatte alle Welt erfahren, was Arturo Demónicus angetan hatte. Arquimaes und Arturo tauschten einen vielsagenden Blick.

„Vielleicht habe ich ja eine Lösung", sagte der Weise und trat einen Schritt vor.

„Kennst du jemanden, der sich auf unsere Seite stellen würde? Oder willst du etwa die Armee aufstellen, die wir benötigen?", fragte Ritter Eisenfaust in einem spöttischen Ton, der Émedi verärgerte.

„Jetzt ist nicht der Augenblick zu streiten", sagte sie. „Wir sitzen alle im selben Boot."

„Ganz recht. Wir sitzen alle im selben Boot und sind treue Diener unserer Königin. Aber Schuld hat dieser Junge da!" Der Ritter zeigte auf Arturo. „Der Abgesandte von Demónicus hat es klar und deutlich ausgesprochen: Wenn wir ihn ausliefern, werden sie uns nicht angreifen."

„Willst du damit sagen, dass deine Königin einen ihrer Freunde ausliefern soll, um dem Zorn dieses gottlosen Schurken zu entgehen?", fragte Émedi in ernstem, eindringlichem Ton. „Glaubst du, deine Königin ist eine schwache, furchtsame Frau, die vor jedem, der sie bedroht, auf die Knie fällt?"

„Nein, Herrin. Ich bitte Euch um Verzeihung. Aber Ihr müsst zugeben, dass ..."

„Niemand, nicht einmal Demónicus, kann uns befehlen, was wir zu tun haben! Wir liefern unsere Freunde nicht aus, auch wenn die anderen noch so viele Soldaten haben und sie noch so gefährlich sind! Wenn einer meiner Ritter Demónicus' Angriff fürchtet, fordere ich ihn hiermit auf, sich der Armee des Finsteren Zauberers anzuschließen. Wir wollen nur tapfere Männer in unseren Reihen! Treue, gerechte Männer!"

Émedis Worte hallten so laut und deutlich im Saal wider, dass niemand es wagte, ihr zu widersprechen. Arturo sah in den Augen der Ritter, dass alle bereit waren, für ihre Königin in den Krieg zu ziehen. Doch er musste eingestehen, dass es zu wenige waren, um an einen Sieg zu glauben.

* * *

Morfidio empfing Escorpio mit gelangweilter Geste.

Benicius' früherer Spion, der sich später in Demónicus' Dienste gestellt hatte, war nicht gerade ein Mann, dem man vertrauen konnte. Nachdem Alexia ihn gezwungen hatte, das Reich des Finsteren Zauberers zu verlassen, war er auf der Suche nach einem neuen Herrn, der geneigt war, ihn für seine Informationen zu bezahlen. Und König Frómodi war der geeignete Kandidat dafür.

„Was hast du mir anzubieten, du Spion des Teufels?", fragte der neue König. „Du hast Benicius verraten, und ich hoffe nicht, dass du dasselbe mit mir vorhast."

„Ich versichere Euch, Herr, das habe ich nicht. Ich bin im Besitz wichtiger Informationen. Demónicus bereitet einen Angriff auf Königin Émedi vor."

„Und was geht mich das an? Was habe ich dabei zu gewinnen? Oder will er danach vielleicht mich angreifen?"

„Demónicus will so viele Gebiete erobern, wie er kann. Er hat sich vorgenommen, die Welt zu beherrschen. Aber das ist nicht so wichtig. Für Euch, Herr, ist vielmehr von Interesse, dass sich im Schloss von Königin Émedi ein Junge namens Arturo Adragón aufhält. Ihr kennt ihn gut, glaube ich ... Und bei ihm ist ein Alchemist, ein gewisser Arquimaes ... den Ihr auch kennengelernt habt, vor langer Zeit ... als Ihr noch Graf wart ... oder sogar noch früher ..."

Morfidio spürte, wie er am ganzen Körper vor Wut zu zittern begann. Arturo und Arquimaes! Endlich bot sich ihm die Gelegenheit, sich an den beiden zu rächen, die ihm so viel Schaden zugefügt und ihn öffentlich gedemütigt hatten! Eine Welle von Zorn durchflutete ihn. Er sprang auf. Arquimaes' Gestalt stand so deutlich vor seinem geistigen Auge, dass er erschauderte.

„Bist du sicher, dass das stimmt? Schwörst du bei deinem Leben, dass sich die beiden in Émedis Schloss aufhalten?"

„Ganz sicher, Herr. Demónicus hat damit gedroht, das Land der Königin zu überfallen, wenn sie den Jungen nicht an ihn ausliefert. Er will sich an ihm rächen."

„Warum will er sich an ihm rächen?"

„Er ist von ihm schwer verwundet worden. Demónicus ist ans Bett gefesselt wegen der Verletzungen, die Arturo ihm beigebracht hat. Außerdem heißt es, dass er Prinzessin Alexia gedemütigt und zurückgewiesen hat. Demónicus mobilisiert gerade seine Armee, um Émedi anzugreifen. Er wird Arturo Adragón so lange foltern, bis der Junge bedauert, überhaupt geboren worden zu sein."

„Arturo gehört mir! Ich werde die beiden eigenhändig umbringen!", schrie Morfidio mit wirrem Blick. Der Wahnsinn, der ihn seit Monaten gepackt hatte, schien immer schlimmer zu werden.

„Dann müsst Ihr Euch beeilen, Herr. Sonst wird Demónicus Euch zuvorkommen, da könnt Ihr sicher sein."

„Was kann ich tun?"

Escorpio lächelte verschlagen. Jetzt hatte er Morfidio in der Hand. König Frómodi würde ihm zahlen, was er verlangte, wenn er ihm dazu verhalf, den Teufelsjungen in die Finger zu kriegen.

„Ich habe mich Demónicus gegenüber sehr anständig verhalten. Ich habe ihm den Verräter Herejio ans Messer geliefert, damit er sich an ihm rächen konnte. Aber seine Tochter, Alexia, hat mir den kleinen ... Ausrutscher nicht verziehen, den ich mir ihr gegenüber erlaubt habe. Sie hat mich aus ihrem Reich verbannt. Auch ich würde mich gerne rächen ... Zusammen könnten wir unsere Rache bekommen, Herr, und reich könnten wir dabei auch noch werden ..."

„Ich werde mich Demónicus anschließen und ihm meine Unterstützung anbieten. Als Gegenleistung verlange ich das Leben dieser beiden …"

„Nein, Herr, das wird zu nichts führen; ich habe eine bessere Idee …"

✦✦✦

ES WAR NOCH früh. Kaum jemand war auf den Beinen. Nur die wenigen Wachsoldaten sahen daher, wie sich Königin Émedi an der Zugbrücke von ihren Freunden Arquimaes, Arturo und Crispín verabschiedete.

„Passt gut auf euch auf", sagte sie. „Überall lauern Feinde, die uns ausspionieren. Sie würden nicht zögern, euch zu töten."

„Macht Euch keine Sorgen, Herrin", erwiderte der Weise. „Wir werden nicht zulassen, dass man uns an unserer Mission hindert. Wir werden sie erfüllen!"

„Wir werden heil und unversehrt zurückkommen, das verspreche ich Euch", sagte Arturo. „Niemand wird uns von unserem Weg abbringen."

„Und wir sind rechtzeitig zurück, um an diesem Krieg teilzunehmen", fügte Crispín hinzu. „Den will ich mir nämlich auf keinen Fall entgehen lassen!"

„Hoffentlich greifen sie uns nicht an, bevor ihr zurück seid", seufzte die Königin.

„Eine Armee in Bewegung zu setzen ist sehr schwierig und braucht Zeit", beruhigte sie Arquimaes. „Wir dagegen sind nur zu dritt und werden schnell vorankommen. Bestimmt sind wir zurück, bevor diese Teufel die Festung belagern."

„Das Glück sei mit euch", sagte Émedi und hüllte sich in ihren dicken Umhang, um sich gegen die Kälte zu schützen. „Wir werden voller Ungeduld auf eure Rückkehr warten."

Arquimaes und Émedi tauschten einen Blick, der Arturo nicht entging. Es war nicht zu übersehen, dass die Trennung ihnen beiden das Herz zerriss. Der Weise gab seinem Pferd die Sporen und seine Begleiter folgten ihm. Die Königin sah ihnen nach, bis sie sich in der Ferne verloren. Dann ging sie mit schwerem Herzen ins Schloss zurück. Hinter ihr wurde die Brücke hochgezogen.

II

Reise in die Vergangenheit

Es ist drei Uhr früh. Alle schlafen. Metáfora ist über Nacht in der Stiftung geblieben, unter dem Vorwand, dass wir morgen für die Prüfungen lernen müssen.

Ich stehe auf, nehme meinen Rucksack, in dem sich alles Nötige für unsere Aktion befindet, und schleiche mich aus meinem Zimmer. Vorher schicke ich Metáfora noch eine SMS: *Ich bin so weit.*

Ich warte auf dem Treppenabsatz auf sie und zusammen gehen wir so leise wie möglich nach unten.

Gut, dass Adela die Überwachungskameras noch nicht installiert hat. Nachts beschränkt sich der Wachdienst darauf, dass ein Auto ständig um die Stiftung herum Patrouille fährt. Wir haben es seit einigen Nächten beobachtet und wissen ganz genau, wie lange es für seine Runde braucht. Wenn wir alles richtig machen, wird uns niemand sehen.

Wir gehen hinaus in den Garten und schleichen uns an der Mauer entlang zur hinteren Gartentür. Ganz vorsichtig öffnen wir sie einen Spaltbreit und warten ... Es dauert nicht lange, da kommt der Wagen.

„Da ist er", flüstert Metáfora. „Jetzt stoppe ich die Zeit ..."

Während sie auf ihre Armbanduhr schaut, sende ich mit meiner Taschenlampe Signale: einmal lang, einmal kurz, einmal lang, einmal kurz ... Jetzt weiß Hinkebein, dass der Countdown läuft.

Kurz darauf fährt der Wagen noch mal an uns vorbei.

„Jetzt kommt er erst in fünf Minuten wieder", sagt Metáfora.

„Gut, ich sag Hinkebein Bescheid."

Ich warte dreißig Sekunden, bevor ich das zweite Blinkzeichen sende: einmal lang und dreimal kurz.

Ich beobachte, wie sich Hinkebein aus einem Hauseingang gegenüber löst, die Straße überquert und direkt auf uns zukommt. Eine

Minute, zwei ... Jetzt ist er gleich bei uns! Ihm bleibt genug Zeit, um durch die Tür zu schlüpfen, ohne von dem Wachmann im Auto gesehen zu werden.

„Alles klar?", fragt er, nachdem er die Tür hinter sich zugezogen hat. „Keine besonderen Vorkommnisse?"

„Alles läuft nach Plan", informiere ich ihn.

„Sehr gut."

Im Schatten der Gartenmauer schleichen wir uns zurück ins Gebäude. Ich schaue auf die Uhr. Halb vier. Die Zeit läuft, wir müssen uns beeilen.

Wir gehen zu der Tür, die in den Keller führt. Ich öffne sie mit dem Hauptschlüssel, den ich mir besorgt habe. So lautlos wie möglich schlüpfen wir hindurch und schließen sie wieder von innen. Ich öffne meinen Rucksack und hole für jeden eine Taschenlampe heraus.

„Besser, wir machen kein Licht und behelfen uns hiermit", erkläre ich ihnen. „Ich hab noch Ersatzbatterien dabei, für alle Fälle."

Wir gehen die Treppe hinunter, wobei wir uns an das Geländer klammern, um nicht zu stolpern. Ein paar Ratten huschen davon. Je tiefer wir kommen, desto mehr ist die Feuchtigkeit zu spüren.

„Gibt es hier einen unterirdischen Brunnen oder einen Wasserlauf?", fragt Hinkebein.

„Soweit ich weiß, nein", antworte ich. „Der Keller war lange geschlossen, deswegen ist es wohl so feucht hier."

Wir steigen hinunter in den dritten Keller und stehen vor einer großen Flügeltür aus Holz mit Eisenbeschlägen.

„Die wurde seit Jahren nicht mehr geöffnet. Ich glaube, es wird schwierig sein, sie zu bewegen", sage ich. „Wir müssen uns dagegenstemmen."

Ich öffne das Schloss und drehe den Türknauf. Zu meiner großen Überraschung geht die Tür fast von selbst auf.

„Mir scheint, dass die Tür häufiger benutzt wird, als du meinst", sagt Hinkebein. „Die Scharniere haben nicht mal gequietscht."

Metáfora ist genauso überrascht wie ich.

„Na ja, kann sein, dass Sombra manchmal hierherkommt, um was abzustellen", gebe ich kleinlaut zu. „Oder um sauber zu machen."

Ich krame wieder in meinem Rucksack herum und hole eine große Stablampe heraus. Sie leuchtet heller als unsere drei kleinen Taschenlampen zusammen. Als ich sie anknipse, sehen wir, dass wir uns in einem großen Raum befinden. Er ist mit Büchern und alten Pergamenten vollgestopft. An der Wand stehen Schreibpulte aus dem Mittelalter, solche, an denen die Mönche in den Klöstern gearbeitet haben. Auf einigen liegen Pergamente.

„Guckt mal, das Tintenfass ist vor Kurzem noch benutzt worden", bemerkt Metáfora.

„Ich hab doch gesagt, Sombra muss hier gewesen sein! Vielleicht hat er eine Inventur gemacht oder so …"

„Das da sieht aber gar nicht nach einem Inventurverzeichnis aus. Mehr nach einer mathematischen Formel … oder einem Kreuzworträtsel … Schaut mal, die Buchstaben sind waagerecht, senkrecht und diagonal angeordnet … Das sind Buchstaben wie die, von denen dein Vater in seinem Vortrag gesprochen hat! Buchstaben mit geheimen Zeichen! Eine symbolische Schrift!"

„Seltsam", murmele ich etwas ratlos.

„Hinter der Tür da drüben wird bestimmt was Wichtiges aufbewahrt", sagt Hinkebein. „Sie ist älter als alle anderen Türen, mit einer Sonne und einem Mond darauf … Die Symbole der Alchemisten!"

Wir versuchen, sie zu öffnen, aber es gelingt uns nicht. Ich hole den Schlüsselbund hervor, den ich aus Papas Zimmer mitgenommen habe, und probiere einen Schlüssel nach dem anderen aus. Keiner passt.

„Da werden wir wohl nicht reinkommen", sage ich resigniert. „Wir haben keinen Schlüssel."

„Lässt du mich mal probieren?", fragt Hinkebein.

„Klar, solange du nichts kaputt machst …"

Er fängt an, am Türrahmen herumzufummeln … streicht über Teile, die etwas hervorstehen …

„Was bin ich doch blöd!", ruft er plötzlich. „Haltet mich mal fest", sagt er, während er seine Krücke gegen die Wand lehnt. „Ich glaube, das ist einfacher, als es aussieht."

Als er gleichzeitig auf den Mond und die Sonne drückt, hört man ein Knacken, das aus dem Inneren zu kommen scheint.

„Die Alchemisten haben andere Schlüssel benutzt als wir", sagt Hinkebein und schiebt vorsichtig die beiden schweren Türflügel auf. „Die Kerle waren sehr schlau."

Staunend leuchte ich mit der Stablampe in das Innere des angrenzenden Kellerraumes. Es ist mehr ein lang gestreckter Gang, vollgestellt mit Bildern und Statuen.

Wir wagen uns vorsichtig hinein. Ganz hinten kann man eine weitere Tür erahnen, aber als wir näher kommen, werden wir enttäuscht.

„Das ist nur eine Mauer", stelle ich fest. „Hier kommen wir nicht weiter."

„Doch", widerspricht Hinkebein, „es gibt bestimmt eine Möglichkeit, die Mauer zu bewegen. Man muss nur herausfinden, wie. Seht mal da, an den Seiten, der schmale Spalt … Ich bin mir sicher, dass man sie aufschieben kann … Das ist eine Geheimtür!"

Hinkebein hat recht, aber es gibt nichts, wo man ansetzen könnte. Nichts, woran man ziehen oder worauf man drücken könnte. Keine Chance, die Mauer lässt sich nicht bewegen.

„Es muss einen Mechanismus geben", beharrt Hinkebein. Er fährt mit der Hand über die gesamte Fläche, sucht nach irgendeiner Ritze oder Spalte. „Da muss doch …"

Abrupt hält er inne, schaut nach oben, nimmt seine Krücke und drückt mit der Spitze auf einen Stein, der älter aussieht als die anderen, abgenutzter.

Klick! Unendlich langsam bewegt sich die Mauer nach rechts.

„Wusste ich's doch! So funktionieren die uralten Mechanismen", erklärt Hinkebein. „Ein System, bei dem Zahnräder von Gewichten in Gang gesetzt werden. Sehr langsam, aber unverwüstlich."

Eine Minute später ist der Weg frei.

Im Licht meiner Stablampe sieht man einen reich geschmückten Raum: Fähnchen, die von der Decke herabhängen, Lampen, Bilder an den Wänden, Tücher und hübsche Kissen, die einen hohen steinernen Thron verschönern, daneben Lanzen, Schwerter, Schilde … Und in der Mitte ein Sarg aus weißem Marmor. Ein mittelalterlicher Sarkophag!

„Scheint so, als befänden wir uns im Herzen des dritten Kellers", sagt Hinkebein. „Das muss Sombra mit den Tiefen der Stiftung gemeint haben. Ihr wichtigster Schatz!"

Wir treten näher an den Sarkophag heran. Er ist mit kunstvoll gemeißelten Reliefbildern verziert. Auf der rechten Seite sind Buchstaben eingraviert, die anderen drei Seiten sind glatt, schmucklos, so als würden sie darauf warten, bearbeitet zu werden.

„Da drin liegt eine Leiche", sagt Hinkebein. „Schaut euch mal die Figur an."

Tatsächlich! Auf dem Sarkophag liegt eine Statue, ebenfalls aus weißem Marmor. Es handelt sich um eine Frau. Ihre geöffneten Augen blicken zum Himmel. Die Hände sind über der Brust gefaltet. Auf dem Kopf trägt sie eine wunderschöne Krone und ihre langen Haarsträhnen sehen aus wie Sonnenstrahlen. Sie trägt ein prachtvolles Gewand, das in wellenförmigen Falten herabfällt. Ihre würdevolle Haltung erinnert mehr an eine meditierende Frau als an eine Tote. Paradoxerweise vermittelt die liegende Statue das Bild eines lebenden, hoffnungsfrohen Menschen.

„Ich bin sicher, sie könnte aufstehen, wenn man es ihr befehlen würde", flüstert Metáfora. „Sie sieht aus, als würde sie nur darauf warten."

„Stimmt", sagt Hinkebein. „Der Künstler hat es fertiggebracht, die Lebensfreude der Frau einzufangen, die sie zu Lebzeiten besessen hat ... Apropos, wer ist sie?"

Wir beugen uns über die Inschrift, die sich auf der rechten Seite befindet. Die Buchstaben gleichen denen, die wir eben auf den Pergamenten gesehen haben:

Hier ruht Königin Émedi, Frau des Arquimaes, Mutter von Arturo und Gründerin von Arquimia. Am Ende der Zeiten werden sie sich wiedertreffen.

Metáfora und ich sehen uns völlig entgeistert an. Eine Königin, die Émedi hieß, einen Sohn namens Arturo hatte und mit Arquimaes verheiratet war! Königin Émedi, die in meinen mittelalterlichen Abenteuern auftaucht! Jetzt gibt es keinen Zweifel mehr: Meine Träume sind alles andere als dummes Zeug!

Metáfora fängt langsam an zu begreifen. Sie kommt zu mir und drückt mich fest an sich. Es tut ihr ganz offensichtlich leid, was sie früher über meine Träume gesagt hat. Endlich glaubt sie mir.

„Ich bin so eine blöde Ziege!", flüstert sie. „Ich hätte dir viel eher glauben sollen! Tut mir wirklich leid, Arturo."

„Könntet ihr mir mal erklären, was das soll?", fragt Hinkebein. „Ich hab das Gefühl, ich bin raus aus dem Spiel."

„Das erzählen wir dir später, wenn wir mehr Zeit haben", antworte ich. „Glaub mir, es ist eine lange Geschichte."

„Na gut ... Jetzt haben wir also das Geheimnis des dritten Kellers geknackt. Fängt langsam an, interessant zu werden."

„Bevor wir gehen, will ich noch ein paar Fotos machen, um sie mir später genauer anzusehen. Dauert nicht lange."

Ich hole meine Digitalkamera aus dem Rucksack und fotografiere den Sarkophag von allen Seiten. Dabei entdecke ich immer mehr spannende Einzelheiten. Wenn irgendetwas meine Träume erklären kann, dann ist es dieser Raum mit dem Grab von Königin Émedi! Einer Königin, von der nie jemand etwas gehört hat. Aber dennoch hat sie gelebt! Sie hatte ein Königreich, einen Ehemann und einen Sohn. Und dieser Sohn könnte ... ich sein.

Während ich noch meine Fotos mache, sieht sich Hinkebein die kostbaren Gegenstände um uns herum genauer an. Seine Leidenschaft für die Archäologie hat ihn gepackt, und so ist es nur logisch, dass er ein wenig herumschnüffelt. Schließlich sieht man so was nicht alle Tage.

„Wir verschwinden besser von hier, bevor man uns entdeckt", dränge ich ihn. „Der Wachmann kann jeden Moment hier aufkreuzen."

„Ich würde gerne noch ein Weilchen hierbleiben", sagt Hinkebein, völlig aufgewühlt von dem, was er sieht. „So etwas hab ich in meinem ganzen Leben noch nie gesehen! Wirklich beeindruckend! Der Traum jedes Archäologen."

„Wir können ja irgendwann noch mal herkommen", vertröste ich ihn. „Aber jetzt sollten wir abhauen. Ich will gar nicht daran denken, was passiert, wenn man uns hier sieht!"

Metáfora und Hinkebein geben mir recht. Wir räumen ein wenig auf, damit niemand merkt, dass wie hier waren. Dann gehen wir wieder hinauf, jeder mit dem Wunsch, so bald wie möglich wieder hierherzukommen. Wir sind davon überzeugt, dass es noch eine Menge zu entdecken gibt ...

Wenig später stehen wir wieder vor der hinteren Gartentür.

„Das war ein fantastisches Erlebnis", sagt Hinkebein. „Vielen Dank, dass ihr mich mitgenommen habt. Für einen Archäologen gibt es nichts Aufregenderes."

Vorsichtig öffnen wir die Tür. Wir lassen den Wagen des Wachmanns ein paarmal vorbeifahren, und dann, als er eine etwas längere Runde fährt, schlüpft Hinkebein nach draußen. Gegen die Gartenmauer gedrückt, schleicht er sich davon und überquert erst in einiger Entfernung die Straße.

Metáfora und ich gehen ins Haus zurück. Lautlos steigen wir die Treppe hinauf in den dritten Stock.

„Gute Nacht!", flüstere ich zum Abschied. „Morgen können wir über alles reden."

„Lass mich einen Moment reinkommen", bittet Metáfora ... und ist schon in meinem Zimmer. „Ich bin so aufgeregt, ich muss unbedingt mit jemandem sprechen."

Ich schließe die Tür hinter mir. Metáfora nimmt meine Hände und schaut mir tief in die Augen.

„Es tut mir so leid, Arturo", sagt sie. „Entschuldige. Es war dumm von mir, dir nicht zu glauben. Jetzt sehe ich, dass ich unrecht hatte. Du hast nicht übertrieben. Tut mir leid, dass ich dir nicht zuhören wollte, als ..."

„Das Beste hab ich dir ja noch gar nicht erzählt", sage ich. „Da gibt es etwas, dabei ist mir fast das Herz stehen geblieben."

„Wovon sprichst du? Glaubst du wirklich, dass du der Sohn einer Königin bist, die vor mehr als tausend Jahren gelebt hat? Meinst du, das ist möglich? ... Ja, ich weiß, was wir da unten gesehen haben, ist unglaublich. Aber vergiss nicht, solche Dinge sind nur das Produkt der ..."

„Komm mit ... Ich möchte dir was zeigen."

Wir gehen wieder aus dem Zimmer und steigen hinauf in die Dachkammer, die sich unter der Kuppel der Stiftung befindet. Ich öffne die Tür, wir gehen hinein und ich ziehe das Laken vom Bild meiner Mutter.

„Hier! Schau es dir genau an!"

Metáfora wird blass, hebt beide Hände vors Gesicht und flüstert: „Die Königin! Deine Mutter! Sie sind identisch! Großer Gott!"

„Ja, aber wer liegt in dem Sarkophag?"

Metáfora sieht mich fassungslos an. Das Unbekannte, das sich jetzt vor uns auftut, ist so abgrundtief wie eine Schlucht. Und wir beide stehen so dicht vor dem Abgrund, dass wir abzustürzen drohen.

III

Rückkehr nach Ambrosia

Nach einem ermüdenden Ritt erreichten Arquimaes, Arturo und Crispín das Hochplateau der Weißen Berge. Sie waren so erschöpft, dass sie das Rudel Wölfe nicht bemerkten, das ihnen schon seit geraumer Zeit folgte.

„Die Landschaft kommt mir vertraut vor", sagte Arturo und zeigte auf einen schneebedeckten Berg, der sich am Horizont abzeichnete. „Wir waren schon einmal hier, nicht wahr?"

„Ja, wir befinden uns im Tal von Ambrosia", antwortete Arquimaes. „Gleich werden wir das Kloster sehen."

„Aber Ambrosia existiert doch nicht mehr", warf Crispín ein. „Demónicus' Männer haben es zerstört."

„Was wir suchen, ist ganz bestimmt nicht zerstört", versicherte der Weise. „Es wird die Jahrhunderte überdauern."

„Was kann an so einem einsamen Ort für uns von Interesse sein?", fragte Arturo. „Hier gibt es kein Leben, hier gibt es nichts."

„Sag so etwas nicht, Arturo. Leben entsteht immer und überall. Sogar die Elemente haben ein eigenes Leben. Das ist das Wunder der Erde."

Plötzlich kam ein Schneesturm auf und sie mussten in einer Felsenhöhle Zuflucht suchen. Sie machten ein kleines Feuer und kochten Bohnen mit Fleisch. So kamen sie wieder zu Kräften. Da die Gefahr bestand, entdeckt und überfallen zu werden, taten sie kein Auge zu und warteten geduldig auf den anbrechenden Tag.

Am nächsten Morgen war keine Wolke mehr zu sehen und die Sonne stand goldgelb am Himmel. Es versprach ein schöner Tag zu werden.

Nach dem Frühstück stiegen sie wieder auf die Pferde und es begann die letzte Etappe ihrer Reise.

Gegen Mittag, als die Sonne gerade ihren höchsten Stand erreichte, erblickten sie den Ort, an dem vor noch gar nicht so langer Zeit Ambrosia gestanden hatte, die Abtei der geschicktesten Kalligrafen der Welt.

„Ich weiß nicht, ob ich den Anblick der Überreste von Ambrosia ertrage", gestand Arturo. „Das zerstörte und verlassene Kloster zu sehen wird mir das Herz zerreißen."

„Arturo, mein Freund, mir geht es nicht anders, glaube mir", tröstete ihn Arquimaes. „Ich würde gerne wissen, was aus meinen Brüdern geworden ist und aus den Mönchen, die es nicht nach Emedia geschafft haben."

Crispín fühlte sich mit dem Kloster nicht so eng verbunden wie seine Gefährten. Er hörte ihnen ein wenig erstaunt zu, denn für ihn war Ambrosia nichts weiter als ein Haufen Steine gewesen, in dem Mönche gelebt hatten.

„Seht mal, Meister, da drüben, die höchste Mauer von Ambrosia", sagte Arturo kurz darauf. „Sie wenigstens steht noch."

„Ja, einige Mauern sind erhalten geblieben", stimmte Arquimaes zu. „Ambrosia stand auf soliden Fundamenten."

„Da ist Rauch!", rief Crispín. „Aber doch wohl nicht von dem Brand. Dafür ist zu viel Zeit vergangen."

Überraschenderweise entdeckten sie Zeichen von Leben in und vor den Ruinen. Einige Menschen hatten offenbar ein paar Hütten errichtet, andere hatten die Mauerreste zu ihrem Heim gemacht.

„Was habe ich dir gesagt?", bemerkte Arquimaes. „Immer und überall wird neues Leben geboren. Wo das Feuer einen Ort des Friedens vernichtet hat, entsteht jetzt vielleicht ein wohlhabender Marktflecken. So etwas kann niemand vorhersagen."

„Man muss verrückt sein, um sich an so einem gottverlassenen Ort niederzulassen", sagte Crispín. „Diese Leute wissen nicht, was sie tun."

„Warum denn nicht?", widersprach der Alchemist. „Hier gibt es alles, was man zum Leben braucht: fruchtbares Land, einen Fluss, gesunde Luft … Man hat schon in unwirtlicheren Gegenden blühende Ortschaften errichtet. Es ist alles eine Frage der Zeit … Und außerdem ist die Lage strategisch gut gewählt, man ist sicher vor Überfällen …"

Um keinen Verdacht zu erregen, machten die drei Freunde einen halben Kilometer vor den Ruinen halt. Im Schutze eines großen Baumes, direkt neben einem Fluss, konstruierten sie aus ihren Decken ein Zeltdach. Dann befreiten sie die Pferde von ihren Lasten und Crispín gab ihnen zu fressen und zu saufen.

Nach einer Stunde gingen sie zu Fuß zu der Stelle, an der sich die meisten Menschen aufhielten. Ganze Familien hausten in den Ruinen und hatten dort, wo die Steine, Mauern und Balken nicht völlig verkohlt waren, ihr Zuhause gefunden.

„Wer sind sie?", überlegte Crispín. „Woher kommen sie?"

„Das sind Bauern, die man ins Unglück gestürzt hat", erklärte Arquimaes. „Sie sehen hier eine Möglichkeit, ein neues Leben zu beginnen. Mittellose Leute, vom König verfolgt, Unglückliche, die nicht wissen, wohin. Wir leben in einer Zeit, in der viel Ungerechtigkeit herrscht. Es gibt zu viele arme Menschen, die ohne ein Dach über dem Kopf sind."

„Gibt es für sie denn keinen besseren Ort, um sich niederzulassen?"

„Doch, im Gefängnis oder in der Sklaverei. Ihre habgierigen Könige gönnen ihnen nicht mal die Kräuter, die sie auf den Feldern finden. Sie verbieten ihnen zu jagen, geben ihnen keinen Fußbreit von ihrem Land ab, aber Steuern verlangen sie von ihnen, für den Schutz, den sie ihnen gewähren … In diesem abgelegenen Tal hier können die Menschen fischen oder Vögel abschießen, ohne Angst haben zu müssen, dass sie dafür bestraft werden. Sie können Gemüse anpflanzen und ihr Vieh weiden lassen … Ich glaube, die Ruinen sind für diese Leute ein Geschenk des Himmels. Es freut mich zu sehen, dass Ambrosia am Ende für so viele Menschen von Nutzen ist."

Drei bewaffnete Männer stellten sich ihnen in den Weg. Arturo erkannte sogleich die unverwechselbaren Rüstungen und Helme von Oswalds Soldaten wieder, die Ambrosia zerstört hatten.

„Halt, Fremde!", befahl einer von ihnen, der einen ziemlich wüsten, buschigen Bart hatte. „Was wollt ihr hier?"

„Nichts Besonderes", antwortete Arquimaes. „Ich suche meinen Bruder, er war Mönch in dieser Abtei. Vielleicht könnt ihr mir sagen, ob er noch lebt und wo ich ihn finden kann."

„Wie heißt dein Bruder?"

„Tránsito."

„Ist das der mit den Kritzeleien?"

„Was für Kritzeleien meinst du?", fragte Arquimaes.

„Wir sind euch keine Auskunft schuldig, wir sind Steuereintreiber", mischte sich ein Mann ein, der eine schmutzige Binde über einem Auge trug. „Ihr müsst bezahlen, wenn ihr hierbleiben wollt. Eure Pferde haben Wasser gesoffen und ihr habt hier euer Zelt aufgeschlagen. Das hat seinen Preis."

„Ich darf dich daran erinnern, dass dieses Land den Mönchen von Ambrosia gehört", entgegnete der Weise.

„Wir sind Steuereintreiber", wiederholte der Mann und hob seine Lanze. „Alle, die hier durchreiten oder hierbleiben wollen, müssen bezahlen ... Fünf Goldstücke pro Kopf ... und dasselbe noch mal für jedes Pferd."

„Dreißig Goldstücke!", rief der Alchemist aus. „Soll das ein Witz sein?"

„Wenn ihr nicht zahlt, nehmen wir euch die Pferde ab."

Arquimaes gab keine Antwort. Ihm war aufgefallen, dass Arturo lange geschwiegen hatte. Er schien etwas im Schilde zu führen.

„Und an wen müssen wir bezahlen?", fragte der Junge.

„An mich!", sagte der mit dem Bart. „Ich bin der Schatzmeister."

„Und du gibst mir eine Quittung?"

„Was? Was erzählst du da? Was soll ich dir geben?"

„Eine Quittung. Du weißt schon, ich gebe dir Geld, und du unterschreibst ein Papier, auf dem steht, dass ich dich bezahlt habe", erklärte Arturo.

Die drei Männer brachen in schallendes Gelächter aus. Sie fanden es lustig, dass ein Junge in einem schmutzigen schwarzen Mantel von ihnen ein unterschriebenes Papier verlangte. Von ihnen, die gar nicht schreiben und lesen konnten!

„Einen Tritt in den Arsch kannst du kriegen!", sagte der dritte Mann, der bis jetzt schweigend dabeigestanden hatte. „Und ihr beiden anderen auch!"

Arquimaes trat einen Schritt zurück, und die Soldaten dachten schon, er würde die geforderte Summe zahlen. Doch im nächsten Moment merkten sie, dass sie sich geirrt hatten.

Arturo zog sein Schwert aus der Scheide, die er unter dem Mantel verborgen hatte, und hielt es dem Bärtigen an die Kehle. Crispín holte ein Messer aus dem Ärmel und stürzte sich auf den Mann mit der Augenbinde. Und Arquimaes nahm die Schnur, die seine Tunika zusammenhielt, und schlang sie dem Dritten um den Hals, bevor der reagieren konnte.

„Verschwindet, wenn euch euer Leben lieb ist!", sagte Arturo und kitzelte dem Bärtigen die Kehle. „Haut ab und schaut euch besser nicht um! Lasst euch nie wieder hier blicken!"

Arquimaes' Opfer dachte, der Alchemist wäre nicht kräftig genug, um ihn festzuhalten. Er versuchte, sich von der Schnur zu befreien und ihm seinen Dolch in die Brust zu stoßen. Doch er hatte sich getäuscht. Arquimaes spannte seine Muskeln an und zog die Schlinge so fest zu, dass er seinen Gegner erwürgte, ohne ihm Zeit zu geben zu begreifen, dass auch ein sonst so friedfertiger Mann durchaus fähig ist, Gewalt anzuwenden.

Als die anderen beiden die Leiche ihres Kameraden auf dem Boden liegen sahen, hoben sie die Hände und ergaben sich.

„Wir gehen", sagte der Bärtige. „Wir wollen keinen Ärger."

„Wenn ich höre, dass ihr diese armen Menschen weiter schikaniert, wird euch nichts und niemand auf der Welt vor meinem Zorn schützen", warnte Arturo die beiden. „Habt ihr verstanden? Und nehmt euren Freund hier mit!"

Die beiden Männer hoben die Leiche auf und machten sich eilig davon. Sie stiegen auf ihre Pferde und nach wenigen Minuten waren sie außer Sichtweite.

„Ich möchte wissen, was der Schurke mit den Kritzeleien meinte, als er von Tránsito sprach", sagte Arquimaes. „Was wollte er damit sagen?"

Ein paar derjenigen, die den Streit beobachtet hatten, kamen näher und verneigten sich unterwürfig.

„Señores, wir möchten uns dafür bedanken, dass Ihr uns von diesen Banditen befreit habt", sagte ein Mann, der einen kleinen Jungen an der Hand hielt.

„Wir sind froh, dass sie endlich weg sind", sagte eine abgemagerte

Frau. „Sie waren wie die Tiere und haben uns das Leben zur Hölle gemacht."

„Genau! Gut, dass Ihr sie vertrieben habt ... Wir sind bereit, Euch zu essen zu geben und alles, was Ihr wollt", fügte ein Greis hinzu, dem ein Arm fehlte.

„Wir wollen nichts von euch", wehrte Arturo ab. „Das waren Gauner, und wir haben sie vertrieben, so wie es unsere Pflicht war."

„Sie waren schlimmer als die Wölfe", klagte eine alte Frau. „Sie haben uns ausgeplündert, wollten immer mehr. Sie waren unersättlich."

„Erzähl uns genauer, was sie gemacht haben, Frau", bat der Weise.

„Wir mussten sie bezahlen, damit sie uns vor sich selbst beschützten. Wir haben ihnen zu essen gegeben und sie haben uns unsere Kleidung abgenommen. Aufseher haben sie sich genannt."

„Aufseher? Aufseher worüber?"

„Über diese Ruine. Sie haben gesagt, sie verkörpern Gesetz und Ordnung. Sie würden unser Leben verwalten und dafür würde alles ihnen gehören."

„Diese Banditen!", rief Arturo empört. „Nicht mal die Ärmsten der Armen lassen sie in Frieden leben! Bestien!"

„Können wir etwas für Euch tun, Señores?", erkundigte sich die Alte.

„Wir suchen meinen Bruder Tránsito", sagte Arquimaes. „Wisst ihr etwas von ihm?"

„Der mit den Kritzeleien?"

„Was für Kritzeleien? Was meinst du damit?"

„Kommt, ich zeig Euch was."

Die Alte führte sie zu der hohen Mauer, die noch erhalten war. Die arme Frau hinkte stark und jeder Schritt war eine Qual für sie. Sie ging um die Mauer herum und wies mit dem Finger auf die Rückseite.

„Das", sagte sie, „sind die Kritzeleien, die Tránsito auf die Mauer geschrieben hat, bevor er fortgegangen ist."

Die drei Freunde hoben den Blick. Die Buchstaben waren so groß, dass man sie schon von Weitem erkennen konnte. Arquimaes entzifferte das Geschriebene und wurde leichenblass.

„Was steht da?", fragte Crispín. „Was bedeuten diese Buchstaben?"

„Lies du es ihm vor, Arturo", forderte Arquimaes seinen Schüler mit versagender Stimme auf.

Während sich der Weise völlig am Boden zerstört entfernte, las Arturo für Crispín mit lauter, deutlicher Stimme:

„An diesem Ort erhob sich einstmals die Abtei von Ambrosia, die viele Jahre hindurch im Dienste der Schreibkunst stand. Hier wurden zahlreiche Bücher kalligrafiert, bevor Barbaren den Mönchen das Leben genommen oder sie von hier vertrieben haben. Und die Schuld daran trägt ein Verräter namens Arquimaes. Er hat Tod und Schmerz über uns gebracht. Möge seine Seele in der Hölle schmoren!"

IV
Die Bank fordert ihre Rechte ein

Del Hierro hat meinen Vater zu einer Unterredung gebeten. Er will mit ihm über die endgültige Regelung der Schulden sprechen, die die Stiftung bei der Bank hat. Da auch Stromber an dem Gespräch teilnehmen wird und Papa noch etwas schwach ist, habe ich darauf bestanden, ebenfalls dabei zu sein.

„Ich verstehe nicht, warum ein Junge von vierzehn Jahren, der keinerlei Befugnisse hat und nichts von Ökonomie versteht, an einer so wichtigen Unterredung teilnehmen sollte", beschwert sich Del Hierro. „Er geht jetzt sofort hinaus und überlässt die Angelegenheit uns Erwachsenen!"

„Tut mir leid, aber ich habe es ihm versprochen", entgegnet mein Vater. „Außerdem wird er keinen Einfluss auf die anstehenden Entscheidungen haben. Aber vergessen Sie bitte nicht, dass Arturo eines Tages das Geschäft übernehmen wird. Und da ist es gut, dass er beizeiten lernt, wie die verwaltungstechnischen Dinge funktionieren."

Del Hierro sieht seinen Anwalt an. Der Anwalt stimmt den Argumenten meines Vaters widerstrebend zu. Ich sehe, dass Stromber unruhig auf seinem Stuhl hin und her rutscht. Offenbar gefällt es ihm nicht, dass ich hier bin.

„Señor Adragón, seit dem Einbruch vor ein paar Tagen hat sich die Situation zugespitzt", beginnt Del Hierro. „Wir befürchten, dass Sie erneut Ziel eines Überfalls werden, und deswegen haben wir beschlossen, Maßnahmen zum Schutz der Stiftung zu ergreifen."

„Ich darf Sie daran erinnern, dass sich die Einbrecher auf die Kellerräume konzentriert haben, die, wie Sie ja wissen, nicht zur Stiftung gehören, sondern Eigentum von Sombra sind, dem Mönch, der bei uns wohnt und arbeitet. Die Bibliothek ist davon nicht betroffen, dort ist nicht eingebrochen worden."

„Natürlich, natürlich … Aber wir machen uns Sorgen, dass irgendwann etwas passieren könnte. Außerdem haben uns die Aussagen der Einbrecher bei der Vernehmung durch die Polizei ein wenig beunruhigt."

„Das ist nicht unsere Schuld! Arturo musste sich verteidigen, sein Leben war in Gefahr. Die Männer haben sich untereinander geprügelt und sich selbst die Verletzungen zugefügt", argumentiert mein Vater.

„Die Polizei ist da anderer Meinung. Der Vorfall ist noch nicht endgültig geklärt und möglicherweise wird die Sache ein Nachspiel haben. Wenn Blut fließt, ist die Polizei gezwungen zu ermitteln, und niemand kann vorhersagen, was dabei herauskommt. Deswegen wird unser Anwalt, Señor Terrier, Ihnen unsere Entscheidung nun erläutern."

Terrier setzt seine Brille auf, öffnet eine Aktenmappe und sagt mit Blick auf die Papiere: „Wir werden die Aufsicht über die Stiftung Adragón übernehmen. Unsere Experten sind der Meinung, dass es besser ist, wenn die Bank die Kontrolle über die Situation hat, bevor sie aus dem Ruder läuft, was früher oder später der Fall sein wird. Zur Wahrung unserer Interessen werden wir einen Geschäftsführer einsetzen, der sich um die Verwaltung des Unternehmens kümmern und die Stiftung mit harter Hand leiten wird. Die Bank kann nicht zulassen, dass ihre Vermögenswerte in Gefahr geraten."

„Was genau beabsichtigen Sie zu tun?"

„Ab dem nächsten Monat wird sich besagter Geschäftsführer um die Angelegenheiten der Stiftung kümmern. Er wird sämtliche Entscheidungen treffen, die die ökonomischen Fragen tangieren", erklärt der Anwalt.

„Und Sie, Señor Adragón, können als Vorsitzender ohne Geschäftsbereich weiterhin hier verbleiben, wenn Sie es wünschen", fügt Del Hierro hinzu. „Die Bank ist bereit, Ihnen einen Lohn zu zahlen und Ihnen zu erlauben, die rein inhaltlichen Angelegenheiten des Hauses zu regeln. Mit anderen Worten, Sie werden bei der Bank angestellt sein und alles entscheiden können, was mit den Büchern in Zusammenhang steht. Sollten Sie nicht damit einverstanden sein, sehen wir uns gezwungen, einen Prozess anzustrengen."

„Also, mein Freund, so wie die Dinge liegen, ist das gar kein so schlechtes Angebot", sagt Stromber. „Die Bank ist Ihnen gegenüber sehr großzügig, Adragón."

„Aber ich bin doch der Eigentümer der Stiftung!", protestiert Papa.

„Sie haben enorme Schulden bei der Bank", erinnert ihn Del Hierro. „Und die müssen Sie zurückzahlen."

„Wir sind die wichtigsten Gläubiger dieses Unternehmens und deswegen werden wir von jetzt an die Verwaltung übernehmen", sagt Terrier. „Das ist die einzige Lösung."

„Ich habe versucht, Ihnen zu helfen", sagt Stromber. „Ich war bereit, Ihnen einige historische Dokumente abzukaufen, damit Sie einen Teil Ihrer Schulden begleichen können. Sie haben mein Angebot abgelehnt. Jetzt müssen Sie die Konsequenzen tragen, es bleibt Ihnen nichts anderes übrig. Es tut mir leid, aber so ist es nun mal."

„Anscheinend vertreten Sie die Interessen der Bank und nicht die der Stiftung", mische ich mich ein. „Sie stehen nicht auf unserer Seite."

„Aber Arturo, wie kannst du so etwas sagen?", ereifert sich Stromber. „Ich habe immer versucht, euch zu helfen."

„Nein, Sie haben versucht, die Situation auszunutzen. Sie sind nicht unser Freund. Ich habe Ihr Spiel durchschaut! Sie wollen nur eins: der Bank helfen!"

„Du jedenfalls hast nicht gerade viel getan, um die Stiftung zu retten ... Wegen dir hat es Verletzte gegeben", fährt er mich an.

„Ich musste mich wehren!", rufe ich. „Die Männer wollten mich umbringen!"

„Dich wehren? Wie denn? Mit einem Schwert?"

„Sie wollten mich umbringen", wiederhole ich.

„Du hättest Adela und die Wachmänner alarmieren müssen!", weist mich Stromber zurecht.

„Dafür war keine Zeit!"

„Die Polizei sagt, du hast keine plausible Erklärung dafür, warum du in den Keller gegangen bist ... Und deswegen bist du verdächtig ..."

„Sehr verdächtig", stimmt Del Hierro zu.

„Weißt du, was einige Beamte denken?", fragt Stromber beinahe vertraulich. „Soll ich es dir verraten?"

„Überlegen Sie sich gut, was Sie sagen, Stromber", kommt Papa mir zu Hilfe. „Arturo ist schließlich noch ein Kind."

„Ich weiß sehr gut, was ich zu sagen habe, Adragón. Ich wiederhole nur, was die ermittelnden Polizeibeamten zu mir gesagt haben ... Sie haben den Verdacht, dass Arturo mit den Einbrechern gemeinsame Sache gemacht hat. Deswegen ist er in den Keller hinuntergegangen, während Sie, Adragón, Ihren Vortrag gehalten haben. Die Polizei vermutet, dass es wegen der Beute zum Streit gekommen ist und Arturo die Männer mit den mittelalterlichen Waffen verletzt hat ... Das denkt die Polizei. Was sagen Sie dazu, Adragón?"

Papa ist genauso überrascht wie ich. Strombers Theorie ist so absurd, dass wir vollkommen fassungslos sind.

„Aber das ... das ist doch unmöglich ...", stammelt mein Vater. „So etwas würde Arturo niemals tun!"

„Nein? Dann soll er uns doch mal erklären, wie es zu seiner seltsamen Freundschaft mit dem Bettler gekommen ist, diesem Hinkebein ... Der hat mehr Zeit auf dem Kommissariat verbracht als jeder andere Kleinkriminelle. Der Kerl klaut, wo er steht und geht. Er prügelt sich herum und überfällt jeden, der irgendetwas Wertvolles bei sich hat ... Kann Ihr Sohn erklären, was er mit einem Mann zu schaffen hat, der mit allen Verbrecherbanden der Stadt befreundet ist?"

„Arturo ist Hinkebeins Freund, aber er ist kein Verbrecher, genauso wenig wie Hinkebein!", schreit Papa aufgebracht.

„Hinkebein ist kein Dieb! Er prügelt sich nicht herum und überfällt niemanden! Und er betrügt auch niemanden, so wie Sie!", schreie ich außer mir vor Wut. „Sie haben uns verraten!"

Alle sehen mich an, als hätte ich den Verstand verloren.

„Verraten?", fragt mich Papa. „Was willst du damit sagen?"

„Wir haben ein Gespräch zwischen ihm und Señor Del Hierro belauscht und ..."

„Moment!", unterbricht mich der Bankier. „Wir sind nicht hier, um über Señor Stromber zu sprechen oder über diesen Hinkebein ... Wir sind hier, um das Schuldenproblem der Stiftung zu klären!"

„Genau! Und wir werden die Maßnahmen ergreifen, die wir Ihnen soeben erläutert haben", mischt sich Terrier wieder ein. „Ab nächsten

Monat sind Sie bei der Bank angestellt und haben die Anweisungen des neuen Geschäftsführers zu befolgen."

„Und wer soll die Leitung der Stiftung übernehmen?", fragt mein Vater.

Señor Del Hierro steht auf, nimmt seine Aktenmappe und geht zur Tür.

Bevor er hinausgeht, sieht er sich noch einmal zu uns um und sagt: „Señor Stromber wird von nun an die Stiftung Adragón leiten. Er hat unser vollstes Vertrauen. Guten Tag, meine Herren."

Terrier steht ebenfalls auf und übergibt meinem Vater einen Umschlag.

„Hier ist Ihr Vertrag. Geben Sie ihn mir bitte so bald wie möglich unterschrieben zurück. Wenn ich ihn in zwei Wochen nicht habe, gehe ich davon aus, dass Sie unser Angebot ablehnen. In dem Fall werden wir jemand anderen an Ihre Stelle setzen."

Papa sitzt wie vom Donner gerührt da, genauso wie ich. Die Mitteilung, dass Stromber die Stiftung leiten wird, hat uns erschüttert. Ich habe diesem Kerl von Anfang an nicht getraut, aber dass er so weit gehen würde, hätte ich nie gedacht.

„Nun, mein Freund, so stehen die Dinge", sagt Stromber zu meinem Vater. „Señor Del Hierro hat mir sein Vertrauen ausgesprochen. Mir ist gar nichts anderes übrig geblieben, als sein Angebot anzunehmen. Sie werden einsehen, dass es besser ist, wenn sich ein Freund um die Angelegenheiten der Stiftung kümmert und nicht irgendein Unbekannter. Wir werden ausreichend Zeit haben, um über die neuen Regeln zu sprechen, die ich einzuführen gedenke, damit der Betrieb besser funktioniert. Guten Tag."

✦✦✦

Hinkebein hat mir eine SMS geschickt. Er habe uns etwas Wichtiges mitzuteilen, schreibt er. Also sind Metáfora und ich zu dem Innenhof gegangen, in dem er haust.

„Wir sind aufgeflogen", sagt er. „Die Typen wissen jetzt, dass ich für euch arbeite. Irgendjemand muss es ihnen erzählt haben. Mit wem habt ihr darüber gesprochen?"

„Mit niemandem! Es ist unser Geheimnis und nur wir drei wissen davon."

„Dann muss es einen Spitzel geben. Ich bin mir ganz sicher, dass ich beschattet werde ... Die haben bestimmt einen Privatdetektiv auf mich angesetzt!"

„So ein Quatsch", lacht Metáfora. „Sind wir denn jetzt alle verrückt geworden? Einen Privatdetektiv!"

„Die Lage ist ernster, als sie aussieht", verteidigt sich Hinkebein. „Es geht um Geld. Sehr viel Geld. Und deshalb halte ich es für sehr wahrscheinlich, dass sie einen Privatdetektiv engagiert haben. Diese Leute schrecken vor nichts zurück."

„Du mit deinen ewigen Verschwörungstheorien", sagt Metáfora. „Damit machst du uns noch alle ganz verrückt."

Hinkebein streichelt eine Katze, die sich auf seinen Schoß gesetzt hat. Er trinkt einen Schluck Orangensaft, und nachdem er sich den Mund abgewischt hat, fährt er fort: „Hört zu, ich habe euch herkommen lassen, weil ich mit euch über etwas sprechen will. Etwas, das mir seit unserem Besuch im dritten Keller nicht mehr aus dem Kopf geht ..."

„Erzähl schon", dränge ich ihn.

„Mir ist aufgefallen, dass es da unten viele Türen gibt. Das heißt, es gibt auf der dritten Ebene unter der Erde noch mehr Räume. Und außerdem bin ich davon überzeugt, dass darunter noch etwas ist."

„Noch ein Keller?", fragt Metáfora.

„Ganz bestimmt. Damals haben manche Architekten unter einer Krypta wie der von Königin Émedi oft einen weiteren Keller angelegt. Das war nichts Ungewöhnliches. Denn viele Leute haben geglaubt, dass der Tote vielleicht wieder ins Leben zurückkehren würde und er dann irgendwie aus der Gruft herauskommen müsste ... Der Sarkophag selbst hatte eine solide Marmorplatte, die das verhindert hätte ..."

„Willst du damit sagen, dass Königin Émedi wieder lebendig werden konnte?", frage ich. „Machst du Witze?"

„Nein. Ich sage nur, dass es zu der damaligen Zeit nichts Ungewöhnliches war, dass viele Menschen an eine Wiedergeburt glaubten. Und ich behaupte, dass es unter der Krypta noch einen Keller gibt. Und wenn ihr wirklich wissen wollt, was die eigentlichen Tiefen der Stiftung sind und was sich darin befindet, dann müsst ihr dort nachsehen."

„Aber das ist doch unmöglich!", rufe ich. „Soviel ich weiß, gibt es da keine Treppe. Man kann nicht noch weiter runter …"

„Es muss eine geben. Ich habe einen Spezialauftrag für dich, Arturo. Du musst mir eine Luftaufnahme besorgen. Eine von denen, die man von einem Flugzeug aus macht und die die Stadt von oben zeigen."

„Und wie soll ich da drankommen?", frage ich.

„Ich habe mich mit einem alten Freund in Verbindung gesetzt. Er hat mir die Adresse einer Firma gegeben, die solche Aufnahmen macht. Du musst mehrere Fotografien in Auftrag geben. Besser, du sagst nicht, dass du ein Foto von der Stiftung haben willst, sondern dass du den Grundriss und die Ausdehnung von Férenix studieren willst. Bestell ein paar Aufnahmen vom Stadtzentrum und dann noch die Gesamtansicht, auf der man die Grenzen der Stadt erkennen kann … Hier ist die Adresse. Und beeil dich."

„Darf man fragen, was genau du suchst?", erkundigt sich Metáfora. „Ich nehme doch an, dass du irgendeine Vorstellung hast von dem, was du willst …"

„Das erkläre ich euch, wenn wir die Fotos haben", antwortet Hinkebein. „Dann versteht ihr es besser. Und jetzt haut ab und passt auf, dass euch keiner sieht!"

„Das wird nicht so einfach sein", sage ich. „Wenn dich wirklich jemand beschattet, wird er uns sehen, sobald wir durch das Loch im Zaun klettern."

„Nein, da hinten gibt es einen geheimen Durchgang", sagt Hinkebein. „Man kommt auf der Parallelstraße raus. Ihr müsst durch einen dunklen Tunnel. Da ist es feucht und es stinkt, aber es ist sicherer … Ruf mich an, wenn du die Fotos hast, okay?"

Wir verabschieden uns von ihm und folgen seinen Anweisungen. Wenige Minuten später stehen wir auf einer menschenleeren Straße.

V

Schwarzer Staub

Arquimaes, Arturo und Crispín warteten die Nacht ab, um im Schutz der Dunkelheit in die geheime Grotte hinabzusteigen, die sich unter dem Friedhof des Klosters Ambrosia – oder dem, was davon übrig war – befand.

Niemand hatte sich die Mühe gemacht, den Eingang von den Trümmern zu befreien. Er war völlig zugeschüttet. Die drei Freunde waren die Einzigen, die wussten, dass es dahinter eine Tür gab, die zu der Grotte führte.

„Helft mir, die Balken und den Schutt wegzuräumen", bat Arquimaes.

Es dauerte lange, bis sie den Zugang zur Grotte freigelegt hatten und hineingehen konnten. Vorsichtig öffnete der Weise die Tür zur Treppe, die hinunterführte. Ihm war klar, dass die Mauern jeden Moment einstürzen konnten.

„Bevor wir hier wieder weggehen, müssen wir den Zugang zumauern", sagte er. „Ich möchte nicht, dass irgendein Bandit die Grotte entdeckt und sie als Versteck benutzt. Dafür ist sie zu bedeutend."

Arturo und Crispín hörten ihrem Meister aufmerksam zu.

„Darum kümmere ich mich", bot sich Crispín an. „Wenn ihr hier fertig seid, werde ich den Eingang zumauern. Ich verspreche euch, da kommt dann keiner mehr rein."

Arquimaes schenkte ihm ein wohlwollendes Lächeln. Er freute sich über die Fortschritte des ehemaligen Gesetzlosen. Früher war er ein brutaler, primitiver Strauchdieb gewesen, der Reisende überfallen hatte, und jetzt reifte er zu einem anständigen jungen Mann heran, der den Wunsch hatte, der treue Knappe eines edlen Ritters zu werden.

„Crispín, du wartest hier", befahl er ihm. „Arturo und ich gehen jetzt hinunter. Wenn jemand versucht, hier einzudringen, hinderst du ihn daran."

„Ja, Meister", antwortete der Junge und holte eine Keule aus seinem Beutel. „Ich werde dafür sorgen, dass niemand durch diese Tür geht."

Arturo und Arquimaes gingen vorsichtig hinunter und Crispín schloss die Tür hinter ihnen. Die ausgetretenen Stufen waren mit Staub bedeckt und im Schein ihrer Fackel kaum zu erkennen.

Nun standen sie vor dem Eingang zur Grotte. Für Arquimaes war es ein heiliger Ort, während Arturo nicht wusste, welches Geheimnis ihn erwartete …

„Jemand muss seit meinem Kampf mit Morfidio hier gewesen sein", sagte er. „Ich weiß noch, dass sein Körper in den Sand gefallen ist, direkt neben dem kleinen See. Ich bin sicher, dass er tot war."

„Ist er mit dem Fluss in Berührung gekommen?", fragte Arquimaes. „Hat er mit den Füßen das Wasser berührt?"

„Ich glaube ja. Kurz bevor er tot zu Boden gesunken ist. Als ich hinausgegangen bin, lag er im Sand … Ich könnte schwören, dass er nicht mehr geatmet hat. Jemand hat seine Leiche fortgeschafft."

„Einige Bauern berichten, dass ein bärtiger Mann mit grauen Haaren jetzt den Platz von König Benicius eingenommen hat. Er soll jähzornig und unberechenbar sein. Und stark wie ein Bär. Es kann sein, dass dieser Mann Morfidio ist. Er hat sich selbst zum König gemacht. König Frómodi nennt er sich jetzt. Möglicherweise ist Morfidio nicht tot."

„Und ich hätte schwören können, dass ich ihn getötet habe", murmelte Arturo.

Arquimaes beugte sich über das Wasser, wobei er achtgab, dass er nicht mit ihm in Berührung kam. Er hockte sich hin und füllte etwas schwarzen Sand in einen kleinen Beutel, den er bei sich trug. Dann holte er ein gläsernes Gefäß hervor und füllte es mit Wasser.

„Das reicht", sagte er. „Wir können gehen."

„Und dieser schwarze Staub soll uns im Kampf gegen Demónicus' Soldaten helfen?", fragte Arturo. „Kann er denn etwas bewirken?"

„Der schwarze Sand ist die Basis für die Schwarze Armee", erklärte Arquimaes. „Er wird uns eine unvorstellbare Macht verleihen. Wir werden eine Streitmacht schaffen, die so mächtig ist, dass sie die Armee des Finsteren Zauberers vom Erdboden verschwinden lässt. Du wirst es erleben!"

„Ich habe vollstes Vertrauen zu Euch, Meister", sagte Arturo. „Eure Worte sind mir Befehl."

„Du darfst mit niemandem darüber sprechen", sagte Arquimaes. „Der schwarze Staub besitzt magische Kräfte. Wir werden eine Tinte herstellen, die den Buchstaben, die mit ihr geschrieben werden, eine unglaubliche Macht verleiht. Die alchemistische Schrift ist so mächtig, dass nicht einmal ich weiß, wie weit ihre Macht reicht."

„Wurden die Buchstaben auf meinem Körper auch mit dieser Tinte geschrieben?"

„Sie wurden nicht geschrieben, sondern durch Kontakt aufgetragen. Wann das passiert ist, weiß ich nicht. Und ich kann auch nicht genau sagen, wann ich die Buchstaben auf das Pergament geschrieben habe. Aber ich bin mir sicher, dass es meine Schrift ist. Ich habe die Buchstaben geschrieben … oder werde sie irgendwann einmal schreiben."

„Das verstehe ich nicht. Wenn Ihr sie noch nicht geschrieben habt, wie ist es dann möglich, dass sie auf meinen Körper übertragen wurden?", fragte Arturo verwirrt. „Was noch nicht existiert, kann doch nicht irgendwo anders sein."

„Was in der einen Welt nicht existiert, kann sehr wohl in einer anderen existieren. Was es in einem Jahrhundert noch nicht gibt, kann in einem späteren auftauchen … Unsere Welt ist nicht einfach zu erklären. Wir dürfen uns also nicht wundern, wenn wir vieles nicht verstehen."

„Eure Worte sind ein großes Rätsel für mich. Ich würde gerne begreifen, wie das geht. Dass etwas an einem Ort nicht existiert, aber an einem anderen auftauchen kann. Redet Ihr von Magie?"

„Ich rede von Magie, von Geheimnissen und von verschiedenen Welten. Was wir jetzt tun, kann sich auf spätere Jahrhunderte auswirken. Ich weiß, dass dieser geheimnisvolle schwarze Staub magische Kräfte besitzt, aber ich weiß nicht, wer ihn hierher gebracht hat. Genauso wenig weiß ich, woher seine Macht kommt. Und ein ebenso großes Geheimnis ist es, dass der unterirdische Fluss, der den Staub herangetragen hat, ausgerechnet in dieser Grotte an die Oberfläche gekommen ist."

„Unter einer Abtei. Unter Ambrosia!"

„Derjenige, der beschlossen hat, hier ein Kloster zu errichten – hat er das getan, weil er wusste, dass der schwarze Staub magische Kräfte besitzt oder war es purer Zufall?"

„Wahrscheinlich war es Zufall."

„Es fällt mir schwer, an Zufälle zu glauben. Zum Beispiel glaube ich nicht, dass du zufällig in mein Leben getreten bist. Du bist im richtigen Moment gekommen, dann, als ich dich am meisten brauchte. Ich weiß nicht, wer du bist und woher du kommst. Aber ich weiß, dass du die Schwarze Armee anführen wirst ... Es gibt keine Zufälle, Arturo."

Der Junge suchte tief in seinem Gedächtnis nach etwas, das Arquimaes' Worte Lügen gestraft hätte; doch er fand nichts. Er konnte sich nicht daran erinnern, was vor seiner Ankunft in dem Turm von Drácamont gewesen war, vor jener Nacht, als Graf Morfidio mit seinen Männern eingedrungen war und ihn verletzt und andere Gehilfen des Alchemisten umgebracht hatte. Er fand nur einzelne, unzusammenhängende Bilder, mit denen er nichts anfangen konnte.

***

„UND JETZT LASST uns in das Schloss von Königin Émedi zurückkehren", schlug der Alchemist vor. „Der Moment, unserem Schicksal gegenüberzutreten, ist gekommen."

Oben hatte Crispín bereits zahlreiche Steine herbeigeschafft, und mit Arturos Hilfe mauerte er die Tür zu, die zur Grotte hinunterführte. Danach verschmierten sie ihr Werk mit Lehm. Nach wenigen Tagen würde niemand mehr in der Lage sein, den Unterschied zwischen der alten und der neuen Mauer zu erkennen. Als sich die drei Freunde auf den Weg machten, zeigte sich bereits die Sonne über dem Gipfel des Großen Berges. Mehrere Tage später erblickten sie frohen Herzens die Umrisse des königlichen Schlosses. Weit und breit war nichts von der Armee des Finsteren Zauberers zu sehen. Sie waren erleichtert.

„Wir kommen zur rechten Zeit", sagte Crispín. „Die feindlichen Truppen sind noch nicht da."

„Ja, aber wir haben keine Zeit zu verlieren", entgegnete Arquimaes. Seine Augen hatten soeben Königin Émedi erblickt, die sie an derselben Stelle erwartete, an der sie sich von ihnen verabschiedet hatte. „Wir müssen unsere Vorbereitungen treffen. Es wartet viel Arbeit auf uns."

VI

ÜBERNATÜRLICHE KRÄFTE

Ich habe gerade das Schulgebäude betreten. Der Erste, den ich sehe, ist Horacio. Nicht schon wieder! Er steht da, umgeben von seinen Freunden, und grinst mich breit an. Ich weiß sofort, dass es heute Ärger geben wird.

„Achte nicht auf ihn", sagt Metáfora. „Du weißt doch, er will dich nur provozieren."

„Er ist ein Idiot und diese kleinen Feiglinge bewundern ihn auch noch dafür!", sagt Cristóbal. „Wir tun einfach so, als würden wir ihn nicht sehen."

Ich versuche es, aber leicht fällt es mir nicht.

„Hör mal, Drachenkopf! Hab gehört, du bist jetzt Mitglied in einer Diebesbande!", ruft er mir zu. „Wollt ihr demnächst auch in der Schule einbrechen?"

Ich bleibe stehen, um ihm zu antworten, aber Metáfora und Cristóbal packen mich am Arm und ziehen mich weiter.

„Ist es dir egal, wenn man dich als Dieb bezeichnet?", fragt Horacio lauernd.

„Komm weiter", flüstert Metáfora.

„Also wirklich, Bettler sind doch alle gleich", schreit er jetzt so laut, dass ihn alle hören können.

„Ja, man muss sich vor ihnen in Acht nehmen!", stimmt ihm einer seiner Freunde zu. „Die beklauen einen, wo sie nur können."

„Klar, einer, der seinen eigenen Vater beklaut, der beklaut auch andere", fügt ein anderer hinzu.

„Wir sollten ihn von jetzt an nicht mehr Drachenkopf nennen, sondern Räuberhauptmann", grölt Horacio. „Aber vielleicht gehört ja sein Vater auch zu der Bande."

Ich versuche krampfhaft, mich zu beherrschen. Mercurio beobachtet uns, sagt aber nichts. Recht hat er! Ich glaube, ich muss selbst mit der Situation fertig werden.

Den ganzen Vormittag über muss ich mir ihre Scherze und Beleidigungen anhören. Sie haben Zettel rumgehen lassen, auf denen ein Drachenkopf mit einer Maske zu sehen ist, wie sie Einbrecher häufig tragen. Außerdem haben sie eine Liste mit Vorsichtsmaßnahmen aufgestellt, die man beachten muss, wenn man nicht von einem Drachen überfallen werden will.

Norma kriegt einen dieser Zettel in die Finger. Sie fordert denjenigen, der ihn geschrieben hat, auf, sich offen dazu zu bekennen. Aber niemand meldet sich.

„Feiglinge seid ihr", sagt sie verächtlich. „Dass ihr euch nicht schämt, in eurem Alter! Anstatt euch wie zivilisierte Menschen zu benehmen, führt ihr euch auf wie das letzte Pack. Mir fehlen die Worte."

Als der Unterricht beendet ist, bin ich richtig erleichtert. Länger halte ich das nicht aus. Von seinen Freunden umringt, geht Horacio an mir vorbei und grinst mich frech an. Ich fange innerlich an zu kochen.

Vergeblich versuchen Metáfora und Cristóbal, mich zu beruhigen. Wir wollen eigentlich die Luftaufnahmen abholen, die ich bestellt habe. Aber auf dem Marktplatz bitte ich sie, mich alleine zu lassen.

„Und die Fotos?", fragt Cristóbal.

„Vorher muss ich noch was erledigen. Wartet vor der Ladentür auf mich, ich komme gleich nach …"

„Was hast du vor?", fragen sie.

„Ich muss ein kleines Problem lösen … Bis gleich!"

Sie wollen mich unbedingt begleiten, aber ich kann sie abschütteln. Als ich um die Ecke biege und sie mich nicht mehr sehen können, fange ich an zu laufen. Ich überquere ein paar Kreuzungen und gelange auf eine breite Allee. In einer Einkaufspassage finde ich schließlich, wonach ich gesucht habe.

„He, Horacio!", rufe ich. „Warte, ich will mit dir reden!"

Horacio ist jetzt alleine. Als er mich sieht, wird er blass. Ich nehme an, dass er nicht darauf gefasst war.

„Was willst du?", fragt er.

„Mit dir reden … Komm, wir suchen uns eine stille Ecke, wo uns niemand stört", schlage ich fast im Befehlston vor.

„Warum sollen wir uns eine stille Ecke suchen?"

„Damit wir in aller Ruhe reden können." Ich packe ihn am Arm und schiebe ihn weiter. „Komm, wir gehen da runter in den Fußgängertunnel. Da stört uns bestimmt keiner … Los, du Held, komm schon!"

Komischerweise hat er plötzlich keine Lust mehr, sich mit mir zu unterhalten. Er sträubt sich dagegen, mit mir in den Tunnel zu gehen, aber schließlich schaffe ich es, ihn die Treppe hinunterzudrängen.

„Gut, jetzt sind wir ganz unter uns. Wie war das noch mit meinem Vater? Los, sag schon, was du eben gesagt hast!"

„Hör mal, was soll das?"

„Du sollst wiederholen, was du heute Morgen vor den anderen gesagt hast. Los, sag's mir ins Gesicht! Jetzt redet uns keiner dazwischen. Leg los!"

„Äh … Also, ich hab überhaupt keine Lust …"

„Wieso denn keine Lust? Was passt dir denn nicht daran? Macht es dir plötzlich keinen Spaß mehr, meinen Vater zu beleidigen?"

Horacio dreht sich um und will weglaufen, aber ich halte ihn fest. Ich werfe meinen Rucksack auf den Boden und knöpfe meine Jacke auf. Er soll sehen, dass ich entschlossen bin, unser Problem ein für alle Mal aus der Welt zu schaffen.

„Los, wiederhol jetzt, was du über meinen Vater gesagt hast!", fordere ich ihn auf. „Oder traust du dich etwa nicht?"

„Ich hab nur wiederholt, was die im Fernsehen gesagt haben. In den Nachrichten wurde berichtet, dass du versucht hast, in die Stiftung einzubrechen …"

„Du lügst! In den Nachrichten wurde nur gesagt, dass in die Stiftung eingebrochen wurde … Du verdrehst alles. Du bist ein Lügner!"

„Hör mal, ich wollte doch nur …"

Ich versuche, meine Jacke abzustreifen. Er nutzt die Gelegenheit und holt zu einem Schlag aus.

Obwohl ich noch schnell zur Seite springen kann, erwischt er mich am Hals. Ich will mich verteidigen, aber er ist im Vorteil. Meine Arme haben sich in der Jacke verfangen. Er tritt mich gegens Knie und schlägt mir in den Magen. Ich weiche den Schlägen aus, so gut ich kann. Endlich gelingt es mir, meinen rechten Arm aus dem Jackenärmel zu befreien. Mein erster Schlag geht ins Leere. Horacio lässt nicht locker. Ich werfe mich auf ihn und wir verkeilen uns ineinander. Wir prallen gegen die Mauer. Fast wären wir zu Boden gestürzt. Er umklammert meinen Hals und will mir wieder einen Schlag ins Gesicht verpassen … da geschieht das, was geschehen musste!

Horacio lässt die Arme sinken. Er reißt die Augen weit auf und starrt mich entsetzt an.

„Ahhhhh!", schreit er in panischer Angst. „Nein! Nicht schon wieder!"

Ich rühre mich nicht. Mal sehen, was passiert.

„Mach das da weg!", schreit er, als er sieht, dass der Drache auf meiner Stirn sich bewegt und zum Angriff übergehen will. „Ruf das Ungeheuer zurück!"

„Warum sollte ich es zurückrufen? Du bist doch sonst nicht so ängstlich, wenn du mich anmachst und meinen Vater beleidigst! Soll ich dem Drachen sagen, er soll dich auffressen?"

„Bitte, ruf ihn zurück!", wimmert er. „Ich kann nicht mehr!"

Aber ich sehe in aller Ruhe zu, wie der Drache seinem Gesicht gefährlich nahe kommt. Horacio kann seinen Atem spüren, er steht da wie gelähmt. Seine Augen treten beinahe aus den Höhlen hervor. Er versucht, den Drachen mit den Händen zu verscheuchen, traut sich aber nicht, ihn anzufassen.

„Ich mach alles, was du willst!", schluchzt er. „Sag mir, was ich tun soll!"

„Du sollst gar nichts tun. Ich will nur, dass du aufhörst, meinen Vater zu beleidigen. Du sollst ihn zufriedenlassen."

„Ich werde ihn nie mehr beleidigen, wirklich!"

Der Drachen streift seine Hände. Ich hoffe, dass Horacio spürt, dass er in Gefahr ist. Er soll einsehen, dass sein Verhalten gemein ist und dass er andere Leute nicht beleidigen darf. Und dass er die Kleineren nicht schikanieren darf, nur weil er stärker ist als sie.

„Hör zu, Horacio … Heute lass ich dich noch mal mit einem blauen Auge davonkommen. Der Drache wird dich nicht attackieren und du gehst schön brav nach Hause, wie jeden Tag ... Aber ich warne dich! Wenn du dich noch einmal danebenbenimmst, wenn du noch einmal jemanden beleidigst oder schlecht über jemanden redest, wenn du noch einmal Witze über mich machst – dann kannst du dich auf was gefasst machen, das garantiere ich dir! Hast du mich verstanden?"

„Ja, ja ... Ich schwöre dir, ich werde dich nie mehr ärgern, ich werde niemanden mehr beleidigen ..."

„Das will ich dir auch geraten haben! Denk immer an den Drachen, der dich gerade so wütend angiftet! Und vergiss nicht, er beobachtet dich pausenlos und wartet nur darauf, dass er zubeißen darf ... Ich brauche es ihm nur zu sagen ... Und nenn mich nie wieder Drachenkopf!"

„Das werde ich nie wieder tun!"

„Ich möchte, dass du mich von jetzt an Ritter des Drachen nennst."

„Ich werde dich nennen, wie du willst."

„Ritter des Drachen! Sag: Arturo ist der Ritter des Drachen!"

„Arturo ist der Ritter des Drachen."

„Halte dich an diese Regeln und du hast nichts zu befürchten ... Und jetzt verschwinde! Ich glaube, du erzählst besser niemandem, was hier passiert ist! Wenn du es trotzdem tust, dann erzähl wenigstens die Wahrheit ... Nein, pass auf, ich will, dass du jedem erzählst, was du erlebt hast!"

„Das glaubt mir doch keiner!"

„Klar, die Wahrheit ist nicht so leicht zu glauben wie die Lügen. Los, hau ab! Und vergiss nicht, was du gesehen hast!"

Er hebt seinen Rucksack auf und macht sich aus dem Staub. Der Drache folgt ihm ein paar Meter, dann lässt er von ihm ab und kehrt er auf meine Stirn zurück. Horacio rennt, so schnell er kann. Ich ziehe meine Jacke wieder an und gehe langsam die Treppe hinauf. Die Sonne scheint. Das Licht blendet mich.

✶✶✶

So langsam beruhige ich mich. Die Sache mit Horacio hat mich ziemlich aufgeregt, aber jetzt ist es vorbei. Ich glaube, in Zukunft wird er mich in Ruhe lassen.

Ich rufe Hinkebein an, um ihm mitzuteilen, dass ich die Fotos gleich abholen werde. Er sagt, es sei besser, noch ein wenig zu warten, bevor wir uns treffen.

Er erzählt mir, dass letzte Nacht ein paar Typen bei ihm eingedrungen sind. Sie haben ihn verprügelt und versucht, Feuer zu legen. Er habe Angst, sagt er, und spiele mit dem Gedanken, sich zu verstecken.

„Die Situation hat sich verschärft", sagt er. „Die Dinge überschlagen sich, seit die Typen, die bei euch eingebrochen sind, im Knast sitzen. Einige Firmen fühlen sich bedroht. Und sie meinen, schuld daran sei ich."

„Was hast du vor?", frage ich. „Willst du die Stadt verlassen?"

„Kommt gar nicht in Frage! Ich habe einen Vertrag mit dir und den werde ich erfüllen. Außerdem ist da die Stiftung. Es interessiert mich brennend, wie es mit ihr weitergeht. Das will ich mir auf gar keinen Fall entgehen lassen! Unsereiner hat die Archäologie im Blut, mein Junge, die lässt einen nicht einfach so los ... Nein, ich suche mir ein sichereres Versteck und rufe dich dann an."

„In Ordnung. Sag Bescheid, wenn du Hilfe brauchst. Wir sehen uns!"

Ich gehe zu dem Geschäft, das die Luftaufnahmen macht. Metáfora und Cristóbal warten schon ungeduldig auf mich.

„Hör mal, Arturo, mein Vater hat angerufen, er würde gerne mit dir sprechen", sagt Cristóbal. „Ruf ihn doch heute Abend zu Hause an, wenn du willst ..."

„Vielen Dank. Mach ich. Aber jetzt holen wir erst mal die Fotos ab."

✳✳✳

Sobald ich alleine in meinem Zimmer bin, wähle ich Cristóbals Nummer.

„Cristóbal? ... Hallo! Ich bin's, Arturo ... Kann ich mal mit deinem Vater sprechen?"

„Moment, ich hole ihn."

Während ich warte, blättere ich in einem Comic, den ich mir heute Nachmittag gekauft habe. *Spiderman.* Er gehört zu der Serie „Superhelden". *Spiderman* ist die Nummer 10 der Serie. *Batman, Superman* und *Daredevil* habe ich schon.

„Guten Abend, Señor Vistalegre", sage ich, als sich Cristóbals Vater meldet. „Cristóbal hat mir gesagt, Sie wollten mit mir sprechen ..."

„Ja, Arturo. Ich fahre morgen für ein paar Tage zu einem Kongress, und vorher wollte ich dir noch einige Fragen stellen, wenn es dir nichts ausmacht."

„Natürlich nicht! Fragen Sie!"

„Es geht um die Personen, die in deinen Träumen auftauchen ... Sind das ganz normale Menschen oder haben sie magische Kräfte?"

„Sowohl als auch. Einige sind sehr real. Leute, die unter Ungerechtigkeiten leiden, genauso wie wir, und die verfolgt werden. Aber da gibt es auch noch andere, die Zauberer und Hexenmeister, die haben magische Kräfte."

„Vor denen musst du dich vorsehen, Arturo. Du darfst dich von ihnen nicht in die Irre führen lassen, sonst kann es passieren, dass du diese fantastischen Dinge für real hältst. Die Macht der Träume ist sehr groß, man muss damit sehr vorsichtig umgehen."

„Kapier ich nicht."

„In der Welt der Träume ist alles möglich. Wenn du nicht aufpasst, glaubst du hinterher an Dinge, die es gar nicht gibt ... Hat dir eine dieser Personen, dieser Zauberer ... übernatürliche Kräfte versprochen?"

„Nun ja, also ... Einmal ist mir sehr viel Macht verliehen worden."

„Was für eine Macht? Unsichtbarkeit? Schwerelosigkeit? Die Fähigkeit, sich in jemand anderen zu verwandeln?"

„Na ja, ich soll eine Armee führen ..."

„Eine Armee? Sehr merkwürdig ... Was für eine Armee?"

„Ich weiß nicht, das wurde mir nicht gesagt."

„Eine Armee von Monstern?"

„Glaub ich nicht. Eher normale Leute, Soldaten, Ritter ..."

„Aha, der typische Traum von mittelalterlichen Rittern also."

„Ja, außerdem soll ich selbst zum Ritter geschlagen werden."

„Du musst aufpassen. Es kann sein, dass dir andere übernatürliche Kräfte verliehen werden sollen, wie zum Beispiel Unsterblichkeit oder unbeschränkte Macht oder so etwas ... Ich möchte dich warnen, Arturo. Manchmal sind unsere Träume so real, dass wir meinen, wir hätten sie wirklich erlebt."

„Also ich glaube nicht, dass mir so etwas passieren wird."

„Doch, das geht vielen Leuten so. Ich hatte mal einen Patienten, der war wahnsinnig verliebt in eine Frau. Aber sie hatte ihn verlassen. Und dann hat der Mann geträumt, dass sie wieder zu ihm zurückgekehrt ist. Eine Zeit lang hat er fest daran geglaubt, dass sie ihn wieder liebt … Sein Traum war so real, dass er vielen Menschen davon erzählt hat. Du kannst dir vorstellen, wie er sich gefühlt hat, als er merkte, dass es nur ein Traum war … Ich möchte nicht, dass dir so was auch passiert. Versprich mir, dass du vorsichtig bist!"

„Ich verspreche es Ihnen, Doktor … Ich gebe Ihnen mein Wort, dass ich aufpassen werde."

„Wenn du dich irgendwie komisch fühlst, ruf mich bitte sofort an, okay? In deinem Alter können Träume sehr gefährlich sein."

„Ich werde drauf achten, Doktor."

„Sobald ich zurück bin, rufe ich dich an, und dann reden wir weiter über deine Träume … Adiós, Arturo."

„Adiós, Dr. Vistalegre."

Manchmal habe ich das Gefühl, dass die Erwachsenen ein wenig übertreiben. Ich werde doch den Versprechungen nicht glauben, die mir jemand in meinen Träumen macht! Auch nicht wenn man mir alles Gold der Welt versprechen würde!

Während ich mir weiter meinen *Spiderman*-Comic ansehe, denke ich noch ein wenig über das nach, was mir Dr. Vistalegre gesagt hat. So ein Unsinn! Wie kann jemand davon träumen, dass ihm übernatürliche Kräfte verliehen werden, und hinterher glauben, dass er sie tatsächlich besitzt?

VII

Das alchemistische Schwert

Arturo kniete vor Königin Émedi nieder und neigte den Kopf. Sie hob ihr Schwert, ließ es auf die rechte Schulter des Jungen sinken und berührte sie zweimal leicht.

„Ich, Émedi, Königin von Emedia, schlage dich, Arturo Adragón, zum Ritter meines Königreiches. Von diesem Augenblick an wirst du den Kampf gegen die Hexerei und die schwarze Magie anführen. Ich ernenne dich zum Führer meiner Armee!"

„Ich, Arturo Adragón, schwöre bei meiner Ehre, alles dafür zu tun und wenn nötig mein Leben herzugeben, um mich dieser Aufgabe würdig zu erweisen. Ich werde ein edler, gerechter und tapferer Ritter sein, vor der Gefahr nicht zurückweichen, die Schwachen verteidigen und mich jedem entgegenstellen, der seine schwarzen Künste gegen uns richtet."

Leónidas und die anderen Ritter sahen Arturo Adragón neiderfüllt an. Es fiel ihnen schwer zu akzeptieren, dass ein Junge von vierzehn Jahren zu ihrem Kommandanten ernannt wurde; aber die Treueschwüre, die sie der Königin gegeben hatten, verpflichteten sie, die Entscheidungen ihrer Herrin widerspruchslos hinzunehmen.

Sie wussten, dass Arquimaes diese Entscheidung beeinflusst hatte. Alle hatten sich davon überzeugen können, wie liebevoll sie ihm zugetan war. Die Gerüchte sprachen von einer leidenschaftlichen Liebesgeschichte, von Wiedergeburt und Unsterblichkeit ... Doch niemand wusste dies zu bestätigen ...

Die Musiker fingen an zu spielen und Arquimaes ging zu Arturo.

„Mein Freund, ich möchte dir dieses eigens für dich geschmiedete Schwert übergeben", sagte er feierlich. „Ich selbst habe magische Buchstaben darauf geschrieben. Sie werden dich bei deinem Kampf gegen unsere schlimmsten Feinde unterstützen. Mit diesem Schwert wirst du an der Spitze der Schwarzen Armee gegen die Soldaten des Demónicus kämpfen, des grausamsten aller Finsteren Zauberer."

Arturo war tief bewegt. Er nahm das Schwert in die Hand und zeigte allen die außergewöhnliche zweischneidige Klinge, auf der Arquimaes' Buchstaben prangten. Sie sah aus wie ein beschriebenes Pergament.

„Mit der einen Schneide werde ich diejenigen verteidigen, die meine Hilfe brauchen, und die andere werde ich dazu benutzen, gegen jene Tyrannen zu kämpfen, die das Volk unterdrücken wollen!", rief Arturo. „Mein Schwert ist das Symbol der Gerechtigkeit und nur diesem Zweck wird es dienen."

Der Festakt ging weiter. Mehrere Männer, die sich dieses Privileg verdient hatten, wurden von der Königin ebenfalls zum Ritter geschlagen.

Währenddessen rückte Demónicus' Armee auf das emedianische Schloss vor. Mehrere Divisionen besetzten bereits die umliegenden Hügel, während die schweren Kriegsmaschinen durch die Ebenen bewegt wurden.

Die Wachposten der Königin verließen ihre Positionen und eilten ins Schloss, um das Nahen der furchterregenden Armee zu melden.

✶✶✶

Arturo schob das Schwert in die reich verzierte Scheide, die Arquimaes ihm soeben übergeben hatte. Plötzlich wurde er nervös. Es war, als versuchte jemand, einen Kontakt mit ihm herzustellen. Er streifte seinen Stulpenhandschuh ab und sah, dass mehrere seltsame Zeichen über seine Handfläche krochen. Es waren tintenschwarze Buchstaben und sie übermittelten ihm eine unmissverständliche Botschaft: *Du wirst sterben, Arturo! Ich selbst werde dich töten!*

Ihm war sofort klar, wer ihm die Botschaft geschickt hatte. Er erschauerte.

✶✶✶

Auf seinem Lager in der großen Karosse wand sich Demónicus vor Schmerzen. Alexia sah ihn mit Tränen in den Augen an. Die Wunderheiler saßen ohnmächtig daneben und waren untröstlich, dass sie ihrem Herrn keine Linderung verschaffen konnten.

„Eure Verletzungen sind sehr tief", erklärte Tránsito, der sich in die Dienste des Finsteren Zauberers gestellt und ihm absolute Treue geschworen hatte. „Aber das Seltsamste ist der schwarze Eiter, den die Wunden absondern. Das weist darauf hin, dass ein geheimnisvolles Gift in Euren Körper eingedrungen ist."

„Und es gibt keine Formel, die gegen das Gift etwas ausrichten kann?", fragte die Prinzessin.

„Wir haben alles versucht", antwortete Tránsito. „Offenbar handelt es sich um ein sehr starkes Gift. Etwas Ähnliches ist uns noch nie begegnet. Möglicherweise ist es eine magische Substanz."

„Aber ich kann Euch versichern, dass Arturo nichts Außergewöhnliches benutzt hat, keinen Geheimtrank oder so etwas. Sein Hände waren ..."

Alexia verstummte. Sie war plötzlich wie gelähmt. Voller Entsetzen musste sie an all das denken, was sie gesehen hatte. Sie betrachtete die Innenfläche ihrer Hand. Die Tinte! War es möglich, dass sie in die Blutbahn ihres Vaters eingedrungen war und seinen Körper nun langsam vergiftete?

✻✻✻

DIE ACHTZEHN MÖNCHE, die das Blutbad von Ambrosia überlebt hatten und in das Schloss von Königin Émedi geflüchtet waren, beobachteten, wie Arquimaes seine Tintenfässer mit der dunklen Flüssigkeit füllte, die er in der vorangegangenen Nacht hergestellt hatte. Die dickflüssige schwarze Tinte schien ein Eigenleben zu besitzen. Wie von selbst floss sie durch den schmalen Hals der kleinen Gefäße. Man hätte meinen können, sie selbst wünschte es sich.

Arturo händigte jedem der Mönche eine Schreibfeder und einen kleinen Pinsel aus, während Crispín Pergamente mit präzisen Instruktionen an sie verteilte. Es handelte sich um Anweisungen für den speziellen Gebrauch der Schreibutensilien.

Schweigend warteten die Mönche darauf, dass der Weise ihnen erklären würde, warum er sie in aller Frühe in die Bibliothek bestellt und ihnen befohlen hatte, vorsichtig zu sein und mit niemandem über ihr Treffen zu sprechen.

Nachdem der Alchemist die schwarze Flüssigkeit auf die Tintenfässer verteilt hatte, sah er geduldig zu, wie die Mönche die Dinge begutachteten, die man ihnen ausgehändigt hatte. Schließlich waren sie bereit, ihm zuzuhören.

„Brüder, ich habe euch herbestellt, um euch mit einer ganz besonderen Mission zu beauftragen", begann er. „In den nächsten Tagen werdet ihr eine ausgezeichnete Möglichkeit haben, eure Geschicklichkeit für das Zeichnen und Schreiben in den Dienst einer edlen und gerechten Sache zu stellen."

Die Mönche sahen sich verwundert an. Die Ankündigung des Alchemisten versetzte sie in Aufregung.

„Worum ich euch jetzt bitten werde, wird euch erstaunen. Aber ich möchte, dass ihr euren Auftrag mit dem größten Eifer ausführt. Von euch wird es abhängen, ob das Königreich Emedia frei sein oder untergehen wird und ob seine Einwohner weiterhin als freie Menschen leben oder als Sklaven der Hexerei und der schwarzen Magie. Hört mir gut zu! Ihr habt Tinte, Federn und Pinsel und dazu die nötigen Anweisungen. Schreibt und zeichnet mit der größten Sorgfalt, und ihr könnt sicher sein, dass eure Anstrengungen reichlich belohnt werden! Wie ihr wisst, werden wir in nächster Zeit von der Armee des Finsteren Zauberers Demónicus angegriffen. Unsere Späher haben uns mitgeteilt, dass sie in wenigen Tagen vor unseren Toren stehen wird. Wir haben also keine Zeit zu verlieren. Seid euch darüber im Klaren, dass das, was wir in den nächsten Tagen und Nächten vollbringen, für den Ausgang des bevorstehenden Krieges entscheidend sein wird. Wenn wir schlecht arbeiten, werden wir verlieren; wenn wir aber unsere Sache gut machen, wird der Sieg unser sein!"

Bruder Cálamo hob die Hand und bat ums Wort.

„Was müssen wir tun?", fragte er. „Wie ist es möglich, dass wir mit unserer Schreibkunst dazu beitragen können, einen Krieg zu gewinnen?"

„Das wirst du erfahren, wenn der Moment gekommen ist. Fürs Erste musst du mir einfach vertrauen und tun, worum ich dich bitte …

worum ich euch bitte", ergänzte der Alchemist fast flehend. „Jeder weiß, was er zu tun hat. Die Soldaten und Ritter greifen zu ihren Waffen, wir zur Feder."

Arquimaes sah den Mönchen an, dass seine Antwort sie nicht zufriedenstellte. Deswegen fügte er hinzu: „Ihr, meine Brüder, seid die Besten in der Kunst des Schreibens, und darum brauche ich euch. Ich verlasse mich voll und ganz auf eure Fähigkeiten."

Die Mönche, nicht unempfänglich für Schmeicheleien, sahen ihn wortlos an. Sie warteten auf weitere Erklärungen. Doch Arturo kam dem Alchemisten zuvor.

„Wir werden es mit einem riesigen Heer zu tun bekommen", sagte er. „Ungeheure Menschenmengen werden sich auf uns stürzen und uns überrennen. Wir sind nur wenige, und es gibt nur eine Möglichkeit zu überleben: Wir müssen tun, was Arquimaes uns sagt! Er ist der Einzige, der uns helfen kann. Ich glaube an ihn und werde in der ersten Reihe kämpfen. Ich hoffe, dass ihr mit eurer Arbeit unsere Soldaten und Ritter bei ihrem heldenmütigen Kampf unterstützt!"

Auf sein Zeichen hin öffneten die Wachen beide Flügel der Bibliothekstür. Ritter, einfache Soldaten, Bogenschützen und Lanzenträger kamen mit ihren Waffen und in voller Montur herein.

„Ihr sollt diese Waffen mit Buchstaben versehen", sagte Arquimaes. „Und zwar gemäß den Anweisungen, die ich euch habe aushändigen lassen, und so präzise, wie es nur eben geht. Denkt daran, das Einzige, was uns von Demónicus' Männern unterscheidet, sind die Buchstaben und Zeichnungen, die ihr anfertigen werdet. Die Schrift wird unser Erkennungszeichen sein. Das Zeichen unseres Sieges!"

Die Mönche verstanden die Botschaft und schauten sich die Soldaten, die sich vor ihnen aufgestellt hatten, genau an. Diese Männer zogen in den Krieg und würden auf Leben und Tod kämpfen. Sie verdienten eine Würdigung durch die Symbole der Schrift!

Arquimaes beobachtete, wie einige der Mönche ihre Federn und Pinsel bereits in die Tintenfässchen tauchten und anfingen, Buchstaben auf die Schilde, Schwerter und Lanzen zu malen. Er war zufrieden.

„Vielleicht gelingt es uns", murmelte er. „Hoffen wir das Beste."

„Die Mönche sind unsere wichtigsten Verbündeten", sagte Arturo zu ihm. „Sie werden bis zur Erschöpfung arbeiten und unseren Kriegern die nötige Kraft verleihen. Wir werden es schaffen!"

„Möge der Himmel dich erhören, mein Freund. Wenn meine Formel versagt, wird kein Stein auf dem anderen bleiben", erwiderte Arquimaes. „Und dann wird unsere Welt untergehen."

VIII

Das Geheimnis des Vaters

Ich bin mir sicher, dass sie heute Nacht hinuntergehen werden. Ich habe sie in den letzten Tagen beobachtet und vermute, dass es heute so weit sein wird.

Ich habe mich im Veranstaltungssaal versteckt und spähe durch den Türspalt zur Treppe hinüber. Ich lausche auf das leiseste Geräusch. Sie werden bestimmt kommen. Bald.

Heute Nachmittag habe ich mit Papa gesprochen und ihn gebeten, Hinkebein als Reinigungskraft zu beschäftigen. Das ist das Einzige, was ich für meinen Freund tun kann.

„Aber Arturo, du weißt doch, dass wir niemanden einstellen dürfen", hat Papa geantwortet. „Die Bank hat die Verwaltung der Stiftung übernommen. Stromber wird es nicht erlauben."

„Es muss ja nicht offiziell sein. Wir können ihn ja als wissenschaftlichen Mitarbeiter einstellen, dann merkt es keiner."

„Ich fürchte, das ist nicht möglich."

„Aber Papa, er hat dir geholfen, als du überfallen worden bist. Jetzt braucht er unsere Hilfe ... Ich bitte dich nur darum, ihm zu gestatten, für eine Weile hier bei uns unterzukriechen."

„Ist das so dringend?"

„Ja, Papa, sehr. Ich bin es ihm einfach schuldig ..."

„Gut, aber nur bis Ende des Monats. Bis Stromber die Leitung übernehmen wird. Aber sag ihm, er soll sich möglichst unauffällig verhalten. Ich werde Adela Bescheid sagen müssen."

Morgen gehe ich zu Hinkebein und sage ihm, dass er in dem kleinen Gartenhäuschen bleiben kann. Ich hoffe, das wird ihn aus der Schusslinie bringen.

Obwohl man im Moment nicht weiß, wo er sicherer ist, hier drinnen oder draußen, auf der Straße.

Ich habe etwas gehört ... ein Geräusch ... Ja, jemand kommt die Treppe herunter ... Das sind sie bestimmt.

Papa und Sombra gehen zu der Tür, die zum Keller führt, und schließen sie auf. Sie tun das mit der Gelassenheit von jemandem, der sich unbeobachtet fühlt. Sie haben nicht mal Angst, dass Mahania oder Mohamed aufwachen und sie sehen könnten ... Obwohl ... Bin ich blöd! Nein, sie werden die beiden nicht überraschen, weil sie eingeweiht sind! Der Einzige, der nicht Bescheid weiß, bin ich. Deswegen wollte Sombra nicht, dass fremde Leute den Keller besichtigen!

Papa und Sombra gehen die Treppe hinunter. Sie haben die Tür von innen abgeschlossen. Ich warte einen Augenblick, bis sie unten sind. Ganz vorsichtig komme ich aus meinem Versteck und gehe zur Tür. Ich schiebe meinen Schlüssel langsam ins Schloss und drehe ihn um, als jemand hinter mir meinen Namen ruft.

„Arturo! Was machst du denn hier, um diese Zeit?" Es ist Mahania. „Solltest du nicht längst schlafen?"

„Ich habe schon lange genug geschlafen, Mahania ... Viele Jahre ... Ich glaube, es ist Zeit, dass ich in der Realität aufwache. Ich will endlich wissen, was um mich herum passiert."

„Wenn du da hinuntergehst, wirst du vielleicht Dinge entdecken, die dir nicht gefallen werden."

„Wenn ich nicht hinuntergehe, werde ich nie mehr schlafen können. Ich würde mich mein Leben lang fragen, wer ich bin. Heute ist der Moment gekommen, das herauszufinden. Hindere mich bitte nicht daran, Mahania."

„Ich möchte dich doch nur warnen. Ich rate dir dringend hierzubleiben."

„Ihr habt mich jahrelang angelogen ... Jetzt will ich es wissen!"

Ich schlüpfe durch die halb geöffnete Tür und steige in die Unterwelt hinab, die sich zu meinen Füßen auftut.

Ich knipse meine Taschenlampe an und gehe langsam die Treppe hinunter, Stufe für Stufe, ohne Eile. Ich bin mir sicher, dass sie in ihre Arbeit vertieft sind. Ich sehe, dass die Tür zum ersten Keller geschlossen ist. Also gehe ich weiter nach unten in den zweiten Keller. Auch der ist verschlossen ... Weiter! ... Unter der Tür zum dritten Keller ist ein schmaler Lichtschein zu sehen. Also sind sie da drin! Ich hätte mir denken können ... Bestimmt hat es etwas mit der Gruft zu tun, dem geheimnisvollen Sarkophag einer mittelalterlichen Königin mit dem Gesicht einer Frau, die vor vierzehn Jahren gestorben ist – dem Gesicht meiner Mutter!

Ich knipse die Taschenlampe aus und öffne vorsichtig die Kellertür. Niemand bemerkt mich. Aus dem hinteren Raum, der Krypta, dringt Licht. Ich nähere mich auf Zehenspitzen. Wenn ich wissen will, was diese geheimnisvollen Besuche zu bedeuten haben, muss ich sehen, was Papa und Sombra da tun. Aber sie dürfen mich nicht entdecken, obwohl sie morgen von Mahania sowieso erfahren werden, dass ich hier war.

Ich spähe in den hinteren Raum. Papa und Sombra stehen neben dem Sarkophag. Auf dem Boden ist ein großes beschriebenes Pergament ausgebreitet. Sombra hat einen Hammer und einen Meißel in der Hand. Sieht aus, als wollten sie etwas auf den Marmorblock meißeln. Papa hält ein Papier, dann zeigt er auf das Pergament und flüstert etwas, das ich nicht verstehen kann. Sombra klopft mit dem Hammer behutsam auf den Meißel. Er geht so präzise vor wie ein Chirurg. Er will sich nicht vertun, das würde vermutlich seine ganze Arbeit zunichtemachen. Wenn man etwas auf Stein meißelt, eine Zeichnung zum Beispiel, darf man sich keinen Fehler erlauben ... genau wie beim Tätowieren. Deswegen gehen sie so vorsichtig zu Werke.

Ich überlege mir, was ich machen soll.

Mehr als eine halbe Stunde vergeht. Ich beobachte jede ihrer Bewegungen. Offensichtlich haben sie die Buchstaben eines Pergamentes, die Papa vorher entschlüsselt hat, kopiert und meißeln sie nun auf die noch freie Seite des Sarkophags. Ich verstehe nicht, warum sie Buchstaben, die auf ein Pergament geschrieben sind, auf den Marmorstein übertragen.

Als ich einen Schritt zurückgehen will, um mich davonzuschleichen, trete ich auf etwas Weiches ... Ich erschrecke und stoße einen leisen Schrei aus.

Stille. Sombra hat seine Arbeit unterbrochen.

„Wer ist da?", fragt mein Vater. „Mahania?"

Stille. Ich sehe, wie die Ratte in die Dunkelheit davonhuscht. Wahrscheinlich hat sie noch mehr Angst als ich.

„Nur eine Ratte", sagt Sombra.

„Nein, da war noch was anderes", zischt Papa. „Ich habe eine Stimme gehört …"

Ich rühre mich nicht vom Fleck. Mit etwas Glück bleibe ich unentdeckt. Vielleicht glaubt er, er habe sich getäuscht, und konzentriert sich wieder auf seine Arbeit … Nein! Er hat den Hammer genommen und kommt direkt auf mich zu, überzeugt davon, dass da noch etwas anderes war als eine Ratte.

„Komm da raus, wer immer du bist!", ruft er. „Komm da sofort raus!"

Ich glaube, es ist besser, wenn ich mich zu erkennen gebe. Sonst passiert womöglich noch etwas.

„Arturo!", ruft mein Vater überrascht, als er mich erkennt. „Was machst du denn hier? Woher wusstest du, dass …"

Sombra fährt wie elektrisiert auf. Ihm ist klar, dass ich das große Geheimnis entdeckt habe, das sie seit meiner Geburt vor mir verborgen haben.

„Ich möchte, dass ihr mir genau erklärt, was ihr hier macht", sage ich ein wenig ärgerlich. „Ich muss wissen, was ihr vor mir geheim haltet. Warum tut ihr das? Was darf ich nicht wissen? Ich will, dass ihr mir sagt, was das mit mir zu tun hat!"

„Du gehst jetzt besser wieder auf dein Zimmer", sagt Papa. „Hier gibt es nichts für dich zu sehen. Das ist nur was für Erwachsene."

„Nein, Papa, ich gehe nicht eher weg, bis du mir alles erzählt hast … Ich bin jetzt alt genug, um zu erfahren, was mit mir los ist."

„Da gibt es nichts zu erzählen, Arturo. Sombra hilft mir bei meiner Forschungsarbeit. Du weißt doch, wie wichtig mir das ist."

„Hat es auch was mit deiner Forschungsarbeit zu tun, wenn ihr Buchstaben auf einen tausend Jahre alten Sarkophag meißelt? Wer ist diese Frau, die meiner Mutter so ähnlich sieht?"

„Die Gesichter auf Skulpturen sehen doch alle gleich aus. Du steigerst dich da in etwas hinein. Etwas in Stein zu hauen ist sehr schwierig. Du hast zu viel Fantasie."

„Wenn es nur ein Produkt meiner Fantasie ist, hast du doch sicher nichts dagegen, wenn ich sehe, was ihr da geschrieben habt, oder?", erwidere ich und nähere mich dem Marmorblock.

Sombra stellt sich mir in den Weg und versucht, mich zurückzudrängen.

„Arturo, bitte …"

„Ich will sehen, was da draufsteht … Und das Pergament da, woher habt ihr das? Ich habe es noch nie gesehen."

Ich bücke mich, um es aufzuheben, aber Papa versucht, mich daran zu hindern.

„Fass es nicht an! Fass es um Himmels willen nicht an!"

„Warum denn nicht?"

„Es ist sehr alt", erklärt Sombra. „Es könnte zerfallen. Man muss es sehr vorsichtig behandeln."

„Gut, dann schaue ich es mir nur an …"

„Besser, du lässt es, Arturo", sagt Sombra und hält mich fest.

„Nein, Sombra. Ich muss wissen, was hier vor sich geht."

Ich schiebe ihn zur Seite und er hebt resigniert die Arme.

Ich beuge mich zu dem Pergament hinunter und betrachte es aufmerksam. Mein Herz rast. Das ist doch wohl nicht …? Meine Vermutung bestätigt sich, als ich in Papas und Sombras Gesichter sehe.

„Ist das das verloren gegangene Pergament? Das Pergament, in das du mich gleich nach meiner Geburt gewickelt hast?"

Sie bringen kein Wort heraus, doch ich weiß, dass ich recht habe. Sie haben das Pergament all die Jahre vor mir geheim gehalten!

„Warum habt ihr mich mein ganzes Leben lang hintergangen?", frage ich mit leiser Stimme. „Warum habt ihr mich in dem Glauben gelassen, dass das Pergament verloren gegangen ist? Warum habt ihr mich angelogen?"

„Dieses Pergament birgt ein großes Geheimnis", antwortet Papa nur. „Wir mussten es schützen."

„Wir wollten dich nicht hintergehen, Arturo. Wir hätten dir alles erzählt, sobald du alt genug gewesen wärst, um es zu verstehen", rechtfertigt sich Sombra. „Bitte, du musst uns glauben."

„Euch glauben? Warum sollte ich euch glauben, wo ihr mich die ganzen Jahre hindurch angelogen habt? Ich weiß ja nicht einmal mehr, wie ich in Wirklichkeit heiße!"

„So etwas darfst du nicht sagen, mein Sohn. Wir haben es wegen einer guten Sache getan ... wegen deiner Mutter ..."

Jetzt weiß ich wirklich nicht mehr, was ich sagen soll.

„Was hat Mama damit zu tun? Wovon sprecht ihr?"

„In diesem Sarkophag liegt ihr Leichnam", sagt mein Vater.

Ich brauche eine Weile, um seine Worte zu begreifen. Wenn man mir mit dem Hammer auf den Kopf geschlagen hätte, wäre ich nur halb so benommen.

„Was? Aber ... Habt ihr nicht immer gesagt, sie wäre in Ägypten begraben, mitten in der Wüste? Was macht sie in der Gruft einer anderen Frau? Was soll das Ganze, Papa?"

Sombra schlägt die Hände vors Gesicht. Sie haben schon zu viel erzählt. Er weiß, dass es mir früher oder später gelingen wird, die Teile dieses komplizierten Puzzles zusammenzusetzen.

„Gut, Arturo, gehen wir in mein Arbeitszimmer und reden wir in aller Ruhe darüber", schlägt Papa vor.

IX
Drachen am Himmel

Seit Tagesanbruch belagerten Demónicus' Truppen das Schloss von Königin Émedi. Gemäß den Anweisungen ihrer Heeresführer hatten sie entlang der Festungsmauer Aufstellung genommen, um ihre bedrohliche Stärke zu demonstrieren. Dutzende von Standarten mit dem Totenschädel des Mutanten wehten im Wind. Sie zeigten an, mit welchem Feind es die Emedianer zu tun bekommen würden.

Hörner und Trommeln verkündeten Befehle, die sogleich ausgeführt wurden. Hunderte von Reitern umkreisten das Schloss und versperrten jedem den Weg, der hinein- oder herauswollte. Die Übermacht der Invasoren war nicht zu übersehen. Sie waren gekommen, um zu siegen, und niemand würde ihnen entkommen.

Stunden zuvor hatten die Trompeten der Königin Alarm geblasen, und die Bauern hatten sich in aller Eile zu Émedi geflüchtet, um bei ihr Schutz zu suchen. Noch nie hatte die Festung so viele Menschen beherbergt. Alle Räume, einschließlich der Ställe, mussten genutzt werden, um die Männer, Frauen, Kinder und Tiere unterzubringen.

Nun da der Feind in unmittelbarer Nähe stand, wuchsen Aufregung und Angst vor dem bevorstehenden Krieg zusehends. Die Menschen wollten ihre Kinder und Habseligkeiten in Sicherheit bringen, obwohl sie befürchten mussten, alles zu verlieren. Allen war klar, dass sie im entscheidenden Augenblick, wenn es hart auf hart kommen würde, selbst einen Knüppel oder eine Hacke oder sonst irgendetwas in die Hand nehmen und gegen die Angreifer kämpfen mussten, um ihr eigenes Leben und das ihrer Familie zu verteidigen.

Viele Ritter und Soldaten hatten sich gemeldet, um in den Reihen der Königin zu kämpfen, doch bedauerlicherweise reichte ihre Zahl in keinster Weise aus, um es mit den Streitkräften des Finsteren Zauberers aufnehmen zu können.

„So tapfer unsere Männer auch sind, sie werden den Feind nie und nimmer besiegen können", seufzte Émedi, als sie die feindlichen Truppen vom Hauptturm aus in Augenschein nahm. „Wir werden den ersten Ansturm nicht überstehen."

„Ihr müsst meinem Plan vertrauen, Herrin", erwiderte Arquimaes. „Wenn alles so verläuft, wie ich hoffe, wird sich das Blatt vielleicht zu unseren Gunsten wenden."

„Ich vertraue auf Euch, mein Freund, aber meine Augen sehen, was sie sehen, sie lassen sich nicht täuschen. Einer gegen zwanzig, das ist zu viel. Wir können von unseren Rittern keine Wunder erwarten."

Plötzlich drang aufgeregtes Stimmengewirr vom Hauptplatz zu ihnen herauf. Arquimaes, die Königin und alle anderen schauten aus den Turmfenstern, um zu sehen, was der Grund dafür war. Der Anblick ließ sie erstarren.

„Feuerdrachen!", rief die Königin. „Magische Drachen!"

Drei riesige, feuerspuckende Drachen kreisten über dem Schloss. Die Menschen auf dem Platz fielen auf die Knie und flehten um Erbarmen, während die Soldaten ihre Pfeile auf die Ungeheuer abschossen. Doch vergebens: Die Drachen flogen in so großer Höhe, dass die Pfeile sie nicht einmal streiften. Die wenigen, die sie erreichten, fügten ihnen nur leichte Verletzungen zu.

„Wir müssen sie vernichten, bevor unsere Soldaten vor ihnen Reißaus nehmen!", rief Arturo und hob sein Schwert. „Wir müssen sie töten!"

„Immer mit der Ruhe!", erwiderte Arquimaes. „Die Mönche haben ihre Arbeit noch nicht beendet. Noch ist der richtige Moment nicht gekommen."

„Aber gegen diese Ungeheuer sind wir machtlos", klagte die Königin. „Wir selbst haben keinen einzigen Drachen. Wir sind ihnen schutzlos ausgeliefert. Wir verfügen nur über ein paar Wurfmaschinen und Katapulte."

Crispín sah der Königin ins Gesicht. Er hatte nun endgültig das Vertrauen verloren und war sicher, dass er sich irgendwann Demónicus zu Füßen werfen musste.

★★★

ALS BAUERN VERKLEIDET, beobachteten Frómodi und Escorpio, hinter Bäumen versteckt, das Geschehen.

„Schaut nur, Herr", sagte der Spitzel. „Die Emedianer sind verloren. Demónicus' Armee wird sie wie eine Lawine überrollen und sie alle vernichten."

„Was geht mich das an?", erwiderte Frómodi, der sich an einem Krug Wein festhielt. „Mich interessieren nur Arturo und Arquimaes. Du hast mir immer noch nicht erklärt, wie ich mir die beiden schnappen kann."

„Wir müssen uns noch ein wenig gedulden. Bald wird sich uns die Gelegenheit bieten, auf die wir warten. Das versichere ich Euch."

„Ich weiß nicht, was wir hier wollen, in diesen Lumpen. Ich hasse Bauernkleider."

„Geduld, Herr, Geduld."

„Meine Geduld ist bald am Ende!", schrie Frómodi. „Ich bin dabei, den Verstand zu verlieren, und schuld daran sind der Alchemist und dieser verfluchte Junge! Der schwarze Fleck auf meinen Füßen wird größer und größer. Bevor ich sterbe, will ich Rache!"

„Ich garantiere Euch, dass Euer Wunsch bald in Erfüllung gehen wird", versicherte ihm Escorpio. „Ihr werdet sehen."

„Ich habe dich gut bezahlt, du elender Spitzel. Und ich werde dir doppelt so viel geben, wenn du mir die beiden herschaffst. Aber wenn du versagst, wird es keinen Ort auf der Welt geben, an dem du dich vor mir verstecken kannst!" Frómodi nahm einen großen Schluck Wein aus dem Krug. „Ich werde dich töten, und wenn es das Letzte ist, was ich in diesem Leben tun werde!"

„Habt Vertrauen zu mir, Herr. Mein Plan ist perfekt. Der beste, den ich jemals ausgeheckt habe! Er ist gefährlich, aber Ihr werdet Eure Rache bekommen, das versichere ich Euch."

✳✳✳

TROTZ DER WARNENDEN Worte der Wunderheiler hatte Demónicus sich aufs Schlachtfeld tragen lassen. Er wollte mit eigenen Augen sehen, wie sich ihm der besiegte Feind zu Füßen werfen und seine Tochter ihn rächen würde.

Von seinem Zelt aus verfolgte er aufmerksam die Truppenbewegungen um das Schloss herum.

„Herr, wir sind sicher, dass sie unserem Angriff nicht standhalten können. Ihre Armee ist winzig. Gerade mal ein paar Soldaten und eine Handvoll Ritter. Die werden uns nicht aufhalten können", sagte Ratala. „Alles ist bereit für die entscheidende Schlacht. Wir warten nur noch auf Eure Befehle."

Demónicus zitterte vor Erregung. Seine Rache war in greifbarer Nähe. Er richtete sich ein wenig auf seinem Lager auf. Sogleich eilten zwei Heiler herbei. Doch der Finstere Zauberer schickte sie mit einer Handbewegung fort.

„Morgen greifen wir an", verkündete er. „Vorher schicken wir Boten mit weißen Fahnen los, um den Emedianern Gelegenheit zu geben, sich zu unterwerfen. Sollten sie sich weigern, werden wir mit Feuer und Schwert angreifen. Wir werden das Schloss plündern, Sklaven machen, die Königin hinrichten und uns ihrer Reichtümer bemächtigen. Die Soldaten werden die Erlaubnis erhalten, nach Herzenslust zu plündern und zu töten … Mich interessiert nur eins: Ich will Arturo und Arquimaes lebend haben! Sie müssen vor mir niederknien! Gib die entsprechenden Befehle und mach bekannt, dass ich denjenigen, der mir die beiden lebend bringt, reichlich entlohnen werde."

„Ich will gegen diesen verdammten Arturo kämpfen!", rief Ratala. „Ich habe ein Anrecht auf das Duell! Sein Leben gehört mir! Er hat mich gedemütigt! Alexia soll sehen, dass niemand meinen Platz einnehmen kann! Ich werde ihn töten, Herr, und Euch seinen Kopf bringen!"

„Das stimmt, Vater. Er hat ein Anrecht darauf, gegen Arturo zu kämpfen", mischte sich Alexia ein. „Also lass ihn kämpfen!"

Demónicus war ganz und gar nicht begeistert von der Idee, doch die Bitte seiner Tochter stimmte ihn um.

„Einverstanden. Aber du musst mir seine Leiche bringen. Unversehrt! Das ist meine einzige Bedingung."

„Am liebsten würde ich ihm den Kopf abhacken!"

„Nein! Ich verbiete es dir! Vielleicht gelingt es uns, seine vollständige Leiche wieder zum Leben zu erwecken, und dann können wir ihn noch jahrelang foltern! Meinetwegen kannst du ihn töten, aber du darfst ihn nicht zerstückeln."

„In Ordnung", stimmte Ratala zu, überzeugt davon, dass es eine Kleinigkeit sein würde, Arturo umzubringen. „Ich tue, was Ihr verlangt. Und jetzt werde ich mich auf den Kampf vorbereiten. Morgen bei Tagesanbruch fordere ich ihn zum Duell heraus, und bevor die Sonne ihren höchsten Stand erreicht hat, liegt seine Leiche hier vor Euch, Herr, das verspreche ich Euch."

„Ich begleite dich", sagte Alexia. „Ich muss dir ein paar Dinge über Arturo erzählen, die sehr nützlich für dich sein könnten. Ich kenne seine Art zu kämpfen. Ich habe ihn mehrmals dabei beobachtet ... Und auch ich selbst habe schon einmal die Klingen mit ihm gekreuzt ..."

Demónicus sah dem Paar hinterher, das in einem großen Zelt verschwand. Er war stolz auf seine Tochter und auch auf Ratala. Der tapfere junge Mann würde Arturo abschlachten und dann Alexia heiraten. Diese Eheschließung würde die Garantie für eine außergewöhnliche Thronfolge sein. Die Zukunft des Reiches der Finsteren Zauberer war gesichert!

✱✱✱

Arturo und Arquimaes gingen in die Bibliothek, um sich vom Fortgang der Arbeit zu überzeugen. Die Mönche hatten mehrere Tage ununterbrochen Buchstaben auf die Waffen geschrieben und nun wollten sie ihnen Mut zusprechen.

„Habt ihr noch genug Tinte?", fragte der Weise.

„Wir werden noch etwas übrig behalten", antwortete Bruder Cálamo. „Sie lässt sich gut verteilen, es genügt ein einziger Strich mit dem Pinsel oder der Feder. Unsere Arbeit ist fast beendet."

„Dann wird also bis morgen alles bereit sein?"

„Ja. Wir haben deine Anweisungen strikt befolgt. Morgen vor Tagesanbruch werden alle Waffen mit dem Symbol versehen sein, so wie du es wolltest."

„Danke, Brüder. Ihr habt eure Mission mehr als erfüllt. Die Königin wird sich bestimmt erkenntlich zeigen."

„Wir haben es getan, damit dieser Teufel Demónicus nicht noch mehr Länder erobert und die Menschen tyrannisiert. Irgendjemand muss sich der Barbarei entgegenstellen", sagte einer der Mönche.

„Ich hoffe, dass es morgen mit seiner Machtgier ein Ende hat", erwiderte Arturo. „Gemeinsam werden wir ihn besiegen!"

„Da ist noch etwas, was wir tun könnten, Arturo", sagte Arquimaes. „Aber nur wenn du damit einverstanden bist. Es handelt sich um etwas, das dich dein Leben lang begleiten wird. Doch ich glaube, es muss sein …"

„Worum geht es, Arquimaes?", fragte Ritter Adragón. „Ist es so schlimm?"

„Als Anführer unserer Armee brauchst du den größtmöglichen Schutz. Nach all dem, was wir zusammen erlebt haben, wird es nötig sein, die magischen Buchstaben auf deinem Körper zu erneuern und zu verstärken. Ich habe daran gedacht, die Originaltinte auf deine Haut aufzutragen. Und außerdem möchte ich, dass du das Symbol unseres zukünftigen Reiches auf deiner Stirn trägst!"

„Meint Ihr, die Buchstaben reichen nicht aus?"

„Mit dieser Zeichnung wirst du zu einem ganz besonderen Ritter, zum Symbol unseres Kampfes … Und außerdem wird es für absoluten Schutz sorgen."

„Und was ist das für eine Zeichnung, die Ihr auf meine Stirn malen wollt?"

„Ich habe eine Skizze angefertigt, damit du eine genauere Vorstellung davon bekommst."

„Zeigt sie mir."

Arquimaes führte ihn in einen kleinen Nebenraum, der durch einen schweren Vorhang abgetrennt war und nur von einer Kerze erleuchtet wurde. Darin befanden sich ein Spiegel, ein Stuhl mit einer hohen Rückenlehne, ein kleiner Tisch mit einem Hocker sowie ein eingebauter Wandschrank. Der Alchemist zog den Vorhang hinter ihnen zu, sodass sie ungestört waren, geschützt vor den neugierigen Blicken der Mönche. Dann schlug er eine lederne Mappe auf. Als Arturo die Zeichnung sah, erstarrte er.

„Wollt Ihr mir das auf die Stirn malen, Meister?"

„Das ist die Stelle, die sich am besten dafür eignet. Ich weiß es! Ich habe es mir genau überlegt und bin überzeugt davon, dass es nur dort die volle Wirkung entfalten kann."

Arturo atmete tief durch und nahm das Pergament mit der Zeichnung in die Hand, um sie sich genauer anzusehen. Nach einer Weile sagte er: „Wann wollt Ihr es machen?"

„Jetzt sofort."

Arturo, der sich noch nie einer Bitte seines Meisters widersetzt hatte, nickte ergeben.

„Setz dich auf den Stuhl und entspanne dich", sagte Arquimaes. „Es wird eine Weile dauern. Die Arbeit verlangt äußerste Konzentration. Ach ja, und schließe die Augen."

Arturo machte es sich auf dem Stuhl bequem und schloss die Augen. Arquimaes öffnete den Wandschrank, nahm einige Schreibwerkzeuge heraus und breitete sie auf dem Tisch aus. Dann stellte er den Hocker vor Arturo und setzte sich.

„Atme gleichmäßig und denk an etwas Angenehmes", sagte er zu ihm. „Und vor allem, beweg dich nicht! Jede Linie bleibt für immer eingraviert. Sie kann nicht abgewischt werden."

Arturo spürte, wie die Schreibfeder über seine Haut glitt und eine Spur frischer, kühler Tinte zurückließ. Hin und wieder straffte der Weise mit den Fingern seiner linken Hand die Haut, damit sie vollkommen glatt war. So konnte er noch genauer arbeiten. Mehr als einmal ritzte er mit der Feder die Haut, was jedoch nicht sehr schmerzhaft war.

Nach zwei Stunden konzentrierter Arbeit war Arquimaes' Werk fertig. Arturo erhob sich etwas benommen von seinem Hocker, ging zum Spiegel ... und erschrak. Sein Gesicht hatte sich verändert, und das für immer! Ein großes, von einem Drachenkopf gekröntes A, geschwungen wie ein geflügeltes Tier und mit Krallen an den unteren Spitzen, prangte auf der oberen Hälfte seines Gesichtes. Die Zeichnung begann oberhalb der Augenbrauen und reichte bis zur unteren Hälfte der Wangen. Arturo sah gefährlich aus, aber gleichzeitig auch beruhigend. Einerseits glich die Zeichnung der typischen Tätowierung primitiver Völker, andererseits der von Mönchen liebevoll gestalteten Titelseite eines Buches. Eine seltsame Mischung, die ihn verblüffte. Eine Sache ist es, eine Skizze auf einem Pergament zu betrachten, eine ganz andere jedoch, die fertige Zeichnung auf der eigenen Haut zu sehen.

„Dieses Symbol zeichnet dich als obersten Befehlshaber der Schwarzen Armee aus, als Anführer der Streitmacht des Reiches der Gerechtigkeit, das wir errichten werden", erklärte Arquimaes. „Es wird dir die Kraft der Drachen und die Intelligenz der Alchemisten verleihen. Es wird dich mit einer unvorstellbaren Macht ausstatten und zu einem legendären Ritter machen, der in die Geschichte eingehen wird. Von jetzt an, Arturo Adragón, besitzt du die Macht der alchemistischen Schrift."

„Ich werde versuchen, mich des Vertrauens, das Ihr mir schenkt, würdig zu erweisen", sagte Arturo. „Ich schwöre, dass ich Euch nicht enttäuschen und alles tun werde, um der Verantwortung gerecht zu werden, die mir dieses Symbol auferlegt – das Symbol des alchemistischen Drachen. Der Drachenbuchstabe."

„Sei gerecht, tapfer und edelmütig, und du wirst in die Geschichte eingehen als der außergewöhnlichste Ritter, der jemals seinen Fuß auf diese Erde gesetzt hat. Missbrauche niemals die Macht, die dir dieser Buchstabe verleiht, und alle werden in dir den edelsten aller Menschen sehen, den es jemals gegeben hat. Niemand sonst trägt dieses Symbol. Es macht dich einzigartig."

„Niemand wählt einen Buchstaben als Symbol. Jeder Herrscher zieht es vor, sein Wappen mit einem Tier zu schmücken. Das wird mich von allen unterscheiden. Ich werde versuchen, Euch und Euren Worten Ehre zu erweisen."

„Von nun an bist du verpflichtet, dich edelmütiger zu verhalten als jeder andere. Du wirst eine unglaubliche Macht besitzen, doch darfst du sie niemals missbrauchen. Es ist dir verboten, ein grausamer Tyrann zu werden und die Schwachen zu unterdrücken. Dieser Buchstabe ist ein Symbol der Macht, aber er ist auch ein Fluch. Er wird dein Verhalten überwachen, und wenn du die Prinzipien, die ich dir soeben genannt habe, missachtest, wird er dich zur Rechenschaft ziehen und sich gegen dich wenden, Arturo Adragón. Vergiss das nie!"

„Ja, Meister, ich werde mich untadelig und vorbildlich verhalten."

„So soll es sein, Arturo, so soll es sein."

X
DIE FORMEL
DER UNSTERBLICHKEIT

Wir sitzen im Arbeitszimmer meines Vaters. Papa hat es sich in seinem Lieblingssessel bequem gemacht und ich sitze ihm gegenüber. So können wir uns direkt in die Augen sehen. Es ist wohl die wichtigste Unterhaltung, die wir jemals geführt haben.

„Ich höre, Papa. Bitte erkläre mit jetzt genau, was mit mir und meinem Leben los ist. Ich verstehe gar nichts mehr. Du musst mir eine ehrliche Antwort geben. Warum hast du mir das mit Mama verschwiegen? Was ist tatsächlich in der Wüste in Ägypten passiert?"

Er sieht Sombra an, der schweigend wie eine Statue neben mir steht. Papa beugt sich zu mir vor, so als wolle er mir etwas beichten.

„Deine Mutter ist eines Nachts in Ägypten gestorben, eine Stunde nach deiner Geburt ..."

„Eine Stunde? An dem Abend, als wir mit Norma und Metáfora hier in der Stiftung gegessen haben, hast du gesagt, sie wäre zwei Tage danach gestorben", erinnere ich ihn. „Was stimmt denn nun?"

„Das, was ich eben gesagt habe. Deine Mutter hat dich noch eine Stunde im Arm gehalten. An deinem Geburtstag neulich habe ich viel Blödsinn geredet ..."

„Ist schon gut ... Erzähl weiter."

„Ich habe mit allen Mitteln versucht, ihre sterblichen Überreste nach Hause zu holen, aber die ägyptischen Behörden haben mir die nötigen Genehmigungen konsequent verweigert. Mir ist nichts anderes übrig geblieben, als sie in dem nächstgelegenen Dorf bestatten zu lassen. Mahania hatte gute Kontakte dorthin, und mit ihrer Hilfe habe ich Leute gefunden, die in der Lage waren, Reynas Leiche so gut wie nur eben möglich zu konservieren. Ein Jahr lang blieb sie in ihrem Grab in der Wüste. Schließlich gelang es uns, sie hierher überführen zu lassen, indem wir sie als Angehörige von Mahania ausgaben. Seitdem liegt sie hier in der Stiftung, im dritten Keller … Ich kann dir sagen, es war alles sehr kompliziert."

Jetzt verstehe ich, warum ich mich schon immer so sehr mit Mama verbunden gefühlt habe. Sie war mir näher, als ich dachte!

„Wir beschlossen, niemandem etwas davon zu sagen. Ich wollte warten, bis du erwachsen bist, um es dir dann zu erzählen. Denn du solltest es wissen, Arturo, glaub mir", sagt er. „Du musst verstehen, dass wir aus Gründen der Sicherheit gezwungen waren, es geheim zu halten. Nur Sombra, Mahania, Mohamed und ich wussten es … Und jetzt du …"

„Hast du mir nicht vertraut? Hast du gedacht, ich würde es jedem auf die Nase binden?", frage ich beleidigt.

„Nein, Arturo. Ich wollte nur sichergehen. Was du nicht wusstest, konntest du auch keinem erzählen. Deswegen haben wir es dir verschwiegen. Aber du kannst mir glauben, ich war mehr als einmal versucht, es dir zu erzählen. Manchmal war ich ganz nahe daran, das große Geheimnis mit dir zu teilen …"

„Aber ich habe ihn daran gehindert", mischt sich Sombra ein. „Wir hätten es dir wirklich so gerne erzählt, aber wir konnten nicht anders, wir mussten es geheim halten. Stell dir vor, man hätte uns erwischt! Dann hätte man uns mit Sicherheit gezwungen, die Leiche zurückzugeben, zurück in den Wüstensand. Dein Vater hätte das nicht ertragen. Und ich auch nicht."

„Seit dem Tod deiner Mutter war mein Leben die reinste Hölle", sagt Papa. „Und wenn ich es ausgehalten habe, dann nur weil ich zu ihrem Grab gehen und mit ihr sprechen konnte. Das war ein großer Trost für mich."

„Diesen Trost hätte ich auch gut gebrauchen können, meinst du nicht?", sage ich vorwurfsvoll.

„Bitte, verzeih mir. Ich war überzeugt davon, dass es das Beste für uns alle war. Ich hätte alles dafür gegeben, wenn ich dich hätte einweihen können, glaub mir."

„Du darfst nicht so streng mit deinem Vater sein, Arturo", sagt Sombra. „Er wollte dich ganz bestimmt nicht hintergehen. Er liebt dich."

„Aber etwas verstehe ich immer noch nicht … Was macht Mama in dem Sarkophag von Königin Émedi? Und warum habt ihr mir nichts von dem Pergament gesagt?"

Papa und Sombra tauschen einen komplizenhaften Blick miteinander. Es scheint, als würde mein Vater Sombra um Erlaubnis bitten, mir zu antworten.

„Das ist nicht so einfach zu erklären, Arturo", sagt Sombra schließlich. „Aber ich will es versuchen. Es wird für dich nicht leicht zu verstehen sein. Es wird dich schockieren und du wirst es kaum glauben können …"

„Ich werde mich bemühen", sage ich. „Aber lügt mich nicht wieder an! Das ist das Einzige, worum ich euch bitte. Ich ertrage es einfach nicht mehr!"

„Also gut, hör zu", sagt Papa. „Nachdem deine Mutter tot war, habe ich versucht, den Inhalt des geheimnisvollen Pergaments zu entziffern. Bald wurde mir klar, dass es sich um etwas sehr Wichtiges handeln musste. Als Erstes entdeckte ich, dass der Text von einem europäischen Alchemisten im Mittelalter geschrieben worden war, auch wenn sich das Pergament jetzt in Ägypten befand. Das hat mich sehr verblüfft. Aus Angst, die Behörden könnten es beschlagnahmen, beschloss ich, es zu verstecken. Es war Mahania, die auf die Idee kam, es Mama mit ins Grab zu legen."

Papa schweigt eine Weile und reibt sich vor Verlegenheit die Hände. Dann, als Sombra ihm aufmunternd zunickt, fährt er mit seinem Bericht fort: „Nachdem wir es geschafft hatten, ihren Leichnam hierher zu bringen, ließ ich eine ganze Zeit verstreichen, bevor ich mich entschloss, das Pergament in die Hand zu nehmen und zu untersuchen. Das war der Grund, warum ich so viele Nächte auf Schlaf verzichtet und gearbeitet habe. Ich bin fast verrückt geworden. Der Text ist in einer symbolischen Geheimschrift verfasst, die man so gut wie gar nicht entschlüsseln kann. Ich wollte schon aufgeben, aber dann ist es mir gelungen, einige Worte zu identifizieren. Das ermunterte mich, weiterzumachen und den Text Wort für Wort zu übersetzen."

„Und was sind das für Worte?", frage ich.

Er steht auf und geht ein paarmal um seinen Sessel herum. Dann, so als hätte er Angst, es auszusprechen, sagt er: „Auferstehung … Unsterblichkeit ... Ewiges Leben ... Stell dir vor, dieses Pergament enthält die Formel der Unsterblichkeit, nach der die Alchemisten so eifrig gesucht haben! Die Formel der Auferstehung, des ewigen Lebens! Der Stein der Weisen!"

„Aber Papa, das ist doch Unsinn! Ein Hirngespinst! Der Stein der Weisen ist nie gefunden worden und die Formel der Unsterblichkeit hat es nie gegeben", antworte ich. „Du als moderner Wissenschaftler solltest das wissen!"

„Woher weißt du, dass die Formel nie gefunden wurde? Wer kann mit Sicherheit sagen, dass die Alchemisten keinen Weg entdeckt haben, Tote wieder zum Leben zu erwecken?"

„Ich weiß es nicht. Niemand weiß es. Und das ist der Beweis dafür, dass es die Formel niemals gegeben hat. Sonst wäre man nämlich irgendwann darauf gestoßen", argumentiere ich.

„Wir leben in turbulenten Zeiten", sagt Papa. „Es ist nicht leicht, die Wahrheit herauszufinden. Durch meine Arbeit bin ich zu dem Schluss gekommen, dass unsere Welt voller Geheimnisse ist. Wenn ich dieses Pergament vollständig entschlüsseln kann, wird es vielleicht möglich sein, deine Mutter ins Leben zurückzuholen!"

„Was erzählst du denn da, Papa! Hast du den Verstand verloren? Glaubst du wirklich, dass Mama von den Toten auferstehen kann?"

„Sag nicht, du hättest dir nicht manchmal gewünscht, dass sie lebt und du mit ihr sprechen kannst! Sag nicht, du hättest nicht schon mal davon geträumt! Sag nicht, du würdest nicht alles dafür geben, sie bei dir zu haben und ihre Hände und ihr Haar zu streicheln! Ihre Stimme zu hören, ihren Atem zu spüren ..."

„Natürlich würde ich mein Leben hergeben, um sie bei mir zu haben und sie berühren zu können! Aber ich weiß, dass das unmöglich ist. Ich weiß, dass das nie geschehen wird und ich mich damit begnügen muss, mit ihrem Bild zu sprechen ... oder sie in meinen Träumen zu sehen."

„Und wenn ich sie wieder zum Leben erwecke? Wenn ich es schaffe, sie in diese Welt zurückzuholen?"

„Wie willst du das machen? Durch Zauberei? Es gibt keine Magie, Papa!"

„Du täuschst dich! Wir sind gerade dabei, die Worte, die auf dem

Pergament stehen und den Toten das Leben wiedergeben, auf den Sarkophag zu schreiben. Die Arbeit ist mühevoll und geht nur langsam voran, aber wir schaffen es! Ich versichere dir, der Text des Pergaments enthält die magischen Sätze, die Tote wiederauferstehen lassen!"

Ich bin völlig sprachlos und weiß nicht mehr, was ich dazu sagen soll. Habe ich meinen Vater richtig verstanden? Hat er wirklich gesagt, dass er Mama zum Leben erwecken kann?

„Und Norma? Was meinst du, wie sie reagieren wird, wenn sie erfährt, dass du Mama immer noch liebst und dass du die letzten Jahre wie wahnsinnig daran gearbeitet hast, sie in diese Welt zurückzuholen?", frage ich und schaue ihm dabei direkt in die Augen. „Was wird sie sagen, Papa?"

„Ich habe es ihr bereits erzählt", murmelt mein Vater.

„Waaaas? Du hast ihr erzählt, dass du Mama zum Leben erwecken willst? Und was hat sie gesagt?"

„Sie findet es in Ordnung."

„Sie hat bestimmt gedacht, du tickst nicht mehr richtig."

„Nein, sie hat gesagt, sie möchte daran mitarbeiten."

Jetzt verstehe ich gar nichts mehr. – Oder vielleicht doch?

So langsam beginne ich zu begreifen. Das ist also die Erklärung für das merkwürdige Verhalten meines Vaters in der letzten Zeit. Vielleicht erzählt er mir ja eines Tages die ganze Wahrheit.

Und noch etwas anderes verstehe ich jetzt. Papa hat alles darangesetzt, Norma zu erobern, weil er von Anfang an etwas Konkretes von ihr wollte. Langsam wird mir klar, dass Papa nicht der arme Irre ist, der er zu sein scheint. Dass er gar kein Büchernarr ist.

Aber wer ist mein Vater wirklich und was verheimlicht er vor mir?

Auch über Sombra fange ich an, mir Fragen zu stellen. Ich habe in ihm immer so etwas wie einen zweiten Vater gesehen; aber jetzt bin ich mir sicher, dass auch er mir etwas verschweigt.

Von nun an werden sie es mit einem anderen, neuen Arturo zu tun bekommen. Mit einem Arturo Adragón, der wissen will, wer er ist.

„Noch eine Frage, Papa ... Stimmt es wirklich, dass du mich nach meiner Geburt in das Pergament gewickelt hast?"

„Ja, das stimmt. Ich selbst habe dich in das Pergament gewickelt."

XI
Die kriegerische Königin

Schon früh am Morgen kam die Sonne hervor und tauchte alles in ein blendend helles Licht. Doch dann zogen plötzlich tiefrot gefärbte Wolken am Himmel auf, was für diese Tageszeit sehr ungewöhnlich war. Die Wachposten der Königin verspürten eine eigenartige Furcht angesichts dieses diabolischen Anblicks, der einen Blutregen anzukündigen schien.

Eine Stunde später war alles auf den Beinen. Die Bauern verabschiedeten sich von ihren Frauen und Kindern und bezogen Stellung auf dem Festungswall. Die Soldaten griffen zu Lanze und Schwert. Die Ritter legten mithilfe ihrer Knappen die Rüstungen an und sprachen ein Gebet, bevor sie ihre Gemächer verließen, bereit, dem Tod gegenüberzutreten.

Alle waren überrascht, als sich Königin Émedi oben auf dem Hauptturm zeigte. Sie war wie eine Kriegerin gekleidet, mit einem Panzerhemd über ihrem königlichen Gewand und dem Silberschwert am Gürtel zum Zeichen ihrer königlichen Macht. Auf dem Kopf trug sie eine kleine Krone und ihre blonden Haare darunter wehten wie Goldfäden im Wind.

Arquimaes, Arturo, Crispín, Leónidas und die anderen Ritter scharten sich um sie. Sie bildeten den Kommandostab zur Verteidigung des Schlosses. Auf alle Schilde war mit Arquimaes' Spezialtinte ein A gemalt, ähnlich dem, das auf Arturos Stirn zu sehen war. Das Drachensymbol, das die emedianische Armee von Demónicus' Truppen unterschied.

Arturo kniete vor der Königin nieder, um ihren Segen für den bevorstehenden Kampf zu erbitten.

Émedi legte ihm eine Hand auf die Schulter und sagte: „All unsere Hoffnungen ruhen auf dir, Arturo Adragón. Unser Leben und unser

Besitz hängen von deinem Mut und deiner Unerschrockenheit ab. Was du auch machst, wir vertrauen auf dich. Ich hoffe, mein Atem wird dir die Kraft verleihen, die nötig ist, um der Gerechtigkeit zum Siege zu verhelfen."

Und dann konnten alle sehen, wie die Königin mit ihren Lippen den Drachenkopf berührte, den der neu ernannte Befehlshaber der Armee auf der Stirn trug.

„Mögen die Kraft und die Intelligenz des Drachen dich leiten!", rief sie feierlich aus.

Währenddessen hatte das diabolische Heer des Finsteren Zauberers vor dem Schloss Aufstellung genommen. Alle warteten auf den Befehl ihres obersten Heeresführers zur Attacke. Die Soldaten konnten es kaum erwarten, das Schloss zu stürmen und zu plündern. Man erzählte sich, dass es mit immensen Reichtümern angefüllt war. Allein der Gedanke an die reiche Beute, die sie dort erwartete, brachte sie schier um den Verstand.

Plötzlich drang aus dem Wald hinter den Soldaten ein so ohrenbetäubendes Geheul, dass allen der Schreck in die Glieder fuhr. Es war ein durchdringender, gellender Schrei, und das Wesen, das ihn ausstieß, war halb Mensch, halb Tier.

Kurz darauf schoss, begleitet von einem Schwarm schwarzer Vögel, ein Drache zwischen den Bäumen hervor. Auf seinem Rücken saß ein Ritter, bewaffnet mit Schwert und Schild. Sein Gesicht wurde von einem Helm bedeckt, aber jeder ahnte, dass es Ratala war, der sich dahinter verbarg.

Zur selben Zeit lösten sich sechs Reiter mit einer weißen Fahne aus den Reihen der Finsteren Armee und ritten auf das Schloss zu. In sicherer Entfernung hielten sie an, um Demónicus' Standarte zu entfalten, damit die Belagerten wussten, in wessen Auftrag sie kamen.

Aber wie groß war ihre Überraschung, als sie sahen, dass der Boden vor dem Schloss mit Büchern übersät war. Sie konnten sich nicht erklären, warum Königin Émedi Tausende von Büchern über die Festungsmauer hatte werfen lassen. Wahrscheinlich, so dachten sie, handelte es sich um eine verzweifelte Geste der Unterwerfung. Vielleicht hatten die belagerten Feinde die Hoffnung, dass sich Demónicus dadurch gnädig stimmen lassen würde? Die Reiterboten lachten. Offenbar hatten sie nie zuvor Bekanntschaft mit Demónicus, ihrem Herrn, gemacht. Auch Tausende von Büchern auf dem Boden würden den Finsteren Zauberer nicht umstimmen können. Doch was die Reiter nicht wussten, war, dass diese Bücher aus der Abtei von Ambrosia stammten …

„Im Namen unseres Herrn, Fürst Ratala, fordern wir den Ritter Arturo Adragón zu einem Duell auf Leben und Tod heraus!", rief einer von ihnen. „Der Kampf soll auf den Rücken von Drachen ausgetragen werden. Unser Herr ist bereit, ihm einen seiner Drachen zur Verfügung zu stellen, wenn er es wünscht!"

Émedi und Arquimaes hörten die Worte mit starrer Miene. Arturo hob sein Schwert, um zu zeigen, dass er zum Kampf bereit war.

„Du musst nicht kämpfen", sagte die Königin. „Niemand zwingt dich dazu."

„Aber ich will es!", rief Arturo. „Er soll nicht glauben, ich wäre ein Feigling. Wenn sie meinen, dass ich Angst habe, werden sie nur noch mutiger und ungestümer. Mir bleibt nichts anderes übrig, als die Herausforderung anzunehmen!"

„Das ist Wahnsinn", warnte ihn Arquimaes. „Du bist es nicht gewohnt, auf einem Drachen zu reiten. Du wirst ihn nicht beherrschen können. Und dein Tod würde alles für uns nur noch schlimmer machen!"

„Was soll ich tun? Mich hier verkriechen wie ein Feigling?", fragte Arturo.

Arquimaes wusste, dass Arturo recht hatte. Der Junge musste den Kampf gegen Ratala aufnehmen. Wenn er es nicht tat, würden seine eigenen Leute ihn verachten und für einen Angsthasen halten, der sich unter die Röcke der Königin flüchtete.

„Also gut, dann komm mit", sagte der Alchemist.

„Was habt Ihr vor?", fragte Émedi.

„Mit Eurer Erlaubnis, Herrin, werden wir allen beweisen, dass Arturo Adragón kein Feigling ist", antwortete Arquimaes.

„Einverstanden. Tut, was Ihr für richtig haltet", willigte die Königin ein.

„Das ist doch Wahnsinn!", protestierte Leónidas. „Du hast keine Chance! Und wenn du stirbst, werden unsere Männer den Mut verlieren. Lass mich deinen Platz einnehmen, Arturo."

„Lieber sterbe ich im Kampf, als dass ich für einen Feigling gehalten werde", erwiderte Arturo. „Ich danke Euch für Eure großmütige Geste, Freund Leónidas, aber niemand kann an meine Stelle treten."

Während Ratala auf seinem Drachen über dem Schloss kreiste, begaben sich Arturo, Arquimaes und Crispín zum Haupttor und befahlen den Wachen, die Zugbrücke herabzulassen. Die Reiterboten sahen die drei Freunde herauskommen und dachten schon, sie wollten sich ergeben. Ein Alchemist, ein Ritter und sein Knappe, der den Schild seines Herrn trug, konnten als Abordnung akzeptiert werden. Mit der Königin würde man beizeiten sprechen.

Doch sie hatten sich geirrt. Denn nun wurden sie Zeugen, wie der Weise plötzlich die Arme zum Himmel erhob. Es war dieselbe Geste, mit der die Finsteren Zauberer die dunklen Mächte anzurufen pflegten.

Arturo setzte seinen Helm auf und Crispín reichte ihm den Schild. Dann stimmte Arquimaes seine Gesänge an. Wind kam auf und fegte über die Bücher hinweg, die zu Tausenden auf der Erde verstreut lagen und sich jetzt nacheinander öffneten. Es war, als gehorchten sie den Befehlen des Alchemisten.

Der Wind wurde zu einem Sturm, der die Bücher vor sich her peitschte und eine riesige Staubwolke aufwirbelte, sodass den Boten der Blick auf das verwehrt war, was um Arquimaes herum vor sich ging.

Hinter der Staubwolke wie durch einen Vorhang geschützt, rief der Alchemist die Buchstaben in den Büchern an. Diese lösten sich von den Seiten und formierten sich zu einem Wesen, das kein menschliches Auge je zuvor erblickt hatte. Die von den Mönchen mit magischer Tinte geschriebenen Buchstaben unterwarfen sich dem Willen des Weisen.

Als sich der Wind wieder gelegt hatte und die Staubwolke sich aufzulösen begann, stand, für alle sichtbar, ein riesiger schwarzer Drache vor dem Schloss. Er schien aus dem Nichts gekommen zu sein. Ein mächtiger Drache, der sich widerstandslos von Arturo Adragón besteigen ließ.

„Sagt Eurem Fürsten, Arturo Adragón nimmt die Herausforderung an!", rief Crispín, stolz, seinen Herrn auf dem Rücken dieses herrlichen schwarzen Tieres sitzen zu sehen. „Sagt ihm, dass es ihm nichts nützt, wenn er sich zu verstecken versucht! Und dass mein Herr seinen eigenen Drachen hat!"

Die Reiterboten waren starr vor Erstaunen. Noch nie hatten sie einem so beeindruckenden Schauspiel der Magie beigewohnt. Sie wendeten ihre Pferde und galoppierten ins Lager zurück, um ihrem Herrn die Nachricht zu überbringen.

Inzwischen hatte sich Arturo Adragón auf seinem Drachen über die Festung erhoben, umhüllt von einem schwarzen, mit Gelb abgesetzten Umhang über der glänzenden Rüstung – einem Symbol der Tapferkeit. Er war bereit, bis zum letzten Blutstropfen zu kämpfen.

✶✶✶

DEN SOLDATEN DER Versorgungseinheit blieb kaum Zeit zu reagieren. Ein Dutzend Männer stürzte sich so schnell auf sie, dass sie ihre Mörder nicht einmal identifizieren konnten. Sie sahen nur das Funkeln der Waffen, kurz bevor sie sich in ihre Körper bohrten.

„Keiner soll am Leben bleiben!", schrie Morfidio. „Und seht zu, dass die Rüstungen nicht beschädigt werden!"

Morfidios Männer zogen Demónicus' Soldaten in aller Eile die Rüstungen aus und legten sie sich selbst an.

„Ausgezeichnet, Herr", sagte Escorpio bewundernd. „Ihr seht aus wie einer der Heeresführer des Finsteren Zauberers! Niemand wird vermuten, dass sich unter dieser Rüstung König Frómodi verbirgt."

„Verscharrt die Toten! Niemand darf sie finden!", befahl Morfidio. „Und dann auf in Demónicus' Lager!"

Zwei Stunden später rollten die Versorgungskarren in das Feldlager. Niemand schenkte ihnen Beachtung, sodass sich die Fremden wie selbstverständlich unter die Soldaten mischen konnten. Morfidio genoss es, dicht am Kommandozelt vorbeizugehen. Der Große Zauberer würdigte ihn keines Blickes.

✶✶✶

Arturo sah, wie Ratala auf ihn zuflog. An der Art, wie sein Rivale mit dem Schwert herumfuchtelte, merkte er, dass er nervös war. Kein geübter Ritter würde so etwas tun. Man führt das Schwert leicht und locker, ohne unnötige Energien zu verschwenden. Jede Bewegung muss zielgerichtet und wohlüberlegt sein. Ein Schwert ist kein Spielzeug. Wenn Ratala so weitermachte, würden ihn bald die Kräfte verlassen.

Alle warteten darauf, dass die beiden Drachen aufeinanderprallten, doch Arturo wich rechtzeitig aus. Als sie so dicht aneinander vorbeiflogen, dass sie sich fast streiften, stieß Ratala einen furchterregenden Schrei aus. Doch davon ließ sich Arturo nicht beeindrucken. Er wusste, dass sein Gegner ihn damit nur einschüchtern wollte.

Die Duellanten machten eine Kehrtwende und näherten sich jetzt langsamer. Dicht voreinander hielten die Drachen an und bewegten heftig ihre Flügel, um sich in der Luft zu halten. Arturo und Ratala schlugen mit ihren Schwertern aufeinander ein. Jeder ihrer Hiebe schien den Gegner noch mehr zu reizen. Gebannt verfolgten die Zuschauer von unten den heftigen Kampf auf den Rücken der Drachen, die nun ihrerseits anfingen, sich mit Gewalt abzudrängen.

Plötzlich spuckte Ratalas Drache Feuer, magisches Feuer; aber sein Gegner konnte sich rechtzeitig vor den Flammen in Sicherheit bringen.

Von seinem Zelt aus beobachtete Demónicus den Kampf. Er musste ständig von den Wunderheilern versorgt werden, denn die Erregung ließ die bereits vernarbten Wunden in seinem Gesicht wieder aufplatzen.

„Töte ihn!", schrie er, während ihm die Wundsalbe aufgetragen wurde. „Töte den verfluchten Verräter! Und vergiss nicht, mir seine Leiche zu bringen!"

In diesem Moment traf Ratala mit einem beidhändig geführten Schlag den Helm von Arturo Adragón, sodass der junge Ritter für ein paar Sekunden benommen war. Mutig geworden durch den Treffer, holte der Fürst zum entscheidenden Schlag gegen Arturo aus. Doch der Schild mit dem magischen Symbol schützte den Jungen und rettete ihm somit das Leben.

Wieder ging Fürst Ratala zum Angriff über. Fast hätte er seinen Rivalen mit einem Hieb durch den Sehschlitz des Helmes getötet. Doch als der junge Drachentöter den Federbusch auf Ratalas Helm mit einem einzigen geschickt geführten Streich abschlug, wurde der Fürst kurz abgelenkt und vergaß seine Deckung. Arturo nutzte diese Unachtsamkeit aus, um zu einem erneuten Schlag auszuholen, der den Gegner am Hals traf. Ratala schwankte auf seinem Drachensitz. Arturo versuchte, ihm durch den Sehschlitz in die Augen zu schauen, um herauszufinden, wie schwer er getroffen war. Aber es gelang ihm nicht. Der Fürst neigte den Kopf und wich so seinem Blick aus.

Arquimaes und Émedi verfolgten aufmerksam den Fortgang des Duells. Arturo war ein guter Schwertkämpfer, doch der Fürst war ihm ebenbürtig und ließ die Attacken des Feindes immer wieder ins Leere gehen. Er täuschte Arturo, indem er so tat, als wäre er müde geworden, aber in Wirklichkeit waren seine Kräfte noch lange nicht erschöpft.

Als es so aussah, als ob sich der Kampf noch ewig hinziehen würde, konnte Arturo einen wichtigen Treffer anbringen. Er verletzte Ratala am Bein und brachte ihn dazu, die Deckung seines Oberkörpers zu vernachlässigen. Aus der tiefen Wunde spritzte das Blut wie aus einer Fontäne. Der Drache des Fürsten bäumte sich auf. Arturo nutzte seinen Vorteil und traf seinen Gegner erneut, sodass Fürst Ratala gefährlich ins Schwanken geriet.

Die Ritter und Soldaten des Schlosses heulten vor Freude auf. Ihre Schreie erfüllten die Luft und feuerten Arturo noch mehr an. Doch da geschah etwas Unvorhergesehenes. Ratala, der sich in die Enge getrieben sah, riss seinen Drachen plötzlich hoch und befahl dem Tier, den jungen Ritter von oben zu packen. Überrascht von diesem gemeinen Manöver, setzte sich Arturo mit seinem Schwert zur Wehr und zerfetzte die Klauen des Drachen. Das Tier fauchte laut vor Schmerzen und Ratala musste sich zurückziehen. Arturo gelang es jedoch, mit einem wuchtigen Hieb einen Flügel des Drachen zu verletzen, sodass der das Gleichgewicht verlor und abstürzte. Im Fallen klammerte sich Ratalas Drachen an den des jungen Ritters und zog ihn mit sich in die Tiefe.

Der Aufprall war heftig. Drachen und Reiter wurden von einer Staubwolke eingehüllt.

Je länger der Kampf dauerte, desto unruhiger wurde Demónicus. Sein Zustand verschlimmerte sich von Minute zu Minute. Er schäumte vor

Wut, als er sah, dass sein zukünftiger Schwiegersohn offenbar nicht in der Lage war, den verhassten Feind ins Jenseits zu befördern. Er ließ seine Tochter rufen, die sich, wie man ihm gesagt hatte, im Zelt des Fürsten aufhielt, um die Götter anzurufen und sie um Ratalas Sieg zu bitten.

„Sie soll herkommen!", brüllte der Finstere Zauberer. „Wenn ich schon sterben muss, will ich vorher noch mit ihr sprechen! Ich will sie an meiner Seite haben! Bringt sie her!"

Die Drachen wälzten sich auf dem Boden. Ihr Blut tränkte die weißen Seiten der Bücher, die rundherum verstreut lagen. Ratalas Drache versuchte, wieder aufzufliegen, aber Arturos schwarzer Drache fiel über ihn her, biss ihm in den Hals und ... enthauptete ihn.

Danach verwandelte er sich in das, was er zuvor gewesen war. Sein Körper löste sich wieder in die einzelnen Buchstaben auf, die auf die Seiten der Bücher zurückkehrten.

Arturo und Ratala nahmen unterdessen den Kampf wieder auf. Ratala hatte inzwischen Mühe, sich auf den Beinen zu halten, und Arturo sah, dass er am Ende seiner Kräfte war. Da begriff er, dass das Duell bald beendet sein würde. Der Kampf konnte nur mit Ratalas Aufgabe enden ... oder mit seinem Tod.

„Lass dein Schwert fallen, Ratala, das Duell ist beendet!", rief Arturo. „Rette dein Leben, solange noch Zeit dazu ist!"

Doch Ratala gab keine Antwort. Er reagierte nicht auf Arturos Angebot und stürzte sich mit neu erwachter Energie auf seinen Gegner. Der Fürst war offenbar entschlossen, seine letzte Kraft darauf zu verwenden, Arturo zu töten.

Die Klingen kreuzten sich erneut mit ungeahnter Heftigkeit, sodass die Funken nur so sprühten. Die Soldaten auf der Festungsmauer zitterten vor Angst. Alle wussten, dass der Kampf in seine entscheidende Phase getreten war. Wenn zwei Gegner so erbittert gegeneinander kämpften, war es sicher, dass einer von ihnen sterben würde.

Plötzlich geriet Arturo ins Stolpern und fiel zu Boden. Der Fürst packte sein Schwert mit beiden Händen und holte zu einem fürchterlichen Schlag aus, der den Jungen in Stücke zu hauen drohte. Doch Arturo war schneller und bohrte das alchemistische Schwert in den

Bauch des finsteren Fürsten. Ratala stand einen Moment lang wie versteinert da. Dann fiel er schwer auf die Knie, ohne einen Laut von sich zu geben, ohne einen Schmerzensschrei, so als hätte der Tod ihn plötzlich überrascht. Arturo legte sein Schwert nieder und hob beide Arme zum Zeichen des Sieges. Alle Bewohner des Schlosses, die dem Duell gebannt zugeschaut hatten, stimmten ein Freudengeheul an, das noch lange im Lager des Finsteren Zauberers zu hören war.

Arturo Adragón hatte Fürst Ratala getötet!

***

ALS EIN SOLDAT ins fürstliche Zelt trat, um Alexia die Todesnachricht zu überbringen, erwartete ihn eine Überraschung: Ratala lag in tiefem Schlaf auf seinem Lager ... Der Soldat wollte seinen Herrn wecken, um sich zu vergewissern, dass dieser noch lebte. Doch der Fürst schlief so tief und fest, dass anscheinend nichts ihn in die Wirklichkeit zurückholen konnte.

Der Diener verstand nicht, was da vor sich ging. Die Rüstungskammer war leer, und der Knappe, der dem Fürsten beim Anlegen der Rüstung behilflich gewesen war, hatte sich in Luft aufgelöst. Der Soldat trat einen Schritt zurück und stolperte dabei über einen Silberbecher. Er hob ihn auf und schnupperte an dem Rest Flüssigkeit, der sich darin befand. Und da begriff er: Man hatte den Fürsten betäubt! Aber wer hatte das getan?

Der Soldat lief hinüber zum Kommandozelt. Demónicus war wütend über Ratalas Tod. „Die Prinzessin ist nicht im Zelt!", rief der Soldat, wohl wissend, dass der Überbringer einer solchen Nachricht einen hohen Preis zu zahlen hatte. „Fürst Ratala schläft tief und fest und die Prinzessin ist verschwunden!"

„Was redest du da, Idiot!", brummte Demónicus, ungehalten über die verworrenen Worte des Dieners. „Hast du den Verstand verloren?"

„Ich glaube, jemand hat Prinzessin Alexia entführt, Herr! Und Ratala hat man irgendeinen Zaubertrank in den Becher geschüttet!"

Demónicus heftete seinen durchdringenden Blick auf den Unglücksboten, in der vergeblichen Hoffnung, er würde aus Angst seine Worte widerrufen.

XII
Der Schatz des Generals

„Die Schwarze Armee hat existiert!", behauptet Battaglia. Der General hat uns zu sich nach Hause eingeladen, um uns alles zu erzählen, was er über die verschwundene Armee weiß. „Und es scheint, dass sie tapfer gekämpft hat."

Metáfora, Cristóbal und ich sitzen in seinem Arbeitszimmer, das mit Büchern und Erinnerungen an seine Militärzeit vollgestopft ist. Es ist alles sehr ordentlich und sauber. So etwas würde auch der Stiftung einmal guttun.

Der General nimmt einen Ordner aus einem Aktenschrank und fährt fort: „Nach wochenlanger Arbeit und den Besuchen in den beiden Kellerräumen der Stiftung bin ich nun davon überzeugt, dass es im Mittelalter eine Armee gegeben hat, die als Schwarze Armee bekannt geworden ist. Der Name ist auf ein Symbol zurückzuführen, das sie von anderen Armeen maßgeblich unterschied. Auf den Schilden, Helmen und Schwertern der Soldaten war mit schwarzer Tinte ein großes A aufgemalt."

„Und haben Sie Beweise dafür, General?", frage ich.

„Mehrere. Ich besitze einige mittelalterliche Zeichnungen, die ich bisher nicht einordnen konnte. Aber das, was ich in der Stiftung gesehen habe, hat mir weitergeholfen. Schaut euch diese Zeichnung an, die man vor Jahren bei der Renovierung eines Hauses im Zentrum von Férenix gefunden hat. Der Mann, der sie mir verkauft hat, behauptet, er habe sie in der Hinterlassenschaft eines Verwandten entdeckt. Hier..."

Er zeigt uns eine mittelalterliche Zeichnung. Das Papier ist grob und vergilbt. Jedenfalls sieht es sehr alt aus. Ein ganz in Schwarz gekleideter Ritter sitzt mit erhobenem Schwert auf einem schwarzen Pferd. Der Ritter schaut durch den Schlitz seines glänzenden Helms, auf dessen Stirnseite das Symbol zu sehen ist, das wir nur zu gut kennen: das große, von einem Drachenkopf gekrönte A. Dahinter Legionen von Soldaten und Rittern in Angriffsformation, alle mit demselben Symbol auf Schild und Brustpanzer ... Auch auf den im Wind flatternden Standarten prangt das A. Kein Zweifel, die Zeichnung stellt einen General mit seiner Armee dar.

„Das ist aber noch kein Beweis dafür, dass es sich um die Schwarze Armee handelt", sagt Cristóbal. „Es kann irgendein Heer im Dienste irgendeines Königs sein."

„Gut, dann hört euch mal das hier an. Es ist aus einem Buch, in dem eine Heldentat beschrieben wird. Das Buch hat mir derselbe Mann verkauft, von dem ich auch die Zeichnung habe ... Hört zu ... *Als die Mächte des Bösen zum Angriff übergingen, flog der Anführer der Schwarzen Armee auf einem schwarzen Drachen über das Schloss der Königin. Daraufhin fassten die Soldaten wieder Mut. Ihre Begeisterung war so groß, dass die Königin auf den Turm steigen musste, um die Hochrufe ihrer Soldaten entgegenzunehmen. Alles deutete darauf hin, dass dies ein ganz besonderer Tag werden würde. Doch dann ...*"

Der General zögert.

„Was dann?", fragt Metáfora ungeduldig.

„Nichts. Die nächste Seite fehlt und später ist davon nicht mehr die Rede ... Das ist alles, aber es ist sehr wichtig ..."

Die Stelle aus dem Buch, die der General uns vorgelesen hat, hat mir die Sprache verschlagen. Das Bild des Ritters auf dem schwarzen Drachen hat mich durcheinandergebracht. Die Szene erinnert mich an das, was ich in einem meiner Träume erlebt habe. Und am meisten erstaunt mich, dass ich niemandem etwas davon erzählt habe. Wie kann es sein, dass etwas, das ich geträumt habe, jetzt plötzlich in einem alten Buch auftaucht?

★★★

WIR HABEN HINKEBEIN in dem kleinen Gartenhäuschen untergebracht, das sich auf dem Grundstück der Stiftung befindet. Mohamed hat ihn mitten in der Nacht in einem Parkhaus im Stadtzentrum abgeholt und ihn in seinem Lieferwagen heimlich hierher gefahren. Niemand hat ihn gesehen. Er kann sich sicher fühlen. Hier wird man ihn nicht finden.

„Hoffentlich erfährt niemand, dass ich hier bin", sagt er. „Es wird von Tag zu Tag schlimmer. Neulich sind sie nachts bei mir eingedrungen. Sie haben ein paar Katzen umgebracht und mich hätten sie auch beinahe getötet. Ich glaube, sie sind von jemandem bezahlt worden. Von einem, der mich fertigmachen will ..."

„Sag mal, du glaubst doch nicht etwa, dass man dich umbringen will, oder? Das ist sicher ein Zufall gewesen ... Aber du musst trotzdem auf der Hut sein."

„Es gibt keine Zufälle, mein Junge. Und schon gar nicht, wenn viel auf dem Spiel steht."

„Ich verstehe gar nichts mehr", sagt Metáfora. „Wovon redet ihr? Was meinst du damit, dass viel auf dem Spiel steht?"

„Einige Leute haben spitzgekriegt, dass diese Stadt eine Goldmine ist. Seitdem überschlagen sich die Ereignisse. Alle wollen was vom Kuchen abhaben."

„Von was für einem Kuchen sprichst du?"

„Vom archäologischen Kuchen! Kapierst du nicht? Sie haben versucht, die Stiftung zu plündern. Sogar für scheinbar wertlose Steine interessieren sie sich! Wenn sich meine Theorie bestätigt, sitzen wir vielleicht auf einem ungeheuren Schatz!" Er klopft mit seiner Krücke auf den Boden. „Deswegen habe ich euch gebeten, die Luftaufnahmen machen zu lassen."

„Sie liegen in meinem Zimmer", sage ich. „Aber ich habe nichts Besonderes darauf entdeckt."

„Das kannst du auch nicht. Nur die Augen eines Experten können etwas damit anfangen. Los, zeig mir die Fotos."

„Gehen wir in mein Zimmer", schlage ich vor. „Da können wir auch im Internet nachschauen, wenn du weitere Informationen brauchst."

„Prima!"

Wir warten noch ein wenig, bis wir sicher sein können, dass alle schlafen. Dann schleichen wir uns durch den Garten ins Haus und hinauf in mein Zimmer.

„Das ist ja das Gemach eines Königs!", staunt Hinkebein. „Du bist ein glücklicher Junge ... Das Schwert da ist fantastisch ... Excalibur?"

„So glücklich bin ich gar nicht. Unsere Situation ist verdammt schwierig geworden. Ich bin überzeugt davon, dass Stromber uns rauswerfen wird, sobald er kann … Ja, das ist Excalibur."

Ich gehe zum Schrank und nehme einen großen Umschlag heraus.

„Hier sind die Luftaufnahmen", sage ich und lege den Umschlag auf den Tisch. „Mal sehen, was du darauf erkennen kannst."

Hinkebein reißt den Umschlag auf. Die Fotos fallen heraus. Er legt sie nebeneinander und schaut sie sich lange an. Metáfora und ich verhalten uns still, um ihn nicht zu stören.

„Beeindruckend!", ruft er nach einer Weile. „So etwas habe ich noch nie gesehen! Ich würde sagen, das ist die wichtigste archäologische Entdeckung der letzten Jahre. Ich muss blind gewesen sein! Wieso hab ich das vorher nicht gesehen?"

Metáfora und ich schauen uns verständnislos an.

„Leute, wir müssen noch mal in den dritten Keller runter!"

„Noch einmal? Das wird schwierig. Mein Vater möchte nicht, dass du dich in der Stiftung aufhältst."

„Ich muss nachsehen, ob sich mein Verdacht bestätigt. Ich glaube, ich habe etwas ganz Unerhörtes entdeckt! Das wird Aufsehen erregen!"

„Wenn Stromber erfährt, dass wir dich ins Haus gelassen haben …"

„Wenn das stimmt, was ich glaube, dann wird Stromber bald nur noch ein Schatten aus der Vergangenheit sein. Dann seid ihr ihn und die Bank für immer los! Und eure Schulden auch!"

„Im Moment sind unsere Schulden bei der Bank sehr real", erinnere ich ihn. „Und wenn nicht bald was passiert, sind wir schneller hier raus, als wir gucken können."

„Ich hätte dich für mutiger gehalten! Ich dachte, du hättest vor nichts Angst. Willst du deinem Namen denn keine Ehre machen?"

„Klar, natürlich, aber …"

„Dann lass uns unsere Mission zu Ende führen, Arturo Adragón! Ich versichere dir, du wirst es nicht bereuen!"

XIII

Die Attacke der Bestie

Arturo war vollkommen erschöpft. Er hatte kaum noch die Kraft, das zu tun, was jeder nun von ihm erwartete. Etwas, das ihm ganz und gar nicht gefiel, jedoch unverzichtbar war, um allen zu zeigen, wer der Sieger war.

Er kniete neben Ratalas Leiche nieder und setzte sie auf, damit alle Welt den Toten sehen konnte. Dann nahm er ihm den Helm ab. Er erschrak. Das war nicht Ratala! Dieses Gesicht! Es gehörte …! Ein Schrei des Entsetzens drang aus seiner Brust.

Es war Alexia!

Er hatte Prinzessin Alexia mit seinen eigenen Händen getötet!

Völlig verwirrt stand er auf und richtete seinen Blick gen Himmel, um von dort eine Erklärung zu erbitten. Was hatte er getan? Wieso hatte er nicht gemerkt, dass er gegen Alexia gekämpft hatte? Was war geschehen? Ein unbeschreiblicher Schmerz bemächtigte sich seiner.

Wieder kniete er neben der Leiche nieder. Er umschlang Alexia wie ein Vater sein totes Kind. Der Körper, der in seinen Armen lag, war Teil seines Herzens. Und er selbst hatte ihm den tödlichen Stoß versetzt, mit dem Schwert, das Arquimaes eigens für ihn hatte schmieden lassen!

Arquimaes und Émedi begriffen, was passiert war. Über das Königreich Emedia war eine Tragödie hereingebrochen. Arturo hatte die Frau getötet, die er liebte. Er hatte einen Teil seiner selbst getötet!

Als Demónicus sah, wie Arturo den Leichnam umarmte, fing auch er an zu begreifen, was geschehen war. Nach und nach erfasste sein Verstand, dass der tote Körper dort auf dem Boden seine Tochter Alexia war! Für einige Augenblicke war er wie gelähmt. Seine Gedanken verfinsterten sich und das Blut kochte in seinen Adern. Er packte seinen Dolch und stieß ihn mit aller Kraft in die Brust des Soldaten, der ihm die Nachricht von Alexias Verschwinden überbracht hatte. Während der Unglückliche verblutete, murmelte der Zauberer ein paar geheimnisvolle Worte. Da plötzlich verwandelte sich der sterbende Körper. Er verkrampfte und verdrehte sich, bis er die Form eines grauenerregenden Wolfes annahm, einer blutrünstigen Bestie mit Raubtierschlund, Drachenflügeln und Löwenpranken, deren einziger Zweck auf dieser Welt es war, Menschen in Stücke zu reißen und zu verschlingen.

„Töte ihn!", befahl Demónicus dem Mutanten. „Töte Arturo Adragón! Beiß ihn tot und bring mir sein Leiche!"

Die Bestie lief los. Den Finsteren Zauberer hatte die Anstrengung so sehr ermüdet, dass er schwankte und vor Schmerzen stöhnte. Sogleich eilten die Wunderheiler herbei, um sich um ihren Herrn zu kümmern.

„Ihr müsst Euch Ruhe gönnen, Herr, oder Ihr werdet sterben", warnte ihn Tránsito.

„Ruhe?", schrie Demónicus. „Für mich gibt es keine Ruhe mehr! Ich will, dass ihr dieses Schloss zerstört! Tötet sie alle! Niemand soll am Leben bleiben! Schafft die Leiche meiner Tochter her!"

Seine Heeresführer waren verwirrt. Sie hatten noch nichts von dem schrecklichen Ende der Prinzessin gehört und wussten nicht, ob dies ein Befehl war oder nur einer der Wutausbrüche ihres Herrn.

Doch Demónicus beseitigte umgehend ihre Zweifel, indem er schrie: „Attacke! Attacke! Attacke! Alle sollen sterben! Niemand soll mit dem Leben davonkommen! Lasst die Bestien los!"

Die Trompeten schmetterten. Tausende von erfahrenen Kriegern, begleitet von wilden, hungrigen Bestien, marschierten auf Königin Émedis Schloss zu. Das Kriegsgetöse des mächtigen Heeres drang an die Ohren der Verteidiger und ließ sie um ihr Leben zittern. Niemand würde diese gigantische Flut blutrünstiger Krieger aufhalten können. Kein Zweifel, die Emedianer sahen den letzten Minuten ihres Lebens entgegen.

„Schickt die Drachen los!", befahl Demónicus.

Alle Blicke waren nun auf den Mann gerichtet, den die Königin soeben zum Ritter geschlagen und dem sie den Oberbefehl über ihre Armee übertragen hatte. Arturo kniete noch immer auf dem Boden und schlang weinend seine Arme um die Leiche eines Mädchens, das niemand kannte.

„Feuerdrachen!", schrie Leónidas und zeigte auf die drei Ungetüme, die auf das Schloss zugeflogen kamen. „Alarm!"

Beim Anblick der Drachen wurde den königlichen Soldaten schwarz vor Augen. Das kriegerische Feuer, das eben noch in ihren Reihen gebrannt hatte, war erloschen, und der Schatten der Niederlage legte sich über das Schloss. Denn ohne Vertrauen in den Sieg war es unmöglich, dem Angriff standzuhalten.

Bis zu diesem Zeitpunkt hatte Königin Émedi Arturo den Oberbefehl überlassen. Jetzt erhob sie ihre Stimme über das lähmende Schweigen, das innerhalb der Festung herrschte.

„Mein Pferd!", rief sie. „Bringt mir mein Pferd!"

Doch ihre Untergebenen reagierten nicht auf ihren Befehl.

„Bringt mir mein Pferd!", wiederholte die Königin. „Jetzt sofort!"

Die Diener lösten sich aus ihrer Starre und eilten davon, um kurz danach mit dem Schlachtross der Königin zurückzukommen. Émedi saß auf, ergriff energisch die Zügel, zückte ihr silbernes Schwert, hob den Arm und gab einen weiteren Befehl: „Öffnet das Haupttor und folgt mir!"

Sie gab ihrem Pferd die Sporen und ritt auf das Haupttor zu, das sich bereits langsam öffnete. Die Ritter folgten ihr. Auch die Soldaten der Infanterie setzten sich in Marsch, obwohl sie sich bewusst waren, dass draußen der sichere Tod auf sie wartete. Doch das war ihnen jetzt egal. Wenn die Königin sich als Erste dem Feind entgegenwarf, konnten sie nicht zurückbleiben.

Émedi näherte sich Arturo, der über Alexias Leiche gebeugt war und bitterlich weinte. Sie befahl ihren Rittern, einen Kreis um die beiden zu bilden und Arturo, wenn nötig, mit ihrem eigenen Leben zu verteidigen. Ein Dutzend tapferer Männer folgte ihrem Befehl und bildete einen menschlichen Schutzschild um Arturo Adragón.

Die Königin sah mit besorgter Miene, wie Demónicus' siegessichere Truppen auf sie zumarschiert kamen.

„Wir wollen als freie Menschen sterben!", rief sie ihren Männern zu. „Zeigen wir diesen Barbaren, wie wahre Helden zu sterben verstehen!"

Sie wollte gerade vorwärts stürmen, als Arquimaes sich ihr in den Weg stellte.

„Herrin, hört mich an", sagte er. „Ihr erweist Eurem Reich einen größeren Dienst, wenn Ihr dafür sorgt, dass Arturo wieder zu sich kommt. Ich glaube, er braucht jetzt Eure Hilfe."

„Ich muss meine Männer anführen! Arturo wird sich selbst helfen!"

„Ihr täuscht Euch, Herrin. Arturo braucht Euren Atem. Ich kann die Führung der Armee übernehmen, wenn Ihr erlaubt."

Émedi warf einen Blick auf Arturo und begriff, dass Arquimaes recht hatte. Die Welt schien für Arturo aufgehört zu haben zu existieren. Für ihn war nur eines wichtig: seine geliebte Alexia zu beweinen, die Tochter des Mannes, den er mehr als alles auf der Welt hasste.

„Einverstanden, Arquimaes! Übernehmt das Kommando und ich will mich um Arturo kümmern", willigte die Königin ein.

„Gebt mir Euer Silberschwert", bat der Weise. „Überlasst mir das Symbol der Macht."

„Hier habt Ihr es. Aber missbraucht es nicht!", sagte sie, bevor sie ihren Männern weitere Befehle gab: „Gehorcht diesem Mann, so wie ihr mir gehorcht! Von nun an hat er die Befehlsgewalt!"

Die Ritter schauten zögernd auf Arquimaes. Jetzt wollte also ihre Königin, die kühne Frau, die eine Armee zu führen verstand, diesen verzweifelten Ritter Arturo Adragón trösten, der alleine nicht in der Lage war, sich von seinem Schmerz zu erholen! Zum Glück besaß Leónidas die Geistesgegenwart, ihnen zuzurufen: „Lasst uns Arquimaes folgen! Sieg oder Tod!"

Die anderen Ritter erhoben ihr Schwert zum Himmel und wiederholten die Parole: „Sieg oder Tod! Ehre oder Untergang!"

Als Arquimaes sah, dass die Ritter ihm folgten, gab er seinem Pferd die Sporen.

Die Feuerdrachen kreisten weiter im Tiefflug über ihnen, warfen Steinbrocken und spuckten mächtige Flammen.

Der geflügelte Wolf, den Demónicus geschickt hatte, bahnte sich währenddessen seinen Weg durch die Reihen der eigenen Soldaten und mischte sich unter die Emedianer. Er heulte und biss jeden, der sich ihm entgegenstellte. Bevor er den Vorplatz erreichte, auf dem sein Opfer kniete, hatte er bereits sechs Krieger getötet, die ihn aufzuhalten versucht hatten.

Königin Émedi beugte sich zu Arturo hinunter. Der Junge nahm kaum wahr, was um ihn herum geschah. Als sie ihm die Hand auf die Schulter legte, fuhr er erschrocken hoch.

„Arturo, du musst dich überwinden", flüsterte Émedi. „Du musst das Vertrauen in dich selbst zurückgewinnen. Lass uns Alexias Leiche ins Schloss bringen."

Arturo sah sie an, so als würde er kein Wort von dem verstehen, was sie zu ihm sagte. Tränen standen in seinen Augen zwischen den geschwungenen Linien des großen A, das sein blutverschmiertes Gesicht schmückte.

„Was ... was sagt Ihr da?", stammelte er mit leerem Blick.

„Sieh der Wirklichkeit ins Auge! Hier wird es bald von Kriegern wimmeln, die dich töten wollen. Im Schloss werden meine Wachen Alexia besser beschützen können. Und auch wir werden dort sicherer sein! Steh auf!"

„Sie ist tot! Ich habe sie getötet!"

Émedi begriff, dass der Junge völlig verstört war. Er schien den Verstand verloren zu haben.

„Komm, wir gehen ins Schloss", drängte sie ihn. „Du musst dich in Sicherheit bringen."

„Ich habe sie getötet!", wiederholte Arturo. „Ich bin schlimmer als diese wilden Tiere!"

„So was darfst du nicht sagen", erwiderte Émedi und legte liebevoll den Arm um seine Schultern. „Dich trifft keine Schuld. Man hat dich getäuscht."

„Dieser verfluchte Ratala! Ein Feigling ist er!", knurrte Arturo. „Ich werde sie beide umbringen, ihn und Demónicus!"

Bevor die Königin etwas darauf erwidern konnte, wurde sie durch ein markerschütterndes Brüllen aufgeschreckt. Die Wolfsbestie war gerade dabei, einen ihrer Soldaten in Stücke zu reißen. Ein anderer, der seinem Kameraden zu Hilfe eilen wollte, wurde von einem furchtbaren Prankenhieb niedergestreckt. Zwei weitere Männer erlitten schwere Verletzungen, als sie die Bestie überwältigen wollten.

Die Königin versuchte, Arturo mit ihrem Körper zu schützen. Aber der bestialische Wolf hatte eine Mission zu erfüllen und würde sich nicht aufhalten lassen. Seine rot glühenden Augen und blutverschmierten Lefzen ließen keinen Zweifel daran aufkommen.

„Wachen! Hierher!", schrie Émedi. „Hilfe! Wachen!"

Ihre Leute wussten nicht, wie sie sich verhalten sollten. Der Anblick der verletzten, in Stücke gerissenen und halb verschlungenen Kameraden versetzte sie in eine solche Panik, dass selbst diejenigen, die mit einer Lanze ausgerüstet waren, es nicht wagten, sich der Bestie zu nähern. Für einen Moment glaubte die Königin, die Stunde ihres Todes sei gekommen. Doch plötzlich erwachte Arturo aus seiner Erstarrung.

„Bestie des Teufels!", rief er, als er sah, dass Émedi in Lebensgefahr war. „Hat Demónicus dir gesagt, du sollst mich töten?"

Der Mutant erkannte sein Opfer und stieß ein ohrenbetäubendes Brüllen aus. Doch gerade als er sich auf Arturo stürzen wollte, geschah etwas Unvorhergesehenes. Die Bestie, die offenbar noch einen Rest menschlichen Instinkts bewahrt hatte, erkannte Arturo, der seinerseits glaubte, diesen Blick irgendwo schon einmal gesehen zu haben.

Der Mutant erinnerte sich undeutlich daran, wie der Junge den Finsteren Zauberer daran gehindert hatte, ihn den Drachen zum Fraß vorzuwerfen.

Doch Arturo blieb vorsichtig. Er ergriff sein alchemistisches Schwert und bereitete sich darauf vor, die Attacke der Bestie abzuwehren. Als erfahrener Krieger wusste er, dass er präzise und hart zuschlagen musste, wenn er den Kampf rasch beenden wollte. Ein Zweikampf gegen ein Wesen mit so einem Schlund, gefährlich spitzen Zähnen und vier scharfen Krallen durfte sich nicht zu lange hinziehen.

Mit gezücktem Schwert stellte sich Arturo zwischen die Königin und die Bestie. Sein Gesicht glänzte vom Schweiß und sein scharfer Blick achtete auf die kleinste Bewegung des Mutanten.

„Es tut mir leid, mein Freund", sagte er, um keinen Zweifel daran aufkommen zu lassen, dass seine Hand im entscheidenden Moment nicht zögern würde. „Tut mir wirklich leid!"

Die Bestie stellte sich auf die Hinterbeine, spannte die Muskeln an und stürzte sich mit weit geöffnetem Rachen auf Arturo, um ihm die

Zähne in den Hals zu schlagen. Arturo wartete bis zur letzten Sekunde, bevor er zur Seite sprang und sein Schwert hob. Als das Tier zu Boden fiel, spürte es einen stechenden Schmerz in seinem Bauch. Es wandte den Kopf und sah, dass Blut aus seinem Körper strömte. Arturo hatte ihm den Bauch aufgeschlitzt. Mit letzter Anstrengung wollte der Mutant über die Königin herfallen. Doch mit einem einzigen Hieb machte Arturo ihm den Garaus.

„Lass uns ins Schloss gehen!", sagte Émedi. „Sie werden gleich hier sein!"

Arturo wischte sein Schwert am Pelz des Tierkadavers ab und schaute der anrückenden Armee des Finsteren Zauberers gelassen entgegen. Dann blickte er zum Himmel, wo die Drachen wütende Angriffe auf das Schloss flogen.

„Ich werde kämpfen!", rief er entschlossen. „Bis zum letzten Blutstropfen!"

„Aber du bist gar nicht in der Lage dazu!", widersprach ihm die Königin. „Alexias Tod hat dich zu sehr mitgenommen!"

„Die Bestie hat mir gezeigt, was ich zu tun habe. Bringt Euch in Sicherheit und nehmt Alexia mit! Wenn das hier vorbei ist, möchte ich mit ihr sprechen."

Émedi wollte antworten, dass niemand mit einer Toten sprechen kann, doch Arturo hatte sich bereits seinen Helm aufgesetzt. Er bat um ein Pferd, stieg auf und ritt geradewegs aufs Schlachtfeld zu.

Die Ritter legten Alexias Leichnam auf einen großen Schild und trugen sie ins Schloss. Die Königin sah sich noch einmal um. Als sie Arturos elegante Gestalt erblickte, musste sie unwillkürlich seufzen. Sie empfand eine Mischung aus Freude, Stolz und Furcht, als sie sah, wie sich der Junge unter die Truppe mischte und sich in dem Wald aus Lanzen, Schwertern und Schilden verlor.

XIV
Der Palast von Arquimia

Wir haben den zweiten Besuch im Keller gut vorbereitet. Hinkebein hat uns gewarnt. Unsere Aktion könnte etwas riskant werden und wir müssen auf alles gefasst sein. Gestern hat er uns anvertraut, dass er auf den Luftaufnahmen etwas Überraschendes entdeckt hat.

„Am besten, ihr seht es euch selbst an", hat er gesagt. „Vielleicht irre ich mich ja auch."

„Du kannst uns also nichts Genaues sagen?", hat Metáfora gefragt.

„Ihr müsst noch etwas Geduld haben", hat Hinkebein uns vertröstet. „Aber ich verspreche euch, wir werden das Geheimnis knacken, das in den Tiefen der Stiftung schlummert."

Also haben wir uns geduldet. Und jetzt stehen wir kurz davor, das große Geheimnis zu knacken, wie Hinkebein es ausgedrückt hat.

„Ich kriege die Tür aber nicht alleine auf", sage ich. „Ihr müsst mir dabei helfen."

Wie beim letzten Mal gehen wir hinunter in den dritten Keller. Die große Stablampe und die drei kleinen Taschenlampen leuchten uns den Weg. Wir nähern uns wieder voller Bewunderung dem Sarkophag von Königin Émedi. Er ist ein wahres Meisterwerk mit seinen kunstvollen Verzierungen und Inschriften!

„Ich vermute, wir befinden uns im Zentrum des Königreiches", sagt Hinkebein.

„Von welchem Reich sprichst du?", frage ich.

„Von dem, das hier existiert hat, genau unter unseren Füßen."

„Ja, ein Reich der Träume", lacht Metáfora.

„Du täuschst dich! Die Fotos beweisen es", behauptet Hinkebein. „Genau an dieser Stelle hat einmal ein mächtiges Reich existiert. Mal sehen …"

Er beugt sich über den Sarkophag und fährt mit der Hand über das

Kopfende. Er tastet die Verzierungen ab. Nach einer Weile richtet er sich wieder auf und schaut in den hinteren Teil des Kellerraums. Dann klemmt er sich seine Krücke unter den Arm und humpelt nach hinten.

„Folgt mir, Leute ... Ich glaube, ich weiß jetzt, wie man da reinkommt."

Er humpelt zu einer der mächtigen Türen und versucht, sie zu öffnen. Doch es klappt nicht. Um diese Türflügel aus massivem Holz und Stahl zu bewegen, wären mehrere starke Männer nötig.

„Das schaffen wir nicht alleine", sage ich. „Wir brauchen Hilfe."

„Es muss irgendeinen Mechanismus geben", murmelt Hinkebein.

„Ich bin mir ganz sicher, dass es geht. Und wir haben auch einen Hinweis. Eine der Inschriften lautet: Der Drache ist der Schlüssel."

Nach einer halben Stunde sind wir immer noch nicht weiter. Die Tür bleibt fest verschlossen. Hinkebein wird ungeduldig. Ich glaube, er ist enttäuscht.

„Ich sehe nur noch eine Möglichkeit", sagt er schließlich. „Es klingt verrückt, aber wir müssen es versuchen ... Komm her, Arturo ... Leg deinen Kopf hier an die Eisenplatte ... Drück deine Stirn mit dem Drachenkopf auf das Metall ... So, sehr gut ... Wenn das nicht funktioniert, geb ich auf ..."

Der Drachenkopf bewirkt nichts. Aber mir ist gerade eine Idee gekommen.

„Hinkebein, Metáfora, stellt euch mal neben den Sarkophag. Ich möchte etwas ausprobieren."

Etwas erstaunt über meine Bitte, gehen sie ein paar Schritte zurück.

„Nein, ihr müsst euch neben den Sarkophag stellen und die Hände darauf legen ... Bitte!"

„Was für eine blöde Idee", mault Metáfora.

Sie stehen jetzt so weit weg, dass sie mich nicht mehr sehen können. Ich stelle mich direkt vor die Tür, schließe die Augen und rufe den Drachen auf meiner Stirn an.

„Öffne die Tür!", befehle ich ihm.

Ich höre ein Knacken und warte einen Moment. Als ich die Augen wieder aufmache, hat sich die Tür einen Spaltbreit geöffnet.

„Ihr könnt jetzt kommen!", rufe ich den beiden zu.

Als sie sehen, was passiert ist, reißen sie die Augen vor Erstaunen weit auf.

„Wie hast du das gemacht?", fragt Hinkebein. „Hast du etwa übernatürliche Kräfte?"

„Ich glaube nein ... Aber ich kann euch nicht sagen, wie ich das gemacht habe. Ihr würdet es mir sowieso nicht glauben."

Mit vereinten Kräften schieben wir einen Türflügel zur Seite, sodass der Spalt breit genug ist, um hindurchzuschlüpfen.

Nun stehen wir vor dem prachtvollen Eingangssaal eines mittelalterlichen Palastes. Er ist mit kostbaren Teppichen und Gegenständen ausgeschmückt. Ein großer, staubbedeckter Schild dominiert den Saal. Darauf ist zu lesen: *Königreich Arquimia*.

„Unglaublich!", ruft Hinkebein aus. „Es stimmt also! Die Fotos waren korrekt!"

„Ein mittelalterlicher Palast unter der Stiftung!", staunt Metáfora.

„Wir befinden uns nicht mehr unterhalb der Stiftung", erklärt Hinkebein. „Wir haben sie bereits hinter uns gelassen."

„Und wo sind wir dann?", frage ich.

„Noch immer in Férenix, aber nicht mehr unter der Stiftung ... Wir sind im Palast von Arquimia ... im Zentrum eines geheimnisvollen, unbekannten Reiches, das untergegangen ist ... Ich glaube, wir befinden uns in einem Zeittunnel."

„Arquimia? Ist das das Reich der Schwarzen Armee?"

„Genau das, mein Junge, genau das."

„General Battaglia sagt, die Schwarze Armee war eine der besten und tapfersten des Mittelalters", sagt Metáfora. „Niemand weiß, warum sie verschwunden ist. Und auch nicht, wer sie gegründet hat und wer ihr Kommandant war."

„Alles was blüht, vergeht. Alles was lebt, stirbt", zitiert Hinkebein. „Das ist das Gesetz des Lebens. Aber die Chronisten jener Epoche haben bestimmt Aufzeichnungen von ihrem Werdegang und Untergang gemacht ..."

„Vielleicht hat ein Feuer alles vernichtet", überlege ich.

„Darüber ist nichts bekannt", belehrt mich Metáfora. „Niemand weiß, was damals geschehen ist. Es gibt keine Erklärung dafür."

„Es gibt für alles eine Erklärung", widerspricht Hinkebein. „Aber bevor wir uns fragen, warum die Armee verschwunden ist, sollten wir herausfinden, warum sie überhaupt aufgestellt wurde und wie sie zu Ruhm gelangt ist. Ich möchte alles über Arquimia erfahren …"

Ehrfurchtsvoll betreten wir den Saal. Auch wenn wir keine Spuren menschlichen Lebens entdecken können, gehen wir davon aus, dass dieser Ort früher einmal von vornehmen Persönlichkeiten bewohnt wurde.

„Mir scheint, wir haben gerade eine großartige Entdeckung gemacht", stellt Hinkebein sichtlich bewegt fest. „Das Problem ist, wem erzählen wir davon? Wir müssen die Behörden informieren."

„Müssen wir es denn überhaupt erzählen?", frage ich. „Ist das wirklich nötig? Ist es unsere Pflicht?"

„Ja. Es ist nötig und es ist unsere Pflicht. Diese Entdeckung ist eine Nummer zu groß für uns. Sie gehört uns nicht. Wir sind verpflichtet, die Behörden davon zu unterrichten. So steht es im Gesetz."

„Aber sollen wir damit nicht noch eine Weile warten?"

„Na ja, etwas Zeit können wir uns ruhig lassen."

Wir gehen durch einen langen Korridor, vorbei an mehreren Räumen. Abgesehen von den Spuren, die die Zeit hinterlassen hat, ist alles exquisit und geschmackvoll eingerichtet. Große Gemälde, Teppiche, Möbel und tausend andere Dinge blenden uns durch ihre Schönheit.

„Scheint ein großes Schloss zu sein", bemerkt Metáfora.

„Ich glaube, es ist ein Palast", korrigiert Hinkebein sie. „Die Ausstattung ist raffiniert, nicht so wie in den mittelalterlichen Schlössern, wo alles primitiver war. Vergiss nicht, Schlösser waren damals militärischen Zwecken untergeordnet und darauf vorbereitet, Angriffe abzuwehren. Dagegen waren Paläste Orte des Luxus, ausgestattet mit allen denkbaren Annehmlichkeiten. Sie hatten meistens nicht einmal Wachtürme und ihre Mauern waren nicht so massiv."

„Also gut, dann ist es eben ein großer Palast. Aber wenn er nicht vor Angriffen schützen sollte, wie haben sich die Leute dann verteidigt?"

„Das kann ich noch nicht sagen. Ich habe das Gefühl, dass das erst die Spitze des Eisbergs ist. Um den ganzen Palast zu erforschen, wird man viel Zeit brauchen."

Anscheinend hat Hinkebein recht. Je weiter wir vordringen, desto mehr gibt es zu entdecken.

„Das ist das Werk hervorragender und fortschrittlicher Architekten", erklärt uns Hinkebein. „Und natürlich diente nichts von alldem hier militärischen Zwecken. Scheint eher ein Palast des Friedens gewesen zu sein. Ein Palast, von dem aus ein Reich des Friedens und der Ruhe regiert wurde."

„Sehr untypisch fürs Mittelalter", sage ich. „Die befanden sich doch immer im Krieg, haben ständig versucht, die Nachbarländer zu erobern und ihre Feinde zu unterwerfen."

„Stimmt, aber ich bin mir trotzdem sicher, dass dieser Palast hier für etwas anderes gedacht war. Fast würde ich behaupten, er war so etwas wie ein Monument des Friedens."

Der Palast ist wirklich riesig. Jedes Zimmer, jede Kammer und jeder Saal überrascht uns noch mehr als das, was wir bereits gesehen haben. Alles weist darauf hin, dass der Palast von Arquimia größer war als jedes andere Bauwerk seiner Epoche.

„Leute, ich schlage vor, wir gehen wieder nach oben und bereiten uns ordentlich auf die Expedition in das Innere des Palastes vor. Ich möchte nichts zerstören, was vielleicht von großem archäologischem Wert sein könnte. Wir müssen besser ausgerüstet sein, um wie richtige Wissenschaftler arbeiten zu können. Und dazu brauchen wir Foto- oder Videokameras und Hefte, um uns Notizen zu machen. Wir werden uns wohl professionelles Arbeitsgerät kaufen müssen."

Hinkebein hat recht.

Als wir durch die große Flügeltür hinausgehen, habe ich ein seltsames Gefühl. Es ist, als würde ich einen geliebten Ort verlassen. Als würde ich mein Zuhause verlassen.

„Wir werden eine Aufstellung machen von allem, was wir gesehen haben", sagt Hinkebein. „Und wir werden niemandem etwas davon erzählen, bis wir genau wissen, was wir da tatsächlich gefunden haben. Aber irgendwann werden wir die Behörden über unsere ungeheuerliche Entdeckung informieren müssen. So will es das Gesetz."

XV

ARTUROS ZORN

Die Nachricht, dass Arturo sich wieder in die Armee eingereiht hatte, verbreitete sich unter den Emedianern wie ein Lauffeuer. Auch Arquimaes erfuhr es. Sogleich informierte er Leónidas.
„Damit steigen unsere Chancen!", freute sich der Ritter. „Wenn nur diese verfluchten Drachen nicht wären!"
„Das heutige Ereignis wird als Arturos Schlacht in die Geschichte eingehen!", rief der Weise und schwang das Silberschwert. „Ich verspreche dir, dass wir siegreich daraus hervorgehen werden!"
Arturo ritt vor an die Spitze der Schwarzen Armee. Nach und nach verlangsamte er den Schritt seines Pferdes und zwang auch die anderen, stehen zu bleiben. Die Soldaten jubelten ihm zu. Unter seiner Leitung fühlten sie sich gleich wieder sicherer.
Demónicus' Heeresführer dagegen sahen voller Sorge, dass Arturo Adragón wieder die Führung der emedianischen Armee übernommen hatte. Sie hatten schon von diesem unglaublichen Jungen gehört, der Drachen besiegte, und einige waren ihm sogar während seines Aufenthaltes im Schloss des Finsteren Zauberers begegnet. Alle wussten von seiner Unerschrockenheit und seinem ungewöhnlichen Mut. Prinzessin Alexia selbst hatte unglaubliche Geschichten von seinen Kämpfen gegen die Drachen erzählt.
Obwohl Demónicus es zu verheimlichen versucht hatte, war vielen bekannt, auf welche Weise Arturo ihn erniedrigt hatte. Und das machte ihn in den Augen der Soldaten noch gefährlicher. Ein Junge in Alexias Alter hatte ihren Herrn gedemütigt und schwer verwundet! Der bloße Gedanke daran versetzte sie in Panik. Auch wenn sie in der Überzahl waren, ahnten sie, wie schnell sich das Blatt wenden konnte. Sie wussten nur zu gut, dass ein fähiger Anführer mehr wert war als tausend Soldaten. Und dazu kam noch, dass sie selbst über keinen solchen An-

führer verfügten: Demónicus war an sein Lager gefesselt, seine Tochter war soeben getötet worden und Ratala ließ sich nirgendwo blicken.

Arturo Adragón wartete, bis die Hochrufe seiner Soldaten verstummt waren. Dann nahm er den Helm ab und zeigte sein Gesicht. Alle sollten sehen, wer zu ihnen sprach: Arturo Adragón, ihr von der Königin ernannter Oberbefehlshaber.

Er sah seinen Männern fest in die Augen und rief mit lauter, vor Zorn bebender Stimme: „Emedianer! Soldaten der Schwarzen Armee! Ich bin Arturo Adragón! Der Moment ist gekommen, unsere Ehre zu verteidigen und für Freiheit und Gerechtigkeit zu kämpfen! Demónicus' Heer muss vernichtet werden! Vergesst nicht, dass ihr das Zeichen des Drachen tragt! Vergesst nicht, dass ihr von der Macht der Schrift beschützt werdet! Kämpft für eure Königin und für die Gerechtigkeit! Vorwärts! Attacke!"

Arturo gab seinem Pferd die Sporen und stürmte auf die feindlichen Reihen zu.

Émedis Männer waren beeindruckt. Die Worte ihres Anführers hatten ihnen Mut gemacht. Aus tausend Kehlen ertönte ein einziger Schrei. Sie folgten ihm.

Die kraftvolle Gestalt Arturo Adragóns überragte alle anderen. Mit hochgerecktem Schwert ritt er dem Feind entgegen. Jede seiner Bewegungen zeigte, dass er begierig darauf war, sich ins Kampfgetümmel zu stürzen.

Als die beiden Reihen aufeinanderprallten, wichen die Ritter des Finsteren Zauberers zur Seite, um Arturos Schwert zu entgehen. Das erlaubte es ihm, ins Herz der feindlichen Truppen vorzustoßen. Einige seiner Männer, darunter Arquimaes, Leónidas und Crispín, folgten ihm.

Der Zusammenstoß der beiden Armeen war so heftig, dass die Erde erbebte. Alle waren sich bewusst, dass es um Leben und Tod ging. Äxte, Schwerter und Keulen wurden geschwungen, um dem Feind grässliche Verletzungen zuzufügen. Auf beiden Seiten wurde mit einer noch nie dagewesenen Verbissenheit gekämpft. Die Soldaten der einen Seite wussten, dass sich im Falle einer Niederlage die Hexerei wie die Pest ausbreiten würde, und die Soldaten der anderen Seite standen unter dem Druck ihrer Anführer, die sie als Feiglinge brandmarken und hinrichten würden, wenn sie nicht mit der gebotenen Wildheit kämpften.

Schmerzensschreie vermischten sich mit den Klängen der Trompeten und dem Lärm der Trommeln. Das Gewieher der verwundeten Pferde verbreitete Angst und Schrecken unter den Kriegern und der Anblick des vergossenen Blutes erhitzte ihre Gemüter. Mehrere schwarze Rauchsäulen stiegen aus dem Schloss auf. Demónicus' Drachen flogen ununterbrochen ihre Angriffe und richteten große Verwüstungen an.

Frómodi und seine Männer hatten sich unter Demónicus' Soldaten gemischt. Sie waren nur noch wenige Meter von Arturo entfernt. Escorpio kämpfte tapfer an der Seite seines neuen Herrn und gab ihm Rückendeckung. Der selbst ernannte König bahnte sich mit Gewalt den Weg zu seinem Ziel. Es war ihm egal, ob er die Soldaten der einen oder der anderen Seite traf; wichtig für ihn war nur, zu Arturo und Arquimaes vorzudringen, um ihnen sein Schwert ins Herz stoßen zu können. Und alles deutete darauf hin, dass es ihm gelingen würde.

Arturo kämpfte unerschrocken, fast wie ein Besessener. Er schien übermenschliche Kräfte zu besitzen. Sein Arm glich einem Windmühlenflügel, der ununterbrochen in Bewegung war und jeden niederschlug, der sich ihm entgegenstellte. Zu seiner Rechten kämpfte Arquimaes. Es war, als wäre der Krieger in dem Alchemisten erwacht, der viele Jahre hindurch tief in seinem Innern geschlummert hatte. Leónidas schlug mit seinem Langschwert um sich und wütete furchtbar unter Demónicus' Leuten.

„Tötet sie alle!", schrien die Heeresführer des Finsteren Zauberers ihren Soldaten zu. „Tötet Arturo Adragón!"

„Demónicus wird den belohnen, der Arturo umbringt!", schrien andere, um ihre Männer zu ermutigen. „Tötet Arturo und ihr werdet reich sein!"

Doch jeder, der in die Reichweite des alchemistischen Schwertes geriet, stürzte augenblicklich zu Boden, tödlich getroffen von dem kraftvoll geführten Schlag. Viele versuchten es hinterrücks, aber Arturos Geschick und der Schutz, den ihm die Buchstaben auf seinem

Schwert verliehen, sorgten dafür, dass er heil und unversehrt blieb. Keiner der abgeschossenen Pfeile erreichte sein Ziel, keine Lanze oder Axt traf den Körper des kühnen Ritters. Und bald schon ging in den Reihen der Schwarzen Armee ein Gerücht um, das wie Balsam wirkte: „Arturo ist unsterblich! Niemand kann ihn töten!"

Immer wieder eilte der General Soldaten und Rittern zu Hilfe, die sich in Gefahr befanden. Viele verdankten dem magischen Buchstaben ihr Leben. Es stimmte also: Das Drachensymbol schützte all diejenigen, die es auf ihren Waffen trugen! Arquimaes hatte die Wahrheit gesagt: Die Macht der Buchstaben war unbezwingbar!

Einer von Demónicus' Drachen wurde unterdessen von einem großen Pfeil durchbohrt, abgeschossen von der Wurfmaschine, die die Zugbrücke sicherte. Das Tier stieß einen fürchterlichen Schrei aus, drehte sich ein paarmal um sich selbst und stürzte dann in den Innenhof des Schlosses, wo ihm die Bauern den Todesstoß versetzten.

Die Informationen, die Demónicus erreichten, waren beunruhigend. Ununterbrochen brachten ihm die Kundschafter schlechte Nachrichten über den Verlauf der Schlacht.

„Etwas Ungeheuerliches geht vor, Herr", sagte ein Späher zu ihm. „Die Waffen der Emedianer haben magische Kräfte! Kräfte, die uns unbekannt sind!"

„Das ist unmöglich", erwiderte der Finstere Zauberer. „Von was für magischen Kräften sprichst du?"

„Es scheint, als würden diese Leute von Buchstaben und Symbolen beschützt!"

Während Demónicus noch versuchte, aus den wirren Worten schlau zu werden, warf sich ihm schon der nächste Informant zu Füßen.

„Herr", sagte der Mann, der aus einer Wunde in der Brust blutete. „Arturo schlägt eine Bresche mitten durch unser Heer! Niemand kann ihn aufhalten!"

Demónicus, noch ganz verzweifelt über den Tod seiner Tochter, zögerte, bevor er die nächste Frage stellte: „Leisten unsere Männer ihm Widerstand?"

„Kaum, Herr. Sie laufen davon, sobald sie ihn sehen. Man könnte meinen, er ist von einer höheren Macht besessen. So als hätte er ..."

„Der will zu mir!", rief der Finstere Zauberer, der Arturos Strategie schlagartig durchschaute. „Dieser verfluchte Junge will mich töten!"

„Lass mich gegen ihn kämpfen!", bat Ratala, der von dem Zaubertrank, den Alexia ihm verabreicht hatte, noch immer ein wenig benommen war. „Ich muss den Verräter ein für alle Mal erledigen und Alexias Tod rächen!"

„Ich sollte dich wirklich zu ihm schicken, damit er dich endlich tötet!", schrie ihn Demónicus an. „Oder besser noch, ich sollte dich eigenhändig umbringen!"

„Alexia hat mich überlistet!", rechtfertigte sich der Fürst. „Es war nicht meine Schuld! Sie hat mir einen Zaubertrank gegeben und meinen Platz eingenommen!"

„Wenn du ein richtiger Mann wärst, hättest du dich nicht überlisten lassen! Mir wäre lieber, du würdest ihr im Reich der Toten Gesellschaft leisten!"

Ratala schwieg betreten. Demónicus' grausame Worte hatten ihn getroffen. Trífido, Ratalas Vater, trat einen Schritt vor und schrie Demónicus an: „Ich erlaube nicht, dass du so mit meinem Sohn sprichst! Es ist nicht seine Schuld, dass deine Tochter ..."

„Ich werde dir Gelegenheit geben, deinen Fehler wiedergutzumachen, Ratala", unterbrach ihn der Zauberer. „Du bist ein eingebildeter Dummkopf und wirst bekommen, was du verdienst! Los, alle raus hier, lasst uns alleine!"

Trífido wollte sich dem Befehl widersetzen, doch Ratala fasste seinen Vater am Arm und führte ihn hinaus. Die Diener und Leibwächter des Finsteren Zauberers folgten ihrem Beispiel und postierten sich vor dem Zelt, um den Fortgang der Schlacht zu beobachten.

Ratala ging ins Zelt zurück. Niemand sah, was drinnen passierte. Man hörte Schreie, Gesänge und Gebete. Plötzlich bäumte sich das Zelt auf, so als wäre es von einem Windstoß erfasst worden.

Wenig später wurde die Zeltplane zur Seite geschoben und ein grauenerregendes Wesen trat ins Freie. Wer es sah, verspürte Angst, Ekel und Bestürzung. Niemand brachte ein Wort heraus. Einige fielen auf die Knie, andere wichen zurück. Nur ein paar Züge an dem Monster, das soeben aus dem Zelt getreten war, erinnerten noch an den Menschen Ratala. Der fürchterliche Gesichtsausdruck war der des Todes persönlich. Eine Mischung aus Hund und Affe mit spitzen, scharfen Zähnen im triefenden Maul ging auf den Hinterbeinen an ihnen vorbei. Flammen schlugen aus dem entsetzlichen Rachen. Trífido war starr vor Schreck, als er das Ungetüm erblickte. Was eben noch sein Sohn gewesen war, hatte sich innerhalb weniger Minuten in eine wütende Bestie verwandelt, dafür geschaffen, erbarmungslos zu töten. Ein seelenloses Wesen, ein rasendes, feuerspuckendes Ungeheuer!

„Um Himmels willen!", rief Trífido entsetzt. „Was hat er mit dir gemacht?"

Doch Ratala – oder das, was jetzt seinen Körper bewohnte – gab keine Antwort. Trífido musste schweigend mit ansehen, wie er sich in Richtung Schlachtfeld entfernte.

Vom Hauptturm aus beobachtete Königin Émedi mit bangem Herzen das Geschehen. Sie ließ den tapfer kämpfenden Arturo nicht aus den Augen. Jedes Mal, wenn sich ihm ein feindlicher Krieger näherte, stöhnte sie vor Angst laut auf. Sie fürchtete um das Leben ihres jungen Kommandanten, den sie wie einen Sohn liebte.

Zu ihren Füßen lag, in eine Decke gehüllt, Alexias Leiche, so wie Arturo es angeordnet hatte. Wenn sie die Schlacht gewannen, würde Arturo für sie ein stattliches Begräbnis ausrichten lassen, das einer Königin würdig wäre, auch wenn sie nur eine Prinzessin und ihr Vater der schrecklichste und gefürchtetste der Finsteren Zauberer war, den die Welt je gekannt hatte.

„Schafft eine Wurfmaschine her!", befahl Königin Émedi, als sie sah, dass die zwei verbliebenen Drachen, wahrscheinlich angelockt durch Alexias Leiche, den Hauptturm anzugreifen drohten.

Frómodi kam Arturo indes gefährlich nahe. Es fehlten nur noch wenige Meter, bis er sein Ziel erreicht hatte. Bei dem Gedanken, dass der Moment der Rache gekommen war, leckte er sich vor Mordlust die Lippen …

XVI

Die unterirdische Stadt

Hinkebein hat uns davon überzeugt, dass wir uns noch einmal im dritten Keller umsehen sollten. Er hat alles, was wir bei unserem letzten Besuch gesehen haben, gründlich analysiert und ist zu dem Schluss gekommen, dass wir unbedingt weiterforschen müssen. Es könnte alle Probleme der Stiftung mit einem Schlag lösen, sagt er.

„Ihr seid dabei, die Bibliothek zu verlieren", erklärt er uns, während wir durch einen einsamen Park gehen, damit niemand uns sieht. „Anscheinend ist ein großes Unternehmen bereit, jeden Preis zu zahlen, um dieses Gebäude zu erwerben. Nur Strombers Einsatz ist es zu verdanken, dass die Bank der Versuchung widerstanden hat. Wir müssen also so schnell wie möglich die Geheimnisse des dritten Kellers lüften."

„Aber wir haben doch schon alles entdeckt, oder?", fragt Metáfora. „Es gibt einen Sarkophag und einen Palast. Das ist alles."

„Du irrst dich", sagt Hinkebein. „Noch wissen wir nicht einmal, wie groß der Palast wirklich ist. Den Luftaufnahmen zufolge muss er riesig sein ... Schaut her, auf diesem Foto ist es ganz deutlich zu sehen ..."

„Ich sehe nichts. Das Foto zeigt nur, dass Férenix eine große Stadt ist."

„Achtet auf die Anordnung der Gebäude. Hier, die alte Stadtmauer. Man kann deutlich erkennen, dass Férenix einen Schutzwall hatte, der das gesamte Zentrum umschloss. Und die Stiftung liegt mitten im historischen Viertel ... Und jetzt schaut euch mal den Grüngürtel an. Das heißt, dass es früher einen zweiten Schutzwall gegeben haben muss ..."

„Sehr interessant", findet Metáfora. „Aber das beweist noch gar nichts."

„Jetzt passt auf! Weit außerhalb sieht man Reste von Mauern, die vermutlich einen dritten Ring gebildet haben. Einen dritten Schutzwall! Alles lässt darauf schließen, dass sich hier unter unseren Füßen vor vielen Jahrhunderten eine riesige Stadt befunden hat. Höchst außergewöhnlich für das Mittelalter!"

„Aber was hat das alles mit der Stiftung zu tun?", frage ich. „So furchtbar groß ist sie ja nun auch wieder nicht ..."

„Ich habe eine Vermutung", antwortet Hinkebein. „Als ich die Fotos und danach die Räume in dem unterirdischen Palast gesehen habe, kam mir der Gedanke, dass man durch die Keller der Stiftung in ein Labyrinth von Gängen gelangen könnte, die zum äußersten Schutzwall führen. Möglicherweise befindet sich unter unseren Füßen das größte unterirdische Labyrinth der Welt!"

Hinkebeins Theorie überrascht uns.

„Das ist unmöglich", sagt Metáfora. „So lange Gänge kann es unter der Erde gar nicht geben. Man hätte nicht genug Sauerstoff."

„Vielleicht gibt es geheime Ausgänge", verteidigt Hinkebein seine Theorie. „So was war damals durchaus üblich."

„Warum sollte man eine unterirdische Welt anlegen? Wozu so viel Arbeit?"

„Als die Stadt erbaut wurde, lag sie vielleicht noch nicht unter der Erde. Die Zeit hat sie nach und nach unter sich begraben. Aber ich will gar nicht ausschließen, dass sie noch längere unterirdische Tunnel gegraben haben, die geschützt waren vor fremden Blicken ..."

„Aber warum?", frage ich.

„Um etwas zu verstecken! Wie bei den Pyramiden in Ägypten. Ein unterirdisches Labyrinth, das ein sehr bedeutendes Geheimnis verbirgt!"

„Vielleicht einen Schatz? Gold? Juwelen?"

„Unmöglich zu wissen", antwortet Hinkebein. „Um das herauszukriegen, gibt es nur eine Möglichkeit: Wir müssen bis zum Ende vordringen und weiterforschen."

„Und wie?", frage ich neugierig.

„Wir müssen professionell vorgehen! Wir benötigen eine geeignete Ausrüstung. Stiefel, Werkzeug, Stricke ..."

„Ich weiß nicht, ich hab Angst", sagt Metáfora. „Vielleicht sollten wir erst mit deinem Vater darüber sprechen ..."

„Tut das, wenn ihr euch nicht sicher seid", ermuntert uns Hinkebein.

„Wenn da unten ein Schatz ist, sind unsere Probleme gelöst", argumentiere ich.

„Ich garantiere für nichts ... Es könnte sogar sein, dass die Decken bei unserer Aktion einstürzen, und dann wird alles zerstört", gibt Hinkebein zu bedenken.

„Ich werde es mir überlegen", sage ich. „Morgen sag ich dir, was wir machen."

✶✶✶

METÁFORA UND ICH verlassen das Schulgebäude. Cristóbal will uns begleiten, aber ich bitte ihn, uns allein zu lassen.

„Kann ich nicht mitkommen?", fragt er.

„Heute nicht, Cristóbal. Wir haben was Wichtiges zu besprechen ... Ein andermal vielleicht", vertröste ich ihn.

„Immer dasselbe!", mault Cristóbal. „Ihr lasst mich nur dabei sein, wenn ihr was von mir wollt. Aber wenn es um etwas wirklich Wichtiges geht, darf ich nie mit!"

„Komm schon, sei nicht böse", sagt Metáfora. „Du bist doch nur auf Mireia scharf, darum schleichst du immer um uns Ältere rum. Stimmt's?"

„Nein, ich bin wegen was anderem mit euch zusammen. Aber ich sag euch nicht wegen was. Ich hab nämlich auch meine Geheimnisse, damit ihr's wisst!"

Schließlich geht er zu Mireia hinüber, die sich wie immer über ihn lustig macht. Ich weiß wirklich nicht, warum er nicht lieber mit Gleichaltrigen zusammen ist.

Metáfora und ich gehen spazieren. Es ist ein schöner Nachmittag. Auf dem Berg, den wir in der Ferne über den Dächern der Stadt sehen können, liegt Schnee.

„Ich muss dir etwas gestehen", sage ich. „Etwas sehr Wichtiges."

„Langsam gewöhne ich mich an deine Geständnisse. Also, nur zu!"

„Es geht um meinen Vater und deine Mutter. Anscheinend haben sie über etwas gesprochen ... etwas ganz Spezielles ..."

„Wollen sie heiraten?"

„Spezieller."

„Was kann für ein Paar spezieller sein, als über seine Hochzeit zu sprechen?"

„Das Thema Auferstehung?", frage ich schüchtern.

„Auferstehung? Meinst du den Blödsinn, den dein Vater meiner Mutter erzählt hat? Dass er deine Mutter wiederbeleben will? Meinst du das?"

Ich fasse es nicht! Sie weiß also auch schon von Papas Wahnsinnsidee!

„Ja, das meine ich ... Aber es ist kein Blödsinn. Papa ist schon dabei, seinen Plan in die Tat umzusetzen. Und ich glaube, deine Mutter ist damit einverstanden."

„Ja, klar! Wenn dein Vater deine Mutter zum Leben erwecken will, wo ist das Problem? Soll er es doch machen, wenn er unbedingt will!"

Wegen einer Baustelle müssen wir die Straßenseite wechseln. Ich glaube, Hinkebein hat recht. In ganz Férenix wird nach Spuren der Geschichte gegraben.

„Ich hab das Gefühl, ihr macht euch darüber lustig", sage ich.

„Sollen wir es vielleicht ernst nehmen? Das ist doch Wahnsinn, sonst nichts. Aber gut, wenn du darauf bestehst, nehmen wir es ernst."

„Hör mal, ich finde es gar nicht gut, dass du dich über die Auferstehung meiner Mutter lustig machst", sage ich. „Das ist eine ernste Angelegenheit!"

„Aber dass dein Vater meine Mutter fragt, ob sie damit einverstanden ist, wenn er seine Frau, die vor vierzehn Jahren gestorben ist, wiederbeleben will – das sollen wir gut finden, oder was?"

„Besser, wir reden nicht mehr darüber."

„Hör zu, Arturo. Meine Mutter und ich finden es ganz rührend, dass dein Vater seiner Frau das Leben zurückgeben will. Wir halten das für einen großen Beweis seiner Liebe. Aber du musst doch einsehen, dass ..."

„Würde es dir gefallen, wenn dein Mann dich wiederleben wollte, wenn du tot wärst?", frage ich unvermittelt.

„Ja, natürlich würde mir das gefallen."

„Also, genau das würde ich versuchen, wenn wir irgendwann mal heiraten sollten ... Obwohl ich nicht glaube, dass das passieren wird ..."

Und damit beende ich das Gespräch und verabschiede mich von ihr.

„Bis morgen."

Ich lasse sie einfach stehen. Es hat sowieso keinen Sinn, weiter mit ihr über dieses Thema zu reden.

XVII

Der Rückzug

Die Schwarze Armee eroberte eine wichtige Position nach der anderen. Arturos Anwesenheit hatte seinen Truppen Mut gemacht und ihnen geholfen, ständig an Boden zu gewinnen. Demónicus' Männer hingegen sahen sich immer mehr in die Enge getrieben.

Bald schon neigte sich die Schale endgültig zugunsten der Schwarzen Armee. Die Krieger mit dem Drachensymbol standen kurz davor, die Schlacht zu gewinnen.

Inzwischen hatte der neue Ratala das Schlachtfeld erreicht. Mit Zähnen und Klauen bahnte er sich seinen Weg nach vorn. Mehrere Pfeile hatten seinen haarigen Körper getroffen, doch sie schienen ihm nichts anhaben zu können. Es war, als wäre er gegen jegliche Schmerzen völlig unempfindlich. Bald drang er zu der Stelle vor, an der Arturo und seine Gefährten kämpften.

Morfidio, der sich unter Demónicus' Soldaten gemischt hatte, sah sich plötzlich Arquimaes gegenüber, seinem ärgsten Feind neben Arturo; dem Mann, der ihm so viel Schaden zugefügt hatte.

„Endlich stehen wir uns von Angesicht zu Angesicht gegenüber, Weiser!", rief er erfreut.

Der Alchemist war überrascht, ihn an diesem Ort zu sehen. Fast hätte er ihn für ein Gespenst gehalten. Endlich gab das Schicksal ihm Gelegenheit, mit diesem falschen Grafen abzurechnen ... diesem falschen, niederträchtigen König ...

„Graf Morfidio!", schrie er. „Was tust du hier? Was hast du mit diesem Krieg zu tun?"

„Ich bin jetzt König und nenne mich Frómodi!", schrie dieser zurück. „Ich bin gekommen, um Rache zu nehmen! Ich will dein Leben!"

Arquimaes verlor keine Zeit mit einer Antwort, sondern hob sein

Silberschwert zum Zeichen dafür, dass er zum Kampf bereit war. Doch der hinterlistige Morfidio war schneller. Sein erster Schlag ging glücklicherweise fehl. Der Weise wartete nicht, bis sein gefährlicher Gegner zum zweiten Mal angreifen würde, und führte seinerseits eine Serie von Schlägen. Die beiden Männer schienen alles vergessen zu haben, was um sie herum geschah. Verbissen trugen sie ihr Duell aus, auf das beide seit jener dramatischen Nacht im Turm von Drácamont so sehnsüchtig gewartet hatten.

„Auch ich will Rache!", brüllte Arquimaes, der sich noch gut an seine treuen Diener erinnerte, deren Leichen in den Fluss geworfen worden waren. „Heute werden wir alte Rechnungen begleichen, du Betrüger!"

„Nicht einmal deine Magie wird dich vor meinem Hass schützen!", schrie Morfidio zurück.

In diesem Moment wurde neben ihnen ein Reiter von einer Lanze durchbohrt. Sein schwer verwundetes Pferd geriet zwischen die beiden Duellanten, sodass der Kampf für Sekunden unterbrochen war. Morfidio versuchte, die Verwirrung des Alchemisten auszunutzen, und zielte mit der Schwertspitze direkt auf seine Kehle … Aber er hatte die Rechnung ohne das Drachensymbol gemacht, das der Weise auf die Klinge seines Silberschwertes gemalt hatte und das nun in letzter Sekunde den Schlag des Gegners parierte.

Arquimaes holte aus, drehte sich einmal um sich selbst und durchtrennte mit einem Hieb den rechten Arm des falschen Königs, der gerade sein Schwert erhoben hatte, um erneut zuzuschlagen.

Schweigend starrten sich die beiden Männer in die Augen. Beide warteten darauf, dass der andere eine falsche Bewegung machen würde. Die Welt um sie herum hatte aufgehört zu existieren. Vom Silberschwert tropfte Blut.

Morfidio verdrehte die Augen und stand leicht schwankend da. Escorpio wollte seinem Herrn zu Hilfe eilen und ihn stützen, doch er konnte nicht verhindern, dass der schwere Körper in den Sand fiel, direkt neben das verwundete Pferd.

Arquimaes zögerte, ob er Morfidio den Todesstoß versetzen sollte. Endlich hatte er Gelegenheit, mit dem verhassten Gegner ein für alle Mal abzurechnen. Er dachte an das, was Arturo ihm über den Scheintod des Grafen erzählt hatte. Nein, er wollte nicht riskieren, dass der Verbrecher ein zweites Mal von den Toten auferstehen würde. Jemand musste ihn endgültig erledigen!

„Die Hand, die deinen Vater getötet hat, ist dir bereits abgetrennt worden, du Schlächter!", rief der Weise, entschlossen zum tödlichen Stoß. „Jetzt werde ich diesen Kopf voll sündiger Gedanken von seinem Rumpf trennen!"

Er hob sein Schwert, als ein markerschütternder Schrei sein Herz gefrieren ließ. Die rasende Bestie lief direkt auf Arturo zu! Sie wollte ihn zerfleischen!

„Gebt Arturo Schutz!", rief Arquimaes, der sogleich von Morfidio abließ und dem jungen Ritter zu Hilfe eilte. „Tötet die Höllenbestie!"

Der Alchemist stellte sich Ratala in den Weg, doch der stieß ihn einfach zur Seite und stürmte weiter auf sein Ziel los. Arquimaes blieb benommen liegen.

Auch die Soldaten konnten nichts gegen das rasende, blutrünstige, feuerspuckende Tier ausrichten. Einige wurden getötet, kaum dass sie ihr Schwert erhoben hatten; andere verbrannten wie trockenes Holz. Viele suchten daraufhin das Weite oder warfen sich zu Boden und schützten sich mit ihrem Schild, um den Aufprall zu überleben, wenn die Bestie über sie hinwegtrampeln würde.

Schließlich wurde auch Arturo auf den wütenden Ratala aufmerksam. Als er ihn erblickte, kam ihm die Erinnerung an all das, was er im Schloss des Finsteren Zauberers hatte mit ansehen müssen: die Verwandlungen von Menschen in Tiere, die Folterungen und die Hexereien, die vor seinen Augen stattgefunden hatten. Einen Moment lang empfand er Mitleid mit diesem armen Wesen. Doch dann erkannte er in ihm den grausamen Fürsten.

Die Bestie baute sich mit ausgebreiteten Armen vor ihm auf, bereit, ihn zwischen ihren mächtigen Pranken zu zermalmen. Das aufgerissene Maul entblößte scharfe Eckzähne, an denen noch Reste von Menschenfleisch hingen. Blut troff über das Kinn.

Arturo erinnerte sich an den riesigen Feuerball, gegen den er in Morfidios Festung gekämpft hatte. Wenn ich auf dieselbe Weise vorgehe, dachte er, kann ich die Bestie vielleicht besiegen ...

Seine Haut fing an zu jucken. Die Kraft in seinem Innern schrie geradezu danach, freigelassen zu werden. Arturo stieg vom Pferd. Die anderen Männer traten zur Seite, um Platz zu machen für den bevorstehenden Kampf.

Der Boden war blutgetränkt und Arturo rutschte aus. Crispín sprang vom Pferd und eilte ihm zu Hilfe.

„Pass auf, Arturo!", schrie er. „Die Bestie ist zu gefährlich für einen einzelnen Mann!"

„Ich habe keine Angst vor ihr!", schrie Arturo zurück. Helm und Tunika hatte er bereits abgelegt. „Auch ich verfüge über magische Kräfte!"

Er befreite sich von seiner Rüstung und stand nun mit nacktem Oberkörper vor der Bestie, die angesichts seiner Kühnheit zu grinsen schien. Der Junge breitete die Arme aus und wölbte die Brust. Sofort fingen die Buchstaben an, sich zu bewegen. Sie brauchten nur wenige Augenblicke, um zum Leben zu erwachen, sich von seinem Oberkörper zu lösen und einen undurchdringlichen Schutzschild vor ihm zu bilden. Die Soldaten rieben sich die Augen, um sich zu vergewissern, dass sie nicht träumten.

Ratala machte einen Schritt auf Arturo zu, aber die Mauer aus Buchstaben hielt ihn auf. Sie packten seine Arme und drehten sie wie Äste nach hinten, sodass er einen grässlichen Schrei ausstieß. Auf Arturos Befehl hin hoben sie ihn hoch, damit alle Umstehenden ihn sehen konnten. Ratala wand sich vor Schmerzen, doch es gelang ihm nicht, sich aus der Umklammerung zu befreien. Wie eine Kriegstrophäe schwebte er über dem Schlachtfeld. Feuer schlug aus seinem Körper.

In diesem Moment wurde allen klar, dass die Emedianer die Schlacht gewonnen hatten.

„Arturo! Arturo! Arturo!", riefen die Soldaten, um den Feind endgültig zu demoralisieren. „Adragón! Adragón! Adragón!"

Arquimaes ging zu seinem jungen Schüler. Triumphierend hob er Arturos Arm mit dem alchemistischen Schwert in die Höhe, damit jedermann sah, dass ihr Anführer lebte und unverletzt war, bereit, jede Bestie, jeden Drachen oder sonstigen Feind zu vernichten, den Demónicus ihm schicken würde.

„Adragón! Adragón! Adragón!"

„Hiermit erkläre ich Arturo Adragón, den Oberbefehlshaber der Schwarzen Armee, zum Sieger über die Truppen des Finsteren Zauberers!", rief Arquimaes, wobei er das silberne Schwert der Macht in die Höhe reckte. „Ergebt euch, Soldaten des Demónicus!"

Königin Émedi war außer sich vor Freude, als sie begriff, dass die Schlacht siegreich beendet worden war. Ihr Vertrauen in Arquimaes und Arturo war reichlich belohnt worden.

Alle Augen waren nun auf Arturo Adragón gerichtet, während Ratala schwankte wie ein Rohr im Wind. Niemand bemerkte, wie Demónicus von seinem Lager vor dem Kommandozelt aus einen kleinen Drachen in seine Richtung schickte …

Das Ungeheuer flog über das Schlachtfeld hinweg, direkt auf sein Ziel zu, ohne dass ihn jemand aufzuhalten versucht hätte.

Arquimaes umarmte Arturo genau in dem Augenblick, als der Drache Ratala packte und mit ihm davonflog, um ihn in einiger Entfernung wieder fallen zu lassen – genau auf die Bücher, die vor dem Schloss lagen. Die magischen Buchstaben konnten es nicht verhindern. Ihnen war es nicht erlaubt, sich zu weit von Arturo zu entfernen, und so kehrten sie wieder auf seinen Oberkörper zurück. Der kleine Drache aber verschwand in den Wolken. Er hatte Demónicus' Auftrag erfolgreich ausgeführt.

Das brennende Monster wälzte sich unterdessen auf den Büchern, die sofort Feuer fingen. Die Pergamentseiten brannten wie Stroh und kurz darauf stand eine riesige schwarze Rauchsäule in der Luft. Als Arquimaes sie erblickte, begriff er sofort den Ernst der Lage.

„Attacke!", schrie Demónicus. „Das Feuer ist unser Verbündeter!"

Die Heeresführer ließen zum Angriff trommeln, und die Schlacht, die bereits zum Erliegen gekommen war und so gut wie beendet schien, ging mit noch größerer Heftigkeit weiter.

Arturo legte seinen Schutzpanzer an, um den Kampf wieder aufzunehmen. Die Buchstaben auf seinem Oberkörper waren so entkräftet, dass er ihnen nicht befehlen konnte, ihm wieder zu Hilfe zu kommen. Doch das Schlimmste war, dass auch die Buchstaben auf den Waffen der Emedianer plötzlich ihre Kraft verloren hatten. Das Drachensymbol war durch das Verbrennen der Bücher unwirksam geworden! In kürzester Zeit hatte die Schwarze Armee ihren wichtigsten Verbündeten verloren.

Inzwischen hatte sich das Feuer auf die hölzerne Zugbrücke ausgebreitet. Arquimaes und Arturo waren entsetzt. Ihr Sieg war in Gefahr. Ohne die Hilfe der Buchstaben waren ihre Männer schutzlos der feindlichen Übermacht ausgeliefert.

„Es steht schlimm!", rief Arquimaes Arturo zu. „Wir müssen uns zurückziehen!"

„Gebt den Befehl dazu", erwiderte Arturo, überzeugt davon, dass es besser war, den aussichtslosen Kampf aufzugeben, um das Leben der Männer zu schonen. „Rückzug! Rückzug!"

Während Ratala brannte und das Feuer die Bücher von Ambrosia vernichtete, standen die Mönche auf der Festungsmauer und sahen der Katastrophe zu. Sie weinten, als sie sahen, wie das verfluchte Feuer des Finsteren Zauberers die Bücher verschlang, auf die sie so viel Zeit und Arbeit verwandt hatten. Die Flammen bahnten sich unaufhaltsam ihren Weg. Bald würde das Feuer so verheerende Ausmaße annehmen, dass es nicht mehr unter Kontrolle zu bringen sein würde.

„Wir können es nicht löschen, Hauptmann", sagte ein Soldat zu seinem Vorgesetzten. „Je mehr Wasser wir auf das Feuer schütten, umso schneller breitet es sich aus."

Der Hauptmann hatte schon mal etwas von einem „griechischen Feuer" gehört, auf das die Beschreibung des Soldaten passte; aber es war das erste Mal, dass er so etwas hautnah miterlebte. Und er weigerte sich zu glauben, dass man dieses Feuer nicht mit Wasser löschen konnte.

„Mehr Wasser!", befahl er daher. „Das verdammte Feuer muss doch auszukriegen sein! Schüttet mehr Wasser drauf!"

Doch es nützte nichts. Das Wasser schien das Feuer nur zu schüren und die Flammen schlugen immer höher und heftiger.

„Das ist ein magisches Feuer!", schrie ein Ritter. „Hört auf, Wasser hineinzuschütten!"

Königin Émedi wurde nervös, als sie sah, dass ihre Armee den Rückzug antrat. Die Bücher verbrannten, und das Feuer begann, auf das

Schloss überzugreifen. Sie musste eine Entscheidung treffen. Was war zu tun? Sich in der Festung verschanzen und kämpfen? Oder fliehen? Arturo gehörte zu den Letzten, die sich zurückzogen. Zusammen mit Arquimaes, Leónidas, Crispín und anderen beherzten Kriegern hielt er sich so viele feindliche Soldaten wie möglich vom Leib.

„Wir müssen zurück in die Festung und uns neu organisieren!", schlug Arturo vor.

„Unmöglich! Die Festung wird vollständig abbrennen!", widersprach Arquimaes. „Wir müssen fliehen!"

„Und das Schloss aufgeben?", fragte Leónidas.

„Wir haben keine Wahl. Wenn wir bleiben und weiterkämpfen, werden wir alle in den Flammen umkommen", erwiderte der Weise. „Wir müssen so schnell wie möglich weg von hier!"

„Und wohin?", fragte Arturo.

„Irgendwohin, wo wir ein neues Reich gründen können", antwortete Arquimaes, der gerade die Kehle eines Tieres durchbohrte, das den Körper eines Hundes und den Schnabel eines Vogels hatte. „Weit weg von hier!"

Die Soldaten des Finsteren Zauberers hatten wieder Mut gefasst und attackierten mit neuer Kraft.

Sie trieben ihre Feinde mit solcher Wucht ins Schloss zurück, dass das Tor fast blockiert wurde.

„Das ist eine Falle!", schrie Arquimaes. „Sie wollen uns im Schloss zusammentreiben und bei lebendigem Leibe verbrennen!"

„Dann müssen wir uns eben hier verteidigen!", rief Arturo. „Und die, die im Schloss sind, sollen herauskommen! Wir müssen dieser Hölle so schnell wie möglich entfliehen. Crispín, sag der Königin, sie soll unbedingt das Schloss evakuieren! Los, mach schnell!"

Der junge Knappe war sich der Bedeutung seines Auftrags bewusst. Begleitet von zwei Soldaten, machte er sich auf die Suche nach Königin Émedi, um ihr Arturos Botschaft zu überbringen. Er durchquerte den Innenhof und rannte auf den Turm hinauf.

„Majestät, mein Herr Arturo Adragón sagt, Ihr sollt das Schloss verlassen! Wir müssen fliehen!"

„Gut, ich werde seinen Rat befolgen", erwiderte die Königin mit bebender Stimme. „Die Schlacht ist verloren. Retten wir, was zu retten ist!"

Im selben Augenblick kam einer von Demónicus' Drachen im Sturzflug auf sie zugeschossen. Er flog ein paarmal um den Turm herum, bevor er sich endlich entschloss, die blonde Königin direkt zu attackieren.

Crispín und Émedi schafften es, mithilfe einiger Soldaten die große Wurfmaschine auf die fliegende Bestie zu richten. Instinktiv gelang es der Königin, den Mechanismus auszulösen und den riesigen Pfeil auf das Ungetüm abzuschießen, das daraufhin tot zu Boden stürzte. Sein Kopf fiel auf den Turm und zerstörte die Wurfmaschine. Sein langer Hals verfing sich zwischen zwei Zinnen, sodass sein Körper über dem Abgrund hing. Der Pfeil, der seinen Kopf durchbohrt hatte, ragte wie eine Siegessäule aus dem Schädel.

Während die Soldaten den mächtigen Leib des Drachen in Stücke hauten, klammerten sich Crispín und Königin Émedi ängstlich aneinander, noch ganz starr vor Schreck über den unerwarteten Angriff.

„Wir müssen hier weg!", murmelte Émedi. „Das ist die Hölle!"

Arturo Adragón und seine Männer verteidigten sich währenddessen mit letzter Kraft und versuchten alles in ihrer Macht Stehende, um den ununterbrochenen Ansturm des feindlichen Heeres aufzuhalten.

Demónicus' Soldaten fürchteten, dass ihnen die reiche Beute, die sie im Schloss machen wollten, doch noch vor der Nase weggeschnappt würde. Das machte sie noch wütender. Doch es nützte ihnen nichts, die Soldaten der Schwarzen Armee hatten eine undurchdringliche Mauer gebildet.

Eine Stunde später setzte sich eine lange Karawane in Bewegung und entfernte sich vom Schloss, das bereits an allen Ecken brannte. Die Mönche trugen die wenigen Bücher fort, die sie hatten retten können, die Frauen schützten ihre Kinder mit ihren eigenen Körpern, und die Alten und Verwundeten saßen auf den Karren, die von Mauleseln und Ochsen gezogen wurden. Die Diener trugen das Nötigste an Essen und Kleidung und die Karren waren mit einigen der wichtigsten Besitztümer der Königin beladen. Sie selbst ritt an der Seite der Kutsche, in der der Leichnam der Prinzessin lag.

Ganz hinten gingen diejenigen, die sich noch auf den Beinen halten konnten. Sie schossen ihre Pfeile auf die verwegensten Feinde ab, die dem Treck zu nahe kamen und ihren Wagemut mit dem Leben bezahlen mussten.

Als die Festung geräumt war, fing auch die Schwarze Armee an, sich zurückzuziehen. Sie schloss zu ihren Leuten auf, um sie vor Angriffen von den Flanken her zu schützen und ihnen Rückendeckung zu geben. Doch Demónicus' Soldaten dachten gar nicht daran, die Flüchtenden zu verfolgen. Sie zogen es vor, das Schloss zu plündern. So gewannen die Emedianer kostbare Zeit. Sie nutzten die kurze Verschnaufpause, um sich immer weiter zu entfernen. Vorerst mussten sie keinen erneuten Überfall fürchten.

Arturo und Arquimaes blickten auf das mit Leichen übersäte Schlachtfeld zurück. Einige Verwundete versuchten sich aufzurichten, andere schleppten sich ohne Beine oder ohne Arme weiter. Aus ihren Wunden strömte das Blut. Viele von ihnen würden den nächsten Morgen nicht mehr erleben. Demónicus' Männer würden ihnen den Todesstoß versetzen. Oder aber die wilden Bestien würden sie auffressen.

Niemand achtete in diesem Moment auf ein kleines Männchen mit großen Ohren und Froschaugen, das neben vier Soldaten herging, die einen Mann mit nur noch einem Arm trugen.

„Wir konnten die Blutung stillen, Herr", sagte Escorpio. „Jetzt müssen wir nur noch dafür sorgen, dass die Wunde gut verheilt."

„Nein!", brüllte Morfidio. „Ich will meinen Arm wiederhaben! Ich brauche ihn, wenn ich diesen verdammten Alchemisten töten will!"

„Aber ... das ist unmöglich", sagte Escorpio, der dem Kadaver eines Mutanten auswich. „Dazu ist nur ein Hexenmeister imstande."

„Dann suchen wir uns eben einen! Wir müssen einen Hexenmeister oder einen Magier finden, der mir meinen Arm wieder anbringen kann. Sucht meinen Arm!"

„Schon gut, Herr, ich kümmere mich darum", versprach Escorpio und ging zurück.

„Wenn du ihn findest, überschütte ich dich mit Gold!", schrie ihm Morfidio hinterher.

XVIII
Ein neuer Chef

Wir befinden uns im dritten Keller der Stiftung und betreten nun den großen Eingangssaal des Palastes von Arquimia.

Obwohl wir schon einmal hier waren, sind wir aufgeregt. Wenn das stimmt, was auf den Fotos zu sehen ist, und wenn sich die Vermutungen unseres Freundes bestätigen, dann stehen wir kurz davor, etwas Unglaubliches zu entdecken.

Wir haben uns gut vorbereitet und eine professionelle Ausrüstung gekauft. Und um ganz sicherzugehen, haben wir sogar Cristóbal gebeten, sich vor die Tür zu stellen und aufzupassen, bis wir zurückkommen. Wenn etwas Unerwartetes passiert, soll er sofort meinem Vater Bescheid sagen.

„Dann wollen wir mal", sagt Hinkebein. „Mal sehen, was uns da drin erwartet. Und denkt dran, wir dürfen uns nicht trennen! Egal, was geschieht, wir müssen zusammenbleiben! Ihr tut, was ich sage! Das ist ganz wichtig ..."

Wir nicken zustimmend und versichern ihm, dass wir seinen Anweisungen folgen werden.

Wir gehen durch dieselben Räume wie beim letzten Mal und wieder überkommt uns ein ehrfürchtiges Gefühl. Zu wissen, dass die Wände, die uns umgeben, mehr als tausend Jahre alt sind, flößt uns einen gehörigen Respekt ein. Wir bewundern die Möbel und Gegenstände, die noch erstaunlich gut erhalten sind.

„Wenn die Atmosphäre nicht stimmt, wenn es zum Beispiel zu feucht ist, dann kann es passieren, dass die Möbel zerstört werden", erklärt uns Hinkebein. „Aber in diesem Fall scheint es genau der richtige Ort für sie zu sein. Einfach phänomenal!"

„Hast du einen Plan?", frage ich ihn.

„Erst einmal werden wir versuchen, die Struktur des Ganzen zu verstehen. Und sobald wir den Zustand der Mauern besser beurteilen können, werden wir uns weiter vorwagen. Ich bin ganz wild darauf herauszufinden, wie weit diese unterirdische Stadt reicht."

Ich muss an die *Reise zum Mittelpunkt der Erde* denken. In dem Roman von Jules Verne klettern mehrere Personen ins Innere eines erloschenen Vulkans, um zum Kern der Erde zu gelangen. In gewisser Weise machen wir dasselbe, nur dass wir nicht zum Mittelpunkt der Erde, sondern in das Herz des Reiches von Arquimia vordringen wollen.

Nachdem wir einige Korridore entlanggegangen sind und mehrere Säle durchquert haben, stehen wir vor zwei großen Statuen. Die eine stellt einen Mann dar, einen Mönch oder Alchemisten, die andere einen Ritter aus dem Mittelalter.

„Ein schönes Paar", bemerkt Hinkebein. „Die richtige Basis für ein Reich: ein Soldat und ein Weiser. Die ideale Kombination."

„Da fehlt noch jemand", stellt Metáfora fest. „Eine Frau."

Plötzlich, wie zur Bestätigung ihrer Worte, entdecken wir zwischen den beiden Statuen einen Vorhang. Hinkebein tritt näher heran und zieht ihn zurück. Dahinter steht tatsächlich die Statue einer Frau.

„Königin Émedi!", ruft Metáfora aus. „Dieselbe wie auf dem Sarkophag!"

„Stimmt!", sage ich erstaunt. „Das ist Königin Émedi, flankiert von einem Weisen und einem Ritter!"

„Für mich sieht das aus wie eine komplette Familie", sagt Hinkebein. „Vater, Mutter und Sohn."

„Aber Arquimaes und Émedi waren doch gar nicht verheiratet und sie hatten auch keine Kinder", widerspreche ich.

„Woher weißt du das?", fragt Hinkebein. „Woher weißt du, dass die beiden nicht verheiratet waren?"

„Weil ... na ja, ich glaube, der Ritter mit dem Helm ... das ... das ist nicht ihr Sohn. Aber eigentlich ... Ich weiß gar nicht, warum ich das sage, es war nur so eine Idee ... Dummes Zeug ..."

„Arturo", ermahnt mich Hinkebein, „hör auf, über etwas zu spekulieren, das du nicht weißt. Versuche zu verstehen, was du siehst, mehr nicht."

Ich antworte nicht, aber meine Erinnerung sagt mir, dass ich recht habe. Obwohl, klar, warum sollen sie Jahre nach der Schlacht nicht geheiratet und einen Sohn bekommen haben?

„Lasst uns weitergehen", schlägt Hinkebein vor. „Hinterher haben wir noch genug Zeit, alles in Ruhe zu analysieren."

Wir gehen hinter ihm her, so wie er es uns gesagt hat, und arbeiten uns kreisförmig voran. Wir gelangen in einen großen Saal, in dem zwei Throne nebeneinanderstehen, wohl für ein Königspaar, flankiert von Holzbänken.

„In diesem Saal wurde Recht gesprochen", erklärt uns Hinkebein. „Das Seltsame daran ist, dass Richter und Könige auf gleicher Höhe saßen. Normalerweise war das im Mittelalter nicht üblich. Das muss ein ganz besonderes Königreich gewesen sein, in dem die Untergebenen bei der Rechtsprechung den Herrschern gleichgestellt waren."

Meine Erinnerung sendet mir weitere Bilder. Ziemlich undeutliche Bilder. Ich sehe mich selbst in diesem Saal.

„Diese Bank war für die Angeklagten bestimmt. Und daneben könnt ihr den Platz für die Anklage und den für die Verteidigung sehen. Wie in modernen Gerichtssälen. Offenbar wurde der Gerechtigkeit eine große Bedeutung beigemessen."

„Ja", murmele ich. „Anscheinend war Gerechtigkeit sehr wichtig für sie."

Wir gehen weiter und entdecken noch mehr interessante Räume. Ein großes Theater, Bäder ...

Plötzlich bittet Hinkebein um absolute Ruhe.

„Ich bin mir nicht sicher, aber ich glaube, ich habe eine Stimme gehört ... Jemand ruft uns ..."

„Arturo! Metáfora! Kommt zurück!"

„Das ist Cristóbal!"

„Kommt schnell!", ruft er noch lauter. „Bitte!"

„Irgendetwas ist passiert", sagt Hinkebein. „Los, kommt!"

Wir folgen der Schnur, die wir zur Orientierung abgewickelt haben, und laufen zum Eingang zurück. Kurz darauf schlüpfen wir durch den Spalt in der großen Flügeltür nach draußen. Was wir dort sehen, verschlägt uns die Sprache.

„Stromber!", rufe ich. „Was machen Sie denn hier?"
„Hallo, Arturo ... Hallo, Metáfora ... Hallo, Hinkebein", begrüßt er uns mit einem spöttischen Grinsen. „Hallo, alle zusammen!"
„Tut mir leid, ich hab getan, was ich konnte", entschuldigt sich Cristóbal schuldbewusst.
„Wer hat Ihnen die Erlaubnis gegeben, hier einzudringen?", frage ich.
„Erlaubnis?", lacht Stromber. „Ich brauche keine Erlaubnis! Von heute an bin ich der neue Chef hier! Ich verwalte die Stiftung. Erinnerst du dich nicht?"
„Aber in den Kellerräumen haben Sie gar nichts zu sagen! Sie haben nur die Aufsicht über die oberen Etagen."
„Was du nicht sagst ... Dann hab ich mich wohl verlaufen. Dieses Gebäude ist so groß und hat so viele Korridore, dass man sich leicht verirren kann."
„Sie haben sich nicht verirrt", sagt Metáfora. „Sie wissen ganz genau, wo Sie sind."
„Und wo bin ich? In der Stiftung? Im Mittelalter? Im Palast von Königin Émedi? Kannst du es mir sagen?"
„Sie verlassen jetzt auf der Stelle diesen Keller!", sage ich. „Sie haben hier nichts zu suchen. Das ist Privatbesitz."
Mit einem hämischen Grinsen auf dem Gesicht nähert er sich dem Sarkophag.
„Früher oder später werde ich Herr über das alles sein", sagt er. „Ich werde alleiniger Eigentümer der gesamten Stiftung sein! Ich werde alles besitzen, was sich über und unter dem Boden befindet! Ich wollte mir nur meinen zukünftigen Besitz mal anschauen."
„Da täuschen Sie sich, Stromber. Ihnen wird gar nichts gehören! Mein Vater wird bald wieder die Kontrolle über die Stiftung haben, verlassen Sie sich darauf! Das hier unten ist ein Vermögen wert! Damit werden wir die Schulden bei der Bank bezahlen!"
„Oder ihr werdet wegen Kunstdiebstahl ins Gefängnis wandern!"
„Wer ist hier der Kunstdieb? Sie doch wohl!", schreie ich ihn an.
„Du bist so naiv, mein Junge! Du hast nichts begriffen. Ich bin hierhergekommen, um König von Arquimia zu werden. Ich werde der

neue König sein. Das Reich von Arquimia wird aus seiner Asche auferstehen!"

„Sie sind ja verrückt!", ruft Metáfora aus. „Sie wissen nicht mehr, was Sie reden. Arquimia ist vor mehr als tausend Jahren untergegangen. Das alles ist im Mittelalter passiert und längst vorbei!"

„Da kann ich Ihnen nur teilweise zustimmen, junges Fräulein", entgegnet Stromber. „Das Mittelalter existiert immer noch, wie ihr euch überzeugen konntet. Und ich bin nicht verrückt. Im Gegenteil. Ich möchte das Beste aus jener Epoche wieder aufleben lassen."

„Und was ist Ihrer Meinung nach das Beste?", fragt Hinkebein. „Was interessiert Sie so am Mittelalter? Die Reichtümer?"

„Die Arbeit der Alchemisten! Das ist es, was ich wieder aufleben lassen will. Genauer gesagt, die Arbeit von Arquimaes. Ich suche den Stein der Weisen! Das Geheimnis des ewigen Lebens!"

Ich glaube, dieser Mann ist wirklich verrückt. Er hat völlig den Verstand verloren. So etwas wie Unsterblichkeit gibt es nicht. Das ist etwas, wonach die Menschen früher strebten, als sich Fantasie und Wirklichkeit noch häufig miteinander vermischten.

XIX

GEDANKEN AN DIE ZUKUNFT

UM MITTERNACHT, NACHDEM sie ihre hartnäckigen Verfolger erfolgreich abgeschüttelt hatten, befahl Königin Émedi, eine Pause zu machen. Viele von ihren Leuten waren so entkräftet, dass sie sofort einschliefen, kaum dass sie sich auf dem Boden ausgestreckt hatten.

Leónidas teilte die Soldaten zur Wache ein, für den Fall, dass der Feind wieder angreifen würde. Er untersagte es ihnen, Feuer zu machen. Denn auch wenn sie durch Bäume und Hügel geschützt waren, wäre der Feuerschein weithin sichtbar gewesen.

Männer und Frauen nutzten die Zeit, um sich zu waschen, ihre Wunden zu versorgen, Wasser heranzuschaffen und etwas zu essen.

Arturo erfrischte sich mit einem Bad im Fluss. Nachdem er ein Stück Brot und etwas Dörrfleisch gegessen hatte, machte er einen Rundgang durch das Lager und sprach den Verwundeten Trost zu. Das Jammern und die Klagen der Leute zerrissen ihm beinahe das Herz. Viele tapfere Krieger waren auf dem Schlachtfeld gefallen; und diejenigen, denen die Flucht gelungen war, mussten jetzt die Folgen des Krieges tragen. Arturo fühlte sich schuldig, denn er wusste, dass dieser Krieg seinetwegen geführt worden war. Wenn Alexia ihn damals an dem vergifteten Pfeil hätte sterben lassen, so ging es ihm durch den Kopf, würden alle noch leben. Und diejenigen, die ihr Heim hatten verlassen müssen, würden jetzt friedlich auf ihren Strohsäcken schlafen. Bei dem Gedanken an die Prinzessin stiegen ihm Tränen in die Augen.

„Arturo, die Königin möchte mit dir sprechen", unterbrach Crispín sein Schluchzen. „Sie hat den Rat zusammengerufen."

Arturo trocknete seine Tränen und ging mit seinem Knappen zum Zelt der Königin. Ein paar Kerzen brannten, gerade so viele, um die einzelnen Gesichter erkennen und von draußen nicht gesehen werden zu können. Arquimaes, Leónidas und einige andere Ritter saßen um einen Teppich herum auf dem Boden. Die Versammlung wurde von Königin Émedi geleitet.

„Wir müssen einen Plan ausarbeiten", sagte sie, nachdem sie sich ebenfalls gesetzt hatte. „Wir sind aus unserem Schloss und aus unserem Land vertrieben worden. Wir müssen eine Entscheidung treffen. Wohin wollen wir gehen?"

„Ich schlage vor, wir suchen einige Könige und Edelleute auf", sagte Leónidas. „Wir stellen eine Armee zusammen und holen uns das zurück, was uns gehört. Ich bin sicher, dass uns viele unterstützen werden."

„Das bezweifle ich", entgegnete Émedi. „Alle wussten, dass Demónicus uns angreifen wollte, und keiner hat auch nur einen Finger gerührt! Ich glaube nicht, dass sie jetzt bereit sein werden, uns ihre Soldaten auszuleihen, um einen Krieg gegen den Mann zu führen, der uns soeben besiegt hat."

„Mit Sicherheit nicht", stimmte Ritter Eisenfaust ihr zu. „Wir müssen uns selbst helfen. Ich schlage vor, dass wir im Untergrund operieren. Wir greifen an, wenn sie es am wenigsten erwarten, und versuchen, sie nach und nach zu schwächen ..."

„Das würde viel zu lange dauern", widersprach die Königin. „Mit dieser Strategie können wir unser Land nicht zurückerobern. Wir müssen jetzt erst einmal an unsere Leute denken und uns irgendwo verstecken, wo wir uns vor Demónicus' Soldaten sicher fühlen können."

Arquimaes strich sich über den Bart und hörte sich die Vorschläge an. Schließlich sagte er: „Ich kenne einen Ort, an den wir uns zurückziehen können. Wir könnten ihn zu einer uneinnehmbaren Festung ausbauen. Die Streitkräfte des Finsteren Zauberers werden nicht wagen, uns dort anzugreifen."

„Was ist das für ein Ort?", fragte Émedi.

Arquimaes warf Arturo einen Blick zu.

„Er liegt im Norden, mehrere Tage von hier entfernt. Ein hübscher Ort, umgeben von Hügeln, von denen aus man viele Kilometer weit sehen und die Gegend überblicken kann. Niemand würde sich unbemerkt unserer Festung nähern können und wir wären für immer in Sicherheit. Ich habe die Stelle jahrelang studiert und weiß deshalb, dass sie sich ganz hervorragend für eine Festungsanlage eignet, von der aus man ein Reich regieren kann."

„Das Reich der Gerechtigkeit, von dem du träumst?", fragte Eisenfaust ironisch. „Willst du uns benutzen, um deinen Traum zu verwirklichen?"

„Ja, ich träume nach wie vor von einem Reich der Gerechtigkeit", antwortete Arquimaes. „Und jenen Ort habe ich vor Jahren dafür ausgewählt."

„Willst du unser König sein?", fragte Eisenfaust.

„Nein, wir werden Émedi zu unserer Königin machen. Ich bin nur der König meiner Träume. Ich werde mich damit begnügen zuzuschauen, wie mein Plan in die Tat umgesetzt wird. Ich bin bereit, mein Leben herzugeben für ein Reich, in dem alle Männer und Frauen glücklich sind und ihnen die Gerechtigkeit zuteil wird, die ihnen zusteht. In dem die Kinder in Freiheit heranwachsen und sicher sein können, dass die, die sie regieren, das Beste für sie tun."

„Du bist wahnsinnig!", lachte Eisenfaust. „Von allen guten Geistern verlassen!"

„Das reicht jetzt!", meldete sich Arturo zu Wort und stand auf. „Ich werde es nicht erlauben, dass du dich über Arquimaes lustig machst!"

„Sieh mal an, unser kleiner Held verteidigt seinen großen Meister", stichelte der Ritter. „Geht doch dahin zurück, wo ihr hergekommen seid, ihr zwei!"

Arturo zog sein Schwert aus der Scheide und wollte ihn zwingen, seine Worte zurückzunehmen.

„Ruhe!", befahl die Königin. „Ich will keinen Streit in unseren Reihen! Morgen früh werde ich euch meine Entscheidung mitteilen ... Jetzt lasst uns ein wenig schlafen, uns stehen harte Tage bevor."

***

MORFIDIO HATTE VIEL Blut verloren, und hohes Fieber zwang ihn auf eine hölzerne Bahre, die seine Männer für ihn zurechtgezimmert hatten.

Escorpio, der neben ihm saß, befeuchtete seine Stirn mit einem nassen Tuch und säuberte die Wunde an seinem Armstumpf.

„Ich habe Euren Arm wiedergefunden, Herr", sagte er, als der Graf für einen kurzen Moment klar bei Verstand war. „Aber wenn wir die Wunde nicht ausbrennen und desinfizieren, besteht die Gefahr, dass Ihr sterbt."

„Sterben? Ich bin unsterblich, Dummkopf!", antwortete Morfidio. „Nichts und niemand kann mich töten!"

„Die Wunde hat sich entzündet. Sie könnte lebensbedrohlich werden."

„Sei still! Wir müssen unbedingt jemanden finden, der mir den Arm wieder dranmacht ... Heutzutage kann man nicht überleben, wenn man das Schwert nicht mit beiden Händen führen kann ... Du kennst doch bestimmt jemanden, der das fertigbringt, oder?"

„Vor vielen Jahren habe ich mal eine Frau gekannt ... Eine Hexe ..."

„Wer ist es? Wo ist sie?"

„Sie stand in Benicius' Diensten, bis sie ihn durch irgendetwas verärgert hat ... Sie musste aus seinem Land fliehen. Er wollte sie bei lebendigem Leibe verbrennen, aber sie konnte entkommen ..."

Morfidio sank wieder auf sein Lager zurück. Das Sprechen hatte ihn angestrengt, die Schmerzen waren zu groß. Doch diese Geschichte mit der Hexe kam ihm irgendwie bekannt vor. Er versuchte sich zu erinnern.

„Sag mir endlich, wer es ist!", forderte er ungeduldig. „Wer ist diese Frau?"

„Ihr Name ist Górgula. Ich meine gehört zu haben, dass sie unter den Geächteten weilt, weit weg von hier. Aber ich weiß nicht, ob sie noch lebt ... Ich habe schon lange nichts mehr von ihr gehört."

„Górgula? Ist das nicht die Hexe, die Benicius mit Lepra infiziert hat?", fragte Morfidio. „Ist das die Frau, die ..."

„Genau die, Herr. Die Hexe, die unter Benicius' Schutz stand. Irgendetwas muss damals passiert sein, aber keiner weiß genau, was. Um sich zu rächen, hat sie ihm diese Krankheit geschickt. Der König hat Arquimaes um Hilfe gebeten und der hat ihn von der Lepra geheilt."

Morfidio stieß einen Seufzer aus und schloss die Augen. Dann lebte die Hexe also noch? Er streckte den linken Arm aus und packte den Spitzel am Genick.

„Hör zu, Escorpio … Ich habe dir viel Gold versprochen und du wirst es bekommen. Aber du musst dafür sorgen, dass ich meinen Arm wieder benutzen kann. Wenn du mich nicht zu dieser Frau bringst, kriegst du keinen Heller", drohte Morfidio, indem er noch fester zudrückte. „Ich warne dich, ich kann dich auch umbringen lassen!"

Escorpio wartete, bis sein Herr seinen Griff lockerte. Nachdem er wieder zu Atem gekommen war, sagte er: „Ich werde Euch zu ihr bringen. Wenn diese Frau nicht dazu in der Lage ist, dann schafft es keiner. Aber es wird Euch teuer zu stehen kommen, sehr teuer …"

„Ich gebe dir, so viel du willst", sagte Morfidio. „Und ich werde dich zum König machen. Aber vorher musst du mir zu meinem Arm verhelfen."

Morfidio schloss die Augen. Die Worte des Verräters Escorpio hatten ihn ein wenig beruhigt.

„Ich werde Arquimaes umbringen und Arturo foltern lassen", murmelte der Graf schläfrig. „Er soll leiden … Mit Górgulas Hilfe werde ich es schaffen."

XX
DAS DUELL

STROMBER SIEHT UNS herausfordernd an, selbstsicher und überzeugt davon, dass niemand ihn zwingen kann, den Keller zu verlassen. Er hat das Grab meiner Mutter entweiht und das werde ich ihm nie verzeihen.

„Was erzählen Sie da, Stromber?", frage ich ihn. „Was wollen Sie damit erreichen? Wissen Sie nicht, dass es keine Unsterblichkeit gibt? Sie haben den Verstand verloren."

„Es gibt keine Unsterblichkeit?", ruft er. „Das sagst du? Ausgerechnet du?"

„Wir leben im 21. Jahrhundert, Señor Stromber."

„Ich weiß sehr gut, in welchem Jahrhundert wir leben. Ich weiß sehr wohl, wo ich bin. Und ich weiß auch, dass du genau das besitzt, von dem du behauptest, dass es das nicht gibt. Ich will das haben, was du bereits hast, junger Mann."

„Wovon sprechen Sie? Sie sind verrückt! Was besitze ich, das für Sie von Interesse sein könnte?"

„Weißt du das denn wirklich nicht? Inzwischen müsstest du es doch längst kapiert haben."

Metáfora stellt sich vor mich, so als wollte sie mich beschützen.

„Was Arturo hat, werden Sie nie kriegen!", schreit sie. „Niemand kann die magischen Buchstaben bekommen!"

„Du bist naiv, Mädchen. Ich werde dir beweisen, dass auch ich diese Macht erlangen kann. Glaube ja nicht, dass sie nur Arturo gehört. Nein, auch andere können über sie verfügen. Ich interessiere mich nämlich auch für Magie."

„Sie sind doch größenwahnsinnig!", schaltet sich plötzlich Cristóbal ein. „Sie sind nichts als ein Träumer!"

„Meine Träume werden Wirklichkeit werden, ihr Rotznasen! Ihr werdet schon sehen! Es wird gar nicht mehr lange dauern …"

„Wir haben Ihr Spiel durchschaut, Stromber!", schreit Hinkebein. „Auch wenn Sie aller Welt weismachen wollen, dass sie Antiquitätenhändler sind. Es wird Ihnen nichts nützen. Wir wissen, dass Sie ein Betrüger sind!"

„Du irrst dich, Bettler. Ich verfüge über genügend Mittel, und ich werde kriegen, was ich will. Und wenn ich es erst einmal habe, interessiert es mich einen Dreck, was du von mir hältst, das kannst du mir glauben."

„Aber Sie werden es nicht kriegen, Stromber", erwidert Hinkebein. „Dafür werden wir sorgen!"

„Ich glaube kaum, dass ein Krüppel wie du meine Pläne durchkreuzen kann!" Stromber nimmt ein Schwert von der Wand. „Wie schon gesagt, ich verfüge über die nötigen Mittel ... Und du? Was hast du?"

Ich trete auf den Antiquitätenhändler zu und baue mich herausfordernd vor ihm auf. Hoffentlich tritt der Drache in Aktion, bevor Stromber ...

„Komm ruhig her, Arturo! Wir wollen mal sehen, ob du wirklich so mächtig bist, wie man sagt ..." Stromber nimmt ein zweites Schwert in die Hand. „Ich gebe dir die Gelegenheit, deinen Freunden zu beweisen, dass du nicht bluffst."

Er wirft mir das Schwert zu und nimmt Aufstellung. Er hat mich tatsächlich zu einem Duell herausgefordert!

„Was soll das denn? Sie wollen, dass wir gegeneinander kämpfen? Sie sind doch völlig übergeschnappt!"

„Es wird ein Kampf auf Leben und Tod", entgegnet er. „Wie im Mittelalter! Ich habe viele Jahre trainiert, genauso wie du es in einer anderen Epoche getan hast. Jetzt kannst du zeigen, ob du etwas gelernt hast."

Ich will gerade sagen, dass ich mich auf keinen Fall mit ihm duellieren werde, da tut er etwas, das mich richtig wütend macht. Er zeigt mit dem Schwert auf den Sarg von Königin Émedi, in dem meine Mutter liegt.

„Da drin ist das Geheimnis des Lebens verborgen", sagt er spöttisch. „Jetzt werden wir sehen, wer sich seiner würdig erweist."

Ich packe das Schwert mit beiden Händen und nehme ebenfalls Aufstellung, aber Metáfora hält mich zurück.

„Hör auf, Arturo! Er hat sich sorgfältig darauf vorbereitet. Bestimmt ist er ein ausgezeichneter Fechter, und du bist noch zu jung, um gegen ihn anzutreten. Du hast doch überhaupt keine Erfahrung. Hör auf, bitte!"

„Ich habe keine Angst vor ihm, Metáfora ... Er muss lernen, meine Mutter zu respektieren! Ich glaube, er tut nur so mutig. In Wirklichkeit ist er ein Feigling!"

Stromber verzieht das Gesicht zu einem spöttischen Grinsen. Er hebt sein Schwert und geht ein paar Schritte zur Seite, um sich in eine bessere Angriffsposition zu bringen. Ich sehe, dass er geschickt mit dem Schwert umgehen kann. Offensichtlich hat er sich gut vorbereitet. Er ist im Vorteil und das weiß er.

„Schluss jetzt!", ruft Hinkebein. „Ich werde nicht zulassen, dass der Junge gegen Sie kämpft!"

„Ach nein?", lacht Stromber. „Und wie willst du das verhindern, Bettler?"

Hinkebein hebt seine Krücke und versucht, Stromber damit auf den Kopf zu schlagen. Doch der Antiquitätenhändler ist schneller als eine Schlange und weicht geschickt aus.

„Aus dem Weg, Bettler!", schreit er und stößt ihn einfach um. „Hau ab!"

Hinkebein liegt auf dem Boden. Er versucht, wieder aufzustehen, schafft es aber nicht.

„Bleib, wo du bist, du Stück Scheiße!", schreit Stromber und tritt gegen die Krücke, die in die Ecke schlittert. „Um dich werde ich mich später kümmern ... Und jetzt zu uns, Arturo Adragón!"

Ich versuche, meine Nervosität vor ihm zu verbergen, aber ich glaube, er merkt, dass ich aufgeregt bin. Meine Hände sind nass geschwitzt, ich kann das Schwert nicht richtig halten.

Stromber stürzt sich auf mich wie ein Tiger. Seine Manöver sind schnell und präzise. Bestimmt will er mich damit aus der Reserve locken.

Ich pariere die Schläge, so gut ich kann. Seinen ersten Angriff wehre ich mehr schlecht als recht ab. Ein paarmal streift die Klinge seines Schwertes fast meine Kehle. Das heißt also, er will mich dort treffen:

am Hals. Aber ich habe bemerkt, dass er die Deckung seiner linken Seite vernachlässigt, wenn er die Waffe hebt. Vielleicht ist das meine Chance.

Metáfora kümmert sich um Hinkebein. Sie wirft mir einen aufmunternden Blick zu, als ich um den Sarkophag herumgehe, um nach der ersten Runde wieder zu Atem zu kommen. Mit erhobenem Daumen gebe ich ihr zu verstehen, dass alles in Ordnung ist. Doch Stromber gönnt mir keine Verschnaufpause und geht wieder zum Angriff über, diesmal noch wütender als beim ersten Mal. Er hebt sein Schwert und lässt es wie eine Axt auf mich niedersausen, so als wollte er mich in zwei Hälften spalten. Wahrscheinlich will er mich verwirren, indem er jedes Mal eine andere Taktik anwendet, um mich schließlich von vorne zu durchbohren. Ich muss höllisch aufpassen und darf ihn nicht unterschätzen.

Ich beschließe, zum Gegenangriff überzugehen. Angriff ist die beste Verteidigung. Mit mehreren Schlägen in Höhe der Taille zwinge ich ihn zum Rückzug. Schläge in Hüfthöhe sind meine Stärke, und Stromber braucht nicht lange, um das zu merken.

Eine ganze Weile geht es hin und her, ohne dass einer von uns beiden einen Vorteil herausarbeiten kann. Jedes Mal, wenn ich einen seiner Schläge pariere, zittere ich am ganzen Körper, so als hätte ich einen Stromstoß bekommen. Der Kampf erschöpft mich. Stromber hat mich all die Monate über getäuscht, hat so getan, als wäre er ein zartbesaiteter und feiner Herr. Aber jetzt beweist er, dass er so stark ist wie ein Bär.

Ich merke, dass meine Kräfte nachlassen. Deswegen versuche ich, seinen Schlägen nur noch auszuweichen, anstatt sie zu parieren. Doch das hat zur Folge, dass ich immer mehr in die Enge getrieben werde. Er grinst mich siegessicher an, will mich demoralisieren.

Langsam bewegen wir uns vom Sarkophag weg in den hinteren Teil des Kellers. Der Raum gleicht inzwischen einem Schlachtfeld. Die Einzelteile der Gegenstände, die wir kurz und klein geschlagen haben, liegen verstreut auf dem Boden. Es herrscht ein heilloses Durcheinander. So als hätte hier ein Wirbelsturm gewütet.

„Du bist so gut wie tot, mach dich schon mal darauf gefasst", sagt der Antiquitätenhändler triumphierend zu mir. „Gleich wirst du die unvorstellbaren Geheimnisse dieser Welt kennenlernen!"

Ich gebe keine Antwort, um meine Kräfte nicht zu vergeuden. Denn vermutlich will er genau das erreichen. Ich weiche seinen Schlägen aus, die jetzt zwar nicht mehr so kräftig, aber dafür präziser sind. Ich blute bereits aus einigen kleineren Wunden. Es tut weh. Ich muss meine Kräfte einteilen. Vor allem darf ich Stromber nicht merken lassen, dass er stärker ist als ich. Sonst fühlt er sich mir noch überlegener.

Ich reibe meine rechte Schulter, damit er glaubt, dass ich Schmerzen habe. Dann tue ich so, als hätte ich Mühe, das Schwert zu halten. Sein Blick zeigt mir, dass er auf meinen Trick hereingefallen ist. Jetzt meint er, ich hätte keine Kraft mehr. Er fasst sein Schwert mit beiden Händen und holt zum entscheidenden Schlag aus. Doch genau in dem Moment tue ich einen Satz nach vorn und schlitze ihm den linken Oberschenkel auf. Überrascht starrt er auf die stark blutende Wunde. Wie ein verletztes Tier schlägt er blindlings zu, trifft aber nur verschiedene Gegenstände, ohne mich auch nur zu streifen.

„Du hast mich getäuscht, du kleine Bestie!", schreit er rasend vor Zorn. „Aber es wird dir nichts nützen!"

„Das hab ich von dir gelernt!", entgegne ich, um ihn noch mehr zu reizen.

Dennoch bleibt er gefährlich und ich darf ihn nicht aus den Augen lassen. Ich weiche erneut zurück. Er rutscht aus und wäre beinahe hingefallen. Das verschafft mir eine kleine Verschnaufpause. Doch schon startet er den nächsten Angriff. Ich fühle mich immer mehr in die Enge getrieben, stehe mit dem Rücken zur Wand. Sein Schwert kommt mir wieder gefährlich nahe. Stromber weiß, dass er seine Wunde versorgen lassen muss, wenn er nicht verbluten will. Deswegen muss er das Duell so schnell wie möglich beenden.

„Geben Sie auf, Stromber!", ruft Hinkebein ihm zu. „Arturo hat gewonnen. Beenden Sie auf der Stelle den Kampf!"

„Den Kampf beenden? Aber er hat doch gerade erst angefangen!", brüllt er und stürzt sich mit aller Gewalt auf mich.

Ich werde gegen die Wand geschleudert. Halb benommen sehe ich, wie er sein Schwert hebt und erneut zuschlagen will. Ich ducke mich und die Klinge fährt in die Wand wie eine Spitzhacke. Stromber will sie wieder herausziehen und lässt mich einen Moment lang aus den Augen. Ich nutze meine Chance, laufe um ihn herum und greife von hinten an. Ich versuche, ihn zu Boden zu stoßen, komme dabei aber selbst ins Straucheln, sodass wir beide gegen die Wand knallen, die unter unserem Gewicht nachgibt. Anscheinend verbirgt sich an dieser Stelle eine Geheimtür, eine sehr alte, denn sie bricht beim ersten Aufprall zusammen. Wir werden von einer Staubwolke eingehüllt und können fast nichts mehr sehen.

Ich versuche, Strombers nächstem Überraschungsangriff auszuweichen, doch es gelingt mir nicht. Ich sehe, wie die funkelnde Klinge wie ein silberner Stern auf mich zuschießt. Mir bleibt gerade noch Zeit, mich nach hinten zu werfen. Ich will mich in Sicherheit bringen, stolpere über Schutt, Steine und Sand. Strombers bedrohliche Gestalt taucht in der Staubwolke auf wie ein Racheengel. Er greift wieder an.

Mehrere Köpfe schauen durch das Loch, das wir in die Wand gerissen haben. Ich vermute, dass es Metáfora, Cristóbal und Hinkebein sind. Aber ich will mich nicht ablenken lassen, denn Stromber holt schon zum nächsten vernichtenden Schlag aus. Ich taumele zurück, versuche, zu Atem zu kommen. Von dem Staub muss ich husten. Plötzlich merke ich, dass ich das Gleichgewicht verliere ... Ich falle eine Treppe hinunter, die ich nicht gesehen habe. Wie ein Ball hüpfe ich von Stufe zu Stufe. Ich will mich irgendwo festhalten, finde aber nichts, was meinen Sturz aufhalten könnte, und falle immer weiter. Irgendwann bleibe ich benommen liegen.

Auch wenn ich nichts sehen kann, weiß ich, dass ich auf einem Lehmboden gelandet bin. Stromber muss ganz in der Nähe sein, mit seinem fürchterlichen Schwert, bereit, mich zu töten. Ich komme wieder auf die Beine und taste nach meiner Waffe, kann sie aber nirgendwo finden. Verzweifelt schaue ich mich nach einem Ausweg um. Die Treppenstufen, die ich hinuntergefallen bin, sind sehr ausgetreten, und das hat mir das Leben gerettet. Plötzlich sehe ich so etwas wie eine Tür oder eine natürliche Öffnung im Felsen. Dahinter ein helles, fast weißes Licht. Es scheint mich zu rufen.

Schwankend nähere ich mich dem großen Loch.

Die Wände sind feucht. Als ich sie berühre, bröckelt der Lehm, und es kommt zu einem kleineren Erdrutsch. Ein gefährlicher Ort ... Ein Ort, an dem ich irgendwann schon einmal gewesen bin ... Ein Ort, von dem ich geträumt habe ... Es ist, als hätte ich eine Zeittür durchschritten.

XXI
Auf dem Weg ins Exil

In einen schwarzen Mantel gehüllt, der ihn gegen die Kälte schützte, ritt Arturo neben einem Karren, auf dem der Sarg mit den sterblichen Überresten von Prinzessin Alexia transportiert wurde. Es schneite unaufhörlich. Die Männer und Frauen bildeten einen schweigsamen Trauerzug.

Die Emedianer hatten den Krieg verloren und waren nun auf dem Weg ins Exil. Viele von ihnen waren der Meinung, dass sie auf der falschen Seite gekämpft hatten. Es wäre besser gewesen, so dachten sie, wenn sie zu Demónicus übergelaufen wären und nicht ein Reich verteidigt hätten, das von einer schwachen Königin, einem halb verrückten Alchemisten und einem Jungen mit einem Buchstaben auf der Stirn regiert wurde.

In ihren Augen war die Schlacht verloren gegangen, weil Feuer mächtiger war als Buchstaben und die schwarze Magie mächtiger als die Wissenschaft. Arturo war sich dessen sehr wohl bewusst.

Andere gaben die Schuld an der Niederlage dem Alchemisten Arquimaes, der, wie sie meinten, die Königin geblendet habe. Insgeheim machten sie Bemerkungen darüber, wie sehr sich Émedi verändert habe, seit der Weise in das Schloss gekommen war ... Dieser Mann habe ihr Dinge eingeflüstert, sagten sie, die ihr den Verstand geraubt hätten. Sie hielten den Zauberer sogar für gefährlicher als Demónicus. Und viele bereuten es, an seiner Seite gekämpft zu haben.

Die Karawane der Exilanten zog nach Norden. Der Feind war ihnen auf den Fersen und immer wieder quälte sie die eine Frage: Wohin würde sie das Schicksal wohl führen?

Leónidas und seine Männer bildeten die Nachhut und sorgten dafür, dass ihre Verfolger, die immer weniger wurden, nicht zu nah an sie herankamen.

Am dritten Tag spürte Arturo plötzlich ein Jucken auf der Innenseite seiner rechten Hand. Er schreckte auf, streifte seinen Stulpenhandschuh ab und betrachtete die gerötete Haut. Er rieb sich die Handfläche, weil er meinte, das Jucken rühre daher, dass er das Schwert während des Kampfes zu krampfhaft gehalten hatte. Aber das Jucken ließ nicht nach; im Gegenteil, es wurde immer stärker.

Als die Karawane eine Stunde später fast die Ebene erreicht hatte, warf er wieder einen Blick auf seine Hand. Das Jucken war immer noch da; die schwarzen Buchstaben hatten sich zu einer Nachricht formiert: *Ich will dich wiedersehen. Ich liebe dich.*

In Arturos Kopf wirbelten die Gedanken nur so durcheinander. Bis jetzt hatte nur Alexia ihm auf diese Weise Botschaften geschickt; Alexia aber war tot, eingesperrt in einen Sarg, der neben ihm auf dem Karren lag. Wer sonst konnte ihm eine solche Botschaft zukommen lassen? Plötzlich erinnerte er sich an das Mädchen, das er aus seinen Träumen kannte ... oder aus seiner Erinnerung. ... Wie hieß sie noch gleich? Ach ja, Metáfora ... Aber warum sollte ihm dieses Mädchen so eine Botschaft schicken? Insgeheim wusste Arturo jedoch ganz genau, von wem die Sätze stammten. Und vielleicht berührte er deshalb sanft mit den Fingerspitzen den Karren.

Als sie die Ebene erreichten, die sich bis zu den schneebedeckten Bergen erstreckte, hatte Arturo den Kopf voller Fragen. Wer war Metáfora? Wer war diese blonde Frau, die immer wieder in seinen Träumen auftauchte und Königin Émedi so ähnlich sah? Wer war dieser Mann namens Arturo, der behauptete, sein Vater zu sein? ... Doch eine Frage beschäftigte ihn mehr als alle anderen: Wer bin ich? Woher komme ich? Gehöre ich dieser Epoche an oder stamme ich aus einer anderen Welt? Warum besitze ich jene Macht, die mir die Schrift auf meinem Körper verleiht?

Er schloss zu Arquimaes auf und ritt neben ihm her. Und endlich stellte er ihm die Frage, die ihn so sehr quälte: „Meister, wer bin ich?"

„Du bist Arturo Adragón und musst den Weg gehen, den dir das Schicksal vorgezeichnet hat", antwortete der Alchemist. „Du hast einen Kampf für die Rettung der Gerechtigkeit geführt. Alle werden sich an den Heldenmut erinnern, mit dem du gekämpft hast."

„Das beantwortet nicht meine Frage. Ihr erzählt mir, was ich getan habe, aber Ihr sagt nichts über meine Herkunft. Wer bin ich?"

„Alles, was du getan hast, deutet darauf hin, dass du ein tapferer Held bist, vom Schicksal dazu auserwählt, außergewöhnliche Dinge zu vollbringen. Du bist hier aus einem Grund, den wir nicht kennen, der sich uns aber früher oder später erschließen wird. Du bist die wichtigste Größe in meinem Plan. Mit deiner Hilfe wird sich unsere Welt verändern."

„Aber warum gerade ich? Ihr seid viel besser darauf vorbereitet, außergewöhnliche Dinge zu vollbringen und dieses Reich zu schaffen, von dem Ihr sprecht. Ich bin nichts weiter als ein ..."

„Ein Ritter! Wir wissen, dass du ein Ritter bist, der nicht gezögert hat, sein Leben aufs Spiel zu setzen, um Émedis Reich zu verteidigen. Ein Ritter, der uns nun helfen wird, Arquimia zu gründen, ein Reich der Gerechtigkeit, damit unsere Kinder in einer besseren Welt leben können. Das bist du. Das ist es, was wir von dir wissen."

Zufrieden lauschte Arturo den Worten seines Meisters. Doch so ganz vermochten seine Zweifel nicht zu verschwinden.

„Wir wissen auch, dass du dich mit einer ganz besonderen Kraft ans Leben klammerst. Alle, die dich töten wollten, sind gescheitert. Erinnerst du dich daran, wie Morfidio dir in jener Nacht im Turm von Drácamont seinen Dolch in den Bauch gestoßen hat? Und wie dich Herejios Flammen eingehüllt und beinahe verbrannt haben? In dir ruht eine ganz besondere Kraft ... und sie sagt viel über dich aus ... Ja, Arturo, ich glaube, wir wissen, wer du bist ... Und du weißt es auch."

***

NACH DREI TAGEN erreichte die Karawane den Gipfel eines Hügels. Die Emedianer bereiteten sich darauf vor, für einige Zeit hier ihr Lager aufzuschlagen, wieder zu Kräften zu kommen, die Verwundeten zu pflegen und sich neu zu organisieren. Der Feind hatte die Verfolgung aufgegeben und so langsam fühlten sie sich sicher.

Die Mönche und die besten Spezialisten im Heilen von Krankheiten bemühten sich, die schrecklichen Wunden der Verletzten zu säubern, die sich entzündet hatten oder brandig wurden. Der Zustand vieler Opfer hatte sich wegen der fehlenden Hygiene und dem Mangel an Medikamenten verschlimmert. Seit sie aus dem Schloss geflüchtet waren, starben jede Nacht Frauen, Kinder, Soldaten, Bauern und Ritter.

„Die Waffen unserer Feinde waren vergiftet", erklärte Arquimaes. „Demónicus kennt kein Erbarmen. Er rottet Menschen aus, wie ein Bauer das Unkraut auf seinen Feldern herausreißt. Gegen sein Gift sind wir machtlos."

Königin Émedi war verzweifelt. Jeder sterbende Emedianer bereitete ihr unendlichen Kummer.

„Gibt es denn keine Formel, mit der man diese tapferen Leute heilen kann?", fragte sie den Alchemisten.

„Es tut mir leid, Königin", antwortete Arquimaes. „Wir verfügen über keine Mittel gegen das Gift des Finsteren Zauberers."

Die Schreie und das Stöhnen der Verwundeten demoralisierten die Überlebenden. Betrübt schauten sie zurück auf die Spur der Gräber, die sie hinter sich gelassen hatten. Der Weg ins Exil war schrecklich.

***

Demónicus bebte vor Zorn. „Sag das noch mal!", schrie er. „Der Leichnam meiner Tochter ist nirgendwo zu finden? Aber er muss doch irgendwo sein!"

„Tut mir leid, Herr", stammelte der Bote. „Wir haben jede Handbreit des Schlachtfeldes durchwühlt und nichts gefunden. Aber wir suchen weiter."

„Wenn du ihn bis morgen früh nicht gefunden hast, will ich deine Leiche bei Sonnenaufgang vor meinem Zelt baumeln sehen!", schrie Demónicus wütend. „Alexia muss irgendwo sein und ihr werdet sie finden!"

Der Soldat verbeugte sich vor Demónicus und eilte mit bangem Herzen aus dem Zelt seines Herrn. Er wusste nur zu gut, dass die Leiche der Prinzessin nicht auftauchen würde. Sie war in den Flammen verbrannt und in Rauch aufgegangen, da war er sich ganz sicher.

„Tránsito, ich übertrage dir den Befehl über Émedis Schloss", teilte der Finstere Zauberer dem Mönch mit. „Ich beauftrage dich damit, den Leichnam meiner Tochter zu finden, egal in welchem Zustand und egal wo. Die entsprechende Anzahl Männer und die nötigen Mittel werde ich dir zur Verfügung stellen. Wenn du deine Mission erfüllst, gebe ich dir alles, was du brauchst, um an deinen Erfindungen weiterzuarbeiten ... und dich an deinem Bruder Arquimaes zu rächen. Ich werde dir gestatten, mit seiner Leiche zu machen, was du willst, das garantiere ich dir. Aber vergiss nicht: Zuerst musst du Alexia finden!"

Tránsito kniete vor seinem Herrn nieder, neigte den Kopf und sagte: „Ich verspreche Euch, ich werde den Rest meines Lebens darauf verwenden, den Leichnam Eurer Tochter zu suchen, Herr. Ihr könnt Euch auf mich verlassen."

„Und ich stelle dich vor die gleiche Wahl wie den Soldaten eben: Der Leichnam meiner Tochter oder dein Leben!"

Tránsito neigte seinen Kopf noch tiefer, um seiner Ergebenheit Ausdruck zu verleihen. Er war entschlossen, alles zu tun, was in seiner Macht stand, um die Prinzessin zu finden; doch sein eigentliches Ziel würde er dabei nicht aus den Augen verlieren. Er würde sich an Arquimaes rächen. Er wollte ihn tot sehen. Alles andere war unwichtig.

✱✱✱

ARQUIMAES BAT ARTURO unerwartet um Hilfe.

„Komm heute Nacht mit Schwert und Schild zu mir. Du musst mich beschützen, ich habe etwas Besonderes vor."

Nach dem Abendessen legte Arturo mit Crispíns Hilfe seine Rüstung an, setzte sich den schwarzen Helm auf, nahm Schwert und Schild und ging zum Zelt seines Meisters. Der Weise führte ihn zu einem niedrigen Hügel in der Mitte des Lagers. Rund um den Hügel hatten die Emedianer Dutzende von Lanzen und Schwertern in den Boden gerammt, alle mit dem großen A und dem Drachenkopf versehen. Mehrere Ritter und Soldaten bildeten einen zweiten Schutzwall. Eine undurchdringliche Mauer, die jedem Unbefugten den Zutritt versagte.

In der Mitte hatte Arquimaes einen Tisch und einen Stuhl aufgestellt. Eine Fackel beleuchtete die Szene.

„Sorge dafür, dass sich uns niemand nähert", bat Arquimaes seinen Schüler. „Ich werde etwas niederschreiben, das so geheimnisvoll ist, dass niemand, absolut niemand es sehen darf."

„Befürchtet Ihr vielleicht, dass Demónicus' Männer uns angreifen könnten?"

„Ich befürchte das Schlimmste ... Da ist etwas, was ich niemandem erzählt habe. Nur du sollst es wissen. Mir ist aufgefallen, dass einige unserer Verwundeten anfangen, sich zu verändern. Das Gift des Finsteren Zauberers ist verhext und viele von uns werden sich in den nächsten Tagen in Bestien verwandeln."

„Können wir das nicht verhindern?", fragte Arturo.

„Es ist unmöglich zu wissen, wer von der Mutation betroffen ist. Wir können nicht alle Verwundeten töten. Uns bleibt nur, sie aufmerksam zu beobachten."

Arturo ballte die Faust.

„Dieser verdammte Hexenmeister! Er ist das schlimmste menschliche Wesen, das ich in meinem Leben je gesehen habe!"

„Du täuschst dich, Arturo", sagte der Weise. „Demónicus ist kein menschliches Wesen. Er ist eine Bestie, die zum Menschen mutiert ist! Darum kennt er weder Erbarmen noch Mitleid. Er hat keine Seele."

Entsetzt hörte ihm Arturo zu.

„Dann ist seine Tochter Alexia ...", begann er mit stockendem Atem. „Ist sie auch eine seelenlose Bestie?"

„Das kann ich dir nicht sagen", antwortete der Alchemist. „Über Alexias Herkunft weiß ich nichts."

Arquimaes bemerkte, dass Arturo schwer atmete, und beschloss, das Thema zu wechseln.

„Während ich das Geheimnis aufschreibe, wirst du mich bewachen", sagte er. „Niemandem darf dieses Pergament in die Hände fallen."

„Darf ich wissen, worum es geht?"

„Während der Schlacht bin ich mehrmals nur knapp dem Tode entronnen ... Morfidio wäre es fast gelungen, mich umzubringen. Wenn ich getötet worden wäre, wäre die magische Formel für die Tinte für immer verloren gewesen. Deswegen ist es nötig, sie niederzuschreiben. Sollte mir ein Unglück zustoßen, möchte ich, dass sie jemand bekommt, der Nutzen aus ihr ziehen kann."

„Und wenn sie Demónicus oder anderen gewissenlosen Menschen in die Hände fällt?"

„Von jetzt an wird es deine Aufgabe sein, die Geheimformel, nach der alle Menschen suchen, zu bewachen. Um deine Arbeit zu erleichtern, werden wir sie an einem unzugänglichen Ort verstecken, der nur dir bekannt sein wird."

„Ich bezweifle, dass es auf dieser Welt irgendeinen Ort gibt, den machtbesessene Teufel wie Demónicus nicht ausfindig machen können."

„Doch, Arturo, den gibt es. Und du kennst ihn bereits. Ich werde den Namen nicht nennen, falls der Wind meine Worte davonträgt. Aber ich versichere dir, du kennst ihn. Du bist schon dort gewesen und weißt, dass niemand ihn finden wird."

Arturo erinnerte sich an die geheime Grotte der Abtei von Ambrosia, tief unter der Erde. Das war zweifellos der verborgenste und geheimste Winkel, den er kannte. Niemand würde auf die Idee kommen, das Pergament mit der Geheimformel dort zu suchen.

„Ihr habt recht, Meister, dort wird niemand Eure Formel finden. Niemand wird sich vorstellen können, dass dort das wichtigste Geheimnis verborgen ist, das je ein Weiser entdeckt hat."

„Außerdem werde ich die Formel in einer Geheimsprache aufschreiben, die niemand entschlüsseln kann, außer denen, die über die nötigen Kenntnisse verfügen. Auf diese Weise ist sichergestellt, dass nur diejenigen in ihren Besitz kommen, die es verdienen."

„Ich werde Euch gegen jeden Angriff verteidigen. Ihr könnt mit dem Schreiben beginnen, sobald Ihr dazu bereit seid."

Arquimaes setzte sich auf den Stuhl, strich mit der linken Hand das Pergament glatt, öffnete das Tintenfass, tauchte die Feder hinein und fing an zu schreiben. Die Linien der Buchstaben waren regelmäßig und präzise. Sie glichen den ausgerichteten Reihen einer Armee.

In den darauffolgenden Stunden schrieb der Weise ohne Eile all das nieder, was er über die Schrift und die magische Tinte wusste, die zu entdecken ihn so viel Mühe gekostet hatte. Er benutzte alle Metaphern und Symbole, die diejenigen, die sie zu entschlüsseln verstanden, auf die richtige Spur führen und alle anderen von ihr ablenken würden. Er gab zahlreiche Hinweise, wie man eine Schwarze Armee mit arquimianischen Rittern und Soldaten aufstellen oder Tote zum

Leben erwecken konnte, ganz gleich, in welcher Epoche sie gelebt hatten.

Auf diese Weise sicherte Arquimaes die Zukunft der Gerechtigkeit auf der Welt und er tat es in der bestmöglichen Form: mithilfe der Schrift. Die Jahre in Ambrosia, in denen er sich der Kalligrafie gewidmet hatte, trugen nun endlich Früchte. Seine Fähigkeiten hatten ihren Zenit erreicht. Das Geheimnis des Alchemisten war für alle Zeiten in Sicherheit, geschützt durch die symbolische Schrift.

Arturo beobachtete unterdessen jeden Schatten, der sich zwischen den Karren und den Bäumen bewegte. Seine Augen durchdrangen die Nacht wie die eines Luchses, ihnen wäre keine verdächtige Gestalt entgangen. Doch niemand wagte sich in die Nähe des Kreises, der durch die Waffen und Symbole geschützt wurde. So konnte Arquimaes ungestört arbeiten und sein Werk bis zum Morgengrauen vollenden.

Die ersten Sonnenstrahlen legten sich auf den Text und trockneten die Tinte der zuletzt geschriebenen Buchstaben. Das Pergament, das noch vor ein paar Stunden ein wertloses Stück Tierhaut gewesen war, enthielt jetzt ein Geheimnis, für das viele Menschen ihr Leben gelassen hatten und viele weitere zu sterben oder zu töten bereit waren.

„Ich bin fertig, Arturo", sagte Arquimaes. „Jetzt müssen wir es nur noch in Sicherheit bringen, mein Freund."

„Ich versichere Euch, niemand hat sich uns genähert."

„Diese Schatulle habe ich selbst angefertigt", erklärte der Weise und holte ein kleines Holzkistchen aus einem Leinensack hervor. „Sie lässt sich ganz einfach schließen. Ein leichter Druck auf den Deckel genügt und sie ist versiegelt. Sie gewaltsam zu öffnen ist allerdings unmöglich. Es gibt in ihr so viele Mechanismen, dass niemand sie aufbrechen kann. Und falls es doch jemand versucht, werden Feuersteine aneinandergerieben und die so entstehenden Funken setzen das Pergament sofort in Brand. Bevor es einem gelingt, es herauszunehmen, wird es vollkommen verbrannt sein. Ein Schloss gibt es nicht. Niemand kann die Schatulle aufschließen, es sei denn, man kennt den Schlüssel. Und der befindet sich in meinem Kopf, in deinem Kopf und im Kopf von Émedi."

„In meinem Kopf?", fragte Arturo überrascht. „Aber ich habe doch keinen Schlüssel in meinem Kopf!"

„Du weißt es nicht, aber du besitzt die Antwort. Irgendwann wird dir jemand eine Frage stellen, und ohne zu wissen, dass es sich um den Schlüssel zu der Schatulle handelt, wirst du ihm sagen, was er wissen will. Mit deiner Antwort wird er dann zu Königin Émedi gehen, und sie wird ihn zum letzten Teil des Schlüssels führen, mit dem man diese Schatulle öffnen kann."

„Handelt es sich um eine Kette von Wörtern, die einen Schlüssel ergeben?"

„Genau das, du hast es erraten! Jeder von uns dreien besitzt einen Teil des Schlüssels, und ihr wisst nicht einmal, was es ist. Auf diese Weise wird das Geheimnis geschützt."

Arturo sah, wie Arquimaes das Holzkistchen mit einem leichten Druck auf den Deckel versiegelte.

„Was sich leicht schließen lässt, kann nur mit großer Mühe geöffnet werden", verkündete Arquimaes feierlich. „Mit der Kraft der Intelligenz, nicht mit roher Gewalt."

Der Weise verstaute die Holzschatulle wieder in dem Leinensack und übergab sie Arturo, der sie gerührt entgegennahm. Er war sich der Bedeutung ihres Inhalts bewusst und schwor sich, sie mit seinem Leben zu verteidigen, bis sie an den dunkelsten und stillsten Ort der Welt gebracht sein würde.

„Meister, da gibt es etwas, das ich Euch nicht erzählt habe", sagte er. „Eure Zeichnungen ... Die mit den Träumen ..."

„Was ist mit ihnen? Hast du sie irgendwo versteckt?"

„Nein, ich habe sie verbrannt. Als ich von Alexia verhext war, hat man von mir verlangt, Eure Zeichnungen zu verbrennen ... Ich habe sie ins Feuer geworfen."

Arquimaes trat auf seinen Schüler zu und legte ihm die Hand auf die Schulter. „Das Wichtigste ist, dass du dich an die Zeichnungen erinnerst", sagte er. „Vergiss nicht, was sie bedeuten. Wenn sie in deiner Erinnerung lebendig bleiben, haben sie ihr Ziel erreicht."

✶✶✶

MITTEN IN DER Nacht ging Arturo Adragón zu Alexias Sarg, kniete vor ihm nieder und verharrte schweigend. Dann, als er sicher war, dass niemand ihn hören konnte, flüsterte er: „Alexia, ich bin verloren. Ohne dich hat nichts mehr einen Sinn. Ich weiß nicht, was ich hier tue, wozu ich hergekommen bin. Dein Tod ist mein Tod. Aber eines weiß ich ... Ich verspreche dir, dir das Leben wiederzugeben. Ich werde dich in diese Welt zurückholen ... Oder ich werde sterben. Niemand wird mich daran hindern können. Ich schwöre es dir bei meinem Leben und bei meiner Liebe."

Arquimaes, der seinen Schüler von Weitem beobachtete, versteckt hinter einem Karren, wusste nur zu gut, was in ihm vorging. Er wusste, dass Arturo den größten Kummer durchlitt, den ein menschliches Wesen fühlen kann. Die Leidenschaft, die alle Liebenden verzehrt, hatte seinen jungen Schüler gepackt.

Arturo hatte zwei Schlachten an einem Tag verloren, und das zwang ihn, sich noch stärker an das Leben zu klammern und seinen großen Kummer zu überwinden.

Nun hieß es abzuwarten, ob Arturo Adragón sich von seinem Leid erholen würde oder ob er sich in einen lebenden Toten verwandelte, in einen besiegten Menschen.

Arquimaes ging zu Émedis Zelt, trat wortlos ein und setzte sich neben die Königin.

„Habt Ihr Arturo gesehen?", fragte sie.

„Ja, und ich bin beunruhigt. Sehr beunruhigt."

„Glaubt Ihr, er wird sich erholen?"

„Das muss er! Unser Leben hängt von ihm ab", antwortete der Alchemist.

„Weiß er das? Weiß er, dass unsere Zukunft von ihm abhängt?"

„Nein, Herrin, er weiß es nicht. Ich habe ihm nichts davon erzählt."

„Ihr müsst es ihm sagen."

„Nein. Ich werde warten, bis er wieder er selbst ist. Ich muss wissen, ob er stark genug ist, sein Schicksal anzunehmen. Auf ihn wartet eine wichtige Mission. Wenn er nicht die nötige Kraft hat, ist es besser, wir erfahren es jetzt."

„Alexias Tod hat eine große Leere in ihm hinterlassen. Was, glaubt Ihr, wird er tun?"

„Ich nehme an, dass er versuchen wird, sie ins Leben zurückzuholen.

Das wünscht sich jeder Mann, der eine Frau verliert, die er geliebt hat. Ich bin sicher, dass er sie auferstehen lassen will."
„So wie Ihr es mit mir gemacht habt?"
Arquimaes sah sie unendlich zärtlich an. Dann ergriff er ihre Hand und küsste sie.
„Ja, genauso wie ich es mit Euch gemacht habe."

***

ARTURO FUHR AUS dem Schlaf hoch. Der Tag war angebrochen, und die Emedianer fingen an, das Lager abzubauen. Das Wiehern der Pferde, die Geräusche der Fuhrwerke, die Schreie und Befehle und die Trompeten hatten Arturo aus seinen Träumen geweckt. Er blieb noch eine Weile auf seinem Lager sitzen, und da es ihm nicht gelang, richtig wach zu werden, murmelte er ein paar Worte vor sich hin, um sich zurechtzufinden:

„Ich heiße Arturo Adragón. Ich bin ein arquimianischer Ritter und Kommandant der Schwarzen Armee, die von Demónicus besiegt wurde. Mein Meister heißt Arquimaes. Ich habe Alexia getötet. Ich habe seltsame Träume, in denen ich in einer fernen Welt lebe, die ich nie gesehen habe und aus der ich zu fliehen versuche; doch es gelingt mir nicht, und mit jedem Tag fühle ich mich mehr mit ihr verbunden."

Dann rief er seinen treuen Knappen herbei und bat ihn, heißes Wasser zu bringen und ihm behilflich zu sein. Er habe etwas Besonderes vor.
„Was soll ich machen?", fragte Crispín, als er mit heißem Wasser zurückkam. „Bist du vielleicht verletzt? Soll ich deine Wunde auswaschen?"
„Ja, ich bin verletzt, aber die Wunde ist zu tief, als dass man sie heilen könnte", antwortete Arturo und setzte sich auf seinen Sattel, der auf einem Felsen lag. „Nimm dein Messer und rasiere meinen Schädel."
„Was? Ich soll deinen Schädel rasieren?"
„Ja, völlig kahl. Ich möchte auf meinem Kopf kein einziges Haar mehr sehen ... Bis mein Leben aufhört, eine Hölle zu sein. Du wirst mich jeden Abend rasieren, bis ich mein Versprechen einlöse."

Crispín stellte den Topf mit dem heißen Wasser auf den Boden und machte sich daran, den Befehl seines Herrn auszuführen.

Eine Stunde später, als die Karawane aufbrach, war Arturos Schädel kahl geschoren, und jeder, der ihn sah, begriff, dass soeben ein neuer, zu allem bereiter Mensch geboren war.

„Ich werde dir helfen, dein Ziel zu erreichen", sagte Arquimaes, der neben ihm herritt. „Gemeinsam wird es uns gelingen, dich dem Leben wiederzugeben."

XXII

Arturos Tod

Ich trete durch die bogenförmige Tür, die mich von der realen Welt trennt, und stehe in einer riesigen Felsenhöhle, wie ich sie schon so oft in archäologischen und naturkundlichen Büchern gesehen habe. Es herrscht absolute Stille. Jedes noch so kleine Geräusch, das ich mache, wird tausendmal vom Echo zurückgeworfen. Plötzlich streift frische Luft mein Gesicht, so als hätte jemand ein Fenster aufgerissen.

Vor mir breitet sich eine Landschaft aus Felsen und Sand aus, durch die ein Fluss fließt. Sie hat nichts Besonderes an sich. Nur dass der Sand am Ufer schwarz ist, wie Kohlenstaub. Davon abgesehen, ist es eine ganz normale Grotte. Eine große Höhle, durch die ein leichter Wind weht, wahrscheinlich hervorgerufen durch den Tunnel, aus dem das kristallklare Wasser des Flusses kommt.

Aus der Flussmitte ragt ein schwarzer Felsen. Auf seiner Spitze ist etwas, das ... Was war das für ein Geräusch? Stromber kommt wutschnaubend und mit erhobenem Schwert auf mich zugerannt! Mir bleibt kaum Zeit, mich in Sicherheit zu bringen. Dabei stolpere ich und falle ... direkt auf die tödliche Klinge! Stromber hat mich mit seinem Schwert durchbohrt!

„Ich habe dich gewarnt, mein Junge!", ruft er triumphierend und zieht die bluttriefende Waffe mit einer einzigen raschen Bewegung aus meinem Bauch. „Ich habe dir gesagt, was passieren wird!"

Ich bringe kein Wort hervor. Ich fühle, dass ich schwächer werde. Trotzdem versuche ich, mich aufzurichten, schaffe es aber nur, mich hinzuknien. Aus der Wunde strömt Blut. Ich bekomme keine Luft mehr ... Ich werde sterben.

„Das ist dein Schicksal, Kleiner!", ruft Stromber. Um nicht noch mehr Blut zu verlieren, bindet er seinen verletzten Oberschenkel mit einem Lappen ab. „Ich muss mich beeilen, meine Wunde muss versorgt werden. Denn für mich gibt es noch Rettung, im Gegensatz zu dir! Aber keine Sorge, gleich wirst du begreifen, dass ich recht hatte und für eine gerechte Sache gekämpft habe."

Humpelnd entfernt er sich. Im selben Augenblick kommen Metáfora und Hinkebein in die Grotte.

„Was ist passiert?", fragt Hinkebein.

„Er hat ihn getötet!" Metáfora stößt einen herzzerreißenden Schrei aus. „Er hat Arturo getötet! Mörder!"

„Ich hatte ihn gewarnt!", rechtfertigt sich Stromber.

Ich presse die Hand auf meinen Bauch, um die Blutung zu stillen, aber vergebens. Ich glaube, Metáfora hat recht: Meine Verletzung ist tödlich. Ich zittere am ganzen Körper und merke, wie ich langsam das Bewusstsein verliere ... Gleich werde ich die Augen schließen. Für immer.

Metáfora schlingt die Arme um mich und versucht, mich wach zu halten.

„Arturo! Halte durch!", ruft sie. „Wir holen Hilfe! Hilf mir, Hinkebein, wir müssen ihn nach oben bringen! Wir müssen den Notarzt rufen!"

„Wir können ihn nicht über die kaputte Treppe hinaufschleppen!", antwortet Hinkebein verzweifelt. „Und hier funktioniert mein Handy nicht, es gibt keine Verbindung!"

„Sollen wir ihn etwa hier sterben lassen?"

„Metáfora ...", flüstere ich, „hör zu ... Mein Schicksal ist vorherbestimmt ... Das ist das Ende meiner Geschichte ..."

„Aber du darfst nicht sterben, Arturo! Du kannst mich jetzt nicht alleine lassen!"

„Ich lasse dich nicht alleine ... Ich werde immer bei dir sein ... Ich werde auf dich aufpassen ... von der anderen Welt aus ..."

„Ich will mit dir sterben!", schreit Metáfora und klammert sich an mich.

„Sag so etwas nicht, Metáfora ... Du musst weiterleben und ... dich um deine Mutter und meinen Vater kümmern."

Hinkebein fasst nach meiner Hand und fühlt meinen Puls. An seinem Gesichtsausdruck erkenne ich, dass es schlecht um mich steht ... Mein Leben ist bald zu Ende. Das Leben eines Halbwaisen, der eingesperrt ist wie in einem Gefängnis, ohne Freunde ... Mit einem Drachenkopf auf der Stirn, über den sich alle Welt lustig gemacht hat ... Und mit Buchstaben auf dem Körper, die wie ein Fluch sind ...

„Halte durch, Arturo, ich werde deine Stirn mit Wasser kühlen", sagt Metáfora. Sie geht zum Fluss und schöpft mit beiden Händen Wasser. „Das wird dir guttun!"

„Danke für deine Freundschaft, Metáfora ...", bringe ich mühsam hervor ... und dann bleibt mein Herz stehen.

Metáfora spritzt mir Wasser ins Gesicht. Mich überkommt ein merkwürdiges Gefühl ... Eine kühle Frische, die mich auf der Stelle belebt. Es ist, als wäre ich aus einem Traum erwacht.

„Was ist los?", flüstere ich. „Bin ich schon tot?"

Metáfora sieht mich an. So als hätte sie ein Gespenst erblickt.

Inzwischen bin ich vollkommen wach.

„Was ist mit mir passiert?", frage ich. „Was war mit mir?"

„Jetzt kapiere ich nichts mehr", sagt Metáfora. „Du warst so gut wie tot ... das Wasser ... anscheinend hat dich das Wasser wieder ... Ich weiß nicht, wie ich es sagen soll, aber ich glaube, es hat dich wiederbelebt."

„Wiederbelebt?", fragt Hinkebein verständnislos. „Das ist unmöglich. Niemand kehrt ins Leben zurück, wenn er erst einmal tot ist."

„Da siehst du's ja!", widerspricht Metáfora. „Schau ihn dir doch an! Er lebt!"

„Dann war die Verletzung wohl doch nicht so schlimm", erklärt Hinkebein. „Der erholt sich bald wieder. Sieht so aus, als hätten wir uns umsonst Sorgen gemacht."

„Es geht mir schon wieder viel besser", bestätige ich. „Ich muss so etwas wie eine Halluzination gehabt haben ..."

„Aber ... Du warst so gut wie tot!", ruft Metáfora. „Vor ein paar Minuten hast du im Sterben gelegen!"

„Ich? Ich soll im Sterben gelegen haben?", frage ich verwundert.

„Ich habe es doch mit eigenen Augen gesehen!", beharrt sie. „Ich weiß, dass du beinahe tot warst!"

Hinkebein nimmt wieder meine Hand und fühlt meinen Puls. Dann entdeckt er das Blut auf meinem Hemd.

„Das ist nicht sein Blut", stellt er fest. „Es ist Strombers Blut. Arturo hat nichts abbekommen. Er ist unverletzt."

Metáfora knöpft mein Hemd auf und betrachtet meinen Oberkörper. Von einer Verletzung ist nichts zu sehen.

„Und ich sage dir, er war tot!", sagt sie trotzig. „Ich habe gespürt, wie sein Herz aufgehört hat zu schlagen."

„Wahrscheinlich hat er eine Art Schock erlitten", erklärt Hinkebein. „Durch den anstrengenden Kampf ... Oder durch die abgestandene Luft in dieser Grotte. Möglicherweise gibt es hier nicht genug Sauerstoff ... Man hat schon von Leuten gehört, die wie tot gewesen sind und sich nach wenigen Stunden wieder erholt haben. Erinnere dich an diese armen Menschen, die lebendig begraben wurden, weil man sie für tot gehalten hat. So etwas Ähnliches muss wohl mit Arturo passiert sein."

„Vermutlich", sage ich.

„Unglaublich!", ruft Metáfora. „Du bist von den Toten auferstanden!"

„Komm, jetzt übertreib mal nicht", sagt Hinkebein. „Wichtig ist, dass er lebt. Vielleicht haben dir deine Nerven ja einen Streich gespielt, Arturo."

Mit seiner Hilfe gelingt es mir aufzustehen. Als ich den Blutfleck auf meiner Kleidung sehe, zucke ich zusammen. Der bloße Gedanke daran, dass das Blut von mir stammen könnte, jagt mir kalte Schauer über den Rücken.

„Du hast Glück gehabt, Arturo", sagt Hinkebein zu mir. „Stromber glaubt, er hätte dich umgebracht. Deshalb ist er abgehauen. Dabei ist er es, der verletzt ist."

„Ich glaube, ihr täuscht euch", widerspricht Metáfora. Sie ist noch immer ganz durcheinander. „Ich sage euch, dass ..."

„Was ist denn das da?", ruft plötzlich Cristóbal.

Ich schaue zu der Stelle, auf die er zeigt.

Hinkebein staunt: „Ein Schwert, das in einem Felsen steckt! Wie ist das möglich?"

„Wow!", ruft Cristóbal fasziniert aus. „Ein richtiges Schwert, in einem schwarzen Felsen! Ein Symbol des Krieges!"

„Aber was erzählst du denn da?", lacht Metáfora. „Du siehst zu viele

Filme und außerdem dürftest du gar nicht hier sein. Das ist nämlich nur was für Erwachsene."

„Ich bin nur wegen Arturo hier, damit du's weißt!", gibt Cristóbal zurück. „Als ich ihn das erste Mal in der Schule gesehen habe, mit dem Drachen auf der Stirn, da wusste ich, dass er ein echt cooler Typ ist."

„Deswegen rennst du immer hinter uns Älteren her?", frage ich. „Und wir dachten, du stehst auf Mireia."

„Quatsch, der Drachenkopf fasziniert mich", erklärt er. „Wenn ich groß bin, will ich auch ein kühner Ritter sein, so wie du ..."

„Jetzt hör endlich auf damit", unterbricht ihn Metáfora. „Hier gibt es keine Ritter. Und jetzt lasst uns von hier verschwinden, Arturo muss sich ausruhen."

Hinkebein geht zum Fluss, um sich das Schwert näher anzusehen, aber irgendetwas sagt mir, dass er das Wasser nicht berühren darf.

„Halt!", schreie ich. „Bleib vom Wasser weg! Geh da nicht rein!"

Aus irgendeinem Grund hört er auf mich. Keiner fragt, was so gefährlich daran sein soll. Sie nehmen einfach an, dass ich meine Gründe dafür habe.

„Das Schwert ist echt", stellt Hinkebein fest, „es steckt schon sehr lange in dem Felsen. Bestimmt mehr als tausend Jahre. Ein wirkliches Juwel."

Jetzt sehe auch ich es mir aufmerksam an. Mein Gedächtnis fängt an zu arbeiten. Ich erinnere mich an Szenen, die nichts mit meinem Alltag zu tun haben. Sie gehören zu jener anderen Welt, die mir so viel Kopfzerbrechen bereitet. Wie gebannt starre ich auf das Schwert. Auf dem Griff entdecke ich das Symbol, das mir in letzter Zeit immer wieder begegnet: das große A mit dem Drachenkopf! Der Drachenbuchstabe!

„Ich kenne das Schwert! Es gehört mir ... Arquimaes hat es mir geschenkt ..."

„Was sagst du da, Arturo? Du bist wohl noch immer etwas weggetreten, was?", sagt Hinkebein. „Du redest wirres Zeug."

„Das ist der Beweis! Ich habe schon einmal gelebt, in einem anderen Leben! Vielleicht bin ich ja tatsächlich unsterblich ..."

„Am Ende fange ich auch noch an, an deine Träume zu glauben", seufzt Metáfora.

„Jetzt hört endlich auf mit diesen Geschichten, Leute!", sagt Hinkebein. „Ich bin Archäologe. Alles, was man nicht beweisen kann, existiert nicht."

„Krass! Du erkennst ein Schwert wieder, das mehr als tausend Jahre alt ist", staunt Cristóbal. „So viel Fantasie möchte ich auch haben! Wenn ich das meinem Vater erzähle ..."

„Ich fantasiere nicht. Ich sage nur, dass das Schwert mir gehört und dass es extra für mich geschmiedet worden ist!"

„Dann erkläre uns doch mal, wie es da in den schwarzen Felsen gekommen ist, mitten im Fluss!", sagt Hinkebein.

„Nein, das kann ich nicht erklären. Aber ich weiß, dass ich damit gegen Demónicus gekämpft habe. Und dass ich es lange an meinem Gürtel getragen habe."

„Wer ist Demónicus?", will Metáfora wissen. „Ein Zauberer?"

„Er ist der Vater von Alexia. Ein sehr gefährlicher Zauberer, der mir Rache geschworen hat."

„Ach, jetzt hat Alexia also einen bösen Vater", spottet Metáfora. „Was gibt es denn sonst noch so in deiner fantastischen Geschichte?"

„Dieses Schwert ... Was macht es da? Wann habe ich es in den Felsen gestoßen?"

„Also, Leute, ich glaube, wir sollten jetzt wirklich wieder nach oben gehen", mahnt Hinkebein. „Es ist gefährlich, sich an so einem Ort länger aufzuhalten. Wir können ja bald wieder zurückkommen. Und dann werden wir das Geheimnis dieses Schwertes lüften. Los, gehen wir, bevor jemand runterkommt und uns hier sieht."

Ich bemerke, dass Metáfora schlecht gelaunt ist. Sie mag es nicht, wenn ich von Alexia spreche. Aber es ist mir einfach so rausgerutscht.

„Komm schon, Metáfora, sei nicht böse", sage ich zu ihr, während wir zu der ausgetretenen Treppe gehen. „Alexia kommt nur in meinen Träumen vor, das habe ich dir doch schon hundertmal gesagt."

„Ja, aber es gibt immer mehr Beweise dafür, dass du tatsächlich in deinen Träumen gelebt hast. Ich will einfach nicht, dass du an sie denkst!"

Ich werfe noch einen letzten Blick zurück auf die Grotte ... und das Schwert. Warum wohl ist der Ritter Arturo Adragón noch einmal in die Grotte von Ambrosia hinuntergestiegen? Warum hat er sich gezwungen gesehen, sein Schwert in den Felsen zu rammen?

„Wartet mal", sagt Hinkebein. „Cristóbal und ich bleiben hier und räumen ein wenig auf. Ihr könnt schon mal nach oben gehen."

„Und wenn euch jemand hier sieht?", frage ich.

„Damit werden wir schon fertig", antwortet Hinkebein. „Vergiss nicht, ich kenne mich aus ..."

„Gut, dann gehen wir ... Aber seid vorsichtig!"

Ich stütze mich auf Metáfora und wir machen uns auf den Weg.

Plötzlich höre ich Cristóbal rufen: „Arturo! ... Hör mal, ich wollte dir noch sagen, dass ... Na ja, dass es echt super war. Dass du mit Stromber gekämpft hast, war sehr mutig von dir. Ich bewundere dich."

„Danke, Cristóbal."

„Weißt du was? ... Wenn du ein Ritter wärst, wäre ich gerne dein Knappe ... Ich meine, im Ernst ... Ehrlich gesagt, ich hab das sofort gedacht, als ich dich das erste Mal gesehen habe, mit diesem Drachen im Gesicht ..."

„Schluss jetzt mit dem Blödsinn", unterbricht ihn Metáfora. „Ihr mit euren Rittergeschichten ... Los, gehen wir, Arturo muss sich ausruhen."

In der Eingangshalle der Stiftung begegnen wir Mahania. Sie sieht uns an, als wüsste sie, was passiert ist. Neben ihr auf dem Boden steht ein Wassereimer, in dem ein Scheuerlappen schwimmt.

„Ich habe das Blut von Señor Stromber weggewischt", sagt sie. „Mohamed hat ihn ins Krankenhaus gebracht. Er sagt, er hat einen Unfall gehabt ... Ist ausgerutscht und hingefallen."

„Gut, dass du ihm geholfen hast", erwidere ich. „Aber erzähl besser keinem, was passiert ist."

„Und die anderen?", fragt sie. „Hinkebein und Cristóbal?"

„Sind unten und räumen auf."

„Ich werde ihnen helfen", sagt sie und geht zu der Tür, die in den Keller führt. „Alleine schaffen die das doch nicht."

Metáfora und ich gehen langsam die Treppe hinauf. Es kostet mich viel Mühe. Vor der Tür zu meinem Zimmer bleibe ich einen Moment stehen.

„Hör mal, Metáfora, könntest du mir einen Gefallen tun? Ich hab da so eine Idee ... Du musst mir helfen ... Ich glaube, du bist die Richtige für ... für das."

„Für was? Wovon sprichst du? Was soll ich tun?"

„Lass uns erst mal in mein Zimmer gehen ... Erinnerst du dich an das Rasiermesser, das ihr mir zu meinem vierzehnten Geburtstag geschenkt habt?"

„Natürlich erinnere ich mich daran."

„Was meinst du, kannst du damit umgehen?"

„Sag mal, was genau willst du von mir?"

„Das erzähle ich dir gleich ..."

tn w g F e h
T

Nachwort

I
AM ENDE DES WEGES

FAST ZWEI WOCHEN später stiegen Arturo, Arquimaes und Émedi auf einen Hügel. Vor ihren Augen breitete sich ein endloses Tal aus. Der friedliche Anblick erfüllte ihre verzweifelten Herzen mit Freude. Nirgendwo war auch nur eine Spur von Demónicus' Männern zu sehen.

„Ist es hier?", fragte die Königin.

„Ja, Herrin", antwortete Arquimaes. „Hier werden wir unser neues Leben beginnen und das Reich der Gerechtigkeit gründen."

Arturo Adragón lauschte den Worten seines Meisters. Er war voller Hoffnung. Vielleicht würde er hier den Frieden finden, nach dem er sich so sehnte und den er so sehr brauchte. Vielleicht würde es ihm hier gelingen, über den Schmerz hinwegzukommen, den er sich selbst zugefügt hatte. Endlich würde er Alexia würdig bestatten können. Er hatte sich vorgenommen, sich niemals von ihr zu trennen.

Die Königin hob den Arm und gab ihrer geschlagenen Armee den Befehl vorzurücken. Die Emedianer waren am Ende ihre Kräfte. Langsam bewegten sie sich auf die Ruinen zu, die sich vor ihnen erhoben.

Es waren die Ruinen von Ambrosia.

Der junge Ritter und der Alchemist ritten voran und begrüßten die Bauern, die sie von ihrem letzten Aufenthalt her kannten. Sie teilten ihnen mit, dass sie sich hier in Ambrosia niederzulassen gedachten.

„Ihr habt nichts zu befürchten", versicherte Arquimaes ihnen. „Unsere Absichten sind friedlich. Wir glauben an die Gerechtigkeit und werden eure Rechte respektieren. Wir wollen euch nicht erobern, wir wollen mit euch zusammenleben."

Mehrere Stunden besprachen sie sich miteinander, und schließlich gelangten auch die Skeptischsten unter den Bauern zu der Überzeugung, dass es besser war, sich mit gutherzigen Menschen zusammenzutun, als darauf zu waren, dass eines Tages die Barbaren kommen und den Ort einnehmen würden.

„Wir betrachten euch als unsere Freunde", entschieden sie, als der Tag anbrach. „Seid willkommen, Emedianer!"

Der emedianischen Armee wurde ein herzlicher Empfang bereitet. Endlich, nach langer Zeit, erhielten die Verwundeten die nötige Pflege und die warmen Mahlzeiten wirkten wahre Wunder.

Königin Émedi richtete ihr Hauptquartier in der Nähe der großen Mauer von Ambrosia ein. Und sie las die Botschaft, die Tránsito auf die Rückseite der Mauer geschrieben hatte. Doch Arquimaes konnte sie davon überzeugen, dass das Schicksal ihm übel mitgespielt hatte.

Mithilfe seines treuen Knappen Crispín bestattete Arturo Adragón wenige Tage später endlich den Leichnam seiner geliebten Alexia. Er sollte noch lange um sie trauern.

„Was kann ich tun, damit du zu mir zurückkommst?", fragte er eines Nachts und legte sanft die Hand auf den Sarkophag. „Wann werde ich dich wiedersehen?"

II

Geheimnisse werden gelüftet

Es ist Nacht, und ich bin in den dritten Keller geschlichen, um mit Mama zu sprechen; mit Mamas Leichnam, nicht mit einem Ölgemälde.

Ich bin alleine, sitze auf dem Thron aus Stein, demselben, auf dem diejenigen gesessen haben müssen, die mit Königin Émedi sprechen wollten. Ich bin gerührt. Zum ersten Mal bin ich Mama wirklich ganz nahe.

„Hallo, Mama ... Hier bin ich. Wahrscheinlich kannst du mich jetzt besser hören. Noch nie habe ich mich dir so nahe gefühlt. Du wirst dich sicher fragen, warum ich mir den Schädel kahl rasiert habe ... Ich habe das zur Erinnerung an dich gemacht ... Zur Erinnerung an all das, was ich erlebt habe. Wie du siehst, ist das Rasiermesser, das man mir zum vierzehnten Geburtstag geschenkt hat, endlich zu etwas nütze gewesen."

Ich mache eine kurze Pause und warte darauf, dass sie mir durch irgendein Zeichen zu verstehen gibt, dass sie mich hören kann. Obwohl ich ganz genau weiß, dass das nicht geschehen wird.

„In den letzten Tagen habe ich erstaunliche Dinge herausgefunden ... Zum Beispiel weiß ich jetzt, dass du immer ganz in meiner Nähe warst. Vierzehn Jahre lang war ich überzeugt davon, dass du in der Wüste in Ägypten gestorben bist, und nun stellt sich heraus, dass du die ganze Zeit hier warst, unter meinen Füßen ... in den Tiefen der Stiftung ...

Ich bin hergekommen, um mit dir über einige Dinge zu sprechen, die mich bedrücken. Nach allem, was passiert ist, fange ich an zu glauben, dass ich wirklich in einem anderen Leben gelebt habe. Und dieses andere Leben hat sich in meinen Träumen versteckt! Es gibt viele Beweise dafür, dass ich eine andere Person bin als die, die ich zu sein scheine. Ich heiße Arturo Adragón und lebe in der Stiftung, zusammen mit meinem Vater, mit dir und mit Sombra. Ich gehe in die Schule von Férenix. Dort habe ich Metáfora kennengelernt, die sich in mein Herz geschlichen hat. Aber ich bin auch Arturo Adragón, der mittelalterliche Ritter, der an Arquimaes' Seite gegen Demónicus kämpft. Ich habe Alexia getötet. In meinen Träumen leide ich so sehr darunter, dass ich manchmal noch weine, wenn ich zur Schule gehe."

Ich mache wieder eine Pause, diesmal um meine Tränen zu unterdrücken.

„Ich bin völlig durcheinander. Ich weiß nicht mehr, wer ich bin. Ich habe das Gefühl, zwei Personen gleichzeitig zu sein; aber ich fange an, mich zu fragen, ob ich im Mittelalter lebe und von heute träume oder umgekehrt. Ich weiß nicht mehr, ob du meine richtige Mutter bist oder ob es vielleicht Königin Émedi ist. Wenn du mir nicht helfen kannst herauszufinden, wer ich bin, dann kann es niemand ... Glaub mir, ich weiß wirklich nicht mehr, was ich denken soll ... Ich muss wissen, was damals in der Nacht in der Wüste geschehen ist. War es Zufall, dass Arquimaes' Pergament in Ägypten aufgetaucht ist, am Ufer des Nils? Und war es auch nur ein Zufall, dass Papa es genau in dem Augenblick fand, als ich geboren wurde, und dass er darin meinen kleinen Körper eingewickelt hat, als du im Sterben lagst?"

Ich stehe auf und lege die Hand auf den Sarkophag.

„Was für ein Leben erwartet mich? Was wird geschehen, wenn Papa mit seinem Experiment Erfolg hat und du auf diese Welt zurückkehrst? Werden wir es schaffen, glücklich zu sein?"

Eine Frage quält mich ganz besonders. Doch ich habe Angst, sie ihr zu stellen. Ich zögere, aber schließlich gebe ich mir einen Ruck: „Mama, ich muss es einfach wissen, die Frage lässt mich nicht los ... Bin ich unsterblich?"

Für heute ist das Gespräch mit meiner Mutter beendet. Ich werde noch oft hierherkommen, um mit ihr zu reden. Ich brauche ihren Trost, nach dem ich mich mein ganzes Leben lang so sehr gesehnt habe. Ich weiß nicht, ob es hilft, ich weiß nur, dass ich meine Ängste mit ihr teilen möchte.

Ich gehe hinauf in mein Zimmer und lege mich aufs Bett. Ich bin müde. Die Erlebnisse der letzten Monate lasten wie ein Felsbrocken auf mir.

Mein Handy klingelt. Jemand hat mir auf die Mailbox gesprochen.

„Arturo, mein Junge, ich muss dir etwas Unglaubliches erzählen", sagt die gewaltige Stimme von General Battaglia. *„Ich habe herausgefunden, dass die Schwarze Armee existiert hat. Aber es war gar keine Armee! Ich bin völlig verwirrt, denn jetzt weiß ich nicht mehr, wonach ich suche ... Eine Armee setzt sich aus einer großen Anzahl von Soldaten zusammen, die von einem General angeführt werden ... Und genau das ist es, was ich finden muss. Es ist immer dasselbe mit den Legenden! Sie verwirren einen ... Aber ich werde herausfinden, was es mit dieser verdammten Schwarzen Armee auf sich hat, das verspreche ich dir! ... Also dann, wir hören voneinander."*

Ich werde ihn morgen anrufen, damit er mir das erklärt. Jetzt war die Schwarze Armee also gar keine Armee! Ich verstehe gar nichts mehr.

Heute Nacht möchte ich jedoch erst mal an nichts mehr denken. Ich werde tief und fest schlafen und viel träumen ... Hoffentlich verwandele ich mich wieder in den Ritter Arturo Adragón, den Drachentöter. Ich wäre furchtbar gerne so mächtig wie er. Ich wäre auch gerne der Kommandant der Schwarzen Armee, die gegen die Truppen des Finsteren Zauberers kämpft ... auch wenn es jetzt so aussieht, als wäre es gar keine Armee ... Und vor allem würde ich gerne wieder von Alexia träumen.

Am meisten fürchte ich mich davor, dass meine Träume irgendwann einfach verschwinden und nie mehr wiederkommen. Ich glaube, ich würde mich so leer fühlen, dass mein Leben keinen Sinn mehr hätte. Deswegen passe ich auf, dass ich meine Fantasie nicht verliere. Ich fühle mich nämlich sehr wohl im Mittelalter. Denn ich hasse Ungerechtigkeiten und bin bereit zu kämpfen, gegen wen auch immer, um die Menschen, die ich liebe, zu beschützen.

Jetzt weiß ich, dass ich in meinen Träumen viel gelernt habe, wovon ich vorher keine Ahnung hatte.

In meinen Träumen habe ich das Beste in mir entdeckt.

Santiago García-Clairac

WURDE 1944 IN FRANKREICH geboren und hat schon früh seine Leidenschaft fürs Geschichtenerfinden entdeckt. 1994 veröffentlichte er sein erstes Kinderbuch, danach folgten viele weitere. Santiago García-Clairac veranstaltet häufig Lesungen in Schulen, da ihm der direkte Kontakt zu seinen Lesern sehr wichtig ist.

DANKSAGUNGEN

EIN BUCH DIESES Umfangs kann man nicht ohne die Hilfe eines großen Teams von Mitarbeitern und Freunden schreiben. Deswegen sollen ihre Namen hier erwähnt werden:

Roberto Mangas
für seine wertvollen Hinweise und seine aufopferungsvolle Mitarbeit bei der Korrektur des Textes.

Roberto Mangas junior
für seine Lektüre und seine Ratschläge.

Miguel Ángel Calvo
ein mittelalterlicher Kalligraf, der mir eine wunderbare Welt eröffnet hat. Seine Zeichnungen waren sehr nützlich für mich. Ich stehe in seiner Schuld.

Laura Calvo
für ihre Begeisterung und ihre Ratschläge.

Joaquín Chacón
der mich mit Dokumenten versorgt und mir die Filme ausgeliehen hat, die mich in die Welt des Mittelalters hineinversetzt haben.

Das Verlagsteam
das sich für dieses Projekt eingesetzt und es von Anfang an unterstützt hat.

Die Marketingabteilung des Verlages
die hier besonders erwähnt sei wegen der Kreativität und des großen Aufwandes, mit dem sie *Die Schwarze Armee* in den Markt eingeführt hat.

Carlos Castel und das Team von Universal Mix
für die wunderbaren Trailer, die wesentlich dazu beigetragen haben, das Buch zu promoten.

Isabel García
für ihre Lektüre und ihre Kommentare.

Ángel Marrodán
für seine Fotos während der Dreharbeiten zu den Trailern. Sie haben mir sehr geholfen, die Zeichnungen anzufertigen und meine Geschichte noch besser zu erzählen.

Die Mitarbeiter der Wirtschaftsschule CESMA in Madrid
die sich geduldig angehört haben, wie dieses Projekt langsam Gestalt annahm. Und dafür, dass sie mir Mut zugesprochen haben, als ich ihn am nötigsten brauchte.

Clara aus Cartagena
für ihre unschätzbare Geduld und Mitarbeit.

Alberto aus Toledo
der mir gezeigt hat, wie ich Arturos Schwert schmieden musste.

Juan Alcalde
für die langen Gespräche und seine Vorschläge.

Marcelo Pérez
für die wunderbaren Illustrationen.

Euch allen vielen Dank für eure Mitarbeit!